有爱的青春陪伴者

图书在版编目（CIP）数据

融夏：全2册 / 话眠著. -- 南京：江苏凤凰文艺出版社, 2025. 1. -- ISBN 978-7-5594-9117-6

Ⅰ．I247.5

中国国家版本馆CIP数据核字第202450ZX09号

融夏：全2册

话眠 著

责任编辑	王昕宁	
特约编辑	娄 薇	
出版发行	江苏凤凰文艺出版社	
	南京市中央路165号，邮编：210009	
网　　址	http://www.jswenyi.com	
印　　刷	长沙鸿发印务实业有限公司	
开　　本	880mm×1230mm 1/32	
印　　张	19.5	
字　　数	743千字	
版　　次	2025年1月第1版	
印　　次	2025年1月第1次印刷	
书　　号	ISBN 978-7-5594-9117-6	
定　　价	65.80元（全2册）	

江苏凤凰文艺版图书凡印刷、装订错误，可向出版社调换，联系电话025-83280257

上册目录 / CONTENTS

第一章 / 001
往前走，哥哥会在后面保护你

第二章 / 025
伞朝她这里倾斜，替她挡住了兜头的雨

第三章 / 050
先接个吻？

第四章 / 077
是少女身上遗落的甜香

第五章 / 107
一个会骗人的小精灵

第六章 / 136
我允许的，有问题吗？

第七章 / 179
沈半夏的一切，他都无法抗拒

第八章 / 207
你很漂亮

第九章 / 245
那是我留了二十五年的初吻

第十章 / 276
要拨开一层层的迷雾找到那个错过了很久的人

下册目录 CONTENTS

第十一章 / 315
不管她骗我多少，我都心甘情愿给她

第十二章 / 347
你还愿意带我回家吗？

第十三章 / 377
不是一个世界的人，那我就去你那个世界

第十四章 / 409
我这辈子只要她一个，不是她就不行

第十五章 / 437
把她追回来

第十六章 / 463
她耐心地等着他

第十七章 / 499
一直到时间尽头，一直到地老天荒

番外一 / 529
永生永世，至死不休

番外二 / 609
许愿

第一章
往前走,哥哥会在后面保护你
R O N G X I A

太阳很烈,明晃晃地挂在天上,像一颗沸腾的荷包蛋。

空气里传来树叶茂盛生长的声音,柳树疯了一样抽芽,垂下的丝绦在风里妩媚地招展。

十一岁的沈半夏贴着墙根走路,两只手把肩上的书包带拽得很紧。

"小哑巴!"有人不停地跟着她,那些人都一样的面目模糊,也都一样的口气恶劣,"你跑什么,给我站那儿!"

有人朝她猛地扔过来一样东西。

原本只是块小石子,可逼近她面前时,却变成了一柄闪着光的利刃……

沈半夏醒了。

她醒得很突然,千钧一发间蓦地睁开眼睛,从不见天日的噩梦里挣扎出来。额上全是冷汗,她躺在床上缓了会儿神,起身去拿床头柜上的手机。

手机屏幕上面显示现在是2016年6月20日上午七点,她早就长大,不再是七年前那个沉默寡言的小女孩了。

她起床,迅速洗脸刷牙,把头发高高扎了个马尾,背上包出门去学校。

考完最后一门课大一就正式结束,班里有男生过来请沈半夏一起去海边度假,她拒绝:"不去。"

"去呗,这都同班一年了,班里几次集体活动你都不参加,同学们都很想让你去。"

"我真的没时间。"沈半夏把纸笔装进帆布包,单肩背着,朝他摆了下手,"走了,拜拜。"

女生纤细单薄的背影消失在门口,马尾辫随着她的走动在背上扫出一下下的弧度,教室里余下一点儿淡淡馨香。

班里有人过来搂住那男生的肩膀,怪声怪气地调侃:"哎哟,难追哦。"

沈半夏并不是在敷衍,她确实没时间去玩。

一年前，她考上了本地赫赫有名的政法大学，读法学专业。凭借着学校的声望，刚入学不久，她就在网上向各大律师事务所漫天撒网，希望有谁能给她一份工作。结果她被平忧律师事务所录用，没课的时候会去上班。

正是盛夏时节，太阳把路边的树晒得神采奕奕，一棵棵梧桐树招摇过市地炫耀着绿油油的叶子。

她一路拣阴凉的地方走，阳光透过层层绿叶在她白皙的脸上洒下细碎光影。

出了学校，去公交车站的路上，一辆车在她身边停下。

后车窗缓缓降下，一位五十岁左右的贵妇人叫住她："半夏。"

沈半夏停步，扭头。她奇怪地盯着女人看了会儿，很快想起来对方是谁："严阿姨？"

严琴笑了笑，从车上下来。

这是沈半夏第二次见到严琴，每次见到这位年逾五十的妇人，她内心都在咆哮：果然钱是好东西，能让人容颜不老。

严琴看上去比实际年纪要年轻十来岁，往前倒二十年肯定是个风华绝代的大美人。她穿了身当季全球限量发售两件的套装，另外一套出现在前几天出席某国慈善活动的某国王妃身上。

"阿姨有事跟你说。"严琴毫无架子，甚至让人觉得有些慈祥，"跟阿姨去喝杯咖啡怎么样？"

沈半夏一时想不到这位看起来就贵的贵妇人能有什么事需要特地跟她说。

"可我还要去上班。"

"你的老板武平我认识，我已经跟他说过了。"

在严琴的话后，沈半夏的手机响了。她说了句"不好意思"，走到一边去接。

老板武平的声音在电话里响起："半夏，严琴是不是去找你了？"

"是。"

"她有事要跟你商量。"

武平应该又在办公室里侍弄他那些花花草草了，甚至能听见修剪花枝的声音："你跟她去吧。她是我大学同学，多年的老朋友了，记得对人客气点儿。"

咖啡厅里气氛幽静，提前被严琴包了下来。老板是个大胡子的外国人，亲自来请严琴入座，跟她用法语交流了几句话。

沈半夏并不清楚严琴的具体身份，只是大概能看得出，这位年满五十依旧美艳不减的女人来头不小。

"严阿姨，"沈半夏问，"您找我有什么事？"

"之前我问你愿不愿意当我儿媳妇，你还没给我答复呢。"严琴放下咖啡，脸上带了淡笑。

沈半夏觉得这位阿姨纯属是在拿她取乐："严阿姨，您就别跟我开玩笑了。"

"如果不是玩笑呢？"

严琴从包里拿出一份文件，缓缓推到她面前："我今天过来，是想请你跟我儿子订婚。"

沈半夏怀疑自己的耳朵出了问题。

这句话的荒谬程度，比她这十八年的人生还要荒谬。

回到事务所，武平依旧在侍弄快摆满一整个办公室的花花草草。听到敲门声，他往门口看："回来啦。"

沈半夏进了办公室，把严琴给她的一份文件放在老板的办公桌上。

武平放下给花培土的小筛子，问她："怎么样，严琴找你是聊什么？"

"她让我跟她儿子订婚。"沈半夏越想越觉得离谱，"老板，她让我跟她儿子订婚！"

武平依旧一副老神在在的样子，完全不觉得意外："我大概知道，她跟我聊过。你也不用觉得有多奇怪，你年轻，经历的事情少。以后就会知道，只要活得久什么事儿都能碰上。"

沈半夏怀疑地看了他一会儿："老板，您跟我说实话，她儿子是不是有什么隐疾，要不然是个残疾人？"

武平笑着摇了摇头，等戴上眼镜，拿起桌上的合同翻了翻："这上面不都写了，只是给你一个未婚妻的名头，完全不需要你真的跟她儿子交往。而且期限只有一年，一年后订婚取消，你还是你，生活不会受到任何影响，并且还能拿到一笔很大的酬金。"

"可她给的酬金多到不正常。"

"这难道不是好事儿？这合同我看过了，对你完全没有害处。"武平把合同递还给她，"半夏，这种天上掉馅饼的事儿不是每天都可以发生的，你要是不把握住，以后说不准会后悔。"

"可她为什么偏偏会找上我？"

"这个你不需要知道。"武平摘下眼镜，拿起壶给花浇水，"你只需要知道，你有钱拿就行。"

公司里每天都是一番忙碌的样子，到了下午总有浓郁的咖啡香气溢满整个办公楼。

沈半夏回到工位，再次把合同翻看了一遍。

不远处有三四个女生聚在一起，讨论前段时间参加的一个商业论坛。

其中一个女生说到某人时，激动得额上青筋都要蹦出来："我远远地看了他一眼,真的,惊为天人,身材、脸蛋皆顶级的那种,帅到我人都麻了。看见他我才知道平时我见过的那些男的个顶个的歪瓜裂枣。"

"真的比照片上还要好看?不是有人说他那些照片是经过精修的吗?"

"有谁会专门给他修抓拍照啊?说这话的人有病吧,根本就是在嫉妒他。"

"就是。真的不骗你们,真人简直帅惨了!他往我这边看的时候,我跟他对视了一眼,毫不夸张,我的腿都软了,满脑子都在想怎么才能给他生孩子。可再看看我自己,算了,就咱们这种姿色的别去玷污人家了。"

有女生听见,站起来扒着工位问:"谁谁谁,你们在说谁啊?"

"段融,就是天晟集团的那位年轻总裁。"

沈半夏拿着合同的手僵了下,心口猛缩,呼吸停滞了几秒。

是从什么时候开始,只是听到段融的名字,她都会产生应激反应,心脏跳动得不正常。

到了晚上天气依旧很热,没有一点儿风。从写字楼出来就好像进了一个蒸锅,空中盘旋着大朵积雨云,但始终没有下雨的意思。

沈半夏打算搭车回家,米莉开着车朝她过来,降下车窗:"小半夏,上车,姐姐带你去吃火锅。"

米莉是事务所里的律师,二十七岁,长了张艳光四射的明星脸,偏偏要靠实力吃律师这碗饭。她入行以来打过好几场漂亮的官司,算是在律师界小有名气。

沈半夏上车。车子在城市的车水马龙中穿行,高耸入云的一座座钢筋水泥建筑被霓虹裹出一片声色犬马。

车子在一个路口停下,沈半夏仰头,看了看写有"迷路"两个字的夜店招牌:"米莉姐,不是要吃火锅吗?"

"吃什么火锅,你这孩子怎么就想着吃火锅。"米莉停好车,把沈半夏拉进夜店。

一进去,躁动的音乐声快要把人的耳膜震破,舞池里满是疯狂扭动腰肢的男男女女。

"小半夏,你是不是第一次来这种地方?"

米莉不知道从哪儿要了把剪刀,靠在吧台弯着腰一边利索地把过膝的铅笔裙改短到膝盖以上,一边跟沈半夏说话:"再过几个小时就是你十八岁生日,你今天必须过来享受成年前最后的疯狂!要知道,一入社会深似海,从此欢乐是路人!你不好好嗨一场,还等什么呢。今天你在这里好好玩,不管消费多少姐姐都包圆了!"

米莉说完,把剪刀扔回给酒保,踩着高跟鞋一猛子窜进了舞池里,随机逮到个文了条花臂的男人，伴随着刺耳的电音扭动起腰肢。

群魔乱舞，每个人脸上都是尽情享乐的靡靡之色。

沈半夏找了个安静又远离迷幻光线的地方，坐在吧台上，从包里拿出一套习题集，旁若无人地开始刷题。

调酒小哥看直了眼睛。他在这家店待了有好几年，见过女人跟男人拼酒、女人跟男人打架、女人跟男人当众肉搏，就是没见过有人来做题的。

"小姑娘，"调酒小哥看她年纪很轻，一张脸有种天然的幼态和稚嫩，怀疑地问，"你成年了吗？这里未成年禁止进入。"

沈半夏心想你瞧不起谁啊，把身份证拿出来，遮盖住关键信息，让调酒小哥看她的出生年月。

"来过十八岁生日啊。"调酒小哥调了杯酒给她，"免费的，成人礼。"

"谢谢，不用。"沈半夏礼貌地拒绝，把酒推回去。

她一套卷子都做完了，米莉还在舞池里跟男人贴身热舞，并且成功吸引了所有人的目光，牢牢霸占着舞池里的C位。

沈半夏看了看时间。

已经快要零点了。

她百无聊赖地打个哈欠，无意中往外看，发现有个十分眼熟的男人朝她这边走了过来。

这男人叫吴政，曾经因为一点儿经济纠纷光顾过平忧律师事务所，在见了沈半夏一面后对她念念不忘，缠着她要跟她交往。

沈半夏避之不及，把书塞进包里，背起来就走。

吴政却好像已经认出了她，阴魂不散地追在后面，脚步声听得人心惊胆战。

沈半夏小跑起来，满头冷汗地跑出夜店，一头扎进被霓虹灯摧毁得五颜六色的夜色中。

路边停着很多载客的出租车，沈半夏看都不看，拉开距离门口最近的一辆车坐进去，在吴政朝她追过来前，"咣"的一声合上车门。

"师傅！快开车。"

她说话时颤音都出来了，眼睛紧紧盯着窗外，生怕吴政那个疯子会找过来。

眼见吴政朝着这辆车越走越近，她着急地朝前倾身，扒住前面车座的座椅靠背，跟驾驶座上的男人说："师傅，快开车啊！去旭升公寓！"

驾驶座上的男人挑起了眉。

车里很黑，他又背对着她，沈半夏看不清他的脸，只能隐隐看到隐没于昏昧光线下线条凌厉的侧脸，和他搭在方向盘上，一只夹着烟的骨节分明的手。

烟雾在他指间徐徐升起。沈半夏目光愣怔，盯着那只细瘦修长、骨感又欲的手看了会儿。

她心里一个念头冒出来——现在司机师傅都这么"卷"了，手需要这么好看吗？

沈半夏咽了口口水。

这么好看的手，夹着烟的样子都显得迷人，甚至让她觉得二手烟不呛人了。

吴政已经找了过来，在车窗上敲了敲。沈半夏吓出一身冷汗，第三次乞求："师傅，求你快开车，我要去旭升公寓！"

前面驾驶座上的男人摁灭了烟，打开车窗让空气流通进来，不慌不忙地发动了车子。

吴政被甩在后面，朝着车跑了好几步，指着沈半夏大声说着什么，沈半夏没听见。

她深深地松了口气，放松下来倚靠在座椅上。

很快发现，自己坐的好像不是普通的出租车，而是一辆她只在杂志上看到过的，全球限量发行七辆的顶级豪车。

她又一次仔细地观察了一遍，可以确认这辆车的价值确实比她这条小命都要值钱。

她忐忑不安地看着前面那人隐在黑暗中的暗影，怀疑自己是不是坐错了车。但他一直到现在都没说什么，她干脆也装傻。

"那个，"她手扒着前面的座椅靠背，身体往前倾，想去看看他的脸，"司机师傅，你好像走错路了，我要去旭升公寓，是青朝路的旭升公寓。"

男人觉得荒唐似的呵笑了声。

一个单调的音节，带着魔力般在沈半夏耳朵里挠了一把。

痒意顺着她耳朵往下流窜，一路痒进心里。

"司机师傅？"男人重复了一遍，紧接着，喉咙里轻嗤一声，口中吐出一个字，"行。"

这人声音也意外的好听，低沉又有磁性。

莫名地，让她觉得有些熟悉。

沈半夏努力地再往前探了点儿身，想看清他的脸。

但车里很黑，外面的光透不进来，一切都被昏暗吞没，她看不清楚。

"坐回去。"他突然说。

三个字说得极有压迫感。

沈半夏如被大人逮到的不听话的小孩般，赶紧往后坐了回去。

"把安全带系上。"他一只手扶住方向盘，淡声命令。

沈半夏乖乖地系上安全带。

她刚系上，前面的男人已经驾着车在下个路口转弯。

她被一股惯性带得往旁边歪了歪，白皙细软的一只手"啪"地抬起来撑了把车窗，手心不知道什么时候濡满了汗，在窗上摸出几道指印。

车里烟味散尽，男人把车窗升起，调低冷气温度。

一路上，他都没再说过任何话，沈半夏也没有再跟他搭讪。

米莉给她打来了电话，问她为什么一声不吭就走了。

"我又碰见吴政那个疯子了。"沈半夏看向窗外，想到吴政纠缠不休的样子，身上一阵恶寒。

"他又来找你了？有病吧！你告诉他，如果他再来骚扰你，你就去报警。"

"我跟他说过，可是没有用。"

"你也是倒霉，遇到这种甩不掉的人。"米莉看了看时间，激动地说，"小半夏，再过五分钟你就要正式步入成年人的世界了，开不开心？为了庆祝这一喜事，要不要姐姐我给你找个男人，你谈个恋爱庆祝一下？"

"你留着自己享用吧。"沈半夏揉揉耳朵，不想再听她那边燥烈的音乐声响，"我先挂了，米莉姐，你玩完早点儿回家，别又被人骗去开房了。"

"要骗也是我骗男人，男人能骗得了我吗？"

不知道米莉又跟谁鬼混到一起去了，隔着电话都能听见她那边火热的接吻声。

沈半夏没有打扰她，把电话挂断，无聊地看着窗外倏忽而过的路灯。

不知不觉过了零点，时间进入到新的一天。

今年的夏至到了。

没想到跟她一起迎接她十八岁生日的，会是一个陌生的男人。

车子在旭升公寓前停下，沈半夏把手机拿出来："师傅，多少钱啊？"

男人按了下中控门锁，寂静的车里"啪嗒"响了一声，车门被打开。

"下车。"他的声音始终很淡，带着股金属的冷硬气息。

沈半夏愣了愣："可我还没有给你钱。"

"下车。"他不是很有耐心地重复了遍。

沈半夏被他话里的寒意激了下，没再说什么，打开车门下去。

车子很快掉转方向，驶离公寓。

从外面完全看不到车里的情形，只能看到车后挂着的车牌号——99999。

好嚣张！

等车走远，她回了住处休息。

车里，段融透过后视镜看到女孩进了公寓大门，单薄瘦小的身影隐没在夜色中。

他颇觉荒唐地笑了声，在下个红绿灯处停车，降下车窗，抽出一根烟叼在嘴里，手拢着火点燃。

手机响起,他按下接听。

"段融,你人呢,刚不是还在吗?"高峰在电话里嚷,"哥几个都喝醉了,就等着你的车呢。"

"我是你们的司机?"

"啊?"高峰怔了下,"不是你让我们给你挡桃花,我们也不至于喝成这样啊。"

"你们是去给我挡桃花的,还是去睡姑娘的?"段融拿下嘴里的烟,口中徐徐吐出一口白雾,"行了,门口一溜儿出租车,哪辆不能送?"

"段融!"

"记得别上错车。"

段融挂断电话。红灯格外漫长,后面排出十几米的长龙。他把手伸出窗外掸了掸烟灰,灰白色的余烬簌簌落下,烟雾顺着他骨节分明的手往上绕。

旁边一辆车的车窗降下,一个唇红齿白的二十来岁的女生朝他看。在他终于扭过头两人视线对上时,女生娇羞又妩媚地笑了下。

女生在写有联系方式的卡片上落下一枚火红唇印,赶在信号灯变化前把卡片扔进他的车窗里。

女生的车往前开,段融捡起卡片,侧头颇无语地哼笑。发动车子几秒追上,那女生的窗还开着,他看都不看,把印着女生唇印的卡片准确无误地扔回去。

女生被砸了个措手不及,卡片在扑到她脸上几秒钟后慢慢往下滑。她不可置信地愣住,视线往前,看到那辆黑色莱肯在夜色中呼啸远去。

沈半夏进了家踢掉鞋,先把自己往沙发里摔。

今天发生了太多事,脑子很乱,她仔细梳理了一遍,回忆起自己之所以会跟严琴认识,是因为前几天发生的一件事。

她闲暇时会在平忧律师事务所里打零工,能做的无非是些打印复印、端茶倒水之类的琐碎小事。某天,老板武平把她叫去会议室,屋子里除了他,还坐着一位跟严琴差不多年纪的女人。

那人叫康芸,出身豪门,往上倒三代家里也依旧是豪门,丈夫却被公司里一个普普通通的女职员迷了心窍。

这事儿不是最近发生的,渣男贱女早就背着她有了孩子,非婚女儿今年长到了十八岁,所以康芸被蒙骗了整整十八年。事情败露后,丈夫非但没有悔过,还趁机跟不能生育的康芸离了婚,把小三扶正。

康芸原本是无过错方,以为可以让丈夫净身出户,谁知道她丈夫是搞法律起家的。这种搞法律的人手段多的是,黑的能搞成白的。并不知道他具体是怎么运作的,反正最后非但没掉一根毛,还捞了康家不少好处。

康芸咽不下这口气，又因为工作原因，她不得不去跟小三吃顿饭。小三会带着女儿出席，那她当然不能坐以待毙，找到了武平这个老同学帮她想办法。只要能出口气就好。

武平给她介绍了沈半夏，让沈半夏假扮她的女儿，跟着去赴宴。

康芸原本不太相信沈半夏一个小丫头片子能有什么用，结果她错了，沈半夏确实争气，不仅只是人长得漂亮，学识谈吐更是全方位碾压了小三的女儿，震住了在场所有人。

不仅如此，沈半夏那张嘴还伶牙俐齿，在席上全程不带一个脏字，含沙射影地把小三母女狠损了一顿，给康芸挣了好大一个面子。

康芸当时在席上看着沈半夏的目光，仿佛就在看自己的亲生女儿，甚至恨不能沈半夏就是她的亲生女儿。

沈半夏今年十八岁，小三的女儿也是十八岁，可是两个人席上丁对丁卯对卯地一比，小三的女儿俨然被衬托成了一个智障。

小三的脸色早就不好看了，笑里藏刀地问："还是第一次知道你有孩子呢，我隐隐约约有听说，你不是不能生吗？这又是从哪儿冒出来个这么大的女儿？"

康芸十分做作地笑："你这个隐隐约约是听你老公说的吧。我跟你说，他其实是自己不行，所以才到处污蔑我的。"

康芸亲昵地把沈半夏搂进怀里："我这个女儿很小就在国外生活，所以你们才都不知道。对了，这件事你别跟你老公说啊，他要知道我那么早以前就给他戴了顶绿帽子，指不定要怎么发脾气呢。我是不怕，反正都已经跟他离婚了，可你还得跟他过啊，是不是？"

小三脸上的肌肉颤了颤。

当时跟康芸一起来的另一位贵妇人，就是今天来找沈半夏的严琴。

席上，严琴用满是欣赏的目光看了沈半夏好一会儿，笑道："听说半夏在政法大学读书。那个学校大家都知道，能被录取的都是万里挑一的人。"

在严琴的话后，席上的人看待沈半夏的眼光更添了几分赞叹。

"这孩子还这么小就这么有出息，怎么能让人不喜欢。"严琴亲昵地摸了摸沈半夏的头发，"我要是能有这么个女儿就好了，可惜这辈子是不可能了。要不然，康芸你就割爱，让半夏嫁给我家那个不争气的儿子，怎么样？"

这句话说完后，席上的人明显有三秒钟的震惊。

那时候沈半夏还不明白这三秒钟的震惊代表什么。

严琴的话并不只是说说而已，她竟然真的拟好合同找了过来。

商人重利，所做的一切基本都离不开一个"钱"字。沈半夏想不通自己能给严琴带来什么样的价值。

她揉揉头发，闭上眼睛又趴了会儿，起身去盥洗室洗漱。

洗完脸，她对着镜子看了看自己。

镜子里的女生明眸皓齿，五官精致，脸型流畅柔美。一张嫩白细腻的小脸上挂着几滴水珠，从来不用化妆，这么清清淡淡就已经足够好看。

上大学以后，曾有男生对她表达过好感，可是她都没兴趣。

她真正有兴趣的人，恐怕这辈子都没有机会再见到了。

她看着镜子里的人，唇角努力地扯出一个笑。

"沈半夏，"她自己祝福自己，"成年快乐。"

睡了一觉起来，沈半夏好好把自己打扮了一番，化了个适合自己的淡妆，从衣柜里挑了条最贵的裙子穿上。

她长了张毫无攻击力的娃娃脸，眼睛又是偏圆的杏眼，个子不算高，只有一米六二，整个人看上去相对比较幼态，显得不成熟。以免对方有意见，她把自己尽量往成熟方面捯饬，脚上还破天荒穿了一双细高跟鞋。

对着镜子确认了遍，确定没有问题，她出门去双方约定见面的地方。

昨天老板说得对，就算严琴的儿子真的一塌糊涂又能怎么样，她又不是真的要跟他交往，只是做他名义上的未婚妻而已，不需要跟他发生任何亲密接触，她又有什么可怕的。

虽然并不知道严琴为什么要找她，但这世上多的是奇怪到无法解释的事。她不需要弄明白原因，只要能拿到钱就好。

她确实太需要钱。

路上接了个电话，严琴给了她一个地址，让她先去那边。

是家私人美容会所，会员制，平时去的都是些豪门阔太，严琴已经在里面等着她。

看到她精心的打扮，严琴笑了笑："确实是个美人坯子。"

虽然这么说，但还是让人把她请到后面，让她从头到脚把衣服、鞋子都换了一遍。

果然她精心打扮的行头"穷"到了严琴，严琴也料到会是这样的结果，早就给她准备好了衣服和鞋子，外带一个奢华手包。

沈半夏看着镜子里一身名牌的自己，心里滋味难辨。

她从更衣室出来，严琴从上到下打量她一遍，满意地颔首微笑："走吧，时间差不多了，我带你去跟我儿子见面。"

见面地点在一家西餐厅，严琴提前把这里包了下来。

沈半夏跟她一起等了有大半个小时，男主人公还是没有来。

严琴的脸色越来越不好，正要给那边的人打电话，看见有人朝这边走了过来。

沈半夏跟着抬头。

看到来人的一秒，她浑身的血液冻住了，眼睛不自觉睁大，心脏停跳，呼吸屏住，脑袋昏昏沉沉，涌过一股不真实的眩晕感。

朝这边走过来的男人个子很高，一张脸鬼斧神工般精致俊朗。大概是刚从公司赶来，穿了身剪裁得体的西装，系着领带，看上去禁欲又危险。

一双眼睛深邃幽暗，黑得如一方浓墨。

他身上带了股在商界里钩心斗角多年的杀伐之气，气质偏冷，可眼睛里偏偏藏着玩世不恭的懒散劲儿。

他在沈半夏的对面坐下，背部松松散散地往椅背上一靠。

一枚银质打火机被他随手扔在桌面上。他抬起薄薄的眼皮看向对面的人，在看清她的样子后，目光里含了明晃晃的玩味。

沈半夏的眼眶不知不觉红了，唇微张，仍没从震惊里回过神。

怎么会是他？

怎么会是……

"这是段融，"严琴开始给她做介绍，"他就是我儿子。"

沈半夏知道。

他就是段融。

她不可能忘记他。

那年夏天，阳光灿烂地照在穹顶。学校外一条幽僻无人的绿荫道上，个子高高的十八岁少年站在小小的她旁边，替她赶走了往她身上扔石子的人。

少年停在她面前，朝她躬下身，修长细瘦的手指伸出来，把她额上的一点儿泥巴擦掉了。

"别怕。"

明明是面目冷肃的人，跟她说话时的声音却温柔。

"往前走，哥哥会在后面保护你。"

沈半夏在七年前的夏天认识了段融，他是高中部的风云人物，整个附中没有人没听说过他的名字。

那年他上高三，而沈半夏刚升入初一。不管她有多舍不得他，两个月后，他还是转去了别的学校。

从那以后，她再也没有见过他。

她并不敢想自己还能跟他重逢，更不敢想重逢的方式会是现在这样，她会在人的安排下来跟他谈订婚的事。

跟他有所交集的时候，她只有十一岁，个子还没长高，小小的一个人，连他肩膀都不到。两个人交流不多，他只把她当成需要帮忙的小朋友，常会在上下学路上默默跟在她身后。

那个时候的沈半夏沉默寡言，几乎没有跟他说过话，他也从不问她叫什么名字。

但沈半夏一直知道他的名字——

段融。

她偷偷地把他珍藏在心里最隐蔽的角落，生怕被人发现。

这些事情他全不知道，甚至有可能早就忘记他曾在少年时期无意中帮过一个小女孩。

自从段融出现，沈半夏的眼睛就一直粘在他身上。一双浑圆的眼睛里慢慢渗出水光，很快变得红了。

段融看着她，眉头轻抬。

年轻到甚至有些幼态的女孩，看上去像高中生。

"这就是半夏，"严琴跟段融介绍，"你康芸阿姨的女儿，一直在国外生活，去年刚回国。"

沈半夏心里发虚。不知道是不是因为她曾经陪康芸出席过一场饭局，现在上层圈子里的人差不多都知道，康芸有个在国外养大的女儿，这个女儿是康家唯一的血脉，很受康老爷子疼爱，一直是老爷子亲自教养着，今年已经长到了十八岁，在政法大学读书，等将来毕业会接手康家的产业。

消息传得很广，段、康两家又刚好会在不久后有个合作，需要一个连接纽带，沈半夏恰好是最好的选择。

所以沈半夏需要在这一年里以康芸女儿的身份面对外界，只有套用这样的豪门身份，她才可以名正言顺地接近段融。

她仍记得昨天谈话的最后，严琴跟她说的："有件事你必须要时刻记住，你假扮康芸女儿的事，我知道，康芸知道，可我儿子不知道。在他面前，你要时刻记住你就是康芸的女儿、金融大鳄康宏升的外孙女、货真价实的名门千金。"

面对复杂的生活，沈半夏一直都很会随机应变，但这次有人雇她以一个全新的身份面对段融。

她紧张得不停掐自己手心，睫毛微颤。对面的段融在严琴的话后轻嗤了声，目光仍旧落在对面女孩明显不安的脸上："高中生？"

他的声音磁沉，十分好听，让沈半夏觉得熟悉。

"半夏已经上大学了，等过完暑假就要上大二了。"严琴扭过头，看向沈半夏，"是不是啊，半夏？"

沈半夏这时候才没再继续去看段融，目光无神地闪了闪，手指蜷缩了下，回答："是。"

"现在的大学生这么想不开，"段融从烟盒里抖出一根烟，但是并没有拿出来抽，又搁回去，"不好好谈恋爱，找我这个老男人？"

沈半夏抬起眼睛，看他。

对面的男人眉目俊朗，五官深邃，好看得像是精心雕刻出的艺术品。仔细算起来，他只比她大七岁半，今年刚二十五岁而已，正是一个男人风华正茂的年纪，却把自己形容成"老男人"。

"几岁了？"他又问，说话时薄薄的眼皮抬起，目光落在她身上。

猝然与他对视，沈半夏的心漏跳了一拍，手指蜷缩得更紧："十……十八岁了。"

"十八岁？"他似乎有些不信，怀疑地打量着她，"什么时候满十八岁？"

沈半夏："今天。"

段融沉默了片刻，喉咙里嗤笑了声："行。"

并不知道他是什么意思。

严琴看了他们二人一眼，起身要走："你们聊，我有事先回公司。"

"严女士，"段融抬头朝她看，下颌线条切出凌厉的弧度，"您是不是觉得我挺像畜生，就喜欢这种高中生类型的？"

气氛静默下来。

看这对母子之间的关系有些僵，沈半夏再次告诉他："我不是高中生，我该上大二了。"

"所以就能出来找老男人了？"段融看向她，隐隐有些教训的口吻。

在他的目光下，沈半夏对自己产生了怀疑。

明明已经尽量往成熟的方向打扮了，为什么他还是在嫌弃她？

是不喜欢她这种类型的吗？

她回忆起昨天，严琴跟她见面时说过的。

"我那儿子有喜欢的人，这么多年过去还对她念念不忘。我不喜欢那女生，所以如果你能让我儿子忘了她，我会很感激你。"

沈半夏当时问："可是如果您儿子在这一年里喜欢上了我，那要怎么办？"

严琴沉默地看着她，那眼光仿佛在说：你倒挺有自信。

沈半夏尴尬地笑："不怕一万就怕万一。我是说如果，如果您儿子真的喜欢上了我，死也不愿意跟我分开，那要怎么办？我就是个一穷二白的大学生，到时候肯定比那女生更让您头疼的。"

记得当时严琴淡淡笑了笑："你放心，如果真是这个结果，我可以接受。"

沈半夏蒙怔，瞪大了一双圆滚滚的鹿眼不可思议地看着严琴。

"那女人是个妖精，我看不惯。"严琴笑得十分慈祥，"而你跟那妖精不一样，你比她要讨人喜欢得多。"

对于严琴口里的妖精，沈半夏差不多能知道是谁了。

当年在附中，段融跟他同年级的一个女生的纠葛故事传得满天飞，不仅高中部的人知道，甚至就连初中部的人都在津津有味地讨论。

沈半夏见过那个传闻里的女生。女生叫万珂，长得明艳动人，小小的一张瓜子脸，搭配浓妆毫不显得俗艳，反倒光彩照人。

是极有攻击力的那种长相，如果非要用贴切的词语来形容，只有"美艳绝伦"可以匹配她的美貌，没有男人会不喜欢她那张脸。

是跟沈半夏完全不同的类型。

沈半夏低了些头，眼睫也垂下去。

果然天下没有免费的午餐，就算下场馅饼，也砸不到她头上。

对于这场合作，严琴给她开出了五百万的高价，并且会在前期先付五十万定金。有了这些钱，她一切的问题都不会再成问题了。

可她现在发现这些钱对于她来说依旧是天方夜谭，根本不可能拿得到。

段融转学后，她虽然从来没有忘记过他，但因为万珂的存在，她彻底切断了对他的妄想，再也不敢奢求他了。除了偶尔做梦会梦见他，戒断反应进行得还算顺利，可以若无其事地把他藏在心里最隐蔽的角落，那里隐蔽得甚至就连她都无法轻易找到。

已经恢复到正常生活，如果再跟他有交集，她不确定自己会不会再次受伤。

那年知道了他跟万珂的事情后，对于她来说是毁灭性的打击，她不想再经历一遍了。

"严阿姨，"沈半夏从椅子里站起来，"我还有事，就先走了，有空我会再联系您的。"

严琴没想到她会中途退缩，不理解地盯着她看了会儿，用眼神问她为什么突然反悔。

沈半夏装作看不懂，转身往前走。

脚上的高跟鞋很不舒服，磨得她脚踝都在痛，她很想脱下来。

等走出这家餐厅的门，她就要脱下来。

"段融，"严琴不能让这件事就这么算了，"她是我带过来的，在这里人生地不熟的，你就算不喜欢她，起码也该把她送回家。"

段融把玩着手里的打火机，扬眉："您没看见？她嫌弃您儿子太老，不乐意跟我待太久。"他说完，起身走了出去。

沈半夏出了餐厅，在外面站了会儿，抬头去看热烈盛放的太阳。

她出生在夏至这天，记得父亲跟她说，她出生的时候天气很好，阳光灿烂，万里无云。父亲希望她能活得像夏天一样热烈，所以给她取名叫半夏。

这几年里，她一直都努力地、热切地活着。

想到溜走的五百万，她不可能会不可惜。但段融对于她来说是个危险人物，不可以碰。如果碰了，她不确定自己会不会粉身碎骨。

更重要的是,她不想成为段融和万珂之间的第三者。

她甩了甩头,把五百万的事抛到脑后,沿着马路往前走。

"小朋友。"

突然有人叫了她一声。

好听到能让人耳朵发痒的声音,她猝然想起昨天晚上搭乘的那辆出租车,司机的声音也是这样好听。

她回过头,看向朝她走过来的段融。

繁华街市上人来人往,他们两个人的外形都太过惹眼,吸引得过往行人频频朝他们这里看。

段融比沈半夏高出很多,目测起码有一米八六往上。虽然她穿了八厘米的高跟鞋,站在他面前时还是觉得有压迫感。

她不由得往后退了半步,拉开跟他的距离。

段融垂眸,目光落在她脚上的高跟鞋。能看出她并不常穿这种鞋,走路的时候身形有些晃,脚踝上磨破了一块皮,伤口处往外渗着血丝。

"住哪儿?"他说,"我送你。"

她的眼睛仍是红着的。

段融从没见过一个女孩,在与他对视的时候眼睛会红,里面浮着水光。原本是洒脱开朗的性格,可在面对他时会倏忽沉寂下来。

沈半夏其实很想答应他。

但是她不能答应。她要当今天发生的一切只是一场梦,梦醒后,她要继续回到没有他的、正常的生活。

"不用了,"她开口的时候声音有些哑,轻咳了声才继续说,"司机很快会来接我。"

段融看了她一会儿,突然说:"出租车司机?"

她不太懂是什么意思。

段融从裤子口袋里掏出一样东西,朝她扔过去。

沈半夏下意识地接住,低头看了看,发现他给她的,是一板十枚装的创可贴。

做完这些,他朝前走过来。

经过她身边时,他低了些身,几乎是在她耳边说:"生日快乐。"过了两秒,他侧了侧头,两片薄唇对着她的耳朵,低声补充,"小朋友。"

男人的声音极近地传进耳朵,说话时有热气拂到她皮肤上。

沈半夏的心脏跳得快起来,耳朵红了一片。

话音落下,段融直起身,手插兜与她擦肩而过。她嫩白细软的手臂露在外面,他经过时西服外套擦碰到了她的手臂皮肤,那块地方迅速发痒。她抬了抬眼睛,睫毛轻颤,额前的刘海被两人间穿行的风吹动。

闻到了他身上淡淡的佛手柑香气,是她记忆里他身上的味道。

路两旁的树木晃动着枝丫,有"沙沙"的声响传出来,阳光透过层层绿叶斑驳地洒了一地。

沈半夏转过身,看着他离开的背影。

他已经走到一辆车旁,打开车门坐了进去,发动车子。

沈半夏很清楚地看见了,那辆车的车牌号:99999。

昨晚的一切涌入脑海。

她坐上了一辆豪车,以为前面驾驶座里的人是出租车司机,让他把她载回家,他也真的就一声不吭地载她回家。

所以并不是出租车司机,是她上错了车,载她回家的人其实是段融。

她盯着手里的创可贴看了会儿,并没有用,就收进了包里。

但这个时候她发现,她背着的包根本不是她的,甚至就连身上的行头也都不是她的。既然她决定中止这桩合作,这些东西就都要还给严琴。

她给严琴打了电话,那边很快接起。

"不好意思严阿姨,"她道歉,"我想我没办法胜任这份工作,要不您去找找其他人吧。"

严琴顿了两秒,问:"你想清楚了?"

"是,我想清楚了。"沈半夏回过头,往餐厅的方向看了眼,"您稍微等我一下,我找个地方把衣服换回来,会给您送回去的。"

"不用,那些都是给你买的,你就算还回来我也没办法处理。今天你也忙了一天,那些就当是我给你的报酬。我还有事,就先挂了。"

"……好。"

沈半夏没有再继续打扰她。

严琴挂了电话,又接到了康芸的来电。

"琴子,事情办妥了?"

"还没有,出了点儿问题。"严琴端起咖啡浅啜了口,"不过没什么影响,她很快就会主动找过来的。"

"我是真不知道你费这劲儿干什么,"康芸在美容院里做脸,扬手把屋子里的美容师们都打发走,"我们两家要真想合作,有的是办法,不用非得使联姻这种手段。"

她想到什么,"噌"的一声从美容床上坐起来:"琴子,半夏该不会是你流落在外的私生女吧?"

严琴无语:"她要是我的私生女,我让她跟我的儿子结婚,我脑子不是进水了吗?"

"也对。"康芸把脸上的面膜揭掉,"不过不是私生女,那就肯定是有别的关系,总有一天我得知道。"

沿着街走了会儿,脚实在有些痛,沈半夏拦了一辆出租车坐上去。

她看着车窗外倏忽而过的树木,想起中学时代她认识段融的时候,其实段融的身份跟现在千差万别。

他出身不好,没有一个身份高贵的母亲,没有现在的一切。

有的时候,他甚至连吃饭都成问题,需要不停地做兼职,挣一点儿微薄的薪水以此维持生活。

但这些事都已经过去了。

沈半夏回了家,换掉身上的衣服和鞋子,从包里拿出创可贴。

她并不舍得用,把创可贴放进抽屉。

时间还早,她去了平忧律师事务所。

事务所最近接了桩公益案件,沈半夏跟着武平和米莉去当事人那边了解情况。忙完已经是傍晚,武平找了附近的餐厅请吃饭。

餐厅里,离他们不远的地方坐着一桌客人,其中一个梳了油头的男人朝米莉瞟了好几眼。米莉侧过身补了补口红,说:"没想到吃个饭还能遇到我前男友,一段时间没见他好像变得好看了点儿,我去会会他。"

说完,她脱掉身上的外套,露出里面的吊带,袅袅娜娜地朝那男人走了过去。

武平抬了抬鼻梁上的眼镜,指了指米莉:"这姑娘平时就是爱玩了点儿,但业务水平还是在的,咱们事务所数她打赢的官司多。你多跟着她学学,能长经验。"

沈半夏点头。

武平拿公筷往她碗里夹了块鱼肉:"我听严琴说,你没签合同。"

她继续点头。

"为什么?"

"我事先不知道她儿子是段融。"

"段融又怎么了?一没有隐疾,二不是个残疾人,人还长得好看,这难道不是意外之喜吗?"

"他……他气场太强,感觉很危险,不好接近。而且我有听说,他在商场里是出了名的心狠手辣,我怕他知道事实以后不会放过我。"

"他是对竞争对手心狠手辣,"武平摘下眼镜,抽了张纸巾擦了擦,"他能对你一个小姑娘心狠手辣吗?"

"可是他有喜欢的人,"沈半夏说,"我不想掺和。"

"你怎么知道他有喜欢的人?"

"好多人都这么说。"

武平叹口气，摇摇头："我真不是好为人师那种，但不得不跟你说一句。这世上的事，就算是你用眼睛看的都有可能不是真的，更何况只是用耳朵听的。"

沈半夏怔了怔，没有再说什么，继续吃菜。

"不过你既然不想接那就算了，我也不会逼你。只是你哪天如果后悔了，可以随时跟严琴联系。我知道你很需要钱，如今好不容易有这么好的机会，你要是放弃就太可惜了。"

"老板，您为什么这么关照我？"她问。

"我有关照你吗？"

"有的，我在事务所一年，多亏了您照顾。"

武平笑了笑，他今年快五十岁了，跟沈半夏的父亲年龄差不多，笑得宛如一位真正的慈父。

"其实我认识你的父亲，"他说，"我跟他是一个学校毕业的。你不知道吧，你爸当年在学校可是个风云人物呢，人长得帅，也聪明，代表学校参加过好几次国际科技大赛，只要是他带队保证能给学校拿个第一回来。我虽然跟他不是一个学院的，但也听过他的大名，一直都很佩服他。"

"怪不得。"沈半夏往嘴里填了块西蓝花，长叹一声，"我还以为自己有什么个人魅力，让您看到我的价值了呢，原来我也是靠爹才能进事务所的啊。"

武平被逗得哈哈笑了笑，摇头不语。

米莉从那桌回来，估计是跟前男友聊得不错，脸上带着一抹羞红。

她先把外套穿上，跟沈半夏指了指那桌里的一人："你看那人怎么样，还算不错吧？"

沈半夏往她指的地方看，看到了坐在油头旁边的一个二十七八岁的男人，人长得温文尔雅，颇为周正。

"怎么了？"

"我刚认识的，聊了几句，结果就给你接了一单活儿。"米莉一脸"你怎么还不夸我"的嘚瑟样，"明天他父母要来，两位老人都很传统，看他都快三十了还没有女朋友，一直都急得不得了，都愁出病来了。他就想趁着明天父母来看他的时候，找一个女孩陪着他去跟爸妈一块吃顿饭，当交差了，好让两位老人安心回老家，不要再惦记他了。这茬你要是愿意接，我把他微信推给你。"

沈半夏想了想，问："他能付辛苦费吗？"

"当然，他出这个数。"米莉伸出三根手指。

"三百啊？"

"是三千。"

沈半夏眼睛一亮："那我当然接啊。"她热情地一把抱住米莉，"米莉姐，太谢谢你了,你就是我的神,是我唯一的姐!"

米莉把她的头往外推:"行了,别趁机吃我豆腐啊!我这胸刚做的,贵着呢,别给我蹭坏了。"

当晚沈半夏就加上了张俊安的微信,略聊了两句,定下了明天的见面时间。

临去前沈半夏好好打扮了一遍。因为上次被段融嘲笑看起来像高中生,她特意挑了身看起来比较端庄的浅杏色连衣裙,脚上踩了高跟鞋。

脚踝还是痛,不管穿多少次高跟鞋,都没办法适应。

张俊安开车带她去见面地点。

这男人长得颇有几分姿色,人也温和知礼,虽然出身贫寒,但已经在这边站稳脚跟,是这个城市里比较争气的"凤凰男",混得人模狗样,开的一辆保时捷价值不菲。

"沈小姐,"他在车上跟她搭讪,"看你年纪还很小,为什么已经出来工作了?"

"要吃饭啊。"沈半夏并不想说太多,全程扭头看窗外,装成在欣赏风景,对人甚至有些冷淡。

可是一到了两位老人面前,她立刻展现变脸般的演技,甜甜地笑着挽住了张俊安的胳膊,做出很依赖他的样子,像在跟他热恋一样。

两位老人见儿子真的交了个如花似玉的女朋友,放心了些。可盯着沈半夏看了会儿,他们不确定地悄声问张俊安:"儿子,她真的已经上大学了?"

沈半夏仔细地看了看自己的打扮。

明明挺成熟的了,为什么还是让人觉得幼稚?

吃饭期间,她恭敬地跟两位老人说话,哄老人开心。直到餐厅里走进来一个人,她一眼看见,心瞬间提了起来。

是不久前刚跟她见过面的段融。

段融暂时没看见沈半夏,一只手插兜,模样懒散,迈着两条长腿往前走,有一句没一句地跟几个朋友闲聊着。

沈半夏立即侧了些身,低头把自己的脸挡住。

张俊安和两位老人看得莫名。

余光瞥见段融已经走远,她直起身,偷偷往他离开的方向看了看。

不知道段融去了哪里,已经看不见他了。

她放了心,重新恢复到好女友的身份中去,陪着两位老人聊天。

在差不多把两位老人唬住,这场见面就要结束时,段融再次出现了。

他是突然出现在沈半夏视野中的,站在她前面五步远的位置,一只手闲闲地插在裤袋里,居高临下地俯视着她,幽深难测的一双眼睛里透着玩味,像是在看一只即将落入猎人手里的小兽。

段融的目光很淡，脸上没有什么表情，但只是这个样子都让人觉得危险，让人怀疑自己是不是哪里得罪了他，下一秒他会不会突然出手扼住她命运的咽喉。

沈半夏垂下目光不敢再跟段融对视，很怕他会走过来，然后单刀直入地说一句："昨天跟我聊订婚，今天来陪别的男人吃饭？"

想到这里，她不由得打了个激灵，心跳得厉害。她抠了抠手心，让自己冷静下来，飞速想着自己该怎么解决接下来可能会发生的状况。

五百万的大单已经黄了，她不能连三千块的单子都弄丢。

张俊安和两位老人也发现了段融的存在，还发现了段融盯着沈半夏的眼神有些奇怪。

段融并没有要走的意思，在她避开视线的两秒后朝她这里过来，他每朝她接近一步，她心里的恐惧就多一分。

张父从椅子里站起来，看看段融又看看沈半夏："你们认识？"

没等段融说什么，沈半夏从椅子里站起来，一把抓住段融的胳膊，用能把自己都骗过去的演技喊他："表叔！"

段融无语。

"表叔，你怎么来了？"沈半夏一脸惊喜的样子，"好久不见啊表叔，你也来这里吃饭吗？"

她表面上看没有什么异常，可手指紧紧地抓着他的手臂。

段融垂眸看了看，目光顿在她发白的手指关节上，又缓缓上移，去看她笑着的一双眼睛。

又是红的。

只要看到他，她的眼睛就会红起来，里面噙着泪，好像受了天大的委屈。

他把手从裤袋里伸出来，抓住她手的那一刻，感觉到了她手上的震颤。他一点点地用力，掰开了她的手指。

他原本熨帖整洁的衬衫被她抓出了几道细碎的褶痕。

他没有去管，朝她低了些头，尽量与她平视。

"好久不见，"他顺着她的话，一个字一个字地叫她，"表、侄、女。"

这三个字落下，沈半夏身子抖了抖，像是从夏天瞬间被冰冷的冬天所掩埋。

她中了邪般地怔怔与段融对视，两人距离极近，能感受到他的呼吸。

"原来是半夏的表叔啊。"张父主动打招呼，"你好，我是俊安的父亲。"

张俊安也站了起来，对着段融毕恭毕敬地颔首："段总。"

这两个字后，一道惊雷在沈半夏脑子里打下来。

张俊安不仅跟段融认识，而且还是他手底下的员工？

段融侧过身，淡淡瞥了张俊安一眼，目光往沈半夏身上示意了下："跟她什么关系？"

张俊安刚要说话，沈半夏打断下来。

"表叔，我听说你交女朋友了。你这个年纪才交上女朋友，真是不容易。今天女朋友有来吗？你带我去看看吧，我一直都想知道到底是什么样的一个天仙能入得了你的眼。"

她不由分说地拉着段融往外走，同时不忘回头跟张俊安的父母解释："叔叔阿姨，我很快就会回来的，你们等我一会儿哈。"

刚才被她喊表叔，段融还不觉得有什么，可他扭过头，看向一头银发的张父，意识到这丫头把他们喊成了同辈人。

段融无语地哼笑，压抑着脾气顶了顶腮帮，侧头看向拉着他往外走的沈半夏。

女孩穿着高跟鞋，走路很不舒服，两只细软的手抓在他胳膊上，刚好把一部分重量放在他身上。

他没有把她的手甩开。

两人已经到了餐厅外头。

沈半夏扭头看了看，确认张俊安的父母不会注意到这边，她松开段融。

"不好意思，"她主动道歉，给自己的行为找一个合理的解释，"张俊安让我陪他父母吃顿饭，所以如果……"

"沈半夏，"段融连名带姓地叫她，如墨一般深的眸子里情绪不明，"你是不是就喜欢找老男人？"

她愣了片刻，意识到他是误会她和张俊安之间的关系了。

她原本想要澄清，可是又想有什么必要呢，她跟段融之间算得了什么，不过是萍水相逢的关系而已，他不会记得她，她终有一天一定要忘了他。这两次碰见都是偶然事件，以后应该不会这么巧了。

算了。

"怎么了，难道张俊安不好看吗？"她一脸无所谓地说，"虽然他是比我大了几岁，但是长得还不错，这不就够了嘛。我正常跟人交往，没问题吧？"

段融嗓子里轻哼了声："看得上他，"顿了几秒，才把后面的话说出来，"看不上我？"

沈半夏回想了遍，跟段融见面那天，确实是她先提出要走的。就好像是她瞧不上他，不愿意跟他多待一样。

"段总说笑了，"她的口吻十分疏远，"是我高攀不上您。"

她半转过身,看向餐厅里的张俊安:"像张俊安这种的,我交往起来才不会有压力。"

她人长得瘦小,容貌清丽,五官柔和,像个可爱精致又惹人怜爱的布娃娃。

不太像社会上精明的成年人,而像是还在读高中的涉世未深的学生。

从沈半夏口中听到这样的话,就好像看到了一个未成年的不良少女,她在本该好好读书的年纪,偏偏要跑出去堕落。

段融突然想到,如果她是他的女儿,他一定要把她的腿打断。

"你交过几个男朋友?"他被脑中的念头驱使着,多管闲事起来。

沈半夏面无表情地撒谎:"太多了,忘记了。"

段融想打断她腿的感觉更强烈了。

她眼里的红已经慢慢消失,泪光也没有了,可以正常地去面对他了。

"张俊安的父母还挺喜欢我的,我不能让他们知道昨天我跟你见过面,商量订婚的事,"她说,"所以你能不能帮我保密?"

他看了她一会儿,说:"这么喜欢张俊安?"

"还好。"她说,"好看的小哥哥,谁不喜欢?"

段融琢磨着"小哥哥"这三个字,把张俊安跟他受到的待遇做了番比较:"他是哥哥,我是表叔?"

他朝她逼近一步,后面是玻璃门,她的背贴上去,两人间的距离还在不停地缩小,他身上佛手柑的香气传来。

段融一点一点地低下身,注视着她杏子般的眼睛:"沈半夏,你就这么嫌弃我?"过了几秒,又说,"从第一次见面起,你就在嫌弃我。"

沈半夏的眼睛倏忽红了。

他根本就不记得,他与她的第一次见面是在什么时候。

两人无声地对视着。

她的眼睛长得很漂亮,大而滚圆,眼珠是清透的琥珀色,平白给她增添了一种楚楚可怜的脆弱感。

总说目若秋水,应该就是她这个样子。

在这个时候,段融发现,她这双眼睛十分熟悉,他好像在很早之前就见过。

但到底什么时候见过,他完全想不起来。

沈半夏第一次见到段融,是在 2009 年。

那年她还只有十一岁,刚升入初中不久。不知道吃坏了什么东西,她一张脸上总是反复过敏,长了很多红色的小疙瘩。

她怕被人看见,不肯去学校。父亲沈文海带她去医院看过很多次,医生只说要慢慢恢复,但没说具体什么时候能恢复。

为了能让沈半夏正常地去上学,沈文海买了些医用口罩,让她每天戴着去学校。

班里谁都没有戴口罩,只有沈半夏每天戴着,谁都看不见她的脸。都是十几岁的少男少女,正是好奇心强的时候。班里有个叫范洪博的男生,平时尤为活跃,某次课间开始恶作剧,冷不丁就去揪沈半夏脸上的口罩。

虽然沈半夏很快就把口罩重新戴上了,但他们还是看见了她脸上那些丑陋的红色小疙瘩。

从那以后,整个初中部都在传,初一(7)班的沈半夏是个丑八怪,因为太丑了,每天都需要把脸挡住才能出来见人。

后来的日子,沈半夏每天都活在冷嘲热讽和谩骂中。

这些她还能接受,无非是心里难过些,只要忍着就好了。

但是一个月过去,那些人只是讽刺她还不够,慢慢转变成了行为上的霸凌。

他们会故意针对她,破坏她的课桌和椅子,考试的时候故意往她桌子上扔答案,让老师当众骂她考试作弊。放学的时候,他们会跟着她,不停地拿"丑八怪"这三个字嘲笑她。

她始终不看他们一眼,背着书包飞快地往家的方向走。只要回到家,她就安全了,没有人会再欺负她了。

那些人见沈半夏简直像个闷葫芦,不管怎么骂都不吭声也不哭,恶劣心思被她这种态度挑起来,他们开始在路边捡碎石子往她身上砸。

沈半夏的后背上、胳膊上、额头上被无数块石子砸中,她背转过身,躲在墙边拼命忍着在眼眶里打转的眼泪。

段融就是在这个时候出现的。

他恍如从天而降的神明,几步从马路对面跑过来,把为首的往沈半夏身上扔石子的男生一把揪住:"干吗呢!"

段融那时候已经十八岁,个子蹿到了一米八五,站在人面前时极有压迫感,看起来很不好惹。

初一年级的小男生哪里是他的对手,一溜烟地赶紧跑了,只有范洪博仍被段融制住,挣脱不开,吓得满脑门淌着汗。

沈半夏扭过头,往这边看。

那是她第一眼看到段融。

路旁植着一排很有年头的槐树,正是盛夏时节,太阳毒辣辣地挂在天上,投下一片斑驳树影。

段融揪住范洪博的校服领口,猛地把人掼到了地上。

范洪博在地上直直滑出去半米远才停下,胳膊被粗粝的路面磨出一片血淋淋的伤。

段融两手插在裤袋里,居高临下地俯视着他,下巴朝沈半夏那边一点:"过去道歉。"

范洪博眼里有不甘心,但是不管有多不甘心,他都知道自己不是这个少年的对手。

他从地上爬起来,过去对着沈半夏像蚊子般说了声:"对不起。"

段融用眼神压着他:"你没吃饭啊?"

范洪博吓得快哭了,握了握拳,大声说:"对不起!"

说完,他防备地看了段融一眼,然后一溜烟跑了。

段融走到了沈半夏面前。

那年沈半夏个子还很矮,连他肩膀都不到,她需要抬起头才能与他对视。

段融在她面前缓缓蹲下身,半跪下来,如同对待一个小孩子一样。明明刚才那么凶,处处都显得不好惹的一个人,在面对她时却变得格外温和。

"小朋友。"

那是他对她说的第一句话。

"别怕,哥哥把他们赶跑了。"

树影落在他棱角分明的脸上,随着风吹,一小片阴影来回滑动。

沈半夏睁着一双大眼睛看他,见他额发下贴着白色纱布,是受了伤的样子。但即便如此,都丝毫不影响他的好看。

他好看到,即使隔了这么多年,每次想起他的样子,沈半夏就会无药可救地心动一次。

第二章
伞朝她这里倾斜，替她挡住了兜头的雨

七年前的少年与面前男人的脸重合。

沈半夏一动不动地看着段融，他个子又长高了几厘米，如今已经蹿到了一米八七。即使她穿着恨天高，也依旧比他矮了很多。

段融今天穿着简单的白色衬衫、黑色长裤，身形清瘦挺拔，但是并不显得单薄。额发蓬松地搭着，快要遮挡住眉眼。

他的头发是深棕色，并不是染的，而是天生就是这个颜色，看起来像个不好惹的不良少年。但是他又确实从十八岁的少年，长成了二十五岁的成熟男性，在商场里浸泡过，淬炼出一身杀伐果决的本事，再也不是高中时，带着一身伤出现在她面前的段融了。

沈半夏也变了很多。她的个子长高了，脸上没有再戴口罩，那些恼人的红色小疙瘩早就消失了，皮肤甚至一天比一天好，变得光滑水嫩。

她从别人口中的丑八怪，出落成了楚楚动人的少女。

段融认不出沈半夏很正常。况且七年前，她每次出现在他面前时，脸上还总是戴着口罩。

"我怎么敢嫌弃段先生，"她把嗓子里的苦意咽下去，"我说过了，是我高攀不上你。"

"怎么不叫表叔了？"他把手抄进裤子口袋，"多跟表叔见外。"

他说话一向这样，总是没个正形。但他绝对算不上性情好，其实谁都危险，离他太近的人很少能得到好下场，沈半夏算是一个意外。

他往后退开了些，跟她拉开些许距离。一段可以让她重新自由的距离产生后，她把背部从紧贴着的玻璃门上移开，对着他歪了歪头："那表叔要是没什么事，我就重新回去约会啦。"

她俏皮起来别有一番风味，让人瞬间就想用"可爱"两个字来形容，光是可爱还不够，无法描述她可爱的万分之一。

偏她并不知道自己的这份可爱,还妄想用故作成熟把自己伪饰起来。

她往前走了两步,正打算推开玻璃门,偏偏脚上崴了下。

高跟鞋真是这个世上最可恶的发明!

她一只手撑在玻璃门上,身体仍旧有往下摔的趋势。

下一秒,胳膊被人扶住。

男人宽大的掌心贴着她手臂的皮肤,热度源源不断地传过来。

她胳膊很细,皮肤嫩白,在阳光下几乎发着光。他握着她胳膊把她带到一边的椅子上坐着,从裤袋里摸出创可贴,在她面前半跪下来,去抓她的脚踝。

男人的掌心皮肤密不透风地圈住她,她打个激灵,手指蓦地紧缩,那只脚条件反射地往后收。但他已经握住,毫不费力地往前扯,把她脚上的高跟鞋脱下来,拆了个创可贴粘在她破了皮的脚踝处。

做这些时他的手指碰到她脚上的皮肤,她浑身瑟缩了下。

她想,肯定是疼的,而不是因为他的触碰。

段融又拆了一个创可贴,贴在她另外一处伤口上。

中学的时候,他就总是随身带着创可贴。不管什么时候,只要往口袋里掏一掏,就总能掏出同一品牌的创可贴,然后随便对着哪处能反光的镜子,贴在他破了皮的鼻梁或者下巴上。

那个时候,因为他的舅舅经常会欠钱,社会上的一些混混就来找他麻烦。一群人打他一个人,他难免会挂彩。但他身体的愈合能力很强,一枚创可贴贴上去,几天后,脸上皮肤恢复如新,看不出一点儿受过伤的样子。

如今他已经功成名就,再也不是会被一群混混围殴的贫苦少年了,可是为什么他还是没有离开创可贴这个鬼东西。

沈半夏无法理解,更多的是想起了七年前他那段窘迫的生活,心里不是滋味起来。

她低着头,两只手撑在椅子上,看上去有些不高兴。

"你为什么还是随身带着创可贴?"她没忍住,问了出来。

段融朝她抬起头,眼里惯常的玩味已经不见了,转而变成了一种试探:"还?"

沈半夏幡然醒悟,把刚才的话拿掉两个字,重新问了一遍:"你为什么随身带着创可贴?"

段融并没有解释的心思,淡淡地瞥了一眼她的脚:"上次给你的,怎么不用?"

他应该是指被她收起来的十枚装创可贴。

"我的脚其实不疼。"

她说了句没什么说服力的话,为了能让他相信,她把高跟鞋穿上,右脚在地上踢了下，以此营造出她能穿着这双恨天高活蹦乱跳的样子。

但她忽略了他正半跪在她面前，脚往前一踢，刚刚好踢在了他的小腿上。

段融不动声色，什么都没说。她就也当成什么都没发生的样子，低着头把脚收回去。

段融从地上直起身。

张俊安从餐厅里跑了出来，恭敬地叫了声："段总。"

沈半夏立即竖起十级防备，朝他跳起来。

"俊安哥哥，你怎么出来啦，我不是说了很快就回去吗？"

她故意让自己的声音嗲一些，说完后不给张俊安接话的准备，上前一把抱住他的胳膊："俊安哥哥，我们回去吧，我跟表叔说完话了。"

段融目光下移，顿在她抱住别的男人胳膊的手上。

张俊安不明白沈半夏为什么在段融面前也要演他女朋友，温和地说："半夏，那是我老板，你让我跟老板说几句话。"

"什么老板，那就是我表叔而已，你不用怕他！今天是你的休息时间，你是自由的，资本家没有资格在这个时候压榨你。走走走，我们去陪爸爸妈妈。"她不由分说地拽着张俊安往餐厅里去，自始至终没敢看段融的脸上是什么表情。

段融并没有追过来找她麻烦，她顺利地把张俊安带回了餐厅。

"张先生，对不起啊，"她把他拉到一处安静无人的转角，手立刻从他的胳膊上松开，"我不知道你跟段融认识。"

张俊安任何时候都是一副斯文有礼的样子，闻言笑了笑："干吗要道歉，你又没做什么？"

顿了顿，他问："你跟我们段总真是表亲？"

"不是，我瞎说的。"她挠挠耳朵后的皮肤，想了想，转身看他，"张先生，如果以后段融问起有关我的问题，你可不可以帮我保密，什么都不要跟他说。"

张俊安怔了一瞬，笑了笑："其实我就只是知道你在哪儿工作而已。"

沈半夏不说话，只是默默地看着他，明明脸上没有多少表情，偏让他想起"楚楚可怜"这四个字。他不由得疼惜了下，心里攀爬上异样的感觉。

她实在是一个太漂亮的女孩，更严重的是，她的漂亮里带了一种易碎的脆弱感，轻易就让人对她产生了保护欲。

张俊安有几秒钟的失神，半天才道："你放心。"

他说出口时竟然有点儿不易察觉的颤音，那点儿颤音是被她这双漂亮的眼睛勾出来的。

"我什么都不会跟他说的。"他补充。

张俊安外表看上去彬彬有礼的，给人一种踏实感，让沈半夏相信他说到就一定能做到。

"那就好。"她笑了笑,"我们回去吧,你爸妈该等急了。"

沈半夏开始往前走。

张俊安跟在她身边,无意识地看了看自己的胳膊。

他很想让她能像刚才一样,抱住他的胳膊。

但是再也没有了,甚至就连会面都很快结束了。张父张母用完餐,高高兴兴地跟他们道别,坐上了回家的车。

沈半夏目送着车子远去,等车子拐到前面一条街,消失不见后,她立刻撤了脸上的笑容,用手揉了揉笑得发酸的小脸蛋。

张俊安的眼神始终挂在她身上。

"张先生,"她依旧十分客气地叫他,"我表现得还好吧,应该没有露馅吧?"

她眼睛亮亮地看着他,目光里是赤裸裸的她要收酬劳了的意思。

"哦,是。"

张俊安赶紧把手机拿出来,操作了几下:"我把钱转给你。"

钱到账后,沈半夏毫不掩饰地弯起眼睛笑,释放出一身俗之又俗的铜臭气。

"下次你要是再有难题可以再来找我。"她一秒钟都没再多待,摆了摆手算是道别,"拜拜。"

张俊安痴痴地看着沈半夏的背影。

娇娇小小的女孩在前面走着,走了几步路,觉得脚上的鞋不舒服,干脆脱了下来。

她从随身带着的包里拿出一双干干净净的白色板鞋穿上,把高跟鞋放进包里,哼着歌蹦蹦跳跳地往前走。

她的头发很长又密,柔软地在背上铺着。浅杏色的裙摆搭在她膝弯处,随着她走路时的动作轻轻扬起又轻轻垂下。晃成一丛波浪般的裙摆下,是她白到发光的细瘦笔直的两条小腿。

她美好得让人心里发痒。

一直到第二天上班,张俊安脑海里都还在不停浮现沈半夏那张幼嫩清纯的脸,微信打开又关闭,几次想找她说话,但是都没敢。

他所加的只是她的工作号,她的工作号头像简单粗暴,蓝色的底,上面用白色的字写着:有公事您说话。

言外之意,如果是私事就不要找她,她是不会理的。

"张经理,"总裁助理崔山在外头敲了敲门,"段总让你去一趟,他有事找你。"

张俊安关了手机,跟着崔山过去。

总裁办公室,段融在沙发里坐着,背往后靠,大刺刺地跷着二郎腿,手里拿着手机漫不经心地看。偏这样一副吊儿郎当的模样,都让人觉得他身上确实是有气势的。

不同于昨天偏休闲的装扮,段融出现在公司里的时候会穿西装打领带,但是不管多么正儿八经的打扮,都掩饰不住他身上与生俱来的痞劲,那痞劲里又带了些狠,两种截然不同但是殊途同归的气质在他身上异常和谐地共存着。

"段总,"张俊安恭敬地回话,"您找我?"

"坐。"段融淡然吐出一个字,目光仍落在手机上。

张俊安坐在对面的椅子上。

"市场那边出了问题?"段融冷不丁地问了一句。

张俊安一上午都在想沈半夏的事,忽略了市场部那边的消息,愣神了很长一会儿才磕磕绊绊地回:"好……好像是,听说是那边有女员工在网上声称自己受到了高管性侵,给公司形象造成了很大损害。"

"派人去查了吗?"

"好……好像已经有人去了。"张俊安是真不确定这件事进行到哪一步了。

段融这才没继续看手机,眼睛从手机屏幕上抬起来,落在对面的张俊安的身上。

"这么喜欢用好像,那到底是有多像?"

段融的语气没什么起伏,像是在跟人随意聊天。但即使这样,也能让人在他的话里,瞬间产生一种怀疑人生、怀疑自我的心虚。

张俊安只能实话实说:"抱歉段总,对于这件事我需要去确认下。"

"你来公司几年了?"段融关了手机,拿在手里转了转。

"有六七年了。"

"所以是大学毕业就来了。"

段融幽幽地说了句,搭在左膝上的右腿放下来,靠在沙发上的身体直起,往前倾,一只手肘搭在膝上,另一只手开始沏茶,烫杯温壶、放茶叶、洗茶、冲泡,每一道流程都做得漫不经心,又带了股懒散劲。他完全不像是会在泡茶这种事上下功夫的人,但整套流程做完,张俊安确实闻到了袅袅茶香。

被段融送到面前的茶汤微带浅红,晶莹剔透,是上好的云南普洱。

"七年时间从被人呼来喝去的底层职工爬到公关部经理的位置,就是靠着'好像'两个字?"

"对不起,段总,确实是我工作失误了,我没有认真去了解这件事。"张俊安主动把错揽下来,"我会尽快把事情处理好。"

"四十八小时内,公关做不好你就收拾东西让贤。"段融语气里没什么起伏,让人有种捉不到底的恐惧感。

"喝茶。"他突然又说。

张俊安去拿茶杯,上好的普洱他什么味道都尝不出来,牛饮般一口喝干。

他放下茶杯,正要松一口气,起身告辞时,又听见段融幽幽地提起:"跟我表侄女怎么认识的?"

张俊安浑身一震,顿时觉得这个问题要比他今天玩忽职守的问题还要严重。

他已经知道,沈半夏并不是段融的什么表侄女,段融也比谁都清楚这件事。但现在,段融偏偏不挑破,依旧拿表叔的身份与沈半夏牵连着。

"是……是一次在酒吧喝酒遇见的。"他随口说了一个听起来比较合理的理由。

"我这表侄女倒是爱玩。"段融重新往沙发里一靠,两条胳膊往张开搭着,朝张俊安斜过去一眼,"跟她做过什么?"

他所说的跟她做过什么,所指代的肯定不是去哪里吃过饭、去哪里约过会、去哪里看过电影这种无关紧要的事,而是有没有过肌肤之亲,肌肤之亲到什么地步了。

张俊安突然有种段融真的是沈半夏表叔的错觉,如今这位辈分上的长辈正在为小辈讨公道。

他紧张得汗都要出来了:"没什么特殊的,也就是普通情侣间做过的事。"

"普通情侣间做过的事,"段融把"做"字咬得很重,"都做过了?"

莫名地,张俊安觉得自己在段融眼里看出了不爽。男人那点儿胜负欲突然被挑动,他咬了咬牙,明知道段融侧面在问的是什么问题,也还是不顾沈半夏的名誉回答道:"是。"

屋子里静了几秒,这下张俊安在段融脸上看到了一丝压抑着的怒色。

段融没再就这个问题继续问,转而说了句没头没脑的话:"你知不知道她几岁?"

张俊安想了两秒,回:"她说她快十九了。"

并没再看到段融脸上有什么表情,好像这个问题确实只是他随口一问,接着又随意一听,他不会针对这个问题有任何情绪上的波动。

"忙你的去吧。"

最后,听到他淡淡地说道。

张俊安起身,颔首,离开办公室。

手机响起,段融拿起来接。

电话里那人所在的环境十分嘈杂,听声音应该是在哪个山地越野车赛现场,男男女女的欢呼声隔着半个山头都能传进手机听筒里:"段融,有时间你也来玩玩,看这帮人飙车太没劲了,一个个的跟没吃饭似的,拐个弯能磨蹭到一千年以后。你过来好好教教他们,什么才叫赛车!"

段融从烟盒里拿了一根烟,搁嘴里咬着。打火机"啪"的一声拨开,齿轮滚动，橙红色的火苗蹿出来，舔上烟丝。

段融吸了一口，烟丝亮了亮。他口中吐出一个烟圈，白色烟圈悠悠荡荡地散在空中："有事儿说事儿。"

"听说公司有了点儿小麻烦，高峰被人阴了？"易石青在电话里说，"那搞事儿的女人我正好认识，从她朋友圈看她今天的飞机，晚上九点落地京城。怎么着，兄弟我替你去会会她？"

"不用，"段融拿过烟灰缸，食指在烟上磕了两下，烟灰簌簌往下落，"我有办法治她。"

沈半夏把从张俊安那里收到的钱转给了姑妈沈莹。

沈莹很快给她发来微信：半夏，姑妈这里还有钱，你别担心。钱你留着用，我给你打回去了啊。

沈半夏没回，关掉手机，趴在工位上，脸枕着胳膊。

饶文姿过来找她："半夏，这儿有个案子你去了解下情况，具体资料我刚发给你了。"

饶文姿是武平的妻子，两个人大学毕业后就结了婚，一直十分恩爱。

"是天晟的案子。"饶文姿告诉她，"有个女员工说自己被天晟集团的高管性侵，还把酒店监控视频发到了网上。现在事情闹得比较大，天晟那边说公司高管是被人陷害的，现在他们已经委托我们向法院提起了诉讼。声称自己遭到性侵的员工叫劳艺，你找时间去跟她接触接触，看看能不能找到什么对我们有利的线索。"

"天晟的案子？"沈半夏不解，"他们不是一直有自己的律师团队吗？"

"这个案子给了我们。"饶文姿点了几下手机，"我把跟我们这边对接的负责人的微信推给你了，你记得加一下，有什么情况跟他沟通就好。"

"好。"

沈半夏加上那人的微信，对方微信名只有一个简单的大写字母"Z"。

好友通过后，她给对方发了一条消息：您好，我是平忱律师事务所的实习生，我叫沈半夏，您以后如果有什么问题可以跟我说，我会负责反馈。

消息发过去后就石沉大海，一直没有收到回复。她没怎么放在心上，继续忙自己的工作。

微信上收到米莉的消息，她点开。

米莉：姐帮你打听到了今晚十点劳艺会去迷路酒吧，你去那边堵她，一准能堵得上。

沈半夏发了个跪地拜谢的表情包，然后把米莉的微信备注名改为"唯一的姐"。

晚上十点，迷路酒吧。

酒吧里纸醉金迷，躁动的音乐声整晚不休，穿着清凉的男男女女贴身热舞，有看对眼的在酒精或药物的影响下，当着外人的面就能上演一场活色生香。

沈半夏是第二次来这种地方，进门时照旧被要求查看身份证。但查看身份证那人明显只是走个过场，眼睛始终盯在手机游戏里的厮杀场面上，自始至终没往她身份证上瞥过一眼。

沈半夏径直往前走。

她今天把头发扎了起来，留着薄薄的一层刘海，脸颊两侧落着几缕碎发。没再把自己往成熟方面打扮，而是穿着她平时常穿的棉T恤、不过膝的短裙、白色板鞋，浑身透着股扑面而来的青春气息。

她推开门，里面是个十米左右的走廊，走廊两侧挂着普通人难以理解的抽象画，营造出个人都觉得装相的艺术感。

十米后，再推开一扇门。

扑天的躁动电音劈头盖脸地砸下来，砸得脑袋都"嗡嗡"作痛。她下意识地捂了捂耳朵，捂了两秒后，觉得自己不能这么怂，把手放下，挺直了腰杆装成老熟客的样子往里走。

从门口走到内场，穿过内场走到吧台，她在一个浓妆艳抹的女人身边停下。

那女人二十四五岁的样子，一张脸生得千娇百媚，尤其是一双细长眼，虽然并不是标准的美人眼，但嵌在她那张美人脸上，偏偏就正正好好、风情万种起来。

沈半夏在来之前，差不多了解了这桩案子。这个叫劳艺的女人设了个套，把她的上司灌醉后带进了她的酒店房间。到了第二天，一切按部就班，劳艺指认上司侵犯了她，要想把这件事无声无息地解决，只有三条路：第一条是拿到天价封口费；第二条是上司把她娶了；第三条有些奇怪，劳艺要见公司总裁，跟总裁先生好好谈一场。

天晟集团的现任总裁，是段融。

那个被灌醉了的高管叫高峰，他对劳艺确实有点儿意思，但他酒品很好，醉了后倒头就睡。而且他有个历经多任女友后被证实的问题，他酒后硬不起来，绝不可能在那种状态下侵犯劳艺。

沈半夏在劳艺旁边的高脚凳上坐下，酒保过来招呼她："喝点儿什么？"

沈半夏扭过头，用一副纯洁无害的学生模样问劳艺："姐姐，这里哪种酒比较好啊？我第一次来，不太熟哎。"

劳艺看了她一眼，突然无声地笑了下："年轻真好啊！不过小朋友，你这个年纪还是不要喝太烈的，对发育不好。"

沈半夏依旧扮无害的学生样，等着劳艺介绍。

劳艺指了下酒柜，跟酒保说："给她一杯芝华士。"

这女人说她不适宜喝烈酒，结果却给她点了一杯烈酒。

沈半夏接过酒保递来的酒，准备先小抿一口，等抿过这口后，比较好展开接下来的套话行动。

她将酒杯拿起来往唇边送，冰凉的杯壁碰到了唇，但也许还没有碰到，她无法确定。

因为在下一秒，她旁边出现了一个男人。那男人没使什么力气，便把她手里的酒杯拿走了。

他仰脖，颈下突出的喉结上下滚动，烈性芝华士顺着他口腔滑进咽喉，一路滚进胃。有滴酒液顺着他的唇角滑下去，掉在下巴上，又顺着下巴滑进脖子，沿着性感的喉结曲线一路往下坠，最后渗进他白色衬衫的领口，不见了。

沈半夏怔怔地看着他，看他拿酒杯的手，看他上下滚动的喉结，看他白到惹眼的颈部皮肤，看他领口下一截若隐若现的锁骨。

每看到一处地方，心就仿佛被擂了一下，重重地擂一下。鼓声震耳欲聋地响着，揪住她鲜红的一颗心脏，让心脏不得不跳动，跳得越来越快，越来越紧，带动得她全身都热。

自中学与他分别后，这已是第三次看到他了。

段融。

她在心里不停地叫这个名字，每叫一次，心就强烈地痛一下。但不是单纯的痛，痛里含了自甘堕落的瘾。

为他而生的瘾。

酒杯被放回吧台，杯底与台壁摩擦出一声不大不小的响声。段融拇指指腹在嘴角擦了下，擦掉酒液划过的痕迹。

他站在沈半夏和劳艺之间，一只手搭在吧台上，衬衫袖口往上折了两道，露出一截瘦又有力的手腕。

他并没对自己突如其来的举动做什么解释，身体半侧，看向目光早就挂在他身上的劳艺，嗓音不温不火地开口："有什么话非要跟我说，现在谈。"

他个子长得高，身材修长挺拔，一张脸又鬼斧神工般俊逸逼人，属于披着麻袋都好看的人，不管在哪儿都能成为人群里的焦点。

自段融出现以后，酒吧里有不少人的目光朝这边打量过来。女生们的眼神很露骨，清醒的人还能稍微掩饰一点儿，酒精上脑的就不怎么能掩饰了，目光里赤裸裸地昭示着不加掩饰的"性趣"。

劳艺挺了挺胸脯，激光灯从头顶激射而下，在她那能杀人的"胸器"上一晃而过。

"想见段总一面还真是不容易。"她脸上有傲气和得意,这源于段融此刻与她相距短于半米的距离,让她能在一片如狼似虎的盯梢下,生出一种"你们看也没用,老娘才是近水楼台先得月的那个人"的自豪感。

"既然段总愿意跟我谈,那我就好好跟你谈。"她的口气礼貌,又带了客气,委实是一副要进行商业间合理谈话的姿态。

可是下一秒,她口中吐出几个字:"你跟我睡一觉,我就撤诉。"

这么一句话落下后,沈半夏没有感到一点儿意外。

很久以前,她就知道段融有多受欢迎。

曾经有一次,段融在她旁边一语不发地跟着,把她送回家的路上,她就见识过一个女生抱着一个鼓鼓囊囊的书包,在大夏天里跑得满头大汗地到了段融身边,停在他面前喘了几口气,然后拉开书包拉链,露出里面快要冒出来的粉色钞票。

"段融,我听说你很缺钱……这些钱我都给你,今晚你能不能陪我去逛街?"那女生说完,把书包往段融面前递。

段融两只手仍抄在裤子口袋里,看都没看那能改变他命运的书包一眼,自始至终连眉头都没动过一下。

他只是淡淡地,甚至有些凉薄地移开视线,视线往旁边挪,再往下一些,准备无误地对上了个子还很矮的沈半夏的眼睛。

沈半夏看着他,他也看着她。他脸上有刚跟人打架而蹭破皮的痕迹,那里血液干涸,结了痂。她脸上仍戴着口罩,只露出一双平静又通透的眼睛,那双眼睛里没有一粒尘。

他的手仍没从口袋里拿出来,朝沈半夏走了两步,走到她身边,继续目不斜视地往前走。

是要送她回家的意思。

沈半夏捏紧书包带,一言不发地移回视线,重新看着前面的路,跟在他身边一步步地朝前走。校服裙角搭在她膝盖处,随着她的每一步轻轻跃起,又轻轻落下。

连段融的一句话都没得到,就被拒绝的女生歇斯底里地在后面喊:"段融!没有钱,我看你怎么撑下去!我早晚让你回来求我!"

段融仍是充耳不闻,继续带着沈半夏往前走。

拐过前面一个路口时,他终于看了沈半夏一眼。

"小朋友。"他叫她。那年他一直这么叫她,她没说过她叫什么,他也从来没有问过。

"以后不能跟那个姐姐学。"他长相偏冷,气质也偏冷,但每次跟她说话的时候,却奇异地让她感觉到一丝暖意,"钱要给自己花,不能花到男人身上,知道吗?"

十一岁的沈半夏有些迷茫地眨眨眼。段融朝她低了点身,一只手撑着膝盖,另一只手抬起来,把她被风吹乱的刘海理了两下。

"任何时候都要记住哥哥的话。"他对她说。

而当年拿了一书包钞票给段融的女生,如今凹着傲人的曲线坐在高脚凳上,朝段融看过去一眼,一张涂了梅子色的红唇轻启,再说一句:"我睡不到你,几篇小作文几个新闻,能让你再赔进去几个亿,你信吗?"

在劳艺的话后,段融脸上没有露出任何被人激怒的影子,他甚至有闲心云淡风轻地笑了下。

他笑的时候左边唇角会斜斜往上扯,一个原本温和的表情,被他做得颇有些瞧不起人的意思,还带了些坏。

"行。"

他只说了这一个字,不知道是什么意思,后面几秒钟的空白让人心里莫名没底。

劳艺忐忑起来,忐忑到一定水平线后,看到他掏出烟盒,拿出一根烟咬在嘴里,手拢着火点燃,烟丝"嗞嗞"地响。

他抽了一口,夹着烟的手继续放在吧台上。

"所以高峰真把你强奸了?"他问出这几个字。

劳艺攥了攥酒杯:"是。"

段融再次哼笑了声,这次眼里的挑逗意味更浓了。

他呼出一口烟,烟雾往前飘,拂在劳艺的脸上。

段融再开口时,声音有意往下压,似乎不想让谁听见:"我只喜欢干净的。"

可沈半夏还是听见了。

下一秒,他继续一字字地冲劳艺说:"你如果说自己是,我就能考虑考虑。"

说完,他摇头,颇遗憾的样子,顺带着还"啧啧"两声:"可惜了不是。"

劳艺的脸色已经完全变了。

即使她知道段融不过就是随口一说,是为了激她,但她仍然被蛊惑着,有种现在就承认她其实并没有被高峰碰过一根手指头的冲动。

还好她仍带了几分理智,知道一旦自己这么说了,就证明她指控被天晟公司高管性侵的事根本就是子虚乌有,那她所有布局就都完了。

她把酒杯捏得越来越紧,手背上冒出青筋。她被架在一个两难的位置,不知道接下来还能从哪条路上走,才能成功地把段融拽回被她牵制的路上。

段融一根烟抽完,将烟头扔进酒保新送过来的酒杯里。烟蒂"呲呲"几声,酒杯里冒出一股青烟。

段融的兴味随着这根烟而熄灭。他没再继续朝劳艺看,转而半转过身,看向始终安静的沈半夏。

他一只手插兜,脸上恢复了一贯的冷淡漠然,但偏偏在这样的表情里,都能让沈半夏看出他眼里因她而起的两分玩味。

他的视线往旁边移,移到在她手边的,刚才已经被他喝光的装过芝华士的酒杯上。

"小孩不能喝酒,爸妈没教过你?"

他幽幽地说出这句话,朝她走近了一步,缓缓低身。他的视线黏着她,身体贴近她。她被缓缓拉近的距离困得燥热不堪,酒吧里能把人冻出一层鸡皮疙瘩的冷气失去了作用,她简直热得要冒汗。

耳边又听见他特意压低了的嗓音,声音又低又磁,激得她浑身都发痒:"爸妈没教过你,表叔教你。"

段融的声音如蛇一样钻进沈半夏心里,她明明没有喝酒,现在却好像醉了,脑袋有长达五秒钟的眩晕。

段融说完,已经直起身,视线移向前方,脚步往前走。

与她擦身而过的那秒,又有两个字朝她落下来:"过来。"

劳艺的注意力放到了沈半夏身上,在意识到段融跟这个女孩认识后,一股敌意立即生出。

但其实沈半夏对段融来说,不过是个有过几面之缘的陌生人而已。过去发生的那些事,他应该早就不记得,他也从没把她跟那个总是戴着口罩的小女孩联系起来。

沈半夏也从不打算说。

说了又有什么用呢?难道段融就能对她青眼相加吗?

不可能。

段融心里,应该只有与他传过一段轰轰烈烈绯闻的万珂。

那个漂亮到满含攻击性,妩媚到全校无人不知无人不晓,性感又招人的女生。

他喜欢的是那种类型,与沈半夏完全南辕北辙。

跟在段融身后走出迷路酒吧,刺耳的电音消失,燥热的空气迎面扑来。

段融停下步子,沈半夏也停下步子。觉得两个人应该就要在这里分开了,她说一句再见,他回一句再见,或者什么都不回,两个人就这么分道扬镳。

到此为止的交情了。

段融回过身,看她。

她抬头,也看他。

两秒后,她脸上露出个掩饰性的自我保护的笑:"谢段先生关心,那我就先回家了。"

她转身离开。

"沈半夏。"段融把她叫住。

她停步,回身。夜风吹过来,吹起她额上的刘海,脸庞粘满了碎发,也吹起她墨绿色的百褶短裙。微微飘起的裙角下,两条腿细瘦又直,线条匀称,皮肤白到发光。

她安安静静地站在那里,身材娇小瘦弱,长相清纯无害。一双眼睛很大,眼珠呈琥珀色,睫毛卷翘又长。

不同于前两次的打扮,她今天的穿戴倒是很衬她的气质,干干净净的学生模样,身上有股与生俱来的书卷气。不说话的时候乖巧温柔,明明没什么表情,偏偏给人一种需要保护的易碎感。眼睛里除了静,还有一种破罐破摔的、对人生一切变故全盘接受的死寂般的默。

段融看了她一会儿,问:"跟张俊安发展到哪一步了?"

一句十分突兀,完全不像是他会问出的话。

沈半夏的睫毛轻轻动了下,看着他,一动不动地看着他。

段融是她在中学时代可望而不可即的憧憬,是她一觉醒来,再也见不到的一场梦。如今他正切切实实地站在她面前,与她隔着两米远的距离。多年不见,他长得更好看了些,五官更显深邃锐利,脸上少年气减弱,转而被一种不动声色的成熟笼罩,那种成熟是迷人的、惹人遐想的。

她突然有些理解,为什么劳艺会为了跟他睡一觉这种事铤而走险,甚至不惜粉身碎骨,也要与这位传闻中向来极不好惹的商界新贵周旋。

在这时候,脑海中"叮"的一声,有什么东西破土而出。

她曾因为他身上清爽干净的少年气而不知好歹地迷恋,如今又因为他身上这股被岁月催发出的成熟而不知不觉地沦陷。

在他身边,看着他,她的一颗心跳跃,疯了一般地躁动。接着是热和燥无孔不入地侵袭,顺着血管朝全身各处流窜,最后汇集到心脏的位置。心脏只能继续跳跃,跳得越来越快,撞出来的声音越来越响,每一下都昭然若揭着她不可言说的少女心事。

一切都没有随着时间的流逝而消失,反倒越酿越浓,随着与他的重逢而轰然盛放。酒味香飘十里,绕得整条街都是,不管巷子有多深,那香味都能见缝插针地钻出去。

喜欢得无可救药。

心跳得无可救药。

她需要紧攥起手心，咬紧牙齿，深深吸一口气，才能掩藏掉心跳声的万分之一，掩藏掉眼里滚动的情绪。她装作毫不在意地与他讲话："就是正常谈恋爱啊，该到哪一步就到哪一步了。"

她并没有说太多，即使被误会也无所谓。他根本不记得她，就算记得，也根本不会在意她。对他来说，重要的人只有那个曾与他轰轰烈烈有过一段故事的万珂，其他人，他根本没有心思多分出一丝在乎来施舍。

既然他心里有朱砂痣，有白月光，有未亡人，她又有什么必要对他说清楚。迄今为止，她其实连一次恋爱都没有谈过，恋爱里的那些步骤，她一步都没有尝试过。

因为没办法去喜欢别人，脑子里总阴魂不散地浮着他的影子。

就让他以为她小小年纪不学好，乱谈恋爱，是个只知道玩，而没有真心的不良少女好了。

无所谓了。

反正与他的见面是偶然，以后长时间的不见是必然。

"有什么问题吗？"她又问。

段融脸上没有什么表情。他向来如此，情绪大多藏了起来，或者是天生寡情，确实没有多少情绪，旁人很难从他脸上读出他现在在想什么。而如果真的读出了什么，他的情绪外露，比如说从他眼里看到了怒，那就已经晚了，证明你在该逃的时候没有及时逃，你要准备挨打了。

"没问题。"他掏出烟盒，抖出一根烟咬在嘴里，打火机在手中"咔"的一声打开，橙红色的火苗燃起。

刚认识段融那段时间，沈半夏记得他并不抽烟，身上的气味总是干干净净的，没有任何烟味。可是后来，学校传闻里，是因为他喜欢上了万珂，而万珂喜欢抽烟，所以他才跟着一起抽的。

多么带劲的一个故事。

可故事里的女主角不是她。

"家住哪儿？"他吐了一口烟，说，"我送你。"

"不用了，我家司机很快就该来接我了。"她忍住嗓子里的痒意，没有咳出来。她脑袋朝一边歪了歪，很无所谓又潇洒的样子，"再见了。"

她走了。

走得干脆，毫不拖泥带水。虽然中间有数次想回头看看他有没有在看她，或是在等她，抑或有没有跟上来，但还好，都被她极有出息地压制下去了。

她没有回头看，所以并不知道他的目光有没有在她身后多停留那么一秒钟。

她拐过一条街，在前面的公交车站停下，等着姗姗来迟的公交车。

公交车一趟趟地来，身边等车的人一个个地走。她始终没有等到自己要等的那辆，最后站得腿酸，在长椅上坐了下来。

夏夜温和，风一阵阵地吹着，有发丝扬进她眼睛里，扎得疼。眼睛红的时候她才回过神，把乱飞的碎发别到耳后。

车站已经没有了其他人，只剩了她一个在等。地铁站在前面一公里处，她不想走了，干脆继续没头没脑地等。

结果下雨了。

屋漏偏逢连夜雨，向来如是。

车站没有雨棚，豆大的雨珠如倾倒一般砸在她身上。她用手挡在头顶，从椅子上起身，想跑到一个能避雨的地方。

在这个时候，前面走过来一个人。

那人撑了一把黑色的伞，伞往上抬了抬，露出伞下那人在夜色里过分俊美的脸。

他停在她面前，伞朝她倾斜，替她挡住了兜头的雨。

两人站在一把伞下，伞面上是"噼噼啪啪"的声音，雨珠顺着伞骨往下坠，她的心也被雨水敲击着，跳得"扑通扑通"。

段融往外看了一眼，这一眼看得格外漫不经心，漫不经心里又带了些显而易见的嘲讽："你们家司机架子挺大，敢让你等这么久。"

他重新看回她："哪儿请的？"

她垂眸，眼睛眨了眨。到底是担心被他看穿，她抿了抿干燥的唇，低声道："我这不是刚回国不久嘛，我妈就随便给我请了个。"她其实并不是那种会抱怨的人，但此刻必须得抱怨一两句，才比较符合她娇贵大小姐的假身份，"确实太不专业了！我回头就跟我妈说，让我妈辞了他！"

他并没说什么，半转过身，一只手帮她撑伞，另一只手插在裤子口袋里："走吧，送你回家。"

沈半夏脚步沉重地跟在段融身边，每往前走一步，心里的忐忑就多一分。

她并不知道康芸在这里的住处，就算段融知道，把她送了过去，可是她又要怎么顺利地走进别人的住宅。

她随时留意着街上有没有出租车开过，但凡有一辆过来，她就要拦下坐进去。

但直到段融带她去了地下车库，街上都没有一辆出租车的影子。

这个时候再拒绝段融送她回家的请求，好像就有些奇怪了。

她硬着头皮跟过去。

段融收了伞，一把伞湿漉漉地拿在手里，他的手心被雨水浸湿。

"那个，你要开车吗？"她问，"你刚才喝酒了。"

"司机开。"他漫不经心地回了一句,顿了两秒,侧低头看她,这回话音里又有了逗弄,"我家司机没那么难等。"

她不说话了。这人一向这样,逮到机会就要揶揄一两句,不然他就好似不会说话了一样。

跟着到了他那辆黑色莱背前,段融拉开后车门,用下巴示意了下,让她上车。

沈半夏爬进车。车里有点儿黑,她一时没适应,膝盖撞到了座椅,脚下一绊,"哎哟"一声跪了下去。

段融在她膝盖与地面接触前伸手捞了她一把,捏着她的胳膊把她提起来。

她胳膊很细,皮肤嫩滑,摸上去像泥鳅。他担心自己抓不住,手用了些力气,拉扯着她往上提。

她站稳脚跟,低着头,耳根不知不觉地红了,被他捏住的那部分皮肤迅速发热、发痒。

她胳膊挣了下,挣开他。

"对不起,真是对不起。"前面驾驶座上的司机张庆把车内顶灯打开,光亮盛放,看起来不再那么黑了,"小姐没摔着吧?都怪我,我忘记开灯了。"

"没关系的叔叔,我没摔着。"

沈半夏已经坐进车里,旁边的车门仍开着,段融一手撑车门,一手插口袋,站在那里看她。

等了会儿,不见她有往旁边错一个位置的反应,他淡淡地"嗤"了声:"行。"

紧随着这个字之后的,是他把车门关上的举动。他并没有如沈半夏所想那样去坐前面的副驾驶座,而是从车头绕过去,到了车的另一边,打开车门坐进来。

坐在了沈半夏的旁边。

沈半夏紧紧攥住裙角,呼吸停滞,半点儿声音都不敢发出来。

一直到憋得快缺氧,她才重新呼吸。

车内灯光熄灭,重新陷入昏暗。段融在椅背上懒懒靠着,突然问了前面的司机一句:"张叔,您今年多大了?"

张庆回:"四十三岁了。"

段融侧头,目光落在从刚才开始就紧张得过分的沈半夏身上:"听见了?"

沈半夏不解地看他。

他倾身,离她近了些。随着他靠过来的动作,她的呼吸再次屏住,眼睛不自觉地睁大,唇微张。

"张叔四十三岁,"他压低了声音,墨一般的眸子在昏暗的环境下仍显得蛊惑人心,"我只有二十五岁,跟他怎么都轮不到一个辈分。"

沈半夏呆住。

"所以——"他语气里有了威逼利诱的味道,"给你两个选择:要不你叫他'爷爷',"过了两秒,剩下的话被牵引出来,声音好听得要命,"要不你喊我'哥哥'。"

车里很黑,段融有意压低声音,最后一句话几乎是用气声跟她说。温热的呼吸打在她耳朵上,带了淡淡的酒香,无孔不入地侵蚀着她。

沈半夏紧张得连脖颈都红了一片。

段融的个性一向如此,看起来高冷不好接近,但其实很爱捉弄人。沈半夏想起她在上初一那年,因为脸上过敏,总是不自信,在外面不爱说话,个性沉闷。即便如此,段融都常会跟她开玩笑,故意逗她。

有一次班里有个男生,追过来跟她走在一起,安慰她不要在乎别人说的话,其实她长得很漂亮,尤其是一双眼睛又大又亮,跟仙女一样。等以后脸上的过敏好了,她一定是个小美女。

段融那时就在离她两步远的地方,听到小男生的话后,忍不住低头抽着肩膀笑,笑得特别欠揍,特别让人生气。

等那男生走了,沈半夏气鼓鼓地问:"你笑什么?"

段融低头看她,挑眉,嘴角斜斜往上勾,样子很坏:"哟,我们小哑巴肯说话了?"

那时候她很少说话,像哑巴一样。因为这个,班里的人除了嘲笑她丑,还会用"小哑巴"来羞辱她,搞得她听到"小哑巴"三个字,心里总是很不舒服。可是这三个字从段融口中说出来,没有了任何侮辱的性质,且多了股安慰和哄,甚至让她觉得亲昵。

从那以后,她对"小哑巴"这三个字不再那么敏感,听到别人这么叫她,她也不会伤心了。

"我们小哑巴不仅会说话,"他抄着兜站在她面前,低着头,一张好看的脸上带着让人着迷的笑,"说话声音还好听。"

她脸上发红,但是还好,她戴着口罩,他看不到她有多害羞。

绝对不能让他知道。

"那你到底笑什么?"她又问。

"你这么受欢迎,"他迈着两条长腿慢慢悠悠地走,身上披着夕阳余晖,"有小男生喜欢我们小哑巴,哥哥为我们小哑巴骄傲。"

他离她近了些,手从裤子口袋里伸出来,在她露出来的耳朵上捏了捏:"以后会有更多人喜欢你的。"

过了两秒,他又说:"哥哥也喜欢你。"

他只是在安慰她。他经常这样安慰她,因为那年她实在太惨太落魄,脸部莫名其妙地过敏，不受同学喜欢，被人排挤，被人骂"丑八怪"，交不到朋友，没有人愿意跟她说话。所以段融三不五时就会这样安慰她，用好听的话，以好听磁性的嗓音说出来，让她知道她并不是那么不堪，她其实是很好的，会有很多人喜欢她。

但别人喜不喜欢她，她不在乎，她只希望段融能喜欢她。

只是他对她的喜欢，是一个哥哥对需要帮助的小妹妹的关爱。

她才不稀罕这种施舍般的关爱！

那年他比她高好多，她每次都需要把头高高仰起来才能与他对视。

她想努力长大一些，长到十八岁，到那时候，才有资格站在他的面前，跟他谈论心动和喜欢。

她跟在他身边走。路程走到一半的时候，段融发现她的步子变慢，应该是走累了。

他看了看她校服裙摆下的两条小细腿。她长得实在太瘦，身无四两肉，看起来单薄又孤弱，仿佛来一阵风就能把她吹倒。

"走累了？"

是个问句。但他并没有等她回答，就已经自作主张地向前，左手搂住她膝弯的位置，轻轻松松地单手把她从地上抱了起来。

她坐在他胳膊上，这下要比他高了，需要低头才能看到他。

"哥哥抱你走。"

他的话十分自然，举动也很自然，让人丝毫不觉得突兀。好像他们真的是血脉相连的哥哥和妹妹，他现在只是在履行照顾她的职责而已。

那天他就么单手托住她走完了剩下的路，把她送到了小区门口。

后来高中部校园网里被人贴了一张照片，照片里的段融单手抱着个戴口罩的小女孩，让那小女孩坐在他的胳膊上。

由此引发了一些不好的猜测和谣言。

从这件事情以后，段融再也没有像那天一样，单手把沈半夏抱起来，让她坐在他的胳膊上了。

甚至连走在她身边时，他都会保持一段与之前相比要远半步的距离，但依旧会时不时揶揄她一两句。

现在的段融跟那个时候的段融相比并没有多大变化，个性依旧懒散不羁，浑身透着股浑不惮的气质，让人看不透他心里真实的想法。他用一层层的面具把自己伪装起来，从表面上看，他对什么都不在意，没有什么东西能真正引起他的兴趣，也没有什么值得引起他的兴趣。

但万珂应该算是意外。

想到这里，奔腾而出的回忆打住。不能再继续想下去了，不然她心里又会滚过一阵一阵钝刀子割肉般的疼痛。

"你怎么还过不去了？"沈半夏故作无所谓地开口，说话时还抬了抬下巴，营造出一副特别潇洒、特别不屑的样子，"我不就是喊过你一次'表叔'嘛，你要记到什么时候？我知道错了，以后再也不喊您老人家'表叔'了，行不行啊段先生？"

她样子长得软萌无害，一双眼睛又大又亮，稍微有些表情的时候，整个人就可爱得不行，可爱到让人心里发痒、喉咙发紧。可是在俏皮中，偏又落拓着一股淡然的沉寂，平常人很难看得出来，只有段融从她频频泛红的眼睛里读了出来。

这几次每次看到段融，她的眼睛就会突然红起来，里面浮动着要落不落的水光。直到现在，在昏暗的车里，段融都能想象得出，她看着他时，脸上虽然是笑着的，可眼睛却寂然。

仿佛他是她很久不见的故人。

"段先生？"段融往椅背上靠，手肘搭在窗边，移回视线，淡淡地笑了声，"没大没小——"

这四个字说得极其缱绻而悠长，尾音拉长。

沈半夏就没见过，有人能把四个普普通通的字说得这么欲，简直要命了。

她鼓了鼓脸颊，不满地低声咕哝："怎么就没大没小了，难道要叫你'爷爷'才算有大有小吗？"

段融噎住。

她的声音很低，是只想说给自己听，完全不想让别人听见的。但段融这人耳朵尖得很，把她每一个字都听清楚了。

他不过比她大七岁而已，辈分已经从表叔成功升级到了爷爷。

很好。

段融揉揉眉心，提醒她："把安全带系上。"

她倒还算听话，乖乖地系了安全带。

段融没再说什么，也并没再往她这边看，拿着手机在回微信。他刚才喝了一大杯烈酒，但人看上去很清醒，完全没有一点儿醉态。

车子驶出车库，雨刷开始运作。

沈半夏不动声色地往旁边挪了挪，把手机拿出来，调到工作号，找到严琴，给她发了一条消息：阿姨您好，抱歉打扰了。您儿子现在正送我回家，您可以告诉我康芸阿姨住在哪里吗？我好把地址告诉段融，免得他发现不对劲。

消息发出去两分钟后，严琴的消息回复过来：怡锦华府58号。

看到消息的那一刻，沈半夏松了口气。

前面开车的司机适时问了句："段总是直接回家还是先送这位小姐？"

"叔叔,您送我到怡锦华府58号就好。"

沈半夏抢先开口,说得特别自信特别傲,有种"你看吧我是知道我住在哪儿的,别想揪住我小辫子"的豪迈。

段融没说话,车厢里呈现出几秒钟空白的寂静。

"好的。"张庆在前面拐了个弯,驶上车道。

沈半夏觉得自己已经成功解决了一个危机,等车子开到怡锦华府58号,她只要装成轻车熟路的样子进门就好了。

没有了那么多心理压力,她轻松了些,扭头看向在自己左边坐着的段融。

他关了手机,有些疲累似的在椅背上靠着,头往后仰,侧脸好看得让人想凑上去亲一亲。鼻梁又挺又直,唇形单薄,显得天生寡情,下巴线条流畅清冷,颈下是一截凸起的喉结。随着他吞咽的动作,喉结上下滚动,勾勒出极其漂亮又有性感的线条。

沈半夏再一次感慨,真不能怪劳艺费尽心思与他发生关系。

思绪进行到这里的时候,沈半夏打个寒战。

她脑子里都是什么乱七八糟的东西!

沈半夏止住天马行空的想法,趁着段融没发现的工夫,视线继续往下,不自觉地又落在了他的手上。

他衬衫袖子半挽,可以看到露出的一小截手臂。手臂线条匀称有力,上面有匍匐而过的青筋,沿着小臂一路延展至手背上。

他手指长得很漂亮,修长又瘦,骨节分明。中学的时候,就是这双手把她从地上拉起来,拍掉了她身上的尘土。

想到与他重逢的那天晚上,她竟然把他当成了出租车司机。

她是什么猪脑子啊。

她平时并不算笨,怎么能在那晚犯下这么大的错,觉得一个开着顶级豪车的男人会是出租车司机呢?

等等!

她脑中灵光闪过,终于想起了那件被她忽略了的事。

她在把他当成出租车司机的那晚,让他把她送去她住的公寓——一个普普通通的、八成以上住户都是这个城市普通打工者的公寓!

所以,段融是知道的,从一开始就知道,她一个豪门出身的小公主,没有住在相匹配的豪宅里,反倒是住在普通的公寓里。

她该怎么自圆其说?还是段融其实已经发现端倪了,早就在怀疑她的身份,只是没有说出来,一直冷眼看她演戏而已?

车里开着温度适中的冷气,沈半夏却热起来,背上慢慢渗出一层汗,额上也有,沾湿了她的刘海。

她紧攥起手心，压制住已经开始紊乱的呼吸，眼珠轻转，看向左边的段融。

段融有预感似的睁开眼睛，侧过头，朝她这里看过来。

两人在昏暗光线下无声地对视，他情绪不明，而沈半夏吓得手指屈起，紧紧抓着座椅。

沈半夏看不出段融的任何想法，没办法从他眼神里读出，他到底是已经发现了她身份的造假，还是从始至终都没有怀疑过她。

沈半夏紧张得咽口水，脑中飞速运转，最后找出米莉的微信，跟她发消息：米莉姐，江湖救急，现在就给我打个电话，快快快！打通后什么话都不要说、什么话都不要问，只管听我说话就好！

米莉倒是讲义气，消息发过去两秒钟后，电话就打过来了。

沈半夏装模作样地看一眼，接起。

"米莉姐。"她故意停顿了两秒，继续，"怎么了，怎么哭了啊？什么？又失恋了？哎哟，当初我是不是跟你说过那男的不是好人，不让你跟他复合。你看现在，又被骗了吧。好了好了，我不说了，我现在就去看你。你千万别做傻事啊，就是一个臭男人而已，哪里值得你哭成这样了。你放心，明天我带你找他算账去！连你都敢甩，我看他那眼睛是在化粪池里泡过，不知好歹！"

沈半夏一口气说完，义愤填膺地挂掉电话，跟前面的司机说："叔叔，我不回怡锦华府了，要去旭升公寓看个朋友，您把我送到那里去吧。"

"这……"张庆询问意见似的留出一片空白。

"去旭升公寓。"

话是段融说的，从话里听不出什么情绪。说完，他侧头看她，慢慢地说了五个字："你朋友倒多。"

毫无起伏的五个字，理应没有别的含义才是。但段融这人说话不能只听他的表面意思，不然你都被骂了还乐呵呵地觉得他在夸你呢。

沈半夏琢磨了下，他真正要说的意思是什么。

她干干地笑笑，解释："是我在国外认识的朋友。后来她家破产了，卖掉了国内的房产，回来后只能租房住。在国外的时候她跟我关系可好了，我不能见死不救啊，所以经常去看她。"

段融仍看着她，目光平静。过了两秒，他收回视线，什么也没再说。

沈半夏稍微放了点儿心，觉得自己的演技还是可以的。段融应该是相信了她的话。

车子在旭升公寓前停下。

她解开安全带，打算下车。

"伞拿着。"

突然听到段融的话,而且是一句带有好意的话,沈半夏心里泛起一阵涟漪,每一圈涟漪都带了欢乐的影子。

即使知道他这人一向如此,对谁都可以很好,对谁也都可以很坏。他随意释放出来的善意并没有什么特殊含义,不过是今天的雨太大,他刚巧碰见了没有带伞的她。

"那谢谢段先生了。"她把伞拿上,打开车门,撑伞下去。

雨珠"噼噼啪啪"地坠在伞面上,她在混乱的雨声里,弯腰看了他一眼:"段先生再见。"

说完,她把车门关上,撑着伞进了小区。

她走得潇洒,但心里是有不舍的。刚才跟他坐在一起的短短半个小时像一场美好的梦,直到现在心口还热热的。

完全不想让这场梦结束,想跟他在一起的时间长点儿。哪怕过程中两个人并没有什么对话,就只是单纯地待着,她都会觉得很开心。

是这样的想法。

她停下步子,呆愣愣地站在雨中。

如果还是这么喜欢他,为什么不接受严琴的聘请,跟段融订婚?

只要成了他的未婚妻,她和段融就相当于被绑在一起,以后每天都有这样或者那样的理由待在一起,而不是像现在这样,今天跟他说了再见,以后不知道哪天还会再见。

只要跟他订婚。

但这个念头很快被另一件事压制下去。

段融是有喜欢的人的,他喜欢万珂。传闻中,他对万珂的感情很深,他们两个之间的故事如果写成一本书,就是一本相爱相杀带劲又带感的校园虐恋情深文。

她过不去这个坎。所以不管她有多喜欢段融,如果段融不喜欢她的话,她走不出朝着他而去的那一步。

她不愿意去掺和别人的感情。

算了。她到底是不够幸运,得不到自己想得到的。

或许世人大多如此,能心想事成的人太少。

沈半夏把脑子里的念头抛弃,进了公寓楼,把伞合上。

一把折叠伞,伞面全黑,不带任何修饰。在大雨里泡了一遍,伞面湿漉漉的,合上以后,不停地往下滴着水。

她进了电梯,按下数字键"5"。

家里还是那个样子。一套单身公寓,五十平方米的空间,装修简单,没有太多修饰。房租对她来说贵得离谱,但她不习惯跟人合租,也完全不习惯宿舍生活，只能忍痛租下。好在她找到了一份不错的工作，能勉力维持住自己和姑妈那边的开销。

手机响了一声，姑妈发来了微信：半夏，市区是不是下雨了？我看新闻说下得还挺大的。记得把门窗关好，出门要常备一把伞，这个季节雷阵雨比较多。

沈半夏把伞打开，放在阳台处晾着，把窗户关了。

她给姑妈沈莹回复：我知道啦。姑妈，您要注意身体，那边缺钱的话您就跟我说，有任何情况都要告诉我。

沈莹：好，我知道了。现在还好，医生说没什么不好的情况。

沈半夏放了心，拿了换洗衣物去浴室洗澡。

打开花洒的时候，花洒如疯了一般四处滋水，滋了她一个措手不及。她赶紧关水，拿毛巾把脸上的水擦干。

不知道是哪里出了问题，澡也洗不成了，她一个人站在浴室里，什么都没做，就那么静静地站了会儿。五分钟后，她套上睡衣，离开浴室，在客厅沙发上躺下来。

刚躺上，沙发"嘭"的一声朝左边塌陷下去，她头重脚轻地往下栽，好不容易扶稳，从沙发上爬起来。

沙发左侧的腿断了。这破沙发也不知道多少年寿命了，早就该换了。

她坐在旁边的椅子上，看了看时间。

已经快十一点了，这个时间给房东打电话不太合适。

米莉的电话打过来，问她："小半夏，你刚才演哪出呢？"

"我又碰上段融了。"

沈半夏把今天晚上的事大概说了一遍。

米莉听得津津有味："我发现你跟段融很有缘啊。好好发展发展，没准你跟他真能在一起。"

"没可能。"沈半夏说，"他喜欢的类型跟我完全相反，我连下手的机会都没有。"

"那要是他换口味了呢？你怎么知道他就只喜欢那一种类型的？姐姐我告诉你，对一个人矢志不渝、永世不忘那是编出来的故事，全是人幻想出来的，现实中根本没有。你不去试试，怎么知道段融就认准那一种类型？"

"可能你说得对，他不是认准那一种类型，"沈半夏无声地叹口气，"他是只认准那一个人。"

"那更不可能了。就算那女的倾国倾城，男的看久了也会腻的。所以，你不试试怎么知道能不能成功？事情还没做，你就长他人志气灭自己威风。你以前也不是这么没自信啊，现在是怎么了，一遇到段融的事，你就把自己藏起来，恨不能凿个洞钻进去，这可不像你。"

米莉那边传出一阵细碎声响，应该是她的护肤时间到了，她在搞那些瓶瓶罐罐。

"你不是也说了，他给你送了伞，还好心送你回家。听起来这男人没那么可怕，不像是传闻里那个在商界杀得血雨腥风的段融啊。我看他八成对你有意思，真的。"

沈半夏仍是不听劝："我觉得没戏。"

米莉说得对，一遇到段融的事，她就会觉得自己一无是处，自卑到想把自己藏起来，永远也不要让他找到才好。

"他会送我，应该是看在康芸的面子上。康芸跟严琴关系很好，要是康芸真的有女儿，两家说不准真能联姻。"

"说起来，你今天跟他一起坐车回家，什么感觉？"米莉八卦起来，"我还没见过段融真人呢，也就在财经杂志上见过。他那张脸鬼斧神工般，配上一米八七的身材，简直绝了。得亏他没去混娱乐圈，要不然现在娱乐圈里那帮男的能被他挤对得连饭都吃不上。小半夏，你见了他真人觉得怎么样，有照片里那么夸张吗？"

沈半夏回忆起今晚在暗沉光线下看到的段融。

他确实是好看的、迷人的，一举一动都让人欲罢不能，他只是淡淡地朝她看过来一眼，她都能被那一眼蛊惑到。

"好看是真好看，"沈半夏走到流理台边，给自己倒了一杯水，"真人比照片好看。"

"那你看到他的时候，什么感觉？"米莉问，"有没有产生某种冲动？"

沈半夏差点儿把一口水喷出来，脸上迅速发烫、发热，连带着耳根都红了。

"很晚了，不跟你瞎聊了，我挂了。"沈半夏选择结束这场对话，赶在米莉又胡说八道前把电话挂了。

她发了会儿呆，简单洗漱后爬上床睡觉。

厚厚的窗帘拉着，外面的雨下得很大，"噼噼啪啪"地打着窗户，慢慢地，有雷声响了起来。

她把被子往上拉了拉，紧紧裹住自己。她试了很久都睡不着，正是不安稳的时候，听到手机响起微信提示音。

她拿起手机看，看到自己的工作号上，今天一整天没有搭理过她的 Z 先生给她回了一条消息，只有一个简单的字：嗯。

沈半夏考虑了一会儿要不要回复，毕竟是客户，要是不理人的话有点儿不礼貌，虽然对方的回复简洁到看不出任何意义。

她想了想，最后还是抱着被子发了一条：好的。时间很晚了，不打扰您了，您早点儿休息吧。

她没有想到对方会再次给她回复。

回复的内容是她更没想到的,让她心里蓦地暖了下:晚安。

第三章
先接个吻？
RONGXIA

在 Z 发过来那条信息后，外面的雷声慢慢变小，雨势也减弱。沈半夏闭上眼睛，还亮着光的手机从她手里滑下去，她安稳地睡着了。

次日醒来，她给房东打了个电话，说明情况。

没等她再说什么，房东阿姨已经在电话里抱怨起来，说她一个小姑娘怎么能这么暴力，在家里搞破坏。还说那沙发是从德国进口的高端货，轻易坐不坏，除非是有人在上面干坏事了。

房东阿姨指的"干坏事"是什么，不言而喻。

"你一个小姑娘看起来干干净净的，怎么能这个样子哟。当初我可跟你说了，不要领不三不四的人跟你一起住，你要是找男人跟你合租的话，这算是违约，我可以找你赔偿。还有家里坏掉的东西，你要赔我钱的，要是不赔我就在你的押金里扣了。"

"阿姨，这沙发有些年头了，是它自己坏的，不是我弄坏的。"

"你当然不承认了。可你不承认不行啊，这钱你是必须赔的。这样吧，看你一个小姑娘也不容易，我不跟你多要，赔我两千就好了。"

沈半夏把电话挂了。她看了下手机里的余额，已经不剩多少了，只能支撑她这个月的生活费而已。

在家里等了一会儿，房东阿姨敲门进来，身后跟着两个师傅，使唤着人把沙发抬走。

"哎哟，坏得这么厉害啊？"房东阿姨心疼地看了几眼，又探头探脑地检查房间，想看看沈半夏有没有藏野男人，"小姑娘，我告诉你啊，也就是我体谅你，不跟你计较。要是换了别人，你起码要赔这个数。"说着伸出五根手指给她看。

沈半夏始终平静，等把人送走，她关上门，在稍显空荡的房间里站了会儿。她又看了看手机余额，最后忍痛去市场买新的沙发和花洒。

在市场货比三家的时候，她收到了饶文姿发来的微信。饶文姿告诉她，劳艺的那件事已经解决了。

天晟集团做了一次成功的危机公关，已经把高管性侵下属的词条彻底压下去，转而换上另一条引爆网络的新闻：天晟高管性侵是假，女下属设局构陷、妄图勒索是真。

新闻和证据一出，舆论翻转过来，先前义愤填膺吵着要替劳艺讨公道的人消失，转而出现大批人马开始为天晟集团鸣不平。这件事情过后，天晟集团非但没有任何损失，股价反而还大涨了一波。

段融一向知道该怎么利用舆论，从中获取最大利益。就算一件事刚开始时对他极端不利，他也能及时力挽狂澜，把劣势化为优势，在短短时间里打一场漂亮的翻身仗。

论心机叵测、诡计多端，没人能比得上段融。他是近几年来，商场里出现的最可怕的一个人，可怕到对家只是听说了他的名字便闻风丧胆。劳艺敢把主意打到他头上，实在是有些不知好歹了。

劳艺那边已经撤诉，平忧律所和天晟集团的合作到此为止，沈半夏也不需要再去找劳艺套话了。

下一秒，她发现手机里收到了一笔两万块的入账通知。

饶文姿的消息跟着发过来：这是你这次工作的酬劳。

沈半夏不解：可我什么事情都没做。

饶文姿：你拿着吧。天晟的人出手一向大方，这是给你个人的奖金。

问题是也太大方了，她不过就是去酒吧见了劳艺一面，话都没有说上几句，什么忙也没有帮上，竟然就能拿到整整两万块。

跟白捡的没什么区别。

这笔钱来得太及时，救了沈半夏一条小命。她从愁云惨淡中挣脱出来，刚才不敢去的商店现在都敢去了。

她看中了一款深蓝色的布艺沙发，打算买下来的时候，姑妈沈莹的电话打过来。

她下意识地觉得不好，做了几秒钟心理准备才敢接听。

听到沈莹在电话里的第一个字音后，她就知道情况很不好，是非常非常不好，她勉力维持的平静生活要被打破了。

沈半夏一边接听电话一边冲出市场，在路上拦了一辆出租车赶去位于京郊的医院。

"姑妈，您别急，您好好说，现在是什么情况？"沈半夏很佩服自己，到了这个关头，她还能镇静地把话问出来。

"你爸他……他情况很糟……"

剩下的话沈莹说得磕磕绊绊的，但核心内容都传递了过来。沈半夏的父亲沈文海现在情况很不好，医院那边需要及时给他动手术，不然他很可能扛不过这次了。

"手术费多少？"沈半夏问。

沈莹："二十万。"

沈半夏没有这么多钱，在短时间内也没办法凑齐二十万。

在这个时候，她想到了严琴跟她说过的话。

她迅速做了决定："告诉医院，钱我能凑齐，让他们准备手术。"

"你哪儿来这么多钱？这些年因为你爸的病，你被拖累成什么样了！"沈莹在电话里绝望地哭，最后咬牙说，"半夏，要不就算了吧。你爸醒不过来了，别再让他拖着你了，我们放弃好不好？"

"不好！"沈半夏的情绪濒临崩溃，"我会把钱凑齐的，您现在让医生准备手术，剩下的事我都会解决。"

她挂了电话，抖着手指找到严琴的号码，拨过去。

严琴那边很快接起电话，像是早料到她会打这个电话似的，接通后第一句话就是："半夏，是不是考虑好了？"

"是！"沈半夏没有犹豫，"合同我愿意签，可我有个条件，我现在就要拿到五十万定金。"

"没问题。你的人品，我是相信的，钱我现在让助理打给你。"

"好。"沈半夏感觉快要让她窒息的憋闷感消失了些，"谢谢您，严阿姨。"

"不用，这是你应得的，是我有求于你。听你的意思，你应该是有什么重要的事要去做，你快去吧，希望你一切顺利。"

严琴把电话挂了。

车子一路疾驰，原本三个小时的车程，只用了不到两小时就到了。

沈半夏从车上下来，跑进医院。

严琴果然说到做到，已经把五十万打到她的账户，她一刻不歇地跑去缴费。

沈莹实在看不得她这么辛苦，过来劝："半夏，你爸的病就是个无底洞，我们要不就算了？你好好过你自己的生活，不能再被你爸拖累了。"

沈半夏不听，仍是要去缴费。

"半夏！"沈莹跑过去把她拉住，哭着阻止，"要不是你爸，你过得不知道要比现在好多少！算了吧，行吗？再这样下去，你以后要怎么过啊？"

"只要能让他多活一秒，倾家荡产我都乐意！"沈半夏完全听不进任何人的话，"我已经没有妈妈了，不能连爸爸都救不了！"

沈莹不能看她再这么傻，狠心地说："就算今天的手术做了，他可能还是醒不过来，何必呢？花了那么多钱，就为了让他多活那么几年，还是不死不活地活着，值得吗？"

"就算是这样,我爸也是活着的,说不准哪天就醒了。"沈半夏擦了一把脸上的泪,硬是把沈莹推开,跑去缴费。

钱一到位,手术开始。

沈半夏在抢救室外等着。

整整十个小时的手术,她在外面等了十个小时,沈莹几次劝她吃点儿东西,她都听不进去。

手术中的灯熄灭,医生从里面出来。

沈半夏跑过去问情况。

"病人已经没事了。"上了年纪的医生告诉她。

"好,谢谢医生。"沈半夏还算冷静地把医生送走。

暂时还不能进病房看望,她跟沈莹在外面的长椅上坐了会儿。

"半夏,这钱你到底是从哪儿弄来的?"沈莹很担心她,"你告诉姑妈好不好?"

"是我找人借的。"沈半夏看向沈莹,"姑妈,以后要拜托您多照顾照顾我爸,我可能没太多时间过来看他。"

"你爸这里的事你放心,我会把他照顾好的。可是你要答应姑妈,一定要好好的,不能为了钱去做任何出卖自己的事,你知道吗?"

"我知道,您放心。"

到了探视时间,沈半夏进了病房。

沈文海毫无知觉地躺在床上,身上插满了各种各样的管子。

沈半夏在病床前坐下,小心地去握父亲的手。

"爸,你都躺了这么多年了,也该醒过来了。"

沈半夏竭力遏制住嗓子里的苦意,平静地跟父亲聊天:"你总有一天会醒过来的对不对?我会很努力地挣钱,不求成为一个成功的人,只求能成为一个很有钱的人。到时候我带你住豪宅,吃大餐,每年去世界各地旅游,好不好?"

"还有一件事我要告诉你,我遇上段融了。"说到这里,她哽了哽,"就是我很喜欢的那个哥哥,他总是对我很好。可是他不喜欢我,别人都说他喜欢的是一个叫万珂的女生。我本来不打算招惹他的,但我没有办法了。"

沈半夏深吸一口气,告诉父亲:"所以我打算听严琴的,用一个假身份去接近段融,跟他订婚,在以后的一年时间里待在他身边。"

"爸,我这人是不是挺糟糕的?段融对我那么好,我却要去骗他。"她看向病床上并不会说话的人,眼泪蓦地掉下来一颗,"但我真的是走投无路了,我需要钱。所以我必须骗他。"

医院这里有沈莹照顾,沈半夏等父亲的情况稳定下来,在第二天的时候赶了回去，跟严琴约好了见面时间。

合同已经准备好，这次沈半夏没有看，直接签上了自己的名字。

严琴观察了她一会儿，问："怎么看上去精神不太好的样子，是有什么事不顺利吗？"

"没有，挺顺利的。"

沈半夏已经两天没有吃过东西，饿得厉害，尽量打起精神说话："阿姨，我能问您为什么要找我吗？跟您家的地位相匹配的名门千金应该有很多，每一个都比我合适。"

"你太小瞧自己了。"严琴始终是笑着的，"像你这种女孩，没有几个能比得上。那天你陪康芸去参加晚宴，表现得有多好我是看在眼里的。除了你，我还真找不到第二个能配得上段融的。"

沈半夏："可如果将来有人发现我的身份造假，您不怕会有麻烦吗？"

"这件事你不用担心，我既然已经决定了，就早做好了所有准备，不会有人怀疑你的身份。就算真的出现了意外，我也有办法解决。"

严琴把合同收起来，起身："走吧，我带你去见康芸。"

沈半夏跟着去了怡锦华府，这个城市里一处地段绝佳的别墅区。

康芸亲自过来接她们，一见到沈半夏，就笑容满面地牵住她的手，带着她往屋里走。

康芸说起上次晚宴的事，夸沈半夏那天的表现很好，为她争了一口气，替她狠狠打了小三的脸。自那天以后，小三明显消停了不少，再也不敢出来耀武扬威了。

康芸让家政阿姨拿了茶点给她吃。沈半夏其实很饿，脑子发晕，唇发白，但她又不想吃东西，半天了什么都没有吃下去。

"半夏，你是不是病了，怎么脸色不太好？"康芸问。

"没有，我挺好的。"沈半夏让自己振作起来，尽量笑了笑。她人长得漂亮，一笑起来更甜。

康芸看了她一会儿，扭过脸拍了下严琴的手："琴子，眼光够毒的啊，她要真是我女儿，我还真不舍得给你们家了。你儿子多难相处啊，要是让半夏受了委屈怎么办？"

严琴笑了笑，转而去问沈半夏："半夏，段融好不好相处？"

"啊？他……"沈半夏回忆了一遍跟段融在一起时的场景，那人虽然总喜欢逗她，但其实性格算得上很好了，从没有发过脾气。

"他很好相处。"最后她回答。

下午出发去见段融。

沈半夏胃里很空，强打起精神跟在两位长辈身边。她脚上穿着严琴为她准备的鞋,鞋跟足足有九厘米那么高,穿上后像踩在刀尖上。

会面地点是段向德位于城南别墅区的一套房子里。

段向德是段融的父亲,严琴的丈夫,天晟集团的现任掌权人。前几年他牢牢把控着整个公司,可自从段融出现后,他的势力被那只狼崽子一点点挖走,再这么下去,不出两年,他就会被逼到退位让贤的地步。

严琴带着沈半夏过来的时候,段向德正在阳台上愁云满面地喝酒。沈半夏并不是第一次见到他,知道他其实很不喜欢段融,他真正喜欢的是他的小儿子段盛鸣。可惜段盛鸣很早之前出了事故,双腿截肢,从此一蹶不振。否则有段盛鸣在,段融是不会被当成接班人培养的。

"向德,我把半夏带过来了。"严琴朝段向德走过去,"晚上让段融回来一趟,让两个孩子见见面,把事情定下来。"

"我说了,这事我不管,你想怎么样就怎么样吧。"段向德看都不看客人一眼,起身上楼。

他确实跟传闻中的一样,对段融的事情不管不问,完全不把段融当儿子看。如果不是因为小儿子成了废人,他甚至不会把段融认回来。

等了大半个小时,外面有车辆停下的动静。

沈半夏在沙发上坐着,手指无意识地攥了裙子。很快,她又想到这条裙子是严琴买给她的,价格不菲,将来可能要还回去,可不能弄坏了。

两分钟过去,家政阿姨过去开门,一身西装革履的段融从外面走进来。

康芸带着沈半夏起身。

或许是因为接下来的一年时间里,对段融来说,她的角色都会变得很特殊,沈半夏心虚着,没敢抬头看他,眼睛低垂着。又因为两天没有吃饭,她的精神看上去有些萎靡。

段融的视线越过屋子里的人,径直落在沈半夏身上。

她穿了条浅蓝色的裙子,这个颜色很衬她,让她看起来更加清丽脱俗。但是不同于前几次她总是故作阳光的样子,今天的她身上笼罩着一股不易被人察觉的沉郁。

只看了她一秒,他就移开视线,把目光落在严琴的脸上:"什么事非让我回来?"

"时间不早了,要不我们先去吃饭吧?"

"您觉得我很闲?"段融往沙发里一坐,胳膊往后搭,"有什么事您就直说。"

他跟严琴的关系也不好,外人用眼睛就能看出来。

段融跟他的父母不和这是众所周知的事,康芸选择不去掺和,担心沈半夏会被这气氛吓到,安慰似的看了她一眼。

"那我就直说了。"即使是在这样的环境里,严琴都能保持住她的端庄优雅,

"我找人算过了，这个月27日是好日子，你跟半夏的订婚宴就办在那天。"

段融没有表现出任何不满和惊异，他甚至扯起唇角笑了下，笑得极尽凉薄："如果我不听您的呢？"

"陈老手里那点儿股权你别想拿到。"严琴不紧不慢地说，"你应该知道，我的话对陈老还是管用的。你拿不到他手里的股权，下一步投入到新型产品上的开发计划就别想顺利进行。"

严琴不管说什么话脸上都是笑着的，但在她的笑容下却藏着毒蛇的芯子，不知道什么时候就会伸出来咬人一口。

在这个家里，不仅段向德不喜欢段融，就连严琴，这个把段融生出来的女人，都跟他很疏远。

怪不得段融即使功成名就，摆脱了之前穷困苦厄的环境，也依旧要用一层层的面具把自己伪装起来，从来不会真心待人，不管什么时候都挂着一层虚假的壳。

听到严琴的话，段融脸上仍未出现任何波动，目光里是毫无温度的嘲。

"母亲大人都把话说到这份上了，我还能说什么？"他不是很有所谓，目光移开，转而落向不远处安静站着的沈半夏身上。

沈半夏原本在看段融，赶在他看过来前及时垂下眼睛，手心无措地紧了紧。

段融身体前倾，手肘搭在腿上，朝着沈半夏抬了抬下巴："小朋友。"

她心脏猛地一跳，他的话好像有魔力，在她心里击了一下。

"想跟我结婚？"他问。

沈半夏的心跳得更快，她抬起头，看着他。

每次看他，她的脸总是热热的，不知道有没有红。她在不懂爱的年纪认识了他，如今时隔多年再见，她还是会心动。

之前她不敢想太多。可是现在她已经长大了，她想行使自己成年人的权利，想让他也喜欢她，想跟他在一起，如世间所有情侣那样，恋爱、牵手、拥抱、接吻，甚至做更亲密的事。

想到这里的时候，她脸上更烫了，眼神闪躲了下，有水光涌满眼眶。

过了两秒，她努力收回外露的情绪。不可以让他发现她卑微地暗恋着他，不然该怎么面对他。

他又不喜欢她。

她把手心攥得很紧，清了清嗓子，头歪了歪，这副样子有些她平时俏皮的影子了："我听妈咪安排。"

多么乖巧懂事。她觉得自己表现得很好，康芸和严琴也对她投来赞许的眼神，对着她点了点头。

段融只是看着沈半夏："不嫌我年纪大？"

"也没比我大多少啊，"她说，"七岁而已。"

段融："是七岁半。"

"哦，"她低头，"七岁半而已。"

段融蓦地笑了一声。

他每次勾唇笑的时候都很要人命，痞坏痞坏的，让人明知道他不是善茬，偏还想为他堕落。

"行。"他说，"那就订婚。"

在他这句话后，在场的人都松了口气。

"那就这么定了？"严琴脸上终于浮出了点儿由衷的笑，"不会反悔？"

"当然。"

段融起身，朝沈半夏走过来，停在她面前。

他个子很高，站在人面前的时候很有压迫感。一片影子落在她身上，熟悉的佛手柑香气传来。

他朝她低了点儿身，一只手抄在裤子口袋里，另一只手把她的下巴抬起来，两人对视。他的目光带了温度，慢条斯理地在她脸上划过，是在仔细欣赏她的样子。

"小姑娘长得这么好看，"他的目光重新移回她的眼睛，捏着她下巴的手指松开，食指屈起，突然轻轻地在她鼻梁上刮了下，下面一句话随之而来，声音很低，带了气音，"是我赚了。"

沈半夏的心剧烈地抖动了一下，整个人都要麻了。

段融的举动让屋子里的人都吓了一跳。严琴和康芸看得瞠目，她们知道沈半夏是个讨人喜欢的孩子，但段融这人一向不按常理出牌，来之前并没有想到他会这么快就接受沈半夏。

是她们两个想错了。

看起来段融对沈半夏是不同的，虽然不清楚他对她的这份不同是源于什么。

段融把话说完，直起身迈步往门外走，是要离开的样子："我会把27号的时间空出来。"

"带半夏一起走吧。"严琴叫住他，"半夏对这里还不太熟悉，你带她转转，带她好好玩玩。"

段融回头，看向在康芸身边站着的沈半夏。她人长得瘦弱娇小，处处显得单薄。她没有扎头发，又长又密的头发披在肩上，发尾微卷。有几缕从肩膀上滑下来，搭在脸庞上。

她的皮肤通透，肤色很白，像上好的羊脂白玉。可是今天她的脸上笼罩着一层不健康的影子，明显没什么精神，目光无神，站在那里的时候让人觉得她随时都会倒下去，好像饿了两天没有吃饭一样。

不同于之前出现在他面前时的样子，今天因为有康芸在，她故意表现得十分乖巧。

但他能看得出来，她其实并不是个乖巧的人。她本质上寂然又冷漠，可她太会伪装，别人想让她有什么样的表现，她就可以有什么样的表现。

段融朝沈半夏示意了下，头往外偏了偏："过来。"

严琴只是在试探而已，倒没想到他真的愿意带沈半夏出去。

沈半夏更没想到。

她多少算了解他，知道他有多腹黑、心思有多诡谲——这些都是生活磨炼给他的。他也想成为一个温暖向阳的人，但温暖向阳并不能回馈给他任何正向的东西，他只有变得狠毒才能生存下去。

见她发怔，段融重复了一遍："过来。"

过了两秒，他补充："哥哥带你好好玩玩。"

后面一句话说得分明别有用心。

康芸拉了拉沈半夏的手："半夏，跟你段融哥哥去吧。玩得开心点儿，晚点回来没关系的。"

沈半夏乖顺地点头，缓缓朝段融靠近，最后走到他的身边。

段融不再看她，扭回头继续朝前走。

沈半夏跟着他走到了院子里他的车旁。

段融拿着手机飞快地打字，像是在安排什么事情，半分钟后把手机放下。

沈半夏想坐车后排，但段融已经把副驾驶座的车门打开，他一只胳膊懒懒地搭在车门上，朝车里偏了下头。

沈半夏坐进去。等他从另一边上车，发动车子，车子驶出别墅区，在暗夜里行驶在笔直的道路上，她始终没有开口说话的意思。

又跟他单独待在车上，她紧张得手心不知不觉出了汗。

段融也没有说话，安静地开车，一双浓墨般的眼睛直视着前方。

沈半夏不敢看他，怕看他的每一眼都能让他发觉她的心意。她故意扭头朝外看，看外面连绵的树影、虚晃的路灯。

她并不知道自己的选择是对还是错，造成的结果是喜还是悲。她被命运推到了如今的地步，所以必须坚定地走下去，不管发生什么都不可以退缩。她需要那五百万，无比地需要。为了钱，她什么都可以豁得出去，包括脸面。

车子在一家私房菜馆前停下。她透过车玻璃往外看了看，奇怪地看向段融。

段融并不解释，随手把她的安全带卡扣按开，下了车绕到她这边，把副驾驶座的车门打开。

沈半夏更觉得稀奇。

这完全不像是段融的举动，他是不会对一个联姻对象这么好的。

"干吗这么夸张？"她从车里下来，有气无力地说，"我又不是没有力气开车门。"

"你连说话的力气都没有了，还有力气开车门？"

段融扫了她一眼，目光别有深意："跟我来。"

他把她带进餐厅，进了二楼一间安静的包厢。刚坐下不久，就有服务员陆陆续续地上菜，每道菜都冒着让人很有食欲的热气。

这是一家做传统中餐的餐厅，川、鲁、粤、淮扬各种菜式都有，满满摆了一张桌子，让沈半夏恍然觉得自己在一场满汉全席的国宾宴上。

她肚子饿得厉害，但胃口不好，此刻被这些菜的香味一催，坏掉的胃口死而复生，她重新有了馋的感觉。

她看向一旁的段融。

段融从烟盒里抽出一根烟，站起身："你先吃，我去抽根烟。"

他把烟咬在嘴里，走出门口的时候，打火机的声音"嚓"一声响起。他低头，烟丝舔上火星，"呲"的一声轻响。

他随手拉上包厢门。

屋子里就只剩下沈半夏一个人。

她没有客气，拿起筷子开始吃饭。

饿了两天后吃到的第一顿饭，每道菜的味道都香得让人想把舌头吞下去，好吃得让她开始同情未来吃不到这些菜的自己。

每道菜都吃了几口，满满一碗米饭也已见底，肚子终于有了满足的饱胀感。

果然人还是要吃饭的，什么时候都得吃饭。这世界还没有灭亡，大部分人都心事重重又安然无恙地活着，你又矫情个什么劲儿。

虽然已经吃得很饱，但她实在担心以后吃不到这么好吃的东西，往嘴里又塞了几口菜。

段融就是在这个时候进来的。他一眼看到这小姑娘精神抖擞地往嘴里塞菜，软嫩的脸颊随着咀嚼的动作一鼓一鼓的，像条生气的河豚，让人有种想将其圈养起来的冲动。

段融在她旁边的椅子上坐下。

他仍旧没动筷子，懒懒地靠着椅背，一只手拿着手机划拉几下。

沈半夏夹不到前面的菜，伸长胳膊去够。

吃到好吃的东西，她满足得眯了眯眼睛，脸上有笑容泛起。

她扭过头，看着他："你不吃吗？"

"吃过晚饭了。"他仍低头回微信，二郎腿大剌剌地搭着，不知道是在跟谁聊，突然嗤笑了声，唇角斜斜勾起。

明明一副吊儿郎当的样子，却让人觉得他身上有股浑然天成的贵气在。

这种贵气是他与生俱来的，即使是他最落魄的时候，他身上都有贵气把他与众不同地罩着。这份独特的气质让他与普通人分割开来，让他不管多么低调地掩在人群中，大家第一眼看到的也一定会是最耀眼的他。

"那你吃过了，为什么要带我来吃？"她问。

段融抬起头看了她一眼，随口问："几天没吃饭了？"

竟然看出来了。

"……差不多两天。"

"为什么不吃？"

沈半夏没有回答。

段融终于回完微信，能分出心思来跟她玩了。

他看着她，喉结动了动，又一次问她："怎么这么想跟我结婚？"

她明知道自己现在的身份是假的，与段融的订婚也是假的，但突然听到他这么问，她的心还是无药可救地加快跳动。

跟他结婚，一件听起来很让人心动的事。

如果是真的就好了。

"我不是说过了嘛，我都听妈咪的。"她认真地做好角色扮演，表演好一个出身高贵从没有吃过苦的大小姐形象，"她想让我跟你结婚，那我就跟你结婚喽。"

"你男朋友怎么办？"

段融仍旧以为张俊安真的是她男朋友，她将错就错："已经分手啦。你放心，我是不会做脚踏两条船这种事的。"

"这么容易就分手？"

"分个手而已，没什么难的。"

她想，她的角色既然是在国外长大的，那行事肯定比较开放，恋爱又分手这种事应该很寻常才对。

"我其实不是很喜欢张俊安，"她手肘撑在桌上，双手托腮，侧头看他，"所以分就分了，有什么关系？"

"不是很喜欢他？"段融与她对视着。他每次直视她眼睛的时候，她其实都很紧张。

"那什么样的你可以很喜欢？"

他说话时语气并没有什么波动，但配合他那张"造孽"的脸，不管他说什么，总让人觉得他在故意调戏。

沈半夏心如擂鼓，想说你这样的我会很喜欢。

"喜欢不喜欢的其实没有多大关系，"她说出口的却是，"你跟我这种人，听家里的安排就好了，反正都是为了利益。"

段融看了她一会儿,没说什么,起身:"走吧。"

她跟在他后头。实在有些穿不习惯高跟鞋,她走得慢吞吞的,跟他拉开了些距离。段融扭头看她一眼,放慢脚步,等她跟上来。

穿过走廊,到前面大厅的时候,刚好跟劳艺碰上。

劳艺很早以前就知道段融喜欢这家餐厅,一个月里总要来几次,她就也常来这里堵他。运气好的时候能借着偶遇跟他说几句话,运气不好的时候在这里等上一天都等不到人。

没想到今天刚来就碰见段融了。

这几天劳艺被网上舆论搞得心力交瘁,实在撑不住了,想找段融和解。

"段总,你能给我几分钟时间吗?我有话跟你说。"她一副可怜兮兮的样子。

但她的长相完全跟可怜兮兮扯不上关系,太过明艳,攻击性很强,是跟万珂同一类型的美女。

倒是奇怪,为什么段融喜欢万珂,但对同类型的劳艺却从来不屑一顾?

段融淡淡地瞥了劳艺一眼,继续往外走。

劳艺在后面跟着。

沈半夏有些尴尬,不知道该不该跟过去。她站在玻璃门处往外看,劳艺正站在段融身边,一副知错的样子请求他原谅,说着说着,还哭了起来。能看出来她的哭是有目的的,她想获得段融的怜惜。

女生的这种把戏放在男人身上应该还挺有用的,特别是当一个大美女梨花带雨扮柔弱的时候,男人的保护欲多半会被激发出来。

沈半夏静静地看着他们。段融是个太危险的人,太多的女人爱他。如果可以选择,她不想喜欢一个这样的男人。

她没再看了,转过身,动了动自己站得酸痛的脚。

段融半侧过身,往沈半夏这边看了一眼。

她背对着他,单薄的背上披着柔软的发,裙角下的两条腿嫩白细瘦,高跟鞋修饰得她的腿形更加修长匀称,线条漂亮得让人移不开视线。但她实在不像个会穿高跟鞋的女生,一只脚总要抬起来,脚尖在地上支着,又往前踢一下,似在休息的样子。

明明不习惯穿高跟鞋,可是每次在他面前,偏要用这种打扮把自己伪装得成熟。

段融侧低头,舔着唇角无声地笑了下。

劳艺看得发怔,明明前一秒他还在不耐烦,这一秒却不知道他看见了什么,笑容里带了一股莫名的——

劳艺仔细想了想,绞尽脑汁地想,最后发现只有那两个字能形容他眼底的情绪。

宠溺。

段融很快把注意力收回来。

"如果我没记错的话,"他重新看向劳艺,"你是珠宝商劳振的独生女。一个大小姐又不是没有退路,干吗非得留在天晟受苦?"

"我是真的不能失去这份工作。我当初是靠自己进的公司,如果就这么被开了,我会很没面子的。"

劳艺继续落泪,说着假话。其实她不在乎会不会被开除,只在乎以后还能不能见到段融。如果从公司离开,她就什么机会都没有了。

"你再给我一次机会好不好?"她恳求,"我已经知道错了。"

"你差点儿害公司名誉扫地,还想让我给你机会,你当我是开慈善堂的?"段融一点儿余地都没有留,"你该庆幸我只是把你开除,而没有追究你的法律责任。这次我是看在你没有酿成大错的份上才放你一马,不然你信不信,不仅你,连你爸手上那条出货渠道我也能给他断了。"

他这么说就是完全不给劳艺活路的意思了。劳艺没再哭,眼里浮现出真正的委屈。

她不敢再说什么,因为她知道,以段融的手段,绝对可以说到做到。

段融往回走了走,推开餐厅的玻璃门,喊:"半夏。"

沈半夏被这两个字叫得心里一动,扭头看他。

"怎么不跟过来?"

"你不是跟她有话说吗?"

"我跟别的女人有话说,你就可以大度地给我们腾位置是吗?"

这话有些莫名其妙。不明白他是什么意思,沈半夏蒙蒙地看他,眼睛眨了一下,说不出话。

过了几秒,段融对她说了句:"谁教你这么大度的?"

沈半夏仍沉默着,在他的眼神下,脸一点点地热起来。

两个人无声地对视了会儿,段融把头朝外面一偏:"过来。"

沈半夏朝他走过去。

劳艺一直在看着她,眼里的嫉妒已经快要烧起来了。

"你跟段融什么关系?"

沈半夏经过劳艺身边时,突然听到她这么问。

沈半夏觉得如果她说自己是段融即将公开的未婚妻的话,会立刻被这女人的眼刀杀死。

她选择继续若无其事地往前走。

"你知不知道段融有个放不下的女人?"劳艺再次开口。

这次成功地让沈半夏停下了步子，甚至让她的背影僵硬起来。

劳艺笑了笑，走到她身边："你以为你跟我不一样吗？别做梦了，除了那个女人，段融不会喜欢任何人的。"

劳艺并没有刻意压低声音，这些话段融也听见了。他转过身，朝这边看。

沈半夏脸上并没有情绪的波动，她平静得甚至有些异常，只有一双眼睛是灰的，段融看出来了。

她平时的眼睛总是很亮，如小鹿一般，里面像装了星星。但现在她的眼睛是灰暗的，眼里的灰将她整个人都覆盖住。

段融提步朝沈半夏走过来，站在她跟劳艺之间，把她挡在身后。

他动了动脖子，是明显的不耐烦的动作。他一双漆黑的眼睛看向劳艺："你说说，我放不下哪个女人，我好好听听。"

劳艺笑了笑："段融，你别装了，你放不下哪个女人，你心里最清楚。"

"我还真是不清楚。"

段融在否认，如果细究起来，甚至里头有着保护沈半夏的意图。但沈半夏一点儿都不觉得开心。以前她为了能知道段融的消息，常常会逛论坛，在那里看到了很多关于段融和万珂的帖子。

其中有个帖子异常火热，那人信誓旦旦地讲了两人交往、吵架、分开的一些事。还说段融曾经去找万珂求复合，但万珂那个女人实在太有个性，很干脆地拒绝了，丝毫不拖泥带水。

所以段融现在的否认，应该是因为被万珂气到了，而不是因为他把万珂忘记了。

沈半夏觉得挺没意思的，慢慢地，又有一种无力感涌上全身。她没在原地停留，往前走了走，听不到段融和劳艺又说了什么。

但她并不知道自己该往哪里走。她没有方向感，去到陌生的地方会分不清东南西北，所以她忘了段融的车究竟停在了哪个方位。

她就那么漫无目的地往前走，直到手腕上传来一股温热的握感，段融把她拽了过去。

"沈半夏，"他应该喊了她很多声了，因为她明显地看出了他的不耐烦，"你打算去哪儿？"

被他握着的那片皮肤很快发热，有细小的电流顺着血管往前流窜。

她其实有些留恋，但仍是把手抽了出来："回家啊。"

段融朝相反的方向示意了下："我的车在那边。"

沈半夏顺着他示意的地方看了看，果然看到了那辆全黑的莱肯。

"哦。"

她转了方向朝那辆车走去。

劳艺已经不见了,不知道段融跟她说了什么,成功地把人赶走了。

沈半夏觉得自己要适应,像劳艺这种冷不丁就会跳出来给她放冷箭的女人,在以后应该挺多的,不能就因为别人两句话就不开心。

她坐上车,仍然坐在段融旁边的副驾驶座。

没等她把安全带扣上,段融伸手,给她递来一个盒子。

她有些疑惑:"给我的?"

"嗯。"

她接过盒子,打开。

盒子里是一双女士白色板鞋,36鞋码。

她更是觉得奇怪,看了段融一眼。

车窗大开,他一只手肘搭着,另一只手扶在方向盘上,手指有一下没一下地敲着,没有要开车的意思。

见她半天没反应,他扭头,用了命令的口吻:"把鞋换上。"

沈半夏回忆了一遍,这双鞋应该是他刚才出去抽烟的时候,去附近的商店买的。

她的脚跟确实又酸又痛,但不知道他是怎么发现的,难道她在穿高跟鞋的时候,表情很狰狞吗?

她把脚上的高跟鞋踢掉,换上平底板鞋,脚立刻舒服了很多。

鞋子大小刚刚合适。

"你怎么知道我穿多大的鞋码?"沈半夏问。

段融视线下移,往她身上打量一遍。

"我有眼睛。"

语气听起来欠欠的。

"哎哟哟,你眼睛这么厉害啊,看一眼就知道啦?那我的三围你是不是也都看出来啦?"沈半夏把高跟鞋装进鞋盒,气呼呼地想,不知道他用这招撩过多少女生了。

段融低笑,把她怀里抱着的鞋盒拿过来,扔到后座,又提醒她:"把安全带系上。"

沈半夏温顺地系上安全带。

段融发动车子:"很难看出来吗?"

车子驶上行车道,他侧头,从她的脸看到她的胸,又从她的胸看到她的腰,接着往下。

"应该是……"

"你要是敢说出来,我打死你哦!"她作势扬了扬小拳头,但那拳头粉粉的、软软的,没有丝毫威慑力。

这时候的她才是本来面目，没有丝毫伪装，怪可爱的。

段融忽然有种自己诱拐了小女生的感觉，罪恶感涌了上来。

他喉结滚了滚，在红灯前停车，问："没什么要问我的？"

"问什么？"

"我有没有放不下的女人。"

他竟然还敢主动提。

万珂对他来说应该是个不能被人触及的伤疤，但他就是这么云淡风轻地说出来了。

看来学校里的传闻没有错，万珂确实给他造成了太大的伤害，所以他才这么久都不去见她一面，这么轻易就答应了家里联姻的要求，这么轻易就愿意跟一个他不感兴趣的女孩订婚。

"有也无所谓啊。"沈半夏尽量让自己潇洒一点儿，不能在他面前露半分怯，"我们之间只能算是联姻而已，又没有真的感情在，我可以理解的。"

段融没说什么。绿灯亮起，他发动车子。

沈半夏扭头看窗外的风景。其实没有什么可看的，除了些晃眼的霓虹，就剩了些绿得很没新鲜感的树。

"既然这样，为什么要跟张俊安分手？"几分钟过去，段融问，"你完全可以继续跟他在一起，反正你跟我只是没有感情的联姻而已。"

"那也要守规矩，我继续跟他暗度陈仓的话，对你不就太不公平了嘛。这种缺德事我不能干。"

"你不能干缺德事，"他觉得这丫头越来越有趣了，"那我能干？"

"如果可以的话，你最好也不要干。"

"行。"他笑。他人长得好看，笑起来的时候更蛊惑，其中又有一种迷人的坏劲在，就没有女人能不在他的一笑下酥了骨头，更何况是沈半夏这个偷偷暗恋他的人。

沈半夏觉得自己继续看段融，会把喜欢的情绪摆在明面上，所以强硬地拉扯回视线，继续去看窗外毫无新意的夜景。

"没有什么放不下的人。"

气氛安静了几秒，沈半夏听到了他的话。

只有那么一句，但杀伤力已经足够强了。

他竟然跟她解释，就因为她说他最好也不要干缺德事，他就跟她解释了。

没有什么放不下的人。

他说他没有什么放不下的人。

所以是不喜欢万珂的意思吗？

沈半夏的心"咚咚咚、咚咚咚"地乱跳着，跳得一塌糊涂，几乎快要破开胸膛跳出来了。

段融就是有这种本事，轻易就能把她的心绪挑拨得稀乱。

可是，她又想，如果他真的不喜欢万珂，那些传闻又是怎么来的？

沈半夏心里奇怪，但并没有问出来。段融要是不提起万珂，她就绝对不会主动说。

"是回怡锦华府还是去找你朋友？"段融问。

他用的是"回"怡锦华府，所以他真的没有发现她的任何异常，相信她确实是康芸的宝贝女儿。

"回我妈那里。"沈半夏回答。

段融把她带了过去，车子在怡锦华府58号前停下。

刚才不觉得，现在突然要分开，沈半夏心里空了空。她安慰自己，反正以后总会再见的，她已经跟段融绑在一起了，很快就又能见了。

她从车上下来，段融也下了车，停在她身前不远处。

"那我就先回家了。"她说这句话时声音有点儿低，不管再怎么掩饰，也能让人听出她其实有点儿不开心了。

她刚打算按门铃，被段融叫住："小朋友。"

沈半夏回过头。

段融站在不远处，身姿挺拔，面目俊朗，两只手插在裤子口袋里，眸色很深。

他朝她走近了些。两个人之间的距离被他缩短，她的脚尖距离他只有不到短短五厘米。

夜色深浓，没有月亮，星星也稀少。空气里满是夏天的燥热，烘得人身上发汗。

"既然要订婚了，是不是该做点儿什么，总这么客气怎么行。"他语气散漫地说，"我们是要订婚，不是要去战场当战友。"

沈半夏抿了抿唇，牙齿在下唇处咬了咬，睫毛发颤："做……做什么？"

段融看了她一会儿，两秒后，朝她又走近了些。两人之间五厘米的距离也没有，他的鞋碰到了她的鞋尖。随着这个动作而来的，是他朝她弯下的身体。

沈半夏睁大眼睛，看到段融低了头，迁就着她的身高。他身上有好闻的佛手柑香气，其间又夹杂了点儿清淡的烟味。

"那就——"他与她对视着，看她红起来的脸和细微发抖的睫毛，看她通透漂亮的眼睛。

段融脸上浮出一个情绪不明的笑，眸色依旧黑沉。他伸出一只手来握住纤白柔软的后颈，迫使她抬头，防止她乱动逃跑，而他的唇离她越来越近，说话时有呼吸极具暗示性地拂在她脸上，声线沉哑缱绻："先接个吻？"

风很燥，空气热得蒸腾出雾气，别墅前一排梧桐"沙沙"地抖动着叶子。

有树叶和青草的清香飘出来，但都不及段融身上的气息让人着迷。

中学的时候，段融身上除了有佛手柑香气，还总是带着一股消毒水的味道。他老是跟人打架，常常需要去医院包扎伤口。后来沈半夏专门找了视频，学会了该怎么处理简单的伤口，给伤口消毒、上药、包扎。

沈半夏的书包里原本只有一些习题册和课本，后来开始装着碘伏、棉签、创伤药、纱布。如果看到他身上有伤，她会在路边停下，拿出书包里的东西给他包扎。

段融会在她面前半跪下来，静静地看着她。

只有在那个时候，她才能得到被他认真注视的机会。

在书包里装药的习惯一直延续到现在，沈半夏的包里总免不了有这几样东西，还曾经被朋友看到嘲笑过。

如今段融已经不再三不五时地受伤了，身上没有了消毒水的味道，只剩了干净的佛手柑香气。这几年他应该确实过得不错，因为他有了以前不曾拥有过的很多东西。

距离他那句话已经过去半分钟之久，沈半夏的脸仍烧着，心脏乱跳着，怎么都压不下去。

段融离她很近，旁边有盏路灯，在黑漆漆的夜色里照出一片煌煌的光。她得以看清他的脸，看清他墨一般的眸子、挺拔的鼻梁，以及薄削的唇。

他的唇色殷红，看起来十分柔软，不知道亲起来会是什么感觉。

如今他的唇距离她只有短短几厘米，只要她再往前靠一靠，就能亲到他。

其实跟他重逢后，她常常会做不知羞耻的梦，在梦里跟他接吻。

她永远也不要让他知道这件事。

沈半夏往后退，转身，背对着他："别开玩笑了。"

她说，别开玩笑了，用这句话来维持没什么用但她就是很需要的自尊心。因为她知道，段融这个人性子坏，最爱逗人玩，他其实并不是真心想跟她接吻。

果然，很快听到他淡淡的一声笑。

他直起了身，两只手仍旧插在裤子口袋里，笑的时候唇角会斜斜地挑起来，一副痞痞的样子。她常因为他这副痞样而生气，但更多的时候是被他这副痞样搞得心神不宁，满脑袋都想着怎么样才能跟他谈恋爱。

如今连谈恋爱的过程都省去，她直接要跟他订婚了。

算是好事吗？她不知道。

段融又朝沈半夏走近了一步，一只手抬起来，绕过她身侧，在门铃上摁了下。

半分钟后，电铃处"咔"一声轻响，门开了。

"回去吧。"他的声音懒洋洋的，已经是打算跟她告别的意思了，"做个好梦。"

沈半夏扭头看他。

段融坐上车，发动车子。

她没再继续看，扮出一副主人公的样子，轻车熟路地进了院子。

康芸趿拉着拖鞋出来接沈半夏，看到她后，脸上立马笑开，拉住她的手带她进屋，又扭身对送她回来的段融摆了摆手。

回应后，段融将车子开远。

进了门，在别人家里，沈半夏有些拘谨："康阿姨，不好意思麻烦您了，这么晚还要您出来接我。"

"不麻烦的呀，我一个人在家里没什么事，一直在等你。哦哟，我女儿长得这么漂亮，人又这么聪明，你都不知道我有多高兴呀。"

康芸把一对看上去十分名贵的手镯拿出来："这个你一定要收下的呀，算是我给你的见面礼，不收就是不给我面子了。"

康芸是南方人，讲话时带有乡音，一口软绵绵的吴侬软语。

沈半夏推辞不了，只能暂时收了镯子。

"半夏，今天就在家里住啊，房间我都给你收拾好了。"

康芸找到一双干净的拖鞋给她，这时候发现她脚上的高跟鞋换成了一双纯白色的板鞋。

"半夏，你那双鞋子呢？"

沈半夏顺着低头看了看，记起自己把高跟鞋落在了段融的车上。

"肯定是段融看你穿高跟鞋太累，特地让你换的吧？"康芸看起来十分高兴，"没想到他看起来那么不近人情的一个人，倒是挺体贴的。"

沈半夏在康芸的话里回忆了一遍今天晚上的事，段融看出来她很久没吃东西，带她去吃好吃的，又发觉她穿着高跟鞋很累，帮她去买了双平底鞋，款式也是她喜欢的，一双简简单单的白色板鞋。

他那个人，好像真的对人很体贴。

就是不知道他只对她一个人这样，还是对别的女生也会这样。

"半夏，我告诉你啊，"康芸打断她的胡思乱想，"段融是很不好接近的，平常人很难有机会跟他说上两句话。所以未来这一年，你一定要把握好机会，最好能让段融离不开你，一天看不见你就想得抓心挠肝知道吗？到时候这桩买卖就不是买卖，而是真情实感了。"

沈半夏并不明白，为什么康芸和严琴这么热衷于给她和段融牵线，这和一般的豪门剧本走向不太一样。

"康阿姨，我现在还没想那么多。"她说。

"那你现在就可以想想了。那可是段融哎，虽然年纪比你大了几岁，但人长得确实没话说。今天晚上我看见你跟他站在一块，两个人还挺配的。"

康芸边说边露出"姨母笑",带着沈半夏去了二楼,推开一间卧房的门:"你看看房间喜不喜欢。"

沈半夏首先闻到了房间里的一股香气。

卧房很大,比沈半夏现在租的那套房子都大,房间布置得淡雅清新。

"阿姨,要不然我还是回去吧,在这里住太打扰了。"

"你这孩子怎么跟我这么客气,再这样我要生气了呀。"康芸说,"而且明天段融会过来接你,你不在家里怎么办?"

沈半夏心里跳了一下:"段融明天会来?"

"对呀,你们两个毕竟都要订婚了,他当然要来多跟你接触接触。要是就这么晾着你,我是第一个不答应的。"

康芸看出来这孩子每次听到段融的名字后,眼睛都会亮一亮。

"你也蛮喜欢段融的吧?"康芸八卦起来,"不得不说,他那个人确实很招女孩子喜欢。但是你放心,他平时生活圈子还是挺干净的,没见他乱搞过男女关系。"

沈半夏低着头,耳根有点儿烧,没有承认,也没有否认。

晚上留在这边住,康芸真的拿她当女儿养,给她准备好了一应东西,甚至衣帽间里都塞满了适合她穿的衣服。

当初妈妈陈筠还在世时,也是这样宠着沈半夏的。

沈半夏没怎么多看,关了衣帽间的门,去浴室洗澡。

晚上躺在柔软的床上,努力了很久也睡不着,沈半夏把手机拿出来看了会儿。工作号上并没有出现新的消息,她往下翻了翻,看到了那位神秘的Z先生的头像。

头像是全黑的,但在她点开看过后,隐隐发现有什么不对劲。她把手机屏幕光调到最亮,随着亮度一点点增高,黑色头像上慢慢浮出一整个布满繁星的夜空,点点星光在她的眼前闪烁着。

沈半夏蓦地被浪漫到,盯着图片看了很久,最后保存到"本地",回到与他的聊天框。

当初天晟集团的那件案子,她什么事情都没有做,这位Z先生还是给了她两万块奖金。她心里一直过意不去,思索再三后给他发:您好,抱歉打扰一下,关于您拜托我的单子,我其实并没有帮到您。我想来想去,觉得不应该收钱,还是退回去比较好。您可以给我一个账号,或者用微信可以收吗,可以的话我现在转?

发过去后,她等了等,大概五分钟后,那人给了回复:不用。

只有短短两个字。沈半夏想着自己要不要再发点儿什么,但又怕会打扰到人家。纠结了会儿,她在聊天框里打字:那如果以后您遇到什么麻烦的话可以找我，只要是我力所能及的事，我都可以帮忙。

这回对方的消息回得很快：行。

更"俭省"了。

沈半夏摸摸鼻子，给对方发：那就不打扰您了。

发完后，她没再管，登录到个人号。

米莉给她发了很多条消息，问她有没有跟段融见面，两人相处得好不好，就要成为段融的未婚妻了她激不激动。

沈半夏随便回了几条消息，抱着被子发了会儿呆。

这两天兵荒马乱的，发生的事情让人有种不真实的荒诞感。父亲病情加重，为了拿到钱给父亲治病，她答应了跟段融订婚。

她和段融，原本是两个世界的人。段融是风头正盛的商界贵公子，而她是个还在读书的前途不明的穷学生。可是从这天开始，她跟段融之间有了见面的理由、相处的理由。

之前会拒绝严琴的提议，是因为知道段融有喜欢的人。可是今天晚上，段融亲口说他并没有放不下的人。

段融不是会说谎的人，对于他不想让别人知道的事，他会保持沉默，而不会说假话。

所以，是可以试一试的吧？

他既然没有放不下的人，那可不可以喜欢她？

沈半夏想得脸上热起来，把被子拉过头顶，在里面闷了会儿，直到有些呼吸不过来才把被子掀开。

次日一早起床，康芸在餐桌上告诉沈半夏，段融很快就会来接她。

"他要去外地出差两天，去的那地方风景可好了，让他带你转转。衣服我都给你准备好了，待会儿你记得拿。"

康芸这样子，俨然一位真正的母亲了。

沈半夏很过意不去："阿姨，我总不能一直麻烦您。"

康芸摇了摇头："傻丫头，你麻烦不到我，应该是我谢谢你才对。跟段家联姻我是会得到很多好处的，这是一本万利的买卖，你完全不用觉得不好意思。不瞒你说，我们公司在国内的前景不算太好，回国前我还担心会被我那前夫和小三打压。这下好了，攀上段家这棵大树，我在他们面前就能把腰板挺直了，将来他们想来巴结我还不够格呢。"

吃完饭，在这边等了有大半个小时，一直没见段融过来。

康芸在客厅里走来走去，不停地朝外张望着："半夏，你问问段融什么时候来。"

沈半夏："可我没有他的联系方式。"

康芸扭头看她，眼神带着惊愕，好像是在说：你没事儿吧？

康芸朝沈半夏走过来："你跟段融连个联系方式都没留？"

"没有，我没来得及跟他要。"

"那这次出去玩，你一定记得与他加上微信。"

康芸嘱托了她几句，又等了会儿。段融的车开过来，停在院子里。

沈半夏没出息地紧张起来，抿了抿唇，手指抠着衣角。

康芸带沈半夏出去。

段融从车里走出来，主动接过康芸手里的行李箱，放进车里。

"段融，我家半夏就麻烦你了啊。"康芸把沈半夏往前推了推，"我这女儿是被我宠大的，从小没吃过什么苦，还要拜托你多照顾点儿。"

段融这时候才看了沈半夏一眼。

她今天穿了条墨绿色的背带裙，里面是白T恤打底，脚上是他昨天买给她的白色板鞋。完全一副小女生的样子，青春靓丽，可爱又柔软。

"伯母放心，我会照顾好她的。"

段融把后车门打开，朝里面侧了侧头，示意沈半夏坐进去。

沈半夏突然有些拘谨，没敢去看他的眼睛，低着头爬上车。段融突然想起她曾经在上车时差点跌倒，一只手下意识地伸过去护在她腰后。

沈半夏在位置上坐好，低下头，能看到车上铺了一层软绵绵的地毯，踩上去格外舒服。她扭头看仍在车旁站着的段融，这回有了点儿自觉，往旁边让了一个位置。

段融在她身边坐下，她紧张地抿唇。

康芸在外面不放心地叮嘱："半夏，跟段融哥哥好好玩啊，散散心。有什么事就找他帮忙，他会照顾你的。"

沈半夏点头："我知道了。"

车门关上，沈半夏看了看前面的司机，笑了笑打招呼："张叔好。"

段融这辆车载过的女生不多，但也不是没有，有像狗皮膏药一样，甩都甩不掉的女生用尽各种办法让段融送她们回去过，但是没有一个女生在意过前面开车的张庆，更别提会友好地跟他打招呼。

张庆知道沈半夏是康宏升的外孙女，泡在锦绣堆里长大的公主。但这样一个女孩竟然会平易近人地跟他问好，着实让他吃了一惊。

"沈小姐好。"他回头，颔了颔首回应。

车子开出别墅区，路上沈半夏始终都很安静，并没有说话。这点跟那些女生又很不一样，凡是好不容易跟段融坐在一辆车里的女生，都会绞尽脑汁地找段融搭讪，千方百计地让段融多跟她们说几句话，再明里暗里提出让段融去她们家里坐坐，把想睡段融的心思摆得明明白白。

但段融从没有让谁得逞过，按理说，他已经二十五岁，年纪不算小了，早到了谈恋爱的年纪。会显得这样冷淡，估计真的是像外界所传的那样，他有个放不下的白月光。这样的话，那这位沈小姐不就可怜了吗？

张庆开始替沈半夏的前途担忧。

沈半夏并不是不想跟段融说话，她只是不敢，怕自己话说得太多太密会招人烦。她平时在别人面前不会这样，到了段融身边就会有这个担忧。

因为她喜欢段融，她在自己喜欢的人面前会自卑。

去机场的路上有些无聊，沈半夏开始看手机。

同事方朗给她发了一条微信，问她：还顺利吗？段融那人好不好相处？

方朗也在政法大学读书，跟沈半夏同班。在沈半夏入职平忧律师事务所后不久，方朗也跟了过来。沈半夏并不是很了解他，只是能大概看出他并不是缺钱的人，不太理解他这么做的原因，也从来没有问过。

她给方朗回复：挺好的。

方朗：注意保护自己，别吃亏。

她当然知道方朗说的"别吃亏"是什么意思。其实他这种担心完全是多余的，段融不可能会对她做什么的。

她无聊地登上工作号看了看，发现最上面是一条没被回复的留言，发信人来自"Z"，内容是"晚安"两个字。

是昨晚给她发的，当时她没有看到。

沈半夏咬着右手拇指指甲纠结了会儿，要回复吗？对方毕竟给了她那么大一笔钱，不能对客户这么没礼貌吧，但如果回的话要回什么？

纠结几分钟后，她回复：抱歉，我刚看到，谢谢您。

发送了消息后，她看了眼手机上的时间，补充：午安。

车里有声动静，很低的一声响。沈半夏扭头看了看，见段融靠在椅背上，懒洋洋地跷着二郎腿，单手拿着手机飞快打字，应该是有工作上的事在安排。但是他嘴角却有笑意，那种笑她很熟悉，是他捉弄人时会露出的表情。她不明白他聊工作而已，为什么还会这样。

难道不是在聊工作，而是在撩妹？

但撩妹这种事并不像是段融会做的，他一向不需要怎么撩别人，就有大把大把的妹子挤过来撩他了。

沈半夏把视线收回来，这边微信里收到一条回复：午安。

聊天进行到这里应该就可以了。沈半夏没有再管，拿出耳机塞在耳朵里，找出订阅的网课开始看。

一路上她跟段融都没有什么交流。

到了机场，助理崔山早已等在路边，过来帮忙把行李拿下来。

在看到一个明显是女生用的行李箱后，崔山愣了两秒，很快就恢复平静。段融虽然从没有带过女人，但不代表他永远都不带女人。

这次应该就是开始。

崔山不动声色地拿眼角余光去看从车上下来的沈半夏，结果发现是个很年轻的女孩，长得干干净净的，打扮也清爽简单，脸上没有多少妆感，一双大眼睛通透明亮，格外有灵气。

之前来找段融的女生大多是艳丽类型的，这种可爱轻软类的倒是很少见。

原本大老板是喜欢这种类型的？

不管心里在想什么，崔山面上并没有浮出半丝波动，始终一副正儿八经的得力助理样，向段融汇报这两天的行程会怎么安排。

沈半夏默默站在一边，不参与他们的话题。

很快，从远处走过来两男一女，熟络地跟段融闲聊起来，应该是段融关系很好的朋友。

其中的女生打扮得贵气外露，耳朵、脖子、手腕、手指，凡是能戴首饰的地方一处没空着，全部被珠光宝气地装扮起来，但又不会显得很夸张，因为东西实在有够高规格，这种高规格的东西把俗气完全压制了下去。

另外两个男生是高峰和易石青，也是一身名牌。这三个人应该是段融近几年才认识的，因为段融在中学时实在太落魄，没有人愿意跟他做朋友，只有女生追着他跑。

如今段融的身价不是一般人可以比的，就有人凑过来跟他当朋友，而且这些人还都是些富二代或是富三代。

果然什么身份的人只会跟什么身份的人玩。如果沈半夏没有"康芸的女儿"这层身份在的话，她是没有资格站在段融身边的。

不知道是说到了什么，前面那几人中唯一的女生"咯咯"笑了笑，趁机想去搭段融的肩膀，段融不动声色地往旁边侧了半步，没让她碰到。

那女生个子很高，目测有一米七左右，脚上穿了高跟鞋，但即便如此仍然比段融矮了很多。自从走到段融身边后，她的目光就没从段融脸上挪开过，眼神甚至算得上有些痴，赤裸裸地揭示着她对他的兴趣。

几个人说了会儿话，段融拿了烟出来抽，那女生在他之后也开始抽。

她抽细细的女士烟，把烟拿出来后并没有用火机点着，而是说了句"借个火"，在段融没注意到时已经握住他的手腕。她凑过去，咬在嘴里的烟靠近男人指间夹着的烟。短短一秒后，她的女士烟"呲"的一声轻响，烟丝被引着。

梁瑞涵的动作十分利落，赶在段融脸上露出不耐烦的神色前松开了他，高峰和易石青在一边给她打着掩护,找话题去跟段融聊。

梁瑞涵一派闲适地抽着烟。她唇上涂了很厚的正红色口红,五官明媚,妆容艳丽。是个很漂亮的女人,跟万珂的长相类似,都属于攻击性很强的大美女类型。

看着他们,沈半夏突然想到以前有次放学,她从校门口出去,走过前面一条街,在拐角的地方看到了段融正和一个女生站在一起。

女生有着一头及腰的长发,很黑,很直,脸上化了精致的妆。她个子高,起码有一米七,身材很好,漂亮得张扬又明媚。

那个女生是万珂。

那天万珂和段融两个人面对面站着,风轻轻地吹,把他们的话吹过来。沈半夏听到万珂说的是:"我真的知道错了,你再原谅我一次好不好?"

很卑微,完全不像她的性格。传言中,万珂很高傲,从来不会因为男人低下她高贵的头颅。但在段融面前时,她总显得很卑微。

那天最后,段融默默抽完了一根烟,把烟头碾灭,头朝着马路的方向点了点,是明显赶人的意思:"滚。"

沈半夏第一次知道原来他也是会生气的,还会说这么重的话。

万珂的眼睛红了,她是不会哭的人,但她在段融面前哭了。她不愿意走,突然就抱住段融,踮脚要去亲他,他推开了她。

沈半夏转过身,没再继续看,背着书包从另一边离开,自己一个人回了家。

所以她不知道,那天段融赶走万珂后,在那里等了很久,一直等到月上中天都没有等到背着书包的小女孩。他担心沈半夏出了什么事,去了学校查看过,确认她没在学校才走。第二天再见到她,他没有问她为什么提前走,而她也没有说她曾经看见了什么。

如今站在段融身边的女生跟万珂很像,如出一辙的类型,用满含爱意的目光将段融望着。

沈半夏没有办法面对这种场面,如几年前一样当了胆小鬼,背转过身。

不去看的话,心不会那么痛。

段融扭过头,朝沈半夏这边看。

她一个人站在路边,距离他五步远,侧对着他。背上铺着蓬松细密的头发,柔软的发丝被风吹得微微飘起又落下。

外面天气很热,她一个人孤零零地待着,露出来的皮肤很白,在太阳底下甚至在发光。修长的脖颈上有汗,上面粘了缕黑色的发。实在受不了外面的气温,她把头发往上拢,想扎起来的时候发现腕上是空的,并没有皮筋。

她只好又将头发放下来。

瀑布般的一头长发缓缓坠落,飘在她背后、肩上,她的侧脸被修饰得更加温柔美好。

段融收回视线。之后高峰、易石青和梁瑞涵这三个人说的话,他就都没有听进耳朵里了,脑子里不停在闪的只有沈半夏雪白脖颈里黏着的那缕发。

他把刚抽了一半的烟摁灭在垃圾桶里,单手插兜朝沈半夏走过去。

梁瑞涵一直看着段融,看到他走到一个女生身边,伸长胳膊揽住了那女生的肩膀。他并没有怎么碰到那女生,只是一只手确确实实地握在她肩上。

但这样都让梁瑞涵有些受不了了,手心捏起来。

沈半夏被段融突如其来的动作吓了一跳,身体微微颤了下,一边侧头看他一边往旁边退了退,躲开了他的手。

段融"啧"了声,那只落空的手插入裤子口袋,压低声音:"不让亲就算了,搂一下也不可以?"

沈半夏耳朵发红,被他握过的肩膀很烫。

她觉得自己确实不能这样扭扭捏捏的,只是搂一下而已。

她往他那边走近半步,脚尖挨着他的脚尖,手伸出去,抓住他的胳膊,把他那只手从口袋里扯了出来,往上拉。她的脑袋从他胳膊底下钻过去,继续拉着他的手按在自己右边肩膀上。

"搂吧。"她抬起头,语气正儿八经,样子也正儿八经,好像在完成什么任务一样。

段融失笑,脸往一边侧了侧,很快又看回她。

"你吃什么长大的?"

"啊?"沈半夏没听懂段融什么意思。

段融没再说,手指用力,捏住她单薄的肩膀,带着她往前走。

"跟我来。"

沈半夏半边肩膀都是麻的,顺带着脖子都红了一片。

段融一只手搂着她往机场大厅的方向去,另一只手朝她眼前伸过来,搭在了她额前。

晒得人发蔫的阳光被他的大手遮住,她脸上落下一片阴影。

沈半夏的心紧了下,完全没有想到他会有这样的举动。

高峰和易石青终于注意到沈半夏,在看到她后,眼睛都瞪直了。

段融搂着的女生,年轻得好似还在上高中的年纪。

以前那么多前赴后继的女人,段融一个都看不上,原来是喜欢年纪小的?

梁瑞涵率先撑不住,问了出来:"段融,这是谁?"她抱着一点儿希望,试探着说,"你妹妹?"

段融并没有看她,仍旧揽着沈半夏往前走,淡淡地撂了一句:"我未婚妻。"

周围人来人往,喧嚷得很,但这边却出现了长时间的寂静。
在一阵诡异的空白后,高峰和易石青异口同声地冲着段融说了四个字:
"你的什么?"

第四章
是少女身上遗落的甜香
RONGXIA

进了机场大厅，酷热被挡在门外，段融搭在沈半夏额前的手收了回去。

沈半夏的心还是跳得很快，一下比一下重。

易石青跑过来，跟在她这边："小妹妹，你今年多大了？跟哥哥说，是不是这禽兽威胁你嫁给他的啊？你不要怕，有什么话就跟哥哥讲，哥哥会为你做主的。"

段融轻嗤，舌尖舔了舔唇角，什么都没说。

沈半夏看了易石青一眼，把手拢在嘴边，一副正儿八经但其实玩笑意味很浓的样子说："其实是我威胁他娶我的！"

易石青、段融双双惊呆。

易石青没见过这种妞儿。虽然天底下想威胁段融结婚的妞儿很多，但没有妞儿会这么说出来，从来没有。而且沈半夏看上去还微微带了点儿稚气，是那种又幼稚又漂亮，让人又想犯罪又狠不下心犯罪的类型，身上的气质太过干净，这种女孩更不可能会说那种话了。

但她确确实实说了。

易石青被镇住，紧接着就是笑，发自内心地笑，一边笑还一边想去揉揉沈半夏的头发："你怎么这么可爱啊。"

他连她一根头发丝都没碰到——段融把沈半夏搂着拐了个弯儿，去走另外一边。

易石青仍旧跟上去，自来熟地做自我介绍。一路上，沈半夏知道了他的名字，还知道了他最近刚跟女朋友分手，目前正处于空窗期。

易石青介绍完自己又开始说段融，告诉她，段融这男人除了长得好看又有钱，其实一无是处，跟他谈恋爱一点儿意思都没有，不如把他甩了。

"小妹妹，你把他甩了，试着跟我谈恋爱怎么样？我对你一定比他对你要好。"易石青跟段融混得实在很熟了，熟到当着段融的面都能撬他墙脚。

沈半夏身子始终僵硬，注意力全在被段融握着的肩膀上。但易石青的这句话后，她的注意力放在了段融的反应上。

就算易石青只是在开玩笑逗闷子，段融的反应也实在太过冷静了，情绪没有什么变化。

他的每一分冷静，都昭示着对沈半夏的不在乎。

沈半夏眼里的光黯了黯，不再有心思开玩笑。

段融明显感觉到在易石青的话后，她瞬间糟糕起来的心情。

他没再继续往前走，手从她肩膀上撤下，重新抄进裤子口袋里，下巴朝旁边的咖啡馆一点，使唤易石青："去买咖啡。"

"这种事让崔山去不就行了？"

"我现在让你去。"

段融语气轻淡，但是震慑力在。易石青虽然纨绔惯了，被家里惯得无法无天，但他曾搞砸了一桩并购案，差点儿把父亲的公司搞黄，是靠着段融的手段才扭转了乾坤，让公司起死回生。那件事情之后，他对段融佩服得五体投地，对段融的话没有不听的。

"行，小弟我这就去给大哥买咖啡。"易石青吊儿郎当地撂下一句，最后又看了眼沈半夏，拉着高峰一起去了旁边的咖啡馆。

但他的视线还是放在玻璃窗外的沈半夏身上，不仅自己看，还拉过高峰一块看。

"你看这女生能不能把段融拿下？"易石青说，"我怎么瞧着段融跟她在一起时脾气都变好了。"

高峰也探着脑袋瞅："有吗？我怎么没发现？"

"你这眼睛可真是白长了。"易石青白了他一眼，继续往外面瞅，"不是说段融喜欢性格火暴的女生吗？这女生完全相反啊，跟只小白兔似的，段融换口味了？"

外面，沈半夏并没有跟段融说话，倒是梁瑞涵跟段融凑得很近，走位在无形中挡住了段融和沈半夏之间的视线。

看着别的女人勾引自己的未婚夫，沈半夏并没有反击，反倒往后退开了些，默默坐在椅子里玩手机。梁瑞涵更来劲了，嘴角细微地扯出一个胜利者的弧度，继续黏在段融身边说些有的没的。

易家跟梁家是世交，易石青跟梁瑞涵是从小一起长大的，最了解这妞儿的心思。自从梁瑞涵去段家做客，看到了第一次出现在大众视野中的段融后，梁瑞涵就被段融这男人下了蛊，心里眼里想的全是他。

那天的情景，易石青还记得。段家在私人庭院举办了招待会，正式介绍段融是段向德的长子，多年来一直在国外学习，最近才归国，目前正在学着接手天晟集团一部分公司事务。

但易石青其实知道,什么在国外留学,段融压根是那年才认祖归宗,之前都是自己一个人飘着。是因为段向德看到了段融的可利用价值,才勉强把他接回家。

段向德向大众宣布这个消息的时候,段融就站在他旁边,单手插兜,面色清淡,外人从他脸上看不到半分情绪。而外界多少听过一些关于段融的传言,都知道他其实是在底层摸爬滚打长大的,而段向德对这个儿子的血缘一直存疑。

所以当天去参加招待会的大部分人,都抱着看段融笑话的心思,结果到了那儿后,注意力全被段融的外形勾走了。

梁瑞涵是其中的一个,也是最严重的一个。

段融长得实在是过于惹眼,他的惹眼不仅仅源于他好看的五官和比例完美的身材,还有他与大众明显区分开来的气质。易石青找不到具体的形容词来形容段融身上的气质,后来梁瑞涵跟他说的一句话,他觉得很有道理。梁瑞涵说,段融在面对这个世界时,眼里总有种凉薄。

易石青觉得梁瑞涵这句形容得太贴切了,完全说出了段融身上的特质。

后来易石青问梁瑞涵是被段融的外表吸引比较多,还是被他身上的气质吸引比较多。梁瑞涵说两者皆有,有一样不存在的话,段融就不是段融了。

梁瑞涵被段融迷得昏了头,这件事易石青很清楚,高峰也清楚,但段融清不清楚,他们还真是不清楚。因为梁瑞涵知道段融这男人不好追,上赶着去追求段融的女人其实落不着好。

所以梁瑞涵决定迂回救国,先跟段融做朋友,在潜移默化中把他拿下。

这一潜移默化就是七年,时至今日梁瑞涵仍没有把段融拿下。

易石青能发现梁瑞涵其实急了,尤其是今天凭空冒出来了一个段融的未婚妻后,梁瑞涵更是急得上头,这些从她频频靠近段融的动作里就能看得出来。梁瑞涵知道主动的女生大多不会被珍惜,所以如果不是她急了,她是不会把自己的欲望表现得这么明显的。

易石青透过玻璃窗看了半天戏,直到高峰把几杯咖啡送到他手上,催他出去。

那边段融的脸上已经有了细小的表情变化,他看了看独自坐在一边的沈半夏,目光在她低垂着的眼睫上停留了会儿。在梁瑞涵又一次试图跟他贴近距离时,他不动声色地往旁边侧了侧,避开她,朝着沈半夏走过去。

他在沈半夏旁边的椅子上坐下,顺手接过易石青递来的咖啡,把其中一杯从纸袋里拿出来,递给沈半夏。

他的手朝她伸过去的时候,恰逢候机厅里一阵没来由的风吹来,沈半夏肩上的长发飘起,轻扫在段融的手腕上。

梁瑞涵死死盯着，心脏麻了一下，有种恐惧感涌出来。

她就那么看着他们，看到沈半夏朝段融看了一眼，轻声跟他说了句谢谢，随着她从段融手里接咖啡的动作，两人的手指不可避免地有了半秒钟的短暂接触。

意识到梁瑞涵的视线，沈半夏抬起头，朝她这边看了一眼。

梁瑞涵不惊不慌地回视，朝段融走过来，在他旁边坐下，头部往他肩膀处倾斜，手指插进发中拨了拨，故意让发丝扫过段融的肩膀。

易石青和高峰站在一边看戏。对这种戏码他们已经见怪不怪了，而之前梁瑞涵的那些对手个性跟她一样火暴，谁都不是善茬，虽没有明面上的刀光剑影，但其实早在眼神交锋中打过好几场了。

段融这男人就是有这样的本事，能让一堆女人抛弃体面为他争得面红耳赤。但是沈半夏这女孩有些例外，她完全没有要跟谁争抢的意思。即使段融即将成为她名义上的未婚夫，她也并没有把他占为己有，不给任何女人机会的野心。

要不然就是她根本不喜欢段融，要不然就是她性格太软，不会生气。

飞机晚点半小时，一行人去了贵宾室休息。易石青和高峰两个男人讨论着这次都去哪些地方玩、哪里是美女出没的胜地。梁瑞涵不动声色地跟紧段融，在段融旁边坐着。

沈半夏戴着耳机听网课，直到手机顶部传来一条微信消息提示。

康芸：半夏，加上段融的微信了吗？

康芸未免太过热心了，真的拿她当女儿了，连加微信这种事都要操心。

沈半夏并没有找段融加微信的打算，倒不是因为她有多么高傲的自尊心，而是因为她不敢。

如果找他加微信，被他拒绝了，要怎么办？

想想都有点儿窒息。

沈半夏琢磨来琢磨去，给康芸回复：加了。

只能撒谎，不然康芸那边不会罢休的。

康芸的消息又发来：那就好。你这次跟段融一起出去，记得多看着他点儿，他那人太能招桃花，不多多看着点儿不行。

沈半夏并不觉得自己有多么讨长辈喜欢，但康芸和严琴都很喜欢她，都在想办法让她能跟段融走到一起，真是见了鬼了。

她往段融那边偷偷看了看。

梁瑞涵一直在跟段融说话，也不知道怎么就有那么多话题可讲，一个话题完了后立即无缝衔接到下一个，一张嘴滔滔不绝跟排练过的相声演员似的，一秒钟都不带冷场的。

段融始终不怎么回，只偶尔应和一个单一的音节，"嗯"或者"哦"，更多时候是沉默，连应和都没有。他忙得很，手机上时不时就会来信息，他挑紧要的给对方回复。

　　两个小时的飞机，出了机场去离这里不远的临海酒店。崔山原本想把段融和沈半夏的房间安排在同一层相邻的两套，但中途梁瑞涵朝他这边走过来，随意地说了一句："我要住 2102 号房，谢谢喽。"

　　段融每次来这里出差，都会住在临海酒店 2101 号总统套房，跟 2101 挨着的只有 2102。

　　崔山只能把沈半夏安排在了下面一层。

　　到了酒店，沈半夏看了看自己的房卡，没说什么，提前一层要下电梯。

　　段融把她的手腕抓住了。

　　"去哪儿？"他问。

　　沈半夏朝他扬了扬自己的房卡。

　　气氛有些僵。

　　易石青赶紧出来打圆场，带着沈半夏往外走："我也在这一层。你放心啊，我会把半夏照顾好的。"

　　在易石青离开电梯前，段融把他拉了回去，一下夺过他手里的房卡，又拿出自己的房卡扔给他："换房间。"

　　段融带着沈半夏出了电梯，接过她手里的行李箱帮她推着。

　　梁瑞涵紧紧咬住唇，手心攥起。崔山的表情也不太好，生怕自己办砸了事惹总裁生气了，赶忙跟在后面主动承认错误："段总，是我办事不力，我把房间给订错了。"

　　电梯门缓缓闭合。暖灯下，梁瑞涵的脸色煞白成一片，抖着手从包里掏烟，"咔"一声就要点火。

　　"瑞涵，电梯里不能抽烟。"易石青阻止她，劝道，"算了吧。你没听段融说吗？半夏是他的未婚妻，再过几天就该正式订婚了。"

　　"未婚妻又怎么了？她不就是身世好点儿，靠着利益关系才能嫁给段融的吗？豪门联姻这种事黄的还少吗？没到最后一刻，谁知道婚礼是会顺利进行还是鸡飞蛋打！"

　　电梯门开了，梁瑞涵气冲冲地走了出去，易石青跟着过去。

　　站在 2101 号房前，易石青放下手里的房卡。这间房几乎是段融的专属，每回来出差或是度假必住。段融那人又有点儿洁癖，就是给易石青几个胆子他也不敢住。

　　他折返回电梯，决定这两天在高峰的房间凑合凑合得了。

　　沈半夏刷开了自己房间的门。

段融仍在她后面站着，单手插兜，虽然他没说什么话，但存在感极强。

沈半夏觉得奇怪，扭头看他一眼，又看一眼。

段融见她一副想说话又不敢说的样子，笑了："怎么？"

"你不用非跟我住同一层的。"

不明白他为什么会跟过来，只是住在不同楼层而已，有什么关系吗？

段融只是下意识觉得她年纪小，该多照顾她一些。易石青那人女朋友换得比衣服还勤，见了美女就走不动道。如果两个人的房间挨着，难保他不会对沈半夏有什么坏心思。

段融不放心："康姨让我照顾你。"

"我又不是小孩子了，不用怎么照顾。"

沈半夏推开门，把行李箱拿进去。段融跟着进来，自来熟地往客厅沙发上坐下，并没有再理她，自顾自在那里看手机，回消息。

沈半夏也不理他，把行李箱推去卧室，打开，蹲在地上从里面找换洗衣衫。

康芸给她准备的东西很多，各种各样的沙滩裙，以及遮阳帽、防晒霜、化妆品。最下面的袋子里有个方方正正的东西，她拿起袋子，拉开拉链把东西拿出来。

拿出来的第一秒她就后悔了。

那东西是一盒五枚装的避孕套。

沈半夏顿时被烫到一般，手抖了一下，有种自己在偷东西的感觉，手忙脚乱地想把东西藏起来，千万不能被段融看到。

但已经来不及，她感觉到一股压力凭空冒出来，抬起头，看到段融正抄着手斜倚在门边，视线落在她手里的避孕套上。

她想解释："这、这……这不是我……"

"你出门随身带这个？"他站着，居高临下地看着蹲在地上的她，话音里含义不明，"挺好，会保护自己。"

在段融的话后，沈半夏拿着盒子的手更烫，像是抓着一块烙铁。

手机响起，段融接起，转身走了，临走前把她房间的门关上。

沈半夏瘫坐在地毯上，手把包装盒捏得窸窣响。

康芸为什么要往她行李箱里放这种东西啊？

现在她在段融心里的形象，肯定是个不学好的小太妹。

沈半夏崩溃地抓了抓头发，气得把盒子扔进空空的垃圾桶，继续翻衣服。转而又觉得自己这样有点儿浪费，她又过去把垃圾桶里的盒子捡起来，随手放在一边的小茶几上。

她去洗了澡，换了衣服，坐在床上继续听网课。

没过多久，易石青过来敲门，请沈半夏去外面吃东西。

"小半夏,我还没加你微信呢,差点儿给忘了。"易石青打开微信,"咱俩互加下呗。"

旁边的高峰也来跟她加微信。

沈半夏一一加上,给他们两个备注名字。段融从隔壁房间出来,看见了这边的情况,朝这里走。

易石青翻了一遍沈半夏的朋友圈,稀奇:"小半夏,你怎么一条朋友圈都没发,长得这么漂亮,不发美照多浪费。"

段融就在旁边看着他们互加微信,直到易石青感觉到一股让人很有压力的气场,抬头朝他看。

不管段融喜不喜欢沈半夏,沈半夏现在都是段融的未婚妻,易石青不敢太放肆,收起手机。

"段融,你是不是有个会要去开?"易石青明知故问,"你放心去吧,我跟高峰会照顾好半夏的。小半夏,你喜不喜欢吃海鲜,哥哥请你吃大餐好不好?"

沈半夏有时候挺"吃货"的,闻言点点头:"好。"

她把门关上,兴高采烈地说:"那我们现在去吧。"

段融没说什么,迈着两条长腿往电梯处走。崔山已经在电梯旁等了有一会儿,见他过来后,跟他说起接下来的行程。

沈半夏的眼睛一直挂在段融身上。他的背影很好看,肩宽腰细,西裤下的两条腿修长有力,有种难言的诱惑。沈半夏小时候常会走在后面盯着他的背影看,心里一阵满足感。那个时候年纪小,不懂那种古怪的感觉叫什么,现在她明白了,段融对她有种致命的吸引力。

只要有他在的地方,她的注意力就会被他完全吸引过去。

但她需要装出没在看他的样子,不敢跟他对视,担心猝不及防会撞上他的目光,那样她心里跳跃的情愫有可能会被发现。

易石青和高峰分别站在沈半夏两边,一人一句地跟她讲话。梁瑞涵也从楼上下来,她换了身酒红色的吊带裙,一头又长又直的头发披在背上,格外有风情。

几人乘坐电梯下楼,短短半分钟的时间里,梁瑞涵撩了五次头发,每次总有一缕柔软的发梢精准地扫在段融肩上。

沈半夏站在最后面的位置,当梁瑞涵的头发拂在段融身上时,她心里总会一沉。

好不容易电梯门开了,段融先走了出去,穿过酒店大堂。门口停了一辆车,早有人打开车门,请段融坐进去。

沈半夏没敢再看他。

她跟着易石青去了不远处的美食城。夜幕降临,旁边几百米远处是浪潮声不断的大海,晚风徐徐吹来,空气不再那么燥热。

易石青对吃这方面挺能琢磨,早就摸透了这里什么东西好吃、什么东西价高又难吃。他领着大家逛吃了大半个小时,每回付钱的时候总要把账单给段融发过去,然后进行勒索:我发现了,小半夏这孩子挺能吃,千吃不胖!她这胃口好得,我简直怀疑你是不是饿了她两天。记得把饭钱给我结一下啊,谁家媳妇谁养。

段融那边很久不见回复,应该是在忙。十几分钟后,易石青收到这男人百忙中的一条转账信息。

段融付了账单上两倍的钱,紧接着给他发来一句话:别让她饿着。

易石青服了,这男人倒挺大方。

而且竟然会疼媳妇!他之前可是对女人完全免疫,传说中是因为对初恋女友一往情深,再瞧不上别的女生了。

这不是还能瞧得上嘛。

易石青往对面还在狂吃帝王蟹的沈半夏身上看了眼。

女孩漂亮、干净,长相温软可爱。万珂的照片,易石青看过,确实风情万种,够辣够带劲,跟沈半夏完全是两种风格的女生。但是论长相,沈半夏不输万珂。

易石青私心里还是比较偏沈半夏的。他恶劣心上来,给段融发了句:你说小半夏跟万珂比,哪个好看?

段融没有回,不知道是不是在忙。

一边的梁瑞涵慢悠悠地喝减脂酸奶,眼神往沈半夏那边瞟了好几眼。这女孩实在太能吃了,从上菜开始到现在,她的嘴就没闲着。邪门的是,这么能吃的女孩身材还挺好,小腰很细,双腿匀称笔直,全身上下没有一点儿赘肉。

梁瑞涵心里吃味,咬着吸管把最后一点儿酸奶喝光,"啪"地将酸奶盒放桌上。

"半夏,你爸爸妈妈叫什么名字啊?"她问。

在别人眼里,沈半夏既然能跟段家牵上关系,肯定也是出身豪门,家庭财力足可与段家匹敌。

沈半夏头都没抬,回:"我姥爷姓康。"

只这五个字,梁瑞涵就明白了。康老爷子是国外有头有脸的人物,国内各大名流世家就没有不知道他的。既然是康老爷子的外孙女,能攀上段融就不奇怪了。

"那你是一直在国外生活?"梁瑞涵手肘支在膝上,手托着下巴问。

"是。"

"怪不得以前没见过你。可你虽然是在国外长大的,普通话说得很好哎,完全听不出口音。"

"家里请了中文教师,姥爷还有家里的保姆也都是用中文跟我对话的。"

梁瑞涵点头，完全没有发现沈半夏在撒谎。

"康老爷子的威名我听我爸妈说过。"梁瑞涵喝完酸奶开始吃水果，完全不碰桌上的海鲜，"如果还能有人配当段家的儿媳妇，也就只有康老爷子的血脉了。"

沈半夏继续吃海鲜，不搭腔。她已经很久没吃过这么好吃的东西了。自从家里破产，兜里每一分钱都要掰成两半花，她吃方便面都会把调料单独拿出来煮一顿面。

既然今天有人请客，她可不能错过这个大快朵颐的机会。

"你跟段融的订婚宴什么时候办？"

梁瑞涵的话句句离不了段融。

"这个月27号。"沈半夏回答。

"那就不剩几天了。没想到段融哥哥竟然会听家里的安排，啧啧，果然利益这东西不管什么时候都是最重要的。你们段、康两家一联姻，以后商场上哪还有人会是你们的对手。"

梁瑞涵其实是在内涵沈半夏跟段融之间没感情，两个人能订婚纯粹是被利益绑定在一起的。沈半夏虽然年纪小，但并不笨，这位姐姐弯弯绕绕的心思她都听出来了，但她仍旧自顾自地吃东西，什么话都没说。

因为梁瑞涵的话在一定意义上是对的。她跟段融会走得这么近不是因为段融有多喜欢她，而是她在借着豪门公主的假身份刻意接近他，为了能挣到五百万而骗他。

这个理由要比梁瑞涵给她安的理由更黑暗。

易石青和高峰两个男人就静静地坐在一边，看两个女生为了段融争风吃醋。

原本以为会看到一场你来我往的唇枪舌剑、女人间的刀光剑影，但自始至终都是梁瑞涵一个人在进攻，沈半夏这女孩实在太能沉得住气，完全不接茬，就跟听不到别人在说什么似的。

易石青十分佩服，录了一段音给段融发过去，在手机上打字：你听听，你这小娇妻好像也觉得跟你结婚只是为了你们两家的利益，对你完全没感情哎。

段融没回。

一边的梁瑞涵拿纸巾擦了擦手，把手机拿出来："段融哥哥那边的会是不是快结束了？我把他叫来吧。"

她"噼里啪啦"地在手机键盘上打字，手机特意设置了键盘音效，每触到一个地方就有"丁零丁零"的打字声清楚地传出来，堂而皇之地宣告她现在是在跟段融进行微信聊天。

沈半夏想到了康芸的嘱托。

她到现在还没有加上段融的微信，更没有存他的手机号。

在这个时候，工作微信号上收到了一条消息。

沈半夏划开手机，点进微信。

Z：吃饱饭了吗？

沈半夏莫名其妙，这位 Z 先生有点儿过于奇怪了，付给她那么大一笔钱也就算了，现在还来问她有没有吃饱饭？

她咬着拇指指甲，半天后回复：饱了。

好傻。

她抖了抖身上的鸡皮疙瘩，继续打字：冒昧问一下，您在天晟集团哪个部门就职？不瞒您说，我对天晟集团也挺感兴趣的，想等大学毕业后去那里实习，能被录用就最好了。

她发过去后更紧张地啃指甲，感觉自己这样实在太冒昧了。人家既然是匿名找她的，就是不想让她知道他的身份，她这么问有些不礼貌。

但是那人很快就回复：公关部。

沈半夏开始怀疑这位 Z 先生会不会是张俊安，她记得张俊安就是天晟集团的公关部经理。

Z：你想面试哪个部门？

沈半夏：法务部。

Z：你在学法律专业？

沈半夏：是。

她学法律这件事其实跟段融有关系，段融曾经因为一个事故差点扯上了一桩官司，后来好不容易才洗脱了嫌疑。沈半夏不想让他再被人随随便便地诬陷、欺负，所以选择了法律专业。

Z：为什么学法律？

沈半夏从来不会跟自己的客户聊这么多，但这位 Z 先生并不让她讨厌，她觉得应该是自己白白拿了他两万块的原因。

这年头，有钱确实能使鬼推磨。

所以她认认真真地给对方回复：因为有想保护的人。

Z 没再说什么了。

沈半夏收起手机，抬头的时候，看到段融在暗蓝色的夜幕下朝这边走过来。

他换掉了一身西服，穿着简单的黑衬衫、黑色休闲长裤，额发松松地搭在眉毛下。这男人的身材太好，瘦又不显得单薄，肩膀宽阔平直，腰很细，两条腿很长很带劲，一张脸长得更带劲，所过之处就没有年轻小姑娘不回头朝他看的。

即使他早已步入社会，但沈半夏还是从他身上看出了一股少年气。她喜欢男人身上的少年气，不知道为什么，就是说不出来的喜欢，那股气质让她心尖发麻，心脏颤动。

再看下去眼里的渴望就要流泻出来了，她低下头，继续往嘴里塞食物。

梁瑞涵的眼睛早就看直了，嘴角甜甜地笑着，抬手冲段融打招呼："这里。"说完把自己旁边的椅子拉了出来。

段融并没看她，走到沈半夏这边拖出一把椅子，坐下，两条长腿大剌剌往前敞着。

他的存在感太强，沈半夏无法忽视。随着两人距离的缩短，她的胳膊与他的胳膊之间只剩了一指的距离，她觉得自己半边身体都是麻的，一动不敢动。

段融看了看桌上的盛况，笑："你们倒能吃。"

易石青原本在跟邻桌的漂亮小姐姐搭讪，闻言回过头说："这些可有一半是你这位小娇妻吃的啊。"

"小娇妻"三个字让沈半夏的耳朵"噌"地红了，但是还好夜幕降临，路灯昏黄，段融应该看不出来。

她顶嘴："我哪有吃那么多！你不要诬陷我好不好，搞得我跟个饭桶似的，明明你跟高峰哥哥也吃了很多。"

易石青跟高峰听得"嘿嘿"笑。

"小半夏叫哥哥就是好听啊，"高峰逗她，"再叫一声呗。"

沈半夏不说话了，低着头费劲地剥蟹。而不管她装得有多无所谓，段融的到来还是对她产生了刺激。她紧张得抖了下手，右手食指被蟹壳扎破了，伤得还挺严重，血都流了出来。

她没吭声，段融已经看见，把她的手拿起来，拿了张纸巾帮她擦掉手上的污渍，带着她进餐厅找地方处理。

梁瑞涵的脸色登时变了，直愣愣地看着两人离开的背影。几秒后，她反应过来自己不该坐以待毙，忙起身朝他们跑了过去。

"段融，我带她去吧，你回去就好了。"

梁瑞涵想把沈半夏拉过来，段融并没有给她机会，始终紧握着沈半夏的手腕，在餐厅经理的带领下去了后面的盥洗室。

盥洗室的门关上，一声"咔嗒"的响声后，门被人反锁。

梁瑞涵被挡在了外面，隔着一扇门，不知道里面的人在说什么、做什么。

梁瑞涵死死盯着眼前的门，心始终悬着。段融一秒钟不出来，她就一秒钟不得安生。

随着门"砰"的一声关上，沈半夏的心也随着掉了一下。身上很燥，从刚才段融握住她的手开始就在燥。耳根很热，脸上很红，尤其被他握住的皮肤烫得极其厉害。

段融打开水龙头,将她的手拉过去洗,帮她冲水还不算,甚至还挤了洗手液帮她打泡泡,手指插入她指缝中帮她清洁。

他手心挨着她手心,又覆在她手背上,把她小小的手全摸了一遍,两人的手在水流冲击下完成了一次紧密相贴的接触。

沈半夏额上生了汗,濡湿了薄薄一层刘海。背上的发顺着肩膀滑下来,贴在她脸侧,遮挡住她红得要命的脸。

把她的手洗干净,段融抽了纸巾给她擦。将湿掉的纸团扔在一边的垃圾桶后,他把她受伤的手指拉起来,仔细看了看。

确实割了条口子,他蹙眉,从裤子口袋里拿出创可贴,为她贴上。

沈半夏压制住已经紊乱的呼吸,口水咽了好几次。

"疼不疼?"他问。

心里有酥酥麻麻的感觉涌过,沈半夏不敢看段融的眼睛,低头回答:"不疼。"

她盯着手指上的创可贴,心里有些难受:"你经常受伤吗?"

"没有。"

"那为什么总是带着创可贴?"

"习惯了。"

这个习惯应该是他高中的时候形成的。学校里那些男生成绩不如他,长相不如他,漂亮的女生永远追着他跑。因为风头完全被他压制,而他又实在落魄得很,没有强大的后台给他做后盾,所以他总能一批批地树敌。

沈半夏更难过了,眼睛红了红。

盥洗室里灯光明亮,段融看到她唇角沾了些没擦干净的油渍,伸手过去,拇指指腹抚过她唇角,帮她擦了下。

她心尖上有种过电般的感觉。

段融毫不在意地收回手,看了她两秒后,突然笑了声:"脸怎么这么红?"

"啊?"她赶紧拿手捂住脸,想给脸降降温,但其实手更烫。

被他摸的。

"我有点儿热。"她把手放下,小声说。

段融看了眼房间里的室温,把温度调低点。

他靠在一边的墙上,单手插兜,低头看她:"这么喜欢吃海鲜?"

"好吃的东西我都喜欢吃。"

段融笑了,视线在她瘦弱的身上转了一遍:"那怎么干吃不胖?"

沈半夏确实是干吃不胖的体质,从来没有为减肥而节食过。应该是遗传自她的母亲,陈筠生前也一直很瘦,沈文海常发愁,说母女俩都太瘦,担心她们身体会不好。

"吃饱了吗？"段融问。

"嗯。"

"那跟我回去？"

"你不吃饭吗？"

"我不吃海鲜。"

沈半夏把段融的话记住，跟在他后面走出盥洗室。

梁瑞涵仍在外头等着，在看到两人的那一刻，她脸上的表情完成了从放松到紧张又到警惕的精彩转变。

她先仔细看了看沈半夏，确认沈半夏的脸上、耳后、颈下并没有什么可疑的痕迹，只有手指上多了一个创可贴，这才去看段融："半夏没事吧？"

段融并没回答，几乎是在她问的同时，侧过头看向沈半夏："跟我过来。"

沈半夏跟着他走。

梁瑞涵原本在两人身后，但很快就追了上去，到与段融齐平的位置，问："你要吃点儿什么吗？帮你点这里的招牌好不好？"

"不用。"

段融又朝沈半夏看了眼，抄在裤子口袋里的手拿出来，朝她那边探过去，握住了她的手腕，拉着她往前走。

沈半夏不用看，都能猜得到梁瑞涵脸上会是什么样的表情。

她低下头，看到段融骨节分明的手握在她腕上，顺着往上看，是他细瘦有力的手臂，手臂上凸起几条青筋，青筋往上蔓延，消失在折起的衬衫袖口下。

她看着看着，耳朵又热了。

段融把沈半夏带了出去。高峰和易石青看见他握着人家小姑娘的手腕，不约而同地朝他说："禽兽！"

段融："谁禽兽？"

"你禽兽。"

段融哼笑："我怎么禽兽了？展开说说。"

"你攥人家小姑娘的胳膊干什么？"

"这小姑娘是我未婚妻。"段融虽这么说着，但还是把沈半夏放开了，握过她手腕的手抄进裤子口袋，"你们有意见？"

易石青连连啧声："小半夏，这家伙可比你大七岁呢，你真愿意嫁他？"

沈半夏看了段融一眼，回："好看不就行了。"

说完，感觉到段融的视线落在了她脸上。

易石青听得直摇头："不得不说，段融的命就是好，走了个性感尤物，这又来个青涩的小白兔。"

高峰踢了易石青一下，警告他不要口不择言。

089

段融的目光明显冷了下，声音也冷，沉声让沈半夏跟他一起回去。

沈半夏跟在他后面去了附近的车库。段融是一个人来的，没有司机在。他把副驾驶座的车门打开，让她进去。

沈半夏准备上车的时候，梁瑞涵又来了。

"易石青开车太飘，我坐不习惯。段融，我坐你的车吧，你开车比较稳。"

梁瑞涵短短一句话释放出了她经常坐段融的车的这个信息。她不仅仅是想坐段融的车，甚至还想坐段融车的副驾，往前侧身想挤掉沈半夏的动作昭示着她这一心思。

段融往前挡了半步，手扶在沈半夏肩上，微一使力，低声说了句："上车。"

沈半夏被他送上车，副驾驶座的车门关上。

她坐在车里，听不到段融跟梁瑞涵说了什么，只看见梁瑞涵勉强露出一个笑，点了点头，转身走了。

走的过程中，梁瑞涵频频回头往段融这边看了好几次，看他绕过车头坐进驾驶位，发动车子带着沈半夏离开。

梁瑞涵在原地停下，盯着车子离开的方向看了会儿，摸出烟盒从里面拿出一根细长的烟，点燃。

易石青和高峰朝她走过来。

高峰拍拍她的肩膀："妹妹，都碰这么多次钉子了，要不然就算了。就凭你这模样，想要多少男人没有，干吗非吊在他一棵树上？"

梁瑞涵被今天接二连三的打击弄得有些恼火，夹着烟的手都在抖。

"你们是帮我还是帮她？"

"人家是康老爷子的外孙女，跟段融门当户对，我们不帮她，她也能嫁给段融。"易石青拉着梁瑞涵往车库另一边走，"妹妹，真算了，你要怪就怪你没托生在一个好点儿的家庭。"

如果沈半夏听到他们的话，一定会大笑一场，笑得眼泪都出来才好。

梁瑞涵家里在京城也算是有头有脸，易石青却说她没托生在一个好点儿的家庭。

这样算起来，她沈半夏又算什么，捡垃圾的？

她头靠在椅背上，扭头看着窗外。刚才吃得太饱，肚子有些胀，她拿手捂着自己平坦的腹部，揉揉，又拍拍。

段融笑。

他笑的时候总是蔫坏蔫坏的，一边嘴角挑起来，让人感觉自己受到了他无情的嘲笑。

沈半夏没有发现段融的举动，扭头问他："你刚跟梁瑞涵说了什么？"

段融漫不经心地把刚才的话重复一遍："我是有未婚妻的人了，车里不能再坐其他女人。"

沈半夏听得愣怔，满眼不可思议，过了几秒，干干地笑了一下："你还挺讲道德。"

"我一向讲道德。"

他说这句话时并不像是真的在夸自己，而好像是在反讽。但到底是在反讽什么，沈半夏也说不出来。

"可我们不就只是协议婚约吗？"

她主动把这四个字说了出来。没办法，这几天段融的表现太反常。一个男人被家里强塞了一门不满意的婚事，正常反应该是极力反抗或是对婚约对象冷嘲热讽才对。可他反倒很悠哉的样子，好像沈半夏对他来说并不是"不满意的结婚对象"，而是一样可有可无的东西，对她的态度一直很平和。

"谁说只是协议婚约？"段融看了她一眼，只是不经意的一眼而已，她身上就有麻酥酥的感觉。

"我既然愿意跟你订婚，就没想过反悔。"他说。

沈半夏的心脏更麻了，后颈也麻，有股电流从那里一路传来，烧得她耳朵都红了。她低了点头，长长的头发从肩膀处滑下，遮住了她开始泛红的脸和耳朵尖。

她嗓子里很干，想咳一声，但是连这点儿声音都不敢发出来，怕泄露自己对他呼之欲出的情愫。额前薄薄的一层刘海有些长了，刺得她眼睛不舒服，她伸手揉了揉。

易石青的车在后头跟着，偶尔会故意响一声喇叭，接着蓄力猛地往前冲。车身在经过段融的车时，易石青会抬起手朝段融车的方向扬一下，明显是挑衅的动作，想让段融跟他在这条寂静无人的路上赛车。

段融破天荒地没理他，淡淡地看他的车走远。

易石青纳闷，等车子驶出很远一段路，才问副驾上的高峰："段融这是吃错药了？他不是最见不得有人跟他挑衅吗？"

"他车上坐着个如花似玉的小姑娘，哪能跟你飙车。"高峰靠在椅背上玩手游，说话的声音顺着游戏音效吵闹地传出来，"把小姑娘吓着了怎么办？"

后座上的梁瑞涵脸色发黑，从包里找出墨镜戴上，一条修长白皙的腿抬起来，搭在另一条腿上，两只手臂抱在胸前。

易石青透过后视镜看见了她这个样子。她吃醋的样子实在太明显，几乎占据她一半脸的大墨镜都遮不住她冲天的怒气。

沈半夏冷不丁地打个寒战，手抱住胳膊。天色已经完全暗了，风大了起来，空气阴冷。

段融把车上的冷气关掉。

到了酒店门口，沈半夏解开安全带。

刚要下车，她似看到什么，"砰"的一声又突兀地把门拉回来。

车窗外，酒店门前耀目的灯下站着一人。那人大概一米八的个子，身形稍显孱弱，鼻梁上架了一副很厚的眼镜，样子温文尔雅，可就是让沈半夏没来由地感到一阵害怕。

这人是吴政，什么话都听不进去，死皮赖脸地追了她两个多月了。之前在酒吧那次就差点儿跟他撞见，还好她跑得快上了段融的车。

现在吴政竟然出现在她住的酒店，难道真是心理变态在跟踪她？

沈半夏心里害怕，手指紧了紧，目光往下移。刚好看到车载储物格里装着一袋医用口罩，她拿过来从里面抽出一个口罩戴上。

段融在旁边看她。

她解释："外面风有点儿大，我呼吸道不好，怕感染。"

段融什么也没说。

沈半夏抬头朝吴政那边看。吴政站在酒店门口张望着，明显在等人的样子。

她不敢下车，可段融已经下去，两手插在裤子口袋里站在外头等她。

她等吴政转身没往这里看的时候，赶紧推门下去。

酒店门口灯光明亮，把黑夜照得恍如白昼。沈半夏戴着口罩，口罩上方是一双如小鹿般清浅澄澈的眼睛。

她朝段融走过去。

段融盯着她这双眼睛，再一次觉得，自己好像在哪里见过她。

她的眼睛很漂亮，又圆又大，眼珠是温柔的琥珀色，眸光满溢灵气。

随着她朝他越来越近，他对她熟悉的感觉越强烈，但始终想不起来到底是在哪里看过这双眼睛。

沈半夏时不时紧张地看一眼吴政，在他冷不丁朝她这边看过来的时候，她吓得立刻转身，停在原地不敢走了。

吴政眯着眼睛朝沈半夏这里看，迈步过来。

沈半夏身上的冷汗越来越多。要是吴政把她认出来，当着段融的面揭穿她只是平忧律师事务所里一名普普通通的员工怎么办？

她几乎能听到吴政朝她这里走过来的脚步声。

预感到不久后吴政把她身份戳穿的尴尬，她手脚发冷，头发被风吹得轻轻扬起，搭在她肩膀上乱七八糟地绕。

在她不知道该怎么办的时候，段融走到她正对面，一片影子朝她压过来，他什么话也没说，猝不及防地抓住她的手腕。

段融手心很热，握着她时的力道不轻不重，刚好足够把她拽过去，拽进他怀里。

恼人的风倏地停下了,她头发也停住,没再继续乱飘。他一只手握着她后脑,手中是她细密蓬软的发,另一只手扶在她腰间,牢牢地把她按在怀里。

他身上有股淡淡的佛手柑香气,她熟悉。

心脏停跳,脑袋很热,鼻尖挨着他柔软的衬衣,下巴也碰着。刚才的恐慌无措已经不见了,只余又酥又麻的感觉。

段融竟然抱了她。

吴政看见这边的情景,把眼镜摘下来揉了揉眼睛,继续戴上往这里看。

刚好看到段融警告似的朝他看过来的一眼。

那一眼里有冷戾,有蛮横,更多的是威胁。

像是一只凶狠霸道的野狼,在警告入侵了自己领地的侵略者。

吴政瞬间一步都不敢再往前走了。

吴政被素昧平生的陌生男人看得打了个寒战,想着应该是自己不停看他女朋友才会被人这样警告,赶紧知趣地走了。

走出了很远,他又忍不住往那边看了看。那女孩分明很像沈半夏,难道是他看花眼了吗?

余光看到吴政已经走了,理智告诉沈半夏,她该把段融推开了。

可她舍不得。

她疯了一样留恋段融身上的味道和温度,想就这么跟他待下去,一直到满头白发。

但她不能。

她用仅存的一点儿理智命令自己抬起手,把他往后推。

紧张之下,她的手碰到他的腹部,第一感觉是那里好硬,隔着衣服都能感觉到他的腹肌。

她的脸更红了,手指抖着继续推他。

可她力气太小,根本推不动。段融主动往后撤了力道,松开了她。

段融后退半步,跟她隔开了一个礼貌的距离。

沈半夏有点儿不敢看他,垂了眼睛问:"这是干什么?"

"刚才风太大,"他说,"给你挡挡。"

他含糊地说了这么句话,然后转身往酒店走。

沈半夏跟过去,无意识地咬着下唇,心跳得很快。

刚进酒店大门,就看见早就回来了的易石青和梁瑞涵。梁瑞涵戴着一副很大的墨镜,所以沈半夏没有发现这女人墨镜下的一张脸已经僵得快不能动了。

刚才在门口,段融主动把沈半夏扯进怀里的那一幕,梁瑞涵看得清清楚楚。传闻中,段融曾有个女朋友,对那朋友的感情很深,一直没忘了人家,这才对美女的投怀送抱不屑一顾,多年来身边干干净净,从没跟哪个女人有过什么接触。

但传闻也只是传闻,段融从没有提过他曾有女朋友,更没提过他对哪个女人念念不忘,梁瑞涵就当那传闻是假的。段融只是还没遇到他感兴趣的女生,所以才一直洁身自好。

可是刚才,段融竟然主动抱了沈半夏。

危机感越来越重,让梁瑞涵不能不对沈半夏提高防备。

她跟在沈半夏后头,说自己没有带防晒霜,要借一支。

沈半夏进了房间,摘掉口罩扔进垃圾桶,开始帮她找防晒霜。

梁瑞涵在屋子里转了转。屋里一张小圆桌上搁着一盒避孕套,她的视线移过去,看了两秒,把东西拿起来。

酒店房间里的避孕套不是这个牌子,她疑惑地去看沈半夏,等沈半夏解释个一二三出来。

"哦,那是我妈非往我行李箱里塞的。她老是瞎操心,我又不跟段融住一间房,这东西我根本就用不到。"沈半夏坦坦荡荡地说,"要不你帮我扔了吧。"

"好好的东西扔了干什么,你不用就给我,我有用。"

梁瑞涵拉开包口,手一松,避孕套"啪嗒"一声落了进去。

她摘了墨镜,露出一双半笑半讽的眼睛,上前夺过沈半夏已经找到的防晒霜:"谢啦。"把防晒霜也放进包包,转身走了。

沈半夏在屋子里待了十秒不到的时间,起身,拉开房门。

她往外走了半步,刚好看到梁瑞涵敲开了隔壁段融的房门,侧身进去。

沈半夏停滞在原地,手指攥进手心,用力到骨节发白,食指指骨被指甲抠得酸痛。

段融紧闭的房门像是一个梦魇,要把她从头到脚一点点蚕食。

已经是晚上,孤男寡女共处一室,能做什么?

她很想敲开那扇门,可她算是段融的什么人?她不是他真正的未婚妻,有什么资格不让他跟别的女人在一起。

在面对段融时,她总是自卑,这种自卑源于段融的耀眼和她本身的黯淡。

她一边抓心挠肝地难过,一边又勒令自己放弃,转身打算回屋。

还没走,背后响起门打开的声音。

她脚步顿住,后背发僵。

感受到背后那人的凝视,过了两秒,听到段融的声音传来:"沈半夏。"

他的声音很好听,低沉又有磁性,是能让人耳朵"怀孕"的音质,一方面泛着冷,另一方面又带了直抵人心的惑。

沈半夏侧转过身,看他。

走廊里暖色调的灯光打在段融身上,他一半身体在外,另一半身体隐在门里。他的头朝屋里侧了侧,用带了点儿命令的口吻说:"过来。"

沈半夏愣了两秒,朝他走去。

走到他身前时,段融拉住她的手。并不是单纯的拉手腕或是胳膊,而是手心贴住了她的手心,手指在她手背上收紧。

一个简单的动作被他做得极其撩人,她的心"咚咚"跳,紧张又雀跃。

段融把她拉进屋。

屋里站着脸色绝对算不上好的梁瑞涵,她的目光落在两人相握的手上,唇色发白。

"还不走?"段融带着沈半夏往沙发里随意坐下,二郎腿跷着,一只胳膊懒懒地搭在靠背上,另一只手不动,仍旧握着沈半夏的手。

他看向梁瑞涵,再一次下逐客令:"看不见我跟未婚妻有悄悄话要说?"

梁瑞涵红了眼睛,拎起包离开,临走时把门摔得很响。

在她出门后,段融放开了沈半夏的手。

沈半夏那只手被他攥红了。

段融拿出一根烟咬在嘴里,火机"嚓"的一声,有橘蓝色的火焰亮起。他用手拢着去点,临点燃前停了停,叼着烟侧头看她。

"能抽吗?"他问。

沈半夏咽了咽口水,点头。

段融把烟点燃。

二手烟的味道倒并没有想象中的那样让人难受,不知道他抽的是什么牌子的烟,没有很浓的呛味,倒有点儿淡淡的薄荷香。

段融抽了一口,拿下来,手肘搭在扶手上,指间的烟袅袅冒着白色的雾。

他抬头,下巴朝侧前方的条几上点了点,问:"你给她的?"

沈半夏顺着往那里看,上面搁着熟悉的包装盒,辗转一圈后盒子仍旧没有拆开,里面好好地装着五枚避孕套。

她尴尬地挠挠后颈:"是……"

段融淡淡地"哧"了声,之后倒并没有说什么,没有奚落她或是嘲讽她。

"梁瑞涵拿着这个来找你?"沈半夏不是很顺畅地问。

他淡淡地点头。

"为什么?"她其实明知故问了。

段融看着她,回答她的明知故问:"她想睡我。"

……这男人好没脸没皮,连这种话都能云淡风轻地说出来。

"呵呵。"她是真的把这两个字笑了出来,"那你还真是抢手啊。"

"你现在才知道?"

他吐了口烟圈,烟圈散在空中。

"所以——"尾音拉长,他看着她,如墨染般的眼睛格外深邃迷人,"小朋友,以后不能再给自己的情敌送工具,知道没有?"

她下意识想反驳"情敌"两个字,如果就这么承认了,岂不是证明她对他是真的有意思。

沈半夏不想让自己在刚开始时就落在下风,男人都喜欢求而不得的,太容易得到手的反而会不珍惜。

她清了清嗓子,假装无所谓地说:"没关系啊,反正我们只是联姻而已,又没有真感情,就算你真的跟谁有什么,我也不在乎。"

屋子里静了静,段融没有说话,也没再抽烟,只是叼着烟情绪不明地看她。

不知道过去多久,他扭回头:"行。"

听不出这个字是什么意思,沈半夏也不敢问。

刘海扎到了眼睛,有点儿痛,她拿手揉。

段融起身,在屋子里找了一圈,好像没找到,最后叫了客房服务,让人把一样东西送过来。

沈半夏觉得奇怪,往他那里看。

他拆掉包装,从里面拿出一把黑色的剪刀。

沈半夏更莫名,不知道这人要剪刀做什么。

"过来。"他头也不回地说。

沈半夏只好跟过去,跟到了盥洗室。他把里头的灯按亮,一手把她拉过去,突然把她压在洗手台边,膝盖抵着她的大腿。

沈半夏顿时不敢动,屏住呼吸。

段融把她脸庞的头发别到耳后,拿剪刀帮她修剪刘海。

沈半夏无论如何也想不到会有这个画面,眼睛睁大,满脸惊诧地看他。

"闭眼。"他提醒,说话时嘴里仍叼着烟。

沈半夏听话地把眼睛闭上。

段融帮她修短了刘海,剪下的碎发被他接在手心里。

她的刘海是齐的,薄薄一层,并不难修理,他只花了两分钟就帮她修剪好。他放下剪刀,抽了纸巾帮她去擦鼻子上掉落的几根碎发。

她脸上很干净,没有化妆,皮肤很白。

做完这些,段融放开她,打开水龙头洗手。

沈半夏第一时间透过镜子看了看自己的刘海。并没有剪坏,也没有剪得过短,刘海的发尾刚刚好搭在眉上。

"段融,"她一边拨着刘海一边说,"想不到你还是个隐藏的托尼老师。"

一根烟燃尽,段融按灭在洗手台边缘,将烟头扔进垃圾桶。

"你想不到的事还多着。"他说。

沈半夏笑,嘴角抿了抿,心情好了很多。

段融见她鼻子上仍落着一根短短的碎发没有清理干净,伸手过去,拇指抚过她的鼻梁,把那根碎发擦掉了,口中"啧"了声,说:"养孩子就是麻烦。"

沈半夏有点儿不开心了。这男人总是把她当小孩,七年前是,现在也是。

"我十八岁了,"她强调自己的年龄,"已经不是小孩了。"

段融懒懒地靠在洗手台边,手往后撑着,笑:"我上大学的时候你还在上小学,怎么不是孩子?"

"怎么会,你上高三的时候,我已经上初一了好吧。"

在她的话后,房间里出现一阵短暂的安宁。

沈半夏被这阵诡异的安宁提醒,明白自己说漏嘴了。

她转身,想趁他没反应过来前赶紧走。

段融已经发现了她话里的古怪,问:"你怎么知道你上初一的时候,我在上高三?"

沈半夏停步,心"突突"地跳起来。

她的嘴怎么这么快!

要是被段融怀疑了怎么办?

沈半夏出了一身汗,背对着段融飞快地想了想,回答:"我是瞎猜的,我上学比一般人早两年。"

有脚步声响起,是段融朝她走了过来。在离她的背部不过两厘米的距离时,他停下,躬身贴近,对着她耳朵意味深长地"哦"了声,说:"我的小未婚妻这么厉害,上学早,读书还这么好,政大那么难考的学校都能考上。"

有热气拂在她耳边,沈半夏不自觉地屏住呼吸,胸部完全不敢起伏,头也不敢动。

段融已经直起身,没再贴着她耳朵说话,问:"为什么读法律?"

"可以当律师。"她说,"惩恶扬善,多酷啊。"

段融没说话,也没多余的讽刺的笑。这不像他的风格,她本以为自己这么说会被他奚落的。

比如即使真的成功当上律师,也不一定能惩恶扬善。什么是善,什么又是恶,其实根本没人能弄得明白。

段融什么都没说,沉默了两秒,叫她:"小朋友,你要一直背对着我说话?"

沈半夏转过身,两个人的距离有点儿近,她几乎快贴在他怀里。她赶紧往后退了退,抬头看他。

"段融,"她又一次直接喊他名字,"你是不是又长高了?"

怎么感觉他几乎要比她高出三十厘米了,她拼了好大劲从初一时候的小矮子长到了现在的一米六二,结果站在他面前时还是显得好矮。

毫无成就感。

"提醒你一件事,"段融躬下身,两手撑在膝上看她,语气里掺了惯常的调笑,"小朋友不能直接喊我的名字,没礼貌。"

"那我要叫你什么?"

"叫——"他扬眉,一副痞痞的样子,"哥哥?"

沈半夏不说话,用沉默表示自己的抗议。

"啧,"他直起身,往外走,"小朋友一点儿都不乖。"

这人,不调戏她会死吗?

沈半夏跟着出去,在后头说:"你以后能不能不要把我当小孩?"

段融停下步子,侧过身看她。

"我已经成年了。是个大人了,是跟你一样的大人,你不要总是'小朋友''小朋友'地叫我,好像我真的很小一样。"

她想让他知道,她是已经满十八岁的成年人,可以行使成年人的一切权利,做一切成年人可以做的事,不想让他再用对待小孩子的方式来对待她。

段融看着她:"你想让我怎么叫你?"

"我有名字。"她说,"我叫半夏,一半的半,夏天的夏。"

段融看了她一会儿,低下头笑了声,点点头:"行。"

他走过来,伸手在她头上揉了两下,正儿八经地叫她的名字:"半夏。"

这两个字叫得格外好听,仿佛带着魔力直接叫进了沈半夏心底。她耳朵红了起来,脑袋也热,不好意思地低了点头。

她真的,完全被这男人拿捏了。

该怎么办!

封闭的屋子里,灯光明亮,窗帘大开着,外面一大片繁星闪烁。

沈半夏咬了咬下唇,这是她紧张时习惯性会做的动作,用一点儿轻微的痛感让自己冷静。

段融就站在她面前,手已经收回去,抄在裤袋里:"你以前见过我?"

"……啊?"沈半夏被他突然的问话搞得更慌,"没有啊!"

"那怎么知道我'又'长高了?"

他把"又"字咬得很重。

"我……是在财经节目里见过你,"她已经能很快地给自己的话找补了,"之前感觉你没这么高啊,怎么真人好高的样子?"

她一手支在自己发顶,踮起脚,手从自己的发顶升到他额前的位置比了一下:"我比你矮好多。"

段融看不出她哪里矮，虽然她个子不算太高，但比例实在太好，两条腿匀称细瘦，腰很细。唯一不足的，应该只有略平的胸部。因为胸小，她整个人看上去更显小，清瘦而单薄。

段融立即打住，没再继续往下想。他实在有些恶劣了，不应该这样去打量一个比他小这么多的女孩子。

沈半夏并没发现他的目光，轻咳了声，岔开话题："我渴了。"

段融去给她倒水，她还挺挑，摇头："我想喝可乐。"

"你不是呼吸道不好？"

这人怎么把她的话记得这么清楚！

"那也可以喝，"她不讲理的时候有些孩子气，"我就想喝可乐！"

段融起身，走到厨台那边，从冰箱里拿出一罐可乐。裤子口袋里的手机响起，他拿出来看，另一只手已经把可乐拉环拉开。可乐罐发出"呲"的气泡往上冒的声音，是夏天的声音。

段融边低头看手机，边把可乐往前递。

沈半夏接过来，喝可乐的过程中踮着脚看他到底在聊什么，结果发现他在聊的确实是工作，并没有在跟乱七八糟的人"撩骚"。

她安了心，视线收回来。

可乐喝了一半就被她放下。

"我回去了。"她往外走，经过条几时把上面的避孕套拿起来，"这个我帮你扔了，免得又有人打你主意。"

段融已经回完微信，抬起头，下巴朝她扬了扬："扔了多浪费，要不我跟你试试？"

"再！见！"

沈半夏铿锵有力地说出这两个字，往门边走过去，打开了门。临关门前，她探头进来，看向段融，一只软软的小手朝他摇了摇："段融哥哥晚安。"

门被关上。

屋子里恢复安静，没有了沈半夏带着甜意的清脆少女音，也没有了她喝可乐时"咕嘟咕嘟"的吞咽声。

可屋子里飘着一股香气，是少女身上遗落的甜香。

段融靠站在流理台边，想到沈半夏临走时乖乖软软地喊他哥哥的那一声。

他低下头，莫名愉悦地笑了笑。

回到自己的房间，沈半夏第一件事就是把避孕套扔了。

她睡了个好觉，做了个好梦。

次日一早，易石青就在外面敲门，要带沈半夏去附近的早市吃早餐。

一听到有好吃的，她就来劲，迅速把自己捯饬了一遍，跟着易石青和高峰去了。

梁瑞涵没来，易石青说她每天要睡到自然醒，妥妥的大小姐作息，待会儿把早餐给她带回来就好。

易石青和高峰这两个公子哥虽然养尊处优惯了，但并没有什么大少爷脾气，带着沈半夏随意往路边摊一坐，吃摊上的招牌馅饼。

沈半夏第一次吃到蛤蜊馅的馅饼，新奇得很，一连炫了两个。

她吃得正欢的时候，段融来了。

他在她身边坐下，两条长腿往前伸，大剌剌地敞开，毫不客气地从小藤盘里拿了个素馅饼咬了口，眼神阴恻恻地看着易石青和高峰两个人："你们把她带出来，不会跟我说一声？"

"吃个早餐而已，我说你至于这么担心吗？"

"她被拐走了，你负责？"

易石青和高峰无语，沈半夏更无语。这男人不喜欢她，偏偏每天都装得一副对她关怀备至的样子，不知道是吃错什么药了。

她仔细想了一遍严琴把段融叫回家，商量订婚事宜那天的事。严琴是用股权当筹码，逼迫段融同意联姻。所以那点儿股权真有这么重要，能让段融对一个他不喜欢的女生假装出呵护的样子？

商人重利，是什么都可以当成买卖吗？

沈半夏心不在焉地吃了早餐，又在早市上逛了逛，吃了几样这边的小吃。

她馋得很，看见什么都想吃，完全就是个吃货，不像平时圈子里认识的那些女孩，为了减肥把自己折磨成了苦行僧。如果她们看到这女孩干吃不胖，身材贼好，估计能骂上三天三夜。

沈半夏吃小吃的时候，段融一直在她身边跟着，他今天没有工作，闲得很，生怕她会走丢一样看着她。

沈半夏没来过这边，看什么都稀奇。这边的城市明显被一股大海的气息笼罩，空气里有海风的咸湿味，风景漂亮得像漫画。

快到中午的时候，段融带她登上游艇出海。梁瑞涵趴在游艇的护栏边等他们，听见动静，往他们走来的方向张望。

海风吹得恰到好处，把梁瑞涵长长的发风情万种地扬起。她知道自己美呆了，任由自己用这副被风吹乱头发的样子面对段融，假装随意但实则暗含心机地问一句："怎么来得这么晚？"

没等到段融的回答，易石青这讨厌鬼冒出来说："你不知道半夏有多能吃，都快把整个早市摊吃一遍了。不是我说，你以后得更努力赚钱，不然怎么养这只小饕餮。"

沈半夏冲易石青龇牙，结果没震慑住他，还被他差点儿上手捏了捏脸蛋。

沈半夏躲开了，趁着段融来了电话，她跑去船尾。

船尾一个人都没有，她立刻打开手机，对着这边的风景开始录像。

拍完，她把视频发给沈莹。

沈文海卧床不醒的这几年，沈半夏每到一个漂亮的地方、吃到了好吃的食物、遇到了好玩的事，都会拍视频给沈莹发过去。她要忙着赚钱给父亲治病，不能常常照顾父亲，都是沈莹在帮她照顾。沈莹会把她的视频放给沈文海看，希冀着能有奇迹出现，沈文海听到女儿的话，有一天能醒过来。

发完视频，沈半夏坐在船板上，腿往下搭着，看波光粼粼的大海和海面上一只只海鸥。

头发总是乱飘，她拢起来，习惯性要扎头发，再次发现自己手腕上空空如也，忘了带皮筋。

她放下头发，趴在栏杆上往下看。脚下是不知深浅的海水，海水很蓝，海天交接处泛着一抹红，云彩很厚。

身后传来脚步声，声音很快很乱，像是在着急找什么人。

沈半夏扭过头，看到了段融。

段融不动声色地掩下眸子里的慌，朝她走来，在她身边半跪下来："一个人乱跑什么！"

他刚才哪里都找不到她，以为她出了事。

这艘游艇不是没出过事，曾有个小网红在这里掉了下去，捞上来的时候人已经死了。当时是段融攒的局，因为这件事他差点儿被指控蓄意谋杀，花了些工夫才证实那小网红是自己不小心落水的。

"对不起啊，我刚看你在打电话，就没跟你说。"她这回倒是没有顶嘴，乖乖地道歉，"你找我了？"

段融没回答，在她身边坐下来，一条腿屈着，手肘搭在膝上，点开手机，问："你电话号多少？"

冷不丁被他要电话号码，沈半夏的心漏跳一拍，过了几秒，才把一串号码说出来。

最后一个号码落下，她的手机响起。

她拿起来看，见是一个陌生号码，点开接听："喂。"

手机贴在耳边的一瞬间，听到段融在她面前，在她耳边，几乎同时响起的声音："记一下，这是我的号码。"

她拿着手机的手抖了一下。

她侧过头，在温柔的海风中，与段融的眼睛对上。

不管是在她面前的，还是透过电流传进她耳朵里的声音，都好听得似带了磁，轻易就把她吸进去。

沈半夏觉得自己有点儿笨，怎么会不知道这是段融给她打过来的。她赶紧挂了电话，把他的号码存下来。

不合时宜地想到康芸不久前还在问她有没有加上段融的号码，她本来还在为这件事发愁，现在两个人就这么自然而然地加上了彼此的联系方式。

段融今天早上去找沈半夏，没看到她人，问了易石青才知道她在哪儿。

刚才只是打了个电话而已，她人又不见了，再次找不到她。

段融没有找女生要过手机号，沈半夏是第一个。

他不想再第三次找不到她。

他拿手机号试了下，搜到了她的微信。她的私人微信名就叫"半夏"，头像是坐在鸭子船上抱着冰镇饮料喝得一脸满足的懒羊羊。

段融盯着头像看了两秒，眸中沉了一瞬，突然想到一件久远的事。

但他并没有怎么联系起来，点击添加好友。

沈半夏的手机顶部出现一条微信提示：段融请求添加你为朋友。

她心里一跳，扭头看向身边的人。

段融也侧头看她，下巴朝她扬了下："加上微信。"

不知道是不是沈半夏的错觉，总觉得段融每回跟她说话，都像在故意勾引她。

或许是因为这人天生一双好看的桃花眼，看谁都深情。

她通过了好友请求，虽然很想仔细看看段融的朋友圈里都有什么内容，但还好她忍住了，没有当着他的面翻看，甚至连他的微信头像都没有细看就把手机关了。

"饿不饿？"他问。

"不饿。我又不是随时会饿，只是嘴馋才会吃那么多。"

"看出来了。"段融起身，同时向她伸出手，是要扶她的意思，"跟我过来，带你去吃好吃的。"

搞得她一天到晚除了吃就没有别的事一样。沈半夏腹诽着，将手伸出去，但并没有放在他手心里，而是往上搭了搭，扶着他胳膊从地上起来，很快就把手收回去。

段融握了握空空的手心，没说什么。

她跟着段融去了二楼餐厅，在那里吃了这边的特色菜。梁瑞涵也在餐厅里坐着，手里端着一杯红酒晃啊晃。

梁瑞涵看了沈半夏很久，最后实在受不了这丫头的能吃劲，跟一边的易石青说："这丫头是长了个猪的胃吗？"

易石青嘻嘻笑："干吃不胖，你说气人不？"

确实挺气人的。梁瑞涵为了保持身材，已经几年没吃过饱饭了，每天都饿得想骂人,看到这种干吃不胖体质的人尤其想骂娘。

"不过你有一点还是比她强,"易石青安慰,"你的胸比她的大呀。"

梁瑞涵白了他一眼,端着酒朝段融走过去。

段融始终在看那边吃东西的沈半夏,梁瑞涵故意挡住他的视线,迫使他的注意力放在她身上。

沈半夏无意间往段融那边看过去的时候,正看见梁瑞涵站在他面前,跟他说着话。

沈半夏顿时什么东西都吃不下了。

梁瑞涵穿着鸦青色的紧身吊带,后背露着大片皮肤,长长的头发铺散着,又被她一股脑撩到了右边肩膀上搭着。

她后背蝴蝶骨处的刺青露出来,上面是一簇熊熊燃烧的火焰。

能融化冰雪的火焰,很容易让人联想到段融。

可能是刚才吃得有些多,沈半夏有些反胃。她去了洗手间,趴在马桶上吐了一场。

胃里的东西差不多吐光,最后连酸水都吐出来。

洗手间外传来脚步声,接着是梁瑞涵的声音。她对着镜子补妆,电话开着,正跟小姐妹打电话。

"在外面玩呢,明天回去。"

"当然是段融带我来的,他哪回出来玩没有带着我?"

"对了,我跟你说,过几天段家会对外公布跟康家联姻……还有哪个康家,当然是旅居美国的那个康家了。"

"是啊,像段融这种身份的人,果然还是要走联姻这条路。但这也没什么,咱们这个圈里的人,谁会拿联姻当回事儿。他也就是娶个贵重的花瓶放回家摆着而已,外面该怎么玩还是怎么玩。"

"我当然不在乎了,来日方长,最后段融是谁的还不一定呢。骑驴看唱本,走着瞧呗。"

梁瑞涵的声音消失,洗手间里安静下来。

沈半夏心里反倒平静下来。这种事她早就见怪不怪,谁让段融实在太耀眼,他的存在就是会让无数女生前赴后继地为他争得头破血流。

从前就是。

沈半夏是个很会打退堂鼓的人,遇到什么事的第一反应不是"我一定会办好的",而是"我如果失败了怎么办"。

所以临阵脱逃是她常会玩的把戏。

她从不觉得自己真的会把段融拿下,即使是走运,集齐天时地利与人和,到了段融的身边,有了近水楼台的机会,也并不觉得能让段融喜欢她。

现在对未来的大部分猜测，无非是等一年时间到，合同自动中止，她顺利得到不仅能治病救人而且能扭转她狼藉人生的五百万。

然后重新回到自己平凡的生活里去。

从洗手间出来的时候，梁瑞涵已经不见人了，只有段融在等她。

她走过去，在他旁边的椅子上坐下："怎么就你一个人？"

"我不该一个人？"

"你身边要是没有美女，就好像缺了点儿什么似的。"

段融环起双臂，往椅背里闲闲一靠，一条腿往前伸。不知道是不是故意的，他脚上的皮鞋碰到了她白色的平底板鞋。

"你不是美女？"他说。

沈半夏心脏颤动，看了他一眼，很快低下头，把脚往后收了收，拉开跟他脚的距离。

面前有块草莓蛋糕，看起来很可口。但她吃不下了，端起桌上的水喝。

"是因为我长得不讨厌，所以你才愿意跟我结婚的吗？"她直截了当地问了出来。

段融就只是看着她，目光晦涩难懂，让人看不出他在想些什么。

"其实我也听过一些消息，"她决定在这样的时间、这样的地点问出来，并没有特意选过，只是突然想问了，"你有一个很喜欢的女朋友，名字叫万珂，跟她是不得已才分开的。"

说这些时，她仔细去看段融脸上的表情，想从那儿找出一些能暴露出他情绪的影子。但他依旧泰然自若，连看着她时幽深的目光都未曾变过。

"你真的打算放弃她了吗？"沈半夏问。

段融无声地笑了下，笑得有些凉薄。

"你是不是记不住我说过的话？"他说。

沈半夏听不明白。

段融没有解释，掏出烟盒抖出一根烟，咬在嘴里，拿火机点燃。

他把火机"啪"的一声扔在桌上，银色的火机往前滑。

"你不信我的话，倒信那些不知道从哪个犄角旮旯里传出来的小道消息。"他吐了口烟，胳膊往后搭在椅背上，夹着烟的手垂着，"你既然问我，那我也来问问你。你跟张俊安分干净了？"

"……分干净了。"

"我刚才跟他打电话，问我表侄女最近过得怎么样，他说你很好，让我不用操心。"

段融幽幽说完，重新把烟咬进嘴里，下巴朝她扬了扬："解释下，表侄女。"

沈半夏这才想起来，自己忘了跟张俊安通气了。她飞速地想了想，说："他可能是怕你觉得他对我不认真，担心你给他穿小鞋，所以还没想好怎么跟你说。"

段融不动声色地坐在椅子里，后背靠着，嘴里咬着烟。烟丝袅袅升起，烟雾后是他一张俊朗得极不真实的脸。

"原来是这样。"他把烟在烟灰缸里按灭，"那你现在给他打电话，跟他说我已经知道你们分手了，不会给他穿小鞋，让他不用担心。"

段融这人心思深沉，腹黑冷厉，说一句能藏十句，平常人根本猜不到他在想什么。沈半夏担心自己拒绝这个提议的话会露馅，索性把手机拿出来。

"你要是不介意可以按免提，"段融说，"表叔好好听听你是怎么跟前男友说的。"

沈半夏想拒绝这个提议，但段融这个人天生带了股极强的压迫感，嘴角挂着的一抹笑根本不像是笑，而像是在威胁。

好像她不同意的话，他下一秒就能慢慢悠悠地叹口气，跟她说："小朋友，你要演到什么时候，真以为我不知道你是谁？"

所以她什么都没说，电话拨出去后，立刻按了免提。

只响了一声，张俊安就把电话接起："喂，半夏。"

他接电话的速度太快，让沈半夏都没反应过来，好像他是在专门盯着手机等电话一样。

"是我。"她怕张俊安会说不该说的，迅速回过神道，"那个，我们俩分手的事段融已经知道了，我也跟他说了，是我甩了你，不是你甩我的，你不用怕他会对你有意见。"

张俊安是个很有眼色的人，很快顺着她的话说："好，我知道了，谢谢你告诉我这些。"

"那没什么事，我就先挂了。"

"半夏。"张俊安叫住她，问了一句失恋后的人常规会问的题，"就算分手了，我们还能做朋友吗？"

沈半夏觉得这人挺够意思的，演戏还演全套，装得跟真的被甩了一样。

"可以啊，无所谓。"

她挂了电话。

"你让我做什么我都做了。"她说，"那我现在问你一个问题，你能回答我吗？"

"你问。"

"你真的不喜欢万珂了吗？"

问这句话的时候她很紧张，问出来之后更紧张，空白的每一分每一秒对她来说都是煎熬。

如果他说喜欢,这对她无疑是个致命的打击。

段融看着她:"我什么时候说我喜欢她了?"

沈半夏突然就松口气,但又担心他是在嘴硬。

"你听谁说我喜欢万珂?"他又问。

"很多人都在说。"

"很多人都在说的事就一定是真的?"

段融朝她倾身,一只手伸过去,抓住她身下的椅子,毫不费力地往前扯。两人的椅子相碰,距离缩短,而他的手握住了她白皙的后颈,把她往前拉。

两人的额头几乎快要碰着。

"沈半夏,你记住,"他直直地看着她,呼吸很近,身上的佛手柑气息让人迷乱,"这个世界上,谁的话都不可信。"

过了几秒,他的话又落下来:"除了我。"

第五章
一个会骗人的小精灵
RONGXIA

游艇上人很多，大部分是段融近几年认识的一些纨绔子弟。这些纨绔子弟来的时候人均带了两三个胸大腿长的美女，到了晚上聚在一起开"轰趴"，音乐声、调笑声快把一片大海装满。

沈半夏并没有出去玩，窝在房间里听网课做笔记。

手机响了一声，张俊安给她发来了消息：半夏，不打扰你吧？

张俊安这人算是挺知趣的，知道他和沈半夏之间算不上朋友，所以从没有在私下里打扰过她，今天还是第一次找她闲聊。

沈半夏回了一条：没有，您说。

张俊安：你不用对我这么客气。

张俊安：我是想问，我能加一下你的私人号吗？

很快，他又发来：你别误会，我只是怕以后你再有需要跟我对口风的时候不能及时联系上我。

沈半夏觉得这个理由还算充分，把私人微信号给了他。

这个时候她意识到一件事。

张俊安姓张，而偶尔跟她在工作号上聊天的那位先生是"Z"，Z先生说他是天晟集团公关部的员工。

所有信息都跟张俊安对得上。

她并不想欠人情。张俊安现在的生活虽然算得上优渥，人也有头有脸，在天晟这样的巨头企业里混到了高层的位置，可他毕竟是穷苦出身，老家的父母都需要他赡养。上次Z先生拜托给她的事她根本什么都没有办到，如果她就这么心安理得地收下两万块酬金，跟抢有什么区别。

如果是抢段融这种资本家的钱还好，抢张俊安的钱她于心不忍。

她想确认一下张俊安到底是不是"Z"。知道张俊安是闽南人，她去网上搜索了下那边的方言，登上工作号给Z发了一条消息：腹肚枵。

发完之后等了有五秒钟，Z先生给她回了个"？"。

她发的是张俊安老家那边的方言，意思是肚子好饿。不知道这位Z先生是真的不知道还是装不知道。

她删删减减，最后打出"不好意思，误发了"这几个字。还没点发送，Z的第二条信息出现在聊天框里：饿了？

她猜不准这人是不是在刚才的两分钟里上网查了下，还是没办法确认他的身份。

门被敲响了两声，她过去开门。

段融出现在她门口："怎么不去吃饭？"

"我刚在听网课。"

"听完了？"

"嗯。"

"跟我过来。"

他往前走，沈半夏在后面跟。

这几天她发现两个人之间的关系一直是这样，段融在前面走，她在后面跟。她得以在这样的时间里看他挺拔高大的背影，看他白皙泛着冷色的后颈，看他薄薄的耳垂。

视线正盯在他身上时，他突然半转过身，一只骨节分明的手朝她伸过来，是要牵她的意思。

沈半夏没有动，疑惑地看他。

"那边有朋友，"他说，"给个面子？"

沈半夏便把手伸过去，被他握进掌心，收紧。

触到他手心的那一刻，她身上如过电般麻了一下，心口好像被人拿针扎出一个小口子，有甜甜的蜜源源不绝地往里灌。

她偷偷垂眼看了看，不管看多少次，都觉得他的手长得实在太好看，骨节分明，修长细瘦，手背上有明显的青筋。他用这只手点烟的时候，她的心就在狂跳，如今他用这只手牵她，她更是口干舌燥，心里越来越痒。

走过一条长长的走廊，推开门，宴会厅里狂躁的音乐声扑面而来，穿着清凉的男男女女在里面彻夜狂欢，有人交杯喝酒，有人衣衫不整地窝在沙发里激烈亲吻。

段融出现之后场面静了静，大部分人都去看被他牵在手里的女生。

女生可爱漂亮，两只眼睛很大很有灵气。她跟段融站在一起的时候十分养眼，模样拽痞的男人和娇小软萌的女生，般配得不行。

段融把沈半夏带到一处略安静些的地方，拿了东西给她吃。

杜子腾揽着个妞儿朝他们走过来，在他们这桌坐下："段融，这是谁啊？

你不给介绍介绍？"

"未婚妻。"

段融帮沈半夏剥蟹，剥出来的蟹肉放在她盘子里。

杜子腾惊得嘴都歪了，第一次见段融这么细致地照顾一个女生。

"哪家的千金？"

果然，不管谁听到她是段融的未婚妻后，第一反应就是猜她是哪家的千金。

段融并没回答："跟你有关系？"

"这不是看这小丫头漂亮，想多了解了解嘛，"杜子腾盯着沈半夏看，一边看一边咋舌，"嫂子是不是还在上学？看起来年纪有点儿小啊。不过跟你是真的配，万珂那个大明星都没她跟你配。"

"没事儿你就走。"段融发现沈半夏吃饭速度明显慢了，担心是杜子腾这人让她倒了胃口。

"行嘞，不耽误你跟小娇妻谈恋爱了。"杜子腾拥着女伴起身，顺手从桌上拿了一杯红酒，抿了口，"嫂子多吃点啊，你太瘦了，得多补补。今儿这大厨做起海鲜宴来，那可是一绝，我也就是看段融的面子才把人请来的。怎么样，哥们儿我够意思吧？"

段融："你什么时候这么啰唆了？"

听了杜子腾的话，沈半夏才意识到场内的餐食确实是一水儿的海鲜，除了海鲜，并没有其他东西。

段融是不吃海鲜的。

整个晚上，沈半夏都没有见他吃什么东西。他一直很忙，手机不离手，时不时就要看一眼，回复消息。

易石青过来，喊段融去喝酒。

三楼有间酒吧式的娱乐室，男男女女聚集在里面，自段融来了之后注意力就都放在了他身上，一个接一个来灌他酒。

段融酒量很好，不管喝多烈的酒都不会上头，看不出一点儿醉了的样子。易石青等人知道灌不醉他，慢慢觉得没意思，提议玩真心话大冒险。

沈半夏也加入。她想问段融很多问题，必须要趁这个机会从他嘴里听到切实的真话。

易石青找了副牌，每局八个人玩，最后会有一个输家一个赢家，赢家可以指定输家玩真心话还是大冒险。

沈半夏第一次玩这种牌，前几局玩得稀里糊涂，好在要输的时候段融总能拉她一把，猝不及防给了一张救她的牌。

前两次救她，易石青等人觉得也就是凑巧。可是到了第三次、第四次，一帮人慢慢发现了点儿什么，拿眼睛去瞅段融。

护短护得未免太明显了,都玩了几局了,他们那么多人,都没能让沈半夏输一次。

这不就什么都问不出来了,白组这个局。

到了第五局,沈半夏摸索到了点儿这种牌的玩法,开始全神贯注想办法把段融拉下马,让他输一次。

她出的每张牌,都是奔着压制段融去的。

段融慢慢看出她的心思,侧头看了她几秒,视线收回,目光落在手里的牌上。轮到他出,他把其中一张黑桃A单独拿掉,放了出去。

最后手里砸了几张最小的牌,而沈半夏一把烂牌,被他不知不觉地垫成了赢家。

沈半夏第一个出掉所有的牌,开心得几乎要蹦起来:"我赢了!"

那局的输家是段融。

可易石青看看段融刚刚慢悠悠地甩出去的几张牌。

明明就是一副同花色顺子,早就能赢的牌面,偏偏被他一张一张出掉,就为了让他的小娇妻赢他。

段融玩牌就没有输过,他仿佛长了透视眼,能从对方的眼神和出牌中猜到对方手里有哪些牌。

可他今天这局输了。

易石青和高峰对视一眼,眼里都写着两个字:服了。

沈半夏以为自己真的走了狗屎运,还在喜悦中无法自拔。

"小半夏赢了,"易石青瞥了眼段融,往下说,"是选真心话还是选大冒险?"

"真心话。"沈半夏侧头,看向段融。

大家开始起哄,都等着她开口,看她会问什么问题。

沈半夏有些紧张,手心很湿,一双眼睛慢慢变得宁静。她有太多问题想问段融,一个个问题飘在脑海里不停地绕,最后被她找出其中一个——那个一直以来困扰着她的问题。

"你为什么会抽烟?"她问。

所有人都听得一怔。这个问题听起来并不劲爆,男人抽烟很普遍,没有什么理由。沈半夏好不容易才赢了段融,不问他有过几个女人,倒问这种无关痛痒的,也太奇怪了。

可沈半夏确实最想知道这个问题。当初其他人都说,段融是为万珂而学的抽烟。

她很想知道这到底是不是真的。

段融背靠在沙发椅上,胳膊随意地搭着,额发下一双黑沉沉的眼睛看着她,与她对视,面色平静。

不知道过了多久,他开口:"那年,我弟因为玩车出了事故,双腿截肢。段向德和严琴,也就是我生理学上的父亲和母亲,他们怀疑是我安排了那场事故,把我送进了警局,想告我,为他们的小儿子报仇。"

他说这些话时眼睛一直是看着沈半夏的,里面没有多少情绪,是他一贯的冷然凉薄,带着对这个世界的无所谓。

"我从那之后开始抽烟的。"

气氛安静了几秒,众人唏嘘不已。段融与父母不和是众所周知的事,但真的从他嘴里听到这样的话,还是会觉得不可思议。

怎么就有父母能偏心到那样的地步,因为一个孩子受到了伤害,便把恨意转嫁到另一个孩子身上。

难道真是像一些流言里说的,段向德怀疑段融不是他的儿子?

大家都在猜测段融跟家里的关系坏到了什么地步,而严琴到底又做了什么,能让段向德怀疑段融不是他的儿子。

只有沈半夏,在昏暗迷乱的光线下,一直静静地看着段融。在他的话后,她的眼睛蓦地通红,一层水意涌上来,猝不及防地填满眼眶,蓦地坠落下来,挂在下巴上。

她后悔问了这个问题。

这无疑是让段融再次把伤疤揭开。他表面上看着淡然自若,情绪毫无起伏,但就是因为这样,沈半夏才更心疼。

他把所有喜怒哀乐都藏了起来,不给任何人看,面对这个世界时始终戴着假面具。

到底是对这世界有多失望,才会变成一个这样的人。

段融坐在沈半夏身边,在众人窃窃私语的时候,他用拇指指腹自然又随意地在她下巴上抹了一下,把她挂着的那滴泪抹掉了。

"下一局。"他示意易石青发牌。

而到了下一局,易石青发现段融没有再帮沈半夏垫牌,而是冲着让她输去的。这一局结束得尤其快,沈半夏是输家,段融是赢家。

众人起哄,看出来段融是有话想问他的这位小娇妻。

沈半夏还没有从刚才的自责中抽身,明显不如刚才兴奋。

段融喝了一杯酒,屈指擦掉嘴角的酒液,抬头看她,问:"谈过几次恋爱?"

大家都怪声怪调地调侃起来,气氛被推到一个高潮。

在一片起起伏伏的玩笑声中,沈半夏紧了紧手心。她不知道段融是不是看出来她跟张俊安的情侣关系是假的,也知道她一旦说实话,他可能会发现她经常说谎这件事。

但在这个时候,她突然就觉得无所谓了。

她知道了他抽烟并不是因为万珂，所以真的像他说的那样，这个世界上的所有人说的话都有可能是假的，都不可信。

所以，她要试着相信他，从此只相信他一个。

她要让他知道，她其实从没有谈过恋爱。

因为她没办法喜欢除他以外的任何一个人。

沈半夏深吸口气，抬起头，看着他："一次也没有。"

起哄声更大了，有人笑，有人拍桌，有人跺脚，说段融原来是小姑娘的初恋。

后面有人说："你跟段融不是在谈啊？这叫一次都没有吗？怎么还睁着眼睛说瞎话啊？喝酒，必须喝酒！"

易石青带头做了几杯"深水炸弹"，一股脑放到沈半夏面前。

众人起哄让她喝。

沈半夏的脸有点儿热，大家都以为她跟段融在谈恋爱，她也无比希望自己能跟段融谈恋爱，但其实没有。

她去拿酒打算喝，在碰到酒杯的前一秒，段融抢先拿了过去，仰头喝光。

酒很烈，但他就像是在喝白开水一样，全程眉头都没有皱一下。他仰脖时诱人的下颌线条清晰地显露，喉结随着吞咽的动作上下滚。

周围有女生压低声音窃窃私语："我要死了！他好欲啊！"

段融一连喝完三杯"深水炸弹"，玩游戏的兴致随之消失。

他起身，抓住沈半夏的手腕把她拽起来，带着她往外走，然后懒散地给大家撂下一句："你们玩，我家小姑娘不能熬太晚，该回去睡觉了。"

沈半夏脸红耳热，明明没有喝酒却像是醉了。

在一阵飘飘然的眩晕中，她听到了身后比刚才更热烈的起哄声。

沈半夏跟在段融身后，他一直握着她的手腕，手心挨着她的肌肤，一直到外面才把她松开。

海风吹过来，一股咸湿的气息，沈半夏的头发在背后绕。

她的心比被风扬起的头发还要乱。

段融靠站在栏杆旁，胳膊肘往后搭："没谈过恋爱？"

沈半夏既然选择说出来，就不怕被他质问。她咬了咬下唇，点头："嗯。"

"之前为什么说谎？"

"是你先误会我的。你看见我跟张俊安一起吃饭，就说我喜欢找老男人。"她解释了一遍那天的事，"张俊安一直没有女朋友，他爸妈不放心他，所以他才找我假装是他女朋友陪他爸妈吃顿饭。"

段融朝她走近一步："你这么热心，什么忙都帮？"

两个人快要挨着，沈半夏往后退了退，避开他的视线。

"那如果我真的跟张俊安谈过恋爱，"她知道自己不该问，但此刻就是特别想知道，"你……会不高兴吗？"

其实是想说"你会吃醋吗"，但到底没敢这么问，换了个语焉不详的词。

可就连这样的问题，段融都没有回答。他转过身，带她往楼下走："很晚了，回去睡觉。"

沈半夏有些失落。

他不回答，所以是无关痛痒的意思吧。不管她谈过几次恋爱、跟谁谈过，他都无所谓。

因为他根本就不喜欢她啊。

沈半夏回了房间，如一个被人放了气的气球，蔫蔫地在床上趴了会儿。

但她并没让自己丧太久，又从床上爬起来，找了根皮筋把头发扎好，推门出去。

她跑到餐厅。

餐厅是西式的，旁边有个小小的隔间，里头放着一块铁板。两个厨师正在探讨中式煎饼馃子的做法，正说到火候问题时，沈半夏过来，冲着他们笑了笑："师傅，能帮我做两个煎饼馃子吗？不要香菜多放辣。"

两个厨师不知道这小姑娘是从哪里冒出来的，莫名其妙地被她指使着摊了两个煎饼馃子。

这两个厨师明显是刚学的手艺，煎饼摊得厚薄不均，往上面打鸡蛋，结果鸡蛋滑下去了，费了老大劲才把煎饼做好给她。

沈半夏接过，拎着两个热腾腾的煎饼馃子跑去找段融。

段融一个人在外面抽烟，胳膊支在栏杆上，修长的指尖夹着一根烟，夜色把他的身影笼得寂寥。

沈半夏走过去，把其中一个煎饼给他："给你。"

段融侧头看她，又看看她送过来的东西，接过来："这是什么？"

"煎饼馃子。"她说，"你不是不吃海鲜嘛，那你吃这个垫垫肚子吧。"

她跟他站在一起，面对着大海的方向，拿着煎饼"咔嚓"咬了一口，满足得眯了眯眼睛。

段融把目光放在手里的煎饼馃子上。

刚摊好的煎饼，还热着，热气被海风吹得乱飘。

他刚才确实没吃一口东西，那些狐朋狗友都没发现，只有沈半夏发现了。

他咬了一口，里面的薄脆很香、很脆，咬下去有"咔嚓"声。

他已经很久没吃过这类的东西了。

高中的时候，因为早上要挤时间去打零工，所以他常常来不及吃早饭。沈半夏家的小区门口有家山东人开的煎饼店,老板手艺很好,薄脆做得香香脆脆,辣椒油炸得很香,就连撒在上面的小葱都要比别家的可口。她想让段融也尝一尝,便用零花钱买了一个煎饼。等段融过来接她,她抬起手把煎饼给他。

段融接过煎饼,问她:"给我买的?"

沈半夏点头。

很多人给段融带过早饭,每天他去到教室,总能看见课桌上堆着不同式样的早饭。

但只有那个戴着口罩的小女孩给他送早饭,不是为了能从他这里得到什么。

段融在沈半夏面前,几口把一个煎饼吃完。他拿拇指擦了擦蹭了油渍的嘴角,看着她:"以后还会给哥哥带吗?"

她点头。

段融笑了,笑得很好看。

他从口袋里拿出一张十元面值的纸钞,放到沈半夏手里:"那我明天还等着吃你买的早饭。"

这钱是他打零工好不容易挣的,沈半夏不能要,非要还回去。段融握住她小小的手,没有让她动。

"不能给男生花钱,"他告诉她,"不管什么时候都不行,不然会吃亏,记住了吗?"

沈半夏似懂非懂,一双琥珀般的大眼睛看着他。她的口罩戴得有些歪,他帮她理好,然后牵住她的手:"走吧,哥哥带你去学校。"

段融不知道,跟他一起走过无数遍的从家到学校的那条路,是沈半夏记忆里无比美好的存在。

沈半夏想到那些事,眼眶发热,目光无神地落在海面上。

灯光下,她一双泛红的眼睛无所遁形。段融扭头看见,叫她:"半夏。"

沈半夏低头,手指揉了揉眼睛。

"眼睛疼?"他故意顺着她的意思往下问。

"嗯,这里风大,好像有东西进去了。"

"我看看。"他把她的手拿下去,低头看她的眼睛。

两人的距离猝然被他拉近,鼻尖几乎快要挨着,她能感觉到他的呼吸,能闻到他身上清爽干净的气味。

几只海鸥在暗夜里贴着海面飞行,游艇漂荡在广阔的大海中央像一片叶子。

风慢下来,时间也变慢了。

沈半夏抬起眼睛,正好撞进段融的目光里。

心里如过了电般地抖,她想躲开,段融已经把她后脑握住,身体凑得更近。

"别动,给你吹吹。"

他说完，真的轻轻吹了下她的眼睛。

感受到他的气息，沈半夏整个人都是木的。他吹过来的风像是一剂猛药，对着她心脏的位置扎进去。

头发蓦地一松，皮筋绷断掉落，原本高高扎着的头发倾泻而下，铺在她背后和肩上。

段融把断掉的皮筋接住。皮筋呈奶白色，上面有圈软软的绒毛。

沈半夏有些尴尬地摸摸头发，侧回身，看向广阔无垠的海面，又往嘴里塞煎饼馃子。

段融记得她今天晚上已经吃了很多东西，易石青说她胃口很大，但这样的吃法已经不是胃口大，而是有些不健康了。

段融把她的煎饼拿过来，没再让她继续吃："吃这么多不怕积食？"

"不会。"

沈半夏要去抢，段融已经在她吃过几口的煎饼上咬了一口。她愣怔下来，没想到他会这样。

会毫不介意地吃她吃过的东西。

易石青和梁瑞涵站在远处看了他们很长时间。段融跟一个小女孩站在风里吃煎饼馃子，这种事情对他们的冲击力无异于火星撞地球。

"真有意思，现在谈恋爱都是这样谈的啊？大半夜的吃煎饼馃子？"易石青笑，扭头见梁瑞涵的脸色很不好，都要发青了。

"走走走，哥哥带你喝酒去。"易石青把她往船舱里拉，不然就她这臭脾气，肯定要去打扰人家小两口谈恋爱了。

沈半夏并不觉得自己在跟段融谈恋爱。他们连相识相知的过程都没有，直接就有了婚约，导致她一直觉得段融对她的观感肯定很不好。

她把被风吹得扑了眼睛的头发别到耳后，因为空气太过安静，有种古怪的感觉在两人之间滋生。这让她越来越紧张，心跳得很快。

她完全不讨厌现在的气氛，甚至有些沉迷。七年前她出现在段融面前时，还是个小孩子，他把她当小孩对待，她每天都盼望着能快点长大。

如今她梦想实现。她是个大人了，跟他站在一起的时候会被人夸很配。

她其实好高兴。

但是千万不能被段融发现她的窃喜。

她看着海面上流泻的月光，手把栏杆抓得很紧。

段融把她的煎饼吃完，去扔了包装袋，回来的时候手里多了一瓶水，拧松了瓶盖给她。

沈半夏接过水，喝了一口。

段融背靠着栏杆站着，最近欧洲那边的分公司正忙于一桩收购案，他手机里的消息多了起来。

他看了眼，低头打字。

海风一阵阵吹，游艇缓慢航行。远远地，沈半夏好像听到了鲸鱼的叫声。

她抓着栏杆探着身体到处看了看，并没有看见鲸鱼的影子。

手机上收到了几条方朗的消息，方朗问她跟段融相处得怎么样，段融有没有对她做什么。

方朗总在操心些不该操心的。

沈半夏回了句"没有"。

方朗不放心地说：要是有危险一定要告诉我。

沈半夏想说就算有危险，告诉你有什么用吗？

而且段融对她来说从来都不是危险，而是她求而不得的一场梦。

她在微信上翻了翻，翻到段融的微信号。

两个人自从互加微信后，到现在还一句话都没有说过。别人都可以很自然地跟他聊天，可沈半夏不敢。

怕收不到他的回复。

她盯着段融的微信头像看了会儿，又去翻他的朋友圈，结果发现是空白的，没有一条动态。

她扭头看他，他还在聊工作，英挺的眉皱着，唇线平直。

侧脸好看得让她移不开眼睛。

如果这么好看的一个男人，要是属于她的就好了。

她想着想着脸有些红，低下头继续翻手机。

打开工作微信，看到了Z的头像，她趴在栏杆上，无聊地给他发了条：你睡了吗？

段融回完几条消息，手机顶部出现另一个微信号的消息提示。

小骗子：你睡了吗？

段融侧过头，看向站在他身边的沈半夏。

过了几秒，他给她回复：没。

小骗子：我刚好像听到鲸鱼的声音了，不知道能不能看到它。

段融勾唇淡淡一笑，继续给她回复：你在海上？

沈半夏完全没有察觉到任何异常，有一句没一句地跟Z聊着。并不知道Z此刻就站在她的身边，看着她的眼神就像在看一只被捕到网里的鱼。

段融第一次见到她，她从酒吧里出来，为了躲避一个男人在慌不择路之下爬上了他的车。他从后视镜里看她一眼，默不作声地把她送回公寓。

一栋普普通通的公寓，有些年头了，破旧得外墙都剥落了一片。

第二次再见她，她成了康芸的女儿，一个千娇万宠的公主。虽然她很好地给自己找了个要去旭升公寓的理由,但段融知道她只是在撒谎而已。倒不是因为她不像康芸的女儿,而是真正的名媛千金大多数像万珂或是梁瑞涵那样,不管什么时候身上都有股高高在上的傲气,但她没有。

后来让手下的人去查她,查到她在一家律所工作。

她虽然只是个十八岁的大学生,但她太需要钱,平时除了上课就只剩了上班。休息日也不闲着,为了挣钱,只要不是太过分的事,她基本都会做,比如给别人做作业,休息日去游乐场顶着大太阳穿厚厚的玩偶服。

再比如扮演别人的女朋友,陪人父母吃饭。

是过着这样的生活。

还无法确定严琴为什么会找她,让她用康芸女儿的身份接近他。

只知道是有目的的,严琴那人做什么事都是奔着"利益"两个字。

所以沈半夏对严琴来说,肯定是有利用价值。

从一开始,段融就知道沈半夏在骗他。他不揭穿,要看看她能骗到什么时候,等真的要跟他结婚的时候,她会不会逃。

段融一边在微信上跟沈半夏聊,一边侧过头看她。

风把沈半夏的头发吹得往前飞,又长又密的发扑在她单薄的背和肩膀上。发丝轻扬,清冷月光下,她漂亮得仿佛是从月色里走出来的精灵。

一个会骗人的小精灵。

他就让她骗。

在游艇上过了一夜,房间正对着大海,能听到海浪的声音。

沈半夏晚上做了个梦,梦见了去世的妈妈。妈妈还好好地活着,接过沈半夏的录取通知书,高兴地说:"妈妈很为你骄傲。"

醒来后发现是假的,沈半夏怔怔地躺了会儿,一滴眼泪从眼角滑下去。

游艇开始返航,她去外面转了转。刚走出船舱,远远看见段融的背影隐没在前面一个拐角,她想叫住他,梁瑞涵却朝她走过来,拨弄着头发说:"烦死了,一大早听见有人叽叽喳喳地说看见鲸鱼了,吵得我睡不好觉。"

甲板上确实有声音,大部分是女生,在指着大海深处说那里有鲸鱼出没。

"你要过去看吗?"梁瑞涵问,朝那边示意了下,"走,一起呗。"

沈半夏跟着去,那边已经聚集了几个女生,此刻正兴奋地说个不停。

沈半夏原本站在外圈,慢慢地,人多起来,经过她的时候不小心撞到她。她从外圈被挤到最里面,背部硌到冰冷的栏杆。

游艇的侧边,段融接过崔山递来的文件,往后翻了翻。

崔山站在一边,说着这些天来查到的信息:"沈半夏的父亲叫沈文海,四年前出了一场交通事故,被送进医院后抢救。虽被救回一条命,但一直都没有醒过来，靠药物和仪器支撑生命。她母亲叫陈筠，一年前过世了，就在她考大学的那阵子。从那以后，沈半夏就自己挣钱给沈文海治病。为了医药费把家里的房子卖了，后来又是因为沈文海的病情有了波动，需要一笔手术费，所以她才会同意严琴的请求，用康芸女儿的身份跟您订婚。两个人具体签了什么样的协议我还没有查到，但沈半夏肯定能拿到一大笔钱。"

崔山一口气说完。在此过程中，段融始终平静，并没有因为知道沈半夏做的这些事而显露出一丝一毫的不悦。

"所以，段总您一定要小心她。"崔山忍不住提醒，"她是为了钱才接近您的，是想骗您。"

段融仍是淡然自若，看完文件上的调查结果，把东西还给崔山。

"沈文海？"他看向海天交接处，时间还早，太阳慢慢升起，"就是那个科学怪人？"

"是。"

"严琴跟沈文海是什么交情，查到没有？"段融问。

崔山："暂时还没有。不过这两天，我们的人看到严琴去医院看过沈文海。她是一个人全副武装偷偷去的，明显是不想让人知道。"

"继续查。还有，把沈文海四年前出车祸的原因找出来。"

"这件事警察那里已经有结果，就是一场意外。"

"让你查你就去。"

段融不是很有耐心地重复了一遍，崔山赶紧应下。

段融拿出烟，打开银质火机，齿轮"嚓"的一声转动，火苗蹿起。临点燃前他停下，把烟拿下来，胳膊肘撑在栏杆上，头低着。

想到文件上的那些内容，沈半夏拿到政大录取通知书的那天，也收到了母亲过世的噩耗。

一个十七岁的小女孩，走到医院太平间。工作人员掀开遗体上盖着的白布，让她跟她母亲做最后的告别。

自那天以后，沈半夏什么都没有了。没有了家人，唯一的房产被卖掉，还要照顾一个不死不活的父亲。为了找工作，她在原本该彻夜狂欢的假期里跑遍了整个城市，一家公司一家公司地求，在彻底失望之前，平忧律师事务所递来橄榄枝。

只做这一份工作还不算，她要趁每一个休息日去做兼职。大晚上待在便利店里理货架、收银，遇到喝醉的客人，她吓得瑟瑟发抖，一边防备着顾客闹事，一边把手机背在身后，手指按下110。还好店里有跟她一起值班的男店员，她不至于被吓得落荒而逃……

过去一年，她过着这样的生活。

后来严琴找到沈半夏，承诺给她钱，条件是她需要以康家千金的身份接近段融。但她第一反应不是欢天喜地，而是拒绝了这样千载难逢的机会。后来是因为走投无路，才不得不到了段融身边，用假身份欺骗他。

段融嗓子发紧，心口仿佛被人狠狠捏着，慢慢地，感觉到疼。

这么长时间以来，他第一次有了情绪上的巨大波动。

崔山注意到他似乎有些不对劲，刚要说什么，甲板的方向突然传来一声微弱却清晰的喊声："段融！"

能听得出喊出这一声的人用尽了浑身力气，把所有希望都寄托在了段融身上。

段融眼神剧变，扭头看过去，很快意识到不对，朝着声音传来的方向快步跑过去。

沈半夏背部硌到冰冷的栏杆，手下意识地抓住，想要支撑住身体，可人实在太多，她都没有看清到底是谁推了她，身体猛地失重，她头重脚轻地朝大海栽倒下去。

在那一瞬间，她整个人都是慌的，脑子里想到的只有一个人。

"段融！"

她用尽自己所有力气大喊了一声，声音落下的那秒，整个人已经砸入海中，咸湿的海水将她裹住。

游艇上已经乱成一团，女生们吓得花容失色，不知道该怎么办。

梁瑞涵也吓得往后退，手都是抖的，往后跑的时候看到了朝这边急奔过来的段融。

易石青和高峰也来了，在知道掉进海里的人是沈半夏后，大声喊着让人去放救生艇。

他们看到段融一声不吭就往海里跳，赶紧跑过去想抓住他："你疯了！这是大海！不是你家里的游泳池！"

段融充耳不闻，手臂往栏杆上一撑，人跟着跳了下去，瞬间消失不见。

"段融！"易石青和高峰吓得要站不住了，嘶声喊救生员下去救人，"给我去救人，去救人！他们要是出了事，我跟你们没完！"

沈半夏不停地往深处坠，看不到希望。海水又腥又咸，呛进她嗓子里、喉管里。

慢慢地，她连挣扎都做不到了，眼睛一点点合上，任由自己被海水席卷。

意识慢慢涣散之际，她仿佛回到了一年前，高考前的那几天。

班主任突然把她从教室里叫了出去，说她妈妈出事了，人被送到了医院，让她赶紧去看看。

沈半夏赶到医院，陈筠躺在病床上，面色雪白，一眼看过去只觉得她憔悴。

沈半夏走过去："妈，你怎么了？"

陈筠撑开眼皮，看到女儿后，勉强笑了笑："妈妈没事。你怎么从学校过来了？现在正是紧张的时候，你别担心我，赶紧回去复习吧。"

"你怎么会突然晕倒啊？"沈半夏很担心妈妈出事，感觉自己在一间摇摇欲坠的房子里，随时都有可能被断落的横梁砸到。

"一点儿小病，你不用担心，妈妈真的没事。"

陈筠仔细看着自己的女儿。女儿才十七岁，又瘦又小，要是以后只有她一个人了，她该怎么办？

"半夏，你最近功课怎么样？"陈筠问，"学习有没有吃力的地方？"

"挺好的。"沈半夏没敢说，上次模拟考她退步了十几名，被班主任叫去谈话。压力越来越大，她很怕高考会考不好。

"都怪爸爸妈妈，"陈筠握住她的手，眼里有心疼，"你本来是要走艺考的，可家里已经没什么钱了。"

"没关系，普招我也可以考好。"

陈筠更心疼，女儿这段时间为了备考，每天只睡四五个小时，饭也吃不好，人瘦了一圈，再这么下去会熬出病来的。

"是爸爸妈妈对不起你。"

沈半夏隐隐有种不好的感觉，嗓子被堵着，什么话都说不出来，只是一个劲地摇头。

那天陈筠说了很多对不起她这样的话。

当初陈筠跟沈文海会要孩子，是认为两个人有能力让孩子过上很好的生活，一生无忧，谁知道后来会遇到那么大的变故。她已经在勉力支撑了，可一个家还是摇摇欲坠，不能很好地照顾女儿，害得女儿放弃了钢琴。

如果知道会是这样的结果，她一开始就不会把沈半夏生下来。把孩子生下来受苦，不如永远不要让孩子来世上走一遭。

可沈半夏已经长到这么大，既然来到了这个世上，那就必须好好活下去。

陈筠希望女儿能好好活下去。

不久后高考，沈半夏发挥得很好，考入了全市前十，顺利被政大录取。

收到大学录取通知书，大家夸她是个有出息的孩子，从艺术生转为普招生，成绩都能这么好。

沈半夏拿着录取通知书兴奋地跑回家，路上接到了医院的电话，说她妈妈去世了。

是过度劳累导致的心源性猝死，人还没送进医院抢救就已经没了呼吸。

沈半夏没能跟妈妈最后说几句话，去到医院，看到的就是妈妈的遗体。陈筠面容安详，闭着眼睛躺在床上，像是睡着了一样。

可沈半夏再也见不到妈妈了，不能再跟她说话，听不到她的声音，吃不到她做的饭。这个世界上再也没有她，她永远地消失了。

沈半夏手里还拿着录取通知书。她想跟妈妈说，她考上了很好很好的学校，以后可以帮妈妈分担生活的重担了。她能找到很好的工作，挣很多很多钱，妈妈以后不用再那么辛苦了。

可这些话，她再也没机会说给妈妈听了。

从此以后，她没有妈妈了。

姑妈带着她给陈筠办完丧事，回到家的时候已经是半夜。沈半夏已经好几天没有吃东西，会饿，但就是吃不下，一吃就会吐。

直到她看见妈妈的遗书。

妈妈说，希望她能坚强、勇敢，遇到任何事都不要轻易放弃，要活得比夏天还热烈。

往后的每一天，沈半夏都拼命地活。她要坚强、勇敢，不管遇到什么事都不要轻易放弃。

她要活得比夏天还热烈。

可是真的很累。

没日没夜地打工真的很累。收银时少了几块钱，被老板指着鼻子痛骂的时候真的很累；为了挣几百块，给别人做作业，被老师发现批评她的时候真的很累；大夏天里穿着厚厚的玩偶服跳舞的时候真的很累；别人都在尽情享受生活，而她在为了父亲的医药费绞尽脑汁的时候真的很累。

撒谎骗段融的时候尤其累。

段融是这世上，除了父母，对她最好的人。

他对她好到，在不知道她的名字、长什么样子的情况下，就毫无保留地保护她。

而现在，他即使不喜欢她，知道她是严琴强塞给他的，他也依旧对她很好。

沈半夏不敢像那些女孩子一样，明目张胆地喜欢段融，因为她觉得自己不配。

有时候她看着段融，心里想的是——

如果我真的是个公主，如果我这一生平安顺遂，如果我无灾无难、别无牵挂，如果我光明正大、坦坦荡荡。

我可不可以喜欢你，并希冀你的喜欢？

而现在看来，一切疑问都没有了意义。

因为她好像，就要死了。

算了，她到底是要让妈妈失望了。

她很想告诉妈妈,她实在太累了,其实这一年里,每一天她都过得好累。

她任由冰冷的海水将她吞没,意识涣散。

直到听见有人朝她游过来的动静。

她的眼皮动了动,一点一点睁开。

在无边无际的海里,她看到段融带着一身温暖的光,破开黑暗奋力接近她,抓住了她的手。

海水冰冷,光线都好似透不过来。

在段融出现的那一秒,沈半夏身上开始回温,她重新看见了光。

段融带着她浮出海面,救生艇已经赶了过来,段融把她抱上去,不停地叫她名字:"半夏!"

沈半夏呛着水,半睁着眼睛,目光直直地看着段融,眼泪落下。

段融把她抱起来,安抚地拍她的背:"没事了,没事了,你别怕。"

跟过来的易石青问:"半夏没事吧?"

救生艇上还跟随着一名医生,是避免出现意外的随艇医生,她正在为沈半夏做简单的身体检查:"暂时没有大碍,不过还要去医院做更为细致的检查保险一点。救护车已经联系好了,在岸上等着。"

沈半夏听不见那些人的话,耳朵里听见的,眼睛里看见的,只有段融一个。

她喜欢到心都在痛的段融。

呛了太多水,喉咙很痛,说不出话。身上没有力气,人很疲累。

睡过去前,她无力的手指摸索着,抓住了段融的手。手心收紧,如抓着救命稻草一样,就算是睡着了都没有松开。

段融视线下移,看着女孩苍白细瘦的手指。

他把手收紧,反握住她的手……

沈半夏被送进医院,医生来看过,给她挂了水。

沈半夏始终握着段融的手不肯松开,段融就坐在她床边,哪儿都没有去。

易石青、高峰、崔山从外面进来,易石青告诉段融:"半夏出事的那地儿刚好是监控死角,当时在场的人都说没看见她是怎么出事的,说可能是她自己不小心掉进海里的。"

"游艇上的人都好好查一下,一个也别落下。"段融眸中生寒,嗓音极冷。

"好,这个你放心。"

易石青打算离开,无意中看见沈半夏还紧抓着段融的手。从出事后到现在,段融就一直跟在她身边,没离开过她。

易石青走过去,想把沈半夏的手掰开:"这丫头怎么睡着了还拉着你?"

还没碰到小姑娘的手,就被段融冷飕飕地看了眼,易石青不敢再说什么,带着高峰和崔山离开病房,临走时把门关上。

房间里安静下来,窗帘半拉着,光线昏暗。

沈半夏做了一场很长的梦,额上慢慢渗出汗,脸色越来越白。

她咕哝着说了什么,嗓音含混不清。段融朝她靠近,勉强分辨出她的话。

"妈,"她面色惨白,整个人有种易碎的脆弱感,"我每天都过得好累……"

段融心里疼了下,好像有人拿细小的针一下下地朝他心脏戳,他偏又找不到伤口在哪儿。

他把沈半夏额上的冷汗擦掉,把她脸上贴着的碎发别到耳后,开口时声音很哑:"别怕,哥哥会一直保护你。"

易石青问过梁瑞涵很多次,推沈半夏下水的人是不是她。梁瑞涵信誓旦旦地保证绝对不是她,当时人很多,沈半夏被推进了人群里,而她在外圈,直到听见有人大喊,才知道沈半夏掉进海里了。

易石青很怕事情是梁瑞涵做的,怀疑地盯着她:"你敢发誓绝对不是你?"

"真的不是我!要是我动的手,我就胖十斤,不对,胖五十斤!这样行了吧?"梁瑞涵没好气道。

易石青知道,梁瑞涵这个人虽然喜欢段融喜欢得无可救药,但她本质不坏,想也做不出这心狠手辣的事。

他去找其他人问。

经过那一幕,那些女生明显都害怕了。她们多少听说过段融是个什么样的人,整起人来是毫不手软的,没有人会不怕他。

杜子腾听到消息赶过来,隔着老远就喊他女朋友的名字。

吴燕听到声音,哭喊:"子腾,我都快吓死了!快带我回去吧。"

杜子腾问易石青怎么回事,易石青简单说了几句,又指了指屋里的梁瑞涵:"看见了吗?我妹子还在呢。我再问问当时的情况。"

"还问什么啊,就是意外吧。段融在哪儿?我去跟他说。"

"人家还在医院呢,你要是不怕死你就去。"

吴燕哭个不停,梨花带雨的样子格外招人疼。杜子腾心疼地喊了几声"心肝宝贝",听得易石青抖了抖身上的鸡皮疙瘩。

"半夏不是也没出什么事吗?"杜子腾没办法理解,"段融这是发的什么疯?"杜子腾怎么想怎么觉得奇怪,"难道他还真对那丫头动真情了?不是吧,就是豪门联姻而已,他至于这么上心吗?"

"他上不上心我不知道,"易石青把烟踩灭,"我先提醒你一句啊,你最好问问你女朋友有没有动手。万一查出来是她推的半夏,你猜段融会怎么收拾你？"

杜子腾看了看仍旧在哭泣的吴燕，摇头："不可能是她，她平时连只蚂蚁都舍不得踩。"

沈半夏醒过来，第一眼看到的就是段融。他坐在床边，身体往前倾，胳膊肘支在大腿上，另一只手举着手机，在跟人打电话。

沈半夏往下看，看见了两人握在一起的手。

她抖了下，赶紧把手抽了出来。

段融看了她一眼，把电话挂断。

"醒了？"他起身倒了一杯水，扶她起来，"把水喝了。"

沈半夏接过水，垂着眼睛把水喝光。段融出去了一会儿，再回来时手里端着一个饭盒。

他把小餐桌打开，放下饭盒，把筷子拆开，放她手里："为什么要去那么多人的地方？"

"我想看鲸鱼，"她的声音小小的，生怕会被责怪，"好多人说那边有鲸鱼。"

段融沉默了两秒，问："记不记得是谁推的你？"

沈半夏摇头："人很多，我没看清。"

段融把饭盒的盖子打开，将冒着热气熬得香香糯糯的粥推到她手边："你先吃饭，我出去一趟，晚点回来。"

说完，他在她发上揉了两下，转身离开。

那时在甲板上看鲸鱼的女生们都被一一问了几番。

段融过来时，那些女生被他目光里的冷意吓得几乎快站不住。

这次，每个女生又被问了三个问题。

"推半夏下水的人是谁？"

"你是真的没看见，还是人是你推的？"

"眼睛既然这么没用，不要了好不好？"

没有人能扛得住段融的这三句话，知道真相的人最终受不住似的说了出来："是吴燕！我看见了，是她趁乱把沈半夏推下去的！"

吴燕被人带到一个泳池边，然后被推了进去。

一阵水花四溅，吴燕呛了好几口水，刚扒着池沿爬上来，段融双手插兜朝她走过来。

段融走到池边，居高临下地看着她。他此刻的模样如地狱修罗，身上冒出的冷意让人不寒而栗。

他半蹲下去，冰冷的眼睛直盯着她："我的人都敢动，你还真是活腻了啊。"

吴燕不肯承认："不是我，真的不是我！是沈半夏自己不小心掉下去的！"

段融直起身，往她这里示意了眼，立即有助手过来，历数她的生平。从她出生到现在，所有的经历，以及她所有亲人和朋友的姓名、住处、联系方式……

吴燕怕了，忍不住大喊了声："我说！我说！是我推的她。"

她吓得直哭："我就是看不惯她那么轻松就能跟你在一起。段融，过去我追了你多久，你都不正眼看我一下，我只能去找杜子腾，靠着他才能时不时见你一面。我就是嫉妒沈半夏，论长相，我不觉得我会输给她，凭什么她能跟你在一起我就不能！我不服！她不就是投了个好胎吗？如果她不是康老爷子的外孙女，她还有资格跟你在一起吗？"

段融薄薄的眼皮抬起，目光极其讽刺地往她脸上扫了一圈。

他倒胃口似的冷笑了声："人长得不怎么样，倒是挺自恋。你这种姿色还敢跟半夏比，谁给你的勇气？"

说完，他没再看她，生怕脏了自己的眼睛一样。他从烟盒里抖出一根烟，叼在嘴里点燃。

他抽了一口，把烟拿下来，徐徐吐出白雾。

"你既然这么不知死活，"他嗓音平静，但每一个字都好似浸了毒，"那我成全你。你说，我是把你丢进海里喂鱼，还是……"

吴燕脸上已经没有人色了："段融……段融，我知道错了，你放了我这一次吧，我以后再也不敢了！"

杜子腾赶了过来。

他收到消息，知道了真的是吴燕动手推人的，也知道了吴燕这女人并不是真的爱他，而是为了接近段融才勉为其难跟他在一起。

杜子腾平日里对她的那点儿感情，早就在来的路上消散殆尽。

"段融，这事儿你别管了，我会教训她！"

杜子腾怒气冲冲地过来，对着水里的吴燕狠甩了一个巴掌，揪住她的头发："你玩我的感情就算了，还敢动我兄弟的女人！吴燕，你到底吃了几个熊心豹子胆啊，日子过得太好，你犯贱是吧！"

杜子腾把吴燕从水里揪了出来……

段融一脸漠然地离开，坐上车，让人把车开到医院。

沈半夏想出院，这边的医生知道她是段融的人，并不敢放她走，一直把她留到段融过来。

段融推开门，看到的是沈半夏端正坐在桌前，手机支着，里面在播放律法课件，她手里拿着一支笔，无比认真地在本子上记笔记。

段融走过来,就在一边两手抄兜靠站着。一直等网课结束,她关了手机,他才说了一句:"要出院?"

"嗯,我已经没什么事了。"沈半夏收拾了东西站起来,"你不是要在今天回京吗?"

"明天回。"

段融拿过她手里抱着的本子,带着她坐电梯下楼。

沈半夏一路默默跟着,坐上他的车。

她察觉到段融的情绪很不好,不同于之前总是一副浑不懔爱跟人开玩笑的样子,现在的他很少说话,眉眼中笼着一股深深的戾气,好像随时能发脾气。

沈半夏不敢打搅他。

车子离开医院,在沿海公路停下。段融下了车,过来打开沈半夏这边的车门。

沈半夏下车,好奇地问:"为什么又来这边?"

段融关了车门,一言不发地牵住她往前走。

走了几步,沈半夏的步子慢下来。她人还虚着,脑袋有些晕。

段融回头看了看她,依旧是一言不发,突然把她横抱起来,抱着她往前走。

沈半夏的心随着身体的腾空而失重,脑袋更晕,但不是刚才病弱的晕,而是那种飘飘然的晕。

段融一手扶着她的背,一手托着她的膝弯。她身上穿着背带短裤,膝盖以下露着,他的手毫无隔阂地挨着她白皙的腿部肌肤。

太阳照下来,段融的皮肤算得上很白了,但跟沈半夏比起来还是黑了一层。他的胳膊与她的腿放在一起比较,有种明显的肤色差呈现出来。

沈半夏口干舌燥,又被太阳晒得有些睁不开眼睛,脸往里埋,声音龌龌地传出来:"你、你把我放下,我自己能走。"

段融看了她一眼,略把她放下去,却并没有松手,而是从横抱变成考拉抱,一手稳稳托着她的屁股,一手把她小小的脑袋按在他肩上。

这下她的脸背对着阳光,晒不到了。

而她的心跳得更快,呼吸紊乱。她的手撑在他肩上,想把他往外推。段融却把她按得更紧,声音响在她耳边:"老实点儿,别动。"

沈半夏瞬间不敢再动弹了,小仓鼠一样把发烫的脸埋在他肩膀上。

段融一直抱着她上了游艇,游艇上除了船员,就只有他们两个,没有了那些乱七八糟的人。

段融把她放下,命令船长开船。

游艇朝着大海深处开去。海风徐徐吹着,空气变得凉爽。

沈半夏又一次问:"你带我来这里干什么?"

段融带她去到船尾的位置,正是傍晚时分,太阳往下落,半边天被烧红,海天交接处美得像一场幻境。

段融握着她的肩膀让她转身，让她面对着大海的方向。他两手撑在栏杆上，将她拢在身前，她的背就贴在他怀里，心脏倏地乱跳。

在一阵不真实的幸福感中，她听到了一声鲸的长鸣，紧接着巨大的鲸鱼从海里腾空跃起，带起万千飞溅的水珠，硕大的身躯在空中划过一道优美的线，重新跃入海中。

沈半夏看呆了。

她第一次这么近距离看这么大的鲸鱼，被造物主的神奇震撼到，眼睛一刻也不舍得眨。

她看了半天才缓过神，侧过头，与段融的视线对上。

段融仍从后面拢着她，清爽干净的气息将她包裹起来，一双墨染般的眸子很深，里面只有她一个人。

"送你的鲸鱼，"他看着她，目光格外温柔，"你还想看什么，我都给你看。"

鲸鱼落海，海面上重新归于平静，而沈半夏的心随着段融的话掀起滔天巨浪。

风徐徐吹着，两人挨得极近，她抬头看着他。两人能感受到彼此的呼吸，双唇间的距离不到一指，只要她踮一踮脚，就能吻到他。

段融的视线落在她脸上，不动声色间滑到她唇上。她的唇已经恢复了血色，此刻红得诱人，看上去柔软娇嫩，像是散发着香气的水蜜桃，格外好亲。

他隐忍地滚了滚喉结，眼眸变深。

沈半夏呼吸都屏住，不知道是不是错觉，她觉得段融想吻她。

不远处一声鲸鸣，那头鲸鱼再次腾空跃起，带起的水珠扫到了游艇上。沈半夏往后躲，段融把她搂进怀里，抱着她转身，手捂着她后脑，替她挡掉了飞溅过来的水珠。

沈半夏从他怀里探出头，她身上干燥，没有溅到一滴水，而段融的肩膀和后背却都被溅湿，头发上也有水，顺着额发往下垂落，掉在他挺拔的鼻梁上。

沈半夏下意识地伸出手，把他鼻梁上那滴水轻轻地抹去了。

"你的衣服湿了，"她说，"去换一件吧。"

女生的手指软软的，抚过他鼻梁上的时候，他闻到了一股香气。

段融把她放开，此刻很想把那头鲸鱼捉住宰了。

易石青和高峰在岸上等了老半天，总算看见段融的那艘游艇慢悠悠地驶回。

杜子腾也在，虽然已把吴燕教训了一顿，此刻却还是一肚子火，又怕段融会迁怒他。等段融的游艇一靠岸，他赶紧跑过去，拿一堆好话去奉承沈半夏。

"小半夏,没事儿吧?身体还有不舒服吗?我找了当地最有名的大厨做了一桌好菜,你赏个脸去尝尝,行不行?"

他一直紧跟着沈半夏,还想上手去拉她。段融几步过来把他挡开,无比自然地揽住沈半夏的肩膀。

杜子腾跟上去:"哥,我是被吴燕那女人给骗了。我要知道她是这种心狠手辣的人,早把她踹了。这次的事儿我确实该负责,你放心,我保证让吴燕再也混不下去。"

段融不甚在意地说:"是要给点儿教训。"

杜子腾松了一大口气,看段融这样子,并没有把沈半夏落水的事情迁怒到他身上,而只想对付吴燕一个。

"这个你放心,我都安排下去了。"杜子腾一副狗腿子的样子,"吴燕这次绝对不会好过。"

他说完用眼睛瞟沈半夏。不得不承认,这丫头是真漂亮,浑身有股让人无法忽视的灵气,这股灵气让她跟普通人区分开来。她的长相是那种让人很舒服的美,没有什么攻击性,属于又漂亮又让人很想保护的类型。

跟段融真的般配。

怪不得段融拿她当宝贝一样保护,她要是他杜子腾的女人,他肯定也是要放在手心里宠着的。

为了给段融赔罪,杜子腾请他们去吃饭。

杜家是开酒店的,搜罗了不少世界各地的名厨。这边的几个厨子拿手菜是海鲜,龙虾、帝王蟹跟不要钱一样往桌上摆。

易石青和高峰两个人像是饿死鬼投胎,入座后就闷头吃东西,一声不吭的。梁瑞涵只略吃了两口就不吃了,咬着吸管喝酸奶,喝到最后空盒子被吸出稀稀拉拉的响声,她的肚子也在响。其实她已经要饿疯了,但就是有无穷的意志力忍饥挨饿。尤其段融在的时候,她想瘦成一道闪电的决心就更强了。

段融依旧没碰海鲜,全程有一句没一句地跟几个朋友聊着,一条胳膊搭在沈半夏的椅背上,衬衫袖口往上卷了几道,露出一截劲瘦有力的手臂,上面横亘着几条青色的血管。

沈半夏也没吃多少东西,面前的盘子里很干净。段融朝她低了点儿身,在她耳边问:"不喜欢吃?"

他的声音在嘈杂的环境里如一股清流,又低又磁地钻进沈半夏心里。

她摇摇头,起身:"我出去下。"

出了酒店,旁边不远处是一家便利店,她进去看了看。货架上只剩了两种口味的便当,她每样拿了一份。

付钱的时候,段融推门进来,经过她身边时留下一句:"等我一起结。"

沈半夏就站在柜台前等他。

段融拿了东西过来，看包装只是一个很小的玩意儿，应该不值什么钱，沈半夏想拿手机一张结账。

段融已经提前付款，接过她手里的购物袋，看了看里面的便当，问她："想吃这个？"

"是给你买的。"她说，"不知道你喜欢吃什么口味的，就都买了一份。"

段融看了她两秒，带她在便利店靠窗边的餐桌前坐下，把便当拿出来："你吃哪份？"

沈半夏拿了份素三鲜拌饭，段融把一次性筷子掰开给她，自己拿了另一份肉末茄子盖饭。

沈半夏吃了几口后发现便当里有萝卜。她最讨厌吃萝卜，想挑出来又怕段融说她挑食，夹着一片萝卜不知道该怎么办。

段融抬头看见，问："不爱吃萝卜？"

她点点头。

段融看看自己便当盒里的菜色，又看回她："跟我换下？"

换便当这种事，应该是情侣间才能做的显得亲密的事。而且刚才是她选的便当，现在又要换，有些无理取闹了。

但沈半夏是真的无比讨厌萝卜，对萝卜的讨厌程度让她顾不得害臊，跟段融换了便当。

她吃饭很慢，段融已经把一份便当吃完，她才只吃了不到一半。段融也不急，就坐在旁边等她。

她背后的头发总是会顺着肩膀滑下来，需要时不时地掖在耳后。段融看见，从口袋里摸出刚才买的那样东西，打开，从里面拿出两根奶白色的毛绒头绳。

沈半夏睁大了眼，不可思议地看了他一会儿。段融已经从椅子里起身，走到她背后的位置，两只手拢起她的头发，用新买的头绳帮她扎了个马尾。

他很会给人扎头发，这件事其实是因为沈半夏。初一那年，班里的男生总是喜欢捉弄她，偷偷在她背后扯她的头绳，故意弄坏后再丢给她。她买一根头绳，就被弄坏一根，买两根，就被弄坏两根。

她很生气，在又一次被人扯断头绳后，她委屈地站在路边抹眼泪。

段融过来看见，问她怎么了。

她不想说话，只摊开自己手心，里面是一根坏掉的头绳。

段融牵着她去了商店，花五块钱给她买了根新头绳，帮她把头发扎起来。刚开始他扎得不太好，歪歪斜斜的，一点儿都不牢固。后来给她扎了两次，他的手法娴熟起来，可以帮她把头发扎得很漂亮。

为了让段融给她扎头发，沈半夏早上出门的时候会故意把头发披散着。

时隔这么多年,他又一次替她扎头发。不同的是,她的个子跟那年相比高了很多,不再是连他肩膀都不到的小豆丁了。

段融帮她扎好头发,又把她一只手拉起来,将剩下的一根头绳戴在她腕上。

便利店里没什么人,很安静,一种暧昧的氛围不知不觉地流窜出来。沈半夏看看自己腕上的奶白色绒毛头绳,很想问段融一句"为什么要对我这么好"。

只是因为她年纪小,下意识地就照顾了吗?

次日回京,下了飞机有车来接,段融送沈半夏回家。

路上,沈半夏无聊地翻了翻朋友圈,看到梁瑞涵刚才发了条最新动态。照片上,段融坐在海边的椅子上,上半身前倾,胳膊肘支在腿上,手里拿着手机打字。而梁瑞涵坐在段融身边,举着手机拍照,一头又长又直的头发随着她后倾的动作挂在了他肩上。

无比亲密的一张照片,上面写着个字:热。

不知道是在说海边好热,还是在暗戳戳地表明她跟段融一起出去旅行,所以才很热很躁。

易石青和高峰都阴阳怪气地在这条动态下评论。

易石青:哎哟喂,明火执仗啊!

高峰:哎哟喂,灯下黑啊!

明显是在嘲讽有人当着沈半夏的面把她墙脚给撬了。

梁瑞涵给他们每人回了个"滚"字。

沈半夏心里堵得慌,过了几秒,点进梁瑞涵的朋友圈,一条条往下翻。

有关段融的朋友圈内容很多,十条里差不多有三四条是他。每张照片里,他从没看过镜头,都是在忙自己的事,偏偏又被梁瑞涵修成十分自然的两人合照的样子,好像是黏糊糊的女生在偷拍自己男朋友。

沈半夏自虐般地看着这些照片,每多看一秒,心里的不舒服就多一分。

她发脾气似的把手机丢进包里,扭头看向窗外。

段融注意到她的不对劲,伸手去揉她的头发:"怎么了?"

沈半夏很烦地躲开他的手,不想理他。

那点儿小孩子脾气上来了。

段融"啧"了声,握着她后脑把她小小的脑袋扳过来,盯着她的眼睛:"到底怎么了?"

沈半夏不能说她是在吃醋,不然段融就该发现她的心意了。

"没什么,我没睡好,起床气。"她说完挡开他的手,头靠在椅背上,闭上眼睛装成睡觉的样子。

"起床气气到现在?"段融轻嗤,似怪似哄地说了句,"惯的你。"

他虽然这么说,但还是找了条薄毯给小姑娘盖上。

靠近她的时候,闻到她身上清淡的香气。

淡淡的昙花香,夹杂了一点儿自然的奶香。

段融垂眸看她,她闭着眼,睫毛卷翘纤长,鼻梁挺直,一张小脸白里透红,漂亮得不行。

她今天穿了条蓝色的法式方领连衣裙,领口下露着大片雪白的皮肤。她实在太瘦,身形单薄,锁骨窝深凹下去,里面能盛酒。往下看,肌肤莹白如玉,牛奶一样嫩滑,让人想在上面留下点什么。

到这里就不能再继续往下想了。段融喉间空咽了下,凌厉凸显的喉结难耐地上下滚动。他把薄毯拉过女生肩膀,强迫自己扯回视线,坐直身看向窗外。

收到沈半夏已经从机场回来的消息,康芸早就在门口等着,尽职尽责的一副母亲模样。

昨天严琴来找她,又一次提起:"半夏那孩子我是真心满意,所以你要多帮帮我,让她多跟段融相处。"

康芸并不理解严琴,不知道她到底在打什么算盘,看不上大明星万珂,倒想让一个穷学生当她儿媳妇。

万珂曾不请自来,追段融追到了严琴面前。当时康芸也在场,一眼就被那女人给惊艳了,不愧是一夜爆红的大明星,长得确实没得挑,身材、气质皆上乘。单论外形,整个娱乐圈里没人是她的对手。家里也并不普通,父亲是外资企业的高管,母亲是曾经风靡全球的名模。

这样的出身比沈半夏要好多了,真要拿两个人比,沈半夏唯一比万珂有优势的地方,就只有她的年龄要小几岁。但年龄小也并不一定就是好事,夫妻两个年纪相差太多,或许会有代沟。

"你就这么想让半夏嫁给段融?"康芸怀疑地问,"不嫌弃她的身世?"

"她的身世没什么不好,干干净净的,没有乱七八糟的事。"严琴眸中闪过一丝精打细算的光,脸上仍旧笑着,"她对段融来说,是最好的选择。"

康芸没再问什么了。沈半夏那孩子她也喜欢,人漂亮,论模样跟万珂比起来也不差。还懂事贴心,有一次半夜她在客厅滑倒了,那孩子从楼上着急地跑了下来,一边打着哈欠一边找了冰袋帮她敷扭到的脚踝。当时她看着沈半夏,窝心得不行,再一次地想,要是沈半夏真是她女儿就好了,她一定把这孩子当公主一样疼。

这辈子是没这个福分了,只是将来能认沈半夏当个干女儿也好。

看到段融的车开过来,康芸老远就过去接人,把沈半夏带回家。

整理行李箱的时候,康芸不让家政阿姨插手,在发现里面的一盒避孕套不见了后，想着肯定是段融那臭小子用了。

这两个孩子进展飞速，康芸一方面开心，另一方面又觉得沈半夏还这么小，也太亏了点儿。

她矛盾起来，不知道自己是该高兴还是该愧疚。

"半夏，那个……你跟段融……你……你觉得怎么样？"康芸不好意思直接问，一句话说得磕磕绊绊。

沈半夏只以为她是在问两个人的关系，随口道："挺好的啊。"

"真的啊，挺好的是吧？"康芸对这个答案很满意，"那你跟他……开心吗？"

"开心啊。"

"哎哟，那就好！那就好！"康芸顿时把那点儿愧疚感抛到了九霄云外。男欢女爱，你情我愿的事儿，沈半夏又不是小孩子了，做这种事不奇怪。尤其康芸从小是在国外接受的教育，更觉得男女间的这种事确实用不着大惊小怪，只要沈半夏注意保护自己就好了。

再过几天就是订婚典礼，康芸让沈半夏在家里住下来。

沈半夏得以在城堡一样的房子里暂时安身，不用再回出租屋。她已经很久没有回去了，出租屋里的淋浴头还是坏的，客厅里空落落，地上应该落了一层灰。

她在软软的公主床上躺着，睁着眼睛看对面墙上一大幅用羽毛做的壁画。

她这样的假公主，不知道被戳穿身份的时候，段融会怎么看她。

她把手机拿过来，又一次把段融的微信打开，点开他的头像。

自从加了好友后，两个人还一句话都没有说过。

她退出，翻了翻梁瑞涵的朋友圈，想看看段融有没有在梁瑞涵的动态下留过言。翻看的过程中，她始终很紧张，生怕会冷不丁看到段融的名字。

但是还好，梁瑞涵所有的美照和偷拍段融的照片下，并没有段融浏览过的痕迹。

她没再继续看，点回跟段融的聊天界面。里面没有任何对话，只有已经添加好友的一条提示。

她把段融的微信翻来覆去地看了很久，看他全黑的头像，昵称里的"段融"两个字，以及他加她的来源是通过手机号查找。

无聊地翻了很久，两个人的聊天框里依旧空空如也，没有他的一条消息。

其实她的心一直吊着，希望自己在故作不在意的时候能突然收到他的微信，就算是"在吗"两个字都好。

但她的故作不在意已经过去十分钟，快要到极限，段融还是没有给她发来一条消息。

她恨不能把这个人删除。

不理她，还加她干什么！

她气呼呼地把手机扔到一边，关灯睡觉。

过了会儿，她忍不住又把手机拿过来。

"你怎么不理我啊？"她盯着段融的微信，盯着他黑漆漆的头像自言自语，"我有点儿想你，段融。"

从他那年离开学校，一直想到了现在。

次日，她很早就醒了。康芸请了一位国外来的设计师给她定制礼服。

金发碧眼的设计师助理小姐姐量过尺寸后啧啧赞叹，用英语跟她交流："你身材很好，是很完美的模特身材。"

沈半夏觉得这人在为了钱而昧着良心捧她，她个子只有一米六二，算得上娇小了。虽然身材匀称，该细的地方细得毫不含糊，但胸部一直没有发育好，这能算得上身材好？

"我的胸这么小，身材哪里好了。"她忍不住说。

助理小姐姐笑："你还这么年轻，以后还能发育的。尤其有了男朋友后，会发育得更好的。"

沈半夏等她量完尺寸，百无聊赖间窝在沙发里玩手机。

看到微信上有未读消息提示，她点进去。

发信人是段融。

她"噌"地从沙发里直起身，瞪大了眼睛盯着手机。

原本与他空荡荡的聊天窗口，此刻躺着他的一条消息：吃蛋糕吗？

发送时间是昨晚十点二十七分。

猝不及防的一种惊喜将沈半夏包围。她的心在这一刻"怦怦怦"地跃动，嘴角忍不住上扬。还没有吃到蛋糕，心里已经慢慢地装满甜蜜。

她在聊天框里打字"为什么问这个"，打完后又删除，换成一个简单的"嗯"，点下发送。

段融那边应该是在忙，过了很久都没给她回。她窝在沙发里，把手机翻来覆去地转，时不时地打开看一眼。怕自己没办法及时收到他的消息，特地把微信提示音打开，音量调高。

在调音量的时候，突然收到他的消息。

段融：我让助理给你送。

沈半夏心里翻腾起欢乐的海洋，手捂住嘴巴，拼命压制住想尖叫的冲动。

过去两分钟，她抖着手指打字：谢谢。

发完她继续盯着手机。其实很想让他再发条信息过来，随便什么都行。但她的回话没有给他留下任何可回话的余地，他应该是不会再说什么了。

她失望地打算把手机放在一边。

段融的消息在这时候奇迹般地发过来：怎么谢？

什么意思，什么怎么谢？她的手指在屏幕上点来点去，半天了都不知道该怎么回。她的心依旧跳得很乱，因为他随意的几句话而悸动。

段融永远都有办法让她心神不宁。

半天过去，她删删改改，最后发：会感恩戴德、感激涕零地把蛋糕吃干净的。

段融那边发了个只有两秒的语音条，她抬眼看了看四周，屋里已经没有其他人了。

她手指放到语音条上，点开，迅速把手机放到耳边。

听到男人一声极短促的、低哑中带了明显调侃意味的轻笑，后面跟着一个字："行。"

手机贴在耳边，这声笑就好像是贴着她耳朵响起的一样。

沈半夏的耳朵迅速变红、变痒，似乎被羽毛拂过一般。

她把手机按在胸口，人倒进沙发里，被他这声笑撩乱了心绪。

快到中午的时候，崔山把一个蛋糕送了过来，跟蛋糕一起送来的还有一位西点师。

崔山第一次做给小姑娘送蛋糕这种莫名其妙的事。昨天几位老总为了生意场上的事去公司找段融，都是有备而来，拿了不少东西讨好。其中一个最别出心裁，说在国外的时候雇到一位手艺高超的西点师，吃一口他做的蛋糕能让人幸福感满满，临走时非把那西点师留了下来。

段融不怎么吃甜点，让崔山把这位师傅带了过来。

康芸蒙了，从未见过有男人追小姑娘，竟然送西点师的。

沈半夏也蒙了，觉得自己在段融心里的形象就是个永远都吃不饱的饕餮。今天送西点师，明天他可能就送米其林大厨了。

沈半夏把蛋糕拿出来。

是一个精致的双层蛋糕，上面写了"生日快乐"几个字，蜡烛也刚好是十八根。

沈半夏觉得奇怪。段融送蛋糕就送蛋糕，为什么要特意送生日蛋糕？

康芸过来问："半夏，今天你生日？"

"不是，我生日已经过了。"

"一个人过的？"

"是。"

十八岁生日确实很值得庆祝，但沈半夏那天还是在忙着做兼职，连蛋糕都没有吃。唯一一句生日快乐，是段融跟她说的。

"那肯定是段融想给你补办一个，"康芸笑起来，"这小子还挺有心思啊。"

沈半夏并不觉得是这样，只觉得是巧合。她用英语问一旁的西点师："您为什么要在蛋糕上写这几个字？"

　　一头金发的西点师用略微生疏的汉语说："生日蛋糕当然要写这几个字。以后你可以跟我说中文，我听得懂，也会说一些。"

　　沈半夏点头，又去看蛋糕。

　　应该只是巧合吧，并不是段融特意吩咐的。

　　康芸已经把十八根蜡烛一一点亮，让沈半夏许愿。

　　沈半夏想到自己平平淡淡过去的十八岁生日。那天她没有吃蛋糕，没有吹蜡烛，非但如此，还在努力工作。

　　迟到的生日蛋糕，被段融送了过来。

　　吹了蜡烛，沈半夏把蛋糕切了，分给大家。

　　康芸尝了一口，发现味道果然不同一般，甜而不腻。她拉着西点师去厨房，向他讨教甜品的做法。两个人很聊得来，康芸时不时地被风趣幽默的西点师逗得哈哈大笑，笑声隔着老远都能听见。

　　沈半夏手肘支在桌上，两手托腮，愣愣地发了会儿呆。

　　康芸对她很好，严琴也对她很好，两位长辈真心想撮合她跟段融。依照目前的情况来看，段融好像真的以为她是康家千金，需要金尊玉贵地养着，所以才会对她这么好，生怕会怠慢她？

　　等以后知道她的真实身份，不知道他会是什么反应。

　　肯定会瞧不起她吧。

　　她自嘲地笑了笑，趴在桌上看了会儿手机，打开微信找到段融，在聊天框里打"其实我是个骗子"。

　　打出来后，又一个字一个字地删除，她继续打字——"但我是真的喜欢你"。

　　写完，删除。

第六章
我允许的,有问题吗?

R O N G X I A

订婚那天,设计师把礼服送过来。

是一条水蓝色的抹胸礼服裙,设计师派了两个女助理帮沈半夏穿。原本她觉得大惊小怪,一条裙子而已,她怎么就穿不了了。结果真正穿的时候发现这条裙子看起来简单,其实里面各种构造复杂得不行。其他地方还好,两个女助理帮她扯抹胸后的带子时差点儿没把她勒死。

她气都喘不顺了,无奈地说:"至于这样吗?我的胸就这样了,再挤也没有啊。"

其中一个女助理用英语回:"你要对自己有信心,挤挤总会有的。"

沈半夏噎住。

穿好后,她对着镜子看了看,发现还真是,自己那点儿可怜兮兮的胸型真被挤出来了,看起来还挺……诱惑的。

但诱惑的同时又并不显得色情,反倒有种大家闺秀的落落大方感。

设计师的工资倒真是没白拿。

坐上车去了订婚地点。

那地方在京郊的一处庄园别墅,宾客已经来了很多,都是平常很难看到的上层人士,两位娱乐圈里传说级别的国际影帝也在。

沈半夏进了一间休息室,化妆师过来给她补妆做发型。

因为今天的订婚宴,昨晚她紧张得一夜没睡好,现在有些困了,头往下一点一点的。

屋里冷气很足,她怕冷地拢了拢披肩,摇摇头,让自己精神些。

Z先生给她发过来一条微信,她点开看。

Z:在干什么?

连Z先生都知道时不时地问问她做什么,段融就不会。这几天里,段融都没有联系过她。

果然只是一桩别人强塞给他的联姻，其实他对她根本一点儿感情都没有。会给她送蛋糕、送西点师，只是因为他不爱吃甜点罢了。

沈半夏咽下喉咙里的苦涩，告诉Z先生：说出来你可能不信，我就要嫁人了。

Z：恭喜。

沈半夏：可是新郎不喜欢我。

发完，她又发了第二条：所以其实他也挺可怜的。

这次过了很久，Z的消息才发过来：他不喜欢你就不会娶你了。

沈半夏觉得这人挺天真的。现实不是童话，不是不喜欢就可以不要的。

她给Z发：会的，他其实最会的，就是忍辱负重。

段融最擅长的就是忍辱负重，这件事沈半夏很早以前就知道。

在被段向德认回以前，段融实在是太穷了，穷得甚至连三餐温饱都成问题。所以在他好不容易找了份家教的工作，却发现家教对象刚刚好是跟他不对付的一个男生时，他宁愿每天被那男生辱骂，也坚持不懈地把家教工作坚持下来，好能挣到钱继续上学。

如今段融已经脱胎换骨，并不再是七年前那个没人要的孤儿，按理说应该活得肆意才对，谁知道她成了他的变数，又一次需要他忍辱和负重了。

沈半夏牵起嘴角苦笑，在聊天框里打：这么看，我好像都挺可恶的。

还没按下发送，康芸过来找她，看了遍她的妆容和衣着，满意得连连点头："这也太漂亮了。你是吃露水长大的吧，怎么就能好看得跟仙女一样啊。快跟妈咪出去，咱们震翻他们一群人，让他们看看什么才叫天生丽质！"

康芸把沈半夏拢着的披肩拿下来，屋里有人发出明显的赞叹声。

沈半夏确实太漂亮，身材匀称，曲线玲珑，皮肤白得似能发光，是人群里能被一眼看到的长相优越的那类人。尤其今天精心打扮过后，她更是诱人得恍如落入人间的天使。

沈半夏跟着康芸出去，到了前面的宴会厅。

已经很久没有跟她见过面的段融在前面站着，身边围了好几个打扮得人五人六的公司老总，脸上都挂着谄媚的笑容，你一句我一句地跟段融说着什么。段融脸上的神色始终淡淡的，低头看着手机，修长的手指在屏幕上打字。

点了下某个地方，他关掉手机，无意中往沈半夏这边看了过来。

大厅里人很多，红男绿女衣香鬓影。来来往往的人群中，沈半夏一动不动地站着，看着段融的方向。

段融也看着她，一双天生深情的眸子不易察觉地动了动，目光落在她身上两秒后，移开，若无其事地跟人谈公事。

沈半夏低下头，不自在地看了看自己的胸。

她没这么露过,有些不自在,总想拿手捂一捂,可又怕自己会失礼。

段融打发走那些老总,朝这边走过来,在沈半夏面前停下。

她顿时更不自在了,半侧过身背对着他,以此挡一挡自己胸部挤出来的春光。

康芸把她的手牵起来,往前拉。她正奇怪,手指蓦地碰到一个人的手心,接着整只手被那人握住了。

她不用看,也知道那是段融的手,她知道他手的触感和温度。

"段融,我就把半夏交给你了,帮我照顾好她。"康芸简单说了两句就走了,留给这对小年轻单独相处的机会。

沈半夏仍是不敢看段融,一双耳朵早就红透了。大厅里开着冷气,但她身上越来越热,颈下甚至有汗,把她落在脸颊旁的碎发浸湿了。

段融把她往身前扯,让她正对着他,抬起手,带着薄茧的指腹擦掉她颈下的汗。

沈半夏细微地抖了下,想往后躲,又被他拉过去。

段融松开她的手,转而揽住她单薄的肩,带着她往前走:"怕什么,"他低头看她,"我又不会吃了你。"

沈半夏让自己冷静下来,侧低头看了看。他修长的五指握在她裸露的肩膀处,紧贴着她的皮肤。

"你真的要跟我订婚吗?"她抬起头,最后一次问,"真的不后悔吗?"

"你不后悔就行。"他完全没有犹豫,继续带着她往前走。

被他拥着走到大厅正前方,人群朝他们这边聚拢过来。

在来之前,大家都在猜测跟段融订婚的到底是怎么样一个女生,能让一向心狠手毒的段融听从家里的安排同意联姻。现在看到沈半夏,大家突然有些明白了,这么漂亮的女孩,任谁都会心动。

段向德虽然并不喜欢这个大儿子,但为了脸面,还是装得跟慈父似的,与严琴一起对媒体和众位宾客说了些场面话,宣布段融和沈半夏在今天正式订婚。

人群里传出鼓掌声和恭贺声。很快,段向德带着严琴退场,众人的目光集中到了段融和沈半夏身上。

梁瑞涵在台下站着,从段融和沈半夏出现以后,她的目光就没有离开过这两个人。她不得不承认,沈半夏确实漂亮,而且漂亮得极有灵气,仿若林间的精灵。完全不像是普罗大众的那种被高端化妆品堆砌出来的生硬的美,她美得自然而通透。就算是素来以"美艳"闻名的万珂,在她面前都可能要落下乘,被衬托得艳俗。

段融一只手始终握在沈半夏裸露的肩上。她皮肤太好,白嫩又细软。身材也好,娇小却玲珑有致,让人极有保护欲。两人站在一起的时候,身高差与体型差有种恰到好处的氛围感。

梁瑞涵一边看得恼火，一边又死盯着他们。

易石青在旁边叫了她一声："别看了，再看段融也是别人的了。"

"谁说段融是别人的了。"梁瑞涵故作镇定地喝了口红酒，"没到最后一秒，鹿死谁手还不一定呢。"

媒体记者要段融和沈半夏靠得再近点儿。

"两位是什么时候认识的？"有记者开始问些八卦消息，"今年三月份的时候小段总您曾经去过美国，是在那个时候跟沈小姐认识的吗？"

"听说小段总之前有过一任女朋友，不知道那段感情处理得怎么样了？"

八卦媒体说起话来就像是脱了缰的野马，什么话都敢问。

早前段、康两家即将联姻的消息放出去后，网上有了很多猜测，认为段、康两家是世交，段融在被段家找回来后，应该就跟康家的这位千金有了接触，两人也算得上是门当户对，等沈半夏成年后就顺其自然订下婚约。只是这些年一直有人在网上撰写有关段融和万珂缠绵悱恻的爱情故事，先不说内容真假，一件事情说的次数多了，就有人会信。

各路媒体今天是第一次看到沈半夏，不由得开始同情起这个长相灵动的小女孩来。人家这么小的年龄，便宜段融也就算了，段融竟然还不知道珍惜，心里藏着个未亡人，这对沈半夏来说也太不公平了。

"什么感情？哪一段感情？"段融低下头，看着被他揽在怀里的沈半夏，"我只有一段感情，就是跟半夏。"

媒体的快门声更响，但都不及沈半夏的心跳声。

媒体里有人问她："不知道沈小姐是喜欢小段总哪些方面呢？可以跟我们讲讲吗？"

这种无聊问题原本她不用回答，但她偏偏抬起头，对着段融露出一个甜甜的、由衷的笑："喜欢他好看啊，这不是有目共睹的吗？"

人群因为她的话传出略轻松的笑声，气氛不再那么紧绷了。

沈半夏依旧笑望着段融，就好像他真的是她深爱的人。

但段融并不觉得这丫头对他有什么感情，她会到他身边，应该只是因为不得已，她需要钱。

只有沈半夏知道，她对段融的深爱是真的。

应付完媒体，沈半夏终于不用再忍受闪光灯的摧残，去了后面休息室。

演戏要演全套，段融依旧在她身边跟着，手揽着她。一直到进了房间，没有了任何闲杂人等，他才把手松开。

门被他关上，随着"咔嗒"一声响，空间陡然封闭。

属于段融的气息越靠越近，沈半夏不自觉地往后退，背部蓦地贴住了门。

段融压在她身前,一只手撑在她头顶。

"小朋友很会演戏啊,"他倾身看着她,手指轻佻地在她下巴上刮了下,"不过可以演得再逼真点儿。一会儿我们出去,当众接个吻怎么样?"

这人好无耻,随便对着哪个女生都能撩。

沈半夏又气又臊,索性豁出去了:"好啊。怎么亲?是蜻蜓点水还是法式热吻?需要伸舌头吗?"

段融笑了笑。他拿开手,起身,在一边沙发里坐了下来,拿出烟盒抖出一根烟。

"年纪这么小就知道这么多,"他把烟点燃,火机扔在桌上,"我要是你哥,一定打断你的腿。"

沈半夏为了维持国外长大的开放人设,故意说:"嘁,这算什么,我知道的比你想象的多多了。"

段融看了她一眼,目光又深又浓,情绪让人难以分辨。

他叼着烟往沙发上一靠,一只手突然拉住沈半夏的手,猛地把她扯到了腿上抱着。

软软的小姑娘惊慌失措地跌在他怀里,他终于有时间仔细地、认真地欣赏一遍小姑娘的漂亮。

他一只手握在她腰间。她的腰太细,似乎他只要再用点儿力,就能生生掐断一样。

段融的手指微微屈起,在她腰间揉了一把。他看着她,声音很低:"都知道什么,说出来让我见识见识。"

沈半夏坐在段融腿上,两腿屈着,手在慌乱下撑住了他的肩膀,感受到他坚实的骨骼。

他今天穿着黑色西装,系了一条深蓝色的领带,这样的打扮配合着他英俊招人的一张脸,让他有种斯文败类的气质。

好像下一秒他就会撕破伪装,露出原本危险的面目。

沈半夏被他揉过的腰仿佛过了电,她几乎要忍不住战栗。因为他突如其来的举动,她浑身开始发软,如果手没有撑在他肩上,可能下一秒就要软倒在他怀里。

脸已经红得不能看了,她低下头,想从段融身上爬下去。

段融握在她腰间的手紧了一把,把她往身前收:"怎么不说话,都知道什么?"

两人的姿势暧昧得过了界,如果现在有人过来看见,要羞死人了。

想到这里,沈半夏脸上更烫,说话时舌头都打结:"什么……什么都不知道行了吧!你放开我。"

段融笑骂了声："纸老虎。"

他松手，沈半夏从他身上爬下去，红着耳朵坐在一边。

段融把烟在烟灰缸里按灭，朝她瞥过去一眼："饿不饿？"

为了今天的订婚仪式，沈半夏很早就起床准备，到现在连一口水都还没喝，确实有些饿了。她对着段融，可怜兮兮地点点头。

段融打了个电话。很快，有人拿了吃的过来。

崔山送完餐食离开，要关门的时候，突然伸出一条手臂撑在门上把门撑开，然后那人如进自己家一样进了房间。

崔山要拦，在看见那女人脸的那一刻"石化"在当场。

他常会在网上看到有关老板的绯闻，其中最具爆炸性、持久性的就是段融跟万珂百转千回的恋爱传闻。

如今那个美得风情万种的女人就站在他面前，穿一条黑色吊带裙，又长又直的头发直坠腰间，高挑姣好的身材被紧身裙勾勒出来。脸上化了浓妆，妆容把她身上的妖艳劲完美地衬托。如果别人化这样的妆会显得过于艳丽和夸张，但她就不会。她的五官过于完美，攻击性很强，也就只有这样的妆容才能突出她的美。

她简直比电视上还要美。

崔山看看万珂，又看看一边的沈半夏。

两个完全不同类型的女生，美艳与清纯的对决，不知道到最后是哪个更胜一筹。

崔山最后把目光放在接下来一场腥风血雨的主角——段融身上。

绯闻女友突然出现在自己的订婚宴上，正常来说段融应该多少有些惊愕，但让人意外的是，从万珂出现后到现在，段融全程没有过任何神色上的波动。仿佛半路杀出来的这个女人并不是与他有过深刻纠葛的万珂，而只是一个普通到甚至让他懒得看一眼的人。

万珂有了举动，她朝段融走过去。十厘米的高跟鞋在地上踩出"嗒嗒"的声音，随着每一步落下，她跟段融之间的距离缩小。

随着她跟段融的距离越近，沈半夏眼里的绝望就多一分。

沈半夏不自觉地往外退。这是她骨子里的坏习惯，当看到竞争对手出现后，她第一时间做的不是迎难而上，而是打退堂鼓。

她并不觉得自己会是万珂的对手。

可她刚一退缩，手腕就被段融拉住了。

他猝不及防地把沈半夏带到怀里，手原本只在她腕上握着，两秒后却往下滑到她手心，手指从她指缝间穿过，与她十指相扣。

他并不去看万珂，面无表情地牵着沈半夏离开。

"段融。"

万珂突然开口,把他叫住。

她的声音跟她的脸很贴,一听就是火辣御姐。当初她跟段融一起在学校念书时,整个年级的男生几乎都喜欢过她,她是学校里当之无愧的校花。后来网上有一个帖子,明显是个男生写的,说万珂身材辣,脸长得辣,没想到声音也辣。

这个帖子下面跟了上万条回复,都是那些吃饱了没事干的男生在意淫。到了第二天,帖子消失了。

传闻是段融把帖子黑掉的,还把发帖的人痛打了一顿。这个传闻让段融和万珂之间的关系更加扑朔迷离,惹人遐想。从那以后,学校里关于他们的恋爱传闻更多了。

此刻已经很久没出现过的万珂站在段融面前,挡住了他和沈半夏的去路。

万珂个子很高,差不多有一米七二,穿了高跟鞋后整个人更是出挑。这样的身高跟段融站在一起,倒确实是很配的。

不像沈半夏,整整比段融矮了一个头还要多,就算是穿着高跟鞋仍旧需要他低下身来看她。

沈半夏的自卑感蹿了出来。她觉得挺没意思,昔日旧情人来找段融,那她在这里算什么呢?

她想把手抽出来,但段融没让她动,仍旧把她攥得很紧。

万珂的目光从他们两人相握的手上移开,落进段融淡漠的眸子里:"你没话想跟我说吗?"

"有什么话需要跟你说?"段融勾起一边唇角,十分不屑地笑了笑,"你算哪位?"

"如果你忘了也没有关系,我可以提醒你。"万珂朝段融靠近一步。她身上喷了很浓的香水,但并不会让人觉得讨厌,只会觉得她很香。

她伸出一根手指,点在段融心脏的位置,涂了正红色口红的两片唇张开:"我是你放在这里的人。"

段融抬头嗤笑。他笑得极尽凉薄和讽刺,一双墨染般的眸子里看不见一点儿温度。

他把万珂的手挡开,掸灰一样扫了扫刚被她碰过的地方:"万珂,你爱做白日梦的毛病什么时候会改?"

他一只手插在兜里,居高临下地看着万珂,神情冷漠:"总这么活在梦里你觉得有劲吗?"

万珂丝毫没有退缩:"不肯认清现实的人是你。段融,你胆子就这么小,不肯承认喜欢我?"

"你可以继续自欺欺人,但我实在没工夫跟你玩。还有,你把我未婚妻吓到了。"段融侧头,看了沈半夏一眼,"她胆子小,要被吓哭了,我还得哄她。"

这句话对万珂产生了切实的伤害,沈半夏很明显地看到她脸部肌肉颤了颤,一双美目瞬间盈满了眼泪。

但万珂不会让自己像普通女生那样哭哭啼啼,她一向潇洒惯了,也酷惯了,不管什么时候,都要维持住高贵的体面。

万珂深吸一口气,把胸腔里的郁闷和不满都呼出去,满脸无所谓地看了看沈半夏,笑:"这就是你未婚妻啊,长得挺可爱的。"

说完,她重新看向段融:"不过你也说了,是未婚妻,又不是真的嫁给了你。未来的事谁能说得清呢,今天她是你未婚妻,明天可能跟你就是陌生人。"

说完,她瞥向沈半夏,故意问:"你说是不是啊?"

现在的场景让沈半夏觉得自己是某个剧本里的女二,横亘在男主角和女主角之间,阻碍他们的感情发展。

这个剧本还是男女主角相爱相杀类型的。

沈半夏一向觉得段融和万珂之间的感情是真的,学校里的传言起码有一半也是真的。因为这些根深蒂固的看法,她对自己的存在产生了很强的自卑感,越来越觉得自己确实破坏了他们的感情。

虽然段融不止一次地跟她说过,他并没有什么放不下的人。

她无法完全相信。

她再一次想要逃离,努力地要把手抽出来。这次段融把她的手放开了,但下一秒,他的手抬起来,从她背后环过,亲昵地揽住了她的肩。

"我说了她胆子小,你吓唬她干什么。"他仍是看着万珂,眼神里确实没有半分感情,"有什么事你跟我说,我跟你好好掰扯。她现在确实只是我的未婚妻,可你怎么就能确定我最后不会娶她?既然你这么想看热闹,那等我们摆喜酒的时候,我一定请你来喝。"

万珂说不出什么了,胸口开始起伏,眼里有不甘迸射出来。在段融带着沈半夏离开时,她用绝对算不上友善的目光直盯着沈半夏。

她原本以为这个沈半夏不过是哪个世家千金,段融是不得已才会接受这场联姻而已。

但她发现自己错了,段融对沈半夏的照顾和在乎,根本超出了联姻的关系。

还是说,段融只是为了气她,故意在演戏而已?

这个想法,让她的心情好了些。她平复了气息,跟在段融身后走了出去。

段融带着沈半夏去了一处没什么人的地方,松开了她。

他往墙边一靠,看她:"是不是饿坏了?"

刚才送过去的餐食她还一口都没吃,万珂就闯了过去。

但她已经完全没胃口了，情绪有些低沉。

"不饿了。"她说，"我还有多久能回家？"

"回哪儿？"

"我家。"

"这儿不是你家？"他直起身，朝她靠近一步，"未婚妻，以后我家就是你家，知道吗？"

沈半夏心里不是没有波澜。

但她了解段融，知道这个人并不是专门对谁好，而是他对谁都好。但凡对方对他没有敌意，他就会友善地给予回报。

他表面上玩世不恭，对什么都秉持着无所谓的态度，近几年更是给自己戴上了一层心狠手辣的面具，但他骨子里其实是十分温良的人。

所以七年前，他会因为担心她受欺负而接她上下学；七年后，他会因为她看上去不是很讨厌，而礼貌地待她。

只是因为她不讨厌而已。

沈半夏这样给自己做心理建设，以防在最后得不到想要的，会失望。

她低着头，小声说了一句："你其实不用对我这么好。"

但凡他对她差一点儿，她也不会沦陷得这么深。

她说这句话时的声音太低，段融没有听见。

"你说什么？"段融低了点儿头，问她。

沈半夏摇头否认："没什么。突然又饿了，想吃东西了。"

"那边有吃的，我带你去。"

段融带着沈半夏往前走。宴会厅里的人看到他们，注意力朝这边投射过来。今天段融全程都守在他的这位小未婚妻身边，把人照顾得滴水不漏，完全不像是传闻里，两人只是商业联姻的关系。

在段融出现不久，万珂也出现在众人视线中。

有不少人认出了她，知道这位就是跟段融传绯闻传得甚嚣尘上的大明星万珂。

众人多了种看热闹的心态，倒要看看段融是喜欢那长相灵动可人的未婚妻，还是喜欢这美艳无匹的绯闻对象。

易石青伸长脖子看了万珂半天，看得眼睛都直了。

"我天，这也太漂亮了吧。"易石青咽了咽口水，"不愧是段融，天底下的漂亮姑娘全被他勾走了。"

在众人视线中，万珂落落大方地朝段融走过去，故意出现在他面前，拿起他本来要拿给沈半夏的一小块甜点，挑衅似的吃了一口。

易石青看得可乐，拿胳膊肘撑了撑梁瑞涵："怎么办，现在你的情敌又多了一个。而且看她那样子，比半夏要难对付多了。"

梁瑞涵不忿地冷哼一声："不就是身材好点儿又有张漂亮脸蛋吗？跟谁没有似的。"

她威胁似的瞪视着易石青和高峰："你们说，是万珂漂亮还是我漂亮？"

易石青和高峰这两人见人说人话见鬼说鬼话，见势忙道："当然是你漂亮！"

"那我跟沈半夏呢？"

易石青和高峰沉默了。

过去很久，见梁瑞涵脸色不好，高峰跳出来解释："你跟万珂是一个类型的，跟半夏这种软妹子是完全两个类型，不好比。"

梁瑞涵给了他们两人一个白眼。

万珂慢条斯理地把东西吃完，甚至舔了舔自己沾了奶油的手指。这个极富诱惑性的动作被她做得十分自然，就好像她经常在段融面前这样一般。

她看了眼餐桌上的食物，笑了："全是我爱吃的。段融，没想到这么久过去，你还记得我的口味。"

段融扫了万珂一眼，视线往旁边的沈半夏身上移，见她安静地站在原处，不说话，眼里没有波动，没有任何被人砸场子的愤怒，只是目光很沉很黯。明明在不高兴，偏偏不肯透露出来半分情绪。

段融重新看万珂，说："厨师是段向德请的，菜单是段向德定的，你该去跟他说。"

万珂噎了噎，过了会儿问："你跟你爸关系还这么不好？"

"我跟他关系好不好，跟你没有关系。"

"你非要跟我这么说话吗？就因为我跟别的男人去喝酒，你就要吃这么久的醋？"万珂开始进攻，朝段融走近一步，一双狐狸般魅惑丛生的眼睛直视着他，"我都跟你解释过了，我跟他真的没有发生过任何关系，你要怎么样才肯信我？"

"我也跟你说过，你跟谁做了什么都跟我没关系。我这人不爱吃醋，不管黑醋、白醋、米醋、陈醋，只要是醋我都不爱吃。崔山，"段融叫来助理，沉声道，"你是怎么办事的，这位小姐有邀请函吗你就让她进来？"

"抱歉段总，我现在就把她请出去。"

崔山叫来两名保安，好声好气地劝万珂离场。

万珂没有再继续待下去。临走前，她走到沈半夏身边，用只有她们两个人能听到的声音说："当小三有意思吗？"

沈半夏猝然攥紧手心，没办法再维持刚才的淡定和冷静。

万珂冷笑："你可以问问今天在场的人，有谁不知道段融喜欢的人是我？"

段融意识到不对劲，蹙了眉朝这边走来。

万珂已经若无其事地离开，临出门前回过身，势在必得地冲着段融笑了笑。

段融问沈半夏："她跟你说了什么？"

"没说什么。我饿死了。"沈半夏开始拿东西吃。她其实不知道自己拿了什么，只是一个劲地往嘴里塞。那东西好像是块甜点，但很奇怪地，她尝到了苦味。

她不停地吃东西，嘴角不小心蹭到了奶油。段融看了眼周围还没离开的媒体，把她挡在自己身前，伸手替她擦掉嘴角的奶油。

她刚开始往后躲了下，意识到他只是在帮她擦脸而已，定了定神，全身紧绷地站在原处。

等他手指的触感从脸上移开，她轻轻咳了声，没话找话："我的吃相是不是不好看，会给你丢人啊？"

"你还会不好看？"他作势上上下下打量了她一遍，视线移到她胸前弧度时顿了下，嗓子突然发痒。

两秒后，视线收回，他屈指在她鼻子上刮了下："都这么正了，你还想多好看？"

也有不少人这么说过沈半夏，但只有在段融的话后，她的脸"噌"地红了。

旁边有人在拍他们两个的照片，刚好把这一幕拍进去。

"这不是挺恩爱的嘛，到底是谁在网上造谣说段融喜欢万珂那妖女啊？"一名女记者由衷地感叹，"这对 CP 才是最配的好吗，我站了！"

旁边的男记者还在回味万珂刚才的风情身姿，反驳道："我看还是万珂跟段融比较配，这位沈小姐看上去太乖了，罩不住段融。"

"这才叫反差感好吗？看上去罩不住，其实把段融拿捏得死死的，这种走向才带劲！"

女记者踩着高跟鞋扛着相机过去抢新闻。

一直到晚上才散场，沈半夏换回了自己的衣服，穿了简单的白T恤和短裙。

严琴等在外面，见她出来，亲昵地拉住她的手："半夏，今晚跟段融一起回家吧。他有套宅子离这儿不远，可以直接带你去。"

沈半夏看了看四周，确认这边没人，才说："严阿姨，我们说好的，我不需要跟段融有任何亲密接触。"

"阿姨只是让你在他家里住一晚而已。你不抓紧时间多跟他相处，怎么让他喜欢你？万珂什么样，你也看到了，我可不想让段融再跟她有什么牵扯。你必须帮帮阿姨，让段融对她死心才好。"

"可他要是真的不喜欢我，我如果太主动的话，他会更不喜欢我的。"

沈半夏拒绝了严琴的提议，从别墅出来。她忽视了正斜倚在车旁、手插口袋等她的段融，转而坐上了康芸的车。

段融透过车窗朝她斜过来一眼,起身,打开车门坐进驾驶座,开车离开。

康家的车也启动,在段融的那辆黑色莱肯后头跟了一段路,在下一个岔路口拐向了相反的一条路。

沈半夏始终没有回头看。

在车里无聊,她把手机拿出来,点开微信。

微信里躺着Z白天发过来的一条消息,用以回答她上面那条,说自己对段融来说是需要忍辱负重的存在。

Z:但你对他来说,不是屈辱,也不是重任。

康芸想让沈半夏住在家里,但沈半夏拒绝了。她可以暂时借住在这里,但要是理所当然地当寄生虫,就太说不过去了。

她简单收拾了下行李,回了自己的出租屋。

很久没回来,出租屋里有股灰尘的味道,浴室里的花洒依旧是坏的。

她做了大扫除,下楼去商店买了新的花洒,先简单换上又洗了澡。

爬上床睡觉的时候已经是后半夜了,她困得头一沾枕头就睡着了,一觉睡到了天亮。

早上米莉过来找她,一进门,见客厅里空荡荡的,问:"你家遭贼了?"

"沙发坏了,让人搬出去了。"沈半夏对着穿衣镜理了理头发,"走吧,刚好我要去买新的沙发,你跟我一起去,帮我参考参考。"

"你都成段融的未婚妻了,还要为了个破沙发发愁啊?"

"未婚妻有什么用,更何况还是假的。"沈半夏推着米莉出门。

两个人一起去了附近的商场。沈半夏挑选沙发的时候,米莉在刷最新的财经界新闻,看见今天的头条果不其然是段家长子段融跟沈半夏订婚的消息。

新闻里放了好几张照片。照片里,段融和沈半夏关系亲昵,就像是真正的情侣那样,两人的目光里甚至有能称得上如胶似漆的情愫存在。

米莉"啧啧"几声:"半夏,你跟我说实话,你是不是已经跟段融'水乳交融'过了?"

"什么水乳交融,我还跟他水火不容呢。"

"少装傻。姐姐我在情场里身经百战,能看不出来你们两个的小九九?这眼神、这氛围,根本就是有事好吗!"

"真的只是在演戏而已。我原本以为我挺会演戏的了,没想到段融比我更会。你都不知道他,他这人其实最腹黑了,为了利益什么都可以演。"

"说得好像你多了解他似的。"米莉看着她,"半夏,你不会真是早就认识他吧?"

"没有。他这种大人物,我哪有机会认识他。也就这次天上掉个馅饼,不然我跟他还在两条平行线上待着呢。"

沈半夏在商场里看来看去，结果挑不到一款满意的沙发，要么是价格合适但太丑，要么是卖相不错但价格高。

"算了。"她打算离开，"不买了。"

没有沙发又不是不能好好生活了。

"真的不买了？"米莉问。

"嗯，不买了。"

有人回头看了沈半夏两眼，米莉担心她被人认出来，从包里找出一个口罩给她。

"应该不会被认出来吧。"沈半夏说，"这年头哪还有人关注商界的事，都跑去看明星绯闻了。"

"你那位未婚夫颜值有多逆天你比我清楚啊，你觉得会没有小姑娘跟追星一样追他吗？"

沈半夏觉得这话倒对，老老实实地把口罩戴上了。

逛完商场，她跟米莉一起去附近的火锅店吃饭，米莉顺带把新交的男朋友叫上了。

"是个弟弟，整整比我小八岁呢！人长得可'奶'了，待会儿给你看看啊。"米莉兴致勃勃地给她介绍。

沈半夏托腮等餐上来，也等着看米莉的那位新男友到底有多"奶"。

点的餐上齐，米莉的男友刚好到了。

沈半夏抬头看了一眼，人呆住，表情有了裂纹，原本上扬的嘴角一点点地放下来，眼里浮出恐惧。

那男生看见她，表情依旧平静，十分淡定地在米莉旁边坐下，明知故问："姐姐，这位就是你最好的闺蜜啊，果然长得很漂亮哎。"

"是吧，我们半夏长得可好看了。"米莉虽然在夸沈半夏，可眼睛一直挂在男友身上，手痒地捏了捏男友的脸蛋，跟男友旁若无人地调起情来。

沈半夏让自己冷静，若无其事地往辣锅里下了些牛肉卷和青菜。对面的男生瞟了她好几眼，最后说："半夏，没想到你也会来这种店吃饭。"

沈半夏停了停筷子："这种是哪种店？"

"就是普通人会来的店。"男生笑得别有用心，"你不是段融的未婚妻吗？按理说应该只会去符合你们上层人士身份的高级餐厅。"

米莉着实吓了一跳，没想到自己带过来的人会这么快把沈半夏认出来。

但沈半夏并不吃惊，从看见范洪博开始，她就知道这人是有备而来。

范洪博就是以前揪她口罩，领头喊她"丑八怪"，害得她被全班孤立的那个男生。也是后来段融为了还舅舅欠下的债而找家教工作时，撺掇父母雇段融来家里教学,却又整日对段融进行辱骂的男生。

范洪博!

沈半夏握着筷子的手几乎要发抖,拼命克制。

范洪博明知道沈半夏的身份,偏要故意说这种话,根本就是在警告她。

那年,段融转学后没多久,沈半夏脸上的红疹慢慢褪下去,不需要再戴口罩。班里的人发现她并不是丑八怪,反倒越来越漂亮。之前骂过她丑八怪的男生们纷纷开始对她示好,范洪博就是其中一个。

沈半夏明确拒绝了范洪博的示好,可范洪博就跟狗皮膏药一样,她怎么甩都甩不掉。

那时段融已经转学,也回到了段家,生活发生了天翻地覆的变化,再也不是人穷被人欺的孤苦少年了。他没有再回来过,沈半夏也就没有再见过他。

没有了段融的保护,沈半夏只能自己想办法摆脱范洪博,明确地告诉他,如果他再继续打扰她学习,她就会向校长举报。

范洪博终于没再黏着她。

上了大学后,沈半夏便没有再见过他了。

"你怎么知道半夏是段融的未婚妻?"在一阵长久的沉默后,米莉率先出声。

"新闻里看到的啊。"范洪博笑着说,"我爸公司最近跟天晟有合作,我就多留意了下,刚巧就看见了。"

米莉生怕沈半夏的真实身份暴露,迅速地想了个说辞:"哦。你看我忘记跟你说了,半夏是我在国外留学的时候认识的朋友,跟我比较合得来。她平时特别低调,不让我跟人说她是康老爷子的外孙女。"

"我能理解,越是有钱人越低调,只有那些一朝发达的暴发户才会满世界宣扬自己有钱。"范洪博夹了片肉到米莉碗里,"姐姐放心,我不会出去乱说我女朋友跟康老爷子的外孙女是闺蜜。"

米莉完全相信他的话,心态放松下来。

等米莉中途去洗手间,范洪博立马变了脸色,皮笑肉不笑地看了沈半夏一会儿。

沈半夏也看着范洪博,等他主动开口。

下一秒,他说:"沈半夏,你挺了不起啊,摇身一变成了康老爷子的外孙女。我以为段融就够让人吃惊的了,一个穷小子竟然是段家长子,没想到你更厉害,直接成了在国外长大的名媛千金了。人家段融起码还是货真价实的沧海遗珠,你这又是什么,鱼目混珠?"

"你想做什么?"

"也不想做什么,就是给你提个醒,咱们俩又见面了。"范洪博一直笑眯眯的,"之前你不是挺看不上我吗?连跟我说句话都不肯,却整天跟段融混在一起。我那时候还不是太明白,现在我懂了,你那是早有居心啊,而且一傍就傍上了一颗沧海遗珠,我说你这眼睛够毒的啊。"

范洪博始终带着笑,拿着筷子去锅里夹菜吃。

沈半夏尽量让自己平静下来:"你想威胁我?"

"你也知道我能威胁你啊。"范洪博笑得让人身上发毛,"所以我猜得没错,你确实是在演戏,对吧?"

"你怎么能确定我不是康老爷子的外孙女?"

"你的身世我还不清楚吗?你爸就是个普普通通的中产阶层而已,非但如此,后来他还因为创业失败,出了意外卧床不起。你们家欠了一屁股债,你妈为了还钱四处做工,最后过劳死了,这些你当我都不知道?"

"你到底想做什么,你可以直说,不用拐弯抹角。"

"也没什么,就是接下来我们公司有个链路技术的项目想跟天晟合作。你既然都是段融的未婚妻了,那你在他耳边吹吹风,多替我们说说好话,这应该不难吧?"

"如果我不帮你呢?"

"那你可就别怪我了。"范洪博夹了颗丸子放进嘴里,慢悠悠地嚼着,"不帮我,你也别想好过。我会去告诉段融,你就是个骗子。"

"你以为你不管说什么,段融都会信吗?"

"别人说这种话或许他不信,但我说他肯定信。"范洪博趴在桌上,倾身看她,"我会跟他说,你就是那个总跟在他身边的小丫头片子。"

沈半夏的脸色顿时变了。

范洪博继续道:"如果他知道你骗了他,而且还对他有非分之想,你觉得他会怎么看你?"

沈半夏的手紧紧攥住桌角,很想把滚烫的火锅汤泼在范洪博脸上,但她忍住了。

"你少在这里胡说八道!"她无论如何也不能承认,"我什么时候对段融有非分之想了?以前你带头排挤我,而他帮了我,难道我不该对他好点儿吗?我只是在报答他而已,从来没有想过别的。"

"报答也包括宁愿被爸妈骂也要偷家里的钱帮他还债这件事吗?"范洪博长了张人畜无害的脸,但就是顶着这样的脸说这些话才更让人害怕,"沈半夏,你为他做了哪些事我可都一清二楚。可他应该不知道吧,甚至还认不出你,是不是?"

沈半夏两眼发红地瞪着他。

"这么来看,你其实有些可怜。"范洪博依旧笑着,"付出那么多,结果

150

他根本就不知道,还以为那些事情是别人做的,搞得他喜欢上了一个抢了你功劳的女人。"

店里人很多,很吵,沈半夏没怎么听清他最后一句话,问:"你什么意思?"

范洪博没有再说,只是警告她:"总之你只要记得帮我家说几句话就好,别的不用你做。我这样不算难为你吧,也就是你动动嘴皮子的事儿。只要你帮了我,我保证绝对不会在他面前胡说八道。"

米莉从洗手间回来,范洪博余光瞥到,立马小声警告:"别在米莉面前乱说话,这件事不需要我特意提醒你吧?"

沈半夏屈辱地攥紧手心。

米莉走了过来,在范洪博旁边的椅子上坐下。范洪博很乖地对她笑了笑,拉过她的手握着:"姐姐怎么去这么久,我都开始想你了。"

米莉对新交的这个男友很满意,旁若无人地跟他调情。

沈半夏收拾了东西,背着包起身:"米莉姐,我还有事就先走了。"

"怎么这么快就走,你吃饱了吗?"米莉问。

"吃饱了,吃很多了。我走了啊。"

沈半夏离开火锅店,过了马路,去附近的公交车站。

她在那里等了会儿,心情一点点平复,开始考虑范洪博这个变数会造成的影响。

她并不想去左右段融公司里的事,更不觉得自己可以左右。一旦范洪博得不到想要的利益,或许他就会发疯,把她的事全告诉给段融。

她必须做好最坏的打算,如果这件事真的发生,要想办法脱身才行。

不能跟段融闹得太僵。

她搭公交车回家,进了屋往床上一躺。

她睁眼看了一会儿天花板,慢慢地闭了眼睛,在夏日午后热腾腾地睡了一觉,没舍得开空调。

半小时后被热醒,脖子上都是汗,她拿手背在颈窝里抹了一把,准备去浴室冲澡。

刚要起身,床垫突然"砰"的一声往下一砸。她顺着往下滑,好不容易才停稳,爬起来检查了一遍。

床坏了,床板从中间断开了。

她骂自己倒霉,也懒得再去找房东。不然以房东的德行,见床坏了,会骂她不知检点,跟男人鬼混到把床都弄塌了。

她心烦意乱地去洗澡。

手机响了好一阵,她才听见,关掉花洒摸到手机。

来电显示"段融"。

这两个字映入眼帘的那一刻，她立马慌里慌张地拿浴巾把自己裹起来，好像他人已经到了面前，会把她看光一样。

裹紧后，她紧张地点下接听，把手机放到耳边。

她头发湿着，脸上、颈后也湿着，肩上粘着落下的碎发。段融的声音透过听筒传出来，仿佛他人就贴着她略带湿气的耳朵在说话。

"晚上有个家庭聚会，"他说，"我去接你，你在哪儿？"

"哦，我……我在外面玩。你不用来接，把地址给我就好了。"

"严琴女士让我必须接，不接我交不了差。"

他像在抽烟，有轻微的打火机声音响起。

"在哪儿？"他又问了一遍。

沈半夏看了看自己小小的出租屋，考虑了两秒后选择撒谎，说了个她这种人设会去的地方："迷路酒吧。"

段融悠悠地吐出一个烟圈，扯扯嘴角，带着讽意地轻笑了声："行。"

过了两秒，他补充："等我半小时。"

"啊……那个，我不急的，你再晚点来也没关系，我正跟朋友喝酒呢。"

她担心自己来不及赶过去，等挂了电话，迅速找了衣服穿，把自己收拾一遍，拿上包跑出去了。

到迷路酒吧的时候已经过去差不多一小时。她四处看了看，并没有看到段融那辆招摇过市的黑色莱肯，以为他还没有来。

她松口气，在门口安心等着。

酒吧里走出来几个男人，其中一个是张俊安。一眼看见正独自站在马路边的沈半夏。他走过去，叫："半夏。"

沈半夏扭过头。

"是你啊。"她笑了笑，看了看与他同行的两个男人，"你朋友？"

"嗯。"不知道是不是喝过酒的原因，张俊安的脸有点儿红，眼神也奇怪，比平时要柔一些，"你在……等车？要不要我送你？"

"不用，有人会来接我。"

"……段总？"

"嗯。"她往左右看了眼，凑近他些，踮起脚，"你要为我保密，别跟他说我的事。"

他笑："你放心。"

段融已经在对面一家便利店门口靠墙站了五分钟，目光始终落在沈半夏身上。他早就到了这边，过来买包烟的工夫，就看见沈半夏匆匆从一辆出租车上跑下来，站在迷路酒吧门口等他。

他结了账正要过去找她，张俊安朝沈半夏走过去，被酒意渲染出来的赤裸眼神就一直没从她身上挪开过。穿了条浅绿色的抹胸吊带裙的女孩笑眼弯弯地跟张俊安说话，脚步朝他靠近，踮脚在他耳边低语。随着她抬头的动作，她背上细密的长发往后飘，被风微微吹起。

　　段融把手里的烟盒捏扁，过了几秒松手，拆开包装，从里面拿出一根皱了的烟，拢着火点燃。

　　他叼着烟斜斜靠在门口，手插在裤子口袋里，继续朝那边看。

　　张俊安尽量控制着不去看女孩脖颈下露出来的嫩白色雪肤。刚好晚间起了一阵风，天上聚拢起乌云，温度降了下来。他把身上的外套脱了，给她："好像变冷了，你披件衣服吧。"

　　"不用，我不冷。"

　　沈半夏是故意这么穿的，来夜店当然要穿得辣点儿，不然就不合理了，会引起段融怀疑。

　　"你先走吧，有时间再见。"她说。

　　"什么时候能再见？"

　　"啊？"她只是随口说说而已，不过是与人告别时根本不能算数的客套，可张俊安却当了真。她犹豫了下，想到张俊安有可能就是那位Z先生，这样的话那就是对她有恩，她最好还是对人客气点儿比较好。

　　"那，过两天有空的话我请你吃饭。"她说。

　　张俊安脸上笑开，连眼睛里都蕴含着笑："好。"

　　她目送张俊安离开，心里琢磨他到底是不是Z先生，要不要直接问出来，如果问的话他会说实话吗？

　　"沈半夏。"

　　身后有人叫她。

　　她对段融的声音很敏感。没办法，他对她来说简直像能要人命的药，有关他的一切，她都很敏感。

　　她转过身，看他，笑："你来啦。"

　　段融站在她身前，单手插兜，嘴里咬着烟，下巴朝张俊安离开的背影点了点："跟他喝酒呢？"

　　"……是。"

　　段融把烟拿下来，修长骨感的食指抬起掸了掸烟灰。他目光落在她身上绿得很嚣张的吊带裙上："故意穿这颜色气我呢？"

　　沈半夏低头看自己的衣服，一条十分清新的淡绿色吊带裙。这裙子是康芸给她准备的国外某大牌，没办法，她总要有几套拿得出手的名牌衣服，不然容易露馅。今天出来得急,她一心想挑一身适合蹦迪的性感衣裙,便随手挑了这条。

鬼知道这个颜色会让段融不爽。

"你什么意思啊?"她说,"我只是恰好碰到张俊安了而已,没跟他做什么。"

"你想跟他做什么?"

"什么都不想跟他做!"她懒得就这个话题跟他理论,"你放心,跟你订婚这段时间,我会保持基本道德的。"

段融没说什么,只是把快燃尽的烟按灭在一边的垃圾桶里。

他脱了身上的西服外套,朝沈半夏过来,把衣服给她披上。

西服外套染了他身上的气息,一种淡淡的佛手柑香气,夹杂着一点儿烟草味。沈半夏耳朵很红,心脏猛跳,偏偏要装作不在意的样子问:"干吗给我穿?我不怎么冷。"

"看你这裙子颜色不顺眼。"段融把衣服给她披好,又拢了拢,这下她胸以上裸露的大片肌肤就彻底看不见了。

随着他的动作,沈半夏的心紧了下,低着头拿脚尖踢着小石子,过了会儿,终于问:"你吃醋啊?"

"嗯。"

他"嗯"。他竟然"嗯"!

沈半夏被他这个单音节震得愣住,不敢相信听到了什么。

但看他这无所谓的样子,估计也就是随口一说,并没有多少真情实感。

"你不是说你从来不吃醋的吗?"她把他说过的话拿出来,"不管是黑醋、白醋、米醋、陈醋,只要是醋你就都不爱吃。"

段融笑,倾下身看她:"对我的话记得这么清楚?"

每次他这么主动靠近,沈半夏就不行了,大脑几乎要缺氧。

"又不是要背《出师表》,有什么记不住的。你……"

段融突然往前,鼻尖快挨到她的脸。沈半夏下意识地往后退了半步,腰却被段融握住往前扯,两人距离更近。

"不是来这边喝酒?"他声音放低,头也往下低,鼻尖从她脸旁流连到颈侧,说话时的热气扑在她脖子里,"怎么身上没有酒味?"

全是香味,是昙花香型的沐浴液的味道。

沈半夏感觉腿都软了,脖子红了一片,侧过头离他远了点儿:"我没喝。你不是不让我喝酒吗?"说完又补充一句,"只喝了果汁。"

段融低头笑了声,直起身:"这么乖?"

再这么下去,沈半夏要被这人撩死,转移话题问:"你的车呢?"

"在地下车库。"

段融带沈半夏去了地下车库,替她打开副驾驶座的车门,让她上车。

"我要不要换件衣服？"去段家的路上，她问，"穿这身衣服见长辈是不是不太好？"

"见长辈不好，见张俊安就好？"

他怎么说话阴阳怪气的，让人看不透。

"我不是故意去见他的，跟你说过多少次了。未婚夫，你的控制欲太强了点儿吧，你这样，别人会误会我们两个不是被商业联姻绑在一起的哎。"

"商业联姻？"

段融看了她一眼，眸子里飞快闪过一抹复杂的情绪，沈半夏看不懂。

他只说了这四个字就没再说什么，扯起嘴角冷冷地笑了下。

车子在一家私人设计工作室前停下，段融把她身上的安全带按开："走吧，给你买衣服。"

"啊？"沈半夏被他拉下车。

店里有位四十岁左右、戴着眼镜的男人，一身艺术气息，正趴在桌上画设计稿。听到门响，男人抬起头，扶了扶鼻梁上的眼镜。

"你小子怎么来了？"他跟段融很熟，也不起身迎接，看了一眼就继续画自己的线稿。

段融在沙发里坐下，胳膊闲闲地往后搭："看有没有合适的衣服给这位小朋友穿。"

童辉抬头，眯眼去看沈半夏。

女孩穿了条吊带裙，外面披着段融这臭小子的西服外套，往下看，蓬蓬的裙角搭在膝盖处，下面是两条又白又细直的腿。明明穿了条这么漂亮的裙子，可脚上却踩了双平底的小白鞋。

就是个故意在扮性感，但其实根本就扮不像的小姑娘。

童辉从椅子里起身，冲段融说："你小子有艳福啊。"

段融笑，笑里带了股懒劲儿。

童辉拉开隔帘，看也不看地从衣架上取了一条裙子给沈半夏，又指了指后面："那是试衣间，你去换。"

"哦。"

沈半夏拿了裙子去试。

一条既有设计感又不会太夸张的小白裙，领子做成了娃娃领，裙角刚盖到膝盖。

沈半夏从试衣间出来。

童辉看了她一眼，笑了。这小姑娘软软糯糯的，一看就招人疼，真是便宜段融了。

童辉拿脚去踢在沙发上窝着的段融："臭小子，对人家姑娘好点儿，要多宠着点儿知道吗？"

段融也在看沈半夏，听到童辉的话，才把视线收回来。他从沙发里起身，淡淡地瞭了童辉一眼："怎么，她是你女儿啊？"

"这要是我女儿，我第一个打断你的腿。"

段融两手插在兜里，闻言舔着唇角一笑，没说什么。

"姑娘，多防着他点啊。"童辉往工作台后一坐，指指段融，"这小子一脸坏相，一看就不是好人。"

童辉的话很对，段融天生一张招人的脸，标准的万花丛中过的多情浪子气质。好在他没有借着这张脸"行过凶"，多年来男女关系一直清清白白，从没有玩过谁，因为没有哪个人有本事追上他。

段融带沈半夏离开童辉的工作室，临出门前，沈半夏对童辉摆了摆手："舅舅再见。"

童辉怔了片刻，叫住她："哎，你别走，你怎么知道该叫我舅舅？"

沈半夏暗道糟糕。

童辉和严琴是同母异父的姐弟关系，两人在不同的家庭长大，从小关系就不亲。童辉早些年混得挺惨的，严琴明明知道，但也没有接济过他。不仅不认这个弟弟，甚至还不想认段融这个儿子。她能做到六亲不认，但童辉不行，之前那些年就一直是他在照顾段融。

但童辉那时候没有什么正经工作，整天做梦能当一名享誉国际的服装设计师，为了这个梦想他不知道吃了多少苦，结果花光了家里的钱不说，还连累了段融要替他还债。

段融没有抱怨过，默不作声地承担起了一切。

谁让他是舅舅养大的，这份养育之恩不能不报。

沈半夏曾经见过童辉几次，听到段融喊童辉"舅舅"，她就一直记得。刚才进店，她一眼就认出了童辉。看来这几年他应该混得很好，已经实现了梦想，成了很有名的服装设计师。

她脑子里一直记得段融喊童辉喊舅舅，所以刚才临走时自己也就顺嘴喊了声。

现在后悔已经晚了。

段融侧身看她，童辉也在看。她脑子里迅速地转，最后硬着头皮说："因为……我看你长得像舅舅。"

……好扯。

顶着段融和童辉怀疑的眼光，她继续扯："就是很像。你看你这张脸，就是很标准的舅舅长相！"

童辉乐了，冲着段融抬抬下巴："你女朋友很可爱啊。"

"女朋友"三个字突然就在段融心里挠了一把。他不由自主地去看沈半夏，小姑娘漂亮得像精灵，明明是在苦难里长大的，偏偏把苦难全藏了起来，只让别人看到她乐观的一面。

美好得不像话的女孩子，只要他稍微使点儿手段，就能让她真正成为他女朋友。

段融眸光微沉，转身，推门离开。

沈半夏很怕自己露馅，回去的路上一直不怎么放心，时不时地就会偷瞥段融一眼。

希望他已经忘了刚才的事。

还好一路上他都没有说什么，一直到把车停在一栋别墅前，他顺手把她身上的安全带解开了。

他往椅背上靠着，一只胳膊搭在窗沿上，侧头看她："未婚妻。"

沈半夏微怔。

每次他这么吊儿郎当叫她的时候，百分之百是在憋什么坏水了。

果然，下一秒，他说："你看看我这长相像什么？"

沈半夏朝他看，抿抿唇，说："渣男。"

段融愣了两秒，笑："什么？"

"渣、男！"她一字一句地说。

"骂我呢？"段融还是笑，淡淡的笑声迷人得要命，听得人耳朵发痒，"放心，不渣你。"

说这句话时，他举起手，在沈半夏发顶揉了两下。

整个动作持续了不到两秒，但这两秒对沈半夏产生了巨大的冲击力。她身上迅速热起来，不知名的地方有细小却折磨人的电流窜过，耳朵烧得很红，脑袋发晕。

只有两个人的车里，车窗开着，夏夜晚风徐徐吹过。明明气温不高，她却热得连颈后都出了汗。

应该是头发太厚，闷的。她随手扎了个高马尾，用腕上戴的头绳绑起来。

头绳是奶白色的，周边有层软软的绒毛，上面带着个棕色小熊。

是段融送她的那个。

沈半夏脸长得好看，头形也好，圆圆的，头发随便一扎就漂亮。本来人就小，扎了高马尾后更显得青春灵动，脸颊两侧落下的柔软碎发把她的脸修饰得越发温柔。车库里的灯斜斜打过来，在她侧脸上落了层光，让她看上去仿若透明。

她漂亮得一尘不染，其间又掺杂着柔弱的易碎感，让人很难对她没有保护欲。

段融看了她一眼，喉中干渴似的空咽了下，凌厉突出的喉结上下滚动。

严琴和康芸一起出来接他们。这两个女人确实很喜欢沈半夏,看到沈半夏就跟看到了自己的亲生女儿一样,一左一右拉住了她的手,带她进屋吃饭。

席上,段向德也在。这位长辈全程没有说过什么话,连基本的客套都没有,等吃了饭就率先离开,回屋休息。

段向德走后,席上的氛围反而热闹起来。严琴拿公筷给沈半夏夹菜,趁机说起:"半夏,你妈妈再过几天就要回美国了,你一个人在这边她不放心,明天你就搬过去跟段融住吧。"

最后一句话把沈半夏砸了个猝不及防,她差点儿呛着。

手边出现一杯果汁,她拿起来喝了口,轻声对段融说谢谢。

康芸在一边帮着严琴拱火:"半夏,妈妈也觉得你搬过去跟段融一起住比较好。我这一走家里也没人能照顾你,妈妈会担心你的。"

沈半夏先前已经明确拒绝过严琴这个提议,不明白为什么又被翻出来,还是当着段融的面。

"我不用人照顾。"她挣扎了下。

"可你一个人我总归不放心。"康芸明显是有备而来,非要促成沈半夏去跟段融同居,"如果有段融在你身边的话,我会放心很多。"

沈半夏完全不敢去看段融现在是什么表情。被逼着跟她订婚也就算了,现在还要照顾她,他肯定要烦死了,换哪个男人都不会高兴。

她担心这样会适得其反,让段融更讨厌她。

"半夏,你不用觉得不好意思。"严琴接着劝,"都是成年人了,而且你跟段融已经订婚了,再过两年是要结婚的,住一起很正常。"

话已经说到这个份上,如果沈半夏再反对,倒像是有什么猫腻一样。

沈半夏不说同意,也不说不同意。严琴权当她已经答应了,慈爱地拍拍她的手。

沈半夏想不通万珂到底是哪里让这位豪门太太不满意了,让严琴宁愿随便找一个穷苦的女大学生去勾引自己儿子,都不愿意让万珂嫁进家门。明明万珂的家世算不错了,人长得也是没得挑,带出去绝对能给段家长脸。

有钱人的世界好难懂。

整个饭局里不管听到了什么,段融都始终没有发表任何意见。沈半夏大着胆子偷偷看了他一眼,结果猝不及防地被他捉住了。

与他目光相对的那刻她迅速低下头,往嘴里填东西。结果吃的是个藕粉丸子,把她噎到了。

段融往她杯子里添了些果汁,给她。

她接过来喝。

心跳平复下来后,她仔细回忆了遍,段融刚才看她的时候并没有生气,面上神色很平静,毫无波动。

她放了点儿心,等饭局结束在小花园里找到严琴:"阿姨,我不是跟您说了事情不能操之过急的吗?您这样硬把我推给段融,可能会让他讨厌我的。"

"我要是不这么做,你会主动来找他一次吗?"

严琴把茶杯放下,说:"半夏,你在律所的工作情况我都知道,你人很机灵,不管遇到任何麻烦都能解决得很好。可你为什么偏偏一碰到段融,就会打退堂鼓?"

严琴的话让沈半夏心里"咯噔"一下。

"这几天要不是我跟康芸创造机会让你跟段融相处,"严琴说,"你根本就不会跟他联系。要是一直这么下去,你让他怎么喜欢你?我跟你说过,我是真心希望你能跟段融在一起,你也知道对你来说这是一个千载难逢的改变人生的机会,为什么你一直都在退缩?"

沈半夏不知道该怎么解释,只能说:"我只是还没想好计划而已。"

"既然没想好,那你就先听我的,搬过去跟段融一起住。感情是培养出来的,不是等出来的,你不能再这么被动了。"

"严阿姨,您真的就这么讨厌万珂吗?是万珂做了什么事让您不满意吗?"

"你只要做好自己的事就好,其他的你不需要知道。"严琴翻了几页杂志,明显不想再继续对话的样子。

算了,自己只是拿人钱财替人办事的雇员而已,雇主说什么她听就是了,哪有资格反对。而且只是搬去段融家里住,又不是非要跟段融住一间屋子,她怕什么。

"我知道了。"沈半夏转身离开。

没走几步,严琴突然叫住她。

"还有,这件事你可能误会了。"严琴告诉她,"提议让你搬过去跟段融一起住的人不是我,也不是康芸,而是段融。"

沈半夏诧然回头,怀疑自己听错了。

"你没有听错,"严琴告诉她,"确实是段融主动说起要跟你一起住的,他担心康芸走了之后,你一个人在家里住会害怕。"

竟然是段融提出的同居,怪不得刚才他会那么平静。

沈半夏越来越看不懂段融。他永远让人猜不透,眼里总是蕴含着一层化不开的浓墨,任何人都别想看穿他到底在琢磨什么。

沈半夏从小花园离开,到了前厅。

段融正坐在沙发里,两条长腿无处安放地往前伸展着,身体前倾,胳膊搭在腿上,拿着手机在跟人聊工作。头发有些长了,额发松松地搭在眉毛的位置,发色是自然的深棕。额发下是一双深邃迷人的桃花眼，因为这双极有诱惑性的眼睛，导致沈半夏常常觉得他的眼光很温柔，甚至带了些深情。

沈半夏静静站着看了他一会儿，吊灯璀璨耀眼的灯光下，他锋利的侧脸好看得宛如艺术品，一边让人沉迷，一边让人因为自惭形秽而不敢靠近。

沈半夏从不觉得能让段融喜欢她，因为网上有关他的根深蒂固的恋爱史，因为万珂实在太美，跟他站在一起的时候太过般配，任何人插进去都会显得格格不入。

之所以接近他，不过是为了拿一笔能救父亲性命的酬劳而已。等一年期限结束，她会悄无声息地离开他。

原本做好了所有准备，包括被他冷落被他厌恶，唯一没有想到的，是他从没有表现出过任何不满，反而好得超出了她所有设想。

段融果然跟以前一样，会没有理由地对别人好。

沈半夏往前走，在段融面前停下。

段融抬头看她，从沙发里起身。

两人之间顿时拉开一段高度差，她需要仰头才能看着他的眼睛。

沈半夏只与段融对视一眼就败下阵，躲开视线去拿沙发上搁着的一个帆布包："我要回家了。"

这个包也是康芸给她准备的，一个国外的小众设计师专门为她这种学生设计的帆布包，里面能装得下三四本书，她平时出门都会带着。

"我送你？"他问。

"不用了，妈妈在外面等我。"

说"妈妈"两个字的时候她很心虚。之前她从不会这样，母亲去世后，为了能很好地活下去，撒谎对她来说是家常便饭的事，她基本张口就来。但面对段融，她会心虚，心底根本不想骗他。

"再见。"她说。

段融没说什么，目送她离开。

不管什么时候看她，都会觉得她太单薄，弱不禁风的样子。但她明明在别人面前的时候，是会好好吃饭的。

段融拿出手机，划开。

沈半夏走到门口，手机上收到一条添加好友申请。是范洪博发过来的，因为已经被她拒绝了很多次，这次他特意在备注里写了行字。

范洪博：你是不是想让段融知道你到底是谁？

沈半夏停住脚步，手紧握着手机，半晌后点了通过。

范洪博立刻给她发来消息：跟段融说了吗？

沈半夏并不回复，很快收到他的第二条消息：三天后如果我们公司拿不到这单,我会把你的身份昭告天下。

沈半夏的手发起抖来,呼吸有些困难,眼里涌上一层泪。

在这个时候,手机上另一个微信账号里,收到了Z先生的消息:最近好吗?

她透不过气来的感觉奇迹般被这四个字抚平。她让自己冷静下来,转过身。

段融刚把手机收起去,抬头看她:"有事?"

"你……你知不知道一家叫科易尚广的公司?"

"怎么?"

"我听说你们有个项目要……"

她不知道该怎么说了,实在说不出口。她跟段融又算不上关系多好,有什么资格去左右天晟公司的内部计划。

"没什么。"

她逃一样地推门离开,坐上康芸的车。

车子驶出别墅,沈半夏分出心思给Z回消息:我很好啊。

她咬着拇指指甲,过了几秒,在聊天框里打字:你知道科易尚广那家公司吗?他们的实力怎么样啊?我听说你们有个项目在招合作方,你觉得这家公司有戏吗?

Z:你想让天晟选科易尚广?

沈半夏:也没有,我就是随便问问。

Z:这家公司前年惹上了几桩官司,一直在推诿扯皮不肯解决,天晟不可能会跟这种污糟公司扯上关系。

果然,范洪博那狗东西是在故意难为人,逼沈半夏帮他们跟天晟牵线,好借着天晟这棵大树东山再起,如果达不到目的他们就会拉天晟下水。

还好沈半夏没有去求段融。

她给Z回:我知道了,谢谢你。

Z:不用,你如果有什么麻烦可以跟我说,我看看能不能帮你。

沈半夏:没有,什么都没有,谢谢你关心。

Z:不用总跟我说谢谢。

沈半夏笑笑,盯着两个人的聊天记录看了会儿,下意识地又点开Z的微信头像,把亮度调到最高。

无数璀璨的星星在夜空里闪烁,盯着看久了,它们好像下一秒就会从空中坠落一样。

无形中对她有种治愈的效果。

在康家的别墅住了一夜,次日康芸把东西给沈半夏收拾好,让她带去段融那边。

"我先离开一阵,去看看你姥爷。他年纪大了,我得多去照顾照顾。等过段时间我会带他一起回来的,他见了你这个外孙女一定会很开心。"

康芸俨然已经把沈半夏当亲生女儿了。

她忍不住问:"阿姨,您为什么对我这么好啊?"

"还能为什么,阿姨是真的喜欢你,谁家有这么个漂亮又机灵的姑娘不疼着呀。那天你帮我把小三和她女儿气得灰头土脸的,你不知道我有多开心。当时就想你要真是我女儿就好了,这样的话我带你出去跟人介绍这是我宝贝女儿,我脸上多有光啊。"

沈半夏被说得不好意思地笑笑。

"所以以后你就拿我当自己家人,不用跟我客气知道吗?"康芸把最近搜罗来的一些名牌奢侈品都往沈半夏的行李里塞,"还有,这次去跟段融一起住,你千万不能放过这个机会,要好好把握住,多跟他培养感情。"

沈半夏不敢说,其实她一直没有信心能把段融拿下。严琴说得对,她一直在打退堂鼓,从没有主动朝段融靠近一步,一直在被人推着往前。

"可是段融好像不喜欢我这样的,"她说,"他喜欢万珂那样的。"

"谁跟你说他喜欢万珂了?他要真喜欢万珂,前几天订婚宴的时候,他能把万珂赶走?傻孩子,别老自己瞎想,也别听别人怎么说,要用自己的眼睛去看。我瞧着段融对你就很好,挺照顾你的。"

"可他其实对谁都很好。"

"谁说他对谁都好的,你不知道他其实有多腹黑。前两年有个女人死乞白赖追他,为了他都闹得自杀了好几回,结果他该怎么样就怎么样,完全不在意。最后那女人的爸妈都舍下脸过来求他,让他起码去医院看看那女孩。结果你猜他怎么说,他说别人的事跟他没关系,爱死不死,只要别死他跟前就行。你说他心得多狠,从来不管别人死活的,你管这叫对谁都好?"

"那是对他讨厌的人,对他不讨厌的人,他不会这样。"

"那你有没有想过,想让他不讨厌其实已经很难得了。"

沈半夏一怔。

康芸拉好行李箱,笑着捏捏沈半夏软嘟嘟的脸蛋:"所以啊,你已经算是被他特殊对待了。"

真是这样吗?

沈半夏无法确定。

在段融过来接她之前,她去了趟位于京郊的医院。

快走到病房门口时,有个背影一闪而过,消失在前面的电梯口处。

看背影是个中年女人,气质很好,一身名牌。

沈半夏多看了那人几眼,总感觉有些熟悉,但对方穿了一身黑,有意把自己武装起来,她实在看不出是谁。

她进了父亲的病房,在病床前坐下,握住父亲的手。

"爸,医生说你恢复得很好,说不准哪天就会醒过来了。"她笑着说,"我有预感,你很快就能醒的。"

沈文海静静地躺在床上,眼皮动都不动。

沈半夏咽下喉咙里的苦涩,扯开一个笑容:"我现在挺好的,有好好念大学,也有好好工作。等以后我毕了业,我一定能成为很有名的律师,赚钱对我来说就是很容易的事了,你再也不用担心我们家会有人来追债了。"说到最后她哽了哽,声音低下去,"其实现在也没有了,妈妈把钱都还完了。"

只是因为还钱,把命都搭进去了。

沈莹提着热水瓶从外面进来,叫她:"半夏,你来啦。"

"嗯。姑妈,刚才有人来看过我爸吗?"

"没有啊,我就出去了一会儿,没人来。"沈莹很笃定。

"半夏,新闻我看见了。"沈莹有点儿难以启齿,这几天她差不多知道半夏的钱是怎么来的了,"你跟那位天晟科技的总裁段融,你……你年纪毕竟还小,要注意保护自己知道吗?"

沈半夏知道这件事瞒不过姑妈,点点头:"我知道了。姑妈,您放心吧,段融不是坏人。"

沈莹了解她,知道她这么说就肯定是有完全的把握。

沈莹也不想让沈半夏太深地陷入这场谎言里,但人活着往往就会被现实逼得走投无路。

沈半夏在医院又待了一会儿,下午回了康家别墅。

快到傍晚的时候,段融那辆黑色莱肯出现在外头。

她下意识地紧张,手紧攥住行李箱拉杆,深吸几口气。

段融从外面进来。他应该是刚从公司过来,身上穿着剪裁得体的西装,领带系得一丝不苟,西装裤下的两条腿修长笔直。搭配上他那张过分俊美的脸,让人有种心动的感觉。

打住!

沈半夏背了点儿身,捂住自己滚烫的脸,她在想什么乱七八糟的啊!

段融跟康芸说了两句话,才迈步走到沈半夏面前,从她手里接过了行李箱。

沈半夏的目光只敢放在他手上,顺着往上一点儿,看到他戴在腕上的一款百达翡丽的男士黑色腕表。

她看了一眼就收回,紧张地抿唇,抬头四处看,就是不看他。

康芸无奈地摇头。这丫头平时都挺机灵的,一遇到段融就胆小得不行,连跟他对视都不敢,看一眼都要脸红。

不用想都知道她有多喜欢段融。

康芸把沈半夏当成半个女儿，此刻不免要替她怨怪起段融。

这男人太造孽了，把人家小姑娘迷成什么样子了。更过分的是，他应该还不知道沈半夏喜欢他，完全不懂人家小姑娘的心。

"段融，你照顾好我女儿啊。要是敢让她受委屈，阿姨可是会跟你没完的。"

段融抬眼，玩味地看着沈半夏。

"她是我未婚妻，我当然会好好照顾。"他把行李箱换到左手拉着，朝沈半夏伸出右手，"过来，未婚妻。"

又在逗她了。

沈半夏没有把手交给他，反倒闹脾气似的在他手心里打了下，提步往外走。

她打他的时候用了点力气，但段融完全没感觉到疼，感觉到的只有被女孩子软软的手指触碰后的痒。

他无所谓地笑，收回手慢悠悠地跟在她后头。

坐上车，去段融家里的路上，沈半夏收到了张俊安的微信。

张俊安：明天有时间出来吃饭吗？

她一直都怀疑Z是张俊安，很想感谢他的关心。既然张俊安主动约她，她不好意思拒绝，给了对方肯定的答案。

张俊安立即发了餐厅地点，紧接着又发来一条语音。她的手比脑子反应得快，不小心给点开了。

车里立即响起张俊安明显带了期待的声音："那我明天在这家餐厅等你。"

在听到声音的0.01秒，她就想把语音关了。可在慌乱下，她竟然忘了再点一下语音条或是直接黑屏，而是"舍近求远"去关音量，导致当音量关到最小时，语音条也播完了。

每一个字都无比清晰地被段融听见了。

虽然知道段融并不喜欢她，但她还是有种做了错事的心虚感。

车子刚好在一个红灯前停下。

沈半夏缓慢扭头去看段融，段融也侧过头看她。在视线交汇的两秒钟后，他悠悠地、阴阳怪气地说："我是不是没有喂饱你，你要去找别的男人吃饭？"

……莫名其妙。

沈半夏的脑子里满是这四个字，半晌才说："跟别人吃顿饭而已，没什么的吧？"

"如果我说有什么，"段融往椅背上一靠，"你就不去了？"

沈半夏心里竟然得出了一个肯定的答案。

但她不能这么说，口是心非道："你的话我为什么就要听？"

段融看了她两秒，视线收回："行。"

大半个小时后,车子在一处幽静的园林式独栋别墅区停下。

沈半夏是第一次来段融住的地方,怕自己会在偌大一个别墅里走丢,始终紧跟在他身后。

段融带她穿过前院进了别墅,屋子里灯光大亮。

刚才还不觉得,现在真的到了他家,沈半夏越来越紧张。踏进这扇门,她以后就真的要跟段融一起住了。

她额上慢慢渗出了汗,把刘海打湿了。

"热?"段融问了句,把中央空调温度调低,又去冰箱那边拿了一瓶水出来,拧开盖子后给她。

沈半夏喝了小半瓶水下去,清了清嗓子,主动问起:"我住哪间房?"

段融在吧台边靠站着,两手插兜,饶有兴味地看她:"还能住哪儿,你是我未婚妻,当然要跟我睡一间房。"

即使知道段融只是在逗弄她,沈半夏的心还是猛地缩了下。

沈半夏伸指刮刮鼻子,不想让自己那么怂,故意说:"好啊,住就住,你以为我怕你啊?"

她朝段融走近一步,抬起头看他:"只要你别跑就好。"

段融失笑。他笑的时候会习惯性抬起头,完美的下颌线条露出来,看得人很想亲一亲。

段融看回她,两指捏着她的下巴往上一抬,很快就松手:"你长得这么好看,我跑什么?"

他朝某个方向侧了侧下巴:"那是我的房间,要不要现在跟我去看看好不好睡?"

沈半夏再一次退缩了。每次她想在段融面前展示一下她的洒脱,就总能被段融三言两语打回原形,她根本不是他的对手。

她往后退,跟他拉开距离:"我到底住哪儿?"

段融没再逗她,拿着她的行李带她去了二楼。

是朝南的一间房,装修简单干净。往里走,打开一扇推拉门,里面别有洞天,有一间超大的衣帽间,柜子里早就装满了各种大牌的衣裙和首饰,都是按照沈半夏的尺寸购买的。

沈半夏难以理解:"这些衣服是我妈给我准备的?"

段融回得漫不经心:"嗯。"

沈半夏信了。

她去看琳琅满目的衣服,每一件都价值不菲。

见她开始整理行李,段融自觉下了楼。

沈半夏理好行李,关上门,整个人往床上摔了过去。

好软好大的床！跟这张床一比，以前她就像在硬纸板上睡觉。

她在床上滚过来滚过去，把脸埋在柔软的被子里，闻到清新的香气。

整个下午她都没怎么出过门，在听网课和做题中度过。天快黑时，段融在外面敲门，她过去打开。

"不知道饿？"他说，"下来吃饭。"

"哦。"

沈半夏跟着段融下楼，把手机拿出来看。

段融刚才给她发了两条微信，都是让她去吃饭的，她刚没看见。

她边看手机边下楼，胳膊上突然扶过来一个人的手。

"摔了怎么办？"段融看了眼她的手机，命令，"搁回去。"

沈半夏听话地把手机装进背带裤前面的口袋。

她这件衣服是刚换的，浅杏色打底，牛仔质感的背带裤，裤腿往上折起来一道，露出女孩细瘦的脚踝。

完全还是学生的样子，根本不像已经踏入社会的人。

可她确确实实这么小的年纪就已经要出来挣钱。

段融心里生出一股罪恶感，手从她胳膊上拿开。

餐桌上摆着几道冒着热气的菜，段融盛了碗汤，放在沈半夏面前的桌子上。

沈半夏喝了口酸辣开胃的汤，不可思议地问："你做的？"

"嗯。"

"你还会做饭啊？"她揶揄，"未婚夫，你还有多少惊喜是我不知道的？"

段融往她对面一坐，长腿往前伸，一副拽到不行的样子："多的是你不知道的。"

沈半夏专注地吃饭。

段融手艺很好，几道菜不仅卖相好，味道也好，而且全是她爱吃的，没有讨人厌的胡萝卜和芹菜。

她想象了一下刚才段融在厨房做饭的样子。

明明一个超有钱的太子爷，应该过着衣来伸手饭来张口的生活才对，可他竟然会自己做饭。

这是什么神仙？

段融的手机被他随手放在一边，中途突然亮起来，上面显示着一串陌生的来电号码。

段融看了眼，接起来。

听到电话里那人的声音后，他面色变了变，准备挂断时，却又听到了那人带着醉意的喊声："你们别碰我，都别碰我！"

"你在哪儿？"段融起身，问电话那边的人。

他从屋子里出去,开车离开,车灯在暗夜里亮得刺眼。

刚才那人的喊声太大,沈半夏听到了。

是万珂的声音。

她试着又吃了几口菜,但每一口都味如嚼蜡。

她把筷子放下,在椅子里呆呆地坐了会儿,上楼。

看书看不进去,做题也做不下去,找个电影也看不进去,她心里憋闷得要发疯。

半夜的时候段融才回来,沈半夏站在阳台上,看到了他的车。

她的心瞬间揪起来,很怕万珂会跟他一起从车上下来。

结果并没有,段融一个人进了别墅。距离有些远,她看不清他脸上的表情,只从他身影上看出他的情绪不是太好。

是为了万珂吗?

沈半夏蜷缩在椅子里,抱着腿,心里很烦、很乱,最后试着给Z发了条消息:你睡了吗?

段融在公司那边忙了很久,疲得很。衬衫扣子刚松了两颗,看到了沈半夏的微信。

已经凌晨一点了,她还没有睡觉。

段融把手机拿起来,给她回:还没,你睡不着?

沈半夏:嗯。

她一个字一个字地在聊天框里打:我跟你说个秘密,我未婚夫好像去见别的女人了。

沈半夏:所以我决定明天我也找个人约会。

翌日,沈半夏不到六点就起床洗漱,挑了件衣服穿上出门。

网约车已经在外面等。司机还是第一次看见有人住着大别墅,出门还需要打车的,颇稀奇地看了沈半夏好几眼。

与张俊安见面的地点在一家法国餐厅,沈半夏查到这里人均消费很高,她并不想让张俊安做冤大头,快到中午时提前到了地方后点了餐,又把账结了。

结账的时候心疼死她了。她手里的余钱不多,又要留出一部分给父亲治病,根本不能浪费。这个张俊安为什么非要在这里吃饭啊!

但是想到他有可能是Z先生后,她又不觉得肉疼了。

就当是把钱给他吧,毕竟当初收到的两万块,是Z以私人名义转给她的。

等了一会儿后,张俊安出现在餐厅。

他已经提前来了,没有想到沈半夏来得更早,看样子还早就到了。

"你等很久了?"他问。

"没多久，我也刚来。我刚点了餐，不知道合不合你口味，如果不合口味，你可以再点。"

张俊安笑："我爱吃。"

"餐还没上来呢，你没看见就知道自己爱吃啊？"

"只要是你点的，我就都爱吃。"

沈半夏摸摸耳垂，问："什么？"

"没、没什么。"张俊安不好意思地笑笑。

沈半夏让服务员上餐。用餐过程中，她一直在对张俊安套话，想知道他到底是不是Z。

"你昨晚几点睡的？"她问。

"十一点。怎么了吗？"

"没什么。我就问问，看你作息健不健康。"

昨晚她跟Z聊天，说了很多话。她告诉Z自己很喜欢吃茄子，最讨厌吃萝卜，问出了Z喜欢吃西蓝花，讨厌吃洋葱，连洋葱的味道都不能闻。可是现在，张俊安面前的主菜分明就是用洋葱来调味的，可他吃得很香，完全没有反感的意思。

难道是这家伙在故意伪装，为了瞒她连洋葱的味道都能忍？

张俊安旁边的椅子被拉开，是万珂不请自来，她坐了下来。

服务员过来跟万珂交涉，请她离开。万珂扫一眼沈半夏，对服务生说："这位是我朋友，我是来找她的，不相信你可以问她。"

服务员用目光询问沈半夏。

万珂从包里掏出香烟，夹在指间，赶在服务员阻止前，说："我没抽，不点火。"往椅背上一靠，看着沈半夏，"小妹妹，你想不想知道昨晚我跟段融都做了什么啊？"

沈半夏心脏痛了下，过了会儿，抬头看向服务员："她是我朋友，是我让她来的。"

服务员颔首离开。

万珂今天做了头发，垂到腰间的头发烫了大卷。妆容是一贯的浓艳飞扬，化了很吸眼球的烟熏妆。这么浓的妆完全符合她明艳的气质，不会显得俗气。身上穿了黑色的紧身裙，裙子把她姣好的身材完美展现出来。

万珂喜欢穿黑色的衣服，这件事跟段融也有关系。

段融的衣服永远只有简单的三个颜色：黑、白、灰。其中他又最常穿黑色。万珂就也跟着他穿黑衣，这样两个人站在一起的时候，就好像穿了情侣装。

万珂问沈半夏："你跟段融同居了？"

"是。"沈半夏面容平静，"怎么了？"

"你以为你跟他同居就能得到什么吗？他还不是被我一个电话就能叫走。"万珂得意地笑，悠悠地说，"他带我去开了房。"

沈半夏放在膝上的手蓦地紧攥起来，指甲掐得手心发疼。

"他昨晚几点回去的你应该知道吧？那个时候天都要亮了。"万珂把垂在胸前的头发往后撩，在她颈下的位置，露出了一个刺眼的红色吻痕。

万珂以一个胜利者的姿态说："你继续跟他在一起，还觉得有意思吗？"

"是吗？"

沈半夏心口好像被人捅了把刀子，但她面上仍然十分冷静，看起来没有什么异常："就算是这样也不需要你来告诉我。"

她深吸一口气，条理清晰地说："你过来找我就是想跟我说这些吗？听说你很多年前就跟段融认识，那你怎么一点都不了解他？不知道他其实是个多么光明磊落的人，他做了什么就会说，根本不屑于瞒着。如果他真的喜欢你，跟你上了床，他会自己来告诉我。他没有说，就证明你现在说的全是假话。昨晚他确实从家里走了，过了很久才回来。但他到底去见了谁、做了什么，这些都不需要你来跟我讲，我会自己问他。"

万珂发现这丫头并不像表面上看起来那般好欺负，反倒很难对付。

"你这么自欺欺人有意思吗？"万珂故意激她，"你难道不知道段融只是想利用你才会跟你订婚吗？等他拿到了想要的，不再需要康家的势力后，他会毫不犹豫地选择我。"

"这件事也不需要你来跟我说，他怎么想的我有眼睛会自己看，有嘴巴会自己问。你长了张嘴就是为了在别人面前搬弄是非吗？有这工夫我劝你去照照镜子，多补补妆。"沈半夏顿了顿，嘴角浮起一个冷嘲的笑，"你的妆花了。"

万珂吓得一惊，立即拿出随身携带的小镜子看了看自己。

段融过来的时候，就听见沈半夏这小丫头在牙尖嘴利地跟人吵架。过程中她一直很冷静，虽然有被万珂的话刺激到，但她没有表现出来，甚至话里话外都在维护他。

万珂平时跟人吵架就没有输过，论"嘴炮王者"她当仁不让。这还是她第一次在吵架这件事上输了，而且还是输给了一个十八岁的小丫头。

亏段融还以为沈半夏会被欺负，放下公司里的事赶过来。

他走过去，在沈半夏旁边的椅子上坐下。

万珂放下镜子。在看到段融的那一刻，她觉得自己又占了上风，对段融笑了笑："这么快就来了，我还以为你还得一会儿呢。"

"你找我未婚妻麻烦，我当然要过来。"段融往椅背上一靠，将手机往前扔，"不然让你欺负她吗？"

手机上显示着一条陌生号码发来的短信：我来见你未婚妻了，你确定不来找我吗？

万珂很没面子，说："段融，你装什么？谁不知道你跟她是被利益绑定在一起的！"

"不管我跟她为什么会在一起，她都是我的人，谁敢欺负她，"段融慢悠悠地说着，神色坦然，但气场让人害怕，"就是跟我作对。"

万珂神色变了。沈半夏也不敢相信自己听见了什么，抬起头愕然地看向身边的段融。

"张俊安，怪不得你今天非要请假，"段融把目光放在面色明显不太好的张俊安身上，"原来是要跟我未婚妻吃饭。"

张俊安知道，段融和沈半夏的订婚其实是建立在谎言上的，但段融不知道他知道，为了帮沈半夏掩饰，他就得装成自己不知道。

"抱歉，段总，我以后不会了。"

"原来你还知道这是需要道歉的事。"段融侧过头，一条胳膊搭在旁边座位的椅背上，手背上匐匐着几条很明显的青筋。他朝着沈半夏抬抬下巴，"你知道吗？未婚妻？"

因为他的这句话，沈半夏昨天晚上对他的不满被勾出来。但她并不想让这男人看出她在吃醋，而且"醋"得快疯了。为了报复段融，沈半夏起身一把拉住张俊安的胳膊，头也不回地带着他往外走。

"我吃饱了，咱们去坐摩天轮吧，就在前面不远。"她故意把声音提高。

张俊安不敢这么明目张胆地当着段融的面去勾引他未婚妻，但沈半夏抓得他很紧，软软的手指透过布料紧箍在他胳膊上，他没舍得让她放手。

等两个人的背影消失，万珂讽刺地笑了笑："段融，你也有被人当面打脸的时候啊，她对你这么不客气，你都能忍？"

段融无所谓地冷笑："我允许的，有问题吗？"

"既然她这么做你都能忍，为什么偏偏对我那么苛刻？我已经跟你解释了很多次，我跟那个男人什么关系都没有，你为什么不能原谅我？"

段融："我也跟你说过很多次，我对你一点儿意思都没有，你是不是耳朵不好使？"

万珂眼里涌出眼泪，好不容易才被逼下去："我不相信你对我没意思。高三那年你只对我好，别人你根本看都不看，这叫对我没意思吗？而且这些年网上一直有人说我们两个的事，你不去管那些传言，不也就证明你其实默认了我们的关系吗？"

"第一，我不是不管，只是网上的消息就跟银屑病一样。这世界多的是胡言乱语的人，除是除不尽的。第二，你觉得我很有闲心每天盯着网上的消息吗？我不是不能封锁掉谣言来源，只是花的时间和精力让我觉得不值，我实在没工夫跟你玩。"

段融整个人是冷的,说话时的声音也冷,眼神更冷,目光里完全看不到任何情意。

万珂能够发觉,他确实对她没有任何兴趣了。

她只能用那件事来牵绊他:"你这么说还有良心吗?不要忘了,当时你家里被人追债,你差点儿就要被人砍一条胳膊的时候,是我偷偷拿了家里的钱救了你!"

"所以这些年我才容忍你在网上胡说八道编排我们两个之间的关系。"段融语气冷凝,"如果不是因为这点儿情分,你觉得我会忍吗?"

万珂明白了,段融之所以会对她与对别人稍微有些不同,确实只是因为他以为她曾经帮过他。

"你对我好,只是因为那件事?"万珂不死心地问出来。

"不然你以为是为什么?"段融说,"那些钱我后来已经双倍还给了你,不算欠你什么了。你既然脑子不好,那我就跟你多说几遍,请你记住这一点,别再想道德绑架我。"

段融没什么耐心跟万珂在这里耗,抬手打了个响指叫来服务生,拿卡结账。

"先生,账单已经结过了。"服务员恭敬地指了指段融旁边的空位置,"是刚才坐在这里的女孩结的。"

段融随之看向身边已经空了的位置。

那丫头穷得叮当响,竟然还敢在这种餐厅主动结账。

段融收卡,起身,倒要去看看那丫头是不是在请人吃饭后,又请人去坐了摩天轮。

万珂看着他离开的背影,手心紧紧攥起。

原来那时他会对她另眼相看,真的是因为那件事而已。

万珂嘴角扯起冷笑。

既然是这样,她更是永远不会让他知道,其实帮了他的那个人根本不是她。

到了摩天轮入口处,沈半夏又不想去坐了。

她只是想故意气气段融而已,但利用了别人这件事让她觉得过意不去。

"对不起啊,我刚才……我就是一时生气才把你拉出来的。"她跟张俊安道歉。

张俊安却捉住了她话里的字眼,神色一凝:"为什么生气?"

"啊?"沈半夏意识到自己说错话了。说她在生气,就好像是在说她真的因为段融而吃醋一样。

"呃……我……"她结巴半天,最后说,"是那个万珂太嚣张了,一来就说些莫名其妙的话。"

敷衍过去,她摁亮手机看看时间:"张先生,你要是有事就先回去吧,我也要走了。"

张俊安去看旁边硕大的摩天轮,其实他是想跟她一起坐的。

"好。"但他没有勇气说出来,"刚才的账单你发给我吧,我把钱给你。"

"不用,没多少钱。"路边刚好过来一辆出租车,沈半夏拦下,拉开后车门让张俊安坐进去,"拜拜,路上小心。"

等车子走远,她垂头丧气地低下头,肉疼地说:"其实好多钱的。"

在这句话后,面前突然出现一个人。

那人什么话也没说,抓着她的手腕带着她往摩天轮入口走。

沈半夏抬起头,惊诧地看着来人:"段融,你干什么?"

"坐摩天轮。"段融懒洋洋地应。

买了票,段融拉着沈半夏继续往前走。

"我不想去坐了,你把我放开。"沈半夏想把胳膊挣出来,但这家伙捏得太紧,她完全挣不开。

"段融!"她生气地叫他。

段融不满地"啧"了声,拎小鸡崽一样地把她拎进了摩天轮座舱。

座舱门关闭,摩天轮缓缓转动。

段融跟沈半夏坐在同一边,长得"无法无天"的腿往前伸展着。

"跟你说了多少遍,不要直接叫我的名字,不礼貌。"

"段融段融段融!"沈半夏偏偏这么叫他,叫完把脸扭向一边看外面的风景,不理他了。

段融低下头,舌尖抵着齿关笑。他在手机上操作几下,沈半夏的微信里收到了几千元的转账,数目刚刚好是她在法国餐厅付的餐费。

"你给我钱干什么?"她把钱退回。

段融继续给她转过去:"刚才的饭后甜点我吃了,所以那餐应该我请,你把钱收着。"

"你不是不爱吃甜点吗?还把西点师送到我家了。"

"是不爱吃,"他语气强势,根本不给人拒绝的机会,"可刚才我吃了。把钱收下。"

沈半夏没再跟他这种有钱人客气来客气去的,干脆点了收款。

钱入账的时候,她觉得自己没有那么肉疼了。

"不是要跟张俊安来玩?"段融松松散散地往后靠,看着她,"他人呢?"

"又突然不想玩了,我让他回家了。"

"为什么不想玩?"他说,"不是要给我戴绿帽子?"

172

"是你先给我戴的好吗?大晚上的去找你前女友,你怎么解释?"

段融淡淡地蹙眉:"她不是我前女友,顶多算个老同学。"

"那她是不是女人?"

"我昨晚让助理去看的她,公司里临时有事,我去了公司,根本没去见她。"段融几句话就把昨晚的事说了个清楚。

沈半夏的心情突然就好了,但还是说:"就算你只是让助理去看的她,这难道就不能证明你在关心她吗?"

段融:"如果是路边的一条狗跟我求救,我想我还是能分出一点儿良知去搭把手的。"

沈半夏彻底服了,没再说什么。

"这么在意我去见谁,"段融幽幽地说,"吃醋了?"

"谁谁谁——谁吃醋啊!我也从来不吃醋的,什么黑醋、白醋、陈醋、米醋我通通不爱吃!"

段融笑:"行。"

摩天轮越升越高,沈半夏扒着窗户往外看,俯视城市风景。

想到在一本闲书上看到的句子:两个相爱的人坐摩天轮,如果能在最高点接吻,就能一直幸福地走下去。

她当然没有把这个出处不明的传说告诉段融,也从来不信这样的说法。可是当摩天轮升到最高点的时候,她心里其实动了一下,一发不可收地想:如果真的能跟段融在这里接吻就好了。

她觉得自己好离谱,干吗要想这种事。她两只手捂了捂有些发热的脸,躲着段融的眼神不敢看。

巨大的摩天轮带他们升到高空,沈半夏始终很平静,完全没有怕的样子。

"不怕高?"段融问。

"不怕。"

话音落下,摩天轮转到最高点,却突然不动了,停滞在空中。

沈半夏左右看了一下,等意识到摩天轮真的停下来后,她有点儿慌。

"怎么不动了,是不是设备出问题了?"

她的脸发白,呼吸开始变快,低下头去看底下的动静。这时候座舱突然急速往下落,整个摩天轮开始转动。

沈半夏吓得尖叫了声,手捂着耳朵往座位躲。在这个时候,她猝不及防地被段融拥进了怀里。

段融抱着她,一手按在她脑后,让她的脸埋进他的胸膛,不让她再往外看。

在一阵兵荒马乱的恐惧中,她紧闭眼睛,听到他在耳边低声安慰:"没事,别怕。"

沈半夏奇迹般地安静下来，缩在段融怀里，慢慢睁开眼睛。座舱没再往下降，正静静地停滞在半空。

时间无限速地慢下来，每一分每一秒都很慢。她原本十分恐惧死亡，但是在段融的怀里，她又凭空多出了一股勇气，觉得即使现在就是世界末日其实也没有那么糟糕。

因为她能死在段融怀里。

十分钟过去。

这十分钟里，段融始终没有放开过她，一直把她搂得很紧，时不时会在她耳边轻声低语："很快就没事了，你别怕。"

直到摩天轮恢复正常，重新转动起来，段融依旧没有把她放开。

沈半夏一只手撑在他肩上，手指稍稍动了动，抓住了他肩膀处被洗得一尘不染的衬衫料子。

他肩膀很宽，胸膛坚实，很能给人安全感。她小小一只趴在他怀里，脸挨着他身上白色衬衫柔软的衣料，清楚地闻到他身上清爽干净的气息。

她知道摩天轮已经正常运行，很快她就能出去了。但她无比贪恋起段融身上的气味和温度，不想从他怀里起来。

段融一直抱着她，她就继续装成还在害怕的样子埋在他怀里，心脏由最开始的"怦怦"直跳变得平静，但耳根越来越红，心口很烫，烫得她整个人都晕。

盛夏的天气里，她穿了T恤和短裙。段融放在她背后的那只手隔着薄薄的布料贴着她，让那片肌肤也开始发烫，慢慢地，又开始痒。

她在心里暗暗祈祷，希望摩天轮能转得慢点，最好永远不要落到底。

但背后那扇门还是被打开了，工作人员在外面接应他们："没事吧？真是不好意思，设备出了点儿问题，已经维修好了。"

沈半夏不得不从段融怀里起身。

突然，她一只手被他握住。

段融拉着她走下轿厢。

见她脸色还是不好，段融把她带到一处阴凉的地方，让她在椅子上坐下。

天气很热，段融去商店买了一瓶水，拧开盖子后给她。

沈半夏接过来喝了几口。

"抱歉，我不该带你去。"段融声音发沉，不同于往日的吊儿郎当，是真的觉得做了一件很严重的对不起她的事。

沈半夏赶紧摇头："不关你的事，是我自己想玩的。"

段融在她身边坐下。

两人头顶是梧桐树茂盛的枝叶，郁郁葱葱的枝叶在夏日遮出一片奢侈的阴凉。不知道沈半夏是不是刚受了场惊吓的原因，额上冒出很多汗，把耷拉着的刘海濡湿了。她纤长细密的睫毛也湿漉漉的,随着垂眼的动作如小扇子般遮盖住她清透的眼眸。

"外面很热,"段融看着她,"我们回家吧。"

听到他的话后,沈半夏怔了两秒,缓缓抬起眼睛看他。

很久没有听人说"我们回家吧"这五个字了。

自从家里出事,就再没有人跟她说,我们回家吧。

从他口中听到无比陌生的五个字,沈半夏眼眶湿了湿,心里发紧。很快,她把泪意掩藏下去,点头:"好。"

她跟着段融回家。段融没有待太久,被一通电话叫去了公司。

沈半夏从二楼窗口看到他开车离开,拿出手机给Z发了一条消息:我好像误会他了,他没有去私会前女友。

发完后,她把手机放到一边,从书架上找了一本书开始看。

过去大半个小时,收到Z的回复:如果他真的去了,你会吃醋?

即使是面对陌生人,沈半夏也不想泄露自己一直藏着的心事,嘴硬地回:不会,我又不是真的喜欢他。

Z:行。

沈半夏盯着这个"行"字看了半天。

感觉Z的说话方式似曾相识,好像是她在生活中认识的什么人。

她没有细想,在书桌上趴了一会儿,觉得有些渴,下楼去冰箱里找东西吃。

翻遍了也没有翻到冰激凌,她给段融发消息:你回来的时候能帮我买点儿冰激凌吗?

段融:行。

晚上段融回来,发信息让沈半夏下楼。

时间太晚了,他来不及做饭,从外面打包了粥和几样小菜。

沈半夏坐在餐桌前吃饭,段融在冰箱那边整理东西,把买来的食材分门别类地放好,其中一样是冰激凌。

沈半夏看得眼睛一亮,放下粥碗跑过去,伸手就要拿。

段融没让她碰到,把冰激凌放在冷冻层里,关了冰箱:"这么晚吃冰对胃不好,明天再吃。"

"不会的,你让我吃一个,就吃一个!"

沈半夏非要去拿,段融握住她的手腕,稍稍用力把她往外拉。

每次跟他有肢体接触,沈半夏都会瞬间脸红,完全受不了这种刺激。尤其她现在穿的还是件短袖,段融的手心贴着她的手腕,两人皮肤挨着皮肤,温度碰着温度。

段融怕她不老实,抓了她很久都没有放开:"听话,明天再吃。"

沈半夏被动地任他拉着回到餐桌前继续吃饭。

手腕上的温度没有了,段融松开了她。

他把一份切好的水果打开,放到她那边:"吃这个。"

沈半夏把水果吃光,眼神又开始不安分地往冰箱那边瞟。

好想吃怎么办啊!

她做了决定,等段融睡着后,她要偷偷跑下来吃。

她吃完饭就上了楼,装作要好好休息的样子。

她定了闹钟,等到十二点,偷偷推开门,赤着脚悄无声息地下了楼,跑到冰箱那边偷冰激凌。

段融在露台上抽烟。他没有开灯,整个人陷在一片漆黑中,指间的烟亮着橘红色的火星。

听到动静,他透过玻璃窗朝屋里看。

瘦小单薄的女孩在一片不甚明晰的光线里小心翼翼地拿出一盒冰激凌,抱着要上楼。

段融侧过头,无奈地笑了声。他按灭烟蒂,从露台走出去,打开屋里的灯。

光线骤亮,沈半夏的身影僵住,过了很久,她才缓缓地转身。

等看到真的是段融后,她又尴尬又委屈地说:"我是真的很想很想吃嘛,不吃的话我会睡不着的。"

段融抱着手斜倚在墙边,额头朝冰箱那边一斜:"放回去。"

"不要。"

"我再说一次,放回去。"

"就不要。"

沈半夏这个吃货死死抱着冰激凌不撒手。反正已经被逮到了,她索性任性到底:"我就要吃!"

段融朝她走过来,没怎么费力就把她死死抱着的冰激凌抢过去,重新塞进冰箱。

"我是不是不该给你买?"他说。

沈半夏馋得要死。她只是想吃冰激凌啊,她有什么错!这个死段融给她买了冰激凌又不让她吃,简直就是在钓鱼执法故意折磨人。

她决定装样子假哭,装着装着,还真的被她挤出眼泪来了。

她哭得可怜兮兮的,一边哭一边说:"我就想吃一口而已,你凭什么不让我吃,你这个万恶的独裁者!"

段融被她哭得没辙,拿了纸巾给她擦眼泪:"行了,别哭了。"

实在哄不好,他只好低下头耐着性子问:"别再哭了,我给你吃冰激凌行吗?"

沈半夏止住了哭，在他去拿冰激凌的时候，嘴角露出了诡计得逞的笑。

她迅速接过冰激凌，说了声"谢谢"，跑到餐桌那里坐着，开心地吃。

段融去玄关处拿了一双新的拖鞋给她："穿上。"

沈半夏依言踩上鞋。

段融在她旁边坐下，背往后靠，一只胳膊搭着她那边的椅背上，在她明显被冰激凌冻得打寒战时提醒她：

"行了，吃几口得了。

"别吃了行吗？祖宗，你要吃整盒啊？

"明天胃不舒服怎么办？小祖宗，别再吃了！"

沈半夏在他的唠叨下只能忍痛割爱，把还剩了大半盒的冰激凌还回去。

段融倒了一杯温水给她："喝完上去睡觉。"

"哦。"

沈半夏接过水，慢吞吞地喝。

偌大一个别墅里只有他们两个人，落地窗外是寂静的夜，空中挂满繁星。

时间已经很晚，她想到刚才段融是从露台的方向过来的，身上染了很淡的烟味，应该是刚抽过烟。

"你为什么这么晚还在外面？"她问，"睡不着吗？"

"有点儿。"

"我存了很多能催眠的轻音乐，你可以听一下试试。"

沈半夏翻出听歌软件，把一个命名为"催眠"的歌单分享到他微信里。

"你睡不着就听这些，还挺管用的。"

段融看她："你也失眠？"

"偶尔吧。"她不是很在意，"我上去睡了，你也早点睡。"

等沈半夏离开，段融点开她分享的歌单。里面存了二十多首国外的催眠曲，能看到播放量很高，都是她贡献的。

点开她的个人主页，除了"催眠"歌单，还有一个叫"一些"的歌单，里面只有四首歌，从上往下依次是：《海底》《水星记》《送你一朵小红花》和 IIIusionary Daytime（幻昼）。

前三首他曾无意中听到过，最后一首英文名的歌曲不是很熟，他点开。

是一首钢琴和箫合奏出的轻音乐，调子轻灵，清脆悠扬的旋律中又带着悲凉哀怆，两种完全相反的意境在同一首曲子里异常和谐地共存着。

他曾在高三那年听过同样的曲子。那时候学校里有人因为自己中意的女孩喜欢追着他跑而看他不顺眼，带了五六个兄弟过来找他。

他跟人打了一架，虽然把那些人揍翻了，但自己脸上也挂了彩。

他去商店买创可贴，出门的时候，听到楼上一家钢琴教室里传出凄婉悲怆的钢琴曲。

那一刻,他莫名被吸引,在下面驻足良久,直到把一首曲子听完。

鬼使神差地,他想知道是谁弹了这样一首曲子,于是上楼走到琴房门口。

门被人从里面打开,同班的万珂出现在他面前。

看到段融的那一刻,万珂惊喜地笑开:"段融,你怎么来了?"

那时候他们两个还不怎么熟,他只知道万珂是学校的校花。但他对万珂没兴趣,别人都看得见万珂漂亮的皮囊,他也看得见,但他偏偏不喜欢。

琴房的门被万珂关上,那之前他往里看了眼,什么都没看到,钢琴前空荡荡的,并没有人。

他问她:"刚才的曲子是你弹的?"

万珂的眼珠动了动,两秒后,她干干地笑:"是我啊。"

"什么名字?"他问。

"呃……是……其实我也不知道哎,老师只给了我曲谱。"万珂笑得越来越干,又急于改变话题,带着他往外走,"段融,你送我回家吧。天很晚了,我有点儿怕。"

段融没有看到,在他走后,琴房里走出一个十一岁的小女孩。小女孩乖巧地跟老师说再见,被母亲牵着离开了琴房。

从那以后,段融跟万珂的关系近了点儿,但仍只是普通朋友而已。万珂确实会弹琴,在他经过那家钢琴培训机构的时候,常会听到有人在里面弹那首曲调悠扬能疗愈人心的曲子。

但万珂在他面前,从来不会弹那首曲子。

直到今天,段融才知道原来那首曲子 *IIIusionary Daytime*,中文名是《幻昼》。

他看了眼楼上,沈半夏的卧室里没什么动静了,估计她已经老实爬上床睡觉了。

段融点开两人的聊天框,给她发:晚安。

第七章
沈半夏的一切，他都无法抗拒

沈半夏醒来的时候才看见段融给她发的"晚安"两个字。

她顿时有点儿后悔，为什么自己不能多撑几分钟，这样就能给他回一个"晚安"了。

她懊恼地把脸埋进被子里，手握成拳叩了叩自己的脑袋。

慢慢地，她又开心起来，因为段融给她道晚安了。

有人跟自己说晚安，就代表着，这世界上是有人在关心自己的吧。

不知道昨晚段融睡得好不好，下了楼也没看见他，应该是去公司了。

沈半夏给他发消息：催眠曲有用吗？

段融很快回：有用。

段融：胃有没有不舒服？

沈半夏：没有。

段融：早餐在桌上，记得吃。

沈半夏：好。

她往餐桌上看，上面放了份早餐——三明治、鸡蛋、牛奶，以及一碟切好的水果，东西码放得很规整，让人很有食欲。

沈半夏趴在桌上，下巴枕在胳膊上，看着这份早餐。

越了解段融，她就越喜欢他。

一点儿办法都没有。

康芸要飞去美国，沈半夏去送她。

康芸问沈半夏这几天她跟段融相处得好不好、段融有没有欺负她。

"没有，他对我很好，您放心吧。"她回。

"他要是敢欺负你，你就去找严琴，让严琴替你教训他，千万不能受了委屈不说。"

康芸嘱咐了一番，从包里拿出一张卡，放到沈半夏的手里："这张卡你随便刷，千万别舍不得。"

"阿姨，这个我不能收。"

"半夏，你听我说。你还是学生，不懂太多商场上的事。自从你跟段融订婚的消息传出去，我们公司的股票大涨，这是什么概念你知道吗？我就只是给你一张卡而已，可你给我们带来的价值远远超过这张卡，所以你当然可以心安理得地把卡收下。而且这一年里你肯定有不少要用钱的地方，严琴总不至于让你花自己的钱好维持住你的身份吧。"

"可是您已经给我准备了很多东西了，足够我未来一年用了。再拿您的卡，我真的很过意不去。"

"我就给你买了几件衣服而已，怎么够你一年用的？"

"那不是几件衣服，是几百件衣服，还有鞋子，以及各种搭配的首饰您都有给我准备。我还拍了照片，您看。"

沈半夏把手机拿出来，点开相册给康芸看。

照片里是一个很大的衣帽间，衣柜和抽屉里分门别类地放了各种衣服和首饰。

康芸看得稀奇，"咦"了一声："这些不是我买的啊，我只往你行李箱里放了几件而已。"

沈半夏愣了愣，问："那，会不会是严阿姨准备的？"

"不会，她把这些琐碎的事都交给我了，她是不会办的。"

各种大牌的衣服、首饰、包包，装满了整个衣帽间，好像沈半夏真的是一个需要用心呵护的公主。

原以为那些是康芸和严琴给她准备的，原来却不是。

等送康芸搭上飞机，沈半夏去了平忧律师事务所。

沈半夏想找机会提醒米莉，范洪博不是个好人，让米莉小心他。可米莉好像很喜欢范洪博，不停地跟同事们说她新交的男友有多么多么可爱、多么多么黏人，说跟这种弟弟谈恋爱的感觉就是好，这一次感觉可以谈一段时间稍长一点的恋爱……

沈半夏越听越不好开口。米莉现在对范洪博正在兴头上，如果知道范洪博是一个卑鄙的人，照米莉的性格一定会跟范洪博分手。到时候范洪博发现异常，一定能猜出是她搞的鬼。

"米莉姐，你最长一段恋情坚持了多久？"沈半夏问。

"半年吧。"

半年时间也实在太久了，沈半夏不能坐以待毙，主动提起："米莉姐，晚上我们一起去夜店玩吧？"

到了夜店，说不准米莉会看上新的猎物，到时候就能顺理成章地跟范洪博分开了。

米莉果然来了兴致:"好啊好啊,我们去。"

方朗不乐意,在一边劝:"半夏,你才多大啊,不能去那种地方知道吗!"

"方朗,你别给我们泄气啊。半夏已经成年了好吗,成年人哪里不能去?我们小半夏就该多去那种地方,多认识点儿男人才行。你要是想跟就跟,不想跟就闭嘴,少在这儿扰乱'军心'啊。"

米莉说完,问沈半夏:"不过你怎么突然想去夜店?别跟我说段融那种级别的帅哥你都能看腻,想看点儿新鲜的了啊?"

"嗯,我就是看腻他了。"沈半夏口是心非。

米莉恨铁不成钢地摇头:"不识货啊小半夏,我要有机会跟段融在一起,我想尽办法也得把他……"

方朗恨不能去捂她的嘴:"差不多得了啊,别在半夏面前胡说八道。"

晚上,几个人去夜店。沈半夏没想到,米莉把范洪博也叫来了。

范洪博一早就在里面等着了,看到他们后,扬了扬手里的酒瓶。

沈半夏万分无语,瞬间想走。

米莉没让她走,拉着她过去。

米莉亲昵地捏了捏范洪博的脸:"弟弟,你等我很久了?"

"是啊,姐姐。我们都多久没见了,一听你要约我,我立马就过来等着了。"范洪博用很有欺骗性的奶狗脸冲着米莉笑,单看他人畜无害的长相,谁都不会想到他其实是多么卑鄙的一个人。

米莉跟他腻乎乎地调情。方朗并不想让沈半夏长时间泡在这种环境里,问她要不要先走。

"方朗,你怎么老是扫兴?半夏是我带来的,要走你自己走啊。"米莉推开他,又让范洪博跟她一起去跳舞。

范洪博不是很有兴趣,奶腔奶调地说:"姐姐你去吧,我在这儿看姐姐。"

"行,乖乖等我啊。"米莉跟他亲了下,一手抓住方朗,拉着他往舞池那边走,"你跟我一起去,我今天非要你这假正经堕落不可。"

卡座这边就只剩了沈半夏和范洪博。等米莉一心泡在舞池里,不再往这边看时,范洪博起身:"你跟我去个地方。"

沈半夏:"我要是不去呢?"

"沈半夏,你是不是想让全世界的人都知道你接近段融的真实原因?"

"有本事你现在就去说!"沈半夏受够了被人威胁。

"呵,你不怕啊?"范洪博笑,"那你怕不怕段融的公司被你连累?你不要觉得这件事只对你一个人有影响,现在段家跟康家因为联姻的事吃了多少红利你知道吗?他们能拿多少好处,到时候你身份曝光的时候,他们就要付出同等甚至两倍、三倍的代价。你好歹也读大学了,不会连这个道理都想不通吧?"

沈半夏无能为力地瞪视着他。

她不得不跟出去,到了酒吧后面一条幽僻安静的窄道。

"我让你跟段融说的话你跟他说了吗?"范洪博问。

"说了。"

"可他根本就没有给我们公司机会,第一轮就把我们踢出去了!"范洪博咬牙切齿,"你是怎么跟他说的?"

"你想让我说的我全说了,可我的话不管用。你也应该知道,段融根本就不喜欢我,跟我订婚纯粹只是为了利益而已。他在商场上有多心狠手辣你应该比我了解,像他这种人平时可能连六亲都不认,更何况我对他来说根本什么都不算。一个他不喜欢的人的话,你指望他能听吗?"

她说话时目光坚定,完全让人看不出她在撒谎。范洪博大概信了她的话,点头:"他不喜欢你,那你喜欢他吗?"

这话问得猝不及防,沈半夏愣住了。

"你喜欢他是吗?"范洪博又问了一遍,见她始终不说话,他差不多能证实自己的猜测,"你还真的喜欢他?"

"你少胡说!"

"我有没有胡说你自己清楚。沈半夏,你也知道他不喜欢你,既然知道为什么还要不自量力非要喜欢他不可!"

范洪博好像是疯了,一双眼睛发红,朝她逼近:"你就不能看看我吗?我哪点配不上你了,为什么你就不能接受我?我跟你说过的,只要你跟我在一起,我一定会对你好的!"

沈半夏以为这么久过去,范洪博早就已经把她忘了。可他非但没忘,甚至有变本加厉的趋势。

她害怕地往后退了退:"你发什么疯,你知不知道自己有女朋友?"

"那又怎么了,只要你一句话,我能立刻把她甩了。"

"你别痴心妄想了,我不可能会喜欢你,你趁早死了这条心。"

昏黄路灯下,范洪博脸上闪过暴怒,脸部肌肉都在颤。

"你让我死心我就要死心啊,我要真能死心,你觉得我还会来找你吗?"

"你到底是看上了我哪儿,你告诉我,我改行不行?"

"我看上你漂亮啊。"范洪博笑,"除非你把这张脸变了,不然我还就跟你死磕了。"

范洪博紧紧盯着面前的女孩,完全没有要放她走的意思:"半夏,你跟了我吧,别去找段融了。他又不喜欢你,可我会好好喜欢你的。"

"谁要你的喜欢!"沈半夏觉得恶心,没办法跟他好好说话。

范洪博目光变冷:"你是不是忘了你还有把柄在我手里,我劝你最好对我客气点儿。"

沈半夏不说什么了,嫌恶地瞪着他。小道上的昏暗灯光在她脸上笼下一层柔光,让她美得越发出尘脱俗。

以前,她摘下口罩,露出灵动的一张脸的时候,范洪博就跟魔怔了一样,没有一天不在想着她,但她太难接近,也看不上别人。

范洪博隐隐感觉到,她看不上别人的原因是她早就有了喜欢的人。

这段时间发生的一切证实了他的猜想,沈半夏对段融确实有种不同寻常的感情。

沈半夏很有可能喜欢段融。

范洪博不甘心,上前一步要拉她的手。沈半夏躲瘟疫一样后退好几步,脸吓得发白:"你干什么!"

"没想干什么,就是想让你陪我一晚。"

"你少做梦!"

沈半夏想走,被范洪博拦住:"沈半夏,你别给脸不要脸。你今天只要敢走,信不信我毁了你,再顺带连着段融一起毁了!"

"有本事你就试试,看看是你先毁了段融,还是会在这之前先被他弄死!"沈半夏轻蔑地冷笑,"你以为你是谁,你是他的对手吗?你是不是太看得起自己了?"

范洪博的目光倏地沉下去。

沈半夏在来之前给段融发了一条消息,跟他说自己会去迷路酒吧玩,让他不用等她。

段融不放心,下班后开车过来。

他在酒吧里找了一圈,并没有看见沈半夏的身影。

米莉在舞池里注意到段融,打了鸡血一样把方朗揪过来,指着他磕磕绊绊地说:"他他他,他是不是就是段融,小半夏的未婚夫?"

原来沈半夏没有撒谎,段融真人确实比照片上还要迷人。

米莉拉着方朗过去,想借这个机会跟段融认识认识,段融却迈着两条长腿径直朝酒吧后门走了过去。

段融推开门的时候,看见沈半夏说了句什么刺激到了范洪博,范洪博扬手狠狠甩了她一巴掌。

身材纤弱的女孩几乎快站不稳,脸被打得侧过去,头发从肩上滑下,遮住她脸上的表情。

范洪博还要动手,突然被人狠狠踹了一脚。

踹人者极其暴戾,踹过来的这脚用的力气很大,几乎要把他肋骨踹断了。

范洪博重重地跌在地上,后脑勺磕在坚硬的路面上。

眼前一阵金星,他模模糊糊地看见段融狠戾的一双眸子。

段融没有急着对付范洪博,先带沈半夏往前走了走,捏着她肩让她背对着他们。

"别看。"他的手在她眼睛上捂了下,一秒后放开,接着是他变远的脚步声。

段融走到范洪博面前,一只手揪住他的衣襟把他从地上提起来,另一只手握拳照着他的脸打了一拳。

"你刚打谁呢?"段融从没有发过这么大的脾气,声音里透着股让人不寒而栗的阴鸷,"我问你刚打谁呢?"

说一句就打一拳,范洪博已经完全没有招架之力,被打得满脸是血。

段融提起膝盖朝着他的肚子猛顶了一下。范洪博整个肋骨都要断了,痛叫了声摔在地上。

段融过去一步,抬脚踩住他右手,居高临下地朝他俯身:"这只手打的是吧?"

范洪博被打怕了,连连求饶,又冲不远处不停发抖的沈半夏说:"半夏,你救救我,我要是死了,他这辈子也完了!"

"半夏是你能叫的吗?"段融死死碾着他的手,不顾他杀猪般的惨叫,一双漆黑的眸子如鹰隼般骇人,"谁让你动手的?我的人你也敢打,你是不是不想活了?"

范洪博疼得说不出话,只知道干号。

沈半夏额上铺满了冷汗。

她实在不想把这件事闹大,转身打算过去劝。

刚侧了点儿身,便听到段融的声音:"你别动!"

他对她说:"好好站那儿,什么都别看,什么都别听。"

沈半夏不敢再动。

米莉和方朗跑了过来,一时搞不清楚状况,问她发生了什么。

"你跟半夏什么关系?"段融拎死狗一样把范洪博从地上揪起来,又猛地把他掼到墙面上,两只手因为用力暴起一条条青筋,"为什么把她叫出来?为什么打她?你给我好好说清楚。"

范洪博很清楚段融的手段,论打架没几个人是他的对手,如今他又被段家认了回去,成了天晟集团唯一的继承人,势力大得可怕。

"我说我说。我跟她没什么关系,我就是看她长得好看,调戏了她几句。可她不同意,我就发疯动手打了她一下。我知道错了,段总,我真的知道错了,你饶我这一次,我以后再也不敢缠着她了,我说到做到!"范洪博说话的时候感觉嗓子里一直有血涌出来。

"范洪博是吧?"

段融已经认出了他,知道这位就是科易尚广老总的独子。前段时间沈半夏吞吞吐吐提起那家公司,估计就是受了范洪博威胁。

段融眼神越来越冷,像是在地狱里浸了一遍:"我警告你,你以后要是再敢骚扰半夏,我让你一天都混不下去!不信你就试试!"

以前范洪博就听说过很多次段融的名字,知道这个人很危险,不好惹。
今天范洪博是第一次切身体会到这一点。
最后是沈半夏跑过来把段融拉开:"你别打了!会出事的!"
段融没再动手,拉着沈半夏离开。
他不想让沈半夏看见血腥,下意识地觉得这个女孩太单薄,看了会害怕。
米莉已经差不多听懂刚才发生了什么,过来问:"半夏,范洪博打你了?"
沈半夏没来得及回答,段融已经拽着她从小巷子走了出去。
米莉一张脸气得青紫,骂范洪博:"你禽兽啊!打女人?你敢打女人?范洪博,我算看错你了。我纵横情场十几年,没想到被你这个人渣骗了!"

她脱掉脚上的高跟鞋要往范洪博身上扔,被方朗拦住:"别再打了,再打会出事的。"

方朗看看躺在地上哀号不止的范洪博,想了想说:"米莉姐,咱们还是给他叫个救护车吧,看他这样子伤得挺重的。"

"他就该死!"米莉气得脑袋发昏。
半天后,她勉为其难地打了120。
"范洪博,我对你仁至义尽了。"米莉走过去,俯视着范洪博,"过去这段日子我就当被狗咬了,你最好别再让我看见你。"

段融拽着沈半夏离开,他手上有血,不知道是范洪博的还是他的。
沈半夏看得担心,很想检查一下。她的手伸过去,刚要摸到他的手指,段融猛地把她扯近。

她撞进他的胸膛,心漏跳了一拍,脚步往后退。
两人站在路灯下,段融借着灯光观察了一遍她的脸。她半张脸都是肿的,上面五个通红的手指印,嘴角有血,血液已经干涸了。

段融现在脾气很不好,侧过身骂了句,侧脸冷得像一柄利刃。

沈半夏仍旧看着他的手，终于抓住它，往自己这边扯。她软软的手指把他手上的血擦开。

还好他没有受伤，手上没有任何伤口。

"你怎么会来？"她抬起头，手仍抓着段融的手。

"我不来，让你白白被人打？"段融心情很差，说话声音很冷，"沈半夏，你能不能别总让我操心？"

沈半夏喉咙哽了下，低头，放开他的手。

段融打开车门，把她塞进去："等我回来。"

他去了附近一家药店，买了些药回来。坐上车，他拿棉签蘸了消毒水去擦沈半夏嘴角的伤口。

他擦药的力度很轻很柔，跟刚才那个抡着拳头打人的段融完全不一样。

被消毒水刺激到，沈半夏抿了抿唇，眉微微皱起。

段融停了停，问："疼？"

一个字问得小心温柔，感觉他已经不再发脾气了。

沈半夏摇摇头："不疼。"

段融仍是放柔了擦药的力度。

等给她上完药，他拿了冰敷袋帮她敷脸。

沈半夏靠在座椅里，不怎么敢动，甚至眼睛也不敢抬。

段融离得很近，倾身向着她，几乎把她半包围起来，耐心地帮她敷脸。

一缕头发粘到脸上，段融帮她拨开到耳后。

她左半边脸完全露出来，这时候段融才看清，在她耳后的位置也有一个指印，颜色很红。

她皮肤白，肌肤又娇又嫩，被掴出来的指印格外明显，简直触目惊心。

段融的情绪又差起来，越看越觉得自己刚才打范洪博那畜生打轻了。

"段融，"沈半夏怯怯地叫他，"你把范洪博打成那样，如果他报警怎么办？"

"他不敢。"

段融只说了这三个字，把她另一边头发也拨到耳后，检查她脸上有没有其他伤。

车窗都关着，冷气无声地往外吐。两个人离得太近，段融的目光始终落在她脸上，手里的冰敷袋一下下地在她脸上轻碰。

有暧昧渗进空气里，混合着消毒水的味道丝丝缕缕地酝酿。沈半夏慢慢忘了刚才受的委屈，只觉得紧张，口干舌燥。

她视线下垂，刚好落在段融颈间，看到他凌厉得下一秒就好像要破皮而出的喉结。

她不自觉地咽口水,眼睛垂得更低,不敢再看。

不知道过去了多久,她实在抵受不住这种气氛,抬手把段融的手挡开:"凉。"

段融收起冰敷袋,再次仔细地看了看她的脸。跟刚才相比稍微要好些,不那么肿了。

"吃饭没有?"他问。

"吃过了。"

"给你买冰激凌吃好不好?"

沈半夏心里一动,紧接着喉咙里有些涩。

她抬起眼睛看段融,轻轻地点点头。

段融安抚地揉揉她的头发,下了车去附近的商店买了冰激凌回来。他买了很多口味,草莓、抹茶、芒果、巧克力、香草,让她选。

沈半夏挑了芒果味的,打开盖子拿小勺挖着吃。

段融坐在一边安静地等她,一条胳膊搭在窗沿。此刻他很想抽烟,但怕熏到小姑娘,忍住了。

一直等她吃完,段融问:"刚范洪博说的是真的?"

"……嗯。"

"以后再去那种地方多叫几个朋友。"

段融像是完全相信了沈半夏的样子,并不怪她去夜店疯玩,跟男生单独相处,只让她以后再去玩的时候要多叫几个朋友。

是真的大度,还是根本不在乎她去哪里玩、跟谁玩?

车子启动,两边路灯飞速往后退,行道树在夜色下依旧绿得张扬。

沈半夏很想问,如果是万珂跟男人去夜店玩,他会不会也这么无所谓?转瞬又想到以前万珂确实很喜欢泡夜店,因为她美得无法无天的脸和前凸后翘的身材,每次去总能招惹上一帮混混,然后她就会打电话让段融去救她。

有一次她打电话的时候,段融正送沈半夏回家,小小的沈半夏仰头看着段融,听到了他的电话里女生气急败坏的呼救声:"段融,段融你快过来救我,他们非拉着我喝酒!"

段融去了,因为放心不下沈半夏,是带着她一起去的。到了地点后,万珂正在夜店门口跟一群混混理论,让他们别碰她。

段融就是在那个时候冲上去的,从一群人手里把万珂救了下来。

万珂抬起头看他,平日里装满了高傲和不屑的一双眼睛,在那个时候溢满了崇拜和爱慕。她把段融看成从天而降的大英雄,她终其一生都要刻进心底的朱砂痣,谁都不能从她手里抢走的心头血。是因为这样,所以不管段融怎么拒绝她,她都从来没有放弃过追他。

沈半夏心口很沉,好像被压了块重物,呼吸被压得艰难。

"段融,严阿姨说是你提议让我跟你一起住的。"沈半夏需要从他口中知道一个答案,以此往身上再泼一盆冷水,不要再抱什么希望,"你为什么这样?"

段融侧头看她。他看人时大部分时候都没什么情绪,眼底漆黑一片,蕴含着化不开的墨。所以虽然他常常痞里痞气地逗弄她,但其实脸上的笑意都是浮于表面的,根本没有染进眼睛里。

"你是我的人,让你跟我住很奇怪?"

这种暧昧的话,段融总是随口就能说出来。

沈半夏知道,他没有一句是真心的。

难道他不知道这么说容易被她误会吗?还是他不管对谁都是这副张口就能撩的样子,因为他吊儿郎当的性格和完美到过分的外形,所以才会有那么多女人前赴后继地过来撞南墙?

"我房间的那些衣服,是不是也是你给我买的?"她问。

"是。"

"你不觉得你有点儿多管闲事吗?"沈半夏生起气来,"我有没有衣服穿、穿什么衣服这些事需要你操心吗?我住在哪里需要你操心吗?你是不是有花钱的指标,要是花不完就会受罚啊?要是这样你可以去做慈善,给贫困山区的孩子捐衣服、捐课本、捐午餐。世界上有那么多好事可以做,你不用把钱浪费在我身上。"

沈半夏知道自己情绪不好,段融刚刚救了她,她不应该把气撒在他身上。但这些日子以来,段融对她太好,而她总有意无意地心动,给自己希望。

她不能让自己就这么陷下去,必须要明明白白地让段融知道,他没有义务对她好。

"你如果是因为我年纪小,所以才觉得需要好好照顾我的话,其实你完全没有这个必要。"她说,"我是成年人了,不再是小孩了。任何人,包括我父母在内,都没有义务照顾我了,更何况是你。所以你以后把我当普通人对待就好,完全不用对我特殊。"

车子在一处临时停车点停下。

路上车辆很少,四周阴森森的,静得能听到虫鸣。

沈半夏奇怪地看段融。

"所以你想怎么样,"他问,"搬出去?"

"……可以。"

"我不可以。"他说。

段融看着她,看她眸色清浅的眼睛,目光下移,落在她还泛着红印的侧脸上。

车窗紧闭，窗外树影婆娑，远处有车灯由远及近，又由近及远，像夜色里一个个稍纵即逝的灯塔。

段融想到自己推开酒吧后门，看见昏黄的光线里，单薄瘦弱的女孩被人甩了个巴掌。随着侧身的动作，她背后的长发滑下去，遮住她其实红透的眼睛。

她总是能拼命忍耐，遇到什么事都只会让眼睛红一红，眼泪不肯轻易掉。

"你不在我身边，"段融舔舔发干的唇角，喉结滚了滚，在空气里砸出一声湿沉的响，"我不放心。"

车子封闭着，空气安静，只听得到空调运作的声音。
挡风玻璃上突然"噼啪"一声，紧接着是越来越大的雨点砸下来。
沈半夏的心比落下的雨点还要乱。
车子重新启动。
回去的路上，谁都没有再说话，沈半夏慢慢冷静下来，仔细想刚才自己为什么会不开心。
因为她觉得段融会对她这么好，只是因为她年纪小，对她下意识地照顾。
就像是对一个妹妹那样。
所以才会不开心。
但段融什么事都没有做错，还帮了她很多。
她不该那么敏感，因为担心段融把她当小孩就不开心。

两个人回了家，沈半夏一声不吭地上楼。
段融看她，她背影单薄，看起来孤寂落寞。
段融不清楚刚才自己是怎么了。
看到沈半夏被人打，他就疯了。
从来没有这么失控过，自从沈半夏出现之后，她越来越能影响他的情绪。
段融一时还看不太清到底是为什么。
时间已经很晚，他在客厅沙发里坐着，找了一盒烟，一根接一根地抽。
那天晚上雨从大到小，淅淅沥沥下了一夜。
段融一晚没有睡。

崔山最近跟女朋友闹掰，烦得不行，下班后喝了几罐冰啤酒，倒头就睡。
头正疼着，独属于大 BOSS 的手机铃声响起来，他一个猛子从床上起身，拿过手机打起十二万分的精神接起电话："段总，您有什么吩咐？"
"把科易尚广那家公司的资料给我。还有，这家公司的老板有个儿子叫范洪博，把他跟沈半夏的关系查清楚。"

最后一个字落下，对面挂了电话。

崔山对着已经挂断的手机机械地回答："好的，我一定办好。"回完，才安心地躺回床上睡。

这一觉崔山睡得乱七八糟，前半场梦到女朋友跟他吵架，后半场梦到自己顶着失恋的痛苦坚持工作，最后把一份很厚的资料交给了段融。段融看了一眼就把资料封存，没有再针对那件事说过只言片语。

资料袋里装着的全是私家侦探拍的照片，能清晰地表明沈半夏其实只是个在读大学的普通女生，每个月都会跑到京郊的一家医院去看望她病重的父亲。

这些信息，在严琴把沈半夏带过去，让段融跟她见过面后的第二天，段融就已经全知道了。

崔山不明白，为什么段融明明知道沈半夏根本不是康老爷子的外孙女，可还要装成完全不知情的样子跟她订婚。

如果沈半夏知道，其实段融早就掌握了她的真实身份，也知道她有个卧床不起的父亲，知道她接近他的目的只是为了钱，那她该有多么怀疑人生。

沈半夏现在可能一直觉得她在骗段融，但其实真正站在暗处把人玩得团团转的人，是段融。

可怜的小姑娘。

两天后，崔山把私家侦探调查到的资料带到公司，交到了段融手里。

"范洪博跟沈半夏是初中同学，两个人那时候应该就认识。"崔山说完，又多了句嘴，"段总，半夏小姐其实是您学妹，跟您一样在附中读的书，比您小了五届。"

段融把资料收了起来，问："范顺来了吗？"

"已经来了，正在楼下吵着要见您。"

"让他过来。"

"是。"

范顺是范洪博的父亲，科易尚广的掌舵人。昨晚儿子说出去玩，结果弄回了一身伤，被人打得半条命都快没了，如今正在医院病房里待着。范顺咽不下这口气，风风火火地找到了段融，想用儿子的伤做筹码威胁段融，好能从天晟这边得到些好处。

段融把他的来意听完，不紧不慢地开口："我没去找您，您倒主动来找我了。也行，不用我多跑一趟。"

段融打开一段录音，范洪博颤颤巍巍的声音从手机里传出来："我就是看她长得好看，调戏了她几句。可她不同意，我就发疯动手打了她一下。"

段融关掉录音。

范顺的脸色黑下来，他了解自己那个不争气的儿子，知道调戏不成恼羞成怒打女生的事，是他儿子能做得出来的。

"范总不会教儿子，所以我就替您教教他，让他知道别人的女人不能碰。"段融手拢着火把烟点燃，白色雾气升起，他一张俊美无俦的脸被烘托出几分骇人的狠戾。

"我没告他已经是很给您面子了，您倒好，还敢来找我讨说法。"段融慢悠悠地说着，语气很平静，但莫名有股威慑力在，"这件事，我不会就这么算了。"

段融有什么手段，圈子里没有人不知道。他这个人阴险毒辣、手段强横，为达目的不择手段，自从进了天晟集团后就从来没有吃过败仗，把一整个金融圈玩得团团转。范顺原本想趁着自己占理的机会过来敲诈一笔，谁知道传闻果然不是假的，任何想从段融手里拿到好处的人，最后的结果一定是赔得血本无归。

范顺吓得抹了把头上的汗，从椅子里站起来，换了副恭敬的模样："段总，您消消气，这件事我会给您个说法的，一定让那臭小子亲自过来给您道歉。"

"他的道歉很值钱吗？"段融上身前倾，手肘支在腿上，另一只手夹着烟，垂下的手背上有青筋凸着。他抬起薄薄的眼皮看向范顺，眼珠黑得泛着冷，"我只要他保证再也不会在我未婚妻面前出现。"

范顺一把年纪了，什么大风大浪都经历过，结果到了段融面前完全施展不开气场，反倒被对方牢牢压制，吓得大气不敢出，只有低声下气赔礼的份儿："段总放心，我都知道了，一定会好好教训他！"

米莉跟范洪博分了手，只是这样还不解气，她每天往范洪博的手机里发各种脏话，把他从里到外骂了个透。

"半夏，你是不是早就知道范洪博是这种人渣？"米莉问，"你为什么不告诉我？"

"我之前也不太了解他。"

"真的？"

"嗯。"

米莉信了，把一整盘牛肉卷往辣锅里倒，等肉片熟了拿漏勺捞出来放进沈半夏碗里。

"姐姐给你道歉啊，谁知道我识人无数，结果在他身上翻车了，害得你挨了一巴掌。你别怕，等我找时间去往那人渣的车上泼油漆，给你出气。"

"不用了米莉姐，他已经得到教训了，你这么做会惹麻烦的。"

"也是。还好段融给你出气了。那天你是不是没看见,段融把那畜生打得可惨了。"

段融打架确实很狠,以前他一个人把一群找碴儿的混混给打得头破血流。那些混混里有几个家里很有势力,找到学校非要开除段融。但段融是当时高三年级全市联考第一,而附中只是一所中规中矩的学校,自从办校以来还没有出过高考状元,他们绝不会放弃段融这么好的苗子,顶着很大压力硬是把段融留了下来。

结果没几个月,发生了段向德的小儿子出了事故,段向德不得不来找段融的事。在亲子鉴定结果出来后,段向德把段融接走,为他安排了一所赫赫有名的贵族学校。

附中失去了能让他们一朝扬眉吐气的天才,沈半夏失去了总是保护着她的大哥哥。她跟他相处的时间并不长,这么点儿时间对于段融来说可能根本就不值得被他记住,他早已在时光的洪流中把那个总是戴着口罩的女孩忘得一干二净了。

米莉最近在减肥,没吃几口就放下了筷子,转而开始啃黄瓜:"不得不说,段融长得确实带劲。我也算是见过世面的人了,什么样的帅哥我没见过?可是跟段融一比,我以前交过的所有男朋友,是所有,都成了妖魔鬼怪,没一个能看的。小半夏,你不知道姐姐我有多羡慕你。"

不怪米莉花痴,而是段融的长相确实很难让人招架得住,所有见过段融的人心里首先冒出来的只有一个念头:他也太好看了!

"还好段融没有去混娱乐圈,不然整个娱乐圈的韭菜都得被他割一遍。"米莉"咔嚓咔嚓"地吃黄瓜,吃完黄瓜吃小番茄,"小半夏,你哪天正式介绍段融跟我认识认识呗。你放心,姐姐不跟你抢,只是纯粹想当面欣赏一下他的颜而已。要不然就今天好不好,你带我去你们的爱巢转转,我就能顺其自然跟他见一面了。"

"我得问问他让不让我带陌生人去他家。"沈半夏把手机拿出来,给段融发消息。

那边很快回了两个字:不见。

米莉撇撇嘴:"这男人傲得很。算了,不见就不见,等以后你真跟他结婚了,我还怕没机会见他吗?"

"结婚?"沈半夏自己都不信,"他要是知道我在骗他,不把我掐死就不错了。"

"小半夏,不要这么悲观嘛。女追男隔层纱,更何况你还是个美女,只要动动心思总能追上他的。"

"谁说我要追他了?我追谁也不会追他的。"

沈半夏死鸭子嘴硬，不想再跟米莉讨论有关段融的话题，专心地吃火锅。

米莉在一边羡慕得不行："半夏，我要是能像你一样干吃不胖，我每天点三炷香敬天地谢鬼神。"

这时，推门走进来一个三十多岁的斯文眼镜男，米莉立马跟她通气："这是我新交的男朋友。小奶狗靠不住，所以我换换口味，试试老男人怎么样。"

"你查清楚他的底细了吗？不会已经结婚了吧？"

"没有结，他说他在四十岁前都没有结婚的打算。"

米莉说完，笑着看向已经走过来的尚柏，冲他招手："这里。"

尚柏在她身边坐下，贴心地捏了捏她的手："冷不冷，这里的冷气好像有点儿低，你要不要披件衣服？"

"不用，我不冷。"

米莉趁机朝沈半夏使了个眼色。

沈半夏清楚地读出她想说的话是：老男人就是比小奶狗会疼人。

沈半夏越来越佩服米莉找男人的速度，简直就是无缝切换，上个男人不听话她就换下一个，活得比谁都潇洒。

沈半夏甚至有点儿羡慕她，如果自己也能跟她一样，不要总是吊死在一棵树上，那她就不会每天烦恼段融不喜欢她该怎么办了。

可她非但没有改变自己的意思，还能继续一门心思地喜欢段融，每天都会想他，想他现在在做什么，在跟什么人说话，有没有按时吃饭，有没有好好睡觉。

即使跟他住在同一个屋檐下，她还是会想他。

已经很晚了，段融一直没有回来。

沈半夏每天总要等到他回来才能安心睡觉，他没回来的时候，她会趴在阳台的栏杆上往楼下看，期待什么时候能看到段融的车开回来。

自从跟段融一起住，沈半夏很少感觉到孤独了。

院子里种了一大片昙花，如今正是花期，或许能等到开放。

沈半夏下了楼，跑去院子里看昙花。

一直看了很久，花叶还是闭合着，没有开放的趋势。

"沈半夏。"

铁门外有人喊了她一声，沈半夏起身看。

穿了身暗红色紧身裙的万珂在铁门上拍了拍："开门。"

"这里不是我家，你去让段融给你开门吧。"沈半夏说。

"看着挺软一小妹妹，原来脾气还挺硬。"

万珂冷笑，背靠着铁门开始抽烟："小妹妹，你是不是觉得段融对你挺好的啊？我告诉你，那人骨子里就好，对谁都好，就是对一只路边的流浪狗他都能很好。我记得以前,他因为看见有人在路上打一个小女孩,从此风雨无阻天天接送那女孩上下学,一直坚持到两个月后他转学。"

沈半夏的心颤了下,继而加速跳动。

"所以别觉得他对你特殊,他只是看你年纪小,拿你当小孩在照顾而已。他也不是没照顾过我,刚跟他认识的那段时间,他对我也好着呢。我就差那么一点儿就能追到他了,如果不是他突然转学,现在他早是我的人了。"

万珂一根根地抽烟,头仰着靠在铁门上,眼睛盯着星空:"就因为我做错了一件事,他就不肯原谅我了,一直冷着我到现在。我不会甘心的,他明明就喜欢我,只是不肯说而已。"

她扭过头看沈半夏:"你信吗?"

"我信不信对你来说有用吗?"

"如果你真的信的话,就不会赖在他身边不走了,更不会不知羞耻地跟他同居。"

"是他主动让我过来住的,"沈半夏说,"而不是我赖着他。"

万珂眼皮抽动了下,没再继续抽烟。

段融那人其实有洁癖,平时基本不会跟谁接触,更不可能会主动提出跟人同居。

"就算是这样,他也只是为了向康老爷子交差而已。"万珂的话虽是对着沈半夏说的,却是为了说服自己,"他对你所做的一切,所说的每一句话,对你的关心,都是为了能向康家交差。他是商人,商人重利,为了利益什么事情都能忍,包括一个他不感兴趣的人。"

沈半夏没有心思再看昙花,她直起身,隐藏掉眸子里的红,清清冷冷不悲不惧地看着万珂:"跟你比起来这不是挺好的吗?得到他虚假的关心,总比真实的厌恶要好。"

在万珂黑下来的脸色里,沈半夏进了别墅,上楼回了自己的房间。

万珂一直在门外等着,在她抽掉一整盒烟的时候,段融那辆黑色莱肯出现在行车道上。

万珂挡在门前,透过全黑的防风玻璃看向驾驶座的位置,似能与那人视线相对。

沈半夏站在阳台上往下望,看到段融熄灭了车灯。落在万珂身上刺目的光不见了,万珂朝前走,直到紧紧挨着莱肯的车头,往上一跳,一条腿屈着坐在了车上。

段融并没有从车上下来,较劲一样在车里坐着。五分钟时间不到,两名人高马大的保镖朝这边跑了过来,一左一右地把万珂架走。

万珂冲着车子的方向大喊:"段融,我总有一天会让你回心转意,你等着！我什么事情都干得出来！"

声音又响又亮，沈半夏听得清清楚楚。

两扇铁门缓缓开启，车灯重新亮了起来，黑色莱肯驶入别墅，停进车库。

段融从车上下来，平时工作原因，他穿西装比较多，今天却穿着黑T恤、黑色休闲裤。头发略长了些，蓬松额发快要盖住眼睛，显得他整个人很颓，又带了股隐隐的少年感。单手插在裤子口袋里，两条长腿不紧不慢地往前迈。身材高大清瘦，但并不会显得单薄，走动的时候宽松的T恤被风吹得贴在身上，能让人察觉出他健硕的身材和坚实的胸肌。

沈半夏想到摩天轮出问题的时候，她被他搂进了怀里，脸就贴在他宽阔的胸膛上，透过衣料感受到他的体温。

沈半夏呆呆地看段融，如看着一场触不可及的梦。直到段融感知到异样，停下步子，抬起头，精准地朝她这边看过来。

沈半夏赶紧收身，躲在一堵墙后，顺着墙滑下去，手抱住腿，脸埋着。

不知道有没有躲开，她过了很久才敢重新往下看，段融已经不见了。

她回了屋，在床上坐了会儿。

Z给她发了条消息：没睡？

她回：没有。

Z：失眠？

沈半夏：有点儿，每天两三点都睡不着，听催眠曲也不怎么管用。

Z：地址给我一个，我给你寄褪黑素。是个安全的牌子，治失眠很管用，不会有副作用。

沈半夏虽然不想麻烦别人，但想着或许能趁这次机会知道Z那边的地址，就没拒绝。

次日她去了图书馆，在里面看了会儿书，接到了快递员的电话。

她出去接，先去看单子上的地址。结果上面只有收货地址，并没有发货地址。

"我能问一下这个是从哪里发货的吗？"她问。

快递员明显是收了小费，告诉她："就是一家普通的药店。"

等快递员走了，沈半夏在网上查了查这个牌子的褪黑素，发现是国外一家企业生产的，药价很贵。Z给她寄的药足足有五瓶，她就算拿原价都还不起。

她盯着药看了半天，最后给Z发微信：这个我买不起。

Z：送你的，没让你买。

沈半夏：可是无功不受禄。

Z：我私下跟这家药厂有合作，他们最近需要用户反馈，免费给了我很多。你用了以后要每天告诉我效果怎么样，我给那边交差。

也不知道是不是真的。

沈半夏趴在桌上，眼睛盯着药盒外面商标纸上密密麻麻的字，下定决心后给Z发：我请你吃顿饭吧，你明天有空吗？

Z：不用请。

就这么干脆利落地被拒绝了，沈半夏有些挫败，把脸埋进胳膊，叹了口气。

方朗拿着书在她旁边坐下，低声问："怎么啦，看起来这么蔫。"

"被人拒绝了。"沈半夏打起精神默书，"太拽了，我第一次主动请他吃饭，结果他这么不给我面子。"

方朗脸上木了下，看她："是谁啊？段融？"

"不是，一个网友。"

"……沈半夏，你脑子清楚点好不好？你还是小孩子吗，找什么网友。"方朗的声音不自觉提高了。

"你管我！"

沈半夏专心看书做笔记，方朗推过来一瓶牛奶，她推回去，摇头。

方朗把瓶盖打开，硬是给她："喝了，就你这身板，风稍微大点儿都能把你刮跑，得多养养知道吗？"

见他叨叨个没完了，沈半夏只能把牛奶接过来喝光。

方朗在一边看着她笑。

沈莹打来电话，沈半夏拿起手机去外面接。

每次接沈莹的电话，沈半夏都知道肯定是医院那边又要缴费了。果不其然，沈莹磕磕绊绊地告诉她，账上的钱不多了，医生说只够两个月的药费。

还是需要钱。

沈半夏把手里攒的几千块给沈莹转过去，收拾了东西离开图书馆，去了平忧律师事务所。

武平听了她想继续工作，问："上次顾客给你的五十万……"

"我花完了。"沈半夏把话接过来。

武平点头，把鼻梁上架的一副眼镜拿下来，取出办公桌上的档案盒："南区有个案子要去跟当事人了解情况，刘律师要带两个助理过去，你跟方朗一起去吧，刚好能跟着刘律师学点东西。"

"好，谢谢武总。"

沈半夏从办公室出来，找到正埋首在一堆文件里的刘蓉。

"刘姐，南区的案子老板派我跟你一起去，有什么工作你都可以交代给我。"

刘蓉是平忧律师事务所里的老员工，手下从来没有过败诉。她一直很看好沈半夏，有意收沈半夏当徒弟，这次刚好能看看这丫头是不是律师这行业的好苗子。

"行,那你回去收拾收拾东西,明天我们就走。"

"知道了,刘姐。"

沈半夏回了段融那边,前院有园艺工人在修剪花枝和草坪,除草机的声音"嗡嗡"响。家佣葛嫂在厨房准备晚餐,见她回来,笑容满面地说:"半夏回来啦,段先生等你很久了。"

段融从书房那边过来,看见沈半夏,问:"去哪儿了?"

"图书馆。"

沈半夏上楼,走到一半回身,看向仍在莫名其妙盯着她看的段融。

"我明天要跟朋友出去玩,可能要去两三天左右,跟你说一声。"她说。

段融没回话,一双深色的眸子微敛,情绪不明地看了她两秒,口中吐出一个字:"行。"

他起身,走到冰箱前,从里面拿出一罐苏打水。

他一边看手机,一边单手开易拉罐,细瘦修长的食指扣住拉环,骨节屈起,"啪"的一声,拉环被扯开。

他身上穿着休闲长裤、白衬衫,衬衫领口解开了两颗扣子,里面隐隐露出两截弧度深的锁骨。

他皮肤白,脖颈修长,如冰块般极有视觉冲击性的喉结随着他喝苏打水的吞咽动作上下滚动。一滴水从他嘴角流下去,顺着他冷白的皮肤往下滑,从下巴、脖子,一路流进他衬衫领口,落进半遮半掩的锁骨。

再看下去沈半夏的心就要生生跳出来,她强迫自己扯回视线,跑上楼,背着一身汗收拾行李箱。

空调温度已经很低,她还是热,眼前全是段融刚才喝水的画面。她觉得自己挺没出息的,不是一向都是男人肖想女人,为什么她一个连恋爱都没谈过的女孩子要肖想男人!

她想得全身都汗涔涔,跑去浴室洗了个澡,拿浴巾擦干。

扣好文胸,她找了件T恤和牛仔短裤穿好。外面葛嫂来敲门,喊她下去吃饭。

沈半夏应了声,踩着棉拖"噔噔噔"地跑下去。

段融已经在餐桌前坐着,懒懒地靠在椅背上,拽拽地跷着腿看手机。听到声音,他往她这边瞥了眼。

沈半夏头发吹得半干,带了点儿湿披在背上。身上哪儿都白,粉团子堆出来的一样,软得不像话。上身穿着简单的T恤,下身穿了条短短的热裤,两条过分细直的腿明晃晃地露着,腿形漂亮纤瘦。

从沈半夏出现后,屋子里出现了一股淡淡的昙花香。

看到她的第一秒,段融的眼神莫名深了下,喉间干渴。第二秒后,他转而换上另一种欲盖弥彰的不满。

不满的点在于,如果这是他的妹妹,她敢穿这么身衣服去见男人,他一定会把她打一顿。

沈半夏已经在段融对面的椅子里坐好,餐桌下,她的两条腿不安分地往前踢,跟玩似的。这个餐桌不是很大,桌面也不宽,随着她踢个没完的动作,脚尖倏地撞到了一人小腿上。

明明段融才是被踢的那个,龇牙咧嘴喊疼的人却是沈半夏。

她把脚收回来,想不明白这男人的腿怎么就这么硬,反作用力也太强了,把她脚趾都要撞断了。

她一向最怕疼,为了表达自己好疼,她理直气壮地、极其不满地、中气十足地对着对面的男人骂:"你怎么这么硬!"

段融抬眼看她。

两秒后,反应过来自己说了什么的沈半夏呆住了。

啊啊啊啊啊啊啊!

沈半夏抓狂,自己是有毛病吗?说的什么鬼话!

她内心奔跑过千万头羊驼,表面上却摆出一张"怎么了,我的话有什么问题吗?"的单纯脸,硬着头皮,睁着扑闪扑闪的大眼睛给自己找补:"你、你的腿太硬了,把我的脚给磕着了。"

这句话的可笑程度就像是以卵击石,结果鸡蛋碎了却怪石头是主动撞过来的。

段融极短促地呵笑了声,放下筷子,起身,挪开椅子朝她这边走过来。

随着他越来越近,沈半夏越来越怕,怕他是过来报仇的。

她有些怵地往后躲。结果段融只是在她身边的椅子里坐了下来,倾身,一双骨节分明的大手握住她的脚踝,连带着她的腿一起往上拉。

沈半夏下意识地往后挣,没挣开,脚踝被他紧紧地握着,放在了他膝上。

段融一只手覆上去,力度轻柔地给她揉了揉撞到的脚趾,问:"哪里疼?"

随着他的手放在她脚上,沈半夏浑身起了一阵电流,尤其是尾椎骨的位置,被电得涌起一股奇怪的感觉。

刚洗过澡的身上再次发汗,喉咙很渴,心里很痒,好像有羽毛从她的脚趾开始,扫过她脚心、脚踝、小腿、大腿、肚子,最后到达心脏最中心的地方。

她咽着口水,手指蜷缩着握起来,躲开视线不敢看他,脚试着往后收:"不疼了。"

段融仍没让她动,垂眸看她粉嫩细巧的脚趾,手指在上面轻轻地摸了一下,又帮她揉了揉。

沈半夏简直要疯了,急得眼里洇出了水光,快要哭了:"你放开我行不行！"

段融终于松开了手，眉骨微挑，蔫坏蔫坏地笑："不怪我太硬了？"

事已至此，沈半夏豁出去地跟他吵："其实也没有多硬。"

"我硬不硬你知道？"

"我是不知道，我也不想知道。"沈半夏埋头干饭，很想把自己的脸装进面前小小的饭碗里，好能不让段融看见她脸上快要烧着了的颜色。

"话别说这么早，"段融幽幽地看她，样子越来越坏，"说不准哪天就想知道了。"

沈半夏只能装傻："你说什么，我听不懂。"

"行。"段融起身，经过她身边时，在她蓬松柔软的发上揉了一把，"好孩子，不知道是对的。"

"你干吗摸我，手那么脏。"沈半夏很嫌弃。

段融去了一边的洗手池洗干净手，回来后，没再坐在她对面，而是让人抽走了放在她对面的那把椅子。

他在她旁边的椅子里坐下："小半夏，我刚摸的是你的脚。"

"哦，那没事了，"沈半夏往嘴里塞了一大口饭，一边脸颊撑得鼓鼓的，像河豚一样可爱，"我身上没有地方是不香的。"

段融看了她一会儿，笑了，笑得肩膀都一颤一颤，看起来确实心情很好的样子。

李管家和葛嫂在一边看得啧啧称奇。段融平时其实是很少笑的，但自从沈半夏搬过来后，他笑的频率变得很高，往日总是沉着一层灰的眼睛也变得亮了。

对面没有障碍物，沈半夏肆无忌惮地踢脚。段融陪她把饭吃完，等她要上楼的时候，终于问："打算去哪儿玩？"

"南区那边。"

"要不要我派车？"

"不用，我跟朋友约好了一起搭巴士。"沈半夏往楼上走，走着走着又转过身，看段融，"我不在的这两天你好好吃饭好好睡觉，不要一个人大半夜的跑出去抽烟了。"

说完，她避开他的视线，很快地爬上了楼。

沈半夏回屋，把这次需要负责的案件文书从头到尾看了一遍。是一桩民事案件，被告马某暴力殴打原告李某，将李某打成了重伤一级。

刘蓉是原告律师，原告的需求是让被告方赔偿医药费及精神损失费总计三十万。刘蓉选择的是风险代理，在胜诉执行回款后付费，可以拿到百分之三十的抽成。

但按卷宗来看，原告方明明有很大把握能胜诉，为什么还会选择风险代理，这种代理方式的律师费要比诉讼开始前付费的方式高很多。

沈半夏和方朗跟着刘蓉去了南区，在原告家里了解具体情况，她在旁边做纪要整理。原告父母一直吞吞吐吐，说一半藏一半，前半程全在控诉被告把他的儿子打成了重伤，后半程在刘蓉的询问下，才勉勉强强地说出他们儿子挨打的那天请被告去酒吧喝酒，发生了点儿不愉快。

那点儿不愉快的意思是，原告趁被告酒醉猥亵了被告。

因为被告是男性，所以认定猥亵相对来说会有点难，原告一家就想钻空子，咬定原告并没有那种特殊癖好，不可能对被告造成侵害。所以被告打人没有任何理由，必须要为自己的行为付出惨痛代价。

刘蓉带着两个小助理离开。沈半夏心情不太好，不是很想管这个案子了。

在餐厅吃饭的时候，刘蓉大概看出了点儿端倪，主动说："半夏，你记住，为坏人辩护的律师并不是坏人，而是为了保证司法的公正。我们既然接了这个案子，就要做好自己的本职工作，为我们的当事人争取最大的权利。别的全不能想，这世上所有事都是经不起想的，只要多推敲一下，会发现任何事都有它坏的一面，没有人可以好得纯粹。"

刘蓉往沈半夏的杯子里倒了些果汁，给她推过去："这是我要教给你的第一课。"

沈半夏低头不语。她胃口不好，吃了半天都没吃下去什么东西，只喝了几杯水。

餐厅门被推开，几个人簇拥着一人走进来。那人个子很高，一张脸俊朗得如鬼斧神工，在一群人里是鹤立鸡群的存在。餐厅里的人不由得都被他吸引了视线，眼里发出惊叹的光。

沈半夏没想到在这里也能碰上段融，心虚地埋下头。

段融原本被人带领着朝沈半夏这边的方向走过来，却又突然停下步子，往她快埋到桌子底下的小脑袋上瞥了眼，转身向相反的方向走："去那边。"

身边的人立刻狗腿地应承："好的段总。段总您一定要尝尝这家的菜，老板手艺很好，每天都有不少人专门飞过来，就为了吃他们家一道菜。"

段融沉默不语，单手插兜往前走。

方朗认出了段融的身份："半夏，我带你先出去吧。"

"好。"

沈半夏跟着方朗离开餐厅，在外面漫无目的地转了转。

已经到了晚上，华灯初上，这里的城区在保留传统建筑的基础上又有现代色彩，高耸入云的钢筋水泥和烟火气弥漫的古风小巷相得益彰。往前走了没多远就是一条人流量很大的小吃街，方朗带她过去。

刚才沈半夏没吃多少东西，现在又觉得饿了，跟着方朗从小吃街头逛到小吃街尾，各种小吃来者不拒。

方朗去旁边接电话，沈半夏一手拿着烤羊肉串，一手拿着冰糖葫芦，边吃边看这边的老胡同，在灯光稀薄的巷子里沿着方砖路往前走。

"安排好了吗？别有什么意外。"

突然听到一道鬼鬼祟祟的声音，她下意识地觉得不安，往墙根处躲了躲，贴着墙壁偷听。

"都妥了，我们的人已经混了进去，就等段融落单的时候动手呢。这次绝对会给他点儿教训尝尝，让他还敢嚣张，敢跟您过不去！"

范洪博摸了摸还绑着绷带的脸，恨得咬牙切齿："告诉你们的人，给我往死里打，有什么事儿都有我担着！"

"兄弟们都知道，心里有数。"

沈半夏往回跑，手里的小吃早不知道扔到了哪儿。她一边跑一边给段融打电话，可那边始终占线，打不通。

她一口气跑回了刚才的餐厅，问了收银台后的老板刚才那帮男人去了哪个包厢。老板怀疑地看她一眼，不肯说。

她在餐厅里迅速看了遍，一楼找不到就跑到二楼，挨个检查每间包厢。

到了最后一间房，里面坐着几个穿西装的男人，很像刚才簇拥着段融过来的人。

可是段融不在里面。

沈半夏慌得六神无主，不管不顾地跑去男洗手间，挨个敲每个隔间的门，大声问："段融！段融哥哥你在这里吗？"

没有人回答她，后面有人被她吵得心烦，大骂了她几句。她跑出去，无头苍蝇一样往前不停地跑，到了走廊尽头时，看见一扇门，她推开。

映入眼帘的，是段融背对着她站在风里打电话的身影，而在他身后不远处，几个男人手里拿着又粗又长的木棍，一步步朝段融靠近。

"段融！"

沈半夏大喊，朝段融奋力跑过去。几个打手被她这一喊惊了一跳，手下动作迟滞。

段融转身，看到沈半夏赤红着眼睛扑过来推了他一把。

沈半夏挡在段融身前，其中一个打手已经反应过来动手，半个拳头粗的木棍砸下来，闷声落在她背上。

沈半夏咬着牙才没有痛叫出声。

那几人还要动手，段融已经把沈半夏拉了过去，将她护在怀里，抬脚猛地踢在那人心口。那人被踹出去半米远，倒在地上几乎要站不起来。另一人脸上有了惧色，丢了手里的棍子，从怀里一掏，掏出一柄明晃晃的弹簧刀。

沈半夏疼得站不稳，贴着护栏滑坐在地上。段融屈膝跪在她面前，脱了身上的西服外套盖在她头上。一片昏暗中，听到他的声音在对她说："别看。"

沈半夏就什么都看不到了，只听见段融走得远了些，跟那些人打了起来。

她的世界寂静如斯，被段融的衣服罩住的黑暗外面却不停地响着拳头砸在骨头上的声音，间或有棍棒落在人身上的闷响。她记得刚才还有人从怀里掏出了一把刀，心更是揪起来，身体发抖，眼泪无意识地一颗颗往下掉。

回忆被风吹着往前翻，她看到如血的夕阳下，一群人拦住段融的去路，逼他转学。因为他们比不过段融的成绩，他们自卑；他们喜欢的女生不喜欢他们而总会喜欢段融，他们自卑；他们明明比段融家世好偏偏除了家世外各方面都比不上段融，他们自卑。

在自卑的驱使下，他们越来越面目可憎，纠集成伙对总是独行于世的段融进行打压。正常手段他们打不过，就用阴损手段。他们一伙人穿着光鲜亮丽的衣服，手里却拿着腌臜不堪的石头、砖头、棍棒，围堵住手无寸铁的段融，用各种恶毒的字眼辱骂段融，说他是父母都嫌弃的杂种，是不配活在这个世上的弃儿。

段融始终只是一脸冷漠地看着他们。他长了双天生多情的桃花眼，但即使是这样的眼睛，大多数时候也能让人觉得是冷的，看人的目光里带着冰冷的不屑，完全不带半分感情，是真真正正看一群杂种的眼神。

对方仗着人多跟他动手，他从来没有怕过，来一个就打一个，来一双就打一双。他打架的功夫应该就是那时候锻炼出来的，平常人很难是他对手。

但他到底势单力薄，当对方人太多的时候，他身上免不了会挂彩。沈半夏不忍心看他受伤，跑出去找附近的巡警，跟他们说这里有人在打架。

她那个时候唯一几次说话，都是为了帮段融呼救。

她跟在警察后面跑过去，还好去得及时，段融没有受什么伤，只是脸上破了块皮。但即便如此她还是难过地哭了，两只手握着书包带，委屈得一抽一抽地哭。

段融在她面前屈膝跪下，叹气："吓着了？"

沈半夏只是无意识地掉眼泪，不说话，所以段融不知道她哭是因为心疼，而是因为怕。

"以后看到有人打架要赶紧走，一眼都不要看。"

段融举手，拇指指腹擦过她眼睛，她掉一颗眼泪，他就帮她擦掉一颗。好不容易等她不哭了，他把她从地上牵起来。

"走，哥哥送你回家。"

血一样的夕阳在两个人身后，把天空烧得很红。

回忆被一声清脆的利器落地的声音惊得戛然而止，沈半夏想把头上盖着的衣服拿开，被段融阻止："让你别看！"

他的声音带了怒。

沈半夏吓得缩了缩，把手收回去。

几个打手被打得趴在地上站不起来，脸上青一块紫一块。段融把地上的刀往前踢，拿起手机拨了个号码。

崔山很快跑了过来，后面还有听到风声过来查看情况的几个公司老总，隔着老远就对段融喊："段总您没事吧？"

段融走到沈半夏面前，躬下身，抄着她腿弯把她从地上抱起来，一言不发地带她离开。

几位老总面面相觑，多嘴问了句："这位是？"

段融："我老婆。"

老总们反应了一会儿，想起段融确实在前段时间订了婚，那喊这女孩老婆也没什么问题。

今天这场饭局的组织者很怕段融会迁怒他，跟上去不停道歉。段融停步侧身，冷觑了他一眼，意思是再明显不过的让他不要再继续跟。

这是家传统菜饭馆，没有电梯，段融抱着沈半夏一级一级地走下楼梯，两只手始终托得她很稳，她没有感受到颠簸。

她拉开盖住脸的外套，两只蒙着水汽的眼睛看向段融。

到楼下大厅的时候，两人吸引了不少人的视线，所有人都在猜段融抱着的女孩是谁，有人拿出了手机对着他们拍照，激动地编辑了一段文字发微博：这是在拍偶像剧吗？现在的娱乐圈什么时候有这种高质量的帅哥了，帅得也太过分了！

很快有人在下面评论：

△这不是天晟集团的那位总裁先生吗？确实帅，这种原相机这种死亡角度下都能帅得我腿软！

△他抱着的女孩是谁？果然天下的男人没有不偷吃的。段融不是刚订婚吗，这才多久就出来鬼混了，再帅我都鄙视他！

△别看见什么就先义愤填膺骂人好不好，如果段融抱的这女孩就是他未婚妻呢？

△我觉得是，他那位小未婚妻的照片我见过，人长得巨美巨灵。这照片虽然拍得比较糊，但也能看出来这女孩就是沈半夏。

△我也觉得是。大家可以散了，别冤枉人了，段融跟小娇妻好着呢。

△呜呜呜，我可不可以梦一个我才是段融怀里抱着的人啊！这男友力爆棚的公主抱我真的羡慕了！

最近的医院在一公里外,段融就抱着沈半夏走了一公里,路上接受了无数人的注目礼。

沈半夏窝在段融怀里,借着路灯光看他:"段融。"

她背上很痛,额上都是冷汗,秀气的眉皱着,呼吸发紧。

段融顿时觉得自己抱痛了她,把她往地上放,接过她手里拿着的西服外套穿上。

他朝她低身,直接从正面把她抱了起来。

这种考拉抱的姿势比公主抱更让人羞耻,沈半夏连疼都忘了,所有的感官都集中在飞速跳动的心脏上。她脸上腾腾地烧,喉咙里又干又紧,尾椎骨处有电流往上蹿。

段融牢牢地托抱着她,她两只手缩在他胸前,动都不敢动。腿在他身体两边搭着,原本随着他走动的动作一前一后地摆,慢慢地她觉得这样实在太羞耻,好像在隐喻什么一样,两条腿完全不敢再动,竭力控制着垂在他腰后。

"我自己能走,"她热得快爆炸了,"你把我放下吧。"

段融并没有把沈半夏放下,反而把她往上托了托,两手托着她大腿根处,沉声道:"搂着我的脖子。"

沈半夏心跳漏了一拍,耳朵更红,呼吸发急:"什么?"

"手搂着我的脖子。"段融不容置疑地重复,眼睛往下,蓦地撞进她羞怯的视线里。

沈半夏整个人都要燃成灰烬,晕乎乎地把手抬起来,搂住了他的脖子。眼睫早就往下搭着,不敢看他,多看一眼心脏就要跳飞出去。短裙裙角往下铺展在膝弯以上三厘米处,把他扶在她腿上的手半遮半掩。

"你要带我去哪儿啊?"她问。

"医院。"

"其实不用,我现在好点儿了,不怎么疼了,休息一下就好了。"

在她的话后,段融深深吸了口气,好像在忍耐着什么的样子。

"好好趴着,别说话。"他压抑着脾气。

沈半夏并不是个多么听话的人,但在段融面前时,她却变得乖顺,一直紧绷着的身体依言靠进了他怀里,下巴搁在他肩上。

她白白软软的脸颊蹭过去,贴到了他颈侧的皮肤。

段融脚步有片刻的凝滞,喉结上下一滚,眼里因为生气而起的冷意少了很多。

沈半夏人长得瘦小,每天吃下去那么多东西,结果一点儿肉没长,全给新陈代谢了,一直到现在都只有八十斤左右的体重。段融抱着她像抱一团棉花,想着平日里自己明明有好好喂她，可她还是这么瘦。

刚才她突然冲出来的行为跟自身过于轻的体重，两种因素中和到一起，让段融越来越烦躁，心里闷得出奇。

他把沈半夏抱进急诊，请了这边最好的医生给她拍片子。直到听见医生说并没有伤到骨头，休息几天就能好，他的心情才好些。

但还是烦，他去外面抽烟，烟抽到一半的时候被摁灭，快步往病房走。

沈半夏一个人在屋子里待着，见他过来，问："我是不是没什么事，可以走……"

后面的话因为段融过于冷的脸色而咽进肚子里，段融离她越来越近，直到逼近她身前的位置也还在不停往前走。

沈半夏被迫往后退，脚跟碰到了什么，接着后背贴住墙面。

脑袋要随着惯性撞到墙上的时候，被段融伸手垫了一把，他把她困在墙壁与他之间，俯身看她，一双漆黑冰冷的眼睛直盯着她。

两人双唇间的距离很近，鼻尖快要贴到一起。

"沈半夏，谁让你替我挡的？"

他看起来是真的生气了，完全不见了平日里吊儿郎当的痞样。

"你不知道有危险，不知道会疼吗！不去一边躲着为什么还要跑出来？"

沈半夏被吼得害怕，接着有委屈的情绪泛滥上来，两只眼睛倏地红了。

她眼睛长得通透，泪水充盈的时候，身上的破碎感更明显了，看得人很想保护。

段融的怒意被她在转瞬间浇灭，他无奈地叹口气，低头整理了下情绪。几秒后，他重新抬头看她，声音温柔了很多："为什么要替我挡？"

沈半夏的眼泪滚出来一颗，顺着柔腻雪白的脸往下滑。

"我只是，不想看你出事。"她话音里带了哽咽，"我不想看你受伤。"

她再也不要看段融受伤，不能再看到有人伤害他，不想让他每天都往口袋里装创可贴，受了伤就满不在乎地在伤口上贴一个，她不要看他这样！

她想把全世界的恶意都藏起来，让段融往后顺心遂意，让他无灾无难，平顺百年。

"我……"她哭得眼睛很红，"我也想保护你啊……"

段融的心被她的眼泪泡得发软，紧接着是剧烈的疼惜。

在这个时候他发现，他完了。

之前如果他只是因为沈半夏性格有趣才会对她另眼相待，从这一秒开始，他对她的感情彻底产生了变化。

他不再只是单纯地想照顾她，而想完完全全地拥有她。

过去让他产生困惑的事情在这一刻有了解答，他终于明白，为什么沈半夏可以轻易操纵他的情绪。

因为她跟他在一起的每一秒,都对他产生了致命的吸引力。吸引力的源头不是因为她长得漂亮、性格有趣,而是因为她是沈半夏。

沈半夏的一切,他都无法抗拒。

他这辈子,是彻底栽她身上了。

第八章
你很漂亮

段融想清楚过去看不明白的一切，几乎是瞬间就做了决定。

既然他喜欢沈半夏，就一定要得到她。

要让这场婚约从假变成真的。

为了这个目的，他可以不择手段。

不忍心看她再哭，段融把她脸上坠着的泪擦掉，每一下都小心翼翼，生怕弄破她娇嫩的皮肤。

"就算是这样，也不能不顾后果地冲过去。以后不可以再做这种事，不管发生什么都要把自己放在第一位，听到了吗？"

沈半夏不说话，段融就离她更近了点儿，几乎快吻到她的唇："听见没有！"

两人嘴巴间的距离只剩一张薄纸那么近，沈半夏很想往后退，但身体整个贴住了墙，脑袋后是他垫过来的手掌，根本动都动不了。

被他带了戾意的眼神吓到，她只能不情不愿地"嗯"了声。

她眼睛很红，里面蕴含了一层水光，拼命忍着才没有继续哭。眼型是滚圆的杏子眼，虹膜泛着清透的琥珀色。

段融又一次觉得自己见过这双眼睛，也是同样的这双眼，曾经在他面前大颗大颗地掉过泪。

"沈半夏，"他蹙起眉，"我们是不是曾经见过？"

沈半夏木了下，瞳孔放大，双唇微张，慌乱得不知所措。

过去半分钟之久，她才把自己的声线找回来："没有啊，我们第一次见面，不就是在迷路酒吧外吗？"

段融不动声色地观察她，两个人谁都没有再说话，看着彼此，时间一分一秒地安静淌过。

不知道究竟过去了多久，段融放开她。

沈半夏正要松口气，腿后一紧，再次被段融当考拉一样抱了起来。

段融带她离开病房。

沈半夏两脚离地，从矮他一头还要多的位置猝然升到很高的空中，因为害怕两只手扶住了他的肩膀。

她低下头，看着他，说话时声音都颤了："你能把我放下吗？"

"不能。"

"……我又不是不能走。"

"医生说你要休息。"

沈半夏咬咬唇，实在没有办法了，只能激他："你是不是就想吃我豆腐？"

段融："是。"

沈半夏无语，不明白他这是怎么了。在几次商量都无果后，她彻底放弃跟他理论的欲望，索性心安理得地趴在他肩膀上，手搂住他脖子。

段融心里一阵柔软，唇角挑出个笑。

沈半夏记起在她小的时候，段融也曾这样抱过她。那时候她为了躲学校里以范洪博为首的人，不小心从楼梯上摔了下去，摔伤了脚，一瘸一拐地走出了学校。

段融看见，问她发生了什么。她知道那段时间段融都在为替舅舅还债的事四处奔波，不想让他担心，摇了摇头什么都没说。

段融把她抱了起来，带她去药店，给她扭伤的脚上喷涂药水。

那个时候，沈半夏在想，她上辈子一定做了很多很多好事，所以这辈子才会遇到段融。

后来段融转学，她足足七年没有见过他，她又开始想，自己上辈子一定积德行善不够多，所以才会在遇到段融后，又失去他。

如今能跟段融重逢，或许是上天看她可怜，给她的恩赐。

但她不知道自己能不能抓住这次机会。

沈半夏侧了侧脸，看段融薄薄的耳垂，干净修长的脖颈，性感突出的喉结。

她已经不再是小孩，但段融仍像在抱着一个孩子，两只手托得她很稳。一盏盏照明灯把他们的影子拉长又缩短，影子贴在一起，密不可分。头顶月亮很圆，像在跟着他们走。

"段融，"她开口，听声音有些困了，"你刚才有没有受伤？"

"没有。"段融语气温柔，"你先睡会儿，到了我叫你。"

"你要把我带去哪儿？"

"酒店。"

"我有订酒店，"她实在有些困了，眼皮开始打架，无力地往下盖，"是叫……叫什么来着？我想想，哦，是叫四季酒店，你把我送到那里吧。"

段融笑，无限宠溺地低头看她："你今晚跟我住。"

沈半夏打了个激灵，瞌睡都下去了一半："不用了，我行李什么的都在那边。"

崔山应段融的要求把车停在了医院外头，半小时过去，看到大BOSS抱着个女孩走了出来，两人的姿势极其暧昧，像一对热恋中的情侣。

但这对热恋中的情侣并没有多少交流，就连眼神相接都很少，让人感觉他们不怎么熟。过于亲密的动作跟稍有疏远的关系形成一种强烈的反差，给外人的刺激感更强了。

段融把沈半夏放进副驾驶座，接过崔山递来的车钥匙，带她去了四季酒店。

到了酒店门口，沈半夏想推车门，被段融制止："别动。"

他的话音明明平淡，却给人一种无法反驳的威慑力，沈半夏只能在车上等着。

段融绕到副驾驶座，像抱一个生活不能自理的残疾一样把沈半夏抱下来，踢上车门，进酒店。

沈半夏事先跟方朗和刘蓉都发过消息，她这边遇上了点儿麻烦，段融正跟她在一起，让他们两个人暂时先不要找她。所以进酒店的一路都很顺利，没有什么意外情况出现。

进了房间，段融把她搁在沙发上，四周看了一圈。

一间普通标间，估计是她公司安排的。她既然要骗他，偏偏不会做得周全点儿。一个养尊处优的小公主，怎么能受得了这种普通酒店的普通房间。

段融在她身边坐下，想听听她会怎么解释，主动问："这种条件你也受得了？"

"这不是挺好的了吗？"

"行，"他给了她这个台阶，"挺好，我未婚妻很懂事。"

"我当然很懂事了。"

段融笑，拿出手机点开，发了条消息。

"你不回去吗？"她问。

"我回去谁照顾你？"

"那你住哪儿？"

"你隔壁。"

段融把手机往茶几上随手一扔，手机往前滑了一段停下。他想找点儿热水给她喝，可房间里只有一个烧水壶。他鼓捣了一阵，去洗手间洗了半个小时壶芯，洗得几乎发亮才拿去装水，烧开。

沈半夏记起来，他确实是有洁癖的，尤其讨厌跟别人接触。但很奇怪的是，他从来没有嫌弃过她。即使她被范洪博那些人恶作剧地推进水沟里，身上沾满了淤泥，段融也会把身上干净的外套脱下来披在她身上，毫不介意地抱着她往家走。

到了第二天，范洪博脸上青一块紫一块地来上课。

是段融揍的，可段融没有跟她说起过。从那以后，范洪博那帮男生不敢再找她麻烦了。之后段融转学，她脸上的红疹消了下去，不再戴口罩，班里的人才看到她五官精致，小脸清丽，皮肤嫩得如同水豆腐一般。

大家没见过像沈半夏一样漂亮的女生。即使是初中部刚选出来的校花，都不及她灵动可人。

没有人再欺负她了，而出现了很多讨好她的人。

沈半夏在那个时候知道了，美好的皮囊确实会给人带来无尽好处。毫无道理，但确实存在。

只有段融，在看不到她脸的时候，也会对她好。

水烧开，段融倒了杯水给她端过来，等水凉些，拿了药让她吃。

医生开的药有一瓶是外敷的，可沈半夏的伤在背上，不好让段融看，她早一步把那瓶药藏了起来。

还好段融没有发现。

应该是没有发现的，他随意地靠在跟她相反的沙发那头，腿大剌剌地搭着，拿着手机在屏幕上打字，估计是在聊工作。

气氛一时安静，沈半夏就也在沙发里窝着玩手机。

明天还要去见被告人马录，只要一想到这件事心里就烦得慌，她给Z发消息。

段融敲字的手指顿住，点开屏幕顶部弹出的消息。

小骗子：我好像把事情想得简单了，我以为当律师就可以伸张正义，但是还没等当上律师，我就要替坏人做事了。我不想替坏人辩护，想退出了，我这样是对还是错？

段融看一眼沙发那头的沈半夏。她宁愿相信一个匿名客户，都不愿意跟他多说话。

视线重移回屏幕，段融隔着一个沙发的距离跟她聊：你没有错，不想做的事就不要做。

小骗子：可是，其实大部分人在做的事都不是自己想做的。我就这么逃避，那我什么事都做不了，我就成一个废物了。

小骗子：虽然当废物也挺好的，但我没有当废物的资本，我需要钱。所以，我还是要去。

小骗子：原来人的道德感就是这样一点点消耗掉的啊。

段融盯着屏幕上的消息。她过早地步入了社会，被洪流裹挟着不得不往前走，稍落后一步就要被卷过来的浪头淹死。

手下查到的信息，她父亲是在四年前出的事，那年她还在上高中，家里突然被噩耗砸得摇摇欲坠。母亲费力支撑，除了还掉家里的债，还供她考上了大学。但考上大学那天，母亲因过于劳累而猝死。家里所有的重担都落在了她一个人身上，她在过小的年纪就要出来赚钱，为父亲的医药费奔波。

段融想到四年前的时候，自己在做什么。那时候他正式进入天晟集团，偏偏由于段向德经营不善，公司发展遇到了前所未有的瓶颈，陷入极大的舆论风波，眼看就要倒闭。

关键时候段向德召开了一场新闻发布会，在发布会上宣布天晟集团研发出了属于自己的芯片，芯片名为"鲲鹏"。

当时"鲲鹏"的出现可以称得上石破天惊，在全球都造成了很大影响。天晟集团一举翻身，并成功打败往日里极难缠的几个竞争对手，成为整个科技业无人能匹敌的行业巨头。

而段融作为这样一家集团的唯一继承人，声名大噪，凡是他身边的人，没有不上赶着巴结他的。

他在无限风光的时候，沈半夏在一片废墟里生长。

段融关了手机，单手揉了揉眉心，侧头看她。

沈半夏已经窝在沙发里睡着了，手里抱着手机，页面还开着，能看到上面跟他聊天的页面。

这么没有防备心，要是换个人骗，被拆穿了该怎么办。

段融在聊天框里打字，发送。他朝她走过去，关掉她的手机搁在一边，想把她从沙发里抱起来。

刚碰到她，她眉心紧皱，呼吸变快，嗓子里哼唧了声。

她背上还疼着，醒着的时候半点都没透露出来，睡着的时候才开始喊疼。

段融立即收手，不敢再碰她。过了会儿才试着把她拢进怀里，一只手搂着她膝弯，另一只手扶着她后脑，轻柔地把她抱起来。

沈半夏没再哼唧，乖乖地把下巴搁在他肩上，像小孩子一样歪头睡着。背上的头发顺着肩膀滑落，掉在他颈窝里。

她睡着的时候乖得像小孩，让人只想好好宠着。

段融把她放在床上，越看，就越想亲她一下。

他忍住了，把被子给她盖好，转身出门。

沈半夏再醒过来的时候是在床上，身上有人给她盖了被子，空调调到了适宜的温度。

她昨晚困得睡了过去，那时候段融好像还在屋里，跟她坐在同一张沙发上陪她。

她把手机捞过来，想问问段融在哪儿，这时候才看见昨晚Z给她发的一条消息:你只要记住,你没有做过一件坏事。

沈半夏心里暖了下,嘴角浮起笑。打开另一个微信,给段融发:你在隔壁?

段融:嗯,我去找你。

沈半夏:不用,你忙你的吧,我感觉好多了,身上不疼了。

段融:开门。

这么迅速的吗?

沈半夏透过镜子看了看自己睡得凌乱的头发,给他发:等会儿,我要洗澡。

段融:行。

她掀开被子下床,跑进浴室冲澡洗漱,换了身干净衣服,吹干头发,素着一张嫩生生的脸去开门。

段融仍旧等在门外,一直没有走。

他把拿来的早餐放在桌上,打开盒盖。

沈半夏把脸庞的头发别到耳后,手撑着桌沿,眼睛放光地去看早餐。

"你怎么知道我喜欢吃这个?还有这个、这个、这个我都爱吃。"她全指了一遍。

段融:"这世上有你不爱吃的东西?"

沈半夏撇嘴,坐下来拿了个肉包咬了口,满足得眯了眯眼睛。

她皮肤雪白,毛孔细小到找不到,不用任何脂粉修饰,清水出芙蓉的惊艳。偏她没有意识到自己的美,气质始终恬静,目光淡然。

段融靠在椅背上看她,她已经吃了两个肉包、一个馅饼、半碗南瓜粥,还想去剥鸡蛋。

段融抢先把鸡蛋拿在手里,在桌上滚了滚,把鸡蛋壳整个扯掉,剥干净了给她。

沈半夏接过来,一口咬下去半个,左边脸颊被撑得鼓鼓的,让人很想戳一戳。

段融看得失笑,倒了一杯牛奶给她。

"外敷的药在哪儿?"他突然问。

沈半夏把嘴里的牛奶咽下去:"怎么,你想帮我敷啊?"

"如果你想的话,"他悠悠地说,"我可以代劳。"

沈半夏脸上红了红,避开他视线:"不需要,我会让我朋友帮忙的。"说完补充,"女的。"

"你觉得女的就可以?"

"女的为什么不可以?"

"这世道,男女都要防,"段融拽拽地跷着腿,背往后靠,胳膊搭着,"只有你未婚夫我,不需要防。"

他的目光太有压迫感,脸上明明什么表情都没有,只是简单地看着她,就让她不自觉地想后退。

"行,那……那你帮吧。"

沈半夏豁出去了,抽了张纸巾擦擦嘴巴,起身去把自己藏起来的药膏找了出来,往他那里一递:"给!"

段融抬头,看她:"你确定?"

"确定。"

下一秒,段融突然抓住沈半夏伸过来的手,带着她进了卧房,"砰"地踢上门。

随着这声响,气氛陡然变得危险。

似能预料到接下来发生的事情一样,沈半夏有种失重感,紧接着心脏剧烈地撞击,快要破开皮肉骨骼撞出来。

段融把她转了个身,让她正对门趴着。他带着温度的手把她束在短裙下的T恤下摆扯了出来,往上拉。

短短一秒后,沈半夏的T恤被脱下来,扔去了一边。段融的气息贴近,就在她耳朵边:"碰疼你了告诉我。"

下一刻,段融沾了药膏的手指贴在了她后背肌肤上。

沈半夏几乎要打个激灵,撑在门上的手痉挛着握紧,咬牙忍住了渗到喉咙口的一声喘。

段融的手指在她后背游离,她上身只穿了一件淡粉色的文胸,往下看,能看到勉强挤出来的一点沟。肩带很细,勒在她单薄的肩膀上。

药膏湿湿凉凉的,涂抹在她后背泛着红痕的地方,沾染了他的手指。

沈半夏闭上眼,想到自己跟段融重逢那天,看到的就是他搭在方向盘上的手。

他的手修长细瘦,骨节分明,好看得带了欲感。

如今这只手就在她背上一下下地触碰着。

屋子里温度凉爽,她却热得出了汗,脖颈尤其湿。

腰上突然一紧,段融把她翻了过去,两人视线对上。

段融低头看她,一只大手握着她的腰,不知道为什么,他气息也重,跟她的混杂在一起,快要把空气点燃。

"半夏。"段融认真地叫她名字,手握着她后颈,迫使她抬起头。

他眸光很深,脖颈下让人无法忽视的喉结上下一滚,嗓音越来越哑:"要不要跟我接吻?"

门窗紧闭,时间无限速地慢下来,尘埃在空气里旋转坠落。

从段融的那句话落下后,房间里急遽升温,烘得人身上发汗。

沈半夏有了两秒钟的眩晕，怀疑自己是不是听错了，她刚才出现了幻听，其实段融什么话都没有说。

但又切切实实地感受到，自己确实听到了那样的话。

段融这个人，与人交往总藏了七分呼之欲出的戏弄，天生多情的桃花眼从来没有真正的有情过。或许是因为她年纪小，他常把她当成小孩，每回都要逗她几句才开心。

沈半夏觉得是这样的，他又在逗她了。

她把段融推开，有些不知所措地拿手捂着胸前，一个防备的姿势。

段融的眼神变得清明，躬身把扔在床上的T恤捡了起来，给她套了上去穿好。她背后有伤，青紫了一片，他担心会弄疼她，动作轻柔小心地给她整理衣服。

"吓唬你呢，"他说，"别怕。"

"谁怕了？"沈半夏不肯服输，不自在地躲开他乱动的手。

段融笑了声，嗓音清浅勾人："既然不怕，那亲一下？"

沈半夏推开他，背对着他不肯看他，脸烧得通红。

段融把她拉回来，自然而然地在她脸上捏了一把，笑："脸这么红，这叫不怕？"

"你烦死了！"

沈半夏把他推出去，关上门。身上的衣服怎么看怎么别扭，脑子里满是刚才他脱她衣服时的样子。

怎么有这么坏的人啊！

她把衣服换掉，开门出去。

段融已经走了，屋子里变得空荡荡，像缺了什么。

沈半夏打起精神，跟着刘蓉去见被告和被告方律师。

被告马录二十岁左右，长相很清秀，唇红齿白。因为这段时间发生的事，他被折磨得心力交瘁，眼底满是血丝。在听到原告方的诉求后，他崩溃地一把将桌上的文件扫了下去，指着刘蓉这边的人破口大骂。

"你们这些人什么脏钱都赚吗？我是受害者，我才是受害者！"

"你们为了钱能把黑的说成白的，白的说成黑的，你们还是不是人，赚这些钱你们不觉得亏心吗？你们是想活活把我逼死吗？"

马录情绪失控，被他的律师拉走，一场会面就这样不欢而散。

看样子和解是不可能的，只能等开庭。刘蓉打算坐下午的车回去，回酒店收拾东西。

沈半夏心情不好，越来越怀疑自己为什么要当律师。如今段融已经跟以前不一样了，不再是总被针对的穷小子。公司里养了不少律师，个个还都不是省油的灯，没有人能再冤枉欺负他。

那她还有必要为了小时候的一个执念，坚持读法律吗？

经过一家琴行，里面传出悠扬的乐声。沈半夏往里看了看，见有学生模样的人坐在一架钢琴前弹奏。

她盯着看了会儿，直到方朗跑过来，拿手在她眼前一晃："看什么呢？"

沈半夏回神，摇头："你怎么没回酒店？"

"先去吃饭。你想吃什么？这边有家炸酱面店很有名，要去尝尝吗？"

"好。"

沈半夏跟着方朗去吃饭，等面上来，方朗帮她把炸酱和菜码倒进碗里，帮她拌匀后给她。

他们两个坐的位置靠窗，外面停着一辆黑色迈巴赫，一只骨骼分明的手搭在窗沿，食指与中指间夹着烟，烟灰已经积得很长。

段融透过窗户看店里的沈半夏，她吃一口面，软嘟嘟的嘴巴上沾了酱。方朗拿了个装着腊八蒜的小碟子给她，她像拨浪鼓一样地摇头不肯吃。方朗笑着逗她，非要让她试试，她就是不肯，紧紧皱着眉头，去打方朗的手。方朗笑得开心，没再逗她，抽了纸巾要给她擦嘴。

她虽然躲开了，自己接过了纸巾擦，但段融还是看得眯起了眼睛，眼里寒意沉沉。

他拿手机给她打电话。

沈半夏犹豫了两秒才接起来："干吗？"

段融："你跟谁在一起？"

"朋友啊。"

"什么朋友？"

"就是普通朋友，还能有什么朋友。"

"男的女的？"

"怎么了，要是男的就不可以吗？"

"不可以。"那边的人语气泛冷，"现在回去，半小时内我要在酒店看到你。"

电话被挂断。

沈半夏觉得莫名其妙，段融突然发什么疯。

她有预感似的往外看了看，并没有看到段融常开的车，只有一辆迈巴赫缓缓驶入行车道，又突然加速开远了。

沈半夏心神不宁地吃了几口面，实在被段融最后的语气吓到，提了包起身："方朗，我有事得先走了，你慢慢吃啊。"

方朗要跟她一起，可她已经跑了出去，随便坐上了停在路边的一辆出租车。

沈半夏跑回酒店，房间门口，段融靠墙斜站着，低着头，额发遮眉，身子被走廊里的顶灯照出一片昏昧的影子。

沈半夏走过去:"你让我回来干什么?"

段融抬头,眼光锐利,一只手从裤袋里伸出来,朝向她:"房卡。"

沈半夏把房卡给他。

刚进去,酒店服务员便来送午餐。

是两份炸酱面。

沈半夏觉得这只是巧合,没有多想。

刚才她只吃了几口面,肚子还饿着,坐下来要去拿炸酱。

段融在沈半夏旁边坐下,抢先把炸酱拿了过去,倒在碗里,又把菜码也都倒进去,三两下拌好给她,他又开始拌自己那份。

他一声不吭地开始吃面。

气氛变得奇怪,但到底是哪里奇怪,沈半夏说不出来。

她没再想什么,拿起筷子吃面。一碗面见底,她嘴巴上沾满了酱汁。可段融嘴巴上就什么都没有,干干净净的,所以是只有她吃相差吗?

沈半夏伸手去抽纸巾,段融"唰"一下把纸巾盒拿了过去,另一只手拽住她椅子往前扯,直到两个人的椅子"嗒"的一声碰到一起。

他拿纸巾把她嘴角的酱擦干净,蓦地凑上来,离她很近:"你说,是那小子拌的炸酱面好吃,还是我给拌的好吃?"

沈半夏反应了一会儿,明白过来:"你刚才看见了?"

"是。"

"你跟踪我?"

"无意中碰见。"段融身体往后,靠在椅背上,一只手在桌面上"嗒嗒"地敲了两声,"沈半夏,你朋友很多啊。"顿了半秒,补充,"男的。"

"很奇怪吗?现在交朋友只能交同性吗?"

"不是不能交异性,"段融眼里不见半分戏弄,装着的全是冷戾,"可你不能交,我看着不爽。"

沈半夏心里动了下,表面上依旧是全不在意的样子:"有什么可不爽的,我跟你又不是真夫妻,只是被利益绑定在一起的而已啊。"

"就算只是被绑定在一起的,你也属于我。"段融目光始终直视着她,"我这人很自私,凡是我的,别人不能碰一下。"

段融坐在她身边,那种痞里痞气的气质又出来了,脸上透着坏劲,眼睛黑沉,让人看不透他在想什么。

沈半夏越来越发现,他这人的占有欲真的很强烈。

即使不喜欢她,可就因为她是他的未婚妻,他就不许别人来碰。

沈半夏不免开始想,他这样的人,等以后真的有了女朋友,对女朋友的占

216

有欲是不是会更强烈。

只是这么想一想,她就要开始嫉妒了。

下午是跟段融一起回去的。

沈半夏第一次见他开迈巴赫,跟那辆莱肯一样,这辆车也是黑色的,设计低调,没有那么多花里胡哨。挡风玻璃外加装了防爆膜,防窥性很好,从外面完全看不到里面的光景。

后排空间很大,沈半夏在车上无聊,东翻翻西翻翻的时候,不知道碰到了哪儿,隔板缓缓升了起来,阻隔开前后座。

她扭头,盯着隔板看了两秒,脑子里浮现出看过的一些霸总小说,把段融代入进去,怀疑他是不是在这辆车里,在这辆车的后座,当司机在前面开着车的时候,在后面跟女人亲热。

只是这么想一想,心就猛地一沉,像是被扔了块大石头。越想越不开心,她回头去找,想把这块讨人厌的隔板降下去。

可顺着找一圈,都不知道开关到底在哪儿,直到段融幽幽地告诉她:"总开关在后面。"

沈半夏不满地努了努嘴,不想再管了,靠回椅背看窗外。

车子驶上高架,又从高架下去,到了一处山体高速公路。这边暂时没有管控,常有车辆过来飙车。这么一会儿的工夫,已经有两辆外形飞扬跋扈的超跑一前一后超了段融的车。

第三辆车开过来时,车窗降下,副驾驶室里露出高峰那张略显憨厚的脸,可他人其实一点儿都不憨厚。那帮纨绔子弟群里泡出来的,没一个是善茬。

"哥,那两个孙子都耀武扬威到家门口了,你这都能忍?"高峰扒着窗户,探出半个脑袋,等段融降下车窗后,说,"你不跟他飙一圈?"

段融瞥他一眼,神色极淡:"没见我车上有人?"

高峰的头往外伸得更狠,等看到沈半夏后,贱兮兮地笑了起来:"得嘞,段融就是会怜香惜玉啊。"头扭回去,拍了驾驶座上的易石青一下,"走,咱替哥收拾那两个孙子去。"

"得嘞。"易石青把油门踩到底,极其张扬夸张的亮黄色兰博基尼如离弦的箭般朝着前面飞速驶去。

虽然段融的车速始终都很平稳,但沈半夏还是下意识地拽紧安全带。父亲就是出了车祸才会变成现在这个样子,她心底深处对车有种恐惧,稍微快点儿的车速都会觉得不安全。

段融在前面一处临时停车点停车,松了安全带下去,打开后车门按下一个开关,隔板缓缓降了下去。

等他重新坐上车,沈半夏问:"你管那个干什么?"

"你不是不开心？"

"我……没有啊。"

"脸都黑一片了，这叫没有？"段融发动车子，单手控方向盘，另一只手肘搭着窗沿，嘴角淡淡一勾，"沈半夏，你不会是想到什么不干净的了吧？"

"谁……谁想不干净的了？"

"主角还是我？"段融看她一眼，眼里笑意更浓，简直坏透了，"我跟人在后头……"

"你闭嘴！"沈半夏没想到这人脸皮厚得什么话都说。

段融兀自好心情地笑，头朝外侧，如被精心雕刻出来的下颌线条更显利落分明，惑人心神："要让你失望了，这种事我还没做过。"

片刻后，他补充："以后可以跟你试试。"

在段融的话后，沈半夏顺手拿起车上的抽纸盒砸他。

段融一动不动地受着，嘴角甚至勾着笑，坏得不行。

沈半夏其实松了口气，又觉得自己很奇怪，就因为看的闲书太多就联想到了他身上，还因为联想而在心里怪他。

这不是神经病是什么？

回去后开始整理辩护词，但沈半夏完全没有心情，怎么想怎么觉得原告是活该，没被打死已经算好的了。

这几天她常会做噩梦，梦见马录指着她的鼻子痛骂她助纣为虐，不给他活路。醒来后一身冷汗，怎么都吹不散。

到了开庭那天，刘蓉凭借着自身过硬的业务能力，成功替原告争取到了三十万赔偿金，如果被告不能在规定期限内还清，就要面临五年左右的刑期。

沈半夏垂头丧气地走出审判庭，刚才她全程都在祈祷对方律师能胜诉，但马录明显找了个饭桶，没有为他争取到半点儿权益不说，还被刘蓉逮到了不少自相矛盾的点儿予以回击，马录简直被坑惨了。

不同于上次见面义愤填膺的样子，今天的马录精神状态很差，像是被人抽掉了主心骨，脸色惨白惨白。

沈半夏有点儿不放心，跟在他后头走了一段路，最后见他走到了一座桥上。

桥下是条深水河，马录翻到桥栏上朝下看，怔怔，不知道什么时候就会往下跳。

"马录！"沈半夏朝他跑过去，"你别做傻事啊，快先下来。"

马录跨坐在桥上，赤红着眼睛看她："你别过来！别以为我不知道你跟那个姓刘的律师是一伙的，你们全是一丘之貉！挣钱挣得开心吗？我告诉你，你们得到的每一分钱都是在喝我的血、吃我的肉！三十万，把我卖了我都还不起，你们全是畜生！"

马录往下跳，铁了心要往河里跳。沈半夏心急之下冲他喊："我会帮你上诉的！我会帮你的！你先下来好不好，你相信我，我一定能帮你胜诉。"

风"呼呼"地刮，马录身上的T恤被吹得鼓起。他人瘦得不行，单薄得好像只剩了一把骨头，又因为这段时间的事没有一天好好吃过饭，脸颊凹陷下去。

"真的？"他眼里重新有了希望。

"真的，你先下来，我替你想办法，你不仅不用赔三十万，还能得到一笔精神损失费，你看这样行吗？"

马录趴在桥上，五分钟过去后，他爬了下来。

沈半夏往远处指了指："那边有家餐厅，我们先去吃饭吧。"

马录跟着她走了。

一直到下了桥，进了餐厅，沈半夏才彻底松口气。为了压惊，她点了一大桌子好吃的。

马录并没有吃饭的心情，问她："你真的能帮我胜诉？"

"嗯，我觉得还是有戏的。那个叫李岩石的就是有错在先啊，你打他是属于正当防卫，合情合理。"

沈半夏跟他分析一通，最后才说："呃，可是，我还没有律师证哎。"

马录一愣。

两秒后，马录吼："那你跟我扯什么闲篇啊！"

他起身要走，沈半夏把他拉住："等等等等，你听我把话说完。虽然我还没有律师证，但我可以帮你找一个靠谱的律师，让律师帮你打赢官司，你放心好了。嗯……就是，律师费我还是要正常收的，毕竟我要吃饭。但我拿得不多，帮你打赢后我收一万块，你能接受吗？"

马录怀疑地打量了她一遍。这丫头嫩得很，看起来还在上学，外表十分柔弱，完全跟干练律师这种行当挨不到边。但人确实有股机灵劲，尤其是那双眼睛。

"那要是打输了？"他问。

"我分文不取。"

"行，可以。"

沈半夏笑了笑，跟他握手："合作愉快。"

这是她自己争取到的第一笔单子，她想开个好头，只许赢，不许输。

她去找武平，说了自己想退出刘蓉律师团队的意思。武平见这丫头还是活得太理想了，多说了几句："半夏，人还是要自私点儿比较好，尤其是律师这个行业。要是把对错看得太重，是不适合做律师的。"

沈半夏垂眸，唇抿了抿。

"我知道了老板，我已经决定了，不后悔。"她说。

她开始专注于替马录收集证据，又去找了不少律师，但都不怎么好，请得起的业务水平太差，真有实力的她和马录又请不起。

沈半夏忙得心力交瘁，晚上睡不着偶尔会跟Z聊天，把马录的事跟他说了一遍。

或许是老天帮忙，没过几天有位大神级别的律师找了过来，说他对马录的案子很感兴趣，想来做法援，免费为马录辩护。

这位班律师的大名沈半夏早就听说过，对他如雷贯耳，他的诉讼水平如果在国内排第二，那没有人敢说自己是第一。但是近两年听说他已经早早退休享受生活，不再管诉讼案子了。

看来传言确实不可信。

沈半夏跟着去了班兴昌名下的律所，每天都会准时过去，听他分析案情，从各个角度讨论马录胜诉的可能性。

她感觉自己在班兴昌这里学到的，要比在学校里一年学到的知识还要多。

"老师辛苦了，您喝茶。"沈半夏狗腿地泡了茶端给班兴昌。

班兴昌看她一眼："别这么叫我，我可没收你当学生。"

"啊，您没收吗？"沈半夏故作疑惑，"您这几天有问必答倾囊相授，那么用心地教我，不就是为了要把我培养成跟您一样厉害的大律师吗？"

班兴昌一噎。

"老师，您的教导我都有听进去，我一定好好学，不会给您丢脸的。"她笑得真诚。

班兴昌无奈地摇头，腹诽段融的这位未婚妻机灵得简直没边，怪不得能把段融收得服服帖帖，为了她不惜三顾茅庐请他出山。

晚上下了雨，沈半夏从律所出来，去楼下一家便利店买了伞。

账户里的钱不多了，她不舍得打车，去前面搭公交车。

走到一条幽僻的街道时，段融给她打了电话问她在哪儿，他会开车过来接她。

沈半夏说了自己的位置，等挂断电话，她撑着伞站在路边，仰头看伞外的雨。路灯把雨丝照得争先恐后，像一场混乱的舞蹈。

她的小白鞋被地上的积水浸湿，雨水渗进去，两只脚湿湿的。想到有一天学校放学，天降暴雨，她没有带伞，爸妈去了外地出差，把她暂时交给了邻居照看。邻居有自己的孩子要照顾，一时把她忘了。

她没有带伞。每次带伞天就不会下雨，不带伞的时候偏偏下雨，她总是这样倒霉。

她冒着雨往外走，雨水淋湿了她的头发、衣服、鞋子，脸上戴着的口罩也湿漉漉的。

撑着伞的同学从她身边一路欢笑地跑过去,有人看到她被淋得如落汤鸡一般,指着她笑,问她为什么不跑。

沈半夏觉得没什么可跑的,前面也在下雨,又不是跑起来就不会被淋了。

段融应该已经走了。在一场混乱的事故后,段家二公子段盛鸣断了两条腿,段融被段向德承认。他已经好几天没来过学校了,校论坛里有人说他不会再来了,要转去贵族学校读书。

可那天,沈半夏在走出学校不远后,看到了他。

段融撑了把黑色的伞,握着伞柄的手骨节突出,手背上青色的静脉明显。在略冷的天气里穿着黑色短袖 T 恤、黑色长裤,脚上踩了双黑色板鞋。他常穿的衣服颜色不多,基本非黑即白,每每如是。

看到沈半夏,段融朝她走过来,将伞举过她头顶。

"怎么淋湿了?"段融俯身,把她脸上湿漉漉的头发拨开,"你爸妈没来接你?"

沈半夏睁着一双蕴含着水的大眼睛,摇了摇头。

"以后就要一个人回家了。"段融把伞放到她手里,让她握好。他一半身体到了伞外,背后 T 恤被倾盆而下的大雨顷刻间淋湿,"好好照顾自己,哥哥走了。"

段融把她脸上的雨水擦干净,起身,身体从伞下完全退出去。他不顾瓢泼般的大雨,迈步离开。

大雨争先恐后地浇在他身上,把他干燥的身体浇得湿透。

地上溅起雨雾,遮挡住他的背影,他由深变浅,最后完全看不到了。

那是沈半夏年少时期最后一次见到段融,从那以后,有七年时间,段融彻底退出了她的生命,再也没有出现过。

很奇怪,段融明明只在她年少岁月里断断续续地出现过两个月,却让她放不下了七年。

雨一直没有停的趋势,可能是路上堵车,一直不见段融过来。倒是马路对面停了一辆车,很久没见的吴政从车上下来,朝她这边走。

沈半夏往后退,攥紧伞小跑着赶紧离开,起码到一个有很多人的地方。这边的街道安静得像个坟墓,连路灯都微弱。

"半夏!"吴政在后面喊她,"你跑什么,别跑了!"

沈半夏继续跑,跑得狼狈。风很大,吹着伞往后飘,她抓不住松了手。

湿凉的雨扑在脸上,随着奔跑的动作,雨滴砸在脸上很痛。身后像是有怪兽在追,她不能停,在深夜的街头没命地逃。直到脚下绊了一下,她整个人摔出去,膝盖被坚硬的路面磕得掉了一大块皮,手心也磨破了。

"半夏！"

吴政已经追了过来，在她企图爬起来时拽住她的胳膊："你跑什么，我就是来跟你说句话而已。"

"我跟你没什么可说的。"沈半夏想把他的手甩开。

"你为什么就这么讨厌我？"

吴政这人就像狗皮膏药，即使已经被明确告知她不可能喜欢他，还是一直死皮赖脸地追求。像这种男人内心大多数都很阴暗，沈半夏避之不及。

"你只要放过我，别再一直缠着我，我就不会讨厌你。"沈半夏去掰他的手。

不知道已经是第几次听到这样的话，就算是条狗都该知道羞耻了。吴政眼里滚过怒色，拽着她不肯放手："沈半夏，就是因为你我才跟我女朋友分手的，你总要负责！"

"你神经病啊，我有让你分手吗？"

"不是你勾引我，我会变成现在这样吗？"

沈半夏想笑："吴政，你就是个疯子。你到底想怎么样，今天一次性说清楚。如果还是要让我跟你在一起，我跟你说这不可能，你趁早死了这条心。如果你继续再这样骚扰我，我一定会报警。"

"好啊，我倒要看看你能怎么报。"吴政把她从地上拎了起来，拽着往前拉，"软的不吃非吃硬的是吧，行，跟我走，我今天非让你知道我的厉害！"

沈半夏完全抵不过一个男人的力气，跟跄着被他往前拉。膝盖上流了大片血，血珠冒出来，混合着雨水往下滑，掉进她鞋子里。

马路对面像一阵风般跑过来一个男人，那人穿了一身黑，黑色衬衫、黑色西装裤、黑色皮鞋，同样的黑色着装，但已是跟那年不同的打扮，多了种成熟的气质。

路上有辆车在暴雨里疾驰而来，眼见要撞到他，他一刻都没有迟疑，赶在千钧一发间跑过马路。

汽车司机心有余悸，都开出老远了，还要探出车窗指着他骂："你不要命了！"

那人充耳不闻，依旧往前跑，极力缩短与沈半夏这边的距离。他跑到护栏处，单手一撑，身体已跃了过来，两步跑到吴政面前。

吴政还不知道怎么回事的时候，手里拽着的女孩已经被段融抢了过去。

手中空了，吴政回头，鼻子猛地一痛，脸上已经挨了一拳，被打得直朝地上扑过去。

吴政仰躺在地上，大雨"噼噼啪啪"往下砸。他抹了抹脸上的血，艰难地爬起来。

段融还要动手，沈半夏怕他会惹上麻烦，不想看他一而再再而三地为了她跟人打架，拉住他把他往后推，摇头："我没事！我没事，你别生气。"

段融无法不生气，鹰隼般冰冷的双眸看向吴政。想到刚才开车过来，他看见吴政在后面追着沈半夏，害沈半夏跌了一跤，膝盖跌出了血。

段融心情奇差，朝吴政走过去，一把拎住他的衣领："你是谁啊？你想带半夏去哪儿，你给我一五一十地说清楚！"

吴政大脑一阵阵发晕，人都看不清楚，更说不出话来。

"我问你，你想带半夏去哪儿！"

段融冲着他的脸又打一拳。吴政摔趴下去，脸上剧痛，嘴里涌出血。

段融狠起来的时候是真狠，这源于他十八岁之前的成长经历，整日活在混混堆里的人，虽然并没有沾染那些恶俗的气质，但他全身上下都带着让人退避三舍的阴狠。

吴政好不容易缓过了点儿神，总算看清了这男人就是上次在海岛城市的酒店门口，那个把沈半夏拉进怀里的人。

当时他只是远远觉得有个女孩很像沈半夏，要走过去看看，但段融事先把那女孩抱进怀里，掀起眼皮，满是警告地看了他一眼，阻止他靠近。

那时候吴政以为自己眼花了，看错了人。

靠着在律所里挣工资吃饭的贫苦大学生，怎么可能跟段融牵扯上关系。

却原来是他想错了，那女孩真的是沈半夏，她真的搭上了段融。

吴政好不容易缓过口气，脑中飞快地权衡了下现在的情况，决定认怂："你误会了，我只是见这女孩一个人在雨里走，想送她回家而已。"

"想送她回家？"段融冷嗤，"我现在送你回老家信吗？"

段融拿出手机拨电话，报案的同时抬头看路边的监控。

很快，警察过来。

段融和周警官相识，他一言不发地朝周警官伸手，周警官这才想起来，把带过来的一袋子药拿了出来，问："这怎么回事？"

段融一边讲述经过，一边拿消毒水把沈半夏手上破皮的地方擦了擦，喷上药，贴上纱布，又半蹲下去给她处理膝盖上的伤口。

沈半夏全程一声不吭，只是疼得微微发抖，额上一阵阵地渗汗。

周警官看得稀奇，段融还从来没有这么照顾过谁。

给沈半夏处理好伤口，段融起身，看着半死不活的吴政："那狗东西会怎么样？"

周警官："这个还不好说。"

"你先说说看。"

"这个……"周警官琢磨了下措辞，"如果猥亵的证据确凿的话，会拘留五天以上。"

段融虽然跟周警官说话,眼神却一直放在沈半夏脸上。她唇色发白,身上一阵阵地抖,眼里光线稀薄,有些站不稳的样子。

段融把她搂过来,手臂横亘在她腰间,支撑着她的重量。

"他顶多属于猥亵未遂,而且,"周警官看了眼满脸是血的吴政,"你也把他打了一顿……"

"我没对他下狠手,就已经是看在你周队长的面子上了。"

段融把伞塞到沈半夏没受伤的那只手里,等她拿稳,抄着她腿弯把她抱了起来,一声不吭地带她离开。

有警察看见段融离开了现场,过来问:"周队,不用请他去警局吗?"

周警官瞥了同事一眼:"他先送受害者回去处理,晚点会来的。你去盯着吴政,带他去医院,别让他跑了。"

雨一直没有停下的趋势,且还越下越大,砸在伞面上的声音很响。

沈半夏伸长胳膊替段融举着伞。她今天穿了条蓝色裙子,露出的一条胳膊很细,在暗夜里泛着冷光色的白。胳膊上满是水珠,举了一会儿后,她手上就没力气了,手腕开始颤。

"不用给我撑,"段融低头看她,"给你自己撑。"

沈半夏不听,依旧把伞高举过他头顶。还好很快到了停车的地方,段融把她抱进副驾驶座,从后座找了条毯子给她裹上,调低了椅背让她休息。

两个浑身都湿透的人往车里带进一股水汽。沈半夏的裙角有水滴往下滴答答地淌,弄脏了他昂贵的车,他全不在意,抽了纸巾给她擦脸上和脖子里的水迹。

大雨一直下着,车里很安静,不太能听见外面的雨声。沈半夏半睁开眼睛看段融,透过一重重时光的轨迹,看到了那个在大雨中往她手里塞了把伞,离她而去的段融。

她身上发冷,胃一阵阵地抽痛。脑子里浑浑噩噩的,不太能分清现在是什么时候,她眼前所看到的是真的段融,还是她幻想出来的。

她的唇嚅动了下,眼珠动了动,声若蚊蚋地开口:"段融——"过了半秒,把另外两个字叫了出来,"哥哥……"

段融的手蓦地停下,视线从她沾着水的脖颈往上移,落进她迷蒙的眼睛里。

当着他面的时候,她从来不会这么喊他。

"段融哥哥,"她又叫了他一遍,声音越来越小,脸色很差,一动不动地盯着他,极慢地说,"你去哪儿了?我很……"

说到最后两个字的时候,她昏睡了过去。段融右耳贴近她嘴巴,还是没有听清她说了什么。

224

沈半夏醒来的时候闻到了消毒水的味道,有护士过来查看她的状况,笑道:"沈小姐您醒啦。"扭过头冲房间外在打电话的人说,"段先生,沈小姐醒了。"

段融挂了电话进来,沈半夏没来得及收视线,与他目光相接。她心脏莫名地颤了下,略显慌张地把视线扯回来。

护士出去,把门替他们关上。窗帘开着,外面天色已亮。

沈半夏看了眼墙上挂着的钟表,已经是早上六点,所以她昏睡了一夜。

她想从床上坐起来,段融扶了她一把,问:"不再睡会儿?"

"不睡了。"

她掀开被子下床,腿刚搭下去,段融把一双新买的鞋拿了过来,帮她穿。

鞋子大小合适,款式是她常穿的平底小白鞋。

她想起昨晚没完没了的大雨,看了看自己身上,发现湿衣服被人换了,如今正穿着一件柔软的白色睡衣。

眼前浮起那天段融毫不客气地一把脱掉了她身上的衣服,手指在她背上来回流连着帮她擦药,整个过程都坦荡得好像他并不是在脱女孩子衣服吃女孩子豆腐,而是在做一件稀松平常的事。

那时候好歹没有被他看光,可她低头盯着自己胸部,感觉到现在她并没有穿内衣。

她觉得是段融这个没脸没皮的给她换的,满脸控诉地看他:"你又脱我衣服了?"

段融抬眼,看了她一会儿,笑:"我脱你一次衣服,让你印象这么深刻?"

沈半夏一噎。

"要让你失望了,"他用下巴往门口的方向一指,"刚那女护士给你换的。"

"谁失望了?"沈半夏像只被踩到尾巴的小兽,随手摸到床上的枕头丢他。

段融全不在意,接了枕头放在一边,拿了洗好烘干的衣服给她:"换上,我带你去吃饭。"

他转身出去,把门关上。

沈半夏换好衣服,护士敲门进来,把医生开的药给她。

沈半夏并不记得自己有生什么病,被段融送过来已经很莫名其妙了,于是问:"这些是什么药?"

"你胃不好,要调理一阵,这些都是养胃的。记得三个月后来医院复查,还有平时吃饭要规律,不能饥一顿饱一顿的,对胃伤害很大。"

沈半夏不安地攥了攥手心:"这些你们也跟段融说了?"

"对呀,段先生都知道了。"护士把她的药分门别类地装进袋子,"段先生很关心你,昨晚一直在照顾你,到现在了还没睡过觉呢。"

护士满眼羡慕地看着沈半夏，光是想想昨晚段融对她无微不至的劲儿，眼前就冒起一阵粉红泡泡。

沈半夏隐隐约约想起来昨晚自己醒了几次喊口渴，每次都有人把她扶起来喂她喝水。茶水温热又甜甜的，好像是放了蜂蜜。

蜂蜜是养胃的。

糟了，所以医生把所有事都告诉段融了？他肯定知道她胃不好了，一个千金大小姐胃不好是正常的吗？

她只能拼命安慰自己，应该不会被怀疑的，千金大小姐又怎么样，还不许有点儿小毛病么？而且平时只要在外人面前，她都是一副胃口很好很能吃的样子，不会有人知道她私下里的时候胃口很不好。

段融带沈半夏去了附近一家粤式早茶店，几乎每样餐品都点了一份，满满摆了一桌子。

她看一眼，说："你真拿我当猪养啊，点这么多再来十个人都吃不完。"

"你拣自己喜欢吃的就行。"

好一个霸道总裁式的回答。

沈半夏腹诽，拿了个奶黄包咬了口，眼神往手机上瞟。这几天她都是很早去律所上班，收集资料撰写辩护词。二审很快会开庭，她没有多少时间能浪费。

"我吃饱了，先走了。"她随便喝了几口粥，拎起包就要走，肩膀却被人按了一下，她重新坐回椅子。

段融的手仍搭在她肩膀上，没有拿开的趋势："干什么去？"

"去……去玩啊。"

段融瞥了眼她膝盖上贴着的纱布："你的伤还没好。"

"一点儿小伤而已，已经完全不疼了。"她作势要踢下腿证明自己没事，还没动，膝盖被人握住。

段融手的力度很轻很柔，完全没在她伤处上使力，但她动都动不了。

"别跟我闹。"他拿公筷夹了只虾饺给她，"慢慢吃，吃饱了我带你出去。"

一句普普通通的话从他嘴里出来就满透着威胁人的劲儿，好像她如果不慢慢吃，他就会让她快快死一样。

沈半夏乖乖地又吃了几口饭。段融靠在椅背上，一只手轻柔地盖在她受伤的膝盖上，另一只手在手机上打字，发送：班老，今天我家小姑娘要休息一天，劳烦您费心放她一天假。

收到消息的班兴昌吹胡子瞪眼，可还是依照段融的意思给沈半夏发了条消息：今天我要去钓鱼，律所放假一天，你在家休息吧。

沈半夏看完消息，不再有需要工作的紧迫感了。这时候察觉到膝盖上的热度始终不减，她身上痒起来，脖子里蹿起一阵热意。

这男人为什么每次跟她有身体接触都那么自然，吃豆腐吃得浑然天成，好像原本就该这么做一样。

她的腿动了动："拿开。"

段融看她一眼，收手，但是下一刻把身上一件高价定制的西装外套脱了下来，盖在了她腿上。

店里过低的冷气无声地运作着，带有男人体温的西装外套搭在她腿上，她两条腿一点点暖了起来。

她低下头，想了想，主动提起另一件事："在南区那天，那几个打手其实是范洪博找的，我有听见他们谈话。"

"我知道，警局那边审出来了。"

"那范洪博现在怎么样了？"

"被保释了。他爸找了人，砸进去不少钱把事儿给摆平了。"

"那他会不会继续找你麻烦？"沈半夏很担心。

"他被家里人送出国了，"段融不是很在意地说，"有段日子回不来。"

沈半夏点点头，心不在焉地咬了口奶黄包，又说："对不起啊，如果不是我，他不会跟你结仇的。"

段融看了她一会儿，伸手把她嘴角的一点儿油渍擦掉："别跟我说对不起。他人是我打的，跟你没关系。就算真的有关系，你是我的人，你的事就是我的事，谁跟你过不去就是跟我过不去。"

沈半夏心跳不止，不仅因为他手指的触感，更因为他这些话。

吃了饭段融带她回去，并没有带她回家，而是把她带到了天晟集团总部。

沈半夏坐在车里，仰头看高耸入云的写字楼，问他："你把我带这里来干什么？"

段融看了眼腕表："四个小时后是午餐时间，你留在这儿，我能看着你吃。"

他对劝她吃饭这件事是有什么执念吗？

沈半夏把腿上搭着的外套拿起来，膝盖上贴着的纱布被碘伏浸得发黄。她吓得赶紧翻过外套看，里面果然有处地方颜色变深，被沾染上了。

段融这人有洁癖，这衣服又肯定不是她这种凡夫俗子能赔得起的，她顿时有些慌神，心凉了半截，抬头看他。

段融浑不在意地把衣服拿了过来，穿上，解开她身上的安全带。

"那个，衣服好像被我弄脏了。"沈半夏跟在他身边往公司里走，"要不你脱下来，我帮你送去干洗吧。"

段融站在电梯前，侧过头看了她一会儿，突然低头，鼻尖凑在她颈侧吸了口气。

"哪儿脏？"赶在她躲避之前，他已经直起身，单手插进裤子口袋，"不是挺香的？"

沈半夏"石化"，心口似被人倒了一汪热热的温泉。

电梯"叮"的一声打开，段融往前走，伸手在她腰后揽了一把，带着她进了电梯。

沈半夏低着头，拇指抠着食指，脖子"噌噌"往外冒热气。从段融这边往下看，能看到她浓密蓬松的发顶，高高扎起来的马尾辫，带了一点儿红的耳朵。她脖颈修长，身上皮肤白得泛着冷光，裙摆下的两条腿又细又笔直，线条流畅。

不管从什么角度看，都能看得出她的漂亮和美好。

眼前浮现起昨晚自己刚停稳车，远远看见有个男人拉着她在大雨里走，她拼命挣扎，绝望地冲着空荡荡的马路大喊救命。直到看见他朝她跑过去，她眼里才重新聚起光亮。

手还在她腰间横着，段融用了些力气，把她往怀里收了一把。沈半夏吓得抬头看他，随着往前的动作，白色板鞋不小心踩到了他的皮鞋。

沈半夏慌得低头看，生怕在他鞋上踩出了印子，脚往后退了退。

段融又跟过来，黑色皮鞋抵住她的白色板鞋。她紧张得要死，可即使在这种时候都能分出心神去想，他身上好香。

"你跟昨晚那人什么时候认识的？"他问。

"就、就最近。"

"怎么认识的？"

"我也不知道他怎么就看见我了，于是开始缠着我，我跟他其实一点儿都不熟。"

她生怕被段融知道自己在平忧律师事务所工作，说话时没敢看他眼睛。因为两个人离得极近，他身上的气息无孔不入地缠过来，让她心里越来越乱。

"以后不管去哪儿先告诉我，我会派车送你。晚上最好不要一个人走夜路。"

听到他的关心，沈半夏心里甜丝丝的，侧头忍了忍嘴角的笑："哦。"

段融仍旧看着她，眸光炙热，视线仿佛带了温度。

沈半夏被看得脸红，有种下一秒他就会亲下来的错觉。

但其实不是错觉，段融真的想亲她。

他不太忍得住，低头朝她接近的时候，电梯门开了。

尤秘书和崔助理在外头站着，一眼看见电梯里几乎快贴在一起的两个人。

尤贤和崔山赶紧装成看天看地，总之就是不往前看。

沈半夏也看见了外面的人，心虚得好像自己刚做了什么见不得人的事一样，耳朵更红了，侧身离段融远了点儿，走出电梯。

动作被打断，段融拿舌尖不满地顶了顶腮帮，冷觑了外面那两人一眼，跟在沈半夏身后走过去。

尤贤和崔山面面相觑，都想从对方眼里读出他们两个到底是做了什么，才惹大BOSS不高兴了。

一整个上午沈半夏都在公司，待在段融身边。

她窝在沙发里看书，有些昏昏欲睡的时候被段融叫起来。

桌上摆了饭，其中有一道鱼香肉丝，因为这道菜里有胡萝卜，所以她虽然蛮喜欢菜的味道，但也一口都不吃。可今天这道鱼香肉丝很奇怪，没有胡萝卜，而味道跟一般的鱼香肉丝没有什么差别。

她多吃了几口，到最后手边被人送过来一杯果蔬汁，她拿起来喝。

味道甜甜的，很清爽，她随口问了句："这个是什么做的？"

段融："胡萝卜，加了点苹果和蜂蜜。"

沈半夏难以置信地盯着手里的杯子看，不能想象原来胡萝卜也可以不让人讨厌。

吃完饭她想走，段融没让，仍让她留在公司。

这个人越来越奇怪了，不知道是在想些什么。

沈半夏乐得留在他身边，时不时看他一眼养养眼。

午后公司里很安静，员工们基本都在午睡。可段融仍是没有闲着，坐在电脑前在看一份报告。

沈半夏想到护士说的，他昨晚一夜没睡。

她心里有些不是滋味。她走过去，手往电脑屏幕上一盖，小小一个巴掌盖住了一部分密密麻麻的字。

段融靠在椅背上，抬眼看她。

"好困啊。"她故意打个哈欠，"你去睡会儿觉吧。"

"你困，让我睡觉？"段融侧了侧额，眼里的坏劲儿又出来了，"知道了，想让我跟你一起睡。"

没等沈半夏说什么，段融已经起身，一只手横在她腰后把她抱起，带着她直奔后面的休息间。

沈半夏双脚倏然离地，反应过来后，忍无可忍地扑腾了两下："段融，你流氓！"

段融把她往床上一搁，脱了她脚上的鞋，抱着她往床里躺。

"我要真是流氓，你觉得你现在还能全须全尾？"

段融捏着她下巴往上抬，拇指指腹在上头蹭，眼神如一把钩子般在她脸上游移，最后落在她领口下露出的两道深凹下去的锁骨窝上。

他眼眸明显地深了下，足足有五秒钟过去才终于回神，拿过被子把她裹进去，他隔着被子把她搂着："睡觉。"

两人不再有肌肤上的接触，但沈半夏还是没办法平静下来。她咬咬牙，说："段融，你要总这样，我会误会的。"

他闭着眼，声音带着懒："误会什么？"

沈半夏不说话，只是心跳得很快，蝶翼般的睫毛往下垂着，小声地说："没什么。"

她闭眼，让自己快点睡着，不要多想。段融会对她好，只是因为他骨子里的温柔，因为她年纪比他小很多，他把她当成需要照顾的小妹妹，因为康芸临出国前不止一次地拜托过他，要好好照顾她。

只是因为这些原因，而完全不会是因为喜欢她。

因为在他面前时，她骨子里带着自卑。

屋子里窗帘拉着，灯也都关了，中央空调吹着令人舒适的冷气。沈半夏窝在被子里，外面段融横过来的一条手臂已经收回去，但人仍在她身边躺着。她闻到他身上干净清爽的气息，心里一片平静，很快睡着了。

陷入睡眠的那一刻，耳边模模糊糊地响起一个人的声音——

"如果不是误会呢？"

等沈半夏睡着，段融从床上起来，拿起振动不止的手机，去外面接电话。

电话接通，听筒里传出一个男人苍老的声音："公司最近怎么样？"

"一切正常。"

"好好盯着。"对面男人咳嗽了一阵，再开口时气息有些弱，说一句话要歇半天，"我听说，你对你那个小未婚妻很满意？"

段融蹙眉，眼神逐渐变得锐利。

"那小丫头是什么人，我想你已经清楚了。严琴找来的你觉得能是什么好人吗？她接近你肯定是有目的，至于什么目的我总有一天能查清楚。你看她长得漂亮，想跟她玩玩，这我不反对，"电话对面的人停了停，把最后一句话说出来，"可你绝不能对她动真心。"

电话被挂断。

段融低着头靠墙站，额发下一双眼睛越发黑沉，一层一层的沉戾滚过去，最后风平浪静，只剩了一点儿淡淡的寒凉。

沈半夏还在里屋睡着，被子里露出来的一张小脸漂亮得让人心软。

段融伸手想摸摸她，快碰到她的脸时收了收指尖，往旁侧移了移，把她脸庞的一缕头发别到耳后。

她的耳朵小巧，薄薄的耳垂上有颗小小的痣，不仔细看会以为那是耳洞。但她耳朵上并没有打耳洞，平时从来不会戴耳饰。

段融的拇指与食指轻轻捏了捏她的耳垂，她嚅动了下嘴唇，脸动了动，段红的唇瓣张开，含混不清地叫了四个字：
"段融哥哥……"
他无声地笑，温柔地看她："平常让你叫你不肯，睡着了倒是叫得欢。"
小姑娘又动了动，找了个舒服的位置，抿了抿唇，安静地睡，像个乖巧的孩子。
段融脑子里回想起刚才任中卫的话。
——"你想跟她玩玩，这我不反对，可你绝不能对她动真心。"
段融冷嗤，下一秒，唇角往下沉出冷绝的弧度，眼里滚过浓重狠意。
"动了，你能把我怎么样？"

沈半夏睡了大半个小时醒来，段融已经不见了。
"不好好睡跑哪儿去了！"她气鼓鼓地赤着脚下地，要出去找他。
段融已经推门进来，看了眼她没穿鞋的脚。
"地上不凉？"
段融直接把她抱回去，放在床上。
最近他抱她好像成了家常便饭，稍不留神就要被他抱一抱。她每次都会剧烈地心动，完全没有习惯他随手抱她的习惯。跟他有身体接触这件事就像一个炸弹，随着接触范围越大，接触地方越敏感，炸弹等级就越高，爆炸范围是她的心脏。
但她每次都能装得跟没事人一样，好像真的是个在国外开放风气下长大的姑娘。
段融半跪在她脚边，找来鞋给她穿，帮她系鞋带。她刚睡醒，人有点儿没精神，打了好几个哈欠。
她手伤着，不能碰水，段融洗了条热毛巾过来给她擦脸。她脸上一点儿妆都没有，皮肤又白又嫩，牛奶一般，稍用点儿力都担心会不会掐出水来。
擦完脸又帮她擦手，他的动作耐心温柔。沈半夏从没有被人这么细致地照顾过，眼睛落在他身上偷偷看他，等他看回来时赶紧收回视线。
段融带她出去，她没走几步，脚上的鞋带散了。
段融蹲下来重新帮她系。
刚好有女员工敲门进来，一眼看见平日里清高孤傲的小段总此刻正半跪在地上，帮一个小姑娘系鞋带。
女员工倒吸口气，想走，但"段总"两个字已经叫出去了，现在装没看见就太假了。女员工只能硬着头皮说："段总，资料整理好了。"
段融依旧在耐心地帮沈半夏系鞋带，闻言连人都没看，朝办公桌那边示意了下："放那儿。"

女员工搁下资料，出去以后激动地找小姐妹说刚刚自己的所见所闻。她是第一次看到这位康家千金的真容，激动得嗓子都要哑了。

"长得真的好漂亮，皮肤白得发光，跟她一比，我就是从非洲回来的。身材也好，腰细屁股翘，两条腿线条超绝的，你是没有看到！胸看着是不怎么大，可人家年纪还小。还有还有，她眼睛也超级漂亮，又亮又大，水灵得不行！总之完全就跟仙女一样，我以前根本想不到什么人能配得上咱们小段总，今天算开了眼，他们两个在一块超配的！"

朋友在一边问："那要是跟万珂比起来，哪个跟段总更配？"

"当然是半夏！万珂那女人一脸精明相，我瞧着就不喜欢。"

刚说完，电梯门"叮"的一声开了，两个助理模样的人带着一名高挑美女从里面走了出来。

美女摘下墨镜，一双妩媚的柳叶眼露出来，眼睛依旧化了很浓的烟熏妆，唇上厚涂了赤豆沙缎光色口红，明艳得仿佛一个能媚人心志的狐狸精。

是最近在电影圈里风头大盛的女明星万珂。

市场部皮主管过来接待，刚才的员工赶紧收声，去一边忙自己的事。

万珂前段时间主演的一部电影在国际上拿了大奖，这让她在演艺圈里的地位直线飙升。在她这样的年纪就有这样成就的，国内只有她一个，往日里跟她竞争的几个小花现在已经连给她提鞋都不配了。

皮主管敲定了万珂为公司下个季度主推的一款产品做代言，只是这种事一般由明星经纪人来负责就好，不明白万珂为什么会亲自过来。

万珂带来的经纪人黄荔跟皮主管进来交涉，提出万珂签约的事要跟段融亲自谈，否则恐怕会有变化。

之前两方的合作问题一直谈得很顺利，万珂暗示这边可以把她代言的消息放出去，对两方都有好处。皮主管也照做了，后来公司股价果然有了一小波提升。如果这时候合作取消，天晟的名誉会受到影响，到时候的损失就不是小数目了。

皮主管还想保住自己的饭碗，认为段融跟万珂见一面也不是什么大不了的事，这年头谁会跟美女过不去，还是这种美得天崩地裂的大美女。

皮主管敲响了段融办公室的门，等得到允准后，推门把万珂请进去。

段融正帮沈半夏换腿上的药，听见来人过来后也不抬头看，拿棉签蘸了消毒水在女孩的伤处小心擦拭，喷上药，贴上纱布。

沈半夏倒是发现了万珂，抬起头，看出万珂的神情中带了很重的危机感。

万珂不看她，只看段融。段融一向是个太过孤傲的人，很少有瞧得起的东西。这世上大多数人在他眼里恐怕连蝼蚁都不如，即使是在他落魄的那些年，他也依旧在拿看死狗一样的眼神看待这个世界，想让他低头简直比登天还难。

可是现在，段融放低了姿态，半跪在一个女孩面前，细心地帮她换药。

万珂从没有得到过这样的待遇。

万珂踩着高跟鞋,朝段融那边走过去,维持住平静的嗓音开口:"段总。"

段融知道是万珂,没有给她任何眼神,收拾了药品起身,把沈半夏从沙发里拉起来,朝休息室示意了下:"你去那儿。"

他们有公事要谈,沈半夏在这边成了多余的一个。她没说什么,转身,去了后面休息室,关上门。

这边隔音做得很好,听不到外面在说什么。沈半夏的心一直吊着,心神不宁地坐在沙发里,眼珠一动不动,手心出了汗。

直到手机响一声,她拿起来看。

Z:在干吗?

段融闲闲散散地躺靠在老板椅里,懒懒地听着万珂和她经纪人的话,注意力一直放在手机上,发完"在干吗"三个字,等了几秒,小骗子的回复已经过来。

小骗子:在被金屋藏娇。

段融呵笑出声,笑意一直漫进眼睛里。

皮主管看得奇怪,小段总是从来不会这样笑的,他要不就是满含讽刺地笑一笑,要不就是皮笑肉不笑,而很少这样温柔地笑。

黄荔喋喋不休地在为自家艺人争取更多利益,段融始终没怎么听,吊儿郎当地靠在椅背上跟人聊微信,一副痞子样。即使这样都完全不妨碍他身上强大的气场,黄荔这种见惯了大场面的顶尖经纪人,在他面前时都先露了三分怯。

段融的手机里收到小骗子的第二条消息:顺带看看未婚夫跟他前女友是不是在藕断丝连。

Z:你就这么确定你未婚夫跟那女人曾在一起过?

小骗子:不确定,可这件事好像是别人都默认的。

Z:别人都默认的不一定是真的。

小骗子:你说得对,可是还有一句话——无风不起浪。

"段总,"黄荔见段融的心思一直在手机上,怀疑他有没有在听,"不知道您晚上有没有时间?"

"没有。"段融干脆利落地拒绝。

万珂的气压变低,黄荔最怕这位姑奶奶发火,赶紧接着劝:"段总,我们万珂是很有诚意的,就是想跟您吃顿饭而已,聊聊这次的代言合作。如果不跟您详谈的话,万珂心里没底,那这次的合作恐怕……"

黄荔原本是想借着工作的事为万珂争取一把,让万珂能跟段融有单独相处的时间,不然这妮子脾气这么大,是不会心甘情愿替她挣钱的。

可是下一秒,段融已经绝对算不上心平气和地把手机往桌上一扔,不见一丝笑意的眼睛看向皮主管，问："谁请的她做代言？"

皮主管打了个寒战，解释："万小姐在国际上知名度很高，如果由她来做代言对我们的产品……"

"我问你是谁请的她？"段融打断。

"是……是我。"

"皮主管，你是不是没有听过网上那些传言？现在有多少人认为我跟万小姐曾经不清不楚过，你不替我避险，还主动把炸弹往我手里送。你是觉得群众已经变了一批，不再喜欢看热闹了是不是？"段融俊逸的眉微挑，"还是你觉得我心甘情愿当这个冤大头，乐得被群众讨论桃色绯闻。"

"段总，我绝对没有这个意思！"

"既然没有这个意思，万小姐的事你就知道该怎么处理。下一季度主推产品主要针对高端人群，万小姐的粉丝群主要集中在十岁到二十岁的青少年群体，剩下的一些是三四十岁的中年宅男，你认为这些人有几个有能力为她砸钱？"

万珂的脸色已经青了，黄荔赶在她大吵大闹前出声："段总，话不能这么说吧。"

"我现在没跟你说话。"段融冷冷瞥她一眼，回头，继续，"皮主管，万珂已经签了代言人这个消息你是怎么放出去的，就怎么给我收回来。要是处理不干净，你就收拾东西走人。公关部张经理会协助你办成这件事，有什么事你去跟他商量。"

段融在公司内线电话上拨了个号码，对着那边吩咐："让张俊安来见我。"

张俊安很快过来。

办公室里的气氛紧绷，万珂和黄荔神色很僵，皮主管战战兢兢地站在段融面前，冷汗渗了满额。而段融散漫地窝在老板椅里发消息，不知道是在跟谁聊天，从他嘴角含着的笑来看绝对不是在谈公事。

张俊安上前："段总，您找我？"

"网上有关我和万珂的消息你有没有见过？"

张俊安没防备会突然听到这么一句话，半天才回："见过。"

"给你一个月时间把这些不实新闻封锁，如果再有谁敢在网上胡说八道，别管事情大小一律发律师函。"

张俊安劝："段总，这么做会消耗掉太多人力和资源，网民们一向喜欢在网上讨论些花边新闻，对付这些流言最好的办法其实是置之不管，等时间一长他们等不到想看的结果，谣言会不攻自破的。如果越去压制，反而会激起网民们的心理逆反，让更多人参与讨论。"

"这些事情是你要解决的，否则我雇你来干吗？"段融瞥眼看他，"对一个假消息置之不理，过个几天或许真就没人再记得了。如果有人整天在网上引导发言制造热度,事情就永远不会有解决的一天。"

段融意有所指的话让万珂再也坐不住,从沙发里起身朝他走过去:"段融,你至于这样吗?我们那么多年的情分你说不要就不要了吗?"

"你看,还没怎么着呢,假新闻又来了。"

段融揉了揉太阳穴,起身,两手插兜朝万珂走过去,在她身前半步远时停下。

万珂闻到他身上熟悉的香气,认出那是他常用的一款男士香水。这个牌子大牌到就算有钱都不容易买到,她曾经为了讨好他专门飞去法国奔波了两个多月,找了不少人辗转见到那名调香师,买了瓶香水当生日礼物送给他,但他没有收。

万珂的个子算是很高挑了,踩着高跟鞋更是直奔一米八。即便如此她还是比他矮了很多,在段融接近她的时候,她明显感觉到一股压迫感袭来。

"我跟你认识的那年,"段融趁今天这个机会,把所有事情跟她说清楚,"你弹了首曲子很好听,我去问你是想让你重新把那曲子弹一遍,你误会我对你有意思,从以后开始紧追不舍。我舅舅欠了很多钱去外面逃了一阵,追债的来跟我要钱,你匿名给了我一笔钱让我不至于被人打死。如果你说的情分是这两件事,那我认。可我从始至终都没有跟你交往过,没有碰过你一下。我欠你的东西都已经还清,如果你觉得不够,那你开个价,我把钱给你。"

万珂不明白为什么段融已经站在金字塔顶端,成为俯视众生高高在上的人,过往那些落魄对他来说该是不能触及的逆鳞才对,可是他却能面不改色地当着外人的面把事情说一遍,脸上有着毫不在意的坦荡和无畏。

他能不在乎,但万珂不能。如果可以,她再也不要回忆起高三那年的事,因为段融记忆里有关她的所有美好,全都是她偷来的。可笑的是,她连自己是从谁那里偷来的都不知道。

"我不要你的钱,你用钱也根本还不起。"

万珂抬头直视段融,眼里是这些年不停在他这里受挫所磨炼出的执念:"我就是要让你一直欠着我,让你一直记得你对不起我。"

童辉为了设计师的梦想砸出去很多钱,到最后负债累累,只能撇下还在上学的外甥出去躲躲。

段融开始打零工挣钱,挣到的钱全帮舅舅还债,可还是没有填上这个巨大的窟窿。

有天讨债的找过来,拿刀恐吓他,威胁他如果在十天内再凑不够钱,他们就会剁了他一条胳膊。

沈半夏躲在街道的转角处,听到了他们的谈话。

她回了家,趁着爸妈不在的时候,偷偷地把保险柜打开。爸爸妈妈都很爱她,她知道密码一定是她的生日，果然也用自己的生日破解了密码。

她从里面拿了钱，小小的人儿坐在地板上，一张一张地数红票子，数到手指都抽筋，口干舌燥的时候，终于拿齐了十万块。

她把钱装进一个包里，用家里的打印机打出一张纸，纸上是一行再普通不过的宋体字：钱还给你们，不要再找段融麻烦。

她把纸装进包里，等那帮混混再去找段融要钱的时候，她躲在转角把钱扔了出去，转身就跑。

混混收了钱，再也没有出现过了。

段融的生活步入正轨，但他始终不知道到底是谁替他还了钱。

沈半夏不会让他知道，因为照他的脾气，他知道以后一定会不顾一切地把钱还给她。

那年沈半夏家里还算富裕，她年纪小，对钱这种东西没什么概念，只觉得段融需要，那她就给他。她家里又不缺，就这么给他又能怎么样。

段融对她实在太好，只是一点儿钱而已，就算他想要更多，她也会给。

后来爸爸跟一位姓任的叔叔合伙做研发，需要用到大量资金。爸爸从保险柜里拿钱，数到最后发现里面少了十万块。

沈半夏并不是会撒谎的人，在父母几句追问后立刻说出是自己偷了钱。爸妈问她把钱拿到哪儿去了，她死死闭着嘴就是不肯说。

沈文海一直都是慈父形象，从来都没有大声责怪过她一句。他觉得一定是自己过于宽纵，这才让好好一个女儿好的不学学坏的，偷钱就算了，还偷了那么大一笔数目。虽然这十万块对于当时的他来说并不算什么，很快就能补上，但沈文海不能助长女儿这种偷盗行为。

沈文海发了很大的火，找了根藤条狠狠抽了沈半夏好几下。陈筠在一边站着，虽然心疼但是并没有出来劝，她明白必须要让沈半夏吃到这次苦头，知道偷这件事是不对的。

不管挨了多少打，沈半夏就是不肯说出自己到底把钱花在哪儿了。爸妈拿她没有办法，让她在客厅里跪了整整一夜。

沈半夏背上有好几条被藤条抽出来的红痕，胳膊上也有，疼得一直掉眼泪。但她不后悔，因为她帮到了段融，段融以后不用再那么辛苦地去挣钱还债了。

想到这里，小小的女孩含着泪笑了。

后来的事情她不知道，不知道万珂在外面喝酒时，无意中碰见了那帮混混，从他们口里知道了事情经过。

混混把装着十万块的粉色包包拿出来，当一件趣事儿讲给万珂听："你看看，段融这家伙是不是艳福不浅，欠那么多钱都有女生上赶着帮他还。"

万珂盯着码得整整齐齐的钱："你怎么知道是女生帮他还的？"

"这不废话吗？男的谁用这种包，外面还画了个懒羊羊。"

混混头子把包拿起来，笑着翻了会儿："这女生也真是有意思，又对段融好，又怕段融知道她是谁，那她这不是瞎忙活了吗？"

这件事给了万珂灵感。万珂盯着那个粉红色的包，想到这几天她追段融追得太辛苦，已经把所有能使的招都使了，可段融还是无动于衷。

段融就跟没长心一样，连她这样的大美女都能冷漠以对，从来没有多看一眼。要是再这么下去，她何年何月才能追到他？

那天以后，万珂在网上买了一款差不多款式、颜色和图案的包包，她每天背着这个包在学校里招摇过市，生怕有人还没看见。大家都开玩笑说她童心未泯，用的包也太幼稚了，她从不在乎，就等着段融注意到她的幼稚。

段融确实注意到了，在经过万珂身边时停下来，目光落在她粉红色的帆布包上，盯着她的包正面上的懒羊羊。

万珂装成刚看见他的样子，脸上先惊一下，再喜一下，紧接着如心里排练过上千次那样朝他走过去，抬头对他笑："段融，你最近还好吗，没再有麻烦吧？"

一切都是她精心布置过的，绝对不允许有问题。而后来的发展也确实照着她的预想一路往下，段融以为她就是那个替他还债又不肯留下名字的女生，对她的态度好了很多，不再像以前那样爱搭不理了。

万珂得以顺利要到了段融的手机号，加到了他的微信，中午可以约他一起去吃饭，晚上能跟他一起回家了。

那段时间她成功地把段融的注意力吸引了过来，随随便便一个小借口，段融就会负责把她送回家。

她觉得凭借自己的美貌和这段时间两个人的相处，段融不可能不动心。但不管她怎么暗示，段融都没让两个人的关系超越友谊这条线。

万珂生了气，去酒吧找人喝酒，喝得烂醉的时候抱着一个一直对她有意思的男生激烈地接吻。

段融刚好过来，看到了。

从那以后，段融跟她恢复到不冷不热的普通朋友关系，再也没有对她特殊过。她找段融承认过错误，哭过也闹过，但都没有用，段融要跟她撇清关系的意思很明显。她忙活一场，结果非但没能跟他正式在一起，还连以前若有似无的暧昧都葬送了。

之后，段融很快凑够了十万块，把钱还给她。为了能继续跟段融有情义上的牵扯，她没敢说这十万块其实根本就不是她的。她把钱往他身上砸，大声喊道："你欠我的不只是这十万块，你以为把钱还给我，你就能还得清了吗！"

段融当时没有说什么，没过多久，他被段家接回去。转学前一天，他主动找到万珂，再次给了她十万块。

用双倍的钱来断绝跟她的关系。

段融走了，万珂很难再见到他，但她没有哪怕一天忘记过他。

她觉得自己明明快要成功过，段融是对她动过心的，可就是因为她酒后跟一个男生接吻，被他看见，他吃了醋，所以才会不理她。

抱着这样的念头，万珂更放不下这段功亏一篑的感情，几年来一直想办法让段融回心转意，在网上大肆宣扬杜撰自己跟段融在高中时缠绵悱恻的关系。

段融工作很忙，没有分出心思解决她，也并不觉得值得为了她这个疯子浪费太多精力。

可是现在，他又是为什么急于公关，打算出手封锁掉网上甚嚣尘上的流言？

万珂想到了沈半夏，那个看上去清纯无害、美而不自知的小女生。段融是不应该对谁有例外的，但他刚刚半跪在那个女生面前，在替她处理小小的伤口。

万珂呼吸发紧，努力平复了下，看向段融："反正日子还长，我不急，总有一天你会知道，我才是跟你最合适的。"

万珂留下这句话，提起手包，踩着高跟鞋转身离开，黄荔赶紧在后头跟上。

皮主管胆战心惊地偷觑了眼段融的脸色，这次跟万珂的合作算是彻底黄了，还惹了这位爷不高兴。

皮主管担心自己的饭碗会保不住，刚一走出办公室就跟在张俊安后头哀求："张经理，这次我可全仰仗你帮我渡过难关了。"

不知道外面情况怎么样，沈半夏放下笔起身，走到门口想偷听。

门被人推开，力度并不大，但还是碰到了她的额头，她捂住。

段融把她的手拿下来，低下头担心地看了看："碰到了？疼不疼？"

他的声音异常温柔，带着往日里绝对不会有的关切。沈半夏觉得肯定是自己的耳朵出了问题，他这么冷漠的人，怎么会关心她。

"没事。"她往外看，见办公室里冷冷清清的，万珂早就已经走了。

并不知道段融跟万珂都说了什么。

下午沈半夏想回去，段融没让，一定要让她待在公司，待在他眼皮子底下。

"为什么？我不想待了。"沈半夏要回去帮马录写一会儿辩护词，把书本收拾好装进包里，"我走了，要回去看书。"

段融想到昨天晚上的事，怕她会再被人骚扰，不看着她的话他不放心。

他把沈半夏的书本拿出来，摊在一方写字台上："在这儿看，晚上我带你回去。"

好奇怪的男人。

沈半夏盯着他，朝前走了一步，抬起头："你总这么看着我，你不烦吗？"

段融看她，看她通透清澈的眼睛、挺翘的鼻梁、殷红的两瓣唇、嫩白如雪香香软软的一张脸。

他视线上移，回到她眼睛上。

他屈指在她鼻子上刮了下："谁会烦养眼的小美人？"

沈半夏心里剧烈一动，脸倏地红了。

段融去一边处理公事，没有再继续看她。她愣怔了很长一会儿，脑海里不停地滚过他的话。

所以是说，在他眼里，她很养眼？

心口一点一点地渗出蜜，甜得她弯起唇。她不好意思地摸摸耳朵，把书本竖起来，脸藏在后面，偷偷地去看不远处的段融。

他坐在椅子里，低着头在文件上签字，握着笔的手指骨节突出分明，脸上神色难得正经。

在他旁边是整面落地窗，窗外浮云千重，遮不住热烈的太阳。他蓬松的发上镀了阳光，过眉的刘海遮额，在他眼睛上打下一片细碎的影子。

他好看得在发光。

沈半夏笑，脸枕在胳膊上，心里泛起一阵满足。等段融冷不丁朝她这里看，她赶紧收回视线，低头，把脸埋在书本搭起来的墙后，心脏"咚咚咚"地乱跳。

晚上段融带沈半夏去吃饭，离开公司的路上，有员工专门跑过来看她，聚在一起讨论她，夸她长得好看。只是不明白为什么她跟段融看上去有些不熟的样子，走在一起连手都不牵，也太不像就要结婚的人了。

在这些窃窃私语的话后，沈半夏手心一热，一只手探过来，手指从她手心往下滑，插入她指缝中，用力握住了她的手。

晚风燥热，比不上沈半夏心里的燥。她抬头看段融，段融已朝她低下头，一双薄唇凑到她耳边，用气声说："给我个面子，别让人看笑话。"

沈半夏知道，就算他们两个表现得不亲近，大家嘲笑的也只会是她。所有人都会说，看吧，沈半夏果然没有那么大的魅力，能让段融喜欢她。

段融之所以这么说这么做，不过是在维护她的面子罢了。

沈半夏红着脸扭头，离他远了些，让晚风把她耳朵上的湿意和热意吹散。

吃饭的时候，有道菜同样该放萝卜，菜的味道是对的，但里面的萝卜都被事先挑走了。

她觉得有点儿奇怪，但并没有怎么在意。

晚上临睡前，段融让她下楼，冲了中药给她喝。

光是闻到药的味道沈半夏就想吐了，可这是医生开的，让她调理自己的胃，段融站在一边淡定但威胁力十足地盯着她,她没有不喝的可能,端起来屏住气灌进嘴里。

可还是苦得五官紧紧皱了起来,浓郁的苦味简直让她昏厥。

听见段融说"张嘴",她听话地把嘴张开。她嘴里被他塞了块哈密瓜味的硬质水果糖,苦味顿时被压住了。

沈半夏把糖嚼碎,让甜甜的味道沁满整个口腔,吃完后朝他张嘴,还要糖。

段融盯着她张开的嘴巴。她的唇色很红,唇形漂亮,看起来柔软得像果冻。

段融掩下眸子里的神色,拒绝:"这么晚吃糖对牙不好,明天再给你。"

"这也不许那也不许,管这么多。"

沈半夏不满地摸摸鼻子,趿着拖鞋转身跑开。上楼时,她听到他在后面提醒:"刷了牙再睡,手和腿上的伤口别碰水。"

"知道了。"

过去几秒,等段融回了房间休息,转角的楼梯口处冒出一个小脑袋。

沈半夏往楼下看,那里空荡荡的,已经没有段融的身影。

眼睛缓缓地眨了眨,手指抓着木质扶栏,她低若无声地对着空气说:

"又不喜欢我,干吗对我这么好?"

开学前等到了二审开庭,沈半夏在观众席里坐着,有幸听班兴昌律师完成了一场精彩的绝地反击,驳斥得对方原告及其律师哑口无言。

班兴昌从法律和人情两个方面入手,成功说服法官站在了马录这边,认为马录是在受到侵害的情况下才不得不出手把原告打成重伤,符合正当防卫范畴,故推翻一审判决结果,改判马录无罪,原告方还要向马录赔礼道歉。

结果出来后,沈半夏激动得不行。碍于原告方律师那边坐着刘蓉,毕竟是同一个公司的,她不敢太放肆,自始至终都表现得很平静。

马录胜诉,带她去吃火锅。几杯啤酒下肚,马录把自己的所有事都说了一遍。他在哪里读的小学、哪里读的中学、哪里读的大学。光是这些还不算,他还说了自己都谈过哪几个朋友。

沈半夏停下夹菜的手,听得一惊一乍。

马录完全不介意把自己的事说出来:"这就是我的经历,这没什么见不得人吧?"

"没有没有,"沈半夏摆手,"绝对没有,你又没有伤害别人,有什么见不得人的。"

"我就知道你会理解我的。可我爸妈就不这么理解我了,他们骂我恶心、有病,不让我在家里待着,把我赶了出来。我就是因为心烦,去酒吧多喝了几杯酒,没想到遇到了那个恶心的李岩石。"

说到这里，马录捂脸哭了起来。

沈半夏在一边安慰。他生生哭了有半个小时，饭没吃几口，净在店里哭了，吸引得周边食客全往这儿看。

"你别哭了，"沈半夏头疼，"天下那么大，总有值得开心的事情。走走走，我们现在就去玩。"

沈半夏跟马录一起去了本市最负盛名的一家酒吧。夜幕降临，华灯初上，正是各路人马出来鬼混的好时候，酒吧里人头攒动，激光灯发了疯地晃，几名衣着清凉的表演者站在高台上发了疯地摇，引得台下的人尖叫喝彩。

沈半夏把马录拽到台下，指着问："这个怎么样？这个长得挺好，小腰也带劲。"

马录像看傻子一样看她："半夏，没想到你也挺放得开。"

沈半夏尴尬地流汗。

崔山被老板派来盯着沈半夏，别让这小丫头再遇到麻烦。

看着与台下人群一起激动地观赏表演者跳舞，尖叫蹦跶个不停的沈半夏，崔山不太确定这属不属于老板的女人遇到了麻烦的范畴。

秉持着宁肯错杀三千也不放过一个的原则，崔山把这一幕拍下来发给了段融。

表演者在台上扭得越来越起劲，沈半夏跟大部分来看热闹的女生一样起哄个不停，玩到正嗨，手机在口袋里响起来，她拿出来看。

来电人是段融。

她莫名心虚，并不想让段融知道她正在这里疯玩，任凭铃声响着，就是不敢接。

电话自动挂断后，段融的微信发过来：在哪儿？

酒吧里的灯光晃得更刺眼了，音乐声快翻了天。沈半夏紧张地咽口水，琢磨一遍后回复：在图书馆看书。

段融的消息没再发来了。

她松口气，正要把手机收起来，段融的消息再次出现：转身。

沈半夏浑身一凉，紧攥着手机半天才敢侧转过身。

一片萎靡混乱的灯光下，段融站在她身前五步远处，单手插兜，目光不冷不热地看着她。

看得出他是从公司赶过来的，身上还穿着全套的西服，领带系得一丝不苟。

他不说话，尤其是情绪看上去不那么好的时候，身上攻击性的气息会很强。自从段融出现以后，在场男女都被他吸引了视线，就连台上的表演者都跳得不那么起劲了，目光赤裸裸地落在段融身上，想勾引的意思很明显。

沈半夏的事，马录基本都知道，认出了那位就是她的未婚夫，在她耳边说：

"你怎么让他来了？你知不知道这儿有多少诡计多端的人在虎视眈眈着呢？"

这句话简直醍醐灌顶，让沈半夏瞬间从"害怕被骂"转到了"害怕自己的男人被人惦记"，朝着段融几步跑过去，抓住他的胳膊带他往外走："走走走，我们出去说。"

这时候正前方响起一声尖锐刺耳的话筒长鸣，紧接着，主持人的声音传过来：

"女士们先生们，我们酒吧一年一度的无差别接吻之夜即将开始，大家肯定已经找到了心仪的猎物，不要害羞不要犹豫，狠狠地亲上去，不要让自己的青春留下遗憾！"

话音落，灯光暗，音乐停，偌大一个酒吧陷入黑暗中。

在黑暗袭来的第一秒，沈半夏心里冒出的第一个念头是：千万不能让段融在这里被占便宜。

她的手上移，在黑暗中抓住了段融的领带，狠狠往下一扯。等他俯低头，她踮脚抱住了他的脖子，两条腿离地一跳，挂在了他身上。

淡淡的奶香气夹杂着花香袭来，段融怕烫着她，指尖的烟落地，手在她跳上来的第一秒把她接住，托住了她的屁股。

她的身体香香软软，像甜腻腻的棉花糖，主动贴着他，两只胳膊紧紧地抱着他，透过无边的黑暗，额头碰到了他的额头。

"段融，你别怕，我会保护你的，"她语气认真得不行，好像此刻是在保护全世界，"不会让人亲你的。"

全场安静，陷入三十秒的黑暗。

十秒钟过去，沈半夏还挂在段融身上，两条腿圈着男人劲瘦有力的腰，额头与他相贴，彼此近得感受得到对方的呼吸。

段融身上很烫，手心尤其烫，隔着她薄薄的裙子传递到她皮肤上。

二十秒过去，周围仍是安静得听不到一丝声音，让沈半夏怀疑真的有人在接吻吗？现在的人接吻都没有声音的？

三十秒过去，灯光全场大亮，音乐声重新躁动，人声鼎沸，重新陷入今晚不眠不休的狂欢。

危机解除，沈半夏想从段融身上下来，在这个时候，他突然有了动作，腾出一只手握住了她的后脑勺，压着她往前。

沈半夏倏然睁大眼睛，意识到他这个动作代表着接下来可能会发生的事，心慌得停止了跳动。

两人的唇离得越来越近，最后只剩薄薄一张纸的距离，她更清晰地看到了他天生多情但眸子里总藏着冷的桃花眼，看到他薄薄的眼皮、鸦羽般的睫毛。

段融没再继续往前，目光从她微张的唇上移开，落在她小鹿般滚圆的眼睛上。

"不给别人亲，"他看着她，如给她下蛊般声线沉哑地说，"你想不想亲下试试？"

气象台报道，本年度京城会经历史上最热的一个夏天，温度最高可达到39℃。

汗流了满背，衣服被浸湿，凝成水落下来。呼吸很烫，带着细不可闻的喘音，被缓缓拉长再降落。

快要烧起来的一个盛夏里，万物都要欣欣向荣地融化。

周围的人在尽情狂欢，音乐声沸腾得快要烧开，可沈半夏什么都听不到，也看不到光怪陆离的灯光，所能见到听到的，只有一个段融。

手指动了下，攒出力气搭着他肩膀把他往外推，腿分开往下放。脚挨到地，他的手从她身上拿开，两人隔开一点儿距离。

沈半夏低着头，谁也没看，转身往外走。

段融在她后面跟着，目光始终落在她身后。

沈半夏出了夜店，随便往一个方向走，路过一家奶茶店、一家电玩城、一家早就没落了的网吧。人行道灯光明亮，马路上是汇成一条河的车流。

她略略侧头，低着眸，看到段融垂在身侧的一只手。在他中指上有一块灰黑色的烫痕，还很新，应该是刚才她突然跳到他身上，他担心会烫到她，情急下把烟头弄到了手指上。

沈半夏过意不去，想看看烫得严不严重，但两人间的气氛很奇怪，她很难主动开口说什么。

"那是图书馆？"段融突然问。

沈半夏不好意思地抿抿唇："是人类狂欢的图书馆，不行吗？"

"行。"段融轻笑。

僵局被打破，沈半夏没再那么拘谨了，往口袋里掏了掏，掏出一只创可贴："给你。"

段融停步，并没有接，只是看着她。

沈半夏拉起他的手，检查了一遍他中指上烫到的地方，怕他疼似的对着创口吹了吹，贴上创可贴。

贴好，她将手背在身后，继续往前走。

创可贴上有熊猫的图案，是段融常用的一个牌子。

她被段融影响，出门的时候会随身带几个创可贴，虽然大多数时候都没有用上。

段融跟上来："刚刚那男人是谁？"

"你问马录啊？他是我朋友。"

"什么样的朋友？"

"普通朋友，不然还能是什么。"沈半夏看他，"你怎么知道我在这边，你又跟踪我？"

"没。是崔助理看见你了。"

沈半夏无语，说："有区别吗，你不让他跟他会跟吗？你干吗要这样，监视我吗？"

"不找人看着你，我不放心。"

"有什么不放心的？"

段融没再继续往前走，转身看她："你是不是忘了范洪博和吴政是怎么纠缠你的？"

"他们两个是例外，是奇葩，不是所有人都这么变态的。我又不是倾国倾城的大美女，难道是个男人就都喜欢我，一见了我就会不顾一切地来追我吗？"

她今天没有扎头发，一头细密蓬松的发搭在肩膀和背上，黑发雪肤，一张素面朝天的脸漂亮得不行，白得透着冷光。可她确实认识不到自己长得有多漂亮，永远不懂得利用自己的美貌催生出哪怕一星半点的骄傲。

段融看着她："沈半夏，你是不是没照过镜子？"

沈半夏一噎。

"有时间多照照，"他说，"别认识不清自己。"

"你什么意思？"她问。

"意思就是——"段融拉长尾音，两手插兜，慢悠悠地朝她走近一步，背脊微弓，头低下来，缩短了与她之间的距离，"你很漂亮。"

第九章
那是我留了二十五年的初吻

已经过去一天，沈半夏还是能时不时地想到段融跟她说的那句话。

确实有很多人夸过她漂亮，她都没怎么在意过。

只有段融的话，让她感觉到切实的开心。

方朗给她发了条微信，提醒她别忘了明天开学，记得调闹钟。

沈半夏：我知道，我又不是脑子坏了，怎么可能连开学都忘了。

她把消息发过去，透过窗户看见严琴的车停在外面。

她拿上东西下楼。

严琴每年这个时候都要去西山上的佛寺祈福上香，往年都是一个人去，今年不知道为什么要带上沈半夏，明明沈半夏只是个冒牌的段家儿媳而已。

沈半夏在车后坐着，严琴在她旁边，前面是开车的司机，算是严琴的心腹，严琴不管说什么从来都不背着他。

"你跟段融有没有进展？"严琴问。

"没有啊，就还是那样。"

严琴看了她一会儿，说："半夏，你喜不喜欢段融？"

沈半夏心里紧了下，话彻底说不利索了："我、我没有想过感情的事，只想好好工作而已。"

"如果真是这样，我尊重你，合约期满你就可以走。但是半夏，如果你喜欢段融，你就要采取行动，不能总是被动地等。"

可沈半夏知道，男人是不需要勾引的，长得漂亮就好了。他不上钩，就说明你的长相不对他的胃口，他从过去到现在一直到久远的未来，都不可能会对你有兴趣。

所以沈半夏从不主动，她怕自己会自取其辱。

到了佛寺，严琴去正殿上香跪拜，整个过程要持续半小时。沈半夏待得无聊，在山里走了走。

北边有间祈愿殿，里面供奉着一尊菩萨像，两边墙上挂满了标记着姓名的祈愿牌。这边扫地的小和尚说，这间祈愿殿的祈愿牌很灵，只要诚心诚意地在上面写上自己的愿望，对着菩萨像磕十个头，愿望就可以实现。

沈半夏不怎么信神灵，但被小和尚说得心动，在外面徘徊了会儿，最后还是踏进门，求了块祈愿牌，拿了毛笔蘸墨一笔一画地在上面写：段融爱沈半夏。

写完在正面标记上一株半夏草，找了殿里一处地方，踮脚把许愿牌挂上去。

她诚心诚意地在菩萨像前跪下，诚心诚意地磕了十个头。

这边山上住持泡的太平猴魁是一绝，段融和几个工作伙伴专门来这边喝茶，在山门外看到了严琴的车。

严琴每年这个时候来山上祈福，是为了她那个双腿截肢的小儿子段盛鸣。段盛鸣出事后，严琴伤心欲绝，过了整整半年才勉强打起精神。可二十多年前，她在抛弃不满一岁的段融时，连眼睛都没有眨过。后来段融被段家承认了血脉，从外面接回来的那天，她也没有对段融笑过一下。

段融收回视线，在一众人的恭维声里进了山，去了这边的茶室。

住持过来给他们泡茶，茶汤清澈明亮，不见一丝混浊，很快有淡淡幽香飘了出来。

从这边山上往下望，能俯瞰一整座恢宏的佛寺，往北看，有一个穿着绿色衣裳的女孩从殿里走出来，跟门口扫地的小和尚说话。

段融看了她一会儿，起身出了茶室。

到那边的时候，她仍在跟小和尚说话，已经从这里的斋饭都有哪几种哪种最好吃问到了来这边出家的条件是什么。

段融朝她走过去："怎么，你要出家？"

沈半夏冷不丁吓一跳，等看清是他，问："你怎么在这儿？"

他没有回答，朝紧闭着门的大殿扬了扬下巴："这是什么地方？"

小和尚正要回答，沈半夏担心段融会去祈愿殿看到她刚写下的愿望，着急地往前跑了几步。她却忘了脚下有台阶，又因为跑得太急，差点往前栽过去。

摔下去之前，段融把她拦腰接住。

脚上钻心般疼痛，好像扭到骨头了。她又疼又害怕，眼泪不停地往下掉，可因为这是自己作的，不敢哭出声。

段融脸色变得很不好，咬牙切齿地叫她："沈半夏，你非要让我担心是吗？"

她疼得说不出话，把脸埋进他胸膛里哭。

小和尚说不远处有个中医大夫开的医馆，可以送到那里让大夫看看。

段融道了谢，把沈半夏抱起来，送去医馆。

医馆里的老先生检查了沈半夏脚上的伤，拿了银针刺入几个穴位。她脚踝上一根筋好像被人生生扯着一样，眼泪落得更凶。

段融站在她身边，握着她后脑把她按进怀里，不让她乱看。她疼得张嘴咬他肩膀，隔着衬衫在他肩上咬出了血。段融一声不吭，只是搂着她。

五六秒过去后，银针被抽出来。

脚上立刻好了很多，不再疼了。老先生拿了张膏药给她贴在脚踝上，跟她说不要担心，明天脚就会好。

沈半夏挂着眼泪跟老先生道谢。段融付了钱，背她下山。

严琴那边祈福结束，给沈半夏打了电话，问她在哪儿。沈半夏趴在段融背上，想了想，说："我跟段融在一起。"

那边的人愣了愣，很快又笑了："我知道了，那我先回去了，你跟段融一起回家。"

"好。"

沈半夏挂了电话，把手机搁进口袋，抬头的时候，看到段融肩膀处的衬衫上渗了点血。

山路漫长，段融背着她走了半个多小时。树木青葱，林间有鸟儿的叫声时不时响起。她趴在他背上，脸上落满摇晃的树影。

回到家，段融把沈半夏放到沙发里。葛嫂今天不在，他去厨房做菜，留她在客厅看电影。

电影快要尾声的时候，她突然想到，这个夏天也到尾声了。

等到了明年夏天，她就要跟他分开了。

她扭过头，去看厨房那边的段融。

段融正手法娴熟地处理一条鱼，衬衫袖口往上折到手肘处，瘦且结实的小臂上蜿蜒着几条青色的血管。明明该是个养尊处优的大少爷，可身上没有一点儿大少爷的毛病，一直以来都在照顾她。

越看越不舍，沈半夏强迫自己收回视线，两眼无神地盯着虚空处。

吃饭的时候，她很少去碰那条鱼，担心会有刺。段融只能帮她把刺挑出来，将清理干净的鱼肉放进她碗里。

她时不时会看下他肩膀上洇着的一点儿血痕，担心自己把他咬得太严重。在他收拾完餐具打算回屋洗澡的时候，她终于叫住他："那个，你这边要不要处理下啊？"

她指指肩膀的位置。

段融低头看了眼，明知故问："什么？"

"就是，我把你咬出血了。"她说，"还是擦点药比较好。"

段融右手插进裤子口袋，摸到里面一个创可贴，撕开隔离纸，把创可贴贴到了食指上。

他过来在她旁边坐下，一只手臂横搭在沙发靠背上："看不见。"

"我去给你拿镜子……"

"那也看不见。"

她无语："那我帮你擦药？"

"行。"

答应得这么痛快的吗？

沈半夏拿出自己早就准备好的碘伏和药膏，看他一眼，耳朵红红地说："你把衣服脱了。"

段融："脱上面还是下面？"

沈半夏瞪他。

段融哂笑，开始慢悠悠地解衬衫扣子。

两分钟时间过去了，他依旧在跟最上面那颗纽扣较劲，沈半夏看不过去："你的手也伤了吗？"

"有点儿。"他放下手，手指张开，她这才看见他食指上真的贴着一个创可贴。

"刚处理鱼时割了下手。"他面不改色地撒谎。

沈半夏奇怪自己刚才怎么没看见，上手要去撕创可贴："严重吗，要不要包扎下？"

段融手臂往后搭，没让她碰到："不用，破了点儿皮。"

毕竟是为了给她做饭才伤到了手，她更加过意不去，觉得自己需要为他身上的伤负责。她虽然害羞得不行，脸已经开始烧，可还是一点点地蹭过去，手抬起来，从上到下，一颗颗地帮他解扣子。

最上面一颗扣子确实不好解，她又因为紧张不停地手抖，花了半天才解开，她接着去解下一颗。额上早出了一层汗，其中一滴顺着脸颊坠下来，挂在她下巴上，又顺着下巴流进脖子。

她的脖颈修长细嫩，皮肤很白，晶莹的汗水带着女孩身上的香气一路往下滑，最后渗进她T恤领口。

段融的眼眸深了一层，鼻端被她身上的奶香气萦绕，除此之外再也闻不到其他任何味道。她耳朵已经红得一塌糊涂，手指不停在颤，偶尔轻一下重一下地碰到他。

段融难耐地滚了滚喉结，手从她腰后绕过，稍稍使力把她抱到了腿上。

刚刚还隐秘的火星子，随着他的动作"噌"的一声蹿起巨大的火苗。空气里"噼噼啪啪"地响着火苗爆裂的声音，一种若有似无的暧昧情愫混乱地将两人缠起来。

沈半夏从沙发上坐到了他腿上,她全身僵硬,睫毛剧烈地抖了下,抬起眼睛不知所措地看他。

"抖什么?"段融把她两只手抓住,挑起她一根手指,拇指指腹带有暗示性地在上面蹭了下,说话时眼睛一直看着她水润软红的唇,"又不会吃了你。"

眼前的男人眸色极深,鼻梁挺拔又直,双唇很薄,笑起来的时候魅惑丛生,不笑的时候就带了冷,让人不自觉退避三舍。

是一张俊朗到带有极重攻击性的脸。

沈半夏后腰处贴着他的手,因为他的触摸,那里早就麻成一片。手上也麻,手指被他一下没一下地挑着、刷着、蹭着,再这样下去她觉得自己迟早要死他手里,她用了点儿力气推他,从他腿上爬下去,通红着一张脸,飞快地替他解剩下的几颗衬衫扣子。

总算解完,她后背的衣服汗湿了一片。

已经到了这种地步,再往下也不算什么了。她把他的衬衫从他肩上往下脱,看到了他左肩上的伤口。她确实咬得太重,此刻他肩膀上清清楚楚地留着一个牙印,上面还有干涸了的血渍。

她拿棉签蘸了碘伏,跪在沙发上直起身帮他消毒,期间怕他会疼,不停地轻轻吹着气。

等处理好,她把药品收起来。头低着,但又实在忍不住偷偷抬高一点儿,看他。

他上身还光着,好身材一览无余地露出来,能看得出坚持锻炼的痕迹。肩膀宽阔平直,手臂线条结实有力,腹部整齐排列着八块腹肌。

怪不得平时不管穿什么衣服都有型好看,这简直就是个衣架子,就是披块破麻布他都能披出国际时装周的风范。

在她又一次往他那里偷看的时候,冷不丁被他捉个正着。段融侧头低哂,一只手捏住她下巴往上抬。

"要看就光明正大地看。"

"谁要看你。"沈半夏把下巴从他手里挣出来,起身要走。

段融把她拉回来:"看完了就跑,我多吃亏。"

"你吃什么亏,我、我顶多是看回来而已,咱俩算扯平。"

"我脱光了,"他幽幽地说,"你那天脱光了?"

沈半夏气得把衬衫扔他身上:"那你穿上,我……我以后再也不看你了。"

她又想走,段融再次把她拉回去,一只手摁着她肩膀,把她牢牢困在沙发里。被冷气伪装成春天的别墅里,她身上热得能拧出水。

"确定不看?"段融贴近她耳边,声音越来越低,到最后只剩了一点儿气声,"那我不是白练了?"

做了一晚上的梦，梦里全是段融，他赤裸着上身趴在她身上，额上是剧烈运动过后的汗，汗水浸湿他的额发，顺着发梢滴落在她脸上。

醒来后沈半夏把脸埋进枕头，一下一下地往里磕，边磕边恨铁不成钢地骂自己："没出息！没出息！没出息！"骂到后面变成，"死段融！死段融！死段融！"

到底给她下了什么蛊啊！

她恹恹地下楼，段融准备好早餐给她拿来，垂眼看了看她的脚，确认已经不再红肿，才若无其事地收回目光。

沈半夏打算出门，段融已经从后面跟了过来，拉住她手腕带她往车库走："我送你。"

"不用了，我的学校跟你的公司是相反的方向，会耽误你时间的。"

"你觉得我需要按时上班？"

段融拽拽地撂下这句话，打开副驾驶座的车门把她推进去，倾身，帮她绑好安全带。

沈半夏背紧贴着靠椅，头低着，一直到他起身离开才轻松些。

到了学校，她在校门口下车，往里走的时候，方朗冲她远远地招手，跑到她身边要帮她拿包。

她摇摇头，问他："律所还好吗？"

"挺好的，生意红火，财源广进，就是刘律师输了一个官司，一分钱都没拿到，有点儿不高兴，这段时间总是黑着一张脸。而且她好像知道班律师是你请过去帮马录的了，我怕她会对你有意见，所以你最近还是别去律所了。"

方朗仍要帮她拿包，她躲开，摇头。

段融坐在车里，手肘搭在窗边，指间夹着烟，目光始终看着并排往学校里走的两个人。那两人年纪差不多大，在同一所学校读书，走在一起的时候像是学校里无数青春靓丽的情侣中的一对。

段融摁灭了烟，升起车窗，开车离开。

自从上了大学以后，沈半夏的闲暇时间基本都拿来打零工了，很少参加班里的集体活动。因为她总是独来独往，再加上长得不错，所以班长冉冠对她的印象挺深。

过了一个暑假再看她，发现短短两个月过去，她长得更水灵了，恍如一个落入人间的天使。

冉冠在朋友的挑唆下把位置换到了她旁边。

"半夏，晚上班里的人打算聚聚，我给你留个位置，你记得来啊。暑假大家一起出去玩你就没去,这次不能再推了。"

沈半夏在书上记笔记,问:"去哪儿?"

"就在学校外面的海鲜城。"

像这种集体活动要均摊费用,沈半夏不愿意花不必要的钱,随口扯谎:"不去,我海鲜过敏。"

"那……我们换个地方,去吃火锅,这样总行了吧?"

"为什么一定让我去,少我一个又不少?"

"少。"

沈半夏停下笔,有点儿不耐烦这人一直劝她让她做不愿意做的事。

方朗算是班里跟沈半夏关系最好的朋友,多少了解这丫头表面上看起来外向活泼,但其实骨子里带着孤僻。他不想让她一直这么游离于群体之外,赶在她说话前答应下来:"行行行,半夏会去的。半夏,到时候你跟我一块,我会照应你的。"

"那就这么说定了啊。"冉冠虽然不满方朗总是缠着沈半夏,但更怕沈半夏会反悔,不等她说什么就赶紧站起来走了。

中午,方朗要带沈半夏去食堂吃饭,崔助理正等在食堂门口,朝沈半夏招了招手。

"段总让我给你送饭。"崔山把东西给她,"还有你中午要吃的药,我已经冲好放在保温杯里了,段总让我提醒你饭后吃。这里面还有几块糖,太苦的话可以压压。"

沈半夏打开袋子往里看,里面装了好几个饭盒,东西还烫着,明显是刚做好送来的。

"干吗给我送,这里有食堂?"她说。

崔山也想知道,段融到底是被这丫头下了什么蛊,把人宠得没边了。

沈半夏去食堂找了个位置吃饭,把东西一一拿出来摆在桌上。饭盒刚打开,扑鼻的香气飘出来。

沈半夏拿了双一次性筷子给方朗:"给,我一个人吃不完,我们一块吃。"

方朗一直以为等一年以后,沈半夏就会从段融的事情里脱身出来,恢复到以往正常的生活。可是现在他发现,段融对沈半夏并不一般,已经关心到会让助理特意来送饭的地步了。

方朗食不知味,说了一句:"段融对你很好啊。"

"康阿姨出国前拜托他好好照顾我。"

"这样啊。"方朗的心情好了点儿,"怪不得。"

晚上去学校附近吃火锅,整个班的人都在,从来没有这么齐过,包下了一整个火锅店。

沈半夏不怎么说话，专心吃饭，但总有男生过来跟她搭讪，她都不怎么理，一眼都没有多看过。

同桌有女生突然聊起了段融，说起暑假的时候去海岛玩，跟着朋友上了游轮，在那边见过段融一眼。

"他一个人站在甲板上抽烟，你们不知道，他简直帅惨了，看一眼就让人腿软的帅。"

有姐妹问她："那你有没有去跟他搭讪？"

"我也想，可是我刚朝他过去，他朝我看了一眼，眼神冷到不行，好像是在警告我让我滚回去一样，我就没敢去了。"

"啊？真有这种男人啊？美女都送上门了还带赶人的啊？"

"他是不是真的跟传闻里说的一样，只钟情万珂大美女啊？"

"不是吧，你们不知道吗？现在网上完全搜不到万珂和他的绯闻了，甚至只要有人把他跟万珂放在一起讨论就会被封号。我听说这都是段融的手笔，他要是喜欢万珂的话，能这么做吗？"

"也太狠了吧。谣言那么多，他一天之间就全搞定了？那得砸出去多少钱啊，他最近不是在搞新品研发吗？正是用钱的时候，还能分出心思去封谣言啊？"

"你们说，之前他对谣言都是不怎么管的，为什么现在突然又管了？会不会是跟他未婚妻有关？可他跟未婚妻不是家族联姻吗，没有感情基础的啊。"

"说起来，你们记得他未婚妻的名字吗？是不是叫半夏？"

提到这个，女生们把目光放到了沈半夏身上，放低了声音讨论："还真是巧，跟沈半夏同名同姓，连年龄都一样。"

"会不会就是同一个人啊？"

"怎么可能，沈半夏看起来就不像有钱人好吗。你们忘了她大一的时候总穿地摊货，康老爷子的外孙女怎么可能会穿地摊货？"

"可她现在穿的这件好像是国外的大牌，我出国的时候看见过，还想买来着，但太贵了，把我卖了都买不起。"

"肯定是赝品，要不就是她傍上了什么有钱人吧。你们没见她有多会勾引男人吗，今天她一来，咱班上的男生的眼睛全在她一人身上挂着呢。"

餐厅里很吵，每一桌都有乱糟糟的声音，但沈半夏还是把那些人的话听清了。

她抬起头，径直朝那边的人看过去，目光清冷至极。

她人虽然瘦小，表面上看起来软弱好欺，但目光极有力量，看得那些女生不敢再乱说话，其中一个换上了笑脸问她："半夏，都跟你同班这么久了，还

252

不知道你家里是做什么的呢？"

"怎么，一个班的人，就可以互查户口了？"

沈半夏表达喜恶都很明显，不会给人留面子。女生们对她的厌恶又多了一层，开始更明显地抱团排挤她，没有人再来跟她讲话。

冉冠的朋友端着杯酒过来，往沈半夏身边一坐："半夏，你有没有男朋友？要是没有的话，你看看冉冠怎么样？刚好今天同学们都在，大家给你们牵个红线怎么样？"

"不怎么样。"沈半夏待不下去，想走。

那男生把她按回椅子："为什么不怎么样？你看不上冉冠啊？他也不差吧，长得可以了，家里还是开公司的，你跟了他不吃亏。"

方朗从洗手间回来，看见这边的情况，把那男生的手从沈半夏肩上拿开。

"干什么呢？半夏一小女孩，你对人尊重点儿。"

男生灰溜溜地走了。

沈半夏不想多待，背上包要走，冉冠过来劝她，她仍是没留。

有女生不满的声音响起来："牛气什么，就是个臭穷酸。"

沈半夏的脚步停了停，深吸口气，走到那女生面前："有什么话大大方方地说，鬼鬼祟祟的算什么本事。"

尚茵被她这副样子气到，不屑地笑了声："是你让我说的啊，我说你就是个臭穷酸，请问有什么问题吗？我说的难道不是事实吗，这年头事实还不让人说啦？"

"怎么，我穷到你啦？"沈半夏目光很冷，"碍着你事了？是吃你家大米了，还是喝你家一口水了？有时间你多管管自己，别总盯着别人。"

尚茵站起来要动手，餐厅的门突然被打开，段融单手插兜从外面走了进来。不少人都认出了他，想不明白这么大的人物为什么会过来这边。

刚才还乱成一团的餐厅此刻突然安静，所有人都直愣愣地盯着段融，看到他停在了沈半夏身边，一只手抬起，一派闲适地揽住了她的肩。

气氛更静，所有人大气都不敢出。

段融淡瞥了尚茵一眼，侧头看她还举在半空蓄势待发的手："什么意思？"

尚茵赶紧把手收了回去，这男人气势太强，没什么表情地看人的时候让人害怕。

"段总，您怎么来了？"尚茵开始跟他套近乎，"您还记不记得我？上次坐游轮出海的时候，我跟您见过面的。"

段融："抱歉，对无关紧要的人，我都不会费心思记。"

尚茵脸上僵了僵，勉强扯出笑："没关系的，以后我们可以好好认识一下。"

她看看被段融揽住肩膀的沈半夏,问:"您跟她?"

"半夏是我未婚妻。"

餐厅里传出一阵很清晰的吸气声,沈半夏平日里太低调,整个大一除了上课从来没有多露过脸,跟班里的人不怎么熟,没有人知道她的具体情况,只是从她低调的行事中猜出她家庭条件可能不是太好。

谁知道她原来是个隐藏的名门千金?

段融低头,目光温柔地落在沈半夏脸上,当着众人面问她:"吃好了?"

沈半夏没有看他,微微点了下头。

"那走吧,我带你回家。"段融把她肩上背着的帆布包取下来,替她拎在手里,拿出一张黑卡给这家店的老板,"买单。"

"是全场的单?"

"是。"

老板拿了卡去柜台结账。

一阵寂静中,段融把沈半夏往怀里揽了一下,骨节分明的一只手抬起,在她发上揉了一把。

他抬起头,淡漠的视线扫过在场的人:"这顿饭我家半夏请了,你们慢用。"

在所有人的目光注视下,段融带着沈半夏离开火锅店。他的手始终放在沈半夏脑后,手指时不时地揉一下,亲昵地拨蹭她的头发。

出了火锅店,上了车,沈半夏仍旧一言不发。

段融带她去了一家商场,她不肯下去:"来这里干什么?"

"给你买衣服。"

"为什么?"

"你身上染了火锅味。"

段融过来拉开车门,让她下车。

她还是不肯:"我回家换掉就好了。"

段融直接把她拉了下来,带她进了一家店,把店里所有适合她的衣服都买了下来。

这家店里的衣服就没有一万元以下的,沈半夏觉得这人疯了:"干吗要买这么多?"

"钱太多了,不花我难受。"

沈半夏默默地看着他"凡尔赛"。两名店员已经笑得脸都快"烂"了,看段融的眼神宛如在看救苦救难的天神。

离开服装店,段融又带沈半夏去了一家鞋店。她从来不喜欢穿高跟鞋,夏天也只穿板鞋、帆布鞋或是中筒靴一类。段融让她试了几双,凡是穿起来合适的都让人包起来。

前面有抓娃娃机，沈半夏买完奶茶回来，段融给了她几个游戏币，让她试一下。

她往里投了两个币，看准里面笑得眯起眼睛的懒羊羊，按下按钮。

机械爪往下，抓住懒羊羊。沈半夏"咕嘟咕嘟"地喝奶茶，并没有抱希望于能把娃娃抓起来，可是下一秒，机械爪真的牢牢抓住了懒羊羊，升起。

懒羊羊从取物口里掉出来，段融躬身捡起玩偶，递给她："这么厉害。"额头朝娃娃机一侧，"再试试。"

沈半夏开心地看了看自己抓到的懒羊羊，鼻子在懒羊羊的鼻子上蹭蹭，往投币口里又放了两个币，去抓娃娃机里的喜羊羊。

结果也是不费吹灰之力地抓到了。

她越玩越兴奋，完全把刚才在火锅店里发生的不愉快忘记了，眼里染满了笑意。最后把羊村里的各种羊都抓了一遍。

周边围拢来了不少人，惊叹她好会玩，就没有抓空过。

可沈半夏在这之前从来没有成功抓起过一个娃娃，今天不知道是走了什么狗屎运。

她想要的娃娃已经都抓齐，满满地装了好几个袋子，段融帮她拿着。

他们刚一离开，立刻有人跑过去要抢沈半夏用过的娃娃机，却发现这台娃娃机被停掉了。等重新能用的时候，机械爪已经被人重新调了松紧，根本就不好用。

老板就在旁边站着跟人闲聊，有女生一直抓不到娃娃，把气撒到了男朋友身上。男友跑过去找老板质问："刚才那个小女生玩的时候，娃娃机是不是被调过？为什么她一抓就能抓到？"

"当然调过了，"老板觉得这小伙子挺逗，"不然怎么一抓一个准。"

"那为什么我女朋友去抓的时候，爪子就被调松了？都是顾客，不带这么区别对待吧。"

"人家女孩的男朋友付了一整台娃娃机的钱给我，我才送他女朋友几个娃娃。只要你像他一样，我这就去给你调。"

沈半夏并不知道自己去买奶茶的时候，段融找老板都说了什么，还以为自己真的打通了抓娃娃的任督二脉。

她把抓到的懒羊羊拿出来，爱不释手地看。

段融想起很多年前的一件事，有人在他被一帮混混找上门讨债的时候，扔了一笔钱出来，装着那笔钱的包上有个懒羊羊的图案。

他侧过头，目光落在女孩手中的玩偶上。

莫名觉得有什么事情是不对的,是没有被他看清的。

"喜欢懒羊羊？"他问了一句。

"嗯。"

"那为什么要把别的羊也抓回来？"

"因为可以给懒羊羊做伴啊，"她说，手里还爱不释手地抱着懒羊羊，"只有他一个的话就太孤独了。"

段融看了她一会儿，笑了笑，抬手揉了揉她的头发："傻瓜。"

天底下顶可爱的傻瓜。

次日再去学校，落在沈半夏身上的目光明显变多了。

之前因为她性子有些孤僻，不怎么跟人交流，班里有什么集体活动从来都不参加，不知道都在忙些什么，而且她就那么不声不响地待着，就总有男生前赴后继向她献殷勤，有很多女生都不是太喜欢她。

经过昨天段融替她撑腰的事，大家才发现她其实来头不小。

"看来她真的是康老爷子的外孙女。"

有女生坐在尚茵身边小声讨论："看她今天穿的T恤，还有裙子，别小瞧衣服简单，那是国外一个巨大牌的设计师设计的，普通人根本没有门道能买到。还有她的鞋。"女生指指沈半夏脚上的黑色中筒靴，"那个也很贵，一双能抵得上我们差不多半年的生活费了。"

尚茵心里不是滋味，跟沈半夏同班一年，她完全没发现那丫头竟然是个深藏不露的，果然真正的有钱人都低调吗？

在知道沈半夏就是段融的未婚妻后，冉冠没有再来找过她。方朗也变得有点儿奇怪，一上午都不怎么说话，跟被人点了穴道一样不声不响地坐在沈半夏身边。

最后一节课放学铃响，沈半夏拿手在他眼前晃晃："想什么呢？"

方朗摇摇头："走吧，去吃饭。"

到了食堂，崔助理依然早就等在了那里，把准备好的午餐交给沈半夏。

依旧是精心搭配过的几道菜，另外还有冲泡好的中药、几块糖。

方朗的脸色越来越不好，没有再跟沈半夏一起吃饭，转而去了另外一边。

方朗是沈半夏在这个学校里唯一比较说得上话的人，现在方朗也不在她身边了，她一个人吃完了饭，离开食堂。

晚上崔助理过来接她，说段融有个国际会议要开，要到很晚才下班。

回了家，沈半夏把一套试题写完，找了部电影窝在沙发里看。段融回来的时候，她已经睡着了，电影还在放。

她看的是一部国内喜剧电影，笑点密集，全程没有一处煽情点。

段融刚要把沈半夏抱起来，她已经醒了，两眼迷蒙地看了他一会儿："你回来了。"声音从来没有这么软过，好像她是在这个家里专门守着他回来一样。

段融把手收回，抄进裤子口袋，直起身："上楼去睡。"

"你以后别再让人给我送饭了。"她仰头看他，"我可以去吃食堂。"

"你有胃病。"

"只是一点儿小毛病而已，医生已经说了不严重。"

"你还想怎么严重？"

沈半夏被驳斥得说不出什么来。她的胃确实不怎么好，因为长时间吃饭不规律，饿了就会拼命吃，不饿的时候可以整整两天都不吃。后来医生告诉她，她这样对身体伤害很大，必须及时治疗。她没怎么在意过，不觉得生活受到了多么大的影响。病情时好时坏，大部分时间都没有妨碍什么，可以正常地生活，但有小部分时候会突然性地没有胃口，吃不下饭。

段融应该还不知道她有这样的病，她也并不想让他知道，每次跟他在一起的时候，她都会表现出胃口很好的样子。

"我会记得按时吃饭，我们学校食堂是出了名的好吃，所以你真的不用特意让人给我送饭。你每天这么给我送，方朗都不愿意跟我一起吃饭了。"

段融的神经被她这句话挑了起来，眸色变暗："你这么想跟他一起吃饭？"

"也不是，就是一个人吃饭有点儿无聊。"

"你不能找别人？"

"朋友又不是随便就能交的。我不在宿舍住，班里的女生大部分是同一个宿舍的会玩得比较好，我很难跟她们熟悉起来。"

"跟方朗就能熟了？"

之所以会跟方朗熟悉，是因为方朗在她到了平忧律师事务所不久后，也过去那边工作，跟她成了同事。

她不能把这件事说出来，一时沉默。

她的沉默看在段融眼里成了对方朗特殊化对待的默认，他心头莫名烦躁，不爽积压得越来越多，他在满室昏暗的电影光线中冷笑了声："怎么不说话？他就这么例外？"

"方朗哥哥是我朋友而已。"

段融脸色猛地沉了一下，眼里有寒光闪过。她吓得往后靠，身体挨到了沙发靠背。

段融往前走了一步，腿碰到了她膝弯。她条件反射地要收，腿还没抬起来，膝盖已被他一只手握住，往下按。

客厅里没有开灯，电影还在放着，台词荒诞可笑。屋里的气氛越来越紧张，好像有一根无形的线在不停拉扯，把空气挤压得越来越薄。

段融在不甚明晰的光线中紧盯着她,手心滚烫,毫无遮挡地握着她左膝,被他盖着的那片肌肤逐渐开始发麻。

"你再说一遍。"

他脸上表情阴沉,让人感觉只要她再乱说什么,他下一秒就能把她掐死。

沈半夏想不明白自己哪里得罪了他,被他的样子吓到,不自觉地红了眼睛。

段融放开她,虽然离她远了些,但让人透不过气来的压迫感仍是存在,最后只淡淡看了她一眼,转身回了自己房间。

不知道怎么惹到了他,让他这么不高兴。

沈半夏也是个有脾气的,不想再看见他,更不想跟他在一张餐桌上吃饭,次日比平时早起了两个小时,偷偷摸摸地下楼出了门,搭车去学校。

一直到中午,段融那边都很安静,也没有再让崔助理过来送饭。她暗暗地失望,手机拿在手里转来转去,时不时摁亮看一眼有没有微信图标亮起来。好不容易等来一个,却并不是段融发来的。

她把脸埋进胳膊,闭上眼睛让大脑放空。等不再想他了,她找到班兴昌的微信,给他老人家发了句问候,紧接着把折磨了自己一节课的案例分析题拍下来给他发了过去,向他讨教正确解法。

市郊高尔夫球场,班兴昌把用过的球杆递给助理,抬头见段融朝这边走来,笑着冲他道:"你小子可很久没来过了。"

"最近忙。"

段融脸色不是太好。这倒是稀奇事,班兴昌跟他认识这么久,从没见过他把喜恶摆在脸上,大部分时候,他都是戴着一层又一层的面具,没有人能看出他到底在想什么。

"工作上有麻烦?"班兴昌多少知道他到底在干些什么,担心他把事情搞砸,到最后搞得身败名裂。

"没有,一切顺利。"段融不是很想说下去。

到了休息区,段融往椅子里坐了下去,掏了根烟咬在嘴里,拿火机点燃。

班兴昌收到了沈半夏的问候,以及在问候后跟着的一道案例分析题。

"这丫头,每天总有问不完的题,我没退休的时候都没现在累。"班兴昌把手机给段融看,"来,你教教她。"

段融叼着烟往屏幕上看了眼,接过手机,手指飞快地在键盘上打字。

"说起来,当初你可是我最得意的徒弟。"班兴昌喝了口茶,"可惜段向德那家伙非让你转专业,让你去学什么金融。金融这玩意还需要学?也不看看现在那些个功成名就的奸商,有几个是学金融出身的,害得你白白浪费天分。"

段融把一大段话发过去,沈半夏很快发过来一个跪地磕头的小人表情包。

他扯起嘴角笑，将手机还给班兴昌："那老师看看我家小姑娘有没有天分。"

"跟你比起来她差远了，天分没多少，全靠一腔热血在撑着。"

班兴昌把老花镜拿下来，用镜布擦了擦："没有天分也就算了，要命的是她还长了副软心肠。马录那个案子其实根本就不好管，她安安分分地去替原告做事，等胜诉了收钱不好吗？她偏不，一心要替马录打官司。"

班兴昌无奈地摇头："马录的胜率只有不到一成，他去酒吧跟人喝酒，喝完酒主动跟人去酒店。关起门来的事儿，谁能肯定他是主动还是被动？跟人睡了一觉，睡醒后把人打成了重伤。他要是个女人这还不是个死局，可他是个男人。"

说到这里，他没再继续往下，话题回到沈半夏身上："半夏这种性格根本就不适合当律师。律师最要紧的是心肠要硬，关键时候要能把黑的说成白的，白的说成黑的。可她这样的，为了她所谓的正义，关键时候她能把自己都栽进去。"

段融目光落在远处半死不活的夕阳上，满不在乎地轻笑了声："可您还是把官司打赢了。必死的局都能走活，所以她的选择没什么错。就算以后真的吃到了苦头，还有我给她顶着。她想做什么就可以做，不需要把黑的说成白的，白的说成黑的，她也能在这个行业里待下去。"

"有人跟我说，你对半夏那小姑娘动了心，我本来还不信。"班兴昌看他，"你这是真喜欢上了？"

段融眸光微动，半秒也没有迟疑："是。"

班兴昌叹气，提醒他："你可要想好，她不是康宏升的外孙女，就是个普通女孩，等到了时间她是会走的。就算你能把她留下，可你接下来有一场硬仗要打，结果是好是坏现在谁都不知道。万一，我是说万一出了事，你会连累她的。她还只有十八岁，根本就还是小孩一个，人生才刚刚开始，你忍心让她留在你身边，跟你一起面对危险吗？"

"段融，之前不管是什么事，你都做得很好，那是因为你心够狠，没有什么东西是你在意的。"班兴昌看着远方，手指在椅子扶手上磕了两下，"所以你绝不能有软肋，最起码不能让人看出来你有软肋，包括你自己。"

方朗在图书馆二楼找到了沈半夏，她正专心地查资料翻书，在纸上做笔记，连流了鼻血都没发现。

方朗赶紧拿纸巾给她。沈半夏捂了捂鼻子，把纸拿下来看，红了一片。

等鼻子里没有血再往下流，她把纸巾扔进垃圾桶，打算继续回去看书。

"你是不是一天没吃饭了？"方朗跟在她身边，"让你吃饭你非不去，你想把自己饿死啊？"

"我不饿。"

"不饿也要吃。我发现你老是这样，吃的时候就拼命吃，不吃就能好几顿都不吃，你这样下去身体会出问题的。"

方朗把她的书装进书包，拎着走出去："你跟我来，必须要去吃饭，不能再这么饿着了。"

两个人到了学校外的一家私房菜馆，沈半夏完全没有胃口，吃什么都味如嚼蜡，难受得反胃。可为了不让方朗念叨，她还是装作没事人一样不停地往嘴里塞东西。

方朗给她倒果汁，见她脸上蹭了油会抽纸巾给她，看她吃饭太快会提醒她慢点吃，不要噎着。

她吃相可爱，脸颊被食物塞得鼓起，如生气的河豚一般。方朗越看心情越好，脸上的笑意就没有消失过。

一辆黑色的莱肯停在餐厅外面，透过玻璃窗，段融再一次看到沈半夏和方朗像一对情侣般有说有笑地坐在一起吃饭。

车子里气压很低，冷得人直打哆嗦。崔山很想把冷气温度调高，但是不敢。透过后视镜，能隐约看到后座上的老板脸色黑沉，目光冷得快要把空气冻成冰。

"今天她都做了什么？"

段融冷不丁开口。

崔山打了个寒战，很快整理出冷静的声线回答："上午上了刑法分论和商法学，中午留在教室做题，下午上了知识产权法，之后一直在图书馆看书，刚被方朗叫出来吃饭。"

"早上和中午都没有吃过东西？"

"没有。"

车里安静下来，段融什么都没有再问，目光从外收回："走吧。"

吃了一肚子东西，沈半夏趁去洗手间的时候大吐了一通，胃里还是难受，一阵阵地抽痛。

回到家时别墅里一片漆黑，段融应该还没有回来。她推门进去，按亮灯。

光亮涌进来，嗅觉也更敏感，她闻到屋里有很重的酒味，往客厅那边看了眼。

段融靠坐在沙发前的地毯上，一条腿屈起，手肘在膝上搭着，手里拿着罐啤酒。茶几上躺着好几个喝空了的啤酒罐，地毯上也有。

她捏紧了肩上背着的帆布包带，两个人昨天刚有过不愉快，今天又一天没有碰面，猝然碰上，待在同一个空间里，她一时不知道该怎么面对他。

段融喝了很多酒，头低着，额前的头发盖到眉毛，眼睛闭着，像是已经昏睡过去。手里的啤酒罐往下掉，骨碌碌滚出很远，酒液往外吐。

沈半夏把包放下，过去把散落一地的啤酒罐捡起来扔进垃圾桶。手上沾染了酒香，混合着身后那人满身的酒气，偌大一个别墅里安静得能听到空气流动的声音。

她握了握手心，挪到段融身边，想开口叫他。

刚张了张口又停下，只是看他一眼就被他蛊惑到，视线被抽走，黏在他脸上动不了了。

手指怯怯地动，口水咽了一下又一下，最后大着胆子把手伸过去，轻轻地、柔柔地在他鼻梁上摸了下。

硬硬的触感，皮肤干净细滑。

她抿抿唇，又摸一下。

在这个时候，段融的眼睛睁开了。

她心脏都要跳出来，身体往后倒。手腕却被段融拉住，整个人朝他怀里跌，摔坐到他腿上。

段融抬头看她，一双桃花眼里此刻装满了轻慢。她急得脸瞬间红了，手腕抽了抽，但他握得很紧，她动不了。

段融微带醉意的目光轻佻地划过她脸上，开口时声音沉哑，带了好听的磁性："偷摸我算怎么回事？"

他果然开始了。沈半夏心虚得说不出话，只是一个劲地想从他腿上起来。他喝过酒，浑身都硬得不行，她臊得全身都热，背上出了汗。

"明天开始我会让崔山继续去给你送饭。"

他说话时语气平淡，完全听不出来他喝醉了酒，只有一双眼睛里有醉意："如果你不吃，我会过去亲自喂你。"

沈半夏被他最后这句话惊得木了下来，良久后才回过神："你每天就只有盯着我吃饭这件事可以做吗？"

"事情有很多，可这件暂时是最重要的。"

"可我不需要，你能不能不要总是管我的事。"

"我不管，你有哪怕一天好好吃饭吗？"

段融脾气上来，语气冷了很多。

沈半夏被激得声音大起来："我有没有好好吃饭跟你有关系吗？"

"有关系。"段融死死地盯着她，"你以后的一辈子，都跟我有关系。"

沈半夏愣怔，不敢相信自己听到了什么，转而一种愧疚感出现。她想，他即使不喜欢，但也已经接受了要跟她结婚这件事。但她根本就没有一辈子的时间能给他，说不准哪天她就要走了。

她忍下情绪，含着泪狠心说："你别自以为是了，我跟你只是被利益暂时绑在一起而已，早晚都会分开。"

段融眼睛里的光明显地暗了一层，箍在她手腕上的力道减弱。

沈半夏顺势挣开,从他怀里起身,背对着他朝楼梯口走。

"跟我是因为利益,那和方朗呢?"

段融的声音响起,沈半夏僵在原地,几秒后回身看他:"你又让人跟踪我?"

段融走到她面前,两个人身高差距很大,他低下头看她:"我让你不要总是跟别的男人走得太近,这很难吗?"

"你是不是又让人跟踪我?"沈半夏很怕他从很早之前就这么做了,担心自己做过暴露身份的事,因为害怕,说话时声音都在抖,"你为什么总是这样?"

"你怕什么?"段融握住她后颈,力气很大,拇指摁得她耳朵开始疼,"怕你做过什么对不起我的事?"

"我能做什么对不起你的事?跟男人鬼混吗?就算我真的跟男人鬼混,跟你又有什么关系?你不要以为你是我未婚夫就可以管我了,商业联姻这种事做做表面功夫就行了,难道还能当真吗?"

在她的话后,段融的眼神变得让人害怕,握着她后脑的手用力,不停地把她往后推。

她在他控制下跌跌撞撞地后退,直到背部碰到墙,脑后垫着他的手。

段融低头,唇凑到她耳边,近似咬牙切齿地贴着她耳朵低语:"我让你看看能不能当真!"

下巴被他强硬地往上抬,嘴巴猝不及防被堵住,带着酒味的凛冽气息霸道地侵入她口腔。

沈半夏蓦地定住,大脑空白一片,想不明白现在发生了什么。

别墅里灯光透亮,空气温凉。段融俯首吻她,一只手垫在她脑后,另一只手捏着她下巴,动作虽然强势,但力度放得很轻,好像生怕把她捏疼了。

而吻在她唇上的力道却重,挤压走两人双唇间所有空气。

他的唇冰凉柔软,一股淡淡的薄荷香中和了酒香,清晰地传递出来。

沈半夏全身血液结成冰,很快又沸腾起来,她在冰火两重天中不知所措。

她垂眸,段融闭着眼,睫毛如鸦羽一般垂着,在眼睑下扫出一片影子。额发蓬松,盖过了眉,吊灯直直打下来,在他深棕色的发上笼了层金色的光。吻她的时候他侧着脸,挺拔的鼻梁蹭到了她脸上。

心脏先是停跳,紧接着"扑通扑通"地乱跳。终于弄懂现在不是做梦,而是真实发生的,她脑子都要炸,眼前"噼噼啪啪"地放烟花。

段融吻了她。

两人的嘴唇现在正紧密地贴在一起。

可不应该是这样的,段融甚至从没说过喜欢她,看着她的眼神里总带了戏弄。

是在戏弄她,又因为刚才她故意气他,他才一时昏了头而已。

沈半夏发软的手终于抬起来,在他肩上推了一把。他却纹丝未动,动的只有嘴巴。他张开口,湿润的双唇在她唇上含吮,接下来侵入的是舌尖,试图抵开她的牙齿伸进去。

沈半夏推得更厉害,趁他放松的时候,偏头躲开他。

段融这时候恢复了点儿清明,唇与她分开。

沈半夏顺势扬手甩了他一巴掌。

段融被打得脸往一侧偏。屋子里死一般的寂静,呼吸声都听不见。

沈半夏的指甲有些长了,打他时刮破了他嘴角,他毫不在意地拿拇指蹭掉血,看了看。

沈半夏两眼发红,赶在他清醒过来前跑上楼。

进了屋,她把自己埋进被子,眼睛紧紧闭上,不让自己再想刚才的事。可段融吻她的画面还是不停地冲进脑海——他恶狠狠地把她往墙上抵,在她耳边寒意森森地说醉话,手捏着她下巴把她头往上抬,不带一丝感情地吻她。

进入青春期以后,她幻想过自己的初吻,每次的初吻对象都是段融。但幻想里的他是温柔的。

现实给了她迎头一击,他并不是真心实意地想吻她,而是因为被她激怒而故意报复她。

沈半夏昏昏沉沉地睡了一夜,次日没能起得来,胃一阵阵地抽疼,额上冒了很多冷汗。她以为忍忍就能过去,但过去很久身体还是虚,连从床上爬起来都费劲,最后迷迷糊糊地又睡了过去。

模糊中听到门外有人敲门,那人敲了很长一阵,不见回应后,开始叫她名字。是段融的声音,开始的时候喊她"沈半夏",后来把姓去掉,叫她"半夏"。

半梦半醒中,她回到了以前。那时候因为受到排挤,个性越来越孤僻,不愿意开口说话,所以段融从来不知道她的名字。

他不知道,每次走在他身边,她都很想告诉他,她叫沈半夏,三点水的沈,一半的半,夏天的夏。

请你不要把我忘记好吗?

沈半夏一直不醒,面色苍白,眉心紧紧蹙着,额上满是冷汗。

私人医生来给她吊了水,告诉段融:"一点儿小毛病而已,她年轻,恢复得快,你不用太担心。让她按时吃药,没多久就能养好的。"

"她的病怎么来的?"

"根据你说的情况,我估计她应该是有交替性暴食厌食症。"

段融眸中猛地沉了下,半晌后才回神:"交替性暴食厌食症?"

"是。这种病跟心理有关,我想她应该是平常生活压力太大,慢慢地才有了这个病。"

医生说完,看见段融的神色很不对劲,赶紧补充:"段先生不用太担心,这个病是能治好的,只要让她放松心情,别再有太多压力,以后总会好的。"

医生带着护士离开,段融在楼下的沙发里坐了会儿,头垂着,心里一阵阵地疼。

他拨通了崔山的电话,直接安排:"你去市郊医院跑一趟,查清楚沈文海的病到底是什么情况,摸清以后找医生给他治,不管从哪儿找都行。记住不要让人发现,事要偷偷地做。"

挂了电话,段融上楼找到沈半夏。刚输了液,她脸色好了很多,唇上也有了颜色,恢复了原本的殷红。

如昨晚一样的颜色。

段融回忆起她唇上的触感,她的唇很软,带着水润的色泽,亲上去的时候有绵绵的甜味渗入心底。

亲她一下只换来一个巴掌,挺值的。

段融自嘲地笑了下,在她床边坐下。这时候她醒了过来,小扇子一样卷翘的睫毛随着眼皮抬起,两眼迷蒙地呆了会儿,视线慢慢挪到他身上。

昨晚像只小狮子一样跟他大吵大闹的女孩,此刻柔得好像四月的风,软软地看着他,昏沉中开口叫他:"段融哥哥。"

四个字像一把羽毛,在段融心脏的位置不停地轻扫。他喉咙很痒,眸色深了一层,手朝她伸过去,把她脸庞的头发别到耳后。

"嗯,哥哥在。"

听到段融的声音,沈半夏安心了些,闭上眼睛又睡过去。梦境接上,她日思夜想的段融回到了她身边,她拉着他的手往前跑,在欣欣向荣的盛夏里朝前跑,路旁参天的梧桐树"沙沙"地摇晃着叶子,送来一阵清香。

可是下一秒,她孤身一人来到了一家惨白的医院,母亲坐在抢救室外哭,医生摘掉口罩朝她们走过来,告诉她们:"病人恐怕很难再醒过来了。"

母亲没有放弃,几年里除了供沈半夏读书,就是四处奔波挣钱,用大把大把的钱替沈文海续命。母亲说只要沈文海还有一口气在,就总有醒过来的希望。

后来母亲死了,留下了沈半夏和一个岌岌可危的家。

沈半夏一直记得母亲的话,相信父亲总有一天能醒过来。她变卖了家里所有值钱的东西替父亲治病,刚考上大学就开始找工作,挣到的钱一笔笔砸进医院。姑妈常常劝她放弃,但她就是觉得父亲能醒过来。

她不想变成孤儿。

晚上加班到很晚,她拖着疲累至极的脚步去搭公交车,觉得撑不下去的时候,她看到了段融。

原本干燥的世界下起倾盆大雨,段融撑着一把伞朝她走过来,替她挡住将她淋湿的雨。

他把伞交到她手里,说:"以后要一个人回家了。"

他说:"好好照顾自己。"

沈半夏就重新有了勇气,看着他点点头:"好。"

"我会听话的。"

她无意识地呓语出声。段融抬头看她:"什么?"

"我……会听话的。"她闭着眼声若蚊蚋地说。

"听谁的话?"

"听……段融哥哥的话。"

段融愣怔下来,盯着她看了会儿,无奈地笑了声:"不是不喜欢我?"

他目光沉凝,不自觉地带了温柔:"那怎么做梦还能梦见我?"

"所以昨天不经过你同意就吻了你,"他爱惜地看着床上的女孩,如看着一样世上最难得的珍宝,"不要怪我好不好?"

沈半夏昏睡到中午才醒。

段融在床边的椅子里坐着,正翻看一本书。

她的脑子恢复了清明,想起昨天晚上被强吻的事,脸上腾地烧起红云。很想把被子拉起来蒙住头,又怕动作太大会把段融引过来。

她记得今天学校里还有课,想看看自己睡到了几点,有没有时间能赶过去。趁段融没把注意力放过来的工夫,她偷偷地伸出手去,一点一点摸到床头柜上的手机,拿过来看了眼时间。

11:51。

"啊——"

她像土拨鼠一样惨叫了声,从床上坐起来:"妈呀,我翘课了,怎么办怎么办?刑法学老师很变态的,有人翘课他会直接让人期末挂科的!"

她掀开被子要从床上下来,段融的腿伸了过来,一左一右地夹住了她两条腿。

他仍拿着书在看:"给你请过假了,今天不用去学校。"

沈半夏放松了不少,松口气。

往下看,自己的腿正被段融挡着,她身上穿了睡裙,裙子只能遮到膝盖,因为动作太大此刻往上收到了大腿根,露出大片凝脂玉般雪白的肌肤。

段融懒洋洋地把她垂下来的两条光溜溜的腿夹住,可恶的是他丝毫不觉得这种行为有什么,依旧在闲散地垂目看书。

沈半夏试着挣了挣，没挣开，抬起眼睛，刚好看到他嘴角还破着点儿皮。眼前浮现起他朝她吻过来的那一幕，心脏开始狂跳，被他亲过的嘴唇烧起来，带着电流。

她迅速低头，面红耳赤地说："麻烦你放开，我要去喝水。"

段融搁下书，起身倒了杯水放到她手里。

"收拾好下楼。"

他留下这句话就走了。

屋子里安静下来，沈半夏开始回忆刚才他的每一个表情，每一句话。他完全没有任何异常，像是已经完全忘了昨天晚上的事。

沈半夏愤愤地咬唇，顿觉自己昨天把他打轻了。

她扭头，床头柜上搁着他刚才随手放下的一本书，名字叫《活着》。

这书是她买回来的，一看就没收住，通宵看完了。看完以后哭得眼睛疼，情绪波动得太厉害，又因为这几天吃饭不规律，被段融气得药也没有按时吃，胃才会突然痛起来。

现在倒是没事了，她趿着拖鞋去洗手间，刷牙洗脸，挑了条背带短裤穿上，里面是T恤打底。

反正也不用去学校，她慢悠悠地坐在镜子前化了个淡妆，磨蹭了很久就是不想下楼。

米莉约沈半夏下午去美发店，她回了个"行"，手托下巴对着镜子看自己，眼前再次不受控制地浮现，昨晚段融强硬地扳着她脸吻她的那一幕。

她猛地闭了闭眼睛，抬手捂住脸。

段融都已经不记得了，她为什么总是要想起来。

她拿上包下楼，打算偷偷溜出去。

手刚碰到门，身后感受到一人的气息。段融洗过澡，不再有酒味，只有一种淡淡的清冽佛手柑香气飘过来。

他的手握住她的，带着她把刚开的门合上，拉着她往餐厅走。

牵手牵得这么自然，鬼知道他牵过后会不会跟亲过一样转头就忘。

沈半夏把他甩开："我要出去找朋友玩。"

"吃完饭再去。"

段融把椅子拉开，按着她肩膀把她摁坐下去，把一份香煎小排给她。

有香味飘出来，勾起了沈半夏的食欲。她拿起刀叉，切了一小块往嘴里填。

味道香香嫩嫩的，好吃得让她眯起眼睛，乖乖地把一整份都吃光了。

之后是一人份的餐后甜点、水果，段融一一拿过来，她每个都很乖地吃完了。

段融站在一边，把中药冲好倒进保温杯。她抬头看他，模糊记起早上有医生来帮她输液，段融应该一直在陪着她，放下公司里的事在家里照顾她，没有离开过。

沈半夏没再继续因为昨晚被强吻的事不高兴了，他忘记就忘记吧，只要她记得就行。

段融把她送到跟米莉约定的商场外，装着中药的保温杯和两块五颜六色的糖果被他放进包里。

"两点的时候记得喝。"他提醒。

沈半夏点头，拿着东西下车，朝商场里走。天气仍是闷热，她把头发高高扎了起来，露出修长白皙的脖颈。身上穿着浅蓝色牛仔背带短裤，露出的两条腿又细又直，皮肤在烈阳下白得发光。

背影瘦弱单薄，像个还在上高中的女学生。

段融看了她一会儿，收回目光，发动车子去公司。

米莉透过窗户看到了段融的那辆黑色迈巴赫，同时看到了亲自被段融送过来的沈半夏。

沈半夏推门进来，在店里找了一圈，跟她打招呼："米莉姐。"

"小半夏，你艳福不浅啊。"米莉手痒地在她粉嘟嘟的小脸蛋上捏了一把，"能让段融亲自接送你，你是给他灌了什么迷魂汤？"

"他刚好去公司，顺路而已。"沈半夏揉揉被捏痛的脸。

"顺个鬼路，这边跟天晟总部一南一北，你当我路痴啊？"

米莉往椅子里坐下来，接过发型师递来的发色板。

"小半夏，你也挑个颜色染吧。"米莉指着色板上的焦糖粉棕给她看，"这个，这个颜色一定会很适合你。"

旁边的托尼老师见有生意，连忙开始游说："是，你皮肤白，染这个颜色很合适。而且这颜色不用漂，也不怕掉色，颜色越掉越好看，你可以试试。"

沈半夏无聊地打个哈欠，接过色板看了看，无所谓地说："好，染吧。"

三个小时后，米莉看着镜子里粉棕发色的沈半夏，冲着她比了个大拇指："绝了，美得没人性了。"

沈半夏从困意中转醒，对着镜子看看。发色很温柔，在灯光照耀下笼了层清浅的粉棕色光芒。托尼老师还技痒地拿蛋卷棒帮她做了个慵懒的水波纹发型。头发松松搭在脸颊两旁，衬得她一张巴掌大的小脸更显冷白。

米莉从包里掏了一支橘色系口红，过去给她补了下嘴唇上的颜色，一边看一边啧啧："小半夏，我要有你这张脸，早去勇闯娱乐圈了，谁还巴巴地拿死工资受苦啊。"

"米莉姐，你顶着你这张脸跟我'凡尔赛'，不合适吧？"沈半夏让她去看镜子里她自己的脸。

米莉立刻对着镜子自恋起来："也对，老娘这张脸也算得上是女娲用了心的毕设作品。"

从理发店出来，米莉带着沈半夏去了附近一家琴行。她的男友尚柏平时有弹琴的喜好，她打算送架钢琴给他当生日礼物。

这家琴行里的商品动辄十万以上，米莉之前谈过数不清的男朋友，第一次来给男友挑礼物，还是这么大手笔。

沈半夏问她："你发财了？还是真动心了？"

"尚柏跟之前的臭男人不一样，他要是愿意跟我过一辈子，我是可以考虑的。"米莉把脖子里戴着的钻石项链拿出来给沈半夏看，"他送我钻石，我回他一架钢琴，不算吃亏。"

"一条项链就把你收买了。"沈半夏摇头。

"尚柏起码是用一条项链把我收买的，段融用什么把你收买的？"米莉把她的帆布包拿下来，从里面掏出黑色的保温瓶，"一瓶中药啊？"

沈半夏把东西抢回来，小心地放进包里："我可没有被他收买。"

"有没有被收买，你心里清楚。"

米莉走到一架钢琴旁，朝她示意了眼："过来帮我试下音，我不懂这东西的好坏。"

"我也不懂，我哪会弹这个啊，弹棉花还差不多。"

米莉刚要说什么，从琴行后面走出来一帮人，最外面是几个保镖模样的男人，中间围拢着一位戴了墨镜的高挑美女。

米莉一眼认出这女人是现在正当红的电影明星万珂，主动把路让出来。等人走了，她问一边的销售员："万珂怎么会来这边？"

"万小姐下部电影要演钢琴家，需要让我们这边的老师培训两个月。"

"就她，钢琴家？"米莉讥笑，"一点儿钢琴家气质都没有，哪比得上我们小半夏。"

米莉把沈半夏的手抬起来看："多漂亮的一双手，不弹琴可惜了。"

她拉着沈半夏走到一架钢琴前："今天你必须帮我试音，别跟我说你不会弹啊。公司里那架落了灰的钢琴，从你入职后我听它响过一次，就是你弹的吧，别以为我不知道。"

"我真不会弹。"

沈半夏从琴凳上起身，不管怎么样都不肯碰琴。

"我帮您试吧。"

销售员笑着过来，在钢琴前坐下。悠扬的琴声响起，商店外坠着一轮落日，晚霞铺了半边天。

沈半夏的手机里收到段融的一条微信：几点回家？

她心里猝不及防一动，眼睛直勾勾地盯着这四个字。

她已经很久没有过家了。

她手指动了动,在屏幕键盘上打字:差不多半小时后。

段融:给我位置,我去接你。

沈半夏:不用了,我自己回去。

段融:[位置]

她只好把现在所处的位置发了过去。米莉挑好钢琴,赶着去跟尚柏约会,在路边跟她告别。

米莉搭乘的出租车刚走,段融的车子就开了过来。

沈半夏在路边的石墩上坐着,无聊地鼓起脸颊吹额上的刘海。刘海飘起来又落下,搭在她眉上。她手撑着石墩,两条细瘦的腿不安分地晃来晃去。

风轻轻吹着,扬起她肩上的头发。天边一轮火红的落日,温柔地把她笼罩起来,她落在光里,精致可爱的一张小脸在粉棕发色的映托下白得仿似透明。

她漂亮得好像是从漫画里走出来的。

段融看了她一会儿,手心不自觉攥起,抓得方向盘越来越紧。

沈半夏注意到他的车,过来拉车门,发现车门上着锁。

车里黑乎乎的,什么都看不见,她在上面敲了敲,示意里面的人把锁打开。

敲了好几下,里面那人才回过神一样,摁开门锁,她坐进去。

段融什么都没说,启动车子汇入车流。沈半夏其实暗暗地在期待,眼角余光观察着他,希冀他能多看她一眼。

她今天花了三个小时染了个这么好看的发色,段融却表现得这么冷静,好像她一点儿变化都没有,她心里有些失望。

五分钟过去,她终于忍不住问出口:"你怎么不问我怎么染头发了?"

"漂亮不就行了。"

沈半夏没想到他会说这句话,而且说得这么干脆,一秒钟都没有思考。

她扭过头背对他看窗外,不让他发现她上挑的嘴角。

"药喝了?"他问。

"嗯。"

"杯子给我看看。"

他好不信任她。沈半夏把保温杯从包里拿出来,拧开瓶盖给他看里面。

"药好苦。"她抱怨,"我还要喝多久啊?"

"如果你听话,两个月后就不用喝。"

"我怎么不听话了?"

"既然听话,以后三餐都要按时吃。"

沈半夏心虚起来,低头抠手指,没有再说什么。

眼前出现一根懒羊羊形状的棒棒糖,她看得亮了眼睛,从他手里接过来。

她抬头看他:"为什么给我这个?"

段融打转向灯,车子驶上高架,中间隔离带有条花廊,黄色和红色的波斯菊在夕阳下盛放。

一阵清新的花香中,她听见他说:

"吃了就不苦了。"

两人吵过架的事就这么被揭过,谁也没有再提起。

沈半夏更没有跟段融提起他喝醉酒吻了她的事。

他越来越关注她的一日三餐,会盯着她把饭吃完,冲中药给她喝。

每次喝完中药,她都会得到一根懒羊羊形状的棒棒糖。

"我好残忍啊。"她一边咬掉懒羊羊的头一边说,"我把懒羊羊的头咬掉了。"

段融找了个什么东西拿在手里,朝她勾勾手指:"过来。"

沈半夏走过去,被他摁进沙发,一只手被他拉起来。

他低着头开始帮她剪指甲,手指抓着她的手,指甲刀每响一下,她心里就颤一下,视线时不时就会落向他骨节分明的手指。

她抬起眼睛看他嘴角。那点儿被打出来的伤已经不见了,肌肤恢复如初。

她手心很痒,还能回忆起昨晚甩他巴掌时的震感。

不明白他为什么会有这样的举动,她慢慢地开始想,他帮她修剪指甲,会不会是因为他知道自己嘴角的伤是被她的指甲刮伤的?

心剧烈地跳动,她紧张地咽口水,唇抿了抿,试着问:"段融。"

刚说了两个字,他"啧"了声,抬起眼睛看她,目光奇怪,隐隐带着不满。

她退缩了下:"怎么了?"

"我有没有跟你说过,不能直接喊我名字。"

沈半夏想起他曾经确实这么说过,还故意逗她,让她喊哥哥。她只在心里这么喊过他,到了嘴边就叫不出来。

"那段先生,你昨晚为什么要喝酒?"她说。

段融笑了声,帮她修剪完最后一根手指,随手把指甲刀扔到茶几上。

他仍没有放开她的手,反倒握得更紧了。

"你不如直接问,"段融侧靠在沙发椅背上,懒洋洋地看着她,"我喝过酒后做了什么。"

空气安静下来,心脏跳动的声音变响。沈半夏的手麻得快没有知觉,明显预感到什么,喉咙里很干,心口越来越紧,被他的眼神、他手的温度、他每一次呼吸操弄着。

不敢再往下问,但又有种无形的诱惑力吸引着她往下问。

"那……你喝过酒后做了什么?"

段融仍旧抓着她的手,带着她的手往前,放在了他腿上握着。拇指指腹在她手背上轻轻地摩挲,每一下都控制着力道,精准地往她心里下着蛊。

"半夏,"他轻启薄唇,视线盯着她,无孔不入地把她笼在他设下的迷魂阵里,"我的初吻没了。"

窗户纸"叮"的一声被戳破,他朝她靠过来,鼻尖快碰到她的鼻尖,身上凛冽的香气侵袭了她的呼吸:"那是我留了二十五年的初吻。"

"你要对我负责。"

别墅里永远都是四季如春的温度,沈半夏身上却一阵阵燥热,手心早出了汗,濡湿了段融的手指。

段融毫不介意地依旧握着,皮肤贴着她的皮肤。

再这么下去,沈半夏担心自己的心脏会超出承受负荷。手从他手里抽出来,扭过头不看他。

"你贼喊捉贼。"她低着头,声音很小,半天了才憋出这几个字。

段融笑,视线一直追着她:"行。"

顿了顿,他说:"那我对你负责。"

沈半夏的心脏猛地失重,从高处往见不到底的深渊掉。她耳朵上染满绯红,热气从脖子里一阵阵往外冒,大脑晕乎乎的,像喝了酒。

有一种叫暧昧的东西丝丝缕缕地飘进来,折磨得人浑身发麻又紧绷。她竭力遏制住急促起来的呼吸,不敢弄出任何声音,生怕会打破现在的环境,她会从一场幻梦中醒过来。

直到段融放在茶几上的手机振动起来,他撩了眼,拿起来往阳台走。

沈半夏看到了来电显示。

来电人的名字是"万珂"。

如被泼了一桶带着冰碴的冷水,刚才还热着的心脏如今瞬间被冻麻。她扭头,看向阳台外在接电话的段融,段融背对着她,看不到他脸上的表情。

沈半夏开始想,他跟万珂会说些什么,如果他真的像以前表现的那样,对万珂一而再的纠缠感到厌烦,又为什么还要接她的电话?

电话里,万珂一直在哭。她喝了很多酒,醉得不清醒,颠三倒四地说着她这几年过得有多糟糕,她没有一天不在想他。

段融掏出一根烟咬在嘴里,要点燃时,他想到了私人医生来看过沈半夏后,跟他说过的一句话。

"她肠胃不好,如果我猜得没错,她在暴食后会有呕吐的现象,所以最好能注意下她平时的生活环境,比如不要让她闻到烟味,这样会有助于她的身体恢复。"

段融拿下烟,连带着一整盒都丢进了垃圾桶。

"我现在给你经纪人打电话。"

段融刚打算把电话挂掉,万珂大喊了一声"不要",威胁他:"如果你不肯过来找我,我现在就死给你看!"

段融一直没有把万珂的手机号拉黑,就是因为她曾经出过一次自杀的事,吞了安眠药,是经纪人找过去把她送到医院抢救。事情闹得很大,新闻稿漫天飞,说万珂自杀的原因是段家嫌弃她只是个戏子,不肯同意她跟段融交往。那件事后天晟集团经历了一波不算小的舆论危机,后来出动了公关,花了几天时间才把新闻压下去。

段融不够好的耐心让他分不出精力容忍万珂第二次的威胁,他不屑地冷笑了声,薄唇轻启:"行,我等着看。"

挂断电话,他给万珂的经纪人发了条消息,转身回到客厅。

沙发上已经不见了沈半夏的身影,只有她身上清清淡淡的一点儿昙花香味还能闻得到。

沈半夏躺在床上,房间里的窗帘没有拉,这边视野很好,能看到外面一大片星辰。

手机上收到Z的一条微信:睡了?

她回:没有。

Z:睡不着可以吃褪黑素。

沈半夏:好。

她从床上爬起来,找到褪黑素吃了一颗,重新爬上床跟Z聊天:你会留着你前女友的手机号吗?

楼下客厅,段融靠在沙发里,看着微信里的这行字。

不知道她又在乱想什么,已经跟她说过很多次,她还是一根筋地把万珂归入到他前女友的行列中去。

他叹口气,在输入框里敲字:段融跟前女友联系了?

小骗子:嗯。

她竟然还敢"嗯"。

段融无奈:他不是把跟万珂的绯闻都处理掉了,你没看见?

小骗子:那又能证明什么,他或许只是因为跟我订了婚,不想被人说花心影响形象而已。

段融揉揉眉心,平复了下心情给她发:那他怎么做才能证明他跟万珂确实没有关系?

小骗子:起码先把万珂的号码拉黑吧。

段融给她发了条消息,退出微信,找到万珂的手机号,拉进黑名单。

他在沙发里坐了会儿,身体往后,手肘屈起搭在靠背上,手机在手里转了几圈。

想到沈半夏刚才乖乖坐在他身边时的样子,他嘴角不受控制地挑起一抹笑,低下头,万般无奈地低声叫她:"小骗子。"

吃了褪黑素,困意很快袭来。沈半夏半闭着眼睛,打算关掉手机的时候,收到了Z的一条回复:行。

行?什么行?

她困得一直打哈欠,没怎么在意,把手机放在一边,翻了个身进入梦乡。

再见到段融,沈半夏仍跟之前那样跟他相处,权当他昨天晚上的话只是玩笑而已,反正他平时也没少逗她,话里总带了三分戏弄,根本就没有说过几句正经话。

昨天请了假,方朗帮她做了笔记,跟她大概讲了下几堂课的内容。时间不知不觉过去,中午的时候,她收到段融的微信:来学校北门。

过去以后看到段融的车就停在外面。并没有开那辆连号的莱斯,但黑色迈巴赫依旧很扎眼,有不少路过的学生频频扭头往这里看。

沈半夏等人少的时候跑过去,拉开车门。

"你找我有事?"坐上车,她问。

段融毫无征兆地探过身,手从她身前绕过去,把安全带扯出来给她系上。

卡扣"咔嗒"一声合上。

段融收回身,但他呼吸仍是屏着,鼻端有他身上的香气,萦绕不去。

"去吃饭。"他说。

段融带沈半夏去了一家餐厅。

他平时工作忙,总是要很晚才会回家,即便如此,中午还是抽出时间来陪她吃饭。

沈半夏能感觉到,段融其实是在担心她的身体,估计医生跟他说过什么,他不想看她继续保持着不健康的饮食习惯。她之前那么排斥崔助理来学校送饭,他就自己过来,百忙之中也要盯着她好好吃饭。

沈半夏很少有被人关怀的感觉,此刻发现原来在这个世上,是有人在乎她的。不管他的出发点是什么,她都因为这点儿温暖而心安。

离下午的课还有一段时间,她在车里待了会儿,冷气缓缓地吐着,温度适宜。段融在旁边拿着手机聊工作,再看她的时候,她已经靠在椅背上睡着了。

她腿上搁着常用的帆布包,两只手抱着,很没有安全感的样子。染成粉棕色的头发柔顺地搭在她脸颊两旁,一张脸不管什么时候看都清透漂亮得不行。

段融以手撑额,坐在一边看她。她呼吸很浅,不知道梦见了什么,嫣红的两瓣唇无意识地张开了点儿。

段融又想起亲她时候的触感。

她双唇柔软,身上很香。

睡得迷迷糊糊的时候,沈半夏被段融叫醒。

她揉揉眼睛,看了眼时间,接过段融递过来的中药,屏着气一口喝光。

"你明天不用再来了,"临下车前,她说,"我会好好吃饭的。"

说完,她生怕他不相信一样,抬起头直视他:"早餐、午餐、晚餐,我都会按时好好吃的。"

段融看了她一会儿,没说什么,接过她手里的保温杯,拧上盖子放在一边。

沈半夏睁大眼睛,身体朝他那边靠过去了点儿,立军令状似的保证:"我会说到做到的。"

"你觉得我过来只是为了盯着你吃饭?"段融看着她,问。

沈半夏的眼珠动了动:"那不然呢?"

密闭的车里,空调出风口徐徐地往外吐着冷气,隔绝了外界一切风声和燥热。段融朝她靠近,随着两人距离的不断缩小,一股极其强烈的压迫感将她笼罩,熟悉的失重感晕头转向地袭来。

两人鼻尖快要碰到时,段融侧过脸,嘴唇贴着她耳际低声耳语:"因为想见你。"

在这句话后,沈半夏耳朵上感觉到一点儿湿。

段融吻了她的耳朵,他亲了她薄薄的耳垂上那枚小小的痣。

身体随着他这个动作而瑟缩,睫毛颤动。脸红到快要熟透,实在不知道该怎么办,她选择了逃,推开车门跑下去。

跑进校门,在段融看不见的地方,她背靠着墙,手捂住"扑通扑通"剧烈跳动的心脏。

刚才段融跟她说了什么?

好像真的,不是她的幻听。

一直到第一节课上课铃声响起时,沈半夏耳朵里都是段融跟她说的这五个字。

——"因为想见你。"

段融声音很低,几乎是用气声在跟她说,这五个字飘过来的时候有种极其不真实的虚浮感,让她怀疑自己是不是在幻听。

心脏还在狂跳,热气不停地从脖子往上冒,烧得她脸红耳热,脑袋一阵阵地发晕。

但又知道,段融这个人说话向来吊儿郎当,撩拨人的话语随口就来,也正因为这样,虽然他平时对人总是一副爱搭不理的厌世样,但总有女生前赴后继。

他就是有与生俱来的招人的本事。

想到自己刚才没出息地从段融的车上落荒而逃,她觉得很没面子。为了找补回来,她拿出手机点开微信。

置顶的位置是段融的聊天框,她点开,一个字一个字地打"你能不能不要总是开玩笑",打完后删除,重新写"你这样我会当真的",又删除,"是真的有想我吗",依旧删除。

她什么都不敢给段融发,恹恹地在课桌上趴了会儿,登上工作号,给Z发:男人的嘴,骗人的鬼。

收到消息的段融愣了一下。

过去两分钟,沈半夏收到了Z的回复:骗你什么了?

沈半夏:什么都骗了,大骗子!

段融无奈地笑了。

第十章
要拨开一层层的迷雾找到那个错过了很久的人
R O N G X I A

今年的秋老虎漫长而凶猛，一旦离开空调房就像进了一个蒸炉，不能在外面待太久。

避暑山庄里温度怡人，入目都是青葱的绿树，往远处看是层峦叠嶂的山峰。

段融包下了这边位置最好的一栋别墅，带着沈半夏来这里度假。易石青和高峰也在，两个大男人拿着水枪在游泳池里互滋对方，玩得快翻天。泳池边分别坐着他们最近新交的女朋友，另外一个是穿着黑白千鸟格性感比基尼的梁瑞涵。

梁瑞涵双脚泡在池里，两只手撑在池边，时不时抬脚去踢跑到她这边的易石青和高峰，骂他们幼稚，表面上看注意力一直在泳池，但频频在借着撩头发的机会侧头往段融这边瞄。

段融靠坐在椅子里，二郎腿懒洋洋地跷着，拿着手机在屏幕上打字。树影落在他凌厉分明的侧脸上，晃出一片招人的影子。

梁瑞涵脸上开始泛红，沈半夏看见了。

没几分钟，梁瑞涵终于按捺不住，朝段融这边走了过来。她身材很好，前凸后翘，个高腿长，身上涂了有美白效果的身体乳，皮肤白得发亮。

她往段融旁边的椅子里一坐，顺手拿了桌上的酸奶，将吸管插进去喝了一口，侧头看段融。

段融依旧旁若无人地聊工作，离近了看，更能发现他一张脸好看得没天理。

梁瑞涵自然而然地朝他靠，凑到他耳边跟他说了句什么。段融轻嗤了声，看了她一眼，回了她一句什么。梁瑞涵脸上红晕更浓，贴他更近地跟他说悄悄话，手举起挡在他的耳边。段融明显生了兴趣，低下头去听她说话。

沈半夏坐在不远处，抬头看见了这一幕，心里发坠，手把笔攥得越来越紧，指骨都发白。

一个男生走过来，拉出沈半夏旁边的椅子坐下，抽出她手里的书："小半夏，不是吧，你走哪儿都带着书啊？现在大学生活这么紧张了，需要这么拼命吗？"

沈半夏把书拿过来，看了他一会儿："你是？"

"我是杜子腾啊，你忘了，海岛的游轮上我们见过的。"

"肚子疼？"沈半夏有了点儿印象，"你叫……肚子疼？"

杜子腾脸黑，一字一地纠正："杜、子、腾！"

"那不还是肚子疼吗？"

杜子腾忍不了了："你这丫头会不会说普通话啊，我叫杜、子、腾，舌头捋直了说行吗？"

"你干吗呢！"

段融不知道什么时候过来，两手揣兜，伸脚往杜子腾的椅子上踢了下，带着挑衅。

杜子腾指着沈半夏："段融，你的妞儿舌头捋不直。"

"你才舌头捋不直。"

段融把他从椅子里揪起来，甩到一边，他自己在椅子里坐了下去，两条腿大大咧咧地往前敞开，瞥他一眼："该干吗干吗去，我的妞儿在念书，你没看见？"

沈半夏的脸"噌"地红了，低下头。

杜子腾阴阳怪气地"啧啧"两声："你还知道她还在念书啊，连学生你都荼毒，你还做不做人了？"

在段融朝他看过来前，杜子腾中气十足地补充了一句："简直就是禽兽！"说完，生怕会遭到段融的暗杀，撒腿往泳池那边跑了过去，一猛子扎进去，加入易石青和高峰的滋水大战中去了。

没有了杜子腾的喋喋不休，这边陡然安静下来。沈半夏有些尴尬，握着笔半天不知道该写什么。头顶树影婆娑，空气里传来一阵阵青草树木的清香，但都不及段融身上的薄荷香有存在感。

她故意忍着没有看他，视线一直放在摊开的《民事法学》上。眼前的字清清楚楚，可她一个字都没有看进去，注意力一直被身边的段融吸引。他懒散地在椅子里坐着，手机转了几下，朝着一个端着酒水的服务生打了个响指，让人送来两杯苏打水。

服务生很快拿了苏打水过来，段融拆了条蜂蜜，往其中一杯里倒，给沈半夏推过去。

杯壁上液化了一层水，带着气泡的苏打水被蜂蜜中和了碱性，口感变甜。沈半夏喝了一口，放下，注意力重新回到书上。笔杆在头上烦闷地戳了戳，怎么都背不会书上一段拗口的法条。

段融看了她一会儿,把笔拿过来,书往自己这边扯了下,开始帮她分析那段律法的制定背景和过程,逐条分析拆解。

沈半夏并不清楚为什么一个商人连法律这些东西都能讲得头头是道,只知道段融高中时候的成绩很好,属于极少数的天才,对各科内容过目不忘。

后来他转了学,沈半夏偶尔也能听到他的消息,他又得了哪个竞赛的大奖,在高考中以接近满分的成绩被顶尖大学录取。

所以这种天才什么内容都会一些应该并不奇怪。

她坐在他身边,边听边点头,偶尔忍不住抬起眼睛看他一眼,心里乱得像打翻了一池春水。

泳池里的人往这边张望,杜子腾笑了声,撑了撑身边的高峰:"看见没,咱哥不出手就不出手,一出手就追了个十八岁的女大学生。都学着点儿,以后泡妞用得上。"

"段融那是泡吗?他那是色诱!"高峰说,"我要是有他那张脸有他那身材,我什么都不用做,一水的女人都得往我身上扑。"

高峰新交的女朋友往这边剜了一眼,警告高峰。高峰悻悻然闭上嘴,背对着女友低声补充一句:"还得是鬼哭狼嚎求着我睡的那种。"

"可你们看,小半夏跟段融还真是挺配啊。"易石青趴在池边,笑呵呵地说,"这两人在一块活脱脱就是一张电影海报,氛围感绝了。"

杜子腾笑问:"什么氛围感?"

"霸总和可爱小白兔啊,"易石青说,"这对 CP 我先嗑为敬。"

梁瑞涵在一边听得脸黑如锅底,拿起池边的红酒往易石青头上倒:"不说话没人把你当哑巴!"

晚上在前面宴会厅有场拍卖会,杜子腾想用其中一件拍品哄自己新追到的女朋友,跟一位头发掉得七七八八的中年男人杠了起来,你来我往地举号码牌,最后花了一百八十万把一对小小的珍珠耳环拍了下来。

压轴竞品是一枚九克拉的粉钻,起拍价五百万。一枚粉色鸽子蛋做得精美无比,原本该很受欢迎才是,可或许是起拍价高出了戒指原本的价值,到场的人没一个举牌子。

"可真没劲,"易石青在一边拱火,"段融,要不你拍下来?"

段融的心思并没有在这场拍卖会上,耳朵上还戴着蓝牙耳机,在听尤秘书跟他汇报这两天的工作。沈半夏往拍卖师旁边的展品上看了眼,很快收回目光。

从拍卖会上出去,一行人回了别墅休息。梁瑞涵的房间在段融隔壁,这是她早就费心思好的,而把沈半夏安排在了二楼。

沈半夏上楼的时候往梁瑞涵那边看了看,她正倚着墙和段融说话,笑里带着昭然若揭的讨好。段融比她高了很多，她说话时需要抬起头，脚也踮起来。说到关键时候，成功把段融的注意力挑起，他眉心微蹙，朝她低下点脖颈，耳朵凑到女生艳红的唇边，认真听她说话。

梁瑞涵的眼睛亮了下，紧接着是羞赧的湿意。

沈半夏进了自己房间，背靠门愣怔很久。

段融就是有这种本事，只是站在那里不动，一句话都不用说，一个眼神都不用给，就有无数女人前赴后继地跑过来爱他。

沈半夏深吸口气，扭回头。

段融往沈半夏那边看的时候，她已经上了楼。

后面梁瑞涵说了什么，他没有再听进去。今天一整天，梁瑞涵都在别有用心地接近他，他往沈半夏那边看，却发现她很无所谓地在做自己的事。

完全没有醋意。

段融想看看她是不是真的很无所谓，所以才会对梁瑞涵的接近没有表现出反感。可一天下来，他没有等到沈半夏的任何不满。

段融自嘲地笑了声，打发走梁瑞涵，在楼下站了会儿，朝二楼走。

他停在沈半夏的房间前，敲门。

沈半夏过来开门，她刚在洗漱，身上换了条白色的吊带裙，头发绾起来扎了个丸子头，能清楚地看到细带挂在肩上，胸部以上露出一片雪白柔滑的肌肤。锁骨窝深深凹下去，弧度自然漂亮，上面粘了一缕柔软的湿发。脸上也湿着，沾着晶莹的水珠，素面朝天的一张脸纯到不行。

看到段融，她眼神微颤，抓着门的手紧了些。

"你有事吗？"

"这间房的空调坏了，"他说，"你没发现？"

"啊？"沈半夏回屋感受了下，里面确实比外面要热些，刚才她只顾着生段融的气，没有发现这个问题。

"那怎么办？"她问。

"去我的房间住。"

心脏猛地跳了下，她的手抓紧裙角："你房间里只有一张床。"

段融抬眸，意识到她在想什么，他短促地笑了声，朝她面前逼近一步："就是只有一张床才让你去。"

空气陡然发热，沈半夏脖子里出了更多汗，一滴汗顺着脖颈往下滑，掉进锁骨窝里。

"我不热，你回去吧。"她说。

段融一只手从裤袋里拿出来，抬起，拇指擦过她的肌肤，擦掉了她落进锁骨窝的那滴汗，她那边肩膀受到刺激似的缩了下。

"这还不热?"他抬眼看她,"你还想怎么热?"

被他摸过的那块地方烫到不行,被火烙过一般。她其实紧张得要死了,可还是装成无所谓的样子"啪"地上打了下他的手:"流氓。"

段融笑,下巴朝屋里的行李箱上示意:"去收拾东西,换房间。"

是换,不是一起住。沈半夏顿觉自己刚才又被他戏耍了,在心里骂了他几声,把东西收拾好。

到了一楼房间,段融慢悠悠地把东西收好,准备出门时沈半夏叫住他:"你不会热吗?"

"有师傅会过来修,我在楼上等。"

"那里很热。"沈半夏挠挠耳后的皮肤,"你在这儿等吧,我刚好有几道题不会做。"

沈半夏庆幸自己有几道题不会做,刚好能拿这个理由留下段融半个小时。

半个小时里,段融在她旁边坐着给她讲题。她其实没太听进去他在讲什么,脑子一直昏昏沉沉的,忍不住地犯花痴,想他的声音真好听,他的鼻子好挺,眼睫毛好长,喉结很大,像一块有棱有角的寒冰。

"半夏。"

段融突然叫了她一声,她从愣怔中回过神,心虚地抬起眼睛看他。

段融的手指在书上某个地方点了下:"看书,别看我。"

沈半夏的脸爆红,嘴硬地回:"谁看你了?"

她低下头,装成认真的样子琢磨书上的内容。段融没再继续说什么,肆无忌惮地盯着她。她身上很香,露出来的肩膀单薄,锁骨明显,皮肤白得像一块上好的羊脂白玉。

他喉咙发痒,身体往后靠,挨到椅背,喉结上下滚了滚,扯出一条隐忍到极致的线。

沈半夏感觉到他的目光,朝他看。在触及他眼神的那一刻,被他眼里炙热的欲感灼了下。

她握紧手里的笔,柔嫩水润的一双唇抿了抿,问:"怎么了?"

"沈半夏。"

段融以前叫她全名的时候威胁感会多一些,可是这次,沈半夏听到了他语气里的缱绻和不清不楚的暗示。

段融拿掉她手里的笔,身体朝她靠近,两人双唇间的距离被压缩到不足一厘米。

房间里很静,静到能听见两个人的呼吸。被灯光照亮的无边无际的暗夜里,她无比清晰地听到段融接下来的话。

"接吻吗?"

话落，两人双唇间仅剩的一厘米也被压缩到无。

段融的动作进行得太突然，沈半夏被吓到，双眸睁大，身体往后躲，被他按回去。

敲门声忽然响起，紧接着是梁瑞涵的声音："段融哥哥，你在里面吗？"

沈半夏吓得浑身僵直，屏住呼吸，生怕弄出一丝半点的声音被外面的人听见。段融的舌头却伸了进来，碰到她舌尖的那一刻，她浑身泛起过电般的麻意，口中不受控制地发出了一声喘。

在听到自己的声音后，她的身体抖了下，简直不敢相信那种声音是自己发出来的。

敲门声还在继续，她在屋子里被动地跟段融接吻。脑袋很晕，像陷在一场醒不过来的宿醉里。

感受到她身体的僵硬，段融跟她分开，看着她笑："怕什么？"

他的声音又沉又磁，带了蛊："门锁了。"

湿润柔软的唇又贴了过来，沈半夏两只手不自觉地抬起，撑在他肩上，手指蜷了蜷，又打开，把他往外推，但力气很小，不像在拒绝，更像是欲拒还迎。

段融眸色更深，亲她亲得更重。

沈半夏跟段融在屋子里密不可分地接吻，梁瑞涵站在门外，不死心地问："段融哥哥，你睡了吗？我有件事要跟你说。"

沈半夏唇上一痛，低哼了声，发出来的声音媚到不行。

段融忍得更辛苦，很想现在就把她剥干净。

他收紧手指，在她纤细的腰间捏了一把，嗓音沙哑地说："小点声，别让人听见。"

沈半夏不满："是你把我咬痛了！"

"嗯，"他含着她的唇，勾着她舌头轻咬，"我故意的。"

沈半夏眉心微皱，口中再次溢出一声柔柔的嘤咛。

两人的呼吸乱得一塌糊涂，沈半夏不自觉地搂住了段融的脖子，身体主动贴着他。她眼睛睁开了点儿，看他认真吻她时的模样。

他不管什么时候都好迷人。

"段融哥哥，"梁瑞涵还在外面敲门，"你在吗？"

沈半夏攒了点儿力气，头跟段融错开，低喘了几口气："她叫你呢！"

这时候终于听见她语气里的不开心。

好不容易等到的一点儿醋意。

段融舔着唇笑，圈着她腰把她往怀里抱，手指在她耳边流连，把她脸上的碎发别到耳后。他眼睛一直看着她，整个人都透着坏："那我把她带进来？"

沈半夏瞪他。她唇红得不行，泛着水光，是被他咬的。

段融按着她后脑勺，两人额头相抵，他直视着她蕴含着一层水的眼睛："我不见她，你别生气。"

沈半夏脸红如血："我才没有生气。"

段融只是笑，心情看起来很好。

梁瑞涵一直不见有人来开门，正要走的时候，别墅里响起门铃声，接着对讲机里传来维修师傅的声音："段先生，我来修空调。"

段融房间的门被人从里面打开，梁瑞涵扭头看，见段融从里面出来，单手在理有些乱的衬衫领口。

段融按了开门键，两手插兜在前面慢悠悠地走，带维修师傅去了二楼。

梁瑞涵感知到什么，往段融的房间里看。从门口看不到什么，只有半张干净整洁的床。

她往房间走，走过去几步，撞见了从盥洗室出来的沈半夏。

梁瑞涵心里重重一坠，瞪大眼睛盯着沈半夏看了会儿，开口时声音都在抖："你怎么在这儿？"

沈半夏刚去洗了把脸，可脸上还是很红，尤其一双唇红到不行，泛着不正常的潮色，好像刚被人咬过一样。

"这是我的房间，"她对梁瑞涵的闯入不高兴，"我为什么不能在这儿？"

"这是段融的房间。"

"楼上的空调坏了，他跟我换了房间。"

梁瑞涵在她话后沉了脸，眼里闪过浓重的灰败。

"没什么事的话，你能先走吗？我要休息了。"

"你们刚才锁着门在里面干什么？"梁瑞涵算不上客气地直接问。

沈半夏想到刚才的事，脸上开始不自然："跟你有关系吗？"

"我还以为你真跟表面一样，心无城府，是个单纯的人，原来你只是会演戏而已。"梁瑞涵的敌意已经完全收不住了，"我在外面敲了那么久的门，你没听见吗？"

"听见了。"

说话的是段融，他从外面走了进来，淡漠地瞥了眼梁瑞涵，走到沈半夏身前停住，明显地在为她撑腰的样子："是我不让开门的，你有意见？"

梁瑞涵不甘心地看着他："为什么？"

"还能为什么，"段融颇觉荒唐地笑了下，"有些事要关起门来做，不然给你现场直播？"

梁瑞涵气得说不出话来，喉咙里又苦又涩，眼睛慢慢地红了。

段融朝门外侧了侧头："出去。"

她不甘地瞪了眼沈半夏，转身跑了出去。

屋子里安静下来，没有了梁瑞涵的咄咄逼人，转而因为段融的存在，被一种蒙昧不清的暧昧包裹起来。

感受到段融的目光，沈半夏无所适从地往后退了退。段融跟过来，居高临下地看她："她要是再来找你，你告诉我。"

沈半夏极轻地"嗯"了声，仍旧没有看他，露出来的两只耳朵很红。对于刚才的吻，她只字不提，段融也没有解释。

段融走了，房间里只剩了她一个人。

为了不让自己失望，她先给自己打预防针。像段融这种玩世不恭的人是没有真心的，他可以多情可以滥情，但就是永远不会有痴情。之前的吻只是因为太过安静封闭的环境催生出了过剩的荷尔蒙，他在多巴胺的驱使下产生了想要吻她的冲动而已。

而跟喜欢没有半点儿关系。

她躺在床上，灯已经全部关掉，窗帘紧闭，屋子里黑漆漆的，什么都看不见。

正心烦的时候，微信上收到一条消息。

看清屏幕上的字，她如被烫到般从床上翻身坐起，郁闷的心情顿时好了些，嘴角一点点地染上笑，脸变得热。

段融：小半夏晚安。

避暑山庄里有栋仿唐的摘星楼，从外面看风雅古朴，可进去以后发现里面其实是个很大的夜店，无数男女在沸腾的音乐下疯狂地扭动腰肢，变幻不停的激光灯扫过去，照出一张张纸醉金迷下的脸。

杜子腾把新交的女朋友接了过来，两个人在一处略安静的卡座里说悄悄话。女生把耳朵凑过去，杜子腾拿出自己拍下来的那对珍珠耳环，帮她戴上去。

细腻莹润的珍珠在女生耳朵下散发着璀璨夺目的光。

女生甜甜地笑，送了杜子腾一枚香吻。可在杜子腾看不见的时候，她的目光一直追随着在吧台处跟人谈话的段融。

杜子腾这位新女友是尚茵，就是跟沈半夏有过不愉快的同班同学。尚茵搭不上段融，立即退而求其次搭上了段融的朋友。

如今两个人算是一个圈子里的朋友，尚茵来找沈半夏搭话，都被不咸不淡地敷衍过去。

尚茵最讨厌沈半夏这种人，不会放低姿态将就这个社会，永远都是自命清高，对一些三观不合的人会自动屏蔽在好友之外。

尚茵不再尝试去跟沈半夏做朋友，趁着杜子腾不在，她不动声色地走到段融身边，挺了挺低胸装下傲人的胸脯，一条深沟在俭省的布料下露出来。

沈半夏直直盯着那边，但凡段融跟尚茵笑一下，她就要立即走人了。

"吃醋啦？"

马录突然出现，端着酒杯停在她身边。

沈半夏看了他一眼："你怎么在这儿？"

马录指了指前面一个位置："来找人。"

沈半夏顺着去看，那人长得只能算一般。

"那个把你甩了的人？"

"嗯。"

"根本就配不上你，"沈半夏拿吸管喝杯子里的西瓜汁，"看着不怎么样。"

马录把她的西瓜汁抢过来，换了根吸管喝："你不懂，像这样的其实已经算不错了。"

沈半夏无语。

"也难怪你看不上，"马录说，"你整天跟段融这种绝世帅哥在一起，自己也长得漂亮，眼睛养刁了，怎么可能觉得别人好看。"

沈半夏没说什么，只是继续盯着段融那边看。尚茵已经不满足于搔首弄姿了，在想办法跟段融有肢体接触，肩膀时不时会往段融那边靠一下，都被段融不动声色地躲开。

"你就这么喜欢段融啊？"马录问。

被直截了当地挑明她喜欢段融这件事，沈半夏下意识地看两边，生怕会被谁听见。

她暗恋段融这件事成了最不能被人知晓的秘密，一旦被人窥破，她就像一个暴露在世人面前的小偷，慌张到不知所措。

她怕被人嘲笑不自量力，更怕段融对她的心意不屑一顾，当成垃圾丢掉。

"谁说我喜欢段融了？"她压低声音，着急忙慌地否认，"我不是跟你说了我是为了钱才暂时跟他在一起的，等时间一到我就要走人的。"

跟马录认识了一段时间，她完全相信马录的人品，把自己在平忧律师事务所工作，被严琴雇去假扮千金，跟段融订婚的事都跟他说了一遍。马录相信她所有的话，唯独不相信她是为了钱才会跟段融在一起。

"半夏，你可以说我眼光不好，但你不能说我眼神不好。喜欢不喜欢这件事，我一眼就能看出来。你每次看段融的时候，眼里都是有光的。可你看其他人的时候，眼里都很淡。如果你不是很喜欢他，你根本不会用那种眼神看他。"

马录拿两根指头指了指沈半夏的眼睛，又指指自己的："我看得清清楚楚，你绝对喜欢他，要是不喜欢，我把我的眼珠子抠出来给你。"

被人戳破心事，沈半夏脸上红了一阵，无措地抠着手指。

"你放心，我不跟人说。"马录往段融那边看，"说真的，长成这样的男的，"

谁看了能不心动？我要是女人，看了都要心动好吗。"

"马录！"

沈半夏如一只看见敌人闯入的小狮子，保持十二万分的警惕，龇牙咧嘴地警告马录。

马录预料到她会有这种反应，笑了笑："开个玩笑，还真急了。"

酒吧里换了首舒缓的音乐，灯光变得柔媚。沈半夏重新要了一杯西瓜汁，将吸管插进去，"咕噜咕噜"地喝。

"你眼睛这么毒的话，那你帮我看看，"她盯着沁凉的西瓜汁，一边用吸管一下下地戳，一边有些艰难地说，"帮我看看……他喜欢我吗？"

马录"嘻嘻"地笑了一阵，一脸"看吧，我就知道猜中了你心事"的嘚瑟，过了几秒，告诉她："这个我看不出来，段融这人太会藏了，根本就不会把心思放脸上。不过他对你还是不一样的，他看别人的时候，眼睛里总没什么情绪，只有在看你的时候，他眼睛里有笑。"

"真的？"沈半夏身在其中，没有发现这个问题。

马录点头："真的！"

那边尚茵见段融一直不上钩，只能铤而走险，假装高跟鞋崴了一下，趁机往段融身上扑。段融虽然没让她碰到，可她杯子里的红酒还是泼到了他白色的衬衫上。

段融不满地拿舌头顶腮，耐心不剩了多少。尚茵不停地说"对不起"，抽了纸巾来帮段融擦衣服上的红酒渍。

沈半夏转身就走。

天空黑得像一团墨，残缺的月亮半死不活地挂在夜空。一条弯弯曲曲的石子路往前伸展，两边是被冷色彩灯装饰起来的树。

沈半夏没有目的地往前走，心口窝着火。她很气段融总能在不动声色间勾引人，更气喜欢这样一个男人的自己。

有人在后面叫她"半夏"，她听出是段融的声音，并不想理。那人几步追上她，抓住她手腕把她扯回去。

"跑什么？"

段融站在沈半夏面前，手把她握得很紧。衬衫上还有没擦干净的红酒渍，很刺眼。

她的目光从那块红酒渍上移开，抬头看他。道路两边的树上一颗颗冷色的彩灯好像暗夜里永恒不灭的流星，千树万树地盛放着，风都吹不散。

段融从她眼里看出了不满，低了低头笑了声："不高兴了？"

"你能不能不要总是这么会勾引人，"沈半夏这几天积攒的不满终于发泄出来，"就算无心的也不行。"

终于说出来以后，两人之间安静了片刻。

一树树如梦似幻的"流星"下，沈半夏看到段融眼里划过狡黠笑意，是一种猎物终于上钩以后，得偿所愿的笑。似乎隐隐能预感到，接下来他要做什么。

下一刻，段融有了动作，朝她走了一步，黑色的皮鞋鞋尖碰到了她的白色板鞋。男人高大的影子压下来，势在必得地把她罩进来。

"这不是能吃醋？"他的嗓音低沉，带着能蛊惑人心的磁性，"既然不高兴，为什么不告诉她们我是你的？"

心脏猛烈地震颤，全身上下每一个器官每一条血管前所未有的紧绷、僵硬。她快找不到自己，心提到嗓子眼，瞳孔里满是他的影子。

她落入他的网，恍然未觉地上了钩。

嘴唇艰难地动了动，她终于发出声音："我以什么身份说，你有名无实的未婚妻吗？"

段融笑，距离收网的时间又近了一步。他喉结上下滚了滚，朝她低下身，额头快碰到她的额头："女朋友的身份。"

沈半夏蒙蒙地看他，脑子转不过来，很长时间后才确信自己听见了什么。

"沈半夏。"

段融又连名带姓叫她，不再是戏弄一样地喊她"小朋友""小未婚妻""小半夏"，不再带任何"小"字，不再把她当小孩看待。他喊她全名，眼里没有了狡黠，转而换上一种让人信任的认真。他的声音也带着认真，没有了任何轻浮的影子。

沈半夏被他牢牢地看着，两人视线纠缠在一起，呼吸缠绕胶着。他的手从她手腕下移，手指探入她掌心，继续顺着往下，插入她指缝中，收紧，与她十指相扣，掌心贴着掌心。

风声很轻，他接下来的话也很轻，传入她耳朵后却震耳欲聋。

"恋爱吧。"

"跟我。"

沈半夏的梦想，只有两个字——

段融。

可梦想之所以叫梦想，就是因为很难实现，对大多数人来说不可能实现，只有在梦里才能不自量力地想一想。

沈半夏属于这个世上不太幸运的大多数人，从来不觉得自己会梦想成真。她只能把段融藏在心里最隐秘的角落，不能让任何人知道。好像一旦被谁知道，她就会落入一个无所适从的境地。

如今她的梦想站在她面前，跟她说，恋爱吧。

她眼前轰然盛开一片灿烂的烟花，在这个汹涌热烈的夏季尾声里，她的青春因为他而得偿所愿。

她心口迅速发热，手心出了很多汗，黏腻腻地贴着他。段融把她握得更紧，把她的汗都沾在自己手心，手指在她手背上一下下地蹭。

"跟我恋爱，"他的声音越来越低，带着哑，"以后我就只勾引你一个，行不行？"

沈半夏仍是什么都说不出来，直愣愣地看着他，被头发遮挡的耳朵很红，眼睛也早不知不觉红了。

极强烈的不真实感，但他手心的温度又在提醒她，这一切都是真的。

"段融，干吗呢？"

易石青几个人找了过来，沈半夏立即如被捉奸了般，心里跳空，想把手从段融手里抽出来。

段融没放，扯着她的手把她拉进怀里，捏着她的手把玩。

他"啧"了声，侧头，不满地白了易石青等人一眼，空着的那只手插进口袋："一群没眼色的。"

易石青跟高峰互看，都心领神会地笑了："得，咱们打扰段融追小姑娘了。快走快走，小心被段融暗杀。"

沈半夏脸更红，低着头不敢看任何人。

易石青一帮人说说笑笑地往前走，梁瑞涵和尚茵脸色都很不好，一直盯着段融和沈半夏紧握在一起的手，都已经走出很远还在打量。

段融看了眼腕上的表，牵着沈半夏往前走："回去睡觉。"

后面两个字听得沈半夏心口颤了下，即使知道段融所说的睡觉就只是单纯的睡觉，没有什么不干不净的含义。

手被他牵了一路，汗出了一层又一层。段融看她一眼，笑："这么能出汗。"

他把她的手拉起来，毫不嫌弃地在他价值不菲的衬衫上蹭，蹭掉了她满手的汗。

隔着一层衣料，感受到他结实有力的腹肌，眼前瞬间有了画面感。沈半夏呼吸发紧，心口越来越痒，痒得不行。

回去的路变短，好像一眨眼的工夫就回到了别墅。她走到自己房间前，头仍旧低着没敢看他。

手指动了动，其实很不想跟他分开，但手还是被他松开了。

段融把她脸庞的头发别到耳后，看到她红得不行的耳朵，手指碰上去，揉了揉。

她被揉得身体躁动，眼睫颤动。

"早点休息。"段融收回手，俯身看她，找到她的眼睛，"明天见，女朋友。"

沈半夏被叫得心旌摇曳,偏要装出不是很乐意的样子:"我还没有答应你。"

段融勾起唇角,笑得很坏:"早晚的事儿。"

说完手捏住她下巴,往上抬,强势又霸道地在她唇上吻了下。一触即离,她连拒绝都没来得及开口,就已经被他占了便宜。

人很晕,一直到与他分开,关了灯,躺在床上睡觉,都还是失魂落魄的。嘴角的笑一直挂着,怎么都压不下去。

她在黑暗里抱着被子,无措地沉浸在快乐里,翻来覆去,心口灌着一汪蜂蜜海,整个人从上到下都是甜的。

快乐得不知所措,从来没有这样开心过,第一次知道原来活着可以这么开心。

完全睡不着,身体里沸腾着熄不下去的幸福感。很想明天早上快点到来,这样就能见到段融。

手机亮了下,微信进来,她打开看。

段融:好好睡觉,晚安。

她嘴角的笑意扩大,脸埋进被子,一直到空气稀薄透不过气才把头露出来,给他回:晚安。

他的下一条消息很快过来,是一条几秒钟的语音。她嗓子发干,握着手机的手用力,牙齿咬着下唇,深呼吸几口气,把语音点开。

男人低沉带笑的声音透过来,清晰地传进耳朵。她整个人飘飘然,像落在云端。

"不要太想我,梦里见。"

楼下垃圾桶里多了件衬衫,杜子腾拿起来看,低骂了声,抬头问在厨房鼓捣早餐的段融:"这不是你的吗?我往国外跑几回了都没能买到这个款,你说扔就扔?"

沈半夏打开门从屋里出来,她今天穿了条很显身材的温柔风浅蓝色的收腰连衣裙,锁骨在灯光下泛着诱惑的光,不盈一握的小腰被系带收束得一览无余,细得让人很想折断。

段融嗓子发痒,收回视线去看锅里煎得"嗞嗞"冒油的荷包蛋,很无所谓地说:"你没见上面被人泼了脏东西?"

杜子腾看到了衬衫上的一小块红酒渍,依旧很不能理解:"又不是不能洗。您这也太浪费了啊,哪有弄脏了就扔了的。"

段融哼笑:"你要实在舍不得你捡起来穿。"

"要不是怕被人笑话我是掏垃圾桶的,我倒真想。"杜子腾拿着衣服左看右看,摇头,"可惜了。"

一件完好的衬衫重新被扔进垃圾桶,一声细碎的响动传出。跟在杜子腾身边的尚茵面子早就挂不住了，脸色一会儿青一会儿白，暗暗瞪了沈半夏一眼。

沈半夏视若无睹，走到餐桌前坐下。段融把一份做好的三明治给她，自然而然地在她身边坐下，长臂一伸搭到她身后的椅背上，半环着她看吃饭。

杜子腾过来觅食，翻了半天连个面包屑都没翻到。看一眼沈半夏餐盘里丰盛的早餐，说："段融，这不合适吧，就小半夏有吃的，我们都没有？"

段融的手从椅背上拿开，顺势往前，搭在了沈半夏肩上，懒洋洋地掀起眼皮："她是我的妞儿，你又算老几？"

易石青和高峰等人从楼上下来，阴阳怪气地"哟"了几声，你一言我一语地调侃起来。

"段融脱单以后，就是不一样啊。"

"一个老男人，泡人家小姑娘，也不怕被雷劈。"

"小半夏，千万记得保护自己，不要被老男人得手。"

"段融，你要还是个人就把手收回去，别对人家小姑娘动手动脚。"

段融置若罔闻，胳膊仍旧环着沈半夏，手握着她肩膀，冷不丁用了点力气，捏得她差点打个激灵，手指快握不住三明治。

易石青往对面一坐，拿了盒烟往段融这边扔。

段融扔回去："戒了。"

"戒了？"易石青很稀奇，"什么时候戒的？也太突然了吧，说戒就戒了啊？"

印象里，段融抽烟还是挺凶的。这才多久，怎么突然就戒了？

段融没解释，给沈半夏倒了杯牛奶，推到她面前。她端起来喝了一口，嘴角沾了奶渍。

段融伸指帮她拂去，指腹流连在她唇边，轻轻地扫过去。

她的唇软得不行，透着香气。

段融的眼眸深了一层，拿出自己的手机，点开摄像功能后，扔给对面的易石青："帮忙拍张照。"

"得嘞。"

易石青举起手机对准前面两人："小半夏看镜头，一、二……"

"三"字还没有出现之前，段融突然扳过沈半夏的脸，唇贴住她的唇。

"三！"

"咔嚓"一声，画面定格，耳朵泛红的少女被男人揽住肩膀，下巴被扳过去跟他接吻。她的眼睛因为这个意料之外的吻而睁大，目光里满是惊诧。手里还拿着一块刚咬了几口的三明治，屈起的指节透着满腹的紧张。而段融闭着眼，歪着头认真吻她。

只有差不多两秒钟的吻，很快就分开，在相机里被定格成永恒。

席上的男人们因为段融这个骚操作而嘘声一片，调侃得更厉害了。沈半夏通红着脸扭头，快热成了一只煮熟了的虾米。

梁瑞涵再待不下去，早就红着眼睛跑了出去。尚茵这下知道段融和沈半夏并不只是单纯的联姻关系，段融看着沈半夏的目光里满满都是近乎痴狂的爱意。

尚茵放弃了勾引段融的心思，扭头看看坐在自己身边的杜子腾，安慰自己这个男人也不错，起码是个富二代。

在避暑山庄的最后一天，男男女女在露天泳池里玩成一团，只有段融和沈半夏没有参与。段融坐在电脑前听一场国际会议，在他身边不远处是沈半夏，她包里永远都搁着几本书，有时间就拿出来背诵拗口难记的法律条款。

段融的注意力时不时被她吸引，侧了头看她。手机里躺着一条最新的消息，是崔助理查到的一些合同细节。沈半夏跟严琴的合作期是一年，一年后沈半夏会恢复原本的身份，解除和他的婚约。

所以她只会在他身边待一年。

段融冷笑了声，把手机里的那条短信删除。

沈半夏既然骗了他，就必须骗他一辈子。

他就算赌上自己全部身家，也要把她留在身边。

会议结束，他关掉电脑。

杜子腾从泳池里爬出来，朝沈半夏这边走。他穿了条骚气十足的紧身泳裤，所有轮廓都显现出来。段融赶在他走过去前伸手拉了把沈半夏的椅子，把她连人带椅子一起拉了过来，伸手遮住她的眼睛。

"杜子腾，你这穿的什么？"段融不屑地从鼻子里哼笑了声，"你也不嫌寒碜？"

杜子腾低头看，等明白过来，立马捂住自己裆部，恼羞成怒地朝他指："你你你，啊啊啊，我的一世英名——"

杜子腾崩溃地抱头往别墅里跑，易石青和高峰在泳池里笑得上气不接下气，远远地朝段融这边泼水："段融看谁都嫌小，有能耐给大家伙露一个！"

一群男人说起话来没遮没拦，女生们听得红了脸，趁人不注意的时候，眼光全往段融身上瞟。

段融拿掉捂在沈半夏眼睛上的手，朝她凑过去，看着她："热不热，要不要回屋吹空调？"

她摇摇头，肩上的长发被风吹起，扬起一个弧度，碰到了他的手臂。他今天穿了短袖黑T恤，领口下露着一截弧度凌厉的锁骨，皮肤很白。额发松松地搭在眉上，让人感觉他还是高中时那个极富少年感的段融。

她看得心"怦怦"跳，又因为两个人现在的关系暧昧不清，没办法再像以前一样大大咧咧地跟他相处，在他身边时总会觉得紧张，不知道说什么。

她腕上戴了根奶白色的毛绒头绳,是他买给她的。他拿下来,戴在自己腕上,握着她肩膀把她转了半圈,让她背对着他。

段融无比娴熟地帮她扎头发,把她细密的一头长发拢到脑后,高高地扎了个马尾。

她颈下有汗,段融随手帮她擦掉,指腹擦过她后颈。被他碰过的肌肤迅速发麻,连带着整个肩膀都僵住,她坐在椅子里一动不能动。

段融把她转过来,因为扎了头发,她一张精致可爱的小脸露出来,刘海下的眼睛又圆又大,眸色温柔,看得人心里发软,很想一辈子宠着她。

段融离得她近了点儿,带了欲的眼神落在她脸上,跟她低语着说情话:"怎么长这么漂亮。"

沈半夏心里酥酥麻麻的,被他哄得快要招架不住。两个人的气息越来越近,灼热地交缠在一起,拂在彼此脸上。

段融想吻她,她看出来了,难得并没有躲,反倒期待他能吻下来。

就要碰到时,段融的手机不合时宜地响了起来,打乱了两人间旖旎的气氛。她红着脸扭头,没再看他。

段融笑着在她颈后捏了一把,起身去别处接电话。

杜子腾换了条宽松的泳裤走出来,看见沈半夏脸通红,一个人在树下坐着。

"小半夏,你很热啊?"杜子腾走过去,拉着沈半夏往泳池那边走,"走走走,玩水去。"

沈半夏说了她不想玩,可杜子腾听不进去,非拉着她往前走,恶作剧地把她推进了泳池。

沈半夏往后跌,背部先落水,人往下沉,鼻腔里呛了好几口水,难受得要命。

她想到了之前坐游艇出海,她被人推下海的事。

那天如果不是段融,她不知道会被海浪卷到哪儿,从此葬身大海,再也见不到这个世界。

更见不到他。

泳池其实算不上深,但由于她太过恐惧,怎么都没办法站起来,一直溺在水里。

直到有人抓住了她的手,把她扯进怀里,带着她往上。她终于活了过来,头露出水面,呛咳了好几口水。

段融把沈半夏抱上去,替她顺着背,发冷的一双眼睛看向杜子腾:"你想死啊!"

杜子腾没想到沈半夏这么不禁吓,赶紧道歉,生怕自己会挨段融的揍,连给沈半夏跪下的心都有了。

段融冷睇他一眼,抱着沈半夏回别墅换衣服。

等两人走远，易石青从深水区游过来："段融这回好像真动心了，看把人宝贝得，拿眼珠子一样疼。"

"难道不该吗？"高峰说，"难道小半夏不值得疼，我都想疼着她好吗。"

易石青笑："这话你待会儿在段融跟前说，看他不揍死你。"

沈半夏洗过澡换好衣服，听到门外的敲门声，过去打开。

段融走进来，见她头发还湿着，找了电吹风给她吹头发。

吹好放在一边，他手撑着桌沿，把她压在身前，低头看她："是不是吓着了？"

他知道她还对上次落海的事有恐惧。

"以后我教你游泳，"他说话时嗓音放得很轻，透着一股磁性，让人没办法不心动，"要不要学？"

沈半夏鬼使神差地点点头，眼睛发痒地眨了下，卷翘又长的睫毛直接颤进了他心里。

段融这时候发现自己并不是什么正人君子，难忍地凑过去，压着她亲了一下，唇瓣贴着她厮磨。

沈半夏闭上眼睛，呼吸不自觉屏住，生怕漏出什么声音打破现在的旖旎。

感受到她的紧张，段融往后退了些跟她分开，一只手扶住她后脑，坏透了地笑："憋气干什么，不怕被亲晕？"

沈半夏嗔怪地看他，憋着的气刚呼出来，唇又被堵住。

封闭的屋子里传来让人脸红心跳的啄吻舔吮声。

段融根本就不像是新手，反倒娴熟得让人怀疑他是不是报过学习接吻的班，再不然就是理论功课太扎实。他向来是学习上的天才，不过实践一两次就完全掌握了其中的精髓，技巧多得让人招架不了。

沈半夏被亲得发蒙，脑子里一阵阵地缺氧，即使记得呼吸，也还是有要被亲晕的风险。

她抵受不住，想把他推开。段融已经先一步松开了她，额头抵住她额头，拇指指腹擦掉了她唇上的水渍。

"答应了？"他哑声问。

沈半夏喘了几口气："答应什么？"

"跟我恋爱，"他说，"不是联姻，是真的在一起。"

沈半夏想到自己辛苦地暗恋着他，如今不过跟他在一起几个月，他就想不费吹灰之力地得到她，未免也太便宜了他。她眼睛转了转，垂下眸："还没有。"

段融嗓子里溢出一声笑："没答应还让我亲？"

沈半夏勉强扭过点头，躲开他炙热的视线："以后不让了。"

段融仍是好脾气地笑，把她拢进怀里，拨开她耳旁的头发，在她热热的耳垂上亲了亲。

"行，那我再追会儿。"

"可我先说好，"他补充，"在这期间我会忍不住亲你。"

沈半夏脸通红，又听到他的话："我不太忍得了。"

段融一直抱得她很紧，她没有力气挣开，安静地靠在他怀里，听到他胸腔里传来有力的心跳声。

假期结束，一行人驱车回京。

明天要去学校上课，沈半夏复习了遍功课，晚上十点的时候收到了段融的微信：早点睡觉，不要熬太晚。

她回复了个"好"字，听话地收了书，洗漱过后关了灯睡觉。

次日准时醒过来，她摁掉闹钟，清醒了会儿从床上坐起来，习惯性拿了手机看。

收到了易石青的一条莫名其妙的微信：小半夏，我是真服，段融这样难搞的人你都能拿得下来。

她没明白什么意思，反应了会儿问：什么啊？

易石青：看朋友圈。

沈半夏退出两人的聊天界面，点开朋友圈。

她往下翻了翻，看到了段融昨晚发的一条朋友圈。内容只有三个字，下面跟了一张照片，照片是他和她的合照，他正捏着她下巴吻她。

顶部的三个字如一味让人上瘾的药注射进她心脏，她抱着手机趴回床上，在一阵昏昏然的眩晕感中把脸埋进枕头。

在两人的合照上面，清楚地挂着三个字：有主了。

段融从来没有玩过朋友圈，甚至没有开通。昨晚破天荒地开通，还发了石破天惊的内容。

发出去没多久下面就跟了上百条点赞、评论，全是他那些狐朋狗友的调侃和祝福。

△段融行啊，不谈就不谈，一谈谈个这么小的。

△小嫂子美死了，也就咱哥能配得上。

△我随一车避孕套，已经邮过去了，记得查收啊。

△小嫂子看起来也太娇了，哥你悠着点儿，别把人弄散架了。

△咱们恭喜段融在二十五岁高龄这年从此不再是单身狗了，愣着干吗？快鼓掌啊。

评论的全是男人，而段融的女性朋友基本是集体失声状态，没几个在底下露面。

　　沈半夏跟段融的共同好友并不是特别多，但她能看到的十几条已经让她羞得面红耳赤了，不敢想象没有看到的那些内容。

　　之前段融那些朋友都认为，豪门婚约根本就靠不住，段不一定把沈半夏看在眼里。这条朋友圈发出去后，沈半夏从段融有名无实的未婚妻，变成了他在意的、在认真交往的女朋友，正式被他圈子里的人接纳。

　　有人把段融的这条朋友圈搬到了网上，网络上引起了一阵不小的轰动。正面评论比较多，全在夸段融和沈半夏颜值登对，出身登对。在骂的那些多是喜欢段融的女生，说沈半夏也就是有个豪门的出身，否则根本就不可能有机会沾到段融。

　　沈半夏刷到了这些评论，骂她的人并不占主流，但她还是会被这部分内容伤害到。

　　人大抵都是这样，被夸奖的话看了就忘，被辱骂的话能一直记着。所以她几乎不会在网上发表什么评论，生怕自己会无意中对别人造成伤害。

　　她什么坏事都没有做过，结果还是被人攻击。

　　她不敢再看下去，退出社交网站。

　　米莉邀请她去逛街买换季的衣服，两个人在商场里转了大半天，手里拎满了战利品。

　　沈半夏穿平底鞋都觉得脚疼，米莉这女人踩着十厘米的高跟鞋还健步如飞。见沈半夏没出息地找了个椅子坐，她"啧啧"了两声说："小半夏，你这战斗力不行啊，才逛多久你就累了？"

　　沈半夏摁亮手机给她看："都四个小时了。"

　　"这算什么，逛街这种事儿，我就是逛上三天三夜也不觉得累。"

　　米莉在她身边坐下，把购物袋放在脚边，开始打听八卦："我听说你前几天跟段融去度假了？怎么样，孤男寡女的，有没有干柴烈火啊？"

　　沈半夏想到在避暑山庄里发生的那些事，脸有些红。

　　"看你这样子，肯定是有情况，"米莉撞她的肩膀，"发展到哪步了？嘴亲了吗？床上了吗？"

　　"米莉姐！"

　　"行了行了，不逗你了。"米莉翻了翻购物袋里的战利品，"对了，过几天段家会以关爱残障人群为主题办一场慈善晚宴，我家尚先生也被邀请了。托他的福，到时候我也能跟着去，你帮我看看我穿哪件礼服好看。"

　　"慈善晚会？"沈半夏第一次听说这件事。

　　"你不知道啊，段融没有告诉你？"米莉想了想，明白了，"也难怪，段向德是为了双腿截肢的小儿子才做的这场秀，段融跟段盛鸣不是一起长大的，没什么感情。而且我还听说段盛鸣之所以会出那场事故,就是被段融设计的……"

"那是在胡说,段融根本没有害过人。"

沈半夏的样子很笃定,一副要护着自己人的样子。米莉看得一笑:"知道了,看你紧张得,我不说了行不行。"

沈半夏最见不得有人误会段融。段盛鸣生性爱玩,一身纨绔子弟的作风,很小的年纪就跟朋友玩地下赛车。他不知道从哪儿知道段融是赛车方面的高手,非要两个人比一场。结果段盛鸣求胜心切,在转弯的时候车子飞了出去。

是段融赶在车子起火前把段盛鸣从里面拖了出来,否则段盛鸣就不只是双腿截肢那么简单了。

但段融依旧被人误会,其中对他指责最厉害的人是段向德,段向德笃定是他在段盛鸣的车上动了手脚。

原本段盛鸣是段向德看好的集团接班人,这样一来最宠爱的儿子成了废人,什么事情都做不了了。

段向德恼羞成怒,亲自出面指认段融是那场意外的背后筹谋者,让警察把段融带走审问。那几天里沈半夏每天都会去警局外守着,希望能看到段融从里面出来。

后来真的被她等到了。

因为段盛鸣已经成了残疾人,段向德只好跟段融做了亲子鉴定。结果出来后,确认段融确实是他的儿子,他开始着手把段融接回家。而警局也查明段融跟赛车事故没有任何关系,是段盛鸣自己操作失当才会酿成惨祸,事实查清楚后把段融放了出来。

那天是个阴天,天边滚着厚重的乌云。段向德走在前,后面跟着的是几天没理发、额发快要盖到眼睛的段融。他的样子看起来更颓了点儿,并不是服输的颓,而是一种索然无味、却又乐意跟这个不理想的世界相斗的带了痞气的颓。

从那以后,段融眼睛里多了种凉薄,这种情绪往往藏在他玩世不恭的眼神下,很少有人能看得见。

只有沈半夏能一眼看出来。

米莉的消息很准,没几天,段家果然举办了一场慈善晚宴。

那天段融也在,自从回到段家以来,他首先学会的一件事就是虚情假意地向外界表达他跟段盛鸣的兄友弟恭。

沈半夏从来没有见过段盛鸣,只听说他在断腿后性情变得很阴郁,不愿意再露面,大多数时候都在京郊的房子里养着。

晚宴现场人很多,几乎整个上层圈子里有头有脸的人物都过来捧场,还来了几个咖位顶级的明星,包括现在发展势头正好的万珂。

万珂穿了身艳红色的一字肩修身晚礼服裙，张扬夺目的颜色不会显得艳俗，反倒给她极有攻击力的一张脸增色不少，在场很少有女生能盖过她的风头。从万珂出现开始，好几位老总的目光就没有从她身上挪下去过。

米莉陪着尚柏过来，在场中找了一圈，最后看见一个人站在角落埋头吃东西的沈半夏。

米莉恨铁不成钢地走过去，夺过沈半夏手里的餐盘："你就知道吃，你可是段家的儿媳妇哎，注意点儿形象好不好。"

"我哪里不注意形象了，我这不是很注意形象地在吃吗？"

沈半夏往嘴里填了块芝士蛋糕，又拿了红酒要喝，米莉抢过来，问她："你老公呢？"

沈半夏差点儿呛着，半天才缓过来："什么我老公，他才不是我老公。"

"那你不会努点儿力，让他真的变成你老公？"

沈半夏不语。对于跟段融的未来，她其实没什么底，不知道会发展成什么样。毕竟她的身份见不得光。

想到这里有些郁闷，她继续饿死鬼一样翻东西吃，要用食物宣泄心中的苦闷。

米莉把沈半夏拉回来，看看那边的万珂又看看她，上手把她披着的一款围巾式披肩拿了下来。

沈半夏今天穿了件白色的吊带抹胸裙，入秋后天气变冷，她出门的时候随手找了条披肩披上。如今披肩被人扯走，白皙肩膀露出来。

米莉拉长音"哟"了声："你还挺有料的啊。"

沈半夏在她耳边说："垫了加厚胸垫。"

米莉笑，再次往正跟人碰杯的万珂身上看了眼，说："垫得好，不能输给万珂那妖精。你看她，要不要这么夸张啊，胸都快撑出来了。"

万珂的身材确实好，前凸后翘，胸部是米莉做梦都想拥有的 D 罩杯。米莉留意过这位从上大学起就在娱乐圈里混开的美艳女星，原本并不讨厌她，但她想跟沈半夏抢男人，米莉看不过眼，觉得她浑身上下都有了缺点。

"她今天会来绝对是贼心不死，要跟你抢男人。"米莉提醒，"你注意点儿，别让段融单独跟她在一起，就她这样子的，没几个男人能扛得住。"

沈半夏没说什么。男人的心是管不住的，她并不确定段融有多喜欢她，在面对外界的诱惑时，他是不是永远都会坚定不移地只选择她。

段融刚才出去接了个电话，到现在了还没回来。沈半夏忍不住四处找一圈，心里隐隐地怕，怕他现在就站在某个地方，而目光就落在漂亮得让人找不出形容词的万珂身上。

严琴朝她走过来，带着笑叫她："半夏。"

沈半夏回过神，礼貌地颔首："严阿姨。"

严琴笑笑，带她去见跟段家交好的一些世家。沈半夏很擅长在这种场合里表演，已经不是第一次扮演豪门千金，演这种角色她越来越得心应手。

直到万珂不请自来，笑着跟这边的人搭话。严琴向来不喜欢她，鄙夷地看她一眼："我好像没有请你。"

万珂依旧笑着："阿姨贵人多忘事，我是梵沐珠宝新签的全球大使，您邀请了梵沐的老总，我当然要跟着来。"

她看向一边沉默不语的沈半夏，脸上笑容更灿烂，显然有备而来："这位就是康老爷子的外孙女啊，长得真漂亮。"

说话时脸上的表情滴水不漏，一副确实是第一次跟沈半夏见面的样子。怪不得她能当影后，这个演技不拿影后确实可惜。

不远处中间的位置放着一架钢琴，此刻有人正在弹奏一曲舒缓的曲子。

万珂扭身看了看，突然想起什么似的："对了，半夏，我听说康老爷子很喜欢钢琴，家里请了不少钢琴老师，花了很多功夫教你妈妈弹琴。康阿姨曾经开过几场音乐会，我还去看过呢。你从小在康老爷子身边长大，一定也有学钢琴吧。刚好今天这么好的机会，不如你给大家弹一首。"

到这个时候，沈半夏才知道上次去店里帮米莉挑钢琴的时候，她跟米莉说的话被万珂听见了。万珂很有可能开始怀疑她的身份，笃定了她不会弹钢琴，所以才会特意演这一出，想要让她出丑。

与严琴交好的几位贵妇都觉得万珂的提议不错，纷纷让沈半夏上台去弹首曲子。

万珂喝了口酒，左手懒洋洋地搭着右手臂。

如果这时候沈半夏拒绝去演奏，无疑会给段、康两家抹黑。

沈半夏很长时间没有说话，在其中一位阿姨再次热络地请她去演奏时，她深吸口气，抬头看着万珂，嘴角浮出一抹笑："好啊。"

她转过身，走向场地正中间的钢琴。原先请来的钢琴师起身让出了位置，她在钢琴前坐下。

万珂等着看好戏，就是要看沈半夏当众出丑不知所措的样子，要让严琴知道，让整个段家知道，沈半夏根本就是个草包，而她万珂才是能配得上段融的人。

沈半夏垂眸，看着已经很陌生的钢琴。手抬起来，搭在琴键上。

眼前浮现出一切还未崩坏前，妈妈说女孩子会弹钢琴的话会比较有气质，在她很小的年纪就给她报了钢琴班，她在不影响学习的情况下每周会去学两三次。在父亲挣到一笔钱后，第一件事就是给她买了架很名贵的钢琴，她日复一日地坐在钢琴前练曲子，身板挺得很直，气质越来越娴静。妈妈说确实学钢琴的女生会比较有气质，她要坚持下去。

后来家里出事，欠了一堆债，钢琴被拿去卖掉，报的学习班也退了，沈半夏几乎再也没有碰过钢琴，只在平忧律师事务所的时候，看到那里有架钢琴，手痒弹过一次。

沈半夏闭了闭眼睛，把刻意被自己遗忘，但从没有真正遗忘过的那首钢琴曲翻出来。

眼睛再睁开时，手指落下，音符跃出，一曲悠扬婉转的钢琴曲回荡在大厅。

即使已经很久没有练习过，她也完全没有手生，好像天生就该吃这碗饭一样，把一首基调哀而不伤的曲子弹得动人心弦。大厅里的人渐渐停止了谈话，都转过身看她，被她弹出的曲子吸引。

万珂一张脸一点点僵了下来，难以置信地盯着她。本意是要让她出丑，可她非但没有，还成功震住了在场所有人。

怎么会这样？

段融从外面回来，远远听见了曲子。

曲名是《幻昼》，七年前他多次在一家钢琴培训机构楼下听到，但从没有见到过弹琴的人。他一直以为那人是万珂，万珂也多次默认。

他跟着曲子过去，每往前走一步，之前的记忆就更深一分。一种强烈的预感袭来，他就要知道一件事的真相，要拨开一层层的迷雾找到那个错过了很久的人。

推开门，走进宴会大厅，他抬起头，看到了前方坐在钢琴前专注弹琴的人。

沈半夏。

不是万珂，是沈半夏。

人群正中央，沈半夏穿着一尘不染的白色裙子，细密的长发铺在单薄的背上，有几缕顺着肩膀滑在她脸庞。

她恍若无人地弹奏曲子，指下乐声悠扬悦耳。头顶吊灯的光打下来，她沉静的侧脸美到不真实，露出来的肌肤白到几乎透明。

一曲终了，最后一个乐声在指下消弭。现场先是死一般的寂静，紧接着是雷鸣般的掌声。

沈半夏起身，面带微笑地朝大家鞠躬。

万珂算计落空，脸上黑了一片，眼里带了不甘的恨意。

沈半夏满不在乎地笑了笑，无意中往远处看的时候，正看见段融两手插兜站在一扇门边。他整个人看起来是漠然毫无温度的，但落在她脸上的视线烫到不行，她感觉到了。

沈半夏招架不住，收回目光。很长时间过去，仍能感觉到段融还在看她，完全没有放过她的意思。

刚才当着这么多人的面弹琴她不觉得有什么，如今被段融盯着看，她没出息地紧张起来，脸上很热。

沈半夏出了这么大的风头，再待下去也没有意思，万珂打算退场。

看到段融后，万珂改变了心思，朝他过去。

"没想到你这位未婚妻本事这么大，深藏不露啊。"

万珂话里有话，点到为止，没有继续往下说。段融没看她，就好像没有意识到有她这个人一样。

万珂顺着他视线往前找，很快找到了跟在严琴身边，在接受一众富太太夸耀的沈半夏。

万珂心里发沉，往前侧了一步，挡住了他的视线。

段融这才大发慈悲地看她。

他眼神很沉很淡，能压人。脸上没有多少表情，整个人冷到不行。

"刚弹的那是什么曲子？"他问。

万珂这时候发现了一件被她忽略了的事，刚才沈半夏弹的曲子很熟悉。她对钢琴兴趣不深，不会特意去记纯音乐的钢琴曲，但沈半夏弹的那首不一样，绝对不一样，她肯定在哪里听过。听的次数不多，而她之所以会留心记住，只会是因为段融。

电光石火间，她想到了很久之前的一件事。

那年，因为她成绩很差，父母强制给她报了个钢琴班，想让她曲线救国走艺术生的路。她不甘不愿地学了一阵，学得一塌糊涂。本来烦得要死，后来有一天，她从培训班里出来，打开门，迎面撞见了段融。

那天段融问她的话，跟刚才他问的如出一辙。

——"那曲子是你弹的？"

——"什么名字？"

万珂撒了一个谎后，第二个问题就回答不上来了。

如今再次听到段融问她曲子的名字，她预感到什么，扭头朝沈半夏看过去。

为什么沈半夏偏偏会弹这首曲子？

万珂努力回忆那天在钢琴房看到的。当时并没有怎么留心，只记得从一扇掩映的门里，她看到有个小姑娘背对着她坐在钢琴前，无比流畅地在弹这首曲子。

一个可怕的念头冒出来。

多年过去，那女孩现在的年龄，跟沈半夏差不多。

万珂很快推翻这个想法。不可能有这么巧的事，怎么可能会这么巧！

万珂吓出了一身的汗，开口时声音有些颤："我、我不是很清楚。"

段融极其凉薄地笑了声，他的笑容里带了点儿已洞察清楚的讽刺，让万珂恍然觉得从他脸上读出了"原来你真的在撒谎啊"的笃定。

万珂汗出得更多，一种强烈的恐惧感攀爬上来。

她意识到事情不只是她想象的那么简单,沈半夏根本不是一个除了漂亮外一无是处的女生,相反,沈半夏棘手得很,可怕得很。

到底棘手在什么地方,万珂现在还不能确定。

沈半夏跟着严琴见了不少人,脸都快笑僵了。趁着严琴没再管她的工夫,她偷溜出宴会厅,去了外面的小花园。

时间已经很晚,天色黑下来。小花园里灯光明亮,能清楚看到这边种了大片的矢车菊。

她往里走了走,拐过一条石子路时,突然听到"砰"的一声,是有人摔倒的声音。

她有点儿怕,过去几秒,小心翼翼地顺着声音过去。

前面确实有人摔在地上,看模样是个二十多岁的男生。他艰难地试着从地上爬起来,试了几次都不行。

沈半夏往他腿上看,他穿了条十分宽松的裤子,严严实实地遮住两条腿和脚踝。

"你没事吧?"

她小声问,往前走了走:"我扶你起来吧。"

男生抬头,他有一张很清秀的脸,人畜无害的样子。

不见他说话,沈半夏伸手扶住他的胳膊,拉着他起身。

男生腿上有伤,站起来的时候,眉心皱了下。

旁边就有椅子,沈半夏扶着他过去:"你在这儿坐会儿吧,我去叫人来。"

她转身要走,男生把她叫住:"你是谁?"

"我、我是……"她不知道该怎么说。

"你就是我哥的未婚妻?"

沈半夏回身看他,点头。

她差不多能确认这位就是段家的二公子段盛鸣,比段融小三岁的弟弟。

虽然是亲兄弟,但两个人长得不太像,段融的五官要更深邃冷硬,段盛鸣却要柔和不少,看起来很好接近,不会给人距离感。

"你怎么就能确定我哥是谁?"

看起来很温和的人陡然冷了声音,一双眼睛冷冷地盯住她:"哦,我明白了,你看出来我是个残疾,戴了假肢,所以你能确定我就是段融的弟弟。"

沈半夏很怕自己不管说什么都会伤害到他的自尊心,觉得还是赶紧走为好:"我叫人来帮你吧。"

"这么急着叫人,是想让他们看看我这个残疾有多狼狈吗!"

沈半夏被吓得打个激灵,进退两难地站在原地。她出来得急,没有拿披肩,身上穿着单薄的礼服裙,肩膀处细腻的肌肤露着。染成焦糖粉棕色的头发披在背上,发色在灯下透着一层温柔的光。额前一层薄薄的齐刘海下是两只又圆又大的眼睛,目光有神,灵动可爱。

她美得像是从漫画里走出来的人。

段盛鸣看了她一会儿,笑了:"怪不得段融什么都不说就答应跟你订婚,有个这么漂亮的未婚妻,他当然乐意接受。但凡换个不那么漂亮的,就他那种自私自利的小人,根本不可能会同意联姻。"

沈半夏登时火了:"你说谁是自私自利的小人啊!"

"你跟他认识不久,不了解他。段融这个人心思很重,从来都不肯吃亏,为了利益他能不择手段。你跟他在一起的时间长点就知道了。"

"笑死人了,我跟他在一起的时间还不够长啊?我可比你了解他多了,他根本不是你说的这样,相反,他一直都光明磊落、坦坦荡荡,从来没有做过一件坏事。你凭什么诋毁他!"

沈半夏很明显在护短的举动勾起了段盛鸣的兴趣,虽然他见过不少迷恋段融迷到痴狂地步的女人,但会这么无条件袒护段融的,他是第一次见。而且这女生刚才还因为他是个残疾人,说话小心翼翼,生怕会伤害到他,现在就完全变了个人,小狮子一样恶狠狠地瞪着他。

段盛鸣的兴味越发浓重了:"你怎么就知道他光明磊落坦坦荡荡,他做过的恶心事还少吗?如果不是因为他,我至于落到现在这个下场吗!"

"那件事跟他根本就没有关系,警察都已经查清楚了,你怎么还是不肯面对现实。是你非要找他赛车的,出了事故后就把所有责任都推到他身上,你不觉得你太不讲理了吗!"

段盛鸣死死抓着椅子的扶手,眼里涌现一层血丝:"你怎么知道的!你听谁说的?"

"我、我听别人说的啊。"

"别人是谁?那件事已经很少有人知道了,消息早就被压了下去,你一个从国外回来的怎么可能知道!"

沈半夏一时想不出合适的理由。

"段融告诉你的?"段盛鸣冷笑,"他还真是对你不一般,这种事都会跟你说。可你被他骗了,他是在美化自己,不肯承认是他害的我。"

"你少胡说,他根本就没有跟我提过有关你的任何事。"

"你知不知道,如果我现在还好好的,从来都没有出过意外,跟你订婚的人应该是我。"段盛鸣看着沈半夏,"段融就是个血缘不清不楚的杂种,他根本就没有资格代表段家跟你联姻。"

刚才段盛鸣污蔑段融,沈半夏可以认为他是因为断了腿心里有恨,执拗地把过错都推到段融身上。

现在她发现,段盛鸣不仅只是单纯地憎恨段融,他连杂种这种极富侮辱性的词都说得出来。

"你说他是杂种,那你是什么?"沈半夏逼视着他。

"我跟他怎么能一样?"

"也对,确实很不一样,你从小就被宠着长大,想要什么就能有什么。可段融哥哥明明也是段家的孩子,段向德却不肯承认他,逼着把他送出去,让他在外面吃了很多年的苦。你们这些人不觉得愧疚也就算了,还总是像对外人一样对待他,从来就没有把他当成真正的亲人。"

"那是因为他不配!"

"不配的是你们。"沈半夏不在乎段盛鸣是不是残疾人士了,话说得越来越不客气,"是你们不配当段融哥哥的亲人。"

段盛鸣气得站了起来,两条残肢被假肢磨得生疼,他咬牙忍住:"话不要说得太早,你信不信早晚有一天我会把他重新赶出去。他没有了金钱、地位,你还会愿意跟着他吗?"

他很不尊重地笑了下:"到时候,说不定你要结婚的对象就会变成我了。"

沈半夏眼里有水光浮动,过了一会儿,说:"你以为我是为了两家的利益才会跟他在一起的吗?你想错了,我是因为喜欢他才要嫁给他。你想娶我,你做梦!"

她转身要走,蓦地看到前方不远处,段融正单手插兜站着,目光落在他们这边,不知道在这里听了多久。

她的脸"噌"地剧烈烧起来,刚才的话肯定被他听到了。

她说自己喜欢他。

沈半夏后悔自己为什么要说这种话,明明能有其他办法维护他的。

段融朝这边走了过来,每靠近她一步,她心脏就跳得更快一分。她低下头来,不敢看他,感受到他的气息贴近后,她的耳朵红透了。

裸露在外的肩膀变暖,段融拿了披肩给她围上,没什么温度的眼睛越过她落在段盛鸣身上:"见了你嫂子怎么不知道叫人?"

段盛鸣咬了咬后槽牙:"她才多大,就是一个小丫头片子……"

"她不管多大都是你嫂子。"段融打断他。

段盛鸣冷哼了一声,没再看他们,拖着被磨得生疼的残肢往前走。段融叫来附近的家政阿姨,下巴往前一点:"扶他回屋。"

家政阿姨赶紧过去搀扶住段盛鸣,带着他进了一栋房子。

晚上温度有些低,沈半夏裹了裹披肩。

她绕过段融,刚往前走一步,段融往后退了半步拦在她面前。

他比她高出很多,给人很强的压迫感。

沈半夏很怕刚才的表白会被他提起来,心揪着,决定先发制人:"你怎么偷听我说话?"

"我光明正大来的,这叫偷听?"

"你什么时候来的,"她问,"听见多少?"

"全部。"

沈半夏气死了,抬头看他,还没说什么,段融猝然弯下身,一张脸离她很近,目光与她平视,说话时有温热的气息打在她脸上。

"特别是你说你喜欢我那句。"

风停下来,空气流动的速度变慢,矢车菊的香味静静往外散。

沈半夏不知所措,睫毛颤了颤,语无伦次地否认:"那不是……我、我其实是瞎说的,你不要当真。"

"我没有瞎说,"段融说了句很莫名的话,"你可以当真。"

沈半夏不解,问:"你说了什么?"

下一秒,她听到段融的话。

"喜欢你。"

世界静得不行,除了段融的这句话,她再也听不到别的声音。

段融仍是看着她,表情认真,没有任何不正经的样子。

"半夏,"他叫她名字,嗓音缱绻至极,暧昧至极,"我喜欢你。"

沈半夏第一次听到段融跟她说这样的话。

之前虽然感觉到,他似乎是喜欢她的。可段融这个人总让人觉得藏了三分狡黠和玩世不恭,不会轻易付出真心。

如今从他嘴里听到了"喜欢"两个字。

沈半夏的心脏在狂跳,每一下都带来让人招架不住的喜悦。

她偷偷喜欢的人,如今在说喜欢她。

突然想到她挂在祈愿殿里的许愿牌,原来那里的菩萨真的很灵,这么快就满足了她的心愿。

她毕竟还要做一个矜持的小姑娘,脸上不能透露太多。她嘴唇抿了抿,躲开他的视线,头往一边侧,看路边开得正好的矢车菊。

段融笑了声:"一点儿反应都不给?"

"要怎么反应啊?"她说话时声音都要抖了,好不容易压制下来。

"比如说,"段融密不透风地看着她,"你也喜欢我?"

"我……没有。"

"不喜欢我,还这么替我说话?"

"我那是看不惯他胡说八道而已。"沈半夏想到段盛鸣刚才的话就气得要死,

"怎么能这么说你,你明明是他哥,他不尊重就算了还拿话编排你。怎么有这么可恶的人。"

她是真的觉得段盛鸣很可恶,气得脸颊鼓起来,眉心皱着,一双漂亮的眼睛里装满了嫌恶。

感觉到段融一直在看她,她的眼珠动了动,有点儿不好意思地看回他:"怎么了?"

段融笑了声:"你怎么这么可爱。"

她愣了下,被他夸可爱的冲击力还没有过去,紧接着听到他的下一句话。

"这么可爱,"段融的声音变哑,目光里多了种让人没来由紧张的浓稠暗示,"我会忍不住亲你。"

沈半夏的腰紧了紧,被他搂过去。

他们两人站在一棵茂密的枫树下,枫树叶子已经开始变红,在风里"沙沙"地抖着。

段融朝她靠近,明显的要吻她的动作。之前他每次吻她时总是又快又凶,来得猝不及防,不给她思考的机会。接吻后,她会不满地挣扎几下,不知道打了他多少下。

今晚段融没再像以前那样,他的动作很缓慢,给她留够了拒绝的时间。而沈半夏就像被他下了蛊,一动不动地等着他吻过来,在他的唇贴过来时,她甚至乖巧地闭上了眼睛。

刚才还觉得冷,现在体温一点点回升,被他柔软的唇瓣和抵进来的舌头点燃。

沈半夏身体发虚,脑子里起了雾,意识随着段融的动作而涣散,不知道自己正在哪儿。只有面前的人是清晰的,他是段融,他正温柔地低下身吻她。

万珂想找段融好好谈谈。今天她好不容易才从剧组跑出来跟他见上面,不能就这么回去。

大厅里早已经没有了段融的身影,万珂找到后花园,沿着一条石子路往前走,看到了在一棵红枫树下,贴在一起缠绵接吻的两个人。

沈半夏比段融要矮许多,段融全程低下身迁就她的身高,一手握着她纤弱的腰,有一下没一下地捏着。

万珂差点没有站稳,强烈的眩晕感袭来,眼前黑了一片。她想起自己过去想尽了办法接近段融,什么手段都使过了,还是连段融一根手指都碰不到。

她渴望了这么多年的男人,如今在亲吻别的女生。

好不容易才从失温般的痛苦中活过来,万珂踩着高跟鞋朝那两人过去。

必须把他们分开,他们再多吻一秒,万珂就多煎熬一秒。

没走几步,米莉突然冲过来拉住她,硬扯着她往相反的方向走。

"万大明星,你跟我合张影吧。"

米莉使足了吃奶的劲拖着万珂走，绝不能让这女人去打扰妹妹跟妹夫缠绵："我喜欢你很久了，今天终于有机会见到你了。"

那个吻不知道到底持续多久，感觉十分钟都已经过去。沈半夏缺氧缺得厉害，呼吸慢慢乱了，不经意溢出了几声喘。每次都能感觉段融吻的力度在她的声音后变重了很多，箍在她腰间的手也变紧，像是恨不能把她折断。

她的舌头被咬得痛，第一次知道原来接吻是件这么辛苦的事，她嘴巴都要被咬破皮了。

段融没有放开她的意思，兴致一直很高，像个被封印了千年如今终于尝到甜头的男妖精。

沈半夏别开脸躲开他，急促地呼吸着新鲜空气，通红着脸低下头。

段融抬起她下巴，把她唇上被亲出的水渍擦掉，贴着她耳际，用气声说："宝宝，你好甜。"

一句情话打得她七零八落，眩晕感更强烈，两条腿都是软的，偏还踩着高跟鞋，快要站不稳。

"冷不冷？"他问，"要不要回家？"

沈半夏点点头。

或许是因为今晚的他实在温柔得太过，她被惯得释放了些埋藏很深的娇气，很小声地告诉他："脚疼，走不动了。"

段融垂眸，她脚上穿了一双七八厘米的高跟鞋，圆润可爱的脚趾露在空气里，脚踝很细。

她一直都很讨厌高跟鞋，今天难为她穿了这么久。

段融背对着她蹲下身："上来，我背你。"

沈半夏趴上去，被他毫不费力地背起来。他肩膀很宽，让人很有安全感。

沈半夏把脸贴上去，手搂住他的脖子。

记忆里曾经段融也这样背过她，但他应该已经不记得了。

段融一直把她放进车里，等坐进驾驶室，他探身过来握住她的脚踝，帮她脱掉了脚上的鞋。

沈半夏的手握紧座椅两侧。车里铺了地毯，没有了高跟鞋桎梏的脚踩下去，脚心感觉软软的。

段融把她的鞋子放在一边，目光重新往她那边落。

她两只脚细腻又白，陷在黑色的地毯中，惹眼又迷人。

车子驶上马路，窗户都关着，密闭的空间增添了莫名的旖旎气氛，尤其两个人刚有过一场漫长的接吻，现在单独待在一辆车里，空气静得很有氛围感，像在进行一场一点即燃的铺垫。

沈半夏没敢看他，头往外侧，看车窗外暗夜下的风景。一排排的树快速后退，路灯亮得让一切无所遁形。

身上越来越热,她拿掉披肩,放在腿上刚叠了两下,车子在一处寂静无人的小公园停下。腰间被握住,她整个人被提到了段融腿上,唇被封住。

湖蓝色的披肩坠在地上,随着两人的唇碰到一起,蓄势待发的火星被引燃。呼吸声缠得一塌糊涂,黏腻的啄吻声越来越密。

沈半夏身上的汗出得更多了,头发遮盖下的颈窝里湿了一片。下一秒,她的头发被段融往后拨,没有了什么遮挡,他的唇往下,颈部一块皮肤被他吸咬出红痕。

窗上掉了一滴雨,紧接着是第二滴、第三滴,很快数不清。大雨倾盆而下,在车窗上披了层朦胧不清的雨帘。

随着这场大雨,外面越来越冷,车里越来越热。沈半夏眼睛都快睁不开,缺氧的感觉强烈,肩上露出来的皮肤快没有一处地方能看了。

段融的手还在往下,意识到他要做什么后,她强烈地抖了下,缩着肩膀趴在他怀里,按住他的手。

她怕得不行,在他怀里摇了摇头。

她这个举动把他从失控的边缘拉回来,他平复了下呼吸,手搂住她,安抚似的在她背上拍了拍:"别怕,我不做什么。"

沈半夏早就喜欢他喜欢到走火入魔,就算他真的做什么,其实她也没有拒绝的意思。只是真的要发展到这一步,她下意识地有些怕,害怕的原因里掺杂着她见不得光的身份,她一直在拿假身份欺骗他这个事实。

所以不可以。不然他以后知道真相,或许会讨厌她。

她无声地在他怀里趴了会儿,外面雨还在下,始终没有停下来的意思。这边没有灯,黑乎乎的一片,车里也黑着,段融的心跳声格外明显,沉稳又有力,她上瘾似的听着。

段融帮她理好裙子,手仍旧抱着她,突然问:"刚才弹的曲子谁教你的?"

并不明白他怎么要问这个问题,沈半夏想了想,说:"就自己瞎学的。"

"你弹得很好。"他说,"为什么不继续学?"

不止一个老师说过沈半夏弹琴很有天分,如果坚持下去说不定会很成功,但是家里的变故来得太快太猛,好好生活都是问题,更没有闲钱能让她学琴。

"不想学了,"她说,"没意思。"

段融没再就这个话题继续问下去。那个就快要破土而出的真相,他很快就能知道答案。

沈半夏并不知道他在想什么,乖巧地枕在他肩上。她抬起眼睛,看到他很薄的耳垂,往下是修长直挺的脖颈、凌厉明显的喉结。他今天穿了西装,经过刚才一场纠缠,她不小心把他的领带扯乱了。

沈半夏怯怯地伸出手，尽量轻地把他的领带抚平，理好。

"你喜欢那首曲子吗？"她的声音很软很乖，"喜欢的话我以后再给你弹。"

段融愣了一瞬，垂眸看她，唇角不自觉地染了笑："行。"

两人间的关系明显变了，暧昧得太过，让沈半夏有种在跟他谈恋爱的错觉。但只要这么想一想，另一个声音就会响起来：你清醒一点儿，他喜欢的是康老爷子的外孙女沈半夏，而不是沈半夏本人。

开心的感觉慢慢消失，转而被无法宣之于口的沉重代替。她从段融怀里起身，眼睛仍是垂着，看他一眼都不敢："你把我放回去。还有，你以后不要总是这样，我们、我们最好还是保持点儿距离比较好。"

段融眯了眯眼，把她的脸抬起来，让她与他对视。

"沈半夏，我们什么关系？"

"就是……普通的朋友关系。"

"普通朋友你跟我接吻？"

沈半夏听得心狂跳，脸很烫，不好意思到极点，声音很小地说："那是你亲我的。"

"你没躲。"

她更是不知道该怎么办好，最后索性豁出去地说："那是你在勾引我，谁让你长得这么好看，我又不是圣人，我能抵抗得了你的诱惑吗？"

段融愣了片刻，很快没忍住笑了起来，笑得胸腔都在颤动，心情好到极点的样子。

好不容易笑够了，他像摸小猫一样揉了揉沈半夏的头："我都勾引得这么努力了，怎么还是勾引不到你？"

他低叹口气："你怎么这么难追。"

沈半夏不说话，其实很想告诉他，她早就被他勾引到手了。

车外还在下雨，车里燥热渐消，她重新感觉到冷，往地上看了眼，正要弯腰去捡披肩，段融已经先一步拿了起来，给她围在肩上。

视线往下，落在她若隐若现的胸前。她穿的这条裙子完美地把她身材勾勒出来，并不是很暴露，但比那些暴露的衣服更有诱惑性。

发觉他在看那里，沈半夏拢了拢披肩，把胸前春光完全遮住。

段融往椅背上靠了过去，轻佻地笑了下："还挺有料。"

沈半夏已经骗他太多了，不想拿这种事再来骗他，清了清嗓子说："垫了胸垫而已。"

段融抬起下巴看着她，她忍下羞耻："没办法，不然这衣服撑不起来。"

段融又开始笑，笑得很让人不爽。沈半夏皱眉："怎么，你嫌我小啊？万珂倒是挺大的，你去找她啊！"

话里有很酸的醋意。

之前不确定她对他有没有喜欢，段融利用别人试探了下她会不会吃醋。但是以后，他再也不想让她吃醋，不想让她有任何一点儿不开心。

"她有多大跟我有什么关系。"段融哄，"你有多大，我就喜欢多大的。"

话题也太色情了点儿，沈半夏撑着他肩膀想从他腿上爬下去，不想再理他了。

昨天下了场大雨，一直到天明才停。沈半夏鼻子里囊囊的，喉咙也疼，头昏昏沉沉。量了体温，烧到了38.4℃。

每到换季时节她就总逃不过一场感冒，还好这两天是周末，学校没课，她能在家休息。

段融在外面敲门，她从床上爬起来，找了个口罩戴上，过去把门拉开。

看到她的那一秒，段融明显怔了下，盯着她的眼睛看了很久。

沈半夏难忍地咳两声："你帮我把早餐拿上来吧，我感冒了，怕传染给你。"

段融只是看着她的眼睛。

被遗忘掉的一些过往卷土重来，他嗓子里发紧，太多情绪被他咽下去。

他把沈半夏往前拉了一把，手心挨了挨她额头："头疼不疼？我请医生来给你看。"

"不用了，我吃过药了。"

沈半夏嗓子里很痒，一直咳，把他往外推："你不要离我这么近，感冒会传染的。"

段融把她口罩拉下来，俯身贴住她唇瓣碾磨了两下。

"要传染早已经传染了，跟我下去。"

段融握住她的手，带她往楼下走。

沈半夏摸摸有些湿的唇，慢吞吞地跟在他后面。

葛嫂不在，早餐是段融准备的，做的全是她爱吃的。但她嗓子不舒服，胃口不是很好，吃了几口就饱了。

段融叫了私人医生过来给沈半夏开药，她吃过药回屋睡觉。

等她睡着了，段融开车去了距离附中不远的一处商业街。

几年过去，那边变化很大，之前二楼的一家琴房已经不见了，换成了画室。

没有人知道之前的钢琴老师去了哪里。

段融联系到这边的房主，给了对方一笔钱，对方立马殷勤地把七年前的商租户信息交给了他。

段融给那边打了电话，对方是位五十多岁的女性，几年前就没再继续教钢琴，很早就退了休。

她刚好在附近，没几步就过来，见到段融后认出了他："你以前是附中的学生吧，叫段融是不是？"

"您认识我？"

"当然了，你在这边很有名的。"女人笑了笑，"你还在附中读书的时候我见过你几次，你长得俊，好多小姑娘总喜欢跟着你跑。还有我教的那些学生，她们一有空就会说起你，所以我对你有印象。"

段融只问："您还记不记得，您教的学生里有一个很喜欢弹《幻昼》那首曲子。"

"《幻昼》？"女人仔细回忆一遍，很快想了起来，"我记得，那首曲子知道的人不多，我第一次就是听一个小女孩弹的，所以记得比较清楚。哎哟，你不知道，那女孩弹琴可有天分了，属于是老天爷喂饭吃的类型，要是能坚持下去是能弹出名堂来的。可也不知道为什么后来突然就不弹了，还怪可惜的。"

有什么东西就要破土而出，蒙在玻璃上浓厚的雾就要被太阳晒干。

"她叫什么，您还记得吗？"段融问。

"我记得。"女人说，"她的名字有点儿奇怪，叫半夏。这名儿好像是一味中草药，我印象特别深刻。"

段融目光微不可察地动了动，嗓子里越来越干："半夏？"

"对，是叫半夏，姓沈。"

女人的话一句句砸过来，每一句都掷地有声，撕开了长久以来蒙住段融眼睛的黑布。

"那女孩挺可怜的，我记得那年，她因为脸上过敏，总要戴个口罩。她班里那些十几岁的孩子正是淘的时候，就总喜欢捉弄她，喊她丑八怪什么的。或许是因为这些霸凌，她就变得很不爱说话，总是一个人默默地坐在角落里练琴。她就是那个时候特别喜欢弹《幻昼》那首曲子，我曾经问过她为什么喜欢《幻昼》，她说这首曲子能让人平静下来。"

段融以前觉得，生活也就是那么回事儿，死不了就行。

见到那个戴口罩的女孩时，他刚跟人打过架，脸上破了块皮，他毫不在乎地拿酒精消过毒，在上面贴了枚创可贴。

拐过一个转角，他看到了她。女孩很瘦，个子很矮，连他肩膀都不到。她脸上戴了蓝色的医用口罩，长长的头发扎成个马尾，留着齐刘海，眼睛很大很有神。有跟她差不多年纪的男生骂她丑八怪，拿石子往她身上扔，她露出来的细细两条胳膊上好几处被砸出了血痕。

段融只是看她可怜，担心她会再被人欺负，短暂地在那两个月里在她身边守着，送她上下学。

她确实很不爱说话，像是失去了说话的能力，只用摇头或点头与他对话，想让她说句话难如登天。

他记得她难得跟他讲话那次，是他转学后回来这边拿东西时，在倾盆大雨里看见她。

他把伞给她，跟她分别时，她突然抬起头，圆滚滚的一双眼睛带着水光看他，破天荒地开口："哥哥。"

她的声音很软很糯："你以后要好好的，每天都要过得好。"

除此外，没有了别的印象。没有人知道他曾跟这样一个小女孩有过短暂的一场交情，时间一年年过去，身边的人没有一个会提起她，他就再也没有想起过她。

原来沈半夏就是那个小女孩。

怪不得，他总是觉得她的眼睛很熟悉。

因为他早就见过。

段融站在他陪沈半夏曾经走过很多次的，从学校到她家的一条街道上，朦胧中似能看到小小的女孩背着书包走在他身边，偶尔她会抬起头，用一双漂亮灵气的眼睛看着他。

自从知道沈半夏患有交替性暴食厌食症，胃经常会疼，段融把烟戒了。可现在，烟瘾重新汹涌地澎湃而来，他不得不去了附近一家商店。这里没有他常抽的牌子，他就买了包普通的香烟，拿出一根点燃吸了几口。

他站在那条街上，一根根地抽烟，妄图用尼古丁暂时麻痹掉心里异样的波动。

沈半夏明显早就认出了他，不然跟他重逢的初期，每次看着他，她的眼睛不会莫名其妙地发红，噙着泪。

为了给父亲治病，她接受严琴的委托，用一个假身份接近他。明明知道他是那个守护她的哥哥，可一次都不能说，一个人守着跟他的过去。

当发现他认不出她，对那个戴口罩的女孩没有什么印象时，她心里该是什么滋味。

他简直可恶，竟然到现在才把她认出来！

一盒烟抽掉了一半，路旁垃圾桶上的烟灰托盘里满是他摁灭掉的烟头。

有过往的女学生看见段融，凑在一起激动地讨论他，跑过来红着脸问："你就是段学长吧？我们是附中的学生，可以跟你拍张照吗？"

女生们拿着手机满脸憧憬地看着他。她们看上去有十七八岁，比沈半夏小不了多少。她们过得自在轻松，别无压力，最大的苦恼可能是哪一科的分数总是提不上去。

可他的沈半夏却没有这么幸运，大学上得也不安生，背负着压力留在他身边，每天担心自己的身份会被人戳穿。

段融突然无比想念起她，必须要马上见到她才行。她成了比烟瘾、酒瘾，甚至是这世上任何一种能让人上瘾的东西还要厉害的存在，再见不到她，他会发疯。

段融一句话都没有说，一个眼神都没有给，绕过几个女生走到车旁，拉开车门坐进去，发动车子。

几个女生站在路边，恋恋不舍地看着他的车走远。

段融回了家，怕身上有烟味，洗过澡后才上楼去看沈半夏。

沈半夏还睡着，一张雪白的小脸陷在枕头里，眉头轻轻皱着，时不时会在睡梦中咳一声。

她的脸逐渐跟多年前的小女孩重合，女孩穿着校服，背着书包，沉默地走在他身边。

陪他走过了一个个日升和日落。

当年的小女孩长大，奇迹般地回到了他身边。段融心口发胀，说不清是什么感觉，只有一个念头不停在脑子里冲击着。

他绝对不能失去沈半夏。

沈半夏咳了两声，撑开沉重的眼皮后看到了段融，还以为在做梦。

她刚才梦到了自己还在上初中，自从段融走后就一天天地等着他，希望哪天能重新看见他。她想让他知道，她脸上的红疹已经没有了，见过她的人都会夸她漂亮。

她想让他知道，她是个漂亮的小姑娘。

如今终于等到他了。

"哥哥，"沈半夏软软的手指抓住他的手，"你回来了？你看，我的脸好了，我真的不是丑八怪。"

段融喉头哽了下，手伸过去，温柔地摸着她的脸："我知道，我们半夏是这个世界上最漂亮的女孩。"

沈半夏开心地笑笑，想到什么，眼神暗下来："你以后还会走吗？"说完眼睛慢慢闭上，重新睡了过去。

她醒来时第一眼看到的仍是段融，他就坐在床边，一直都没有走。

沈半夏垂眼看了看，两人的手正握在一起。

她的手指松开，试着收回，却抽不出来。

段融抬头看她，目光动了下："醒了？"

他把她从床上抱起来，倒了一杯水给她喝。

沈半夏难受得厉害，一直咳，好像要把肺都咳出来。

段融再次叫来私人医生，很不耐烦地在外面问他为什么没有效果。沈半夏知道自己一旦感冒就会很麻烦，必须要忍一周才能好，不管吃什么药都是这样。她不想让医生白白挨骂，从床上爬下去，赤着脚走出门。

手指抓住段融的袖子，往下扯了扯，她抬起头："我已经好很多了，你别再说董医生了。"

"谁让你出来的。"

段融把沈半夏从地上抱起来，一直抱回去搁在床上："好好待着。"

他出去把门关上，不知道又跟董医生说了些什么。董医生再敲门进来的时候，脸上很苦恼，带了两个助手过来帮她量了体温，给她挂上点滴。

输完点滴后，她嗓子不再那么疼，只剩了痒。晚饭没有吃下去多少，回屋洗完澡又昏昏沉沉地睡了过去。

睡着了也不安生，一直在咳。朦胧中，感觉到有人陪在她身边，时不时会把她扶起来喂她喝水。

再睁开眼睛时已经是半夜，床头开了盏温馨的夜灯，段融在她床边坐着，一直都没有睡，在给她换额上的退烧贴。

沈半夏看了他一会儿，知道她只要还咳着，他今晚肯定不会回去睡觉。

她的手指动了动，往外挪，抓住他的手。

"段融，"她病着的时候格外乖，声音软绵绵的，"我、我想你陪我睡。"

段融愣怔片刻，神色很深，让人看不懂。并没有过去多久，他在她旁边躺了下来，看着她："好。"

他怕自己会唐突了小姑娘，跟她之间保持着一段距离，没有碰她的被子。

沈半夏把被子往他那边拉，盖住他，自己往他怀里蹭，直到脸颊贴着他的胸膛，她找了个舒服的位置，闭上眼睛。

"段融，我会不会把感冒传染给你？"

"不会。"

段融伸手抱住她，指腹在她耳边刮着："你好好睡，明天我给你做好吃的。"

沈半夏笑了笑，在他怀里很快睡着，咳嗽声变少。

段融借着柔和的灯光看她。

认识沈半夏的时候，她还是小孩子一个。不管她长到多大，他始终比她大了七八岁，他现在却整天想着要怎么得到她。

怪不得易石青和杜子腾那些人骂他禽兽，他确实是个禽兽。

可就算是当禽兽也没办法了，他真正把她抱在怀里后，发现自己完全无法承受失去她的后果，就算是想一想都不行。

沈半夏已经熟睡了，睡前吃的药起了作用，她没再怎么咳，烧也开始退下去。

段融想到她睡得迷蒙时,问他的那句话。
"你以后还会走吗?"

他曾经把她丢在一场大雨里,从此她总会害怕再也等不到他。
段融艰涩地滚了滚喉结。他关掉床头的壁灯,在一片黑暗中把沈半夏往怀里揽了揽,唇贴着她耳边低语。
"哥哥不会再走了,会一辈子在你身边。"

"别怕。"
"往前走,哥哥会在后面保护你。"

- 下册 -

南也暮

话眠 / 著

江苏凤凰文艺出版社

有爱的青春陪伴者

第十一章
不管她骗我多少，我都心甘情愿给她

RONGXIA

沈半夏能迷迷糊糊地记得昨晚是自己让段融跟她一起睡的，但那时候她病得昏沉，脑子不是很清醒。所以当她睁开眼睛，看到了躺在她身边的段融后，她不可避免地吓了一跳，紧接着开始想自己要怎么从现在的状况中脱身。

她决定先逃，不然等他醒过来，两个人大眼瞪小眼会更尴尬。

她小心翼翼地拿开段融横在她腰间的胳膊，正要从被子里钻出来爬下床，腰却被人圈住。段融略一使力把她带了回去，翻身压着她："跑什么？"

他刚睡醒，说话时带着点儿哑意，手撑在她身体两侧没有压到她。他头一低，额头碰到了她的额头，过了好几秒才移开。

"好像不烧了。"

段融下床，拿了支体温计给她测了下，上面显示36.8℃，确实已经退烧。

"嗓子还疼不疼？"他问。

沈半夏摇摇头，从床上坐起来。脑袋不再发沉，感冒已经好了大半。

之前她总要拖拖拉拉地忍七天或是更久，感冒才会好，没想到这次才一天过去就已经好得差不多了。

段融把体温计放回去，问她："饿不饿？想吃什么？"

沈半夏昨天没怎么吃东西，如今病好，嘴馋起来。

"灌汤小笼包，"她说，"还有南瓜粥。"

"我去买，等我回来。"

段融下了楼，换了衣服出门。沈半夏跑到阳台边，看到他的车从院子里开出去。

仔细回忆一遍刚才他看她的表情，莫名觉得他有哪些地方变了，变得温柔了很多。看着她时，眼神里有种浓稠得几乎能被称为情愫的东西。

沈半夏好好洗了个澡，找了件衣服穿。去照镜子的时候，一眼看见颈窝里落了几枚火红的吻痕。

段融很快回来,沈半夏从楼上跑下去,头发没有扎,脖子里靠近锁骨的地方贴了两个创可贴,此地无银地遮着吻痕。

之前在段融的车里,她整个肩膀露出来的地方全被他啃了一遍。事情发生得太快太混乱,她甚至都不敢回忆那天的事。

头发往前拨,尽量遮盖着贴了创可贴的地方,段融的眼神还是落了过来。

她把头发往前拨得更多,坐在餐桌前默默吃早餐,拿筷子挑破薄薄的包子皮,拿勺子接着漏出来的汤汁。

段融坐在她旁边的位置。

印象里,从她有一次把脚踢到了对面他的腿上,龇牙咧嘴地喊疼后,每次吃饭,段融都会坐在她旁边。

手机突然响起,沈半夏看了眼,来电人是姑妈。

她很害怕接到姑妈的电话,每次接到基本都有不好的事,看到这串号码时,心里会"咯噔"一下。

担心会被段融看出异样,她迅速起身,拿着手机跑去楼上,关上门接电话:"喂,姑妈。"

这次沈莹告诉她的是一个好消息。

"半夏,有医生说能治好你爸的病,你爸有希望能醒过来!"

楼下,段融看着沈半夏离开的背影。

下一秒,他接到了崔山的电话。

"段总,史蒂夫医生已经找到了,只是……"

崔山吞吞吐吐,段融蹙眉:"有话就说。"

"可是……有人先一步把他请了过来,"崔山艰难道,"现在史蒂夫医生估计已经去医院了,他很有可能会跟沈半夏要一笔天价手术费。"

段融眼中闪过一抹寒光。

史蒂夫医生是国际上有名的外科圣手,号称能把死人救活,手下苏醒的病例很多。名声很响,普通人根本请不起他做手术。

在听到对方要价两百万手术费后,沈半夏刚萌芽的希望快被一场飓风扑灭。她摇摇晃晃地靠着墙,勉力支撑住自己,花时间消化这个消息。

姑妈沈莹握住她的手:"半夏,现在我们只有两条路——要不就放弃,好好给你爸办场后事,从此以后你好好地生活。要不……"

沈莹顿了顿,知道接下来说的话不道德,可还是咬咬牙说了出来:"要不你就去段融那里拿钱。两百万对他来说是一笔小数目,他随随便便送你一样东西都能值这么多钱。你想想办法,从他手里拿到两百万,你爸爸就有醒过来的希望了。

"半夏,现在你只有这两条路可以走,必须选一条。"

沈半夏喝了很多酒。

她打开手机,看段融的朋友圈里唯一的那条动态。下面仍旧有人在评论,夸他和她天作之合,门当户对。

哪里来的门当户对,段融坦坦荡荡,不管是落魄的时候还是现在,都始终堂堂正正,可沈半夏却在通往卑鄙的路上一去不返。

她根本就没有资格跟段融在一起。

天一点点暗下来,酒不知道喝了多少瓶,而桌上的菜没有动过多少。餐厅里有男生不停往沈半夏这边看,脑袋凑在一起商量着把她弄进酒店去。

老板娘听见那些人的话,不放心地朝沈半夏走过去,拍拍她:"小姑娘,有没有朋友能来接你啊?"

沈半夏醉醺醺地摇头。段融不知道第几次给她打来电话,她依旧摁掉,手机扔在一边。

段融再次打过来,老板娘赶在她前面把手机拿了起来,接通:"您好,请问您是机主的朋友吗?她现在在我店里喝醉了,您能过来接她吗?我把地址发过去。"

段融清冽低沉的声音传过来,带了不易察觉的慌:"我现在去,麻烦您帮我照看下她。"

"好的好的,您放心。"

店里几个穿紧身衣、戴金链子、文花臂的男生始终没有走,嘴里说些不干不净的话。

"那女孩绝了,我第一次看见这么漂亮的。"

"长得也太纯了,带劲。"

几个男人站起来朝沈半夏这边走,老板娘见势不好叫了员工过去拦。

店里乱成一片,其中一个男人走到沈半夏身边,手要去摸她的脸。沈半夏醒了过来,躲开他从椅子里站起来,警惕地看着这帮流氓,拿了包要走。

"小妹妹,走什么呀。"

那男人过来拦她,手就要碰到她的肩膀,整条胳膊被人猛地扭到后背。骨头"咔嗒"一声断裂,他疼得如杀猪一样号起来。

段融还不解气,朝他心口狠踹了一脚。

男人的同伴赶紧过去把人接住。

段融掀起眼皮,利刃般的目光冷冷地扫过去。那些男人被吓得往后退了退,过了两秒重新攒足了勇气冲过来。

沈半夏抱着包站在一边,被醉意染过的眼睛迷蒙地看着前方。段融又在跟人打架了,他为什么又在跟人打架,不是好不容易脱离了过去那种生活了吗,为什么这世上的浑蛋还是不肯放过他!

沈半夏想得眼睛发红,一片朦胧中看到段融一个人把对方五六个人揍翻一地。他拎着其中一人的衣领发狠地往墙上摔,烙铁一般的拳头朝人脸上砸。

店里一地狼藉,警察很快过来,其中有那位跟段融有几分交情的周警官。

几个男人都被段融揍得鼻青脸肿,周警官十分为难,忍不住说了几句:"你怎么又跟人动手……"

段融仍是窝着气。

他走到刚才要碰沈半夏的男人面前,那男人已经被打得满脸血,躺在地上站不起来了。

段融半蹲下去,鹰隼般极冷的眸子直盯着他:"还想摸她吗?"

男人吓得如一条丧家犬,忍着疼往后爬。

"敢摸我的女人,活腻了是吧!"

段融还要动手,周警官过来费了老大力气把他拉开:"行了,段融,你赶紧带她回去吧,她还醉着呢。刚我确认过了,这几个人经常犯事,有案底的,今天他们耍流氓这事儿,我保证给小姑娘一个交代,行吗?"

段融烦得想抽烟,可口袋里什么都没有,他早就把烟全扔了,没有再买过的。

沈半夏还在一边站着,他伸手将她拉过来,拢进怀里,手在她头发上安抚性地揉了揉。

段融身上带了股浓重的戾气,而拢着沈半夏的动作却温柔,小心地把她从地上托抱起来,全程像抱小孩一样抱到了他的车上。

沈半夏并没有清醒,脑袋耷拉着,头发从肩膀上滑落,遮在脸颊两边。

段融探过身给她系安全带。车里亮着灯,她看到了段融的右手指节上有血,是打人的时候刮破了皮。

她心里疼了下,又苦又涩的情绪涌上来,对自己的责备更多。想问他疼不疼,又觉得她这样的人没有资格。

回了家,段融把她抱回房间。她一身的酒气,醉得连眼睛都睁不开。

段融把她放在床上,手指摸索到她衣服上的扣子,稍一用力解开。

"帮你洗澡?"他贴着她耳际问,声音低得不行。

沈半夏感觉到了他身上的滚烫,把他的手按下去,扭头不看他。

要开始了,演一场戏,骗他的钱。

沈半夏深吸一口气,缓缓呼出去,眼里掉出两颗豆大的泪来,看起来委屈得不行。就连她自己都分不清,她到底是在演戏,还是为在演戏的自己所不齿,

318

所以才会哭。

身体贴着床滑下去,她无助地坐在地板上,双手抱着膝盖,头往下埋:"你……你一点儿都不疼我。"

演得多么逼真,她完全无法直视现在这样的自己,心里一阵阵涌出对自己的失望。她想光明磊落地活着,但她被生活逼到了阴暗的角落。

她觉得自己肯定成功骗过了段融,因为下一秒,段融的气息贴过来,顺着她的意思往下问:"怎么不疼你?"

一切都在既定轨道上,沈半夏深深闭了闭眼,再睁开的时候,眼泪掉得更多。头抬起来,可怜兮兮地看着他:"我想要那个戒指,你都不给我买。"

段融已经知道她想要做什么。

他的目光始终沉静、温柔,带着无底线的纵容:"哪个戒指?"

"就是那个……鸽子蛋,"沈半夏拿手比画了一下,心中的自厌越多,眼泪掉得就越多,"在避暑山庄里见过的,你不疼我,都不给我买。"

"喜欢那个?"段融近乎宠溺地笑了下,把她脸上的眼泪全擦干净,"你喜欢我就给你买。"

他把沈半夏抱进怀里,还带着血的手揉着她后脑勺:"你想要什么,我都会给你。"

"哥哥会一辈子疼你。"

沈半夏哭得太累,没有听见他后面的话,趴在他肩膀上睡着了,手指始终紧紧抓着他的衣角,极没有安全感的样子。

段融把她抱去盥洗间,放在洗手台沿,开始给她解针织开衫上的第二颗扣子。解到中途停下来,他在浴室明亮的灯光下,撑着台沿看她。她刚成年不久,一张脸纯得让人不忍亵渎。虽然总是装出一副大大咧咧涉世已深的样子,可被他亲一下她就紧张得不行,脸红得像一颗熟透了的水蜜桃。

"算了。"段融把她抱回去,搁回床上,虽然知道她不会回答,还是问,"明天再洗好不好?"

他把她脸上的泪痕擦干净:"哥哥还不想趁人之危。"

从沈半夏的房间出来,段融拿出手机,点了接听,放在耳边。

任中卫的声音从听筒里传来:"她找你要钱了吧。"

说完,他虚弱地咳了几声,咳过以后声音里带了胸有成竹的笑:"我早跟你说过,她根本不是个好人,从来就没有真心喜欢过你,之所以接近你就是为了你的钱而已。说白了她就是靠着自己长得漂亮,不自量力地想勾引你。"

暗沉的眼里寒光闪过,段融往楼下走:"史蒂夫医生是你请过来的?"

"是。你别以为你能瞒着我给她找医生,别忘了,你现在所拥有的一切都是我安排的,没有我,段向德根本就不可能认你,你现在还不知道在哪里吃苦受罪呢。你要还有点儿良心就跟沈半夏分手,去找万珂和好,不然你那些秘密,我会找时间告诉段向德。"

段融万分不屑地笑了声,坐进沙发里,随手拿起茶几上的口香糖拆开两片,填进嘴里,脸颊一下下缓缓地动,靠糖缓解烟瘾:"那你就去,你不让我好过,你信不信你也好过不到哪儿去。"

任中卫没想到他会这么跟长辈说话,气得猛咳了几声。

"还有,"段融说,"有件事请你搞清楚,我跟万珂从来没有好过,要怎么和好?"

任中卫怒喝:"你脑子是不是不清楚?万珂才是最适合你的,沈半夏她算什么,她就是个骗子!今天她能骗你两百万,谁又知道她明天会骗你多少。"

"不管她骗我多少,我都心甘情愿给她。"段融背靠进沙发,一只胳膊往后搭着,唇角浮起张狂不羁的笑,"我现在最不缺的就是钱。"

睡醒时已经日上三竿,屋子里窗帘都拉着,光线昏暗。

沈半夏起床,她身上仍旧穿着昨天的衣服,段融并没有真像他说的那样给她洗澡,只是把她衣服上的扣子解开了两颗。

她揉了揉宿醉的头,趿着拖鞋进了浴室。

脱衣服的时候,她看到了左手无名指上一个亮闪闪的东西。

一枚粉色的,九克拉的钻戒。

她昨晚抛弃了自尊、体面跟段融要这枚价值百万的钻戒,想到了他会给,没想到他的动作会这么快,只是一夜而已他就把东西弄到手,戴在了她手上。

热水冲刷下来,沈半夏洗了半个小时,仍觉得洗脱不掉身上的罪恶。

戴着戒指的手有千斤重,抬不起来,她一眼都不敢再看,摘下来放进戒指盒。

她并没有好的渠道能把戒指卖出去,找了米莉帮忙。

米莉盯着戒指盒里的粉钻看直了眼睛,爱惜地伸出手指碰了碰。

"太美了,我要是能有这枚戒指,让我减寿十年我都愿意。"米莉一脸艳羡地看沈半夏,"段融对你也太好了吧,你上辈子是做了多少好事啊,这辈子能有这么个男人宠着。"

沈半夏:"你帮我找找人,把戒指卖了吧。"

"人我倒是能找着,可段融要是问起来你的戒指怎么不见了,你怎么解释?"

沈半夏垂眸,看着自己空空如也的左手无名指:"到时候再说吧,我现在真的很需要钱。"

"没问题，东西交给我，我很快就能给你卖个好价钱。"米莉把戒指装进包，"你等我的好消息。"

几天后，沈半夏收到了一笔七百二十万的转账，米莉确实把戒指卖出了一个绝好的价钱，完全能付得起父亲的手术费。

沈半夏去见了史蒂夫医生，跟他约定好了手术时间。史蒂夫医生检查过沈文海的身体状况，事先跟她说清楚，他只有六成把握能让病人苏醒，如果情况不理想，沈文海很有可能会死在手术台上，她必须做好心理准备。

沈半夏看了看病床上的父亲，与其一天天地躺着，不如赌一把。

见过医生，她从医院离开。

卡里还有五百二十万余额，沈半夏在人来人往的大街上走走停停，没脸再去找段融，想来想去，给严琴发了条消息：我能见您一面吗？

严琴请她在一家咖啡馆见面，开门见山："什么事，说吧。"

"我能不能提前中止合同？"沈半夏问。

"为什么？"

"也没什么，我就是不想再骗他了。"

严琴淡淡一笑，端起咖啡抿了口，放下："段融那条朋友圈我看见了，他好像真的很喜欢你。"

沈半夏没说什么，低着头，目光落在左手无名指上。

"我之前说希望你能让段融喜欢你，其实说这话的时候，我心里一点儿底都没有。"

严琴温婉地笑："我虽然不是看着段融长大的，这几年也多少了解他，他可不是一个能轻易付出真心的人。喜欢他的女生从来都没有断过，坏女人是有不少，好女人难道就没有吗？可他谁都看不上。我本来还以为他是因为喜欢万珂，放不下万珂才会这么绝情。现在想想，其实是我错了，就照他这脾气，他要是真的喜欢万珂，他是会去找她的，可他一次都没有去过。"

咖啡馆很安静，咖啡的香气浓郁。沈半夏很长时间没有说话，表情很淡，沉默地听着严琴的话。

"看到那条朋友圈我才知道，段融要是真的喜欢谁，是会忍不住炫耀的，会迫不及待地把人介绍给他所有的社交圈认识，宣告他的所有权。半夏，你确实是个很聪明的女孩，我没有看错你，你用了不到半年的时间就让段融喜欢上了你。虽我不知道他喜欢你到了什么程度，会喜欢你多久，起码他现在是很喜欢你的，你忍心离开他吗？"

沈半夏攥了攥手心："可我真的不想再骗他了。"

"比起骗他，你觉得就这么一声不吭地走掉，对他的伤害就不大吗？"

沈半夏脑子很乱，不知道该怎么办。

"对了，我还没有问你，"严琴说，"你对段融从来就没有一点儿感情吗？自始至终只是把他看成一份工作？"

沈半夏仍是不回答。严琴叹口气："那我不问了。你如果实在不想见他，我可以想办法让你搬回康芸的房子，等到了明年夏天，你就能彻底摆脱他了。只剩几个月了，时间过得很快的，一眨眼的工夫就没了，相信你不会觉得太煎熬。"

最热的时候已经过去，天气一天天凉起来，路边银杏树的叶子变黄。

天色越暗，沈半夏越不知道自己接下来该去哪儿，最后索性回了自己租的公寓。

一开门，房间里的灰尘气扑面而来。

她把头发扎起来，花了两个小时做大扫除，把角角落落都擦干净。

客厅里没有沙发，显得空荡，卧室里的床也还坏着。

生活还是这么狼藉。

段融给她发了微信，问她在哪儿，电话也打了好几个，她都没理。

晚上接到了米莉的电话，米莉约她去迷路喝酒，说那里有超级好看的大帅哥。

沈半夏去了。

到那儿以后，一眼看到了在吧台边的段融。他往后闲闲地靠着，胳膊肘搭在吧台边沿，垂下的手里拿着一杯酒，杯子里的冰块轻碰杯壁。

昏暗混乱的灯光下，他一张鬼斧神工的脸俊朗得不真实，侧脸线条冷厉而分明。

他身边围了两三个姑娘，其中一个是米莉。在看到有姑娘妄图伸出咸猪手朝段融身上招呼的时候，米莉像保镖一样把那女生挡开，中气十足地说："这位是我妹夫，你们要敢绿我妹，明天我绿你们全家！"

一片嘈杂里，段融抬起头，目光准确无误地罩住沈半夏，头朝这边斜了斜，示意她过来。

沈半夏不好这个时候扭头就走，只能朝他过去。

米莉眼睛一亮，赶紧把她拉过来："等你好久了，你怎么现在才来？"

"从刚才接到你电话到现在只有三十分钟。"

"三十分钟还不长啊？"米莉夸张地说，"你再不来，你男人要被妖精吃了好吧。"

沈半夏闹别扭似的："谁爱吃谁吃。"

段融轻飘飘地朝她看过来，喉咙里极轻地笑了声。

沈半夏忽略他的眼神，问米莉："你让我看的帅哥就是他？他让你叫我来的？"

"是啊，他找不到你，就找到我这儿来了。"米莉朝段融看一眼，他正抬起手喝杯子里的酒，下颌线条拉扯得越发凌厉清晰，随着吞咽的动作喉结上下滚动，带着欲感。

"你男人绝了！"米莉说，"这样的你都忍心不理，你疯了吧。到底为什么不理他？"

沈半夏说不上来，米莉点点她的脑袋："不要犯傻了好不好，他对你多好啊，刚才联系不到你人，他特地过来找我，还主动加了我微信。我现在是段融的微信好友哎，他可是段融啊，我出去吹牛都没人能信我。这个妹夫我认定了，你好好把他给我拴牢了，不能放他走，听见没？"

沈半夏偷偷看了眼段融，他正跟认识的一个男人说话，没有注意这边。

"你是不是忘了我是假千金，"沈半夏压低声音，"我怎么把他拴牢？"

"可他还是很喜欢你啊，朋友圈里唯一一条动态就是把你昭告天下。这完全就不像他的风格好吗。还有，你跟他要'鸽子蛋'，他二话不说就给你买回来了，这得多宠你啊。"

"那……那是因为这点儿钱对他来说根本就不算什么。"

"可一个男人要是不喜欢你，不管他多有钱，都懒得在你身上花一分钱。"

"可是，"沈半夏继续找借口，"就算他对我有点儿意思，或许是因为他把我当成康家千金，是我这种身份给我加了分而已。一旦他知道了事实，应该就不会喜欢我了。"

"真的吗？"米莉怪腔怪调地说，"那我们就看看喽，看他一旦知道你不是名门贵女，就是个普通人，还会不会像现在这样喜欢你。"

沈半夏没什么自信，觉得答案或许是否定的。真相被拆穿后，段融不讨厌她，她就已经觉得走运了。

去了趟卫生间，洗手时听到隔间里有两个女生在大声讲话，话题内容是段融。

她们抱怨段融不解风情，明明一副游戏人间的浪荡公子哥秉性，可对她们三番五次的暗示完全当看不见，不给人一点儿机会，反倒是一看见沈半夏从外面进来，眼神立刻就变了，从索然无味变成了猎人看见猎物时势在必得的兴味。

"早知道他喜欢这样的，我就不化这么浓的妆了，搞得我跟沈半夏一比好像老了十岁一样。"其中一个女生对着隔板问同伴，"你有没有卸妆水，我把妆卸了。"

"拜托你搞清楚好不好，他哪是喜欢素颜啊？他是喜欢素颜还漂亮的行吗。咱们这种的卸完妆，更得被沈半夏比下去了。"

"真搞不懂，之前不是所有人都说段融喜欢万珂那种艳光四射的类型吗？什么时候换口味了？"

"换不换口味不重要,重要的是沈半夏有手段啊。看她那样子就知道她有多会装纯了,男人最吃这一套。跟万珂比起来,沈半夏这种才更有心机。万珂的坏都在表面上,可沈半夏是那种表面清纯无辜,其实最会耍手段的'绿茶'。"

沈半夏关掉水龙头,抽了纸巾擦手,又将纸团扔进垃圾桶。两个女生推门走出来,往外走几步看见她,脸色僵了僵。她们并没有把她当回事,视若无睹地过去洗手。

沈半夏看着她们:"两位姐姐,背后说人坏话,不怕烂舌头啊?"

个子高些的淡淡地瞥了她一眼,挤了洗手液慢条斯理地洗手:"我们说错了吗,你敢说你就没有耍过手段勾引段融?"

"就算我耍了手段勾引他,我有做错什么吗?"

两个女生扭头看她,下一秒,听到她说:"段融是我的人,我怎么勾引他关你们什么事。"

沈半夏这人看起来软弱好欺,外貌是典型的受了欺负也不会吭声的软柿子形象。乍一听她说脏话,两个女生愣了片刻,想不到她性格其实一点儿都不软。

"你以为你跟段融订了婚,段融就真是你的人了?"高个子女生笑了笑,"小妹妹,别这么天真,这年头,就是结了婚都能离婚,更何况你跟段融只是商业联姻而已。如果你不是康家的千金,你可以试试看他还会不会正眼看你。"

这句话对沈半夏有一定的杀伤力。一直以来她也在怀疑,段融会对她好,会不会跟她假扮的身份有关系。但转而又想,段融从来都不是这样的人,否则七年前他根本就不会帮她。

"不管他是因为什么才会正眼看我,"沈半夏若无其事地反击,"而你们不管怎么努力,他都绝对不会正眼看你们,这一点你们要搞清楚。你们背后说我坏话就算了,还想勾引我的男人,没人教过你们什么是礼义廉耻吗?还是你们光学礼义廉了,所以才这么无耻?"

高个子女生上来,拽住了沈半夏的衣领,看样子是想动手:"你以为你是谁,谁给你的自信让你觉得段融是你的男人!"

"我给的。"

卫生间的门被推开,段融站在门口,一只手插兜,薄薄的眼皮掀起看向高个子女生:"你有意见吗?"

他气势太强,高个子女生吓得立马退后,不敢再动沈半夏。

段融走过去,如掸灰般在沈半夏的衣领上拂了两下,帮她把衣服理好,褶皱弄平。他侧过头,目光如寒冰:"还不滚,要我请你们出去?"

两个女生赶紧拿了化妆包跑出去。卫生间里没有了其他人,段融慢悠悠地拿了个"维修中"的牌子放在门口,关上门,"咔嗒"一声反锁。

沈半夏心里紧了下,跑过去抓住门把手:"你关门干什么?"

她胳膊被攥住，背贴上门，嘴唇猝不及防被堵，属于段融身上独有的淡淡佛手柑香气袭来。

他不知道喝了多少酒，嘴里有龙舌兰的味道。这酒太烈，或许沈半夏是被酒味刺激到，身体迅速发软，怎么都推不开他，拼命打他也只像是在给他挠痒痒。

段融完全不在乎她的拒绝，任凭她在他肩上捶打，唇始终牢牢封住她的唇，舌头不费吹灰之力地往她嘴里抵。

脑后垫着他的手，腰后也有，沈半夏怎么扑腾都没有磕到门上。说不清到底什么时候才分开，她甩手又要打他，被他握住。

段融的身体压得更紧，他额头抵着她额头，说话时带了酒气的呼吸打在她脸上："你刚说我是你的人，现在就不认账了？"

"流氓！"沈半夏两眼泛红地看他，想从他身前离开，可怎么都动不了，挣出了一身汗。

段融从她口袋里把手机拿了出来，装进自己裤子口袋。

"你拿我手机干什么？"沈半夏问。

"坏了，帮你修。"

"谁说坏了？"

"没坏？"段融哼笑，"那怎么打不通？"

手机里如今正躺着他的几十通未接来电，她都心虚不敢接。

"我知道了，"她服软，"以后会接的，你把手机还我。"

"自己拿。"

沈半夏咬牙瞪他，垂眸，视线落在他的裤子口袋上。他今天穿了修身的黑色长裤，两条长腿看着就挺带劲。腰部又瘦又紧实，一点儿赘肉都没有，让人很想撩开他的衣服把手伸进去摸一把。

沈半夏被自己的想法吓了一跳，此地无银三百两地红了脸。段融眼尖地看到，手握住她的脸，拇指指腹轻蹭着，也不说话，就那么摸着她。

沈半夏想把他的手挡开，却直接被他扯进怀里搂着。

脸挨到他的胸膛，他凭借着身高优势把下巴搁在她发顶，不容拒绝地抱着她。

沈半夏在力气上根本就不是他的对手，更何况身体现在还是软的。

她表面上不高兴，其实早被他弄得心神涣散，从他吻她开始，她的心脏跳动速度就在往猝死的方向走。

手伸过去，往他左边的裤袋里掏，刚碰到手机一个角就赶紧拿出来。她仍被他搂着，他估计是喝酒太多，说话时有些醉意，声音磁性得不行："为什么不接电话？"

"没听到。"

"没听到？"段融咬着牙重复，带着威胁似的笑音。他手指拨开她耳旁的头发，低下头，毫无征兆地在她耳垂上不轻不重地咬了下。

"耳朵白长了。"他说。

左耳很痒，慢慢地全身都痒，沈半夏缩了缩肩膀，被他折磨得好烦，带着气推了他一把："你怎么这么讨厌啊。"

一句抱怨里并没有任何撒娇的性质，一分都没有，但段融还是听得酥了骨头，眼眸变深，嘴唇往下在她颈窝里咬，感受到她的瑟缩。

如愿听到她地下一句娇到不行的抱怨："你好烦人啊！"

"嗯。"他带着点儿醉意说，"还有更讨厌的，还不舍得给你看。"

沈半夏生怕有人会过来敲门，被看见就解释不清楚了，试着跟他商量："段融，我们先出去好不好？"

"没大没小。"

段融几乎是用气声在说，声音很苏，简直快把她折磨疯。

"叫声哥哥，我带你出去。"他说。

沈半夏咬着下唇，决定不跟他这个醉鬼计较，反正等明天他酒醒了，可能就记不得今天的事了。

清透的眼珠动了动，过去几秒，她小声地叫："哥哥。"

"大点儿声，"他还没完没了，"没听见。"

沈半夏深吸口气："哥哥！"

段融笑，把她抱得更紧，一只手爱惜地在她后脑处揉了揉："嗯，哥哥疼你。"

沈半夏听得脸红，被拉着离开卫生间。段融始终圈揽着她，手握着她的一边肩膀。步履稳健，看不出来他醉着。

米莉看见他们，过来刚叫了声"半夏"，段融就已经带着他的妞儿头也不回地往外走，留下一句："带走了。"

他生得高大，背影修长挺拔，气质又拽又痞。米莉短暂地犯了会儿花痴，又赶紧摇摇头，把脑子里的邪恶念头甩出去，追上沈半夏往她口袋里放了几个东西。

米莉抬起头，冲着段融一笑："妹夫，悠着点儿。多照顾照顾半夏啊，她还就是一小孩，什么都不懂的。"

沈半夏没明白米莉是什么意思，觉得她莫名其妙，前言不搭后语。段融懂了，垂眸对上沈半夏的目光，她立刻躲闪。

段融唇边浮起一丝不太能察觉的笑，搭在她肩膀处的手抬起，捏了捏她的脸。

离开音乐声快要翻天的酒吧，耳朵陡然清净下来。她肩膀处仍热着，贴着段融的手心。

沈半夏侧头看了看，突然想起来那天他因为她跟人打架，指骨上破了皮。借着路灯光能看见他手上开始结痂的伤口，她满是心疼。

段融把她的脸扳过来："怎么了？"

"我以后，再也不会一个人去喝酒了。"

她真心诚意地为自己那天的行为道歉："是我不好，害得你跟人打架。"

段融看了她一会儿，笑："你这样的人，确实不适合一个人单独去，不管是喝酒还是什么。"

沈半夏疑惑地看他，他垂首，额头极快地挨了下她的额头，低声说："长得太漂亮了，去哪儿都得出事。"

沈半夏暗暗地开心，扭过头忍了忍嘴角的笑意。

段融带着她在街上走了很久，漫无目的。一直到有情侣牵着手在街上路过，她才察觉到两个人这样相处很像是一对情侣在轧马路。

"东西给我。"段融朝她伸手。

"什么东西？"

段融目光下移，伸手从她衣服口袋里掏出了什么，给她看。

三个柠檬香型的、超薄款……避孕套。

原来米莉说的话是那个意思。

沈半夏尴尬地想把东西拿过来扔到一边的垃圾桶，段融直接将其装进口袋："没收了。"

"你拿这个干什么？"

"怕你用。"段融看她，露骨的目光从她眼睛开始，一点点往下移，看她精巧挺翘的鼻子、殷红水润的唇，继续往下，顿在她颈下一枚熟透了的草莓印上。

他刚才吻过的地方。

他的声音染了哑，低且沉："你可以用，但只能跟我用。"

夏天虽然过去，但沈半夏还是热，又热又燥。段融就是有这种能力，每次待在他身边，都能被他的声音、体温、眼神、动作，以及他这张好看到离谱的脸所迷惑，紧接着就要融化在他的掌心里。

热意从四面八方来，怎么躲都躲不掉。

就这么跟着段融回了家，位于市中心的一栋园林式独栋别墅。她不用再为公寓里空荡荡的客厅和坏掉的床而发愁，这边的房子梦幻得像童话，她的房间尤其漂亮，每一处装修和摆设都是为她精心设计过的。

只是她住不了太久，这栋房子终究会迎来真正的女主人。

沈半夏在水汽氤氲的浴室里擦干身上的水珠，拿浴巾裹住自己。湿漉漉的头发被包起来，毛巾帽里漏出来一缕碎发贴在颈窝。

视线落在左手，手指上什么都没有，被段融套上去的戒指不翼而飞。

段融明明看到了，但他一句都没有提。

面前的镜子有些模糊，沈半夏抬手抹了抹。等镜面重新清晰，抬头往里看时，悚然看到自己左颈的位置落着一枚火烧般的吻痕。

刚才段融咬这里的时候并不是很疼，谁知道她皮肤这么敏感，轻易就留了印子，还是这么明显的一枚。

睡了一晚，次日醒来第一件事就是检查。吻痕半点没消下去，看上去还更红了。

沈半夏找了创可贴盖在上面，扎好头发下楼。段融正在下面等她，眼神长久地落在她身上。

创可贴是他常用的牌子，头绳是他送的，衣服也是他买的，她浑身上下都带着属于他的痕迹，而她浑然不觉，一脸无辜地朝他走过来，身上透出来的香味让他喉间越来越渴。

沈半夏在他身边坐下，刚要去端粥碗，段融一把将人扯过来，放在腿上搂着："我喂你吃。"

沈半夏蒙蒙地看他："我又不是小孩，干什么要喂我？"

她想从他腿上爬下去，段融横在她腰间的手臂收了一把，另一只手把粥端起来，舀了一勺放在她嘴边："张嘴。"

沈半夏一边觉得奇怪，一边乖乖地张嘴把粥吃了。

段融不厌其烦地喂她，她今天胃口不是太好，吃了几口就说饱了。段融哄着劝着让她又吃了个汤包。

她的交替性暴食厌食症还是没好，段融想一步步来，反正来日方长，总有一天能把她治好。

他倒了一杯刚榨的胡萝卜蔬果汁给她："把这个喝了。"

颜色看起来很清爽，沈半夏试着喝了一口，甜甜的，并不让人讨厌。

她把蔬果汁喝光，段融拿了纸巾帮她把嘴擦干净，贴近亲了一下："乖。"

沈半夏越来越觉得，段融每天要是不亲亲她，就好像能憋死一样。

去学校上课，班里之前对沈半夏有意思的男生没有再来跟她搭讪，都知道她是段融的未婚妻，谁也不敢跟大佬抢人。

有男生讨论过她看起来这么清纯的女生，年纪也不大，段融会不会禽兽上身，迫不及待地睡了她。但今天看到她颈下欲盖弥彰的创可贴，创可贴两边还露着点儿没遮住的粉痕，班里的男生互相交流个眼神，确认段融确实能干得出这么不是人的事儿。

方朗也看到了沈半夏颈下的创可贴，知道她是在遮什么。他心里堵着气，没有跟她坐在一起听课，中午也没有叫她，直接跟朋友去了食堂。

杜子腾过来陪尚茵吃食堂，看到沈半夏后，端着餐盘朝她过来，在她对面坐下。

"小半夏，怎么一个人吃饭？"

杜子腾把餐盘里的一碗红烧肉和红烧带鱼给她："多吃点儿，不然你要是瘦了，段融该心疼了。"

尚茵不满地瞪着杜子腾。沈半夏把东西还回去，摇头，开始收拾餐盘："我吃好了，你们慢慢吃。"

她去图书馆查资料，找了个位置坐。

有人在她对面坐下，她抬头，看见了吴政。

上次吴政被送进警局，因为他毕竟没做什么，只是在街上拉扯一个女孩，没多久就被放了出来。

沈半夏下意识就想走，又想这里是学校的图书馆，周围有很多人，吴政就算再怎么胆大包天都不敢在这里骚扰她。

"你有事？"她直截了当地问。

"原来段融的未婚妻还真的是你。"

"你想怎么样？"

"我追了你这么久，你连句话都懒得跟我说，每次我来看你，你都像躲瘟疫一样躲着我。"吴政抬了抬鼻梁上的眼镜，看起来一副老实书生的样子，"原来是早就看上了段融。"

"你有话就直说。"

"没想到你野心这么大，段融这种男人都敢想。"吴政笑，"可如果他知道了你的身份是伪装的，你猜他还会不会像现在这样对你好。"

沈半夏看着他，等他接下来的话。

吴政揉了揉没有完全恢复的脸，上次被段融揍过一顿，那男人打起架来不要命，拳头比铁硬，他现在想起来都后怕。

"你想让他知道你的真实身份？"他说。

"你威胁我？"

"如果你非要这么以为，那我承认。"吴政往前趴，"如果你不跟我交往，我会去跟他好好讲讲你平时都是怎么伪装自己的。"

已经是第二个人拿她的身份威胁她，第一个是范洪博，第二个是吴政。威胁的内容不尽相同，但拿到的筹码全是她见不了光的身份。

沈半夏喉咙里泛出苦意，脸上仍旧十分冷静，还能扯动嘴角露出一个强撑出来的冷笑:"那你现在去说,你可以试试,他是信你还是信我。"

她收拾了书本离开,吴政叫住她:"半夏,我是真心喜欢你。"

他脸上恢复了点儿死乞白赖追人时的卑微:"你就真的这么讨厌我?"

"如果你不一直缠着我,我不会讨厌你。"

"可我如果不这么缠着你,你现在可能连我叫什么都忘了。"

吴政从椅子里起来,看着她:"我既然得不到你,也不会让你好过,你这辈子都别想跟段融在一起。"

一整个下午沈半夏都没把课听进去,精神始终恍惚,在想吴政是不是已经去找段融,他会怎么说?"沈半夏在骗你""她是为了钱才会跟你在一起""等拿到钱后,她会毫不犹豫地离开你""这种女生你还愿意跟她在一起"……

沈半夏猛地闭眼,脑子疼得要炸开。她捂了捂头,脑袋埋进胳膊,直到被老师叫到名字,站起来回答问题。

根本不知道问题是什么,她在众人视线中站着,一个字都说不出来。老师让她坐下,提醒了一句:"好好听课啊。"

方朗放心不下,给她发了条微信:你怎么了,身体不舒服?

沈半夏回了"没事"。几节课很快结束,时间还早,她不敢回家,看到微信图标亮起来,过了半天才深呼口气点开。

确实是段融发来的消息,内容并不是如她所想的那样在质问她。

段融:我让张叔接你回家,晚餐葛嫂会准备,不用等我,你先吃。

听他话里的意思,吴政应该并没有去找他乱说什么。

沈半夏放了点儿心,收拾书包离开教室。

段融懒洋洋地发完了消息,将手机往前扔,在茶几上滑了一段停下。他端起桌上的咖啡喝了口,放下,抬眼:"说吧,什么事。"

对面坐着吴政,他确实不只是在吓唬沈半夏,从学校离开后,他就守在天晟集团总部门口,一直等到天快黑时才看到段融被一群人簇拥着出来。

他拿沈半夏的名字换来了一次谈话机会,但他心里没底,段融这人城府太深,让人看不透,明知道他找过来准没好事,却还是好整以暇地等着他开口。

"上次的事其实是个误会。"吴政惹不起他,先为自己之前的行为开脱,"其实我跟半夏是朋友,见她大晚上的一个人在路上,就找她说了几句话,想送她回家,谁知道她误会了我想对她做什么,就开始跑。我根本不是那样的人,她把我想得太坏了。"

段融倚着沙发跷着腿,不动声色地看着吴政,黑沉的眼睛里不带一丝情绪,一副洗耳恭听他还能说什么的样子。

吴政咬咬牙,既然他追不到沈半夏,那他就要把沈半夏毁了。只要段融知道了事情的真相,一定不会再把沈半夏留在身边。

"我跟半夏是在平忧律师事务所认识的,沈半夏在那里上班,是那里的一个普通职工。她好像很缺钱,平时除了上班还会接一些别的杂活,帮人解决些难题什么的。我刚好有件事很棘手,之前我交过一个女朋友,结果我爸妈对我女朋友不满意,非让我们分手。我就找到了沈半夏,让她替我想个办法。

　　"结果沈半夏想了个阴招,她假扮成我新交的女朋友去家里见我爸妈,还专挑过年前夜亲戚朋友全来我家做客的那个时候,当着所有人的面把家里搞得鸡飞狗跳,故意找碴儿跟我爸妈大吵一架,甚至还差点儿对两个老人家动手。

　　"我爸妈都是体面人,从来没有丢过这么大的脸,当天就让我跟沈半夏分手。只要跟她分手,不管我再去找谁,他们都没有意见。

　　"沈半夏这个人看起来清纯无辜,但其实很可怕,为了达成目的,她什么戏都演,什么假话都说。那么小的年纪她就练就了一身撒谎骗人的本事,说假话从来都不会眨眼。

　　"她其实根本就不是康宏升的外孙女,她就是个普通人,甚至连普通人都不如。她家里条件很不好,不然她不会这么着急出来找工作,除非她特别缺钱。为了钱她肯定什么事都做过了,仗着自己长得漂亮不知道骗过多少男人。这么小的年纪就不学好,实在太可怕了。像这样一个人,段总还要把她留在身边吗?"

　　段融全程面不改色,只在他说到最后时,眸色沉了些,危险地抬起眼皮看他。

　　段融下巴微抬,寒冰般的目光直视着吴政:"你给我解释解释,什么叫为了钱她什么事都做过了?要说就好好说,少跟我含沙射影。"

　　吴政被他的眼神吓到,踟蹰了会儿说:"一个女生挣钱最快的办法不就那几个,不用我说段总应该也明白。"

　　段融冷冷地挑起唇角笑,架在左膝上的腿收回去,脚放地上,身体前倾,胳膊肘搭在腿上:"第一,沈半夏是什么身份我早一清二楚,我知道她不是康家的千金,也知道她来找我是受人所托,为了钱才会接近我。是我纵容她来骗我的,"段融的语气陡然转冷,"我都没说什么,你又来放什么狗屁!"

　　吴政脸色大变,一时没有消化段融话里的意思,眼里满是不可思议。

　　段融继续道:"第二,她接了你的单子替你去说服两位老人家,帮了你的忙,你不感激就算了还说她会演戏会撒谎,你脑子是被驴踢了,不然怎么会说出这种话?

　　"第三,她没偷过没抢过,从没做过一件伤天害理的事,你有什么资格诋毁她。你说她仗着自己长得漂亮不知道骗过多少男人,怎么,你看见她骗了?

　　"你家里条件算不差吧,父母都是高知,把你培养成了多所名校的挂名教授,每天什么事情都不干就能有大笔的钱。如果她真能意识到她的漂亮就是挣钱的利器，你至于到现在还跟条狗一样，不管怎么吠都追不到她吗？"

吴政被骂得脸上挂不住，气势被段融牢牢压制着，一句话都不敢接。

"第四，沈半夏是我的女人，这辈子都是，不管她对我是真心还是假意，我都要定她了。我脾气不好，尤其见不得自己女人受委屈，你怎么敢在我面前诋毁她？"

吴政彻底坐不住了，顶着一头冷汗从沙发里起身，差点没给段融跪下去："段总、段总我知道错了。"

段融重新靠进沙发，两条胳膊往后搭，目光阴冷又沉："上次你骚扰她的事我还没找你算账，你倒自己送上门来了。刚好，省得我跑一趟。你如果还想在圈子里混下去，以后就识相点儿再也别在半夏面前出现，就算是无意撞见也要记得赶紧给我滚出两公里远。如果再被我发现你死性不改，纠缠我的女人，我会让你知道'悔不当初'这四个字是怎么写的。"

吴政知道段融有这样的手段，这几年里凡是惹过段融的人没有一个有好下场，一直到现在都跟丧家犬一样四处躲，不敢在社会上露头。吴政还有大好的前程，不能因为得罪了他而葬送。

"我知道了，我以后一定不会再缠着半夏。"

"'半夏'不是你叫的，"段融掀起眼皮，侧脸线条寒得像一把利刃，"你应该有她的联系方式，告诉她，你以后会在她面前彻底消失，让她放心。还有，今天你跟我说的话，我不希望有一个字进她耳朵里。"

吴政忍着屈辱答应下来。

段融拨通公司内线，叫来崔山，淡声吩咐："送客。"

崔山很快过来，伸手往外示意："吴先生，请吧。"

吴政脸色很难看，刚要往外走，被段融叫住："等等。"

吴政回过头，脸上猝不及防地被狠打了一拳。他被打得站都站不住，往一侧摔了过去。

段融慢条斯理地抽了几张纸巾擦手，居高临下地睥睨着他，看他的目光如在看一条狗："以后嘴巴给我放干净点儿，再敢拿话编排她，我见你一次打一次。"

沈半夏回到家，家里的保姆葛梅刚把饭准备好，笑着招呼她："半夏，快来吃饭。"

葛梅手艺很好，又知道沈半夏的口味，做的菜全是她爱吃的。

多年前她曾经见过葛梅。段融的舅舅为了设计师的梦想经常到处跑去学习，家里只剩了段融一个。葛梅是段融的邻居，见他没人照顾，三不五时会请他去家里吃饭，是那时候为数不多对段融释放过善意的人。

葛梅有个儿子，养到五岁那年被查出患了白血病。葛梅和丈夫变卖了家里所有财产给儿子治病。当时段融已经回到了段家，羽翼渐丰，知道这件事后替他们揽下所有医药费，请来了不少医生去会诊，结果人还是只撑了半年就走了。

葛梅那段时间天天哭，一双眼睛都要哭瞎，好几次想跟儿子一起走，被丈夫拼死拦住。

生活真是过得一塌糊涂，直到不久以后段融找过来，请他们去家里做帮佣，夫妻两个的生活才好起来。

段融这人看起来冷漠，没什么人情味。但对曾经帮助过他的人，他给予了千百倍的回报。

段融从来不说自己有多么的好，外人不了解他，一直认为他心狠手辣，寡廉少耻，为达目的不择手段。很少有人知道，他一直有在回报这个社会上曾对他有恩的人。

葛梅把一道刚做好的排骨炖萝卜端过来，汤汁很鲜，味道清爽，里面并没有沈半夏讨厌的萝卜，全被葛梅挑出来了。

沈半夏觉得奇怪，她从没有跟葛梅说过不爱吃萝卜这件事。

"阿姨，这里面怎么没有萝卜？"她问。

葛梅笑了笑："段融跟我说过，你可以接受用萝卜来调味，但是不喜欢吃萝卜，让我记得做好菜后把萝卜都挑出去。"

沈半夏不记得自己有跟段融提起过这件事。

她喝了几口汤，手机响了声，工作用的微信号上收到一条消息。

最近她没有去律所工作，除了Z不会有人在这个号上联系她，她满心欢喜地以为是Z找她聊天，可打开后发现消息是吴政发过来的。

吴政：半夏，对不起，我为我以前纠缠你的行为道歉，保证以后再也不会缠着你。另外，关于你的事我也不会去找段融说，请你放心。以后我们算是井水不犯河水，我不会再打搅你的生活了。

没想到他会转变得这么快，白天还信誓旦旦地说要去找段融拆穿她的身份，这才多久，竟然会主动找她道歉。

沈半夏问他是不是在演戏，结果消息发出去，显示对方已经把她删除了。

明确地要跟她"井水不犯河水"的意思。沈半夏暗暗松口气，顺带觉得胃口也好了。

葛梅来送饭后甜点，盯着她一双大眼睛看了会儿，越看越觉得她眼熟。

"哎哟，眼睛真的好漂亮！"葛梅忍不住说，"我记得好几年前，我见过一个小女孩，眼睛跟你一样漂亮，又大又亮，像小鹿一样。"

沈半夏预感到她说的是谁，心虚地埋头喝了口汤："是吗？"

"是呀，我还记得那女孩不爱说话，听说是因为在学校总被人排挤才这样的,也太可怜了。段融那时候总会送她回家,默默看着她安全到家才会走。她经常会戴口罩,露出的两只眼睛特别好看,就像你这样好看。"

葛梅叹口气:"不知道那女孩后来过得好不好。她那年还很小,算算时间,现在应该跟你一样大了。"

沈半夏更心虚,不敢再接话茬。

葛梅收拾好东西离开,别墅里变得很安静。沈半夏做完一套试题,脑子很累,回房间洗了个澡,穿上睡衣。

一本《兄弟》看完,哭得脑袋钝疼,她决定要换换心情,下楼找了部看了很多遍的喜剧电影,窝在沙发里看。

段融很晚才回来,客厅里没开灯,只有偌大一面墙上在闪着光。电影正播放到经典的搞笑画面,可沈半夏已经睡着了,小小一团蜷缩在沙发里,白净的脸被光影晃得通透。

段融过来要抱她上楼去睡,她睁开惺忪的睡眼往屏幕上看了看,挣扎着坐起来,带着困意含糊地说:"我还没看完呢。"

段融收回手,脱了外套放在一边,领带扯下来,衬衫解开最上面一颗扣子,默不作声地在她身边坐下。

两个人中间隔着二十厘米的距离,沈半夏怀里抱着懒羊羊抱枕,身上纯白色的睡裙往外铺展,挨着段融的裤边。

好几处电影情节荒诞可笑,沈半夏跟着"咯咯"地笑,一双清澈温柔的眼睛被光影照得很亮,里面好似藏着星星。

距离结束只有十分钟的时候,她再次睡了过去,脑袋往下滑,碰到了段融的肩膀。

段融顺手揽住她,目光仍旧放在正前方的幕墙上。一直到电影结束,开始滚动片尾字幕,光线更加昏暗,他从裤子口袋里摸出一个墨蓝色的戒指盒,单手打开。

里面装着一枚闪烁着细碎光点的九克拉粉钻,被她卖掉的那枚,兜转一圈又回到了他手里。

段融把戒指拿出来,拉起沈半夏的左手帮她戴在无名指上。尺寸大小刚好合适,是为她量身定做的。她手指细瘦,皮肤白,一枚闪着光的粉钻戴在她指间,漂亮得让人不忍心碰。

脑海中回忆起吴政的话,她在平忧律师事务所工作了有一年,是从刚考上大学后就出去找工作,为了能好好生活下去不知道吃过多少苦。

一个小姑娘,没有了母亲,父亲整天躺在医院里,需要高额医药费才能勉强维持一条命。姑妈整天劝她算了吧,不值得,她说就算是花光家里最后一分钱,也要让父亲活着,哪怕多活一秒都好。父亲只要还有一口气在,她就不是孤儿,她就还有亲人。

段融深吸口气,吐出来,侧低头看她。她睫毛垂着,睡姿安静,呼吸平缓均匀。

她平日里在别人面前总是一副开朗乐观的样子,可她骨子里其实悲观又厌世,段融感觉得出来。

可是还好,以后日子还长,他总能把她治好。

段融把她抱起来,一步步地朝楼上走,将她放在床上。她翻个身,嘴唇无意识地嚅动了两下,睡得很香的样子。

段融看着她,指腹在她脸上摩挲,声音低哑地跟她说悄悄话:

"以后你不用那么辛苦。

"哥哥会挣很多很多钱,挣到的都给你,会把世上所有美好的东西都买来送给你。

"你只要好好待在我身边就行。"

次日,沈半夏醒来,发现自己的无名指上被人戴了枚戒指。

并不像之前那枚粉钻一样大得惊人,她手上的这枚是总重差不多三克拉的白钻,切割精美的白钻外缠着半圈柳叶形以碎钻点缀的藤蔓图案,很有设计感,钻石大小不会太夸张,平常可以戴。

沈半夏把戒指摘下来,放进床头柜上的戒指盒。等下了楼,她把东西推到段融面前。

段融看她一眼,没有接,自顾自往烤好的吐司上抹黄油,抹好后放在她面前的盘子里:"怎么?"

"这个是你送的吧?"她说,"你收回去,我不要这个。"

"嫌小?"

"什么啊。"沈半夏把吐司拿起来咬一口,"无功不受禄,你干吗总送我东西,我会过意不去的。"

"谁让你过意不去了。"

段融把戒指拿出来,硬是给她套上去。一个明明很暧昧的动作被他做得无比自然,好像他和她早就发展到了可以互戴戒指的地步。

"老实戴着,别摘。"段融语气霸道,不给人反驳的机会。

沈半夏的手指动了动,埋头吃了会儿东西,最后小声地说:"干吗非要送我?"

段融:"因为在追你。"

他云淡风轻地丢下这五个对她极有冲击力的字,起身去冰箱里拿出一盒牛奶,倒了一杯放在她手边。

沈半夏没敢再看他,耳朵热了很久,温度一直降不下来。

回到房间,沈半夏想把戒指摘下来,又想到段融刚才说的不许她摘戒指的话,最后还是戴着出门,去了学校。

她平常几乎不会戴首饰,手腕上只有头绳。如今乍然戴了这么闪的钻戒,班里不少女生频频往她这边看,讨论起这枚戒指是最近很火的一款守护之星,超级难买,昨天才有消息说被一位神秘客人买走了,如今看来那客人很有可能是段融。

"段融好像真的很喜欢她。"女生们聚在一起讨论,"随随便便送的礼物都这么花心思。"

沈半夏听到了那些人的窃窃私语,她盯着无名指上的戒指看了会儿,心想,段融确实对她太好,好到她根本就还不起。

就这么收礼物她很过意不去,想还他一样东西。太名贵的买不起,她想来想去,最后去了一家陶艺店,自己动手做了一个白色的圆形烟灰缸,拿礼物盒装起来。

晚上回去,趁段融不在,她悄悄地把东西放进了他的书房。

虽然听说过段融在戒烟,但戒烟都是循序渐进的,他应该不会这么快就能戒掉。

所以送这个礼物也还可以吧?

沈半夏这么想着,出去的时候刚好撞见段融回来。

她心虚,低下头要走,段融把她扯回来,一直拉着她走到办公桌前。

段融把东西拿起来,拆开包装,拿出里面做工粗糙但勉强能用的烟灰缸。

看到东西的那一秒,他笑了声:"你做的?"

"……嗯。"

段融把东西摆在桌上。

从此那个烟灰缸就跟长在了他的办公桌上一样,再也没有被收起来过。

可沈半夏没有看到他再抽过烟,一次都没有。烟灰缸里始终都干干净净,就连一粒灰尘都被他擦得很干净。

沈半夏仔细回忆了一遍,不知道从什么时候开始,确实没再闻到他身上有烟味了。他口袋里没有烟,倒是多出一包口香糖,偶尔会见他吃两片,口中缓缓地嚼。

原来是在缓解烟瘾。

不是都说戒烟很难吗,为什么他说戒就戒了?

沈半夏想不太明白。

她觉得自己送了个没用的东西,伤脑筋地想再送他一样东西。

东西不能太贵,还要实用,最好能每天被他带在身上。琢磨来琢磨去,她也只能想到袖扣了。

　　沈半夏叫了米莉一起去逛商场。袖扣预算被定在三千元以内，花的是她自己的钱，卖粉钻剩余的五百二十万被她好好地存了起来，等以后跟段融分开，她会把钱还给他。

　　至于手术费用掉的两百万，她也会在以后慢慢还。

　　最后买了一款白金色火焰形状的男士袖扣，莫名觉得这款样式很适合段融，他戴应该会很好看。

　　"你也是真舍得。"米莉在一边说，"以前来买沙发，逛了几回你都没舍得买，现在给自己男人买个小小的袖扣，你能花三千块。"

　　米莉摇摇头："果然男人不能碰，会让人变傻。"

　　沈半夏把礼物小心收起来，没说什么。

　　回到家，确认段融不在，她悄悄把礼物放进他的房间。

　　后来再看到他，他衬衫的袖口上换上了她买的袖扣。东西虽然便宜，但用在他身上莫名显得矜贵。

　　沈半夏有点儿移不开目光，下来喝杯水的工夫眼睛不停往他袖口处瞟，只要想一想这件东西是她买的，心里就会烫一下。

　　段融看她一眼，往流理台边靠，手往后撑："袖扣是你送的？"

　　沈半夏点头。

　　"送个东西怎么总偷偷摸摸的？"

　　"谁偷偷摸摸了？我是看你不在，就先放你房间了。"

　　沈半夏看他，能看得出他的衣服、戴着的手表、系着的领带，全身上下都是在国内很难买到的高奢牌子，完全无法想象具体的价钱。他身上最便宜的东西，应该就是她送的袖扣。

　　"这个不值多少钱，"她尴尬地摸摸耳朵，"你不要嫌弃，我……我现在还是学生，挣不到钱，又不太好意思花家里的。"

　　"嫌弃？"段融笑了声，手突然捏住她的下巴把她的脸转过来，在她没反应过来的时候，极其无赖地亲了她一下。

　　"我只差没把它供起来了。"他说。

　　沈半夏怔了会儿，半天才动了动僵硬的身体，抽了张纸巾擦嘴巴。

　　见她擦个没完没了，纸巾一张张地用，段融挑眉，不满地"啧"了声："你嫌弃我？"

　　沈半夏心还剧烈跳着，不肯理他，直到感觉他的气息靠近，一股压迫感朝她袭来，她睁着大眼睛紧张地抬头看。

　　脸再次被捏住，段融虎口抵着她下巴，另一只手撑在台沿，身体朝她弯，染了蛊的一双桃花眼盯着她看，声音放得低："嫌弃也没办法，你只能忍一忍。"

他强势地亲过来，不是刚才蜻蜓点水般地亲，他故意把她咬痛，舌头送进她嘴里不讲道理地扫一遍。

离开时，沈半夏唇上满是被他亲出的水渍，他故意的。

段融带了薄茧的指腹从她唇上划过，擦掉她唇上的水光。

自始至终沈半夏没有任何推拒的意图，只是脸很红，心跳声很响。最后装出不高兴的样子推了他一把，从他身前离开，"噔噔噔"地跑上楼拿了包下来，打算出门。

段融慢悠悠地在她身后跟着，拿过她的包拎在手里。她包里总带着很厚的《刑法》书，重量不轻。

沈半夏想把包接过来："我自己拿就好。"

段融没让她碰到，把包换到另一只手里，轻松地拎着："沉，怕把你压得不长个儿。"

他又在影射她年纪小。沈半夏很不服气，更多是不想让他把她当小孩："我都已经成年了，早就不会再长个子了好不好。"

"成年了？"段融别有深意地看她，目光将她密不透风地罩住，每扫过她一处地方，她都觉得自己那里的皮肤被他眼神灼伤。

片刻后，听到他接下来加重某个字眼的话。

沈半夏脚下蓦地凝滞，心口倏地紧了下，几乎是瞬间就明白了他在说什么。

"那能做成年人该做的事了。"

话落，段融手里的包"咚"的一声掉在地上，他把沈半夏猛地拉进怀里，手握着她的腰，低头吻她。

段融吻得很深。

亲了一会儿，他还是觉得身上燥得难受，手不可控制地从她衣摆下伸进去，往上走。

沈半夏的腿快要站不稳，手只能抱住他的脖子，头抬起迎接他的吻。

她脚尖踮起，下一秒被他抱到大理石台面的玄关柜上。段融怕会冰着她，不知道从哪儿捞了个垫子过来，垫在她屁股下。

沈半夏的两条腿往下搭着，段融的腿抵着她分开的腿，唇密不可分地与她贴合。

沈半夏呼吸越来越困难。

再这么下去不知道会发生什么，沈半夏勉力让自己清醒，手轻轻地推了推他，口中含混不清地说："段融，不可以。"

段融又亲了她几下，手拿出来："那什么时候可以？"

沈半夏说不出来，眼神躲闪着往下："我有事要出去。"

"去哪儿？"

"图书馆。"

段融沉默了两秒，说："行。"

每次她撒谎，都会说要去图书馆。段融并不挑破，问："我带你去？"

"不用了，你公司应该有事吧，我自己去就行了。"

沈半夏怎么敢让段融送，背上包跟他道了别，逃一样地跑了出去。

姑妈在医院里照顾沈文海，脸上有泪痕，好像是刚哭过。沈半夏问她，她只说没事。

整整一天，沈半夏都留在医院，父亲的各项检查都已经做过，满足手术条件，只是史蒂夫医生说过手术成功的概率只有六成，存在手术失败的可能性。

沈半夏洗了条热毛巾帮父亲擦脸，听到有人吵嚷了几声，扭头看见贾旗在外面闹。

贾旗是沈莹的丈夫，成日里游手好闲不学无术，自从被公司裁员后就待业在家，不肯拉下脸去找工作。

沈半夏每个月会按照护工的工资标准给姑妈钱，沈莹有一半都贴补给了贾旗。没办法，如果沈莹不顾贾旗，贾旗能放任家里两个孩子饿死。

这两年贾旗迷上了喝酒、赌博，赌得虽然不大，可也已经快把家里掏空。沈莹每个月给他的那点儿钱根本不够他在外面挥霍。每次贾旗喝了酒就来医院找沈莹要钱，沈莹不肯给他，他就在医院里闹。

今天贾旗还带来了两个儿子，争吵声和孩子的哭闹声乱成一团，已经有保安过来请贾旗离开。

贾旗大吵大闹，看见了病房里的沈半夏，指着她说："半夏，你给我出来，长辈来了你都不吭声，你懂不懂礼貌！"

沈半夏帮父亲把手也擦了一遍，毛巾搁在一边，起身离开病房。

"姑妈，你去看着我爸吧。"她对沈莹说。

沈莹不放心地把她拉到一边："如果他再跟你要钱，你千万不能给。我给他的钱完全够他生活了，是他都赌光了。"声音又压低了点儿，"这种男人就是个无底洞，不能再给他一分钱了。"

"我知道了姑妈，我会看着办的。"

沈半夏带着贾旗他们出了医院。

两个表弟脸上还挂着泪，沈半夏问他们："你们饿不饿啊，要不要吃东西？"

两兄弟是双胞胎，分别叫贾一吉和贾一祥，今年六岁，长得像沈莹多一些，性格也像，没沾染上贾旗的坏脾气。

"姐姐，我想吃肯德基。"贾一吉抬着头看沈半夏。

"好，我带你们去吃。"

沈半夏给他们点了餐，贾旗一副讨债的样子坐在对面，开门见山："沈莹这几年给你们家当仆人一样伺候你爸，你每个月就给她仨瓜俩枣的这不合适吧。她可是你亲姑妈，你就是使唤个牲口也不是这么使唤的。"

"我给姑妈多少钱是我跟姑妈的事，跟你又有什么关系。"

贾旗突然拍了下桌子："臭丫头你懂不懂礼貌，我是你姑父！"

"所以你这位姑父有任何值得我尊重的地方吗？我姑妈嫁给你吃了多少苦，你不去工作整天花她的钱你不觉得丢脸吗！"

"那是她该我的！她整天不回家就知道待在医院伺候你那个活死人爸，她还想再熬多少年？沈文海要是十年不死，她就要熬十年吗！光是花在沈文海身上的钱有多少了你数过吗？你不想好好活了，可我们家还想好好过！"

"花在我爸身上的钱都是我自己挣的，没有用你一分钱，你着什么急？姑妈当年本来是有工作的，就是因为听了你的话辞职回家当家庭主妇，跟社会脱了节，再想去找工作的时候已经找不到了。她是一直在照顾我爸，可我每个月都按市场上护工的价钱给她发了工资，如果不是这份工资养着你，你觉得你现在还能好好地跟我说话吗？你恐怕早就拿着破碗去街上要饭了！"

"臭丫头，你再给我乱说一句试试！"

椅子发出"刺啦"一声响，贾旗起身想动手。沈半夏冷冷地抬起眼睛："你要是敢对我动手，我现在就报警！"

贾旗收回手，重新坐回椅子里："半夏，你为什么就不能帮帮我？一吉和一祥可是你表弟，是你为数不多的亲人，他们现在连私立学校的学费都交不起了，你忍心看他们没书读吗？"

"他们的学费是谁花光的你心里清楚。"

"是我花光的，那又怎么了。现在的情况就是他们两个没有书读了，这件事你要不要管，如果你说不管，那行，我现在就去学校给他们办退学。"

"适龄儿童的父母应当依法保证其按时入学接受并完成义务教育，你让他们辍学属于违法，我同样可以告你。"

贾旗最害怕跟沈半夏这丫头交流，虽然她看起来软弱好欺负，但其实性格十分倔强，动不动就把法律搬出来压人。贾旗曾经找她要过几次钱，每次都被她伶牙俐齿地怼回去，一点儿好处都没捞着。

"我是想让他们上学，可家里一分钱都拿不出来了。"贾旗开始用两个小孩做筹码，沈半夏这个人虽然没什么良心，但对两个表弟还算关照，"这样吧，你把学费给我。也不多，两万块而已。"

"学费我会去学校亲自帮他们交，不用你操心。"

贾旗彻底没辙，胸口憋着气上不去下不来，于是干脆破罐子破摔："你行，那这两个小孩你也替我看着吧。我老婆整天伺候你半死不活的爸，你替我家顾一顾小孩，这没关系吧。我在这边没活路，那我不待了，我走！你们爱怎么样就怎么样！"

贾旗头也不回地出了餐厅，丢下了贾一吉和贾一祥。两个孩子听多了这种话，自始至终都很安静地低着头吃饭。父亲经常当着他们面跟人吵架，他们早都习惯了。

只是把他们丢下，这是第一次。

两个孩子眼里有泪涌了出来，一直在强忍着才没有掉。

沈半夏的少年时代过得不算好，不想让他们的童年也染上荫翳，强撑出个笑安慰他们："没事，姐姐会好好照顾你们的。你们还想吃什么，我再给你们点。"

贾一祥抬头看她："姐姐，我跟哥哥以后住哪儿啊？"

沈莹要照顾沈文海，基本就住在医院，只偶尔才回一次家。贾旗的话并不是心血来潮才说的，他真的收拾了东西离开家，不知道去了哪儿谋生。

沈半夏带着两个表弟回了医院，沈莹看一眼病床上的哥哥，眼眶立刻红了："我还想看着他醒来的那天。"

"会的，等他醒了以后，我第一个告诉姑妈。"

沈半夏看看时间："天都已经黑了，姑妈，你快回去吧，一吉和一祥该吃饭了，我会在这边看着的。"

"可你明天还要上课。"

"明天上午没课，我可以等到下午姑妈您过来。"

"半夏，"沈莹刚才没哭，现在忍不住哭了，把沈半夏搂进怀里，如一位母亲那样拍着她的后背，"我可怜的孩子，未来一定会好的，都会好的。"

沈半夏也是抱着未来一定会好起来的念头，才坚持到了现在。她并不是个幸运的人，从四年前父亲出事开始，生活里就是苦难比较多。但她还是让自己乐观起来，因为开心是过一天，不开心也是过一天。好好活着就总有好起来的希望，而死了就什么希望都没有了。

她每天都努力地听妈妈临终时的话，活得比夏天还热烈。

姑妈带着两个孩子回了家，沈半夏留在医院照看父亲。

天色慢慢转暗，她按亮屋里的灯，拉过父亲的手给他按摩。

手机响起微信消息提示音，她拿出来看。

段融：什么时候回来？

她想了想，回复：我今天住我朋友家里，你不用等我了。

那边没再发什么消息过来，沈半夏把手机放回去，重新握住父亲的手。

"爸，再过几天就要手术了，你一定能醒过来的，对吧？"她深吸口气，压下喉咙里的酸涩,"如果你醒不过来,我一定会生气的。"

病房外,段融单手插兜站在虚掩的门边,透过门缝往里看。

女孩的背影单薄又脆弱,让人心疼。

沈半夏以为照段融的性格,肯定要问她是在哪个朋友家里。等了很久都没有看到他问,反倒在快过零点的时候,突然收到了他的一条消息。

沈半夏把手机点开。段融发来的一行字躺在两个人的聊天框里。借着手机这一点儿微弱的光,她疲惫的心在顷刻间得到了治愈。

段融:明天早点回来,想你了。

随着这句话的出现,聊天框顶部落下一颗颗星星,无一例外都掉进了她心底,绽放出了璀璨耀眼的烟花,照亮了她昏暗无光的世界。

那天晚上,沈半夏在病房里守了一夜。她不知道,段融在医院楼下的车里待了一夜,跟她一样始终没有睡。

他默默地守了她一夜。

手术进行得很顺利,没有出现任何意外。史蒂夫医生很尽心,几乎是赌上了自己的职业前途在救治沈文海。

"病人的各项指标都在慢慢恢复,我预想得没错的话,三天以内他就会醒过来。"史蒂夫摘掉口罩,用英语跟沈半夏交流,"后面一个月我会留在这边观察病人情况,会等他身体好转后再回国。"

沈半夏感激地鞠躬,史蒂夫拍拍她的肩膀:"不用担心,会好起来的。"

等走到一个没人的地方,史蒂夫拨通了段融的电话,用英文告诉他:"段先生,这边的手术已经顺利完成,没有意外的话,沈文海很快就能醒过来。"

那边"咔嗒"一声响,似是打火机滚轮擦动的声音。

"辛苦。任中卫那边还有没有再找过您?"

"他倒是没再联系过我,对沈文海的病情也没有再问,我估计他并不是特别关心沈文海会不会醒过来,只是不想让您对这件事管太多。"

段融把玩着打火机,其实很想抽根烟,他生生忍住了。他将打火机扔一边,嗓音寡淡地回:"行,往后一个月还要再辛苦您,只要沈文海能痊愈,我这边一定不会让您白忙一场。"

"谢谢段先生。"

沈半夏扒在玻璃窗前看病房里的父亲,已四年过去,时间久得让她甚至失去了信心,只是一味习惯性地为父亲的病奔走。

如今父亲真的要醒过来,过去她所做的一切都变得有价值。只是她现在要想办法租个差不多的房子,不然父亲醒来会没有地方住。

她找了中介看房,去了离医院不远的一处小区。刚好有户人家急着出租,房子是刚装修了一年的新房，条件很好，面积也大，足够一家人住了。

这边虽然属于郊区，但房价总体还是很贵，尤其还是这种条件的。但对方破天荒只收比市场价低了两成的房租。

事出反常必有妖，沈半夏谨慎地查了对方的房本，看过合同，确认对方并不是骗子后才敢相信自己真的撞见了一桩好事。

签了合同付钱，一套流程下来后对方给了她钥匙。交谈间知道她有个父亲在医院住着，需要有看护。

房东阿姨跟她提起："我认识一位很专业的看护，做这行有十几年了，很可靠，而且工资要得不高。你看要不要跟她联系一下，我有她电话。"

人倒霉的时候会一直倒霉，原来幸运的时候也会一直幸运吗？

沈半夏去找了那位看护，对方确实很专业，各项工作资质证书也齐全，承诺以后会负责照顾沈文海。

沈半夏肩上的担子轻了很多，晚上回了段融那边。

别墅里很安静，没有人在，她把自己摔进沙发里，捞过懒羊羊抱枕，脸枕在上面很快就睡着了。

再醒来的时候，家里依旧没有人，天已经黑了下来，没有开灯，只有远处亮着盏落地灯。

她在黑暗里想自己以后该何去何从，她这种家里有一堆烂摊子的人，一定不能再留在段融身边。所以从现在开始，她需要跟段融保持距离，尽量不要再跟他见面。

都说男人并不是长情的生物，很快就能忘记上个喜欢的人投入到下一段感情中去，所以要让段融忘了她应该并不是什么难事。

听到门外有动静，好像是段融的车回来了。她立即跑到楼上，进了自己的房间关起门。

她去洗了澡，用毛巾擦了头发，准备去拿电吹风的时候听到敲门声。

脚步停滞在原地，睫毛抖了抖，她知道外面的人肯定是段融。这几天每晚睡前他总要过来见她一面，除非是太晚回来才没舍得吵醒她。

沈半夏意识到不能再这么下去，如果继续发展不知道会再发生什么。她是虔诚地许过愿，希望段融能爱她，但是现在她后悔了，她不认为活得一团糟的自己配得上段融的喜欢，起码现在在伪装成假身份来骗他的自己不值得。

仍是站在原地没有动弹，她艰难地动了动唇，对门外的人说："我、我已经睡了。"

"我知道没有，开门。"

沈半夏闭了闭眼睛，了解他这人一向霸道，说什么就是什么，根本就不会容许别人说一个"不"字，只能小步挪过去，把门打开。

段融抬眼看她,她的头发湿漉漉的,搭在肩头,胸前衣料洇湿了一小块。一张小脸上还沾着水珠,水润润的漂亮。

"你有事啊?"沈半夏尽量不带任何感情地问。

段融把她扯进洗手间,拿了电吹风帮她吹头发。

电吹风在耳边"呜呜"地吹着头发,沈半夏想动可动弹不了,被段融压在洗手台前。她个子比他矮一个头还多,眼睛往前看,看到他修长的脖颈,让人无法忽视的喉结。

她头发又多又厚,不好吹,花了十分钟才吹干。段融手指插进她发丝,帮她梳理了几下,低头埋进她颈间深吸了一口,唇贴上去咬,嗓音莫名缱绻:"怎么哪儿都香。"

被亲到的地方像过了电,沈半夏瑟缩着往旁边侧头,躲的动作很明显,下一秒脸被他扳回去:"躲什么。"

她又一次问:"你有事啊?"

段融从口袋里掏出了个什么东西,手心打开,一条闪着光的锁骨链掉下来。沈半夏有些恍神,两秒后才回过神,抬起眼睛看他。

"送你的。"段融散漫地说完,把她往怀里拉了一把,把项链给她戴上去扣好。

沈半夏垂头看,吊坠是四叶草形状,设计得精巧漂亮,任凭哪个女生看了都要心动。

已经收了段融两枚钻戒,沈半夏实在不好意思再收这么贵重的东西。

"你干吗总是送我东西?"

她看着他的眼睛,话音里有些抱怨。段融自动忽略掉,把她落在肩头的头发往后拨了拨:"因为要追你。"

沈半夏愣了愣,说不出其他话来。

段融两只手撑在洗手台边沿,把她笼罩在身前:"你这么难追,我当然要用点儿心才行。"

如果沈半夏是正常地与段融重逢,他事先知道她的一切,了解她过了今天明天不知道会往哪儿走的生活,他再跟她说这些话,沈半夏肯定会幸福得晕过去。

但不是的,一切从刚开始时就是错的,沈半夏不管是主动还是被迫地撒了谎,现在造成的结果都是她欺骗了段融,她没有资格心安理得地因为段融这些情话而欢喜或雀跃,相反地,她越来越有压力。

段融对她的兴趣越浓,她越担心谎言被拆穿后造成的灾难性后果。

睡前她摘了项链和戒指,把它们小心地收进盒子里。

实在睡不着,她翻到Z的微信,给他发了条"睡了吗"的消息。

Z很快回：没。

沈半夏：我发现我犯了很大的错，从一开始就不该答应用假身份接近段融。他对我太好，让我很有压力。

段融洗完澡后收到了她这条消息，擦完头发的毛巾扔一边。他在床上坐下来，在聊天框里打字：为什么要有压力？

小骗子：我一直在骗他，他不应该对我这么好。

Z：他或许不在乎你骗不骗他，就算知道你在骗他，他也会喜欢你。

小骗子：怎么可能，世界上不会有这么蠢的人。

段融的额发上坠着水珠，积累到一定重量后掉下来，砸在手机屏幕上影响了打字。他拿指腹擦掉，眸光动了动，重新打上一行字：或许就是有这么蠢的人。

沈半夏跟Z聊了很久，一直到自己睡着。

Z有种很神秘的魔力，跟他聊天的时候很轻松自在，总有无尽的话题能想起来，不会冷场。如果不是因为太困，两个人能一直聊到天亮。

又迎来周末，吃完早餐沈半夏要去医院。段融往她身上看了好几眼，问："项链怎么没戴？"

"跟我这件衣服不太搭。"

她说了个比较合理的借口。确实不太搭，天气转冷，她今天穿了件浅咖啡色的粗针套头毛衣，高腰修身牛仔裤，头上搭配了米色的贝雷帽，透出很浓的慵懒感，精致又可爱。

段融没有针对项链说什么，目光落在她左手上，她乖乖地戴着戒指，没有摘下来。

段融在一定程度上被取悦，倒了一杯牛奶给她。

她一边喝牛奶一边找Z聊天：今天突然降了十度，外面应该很冷。果然京城只有冬夏，没有春秋。

段融点开手机，看到沈半夏的消息。明明他就跟她坐在一起，她不跟他说话，倒会找一个她连面都没有见过的男人瞎聊。

心里窝了一团火，段融好不容易压下去。毕竟是他选的老婆，他怎么样都得宠下去。

Z：出门多穿点儿，别冻着。

沈半夏唇角浮起个笑，手指飞快地打字：我知道了，你也要多穿点。

段融喉咙里发出一声极不满的长叹，沈半夏奇怪地看他，看完没理，继续跟Z聊天：我要去看我爸爸了，医生说这几天他就会醒。可我很怕会有意外，他醒不过来。

段融更是气不打一处来,她有什么事都瞒着他,可不管有什么话都跟Z说,根本就没有把他放在心里。

咽下对Z的醋意,段融咬着后槽牙,继续哄她:他一定会醒,别担心。

第十二章
你还愿意带我回家吗？
RONGXIA

沈半夏离开家去了医院，段融换了辆平时没有开过的车，在后面默默地跟着她。

到了病房门口，沈半夏做了很长时间的心理准备，抖着手把门推开。

病房里有四个人，史蒂夫医生、沈莹、新请的护工，以及坐在床上正跟医生交流的沈文海。

沈文海醒了，他不再继续像从前那样无知无觉地躺在床上，而是清醒了过来，正常地跟人对话交流。

沈半夏觉得自己在做梦。

沈文海扭头看沈半夏。女儿已经长大，个子变高，出落成了亭亭玉立的成年女孩。

沈文海一眼就认出了她，朝她叫："半夏。"

沈半夏过去，哽咽地喊他："爸。"

她高兴得一直哭，眼泪不停往下掉。沈文海粗粝的手抬起来帮她擦眼泪，含着泪笑了笑："快别哭了，我女儿的眼泪都是珍珠，掉出来多可惜。"

沈半夏就也笑，没有再哭了。

她很认真地跟史蒂夫道谢。史蒂夫说了一遍以后这几年照顾病人的注意事项，又开了些药让护工去拿。

沈文海的精神看上去还好，只是现在还不能下床走动。他往外看了一圈，奇怪地问："半夏，你妈妈呢？"

沈半夏不知道该怎么说妈妈已经去世的事，旁边的沈莹抢先道："嫂子有事没来，你也该知道你住院这几年，都是嫂子在撑着这个家，平时特别忙。等她抽出时间，一定会赶过来看你的。"

沈文海点点头，没有再问下去。

他的身体状况还不是很稳定，需要再在医院里观察一段时间。护工把他照顾得很好，沈莹和沈半夏只要一有时间就会过来看他。

只是一直都不见他的妻子陈筠。

慢慢地，沈文海能猜到点儿什么。陈筠的性格他很了解，不可能会抛弃他跟女儿改嫁，唯一的可能就是已经不在了。

他想知道陈筠是怎么不在的，等沈半夏过来看他，他十分平静地开口："我知道你跟沈莹都担心我的身体，怕我知道消息以后会受到刺激。可我已经差不多都猜到了，你妈妈她……她是不是已经不在了？"

沈半夏正削着一个苹果，闻言拿刀的手顿下来，头低着。

"我不会再出什么事的。半夏，你告诉我，你妈是什么时候走的，是怎么走的？"

沈半夏想再瞒却已经瞒不下去了，忍了忍喉咙里的涩意，说："是一年前，她身体一直不怎么好，平常又没日没夜地加班工作，有一天突然发病，没有抢救过来。"

沈文海胸口憋着一口气，半天才呼出来。他的眼睛已经红了，硬撑着才没有太大的情绪波动。

"是我对不起你们。"他说。

"没有，那是场意外，谁也不知道你会在去公司的路上发生车祸。"

"不是，是我的原因，如果不是我太倔不肯服软，以为自己能把事情解决……"

沈文海说到一半没再继续说下去，转而问她："那你这一年是怎么过的？沈莹说你考上了政法大学，你一个女孩子，怎么突然要学法律了？"

"当律师会很挣钱。"

"可是你不是在学钢琴吗？"

"我不想学了，太无聊了。"

沈半夏把苹果削好，放到父亲手里。

沈文海没再继续问，视线往下，注意到她左手无名指上戴着枚戒指。而且不是普通的戒指，那是一枚价值不菲的钻戒，普通人很难买得到。

"半夏，你谈恋爱了？"他问，"戒指是谁送的？"

因为段融那个人掌控力太强，每天都要检查沈半夏有没有好好戴他给的戒指，久而久之她养成了习惯，轻易不敢把戒指摘下来。

"啊……这个，是我戴着玩的。"她说。

"你以为爸爸老糊涂了，认不出来这是什么戒指？这个牌子很难买，价格也不是普通人能承担得起的。你老实告诉爸爸，是不是谈恋爱了？男朋友送你的？"

她只能承认："……是。"

"我能理解，你已经成年了，可以谈恋爱了。可这个年纪其实还很小，心智不是特别成熟。你谈恋爱我不反对，只是要好好保护自己知道吗？"

"我知道。"

"还有，这个礼物太贵重了，如果你只是跟那人谈恋爱的话，最好不要收。他愿不愿意送你是一回事，你能不能收是另一回事。我们家现在虽然艰难，可我们什么时候都不能丢了骨气。他送你一些普通礼物这没什么，这个戒指太珍贵了，你最好给人还回去。以后不管什么时候都要记住我的话，无功不受禄，我们又不是乞丐，绝对不能白白接受别人的恩惠，听到了吗？"

沈半夏点头："我知道了。"

"那男孩能送你这个，他家里条件肯定很好，我们跟他没法比。但你也不用太有压力，你从小该受的教育我跟你妈一样也没让你落下，是我们家出了事才连累了你，真要比起来你不比这世上任何一个女孩差。"

沈文海不放心女儿，忍不住多唠叨了几句："那男孩要是真对你好，你就好好跟他在一起。要是他没想跟你走太远，或是他家里对你有什么意见，你要记得及时脱身，不能陷进去太多。爱情是很重要，可不是最重要的，最重要的是要对自己的人生负责。你年纪还小，可以多谈几次恋爱，每次谈恋爱都要记住我的话。"

沈半夏算得上乖巧，从小到大没有犯过什么错，沈文海和陈筠很少会对她进行说教，除了之前她莫名从家里偷了十万块钱。

但是沈文海生病以前，女儿明明还是个没长大的孩子，现在突然就成年，还交了男朋友，他表面上很开放不会反对，可心底还是有种自己家种的白菜要被外面的猪拱了的痛惜感，不免要多说几句。

他以为沈半夏现在交往的肯定是跟她差不多年纪的男生，最多只是大个两三岁。沈半夏更不敢让他知道，他口中的"那男孩"其实是个比她大七岁的成熟男人，而且两个人的关系并没有走到谈恋爱的那一步。

反正以后她跟段融还不知道会怎么样，她没有纠正父亲。

"你赶紧回学校吧，不要总是来看我了。"沈文海把沈半夏往外赶，"你学校离这儿那么远，跑一趟多费劲。以后每星期来看我一次就行了，这里有护工，还有你姑妈三天两头也会来，不用担心我。你学校有课，别总是往外跑，有时间就多跟朋友出去玩玩。"

沈半夏一一应了。

她离开医院，把手上戴的戒指摘了下来放进口袋。后面有人叫她，她扭过头。

是戴着口罩、帽子和墨镜的万珂，深秋的季节里她穿着皮夹克、超短包臀裙，打扮得个性大胆。外形太过靓丽，过往的人总会往她身上看。

万珂把口罩往上拉了拉，以一种不容置疑的口吻冲着沈半夏说："跟我去个方便说话的地方吧。"

万珂带她去了附近一家咖啡馆，挑了角落里的位置。

万珂慢悠悠地端起咖啡抿了一口，没有加一点儿糖的咖啡很苦，她若无其事地咽下去。

"你知道吗？"万珂开口，"段融喝咖啡也不喜欢放糖。他还有很多习惯我都知道，比如不喜欢吃甜的东西，抽烟只抽一个牌子，酒量很好，千杯不醉，但不喜欢喝酒。有洁癖，最讨厌跟人有身体接触。"

说到这里的时候，她故意顿了顿，抬眼精准地看向对面的沈半夏："除了我。他常说我身上很香，有鸢尾的味道。尤其是这里……"她把身上的女士夹克脱下，里面是件黑色打底背心，漂亮精致的锁骨露出来，上面有颗红色的痣。

"这里他亲过很多次。"

万珂继续拿真假难辨的话刺激沈半夏，说完以后开始得意扬扬地欣赏她脸上的表情，企图从她脸上找到嫉妒、不甘、痛苦，所有这些她曾体会过的感情。

沈半夏一直都十分冷静，甚至能称得上淡漠，好像并没有把她的话听进心里。

"你说完了吗？还有什么要说的你可以一起说。"

沈半夏不想琢磨她话的真假，更没有兴趣跟她讨论这些。知道她今天过来肯定是有别的事情要说，提起段融只是为了满足她一贯的虚荣心而已。

见沈半夏并不上当，万珂的虚荣心大打折扣。她把夹克重新穿好："你刚去医院是去看什么人了啊？"

没有等到沈半夏的回答，只是如愿地在她眼睛里看到了恐惧。

万珂笑了笑："那人是你父亲吧，好像病了很久了。让我猜猜，你假扮康老爷子的外孙女跟段融订婚，一定拿到了不少钱。有了这些钱才能帮你父亲治病。我说得对不对啊？"

万珂搅拌着杯子里的咖啡，得意地欣赏沈半夏现在的表情。这丫头太棘手，之前想了很多办法都没能在跟她的冲突中得到一点儿便宜，今天终于能出口气。

"你骗了段融这么久，肯定拿到了不少好处吧。段融这个人我很了解，就算是他落魄的时候都从来没有小气过，只要是我想要的东西他都会买给我，更何况是现在。你找他算是找对人了，他随随便便施舍给你这么点儿东西，"万珂比了个指甲盖的大小，"都够你这辈子花的了。"

沈半夏攥了攥手心："你专门来找我跟我说这些，到底是想做什么？"

"我不想做什么，只是来告诉你，你是什么样的人，我现在一清二楚。之前是我小看你了，让你在晚宴上出了风头。这种事情会发生一次，你猜还会不会发生第二次?沈半夏,你有把柄在我手里,以后怎么戳穿你、什么时候戳穿你全看我的心情。你如果识相就离段融远一点儿,拿着你的钱有多远就给我滚多远!"

万珂说到后来变得激动,胸口强烈地起伏着:"我跟你说过很多次,段融他是我的,只能是我的。如果你再敢继续勾引他,我一定不会让你好过!以前我当你还真是个人物,给你留了几分面子,谁知道你其实就是个骗子而已。"

万珂的话越来越难听:"别忘了我是混娱乐圈的,最懂利用媒体那一套。只要我一句话,就能让你把脸丢尽,从此再也不敢见人!如果你还想好好生活,你就不要痴心妄想能跟段融在一起。你跟他一个地下一个天上,你就是下辈子都没资格碰他一根手指头。"

万珂以一种绝对胜利者的姿态抱着双臂,高扬着下巴睥睨着对面的人。

沈半夏受了一顿劈头盖脸的羞辱,刚才的恐惧反倒慢慢地没有了,心里越来越平静。她甚至不屑地冲着万珂冷笑了下。

"你说段融是你的,他承认了吗?如果没有,那我建议你去医院好好看看脑子,别整天做白日梦。我有没有资格跟段融在一起,不是你说了算的,那是我跟他说了算。你既然这么恨我,用媒体威胁我,那你尽管去,你看我会不会怕你!"

沈半夏推开咖啡馆的门走了出去。

秋风萧瑟,万物凋零,路边不知名的树随着一阵风落下仅剩的几片叶子。

沈半夏不知道自己应该落在哪儿。

她回了家,别墅里有工人在往客厅搬一架钢琴。

沈半夏看了一会儿,问葛梅:"钢琴是谁买的?"

"是段先生,他说是要送给你的。"

这已经是段融送给沈半夏的第四样礼物。他说要追她,就真的在用心追她,每晚都会跟她说晚安,早上会亲自给她准备早餐,每天负责接送她去学校。她给他手工做的烟灰缸一直好好地留在他的书房,送他的并不是很名贵的袖扣他每天都有戴。

现在又从蛛丝马迹里猜到她其实并不能完全放下弹琴的梦想,买了架钢琴给她。

葛梅让她试弹钢琴,她摇了摇头,上楼回了自己房间。

在床上躺了会儿,这张床很软很好睡,第一晚住在这里的时候,一种世俗的对于物质的满足感将她包裹起来。但这里毕竟不属于她,她不能继续待下去,害得段融把心思和时间全浪费在她身上,而她又不能给予回报。

父亲今天对她说的话萦绕在她脑海:我们又不是乞丐,绝对不能白白接受别人的恩惠。

如果之前段融对她的照顾，是对她以康家血脉的身份跟他联姻这件事给两家带来的巨大好处的回报，她还可以心安理得地接受。现在事情有了很大的变化，段融不再单纯拿她当年纪很小的未婚妻来对待，他对她产生了一定的感情。

沈半夏可以骗这世上任何人的任何东西，唯独不能欺骗段融的感情。

她找出行李箱，简单收拾了下东西。要拿走的不多，这间房子里的大部分东西都是段融给她准备的。她孑然一身地来，如今又要孑然一身地走。

跟严琴发了条消息，告知对方自己明天就会从段融这里搬出去，希望她能帮着说服段融。

她最后一次站在露台上往外看，等段融的那辆黑色莱肯开回来。自从住进来后，她习惯性等他回来以后才会睡觉，不然总会睡不安稳。

可那天晚上段融并没有回来，她的手机里收到了他今天会在公司里住的消息。他最近总是很忙，加班是常事。人们只知道他在商场上无往不利，手段奇诡，忽视了他私下里做出的努力。

沈半夏没有给他回复，她已经决定要走，就必须走得干干净净，不能拖泥带水。

次日一早，她提了行李箱下楼，把段融送的戒指和项链、这边的钥匙放在钢琴上，头也不回地走了。

她回了自己租的公寓，之前买的床已经送到了，有些硬不好睡，她不免要跟段融别墅里的床比较，心里一阵无力感。

人大抵都是由俭入奢易，由奢入俭难，但她没有挑三拣四的资格，很快就说服了自己，这才是她应该有的生活。

她躺在偏硬的床上给段融编辑了条微信：对不起，我没有跟你商量就搬走了。其实我并不如你想象的那么好，将来或许有一天，你会发现我其实是个很糟糕的人，根本就不值得你对我这么好。

消息发过去，她装作不在意的样子把手机搁在一边，等过了半个小时故作随意地拿起来，发现手机里仍旧干干净净，段融没有给她回消息，也没有打来电话。

心猛然坠了下，像是从很高的云层一脚踩空，无尽的失落和失望一齐涌来。

人真是复杂的生物，故意躲着他不敢见他的是她，如今看到他没有坚持找她后心里失落的还是她。

真是想打自己一个耳光。

米莉知道了沈半夏从段融住处搬出来的事，过来找她。两个人再一次一起去逛家具城，沈半夏终于咬牙买了个沙发回来。

米莉惬意地在新沙发里躺下来，问她："你真的不要段融啊？那可是段融啊！就算不图他的钱，图他的脸都赚翻了好吗。既然他对你有意思，那你就顺水推舟跟了他得了,干吗想那么多啊?"

沈半夏把从超市买回来的东西塞进冰箱,手机在一边的流理台上放着,她瞄了一眼,又瞄了一眼,最后还是忍不住打开看了看。

段融依旧没有联系过她。

"他对我的意思又不是很多,"沈半夏赌气似的,"很快就没有了。"

"你对自己太没信心了。"

米莉顺手拿起茶几上的苹果啃了一口:"不过也对,任何人面对段融都会没自信的。他长得就不像个专情的人,不滥情就很难得了。如果以后谁能收了他,我绝对跪下给人磕三个响头。"

沈半夏把手机摁亮又熄灭。一直等不到段融的消息,她心里那点儿患得患失感更强烈了。

像段融那样的性格应该不太有耐心哄人,她既然一言不发地走了,他索性就放弃她了。反正他身边最不缺的就是女人,有的是漂亮姑娘主动朝他贴上去。

这样一来,等到明年夏天时间一到,他们的婚约就会自动取消,两个人彻底归为陌生人。

之前段融总是会在将近晚上十一点的时候跟她说晚安,今天没有。沈半夏一边觉得这样的发展其实是对的,一边又矛盾地陷入失望中。

已经很晚了,沈半夏躺在床上,打算按灭手机的时候,在她另一个工作用的微信账号里,收到了来自Z的一条消息:晚安。

沈半夏的生活里没有了段融。

并不知道严琴跟段融说了些什么,看样子是很管用的,段融没有针对她的不告而别有任何不满,也没有过来找她的意思。

但沈半夏又想,段融之所以会这样平静,或许也跟他对她只是一时兴起,而其实并没有太深的感情有关系。

沈半夏一方面觉得难过,一方面又安慰自己,如果真是这样其实也挺好的,她确实配不上段融的喜欢。

她基本恢复了正常的生活,正常地上课、背拗口的法条、做永远都做不完的试题,偶尔去平忧律师事务所上班。

沈文海的身体恢复得很好,如今在做复健,估计很快就能摆脱轮椅正常地行走。他已经不再需要高昂的进口药,沈半夏的压力小了很多,凭借着上班挣到的钱可以保证基本生活。

卖掉粉钻剩余的五百二十万她始终没有动过,会等合适的时机还给段融。

整整两个月过去,从深秋过渡到寒冬,她没有再见过段融,没有再跟段融有过任何联系,再收不到他发的一条"晚安"。她跟Z的联系倒是更密切,每天都会收到他的消息,两个人一有时间就会聊天。

她莫名对自己不认识的这个男人有好感,但总不能把他约出来,看看他到底是谁,长什么样。

再过半个月学校会进行考试,沈半夏把更多的时间用在复习上面,遇到不会的题会去办公室请教邱茹老师。邱茹耐心地给她讲完,之后从抽屉里拿了一套试题出来,说这些题挺典型的,让她回去试着做一下,做完了交给自己批改。

沈半夏接过卷子装进了书包。

当天晚上,自习课上,她打算把卷子拿出来看。辅导员黑着脸从外面走进来,有目的地停在了沈半夏身边。

辅导员从她书包里找出那套试题,只看了一眼,脸色就瞬间变了,目光再放在她身上时多了一层明显的"想不到你是这种人"的一锤定音的厌恶。

邱茹给沈半夏的试题并不是普通试题,而是学校下周针对法学院学生考试要用的真题。

现在这套试题出现在了沈半夏的书包里。

政大一向以管教严厉著称,事情出来以后闹得很大,短短一天的时间里几乎整个学校的人全知道了,又因为沈半夏身份的特殊性,有一些早就看不惯她的人把事情发到了网上,标题上带了"段融"两个字,以此来吸引足够多的流量:

《段融未婚妻沈某偷窃政大真题,已被学校勒令退学!》

一石激起千层浪,这件事对天晟集团产生了一定影响,公司股价出现动荡。但也只是很小的波动,而且被极快地压制下去,天晟那边的公关反应得很迅速,并没有让这些消息在网上流传太久。

只是沈半夏这里依旧麻烦丛生,学校里的管理层来找过她一次,让她主动承认错误,上交悔过书,话里话外也有让她做好被学校开除的准备。

沈半夏没法做这样的准备,学校是她好不容易考进来的,为了供她读高中,母亲陈筠不知道吃了多少苦。她凭什么要因为别人的陷害,放弃掉自己大好的前程和苦读十年才考上的学校。

晚上六点,学校北门停着一排校车。沈半夏一辆辆找过去,最后在其中一辆里看到了坐在后排的邱茹。

邱茹是一位还算年轻的老师,今年三十岁,因为在校成绩出色,在博士生毕业后直接被留校任教。平时跟学生的关系很好,是人气很高的任课教师。

沈半夏直接走到她那边:"不知道我是做了什么事让老师这么讨厌我,或者你是收了谁的好处,那点好处足以让你昧着良心陷害我一个学生。"

邱茹一副蒙蒙的样子:"半夏同学,老师理解你现在很慌张很着急,但你也不能倒打一耙随便污蔑人啊。老师倒想问问你,你是跟老师有什么仇吗?怎么偏偏就来找我的麻烦,说是我陷害了你呢?老师平时对你算得上器重吧,半夏同学啊,人不能这么恩将仇报的,太让老师寒心了。"

"你没去当演员真是可惜了。最好你这次能得逞,把你做过的丑事都捂好。只要我没被赶出去,我保证离开学校的人一定是你,到时候你别来求我。"

沈半夏下了车,邱茹气得指着她,跟车上的老师说:"你们看看,你们看看!有她这样目无尊长的人吗,简直不像话!要现在的学生都像她这样,这社会还有什么希望,简直要烂透了!"

    沈半夏狠话放得痛快,但其实并没有具体的办法能解决现在糟糕透了的局面。

邱茹故意在一处监控死角给她卷子,甚至在给她卷子的时候,邱茹戴了厚厚的手套,防止遗落指纹。沈半夏没有未卜先知地录音,根本就找不出证据证明是邱茹陷害她。

学校给沈半夏下发了最后通牒,让她在三天内上交悔过书并申请主动退学,否则会有更严厉的惩罚等着她。

她到底只是个十八岁的小女生而已,没有办法靠自己的力量解决目前的困境。想来想去,她只能厚着脸皮找了严琴,希冀严琴能帮她渡过这个难关。

严琴在电话里告诉她:"政大的纪律是出了名的严格,不会容忍学生有任何道德上的污点,更何况你这件事还涉及了偷试卷。我跟政大校长虽然认识,也能说得上几句话,但不适合在这个时候出面。"

拒绝的意思很明显,沈半夏最后的希望也熄灭:"我知道了,打扰您了。"

"不过,有个人可以帮你,"严琴赶在她挂电话前说,"你去找段融。这种事对段融来说不值一提,他有的是办法能处理好,别管是走正道还是邪道,总归是能帮到你。"

沈半夏考虑了一下午的时间。

现在她已经不能再去学校了,每天只能待在家里消磨时间。窗外不知不觉下起了雪,染白了楼下一棵很有年头的榕树。

她穿了外套,围上围巾,戴上毛线帽,踩上雪地靴出门。

搭车去了很久没有去过的段融居住的别墅,里面并没有人,葛梅和李管家都不在,段融也不在,按了门铃后一直听不到回应。

雪下得越来越大,她不过站了一会儿,毛线帽上已经落满了雪花。她怕冷,冻得牙齿打战,脚快没有知觉。

她在门口的一块石头上坐了下来,身体紧紧蜷缩在一起。手里握着手机,她没有勇气给段融打电话联系他,很怕自己的消息会再次石沉大海,得不到任何回复。

段融过去两个月一直待在国外处理一桩收购案,事情大部分解决后,他搭私人飞机回京,飞机落地时是晚上七点。

崔助理过来接他,回去的路上把公司管理层最近发生的变动跟他说了一遍。大体都在段融预料之中,段向德见他近两年风头太过,果然坐不住要清理他的人了,开始全心为段盛鸣铺路。

这些事段融有的是时间和精力处理,暂且还不想管,打断了崔山的话,没让他再继续说。

崔山借着后视镜看了看他,小心地问:"段总,半夏那边要不要派个人去处理。听说事情还挺严重的,学校确认是她偷了试卷,要给她退学的处分。她一个小女生,现在肯定很慌。"

段融靠在椅背上,头往后仰。闻言脸上表情细微地动了下,过了会儿,他淡声开口:"不用。"

崔山心里越发奇怪,段融一向很关心沈半夏的事,连一点儿委屈都不肯让她受,为什么这次却在明知道她有了麻烦的前提下,还是表现得无动于衷。

崔山有些想不通。沈半夏被陷害的消息在昨天就已经传到了段融耳朵里,段融会从国外回来得这么快,难道不是为了要帮沈半夏撑腰吗?

车子开到一处红绿灯时,崔山听到段融突然开口,语气里带着运筹帷幄的决断:"她会自己来找我。"

车子开回别墅,段融从车上下来,一眼看到紧紧缩成一团抱着膝盖坐在门口的沈半夏。

她的毛线帽上满是白色的雪,披在肩头的头发上也有,两只手已经冻得通红,睫毛上甚至凝结了细碎的冰。

她像只无家可归的流浪猫。

段融眸光发沉,眼底一片痛色。

夜幕下,漫天大雪中,段融朝沈半夏走过去,停在她面前。

沈半夏的眼珠动了动,头抬起来,依旧清澈的眼睛看向他。

她每呼出一口气就有白色的雾飘出来,唇上已经没有了什么血色,鼻子很红。

"段融哥哥,"她的声音抖着,气息很弱地叫他,眼睛里含着泪,"你还愿意带我回家吗?"

两个人目光相接的第一秒、第二秒、第三秒后,段融朝她俯下身,温暖的双手圈住了她冰冷的身体,把她从地上托抱起来。

门口的锁"叮"的一声开了,两扇铁门缓缓开启。沈半夏身上冷得像冰,段融把这块冰圈揽在怀里,用身体暖着她,抱着她穿过院子进了房间。

外面冰天雪地,里面温暖如春,暖气开得很足,沈半夏感觉自己活了过来。

她太贪恋段融身上的温度和气息,双手一直搂着他。刚才身子发僵,手没力,等恢复些温度后立即收紧胳膊,脸往段融的颈窝里蹭。

他身上好暖好香,两人分开的这段日子,她每天都在想念。

沈半夏不肯松手,段融直接把她抱到了二楼,送进盥洗室,一只手从她大腿根处拿开,调了合适的水温放满浴缸。

做这些事的时候,他也不舍得放开她,一直都抱着她。

沈半夏把他搂得很紧。

段融把她搁在洗手台上,开始给她摘她戴着的帽子和围巾,脱掉她的外套。

她里面穿了件毛衣,再里面是件吊带打底。

段融把她的毛衣撩起来了些,她这时候终于有些害羞,呼吸变紧。

段融收回手,把她从洗手台上抱下来:"剩下的自己脱,洗完澡出来找我。"

他替她关上房门,去了楼下。

沈半夏把自己剥光,身体浸入温热的水里。这边的一切都没有变,还维持着她离开时的样子,看得出每天都有人过来打扫。

她洗了澡,去衣帽间找了衣服穿。这里夏秋两季的衣服被人往后放,冬天的衣物添置了很多。

就好像她一直都在这里住一样。

沈半夏下了楼,段融在阳台上坐着打电话,侧对着她。

他拿着手机的手清瘦修长,手背上青色的经络向下延伸至衬衫袖口,袖口上依旧别着他送的火焰形袖扣。旁边立着盏落地灯,光把他深棕色的头发照出了绒绒的光晕。

注意到沈半夏,段融朝她看过来一眼,又在电话里说了几句什么,挂断,朝她这边走过来。

随着他越来越近,沈半夏没来由地紧张。刚才在冰天雪地里冻了太久,身体的麻痹导致了情绪的麻痹,即使被他一路抱回来都不觉得有什么。

在浴缸里泡了那么久,整个人回温后,心脏重新开始正常地跳动,会因为两个人太久没见面,被时间和距离酝酿出重见他后的不知所措。

沈半夏避开他的视线,手心蜷了蜷,又打开。往旁边看了眼,刚好看到前面有架钢琴,钢琴上放着钥匙、两个首饰盒,首饰盒里分别装着项链和戒指。当初她走的时候把东西搁在哪儿,现在它们就还在哪儿。

段融在她旁边停下。她身上有香味,是沐浴液和奶香混合在一起的味道。细密又长的头发铺在背后、肩上,柔软地搭在她脸颊两边。

女孩长发雪肤，清透动人，两只眼睛大而明亮。

刚才她的两只手冻得通红，搂着他脖子时不停打战。现在已经恢复了温度，细白的手上恢复了红润。

段融眉心松弛了些："什么事，说吧。"

段融果然知道她会厚着脸皮回来，肯定是有事要求他。

沈半夏低声把这几天发生的事说了一遍。段融一声不吭地听完，目光始终放在她脸上。

她明明委屈得不行，眼睛红着，可还是竭力忍着没有泄露太多情绪，只在说到学校勒令她必须退学的时候声音哽了下。

段融一直看着她，手机有一下没一下地拿在手里转，在她这声哽音后，他的手指蓦地停了下来。

他从来不会后悔自己做过的所有决定，外界总说他寡廉鲜耻、心思狠毒，其实并不全错。自从被父母抛弃，这世界上很少有他在乎的人，他的心肠变得一天比一天硬。

他确实就是那种为了达到目的而不择手段的人。所以他在听说沈半夏被人设计陷害后没有第一时间出手帮她，他要等她主动找过来。

就在她这声没有压制的哽音后，段融有了五秒钟的恍惚，怀疑自己是不是不该这么对她。就算是从知道消息到现在只拖延了两天，他也会心疼她承受了两天的煎熬。

可他已经等到现在，沈半夏如他所想自愿回到他身边，不管他这么做是对还是错都走到了如今这一步。他算计人心算计利益那么多年，知道人最不能做的就是回头看过去，然后说一句"我好像做错了。"

目光仍旧堂而皇之地落在她身上，段融淡声开口："我可以帮你。"

沈半夏的眼睛亮了亮，直到他说出这句话后，才终于抬起头看他。

"可有一点，"他又说，"你不能再不告而别。"

真的听到这句话，沈半夏开始意识到之前他的不闻不问只是假象，他只是不想做没用的事，在等她自己回来而已。是，这才符合段融的手段和个性，他从来不会说没用的话，只会做有用的事。

沈半夏既然来求他，事先已经做好心理准备，不管他提出什么要求她都会答应。

"好。"她低下头，回答。

"以后没有我的允许不能离开我身边。"

"好。"

"不管我送你什么你都不能拒绝。"

"好。"

段融说什么,她都回答"好"。她没有能力再承受生活上的打击,政大对她很重要,顺利从政大毕业对她很重要,被退学是她无论如何也不能接受的结果。但她的力量太渺小,根本对抗不了这个世界,只能卑微地回来找他。

沈半夏往前走了走,拿过钢琴上的首饰盒,从里面拿出戒指戴在左手无名指上,举起来给他看。

段融发现这丫头吃硬不吃软。

她就得是被生活逼到绝境才会乖乖地听话。

段融牵过沈半夏,拇指指腹在她戴着戒指的手指上摩挲了几下,脸上仍旧没有什么表情。她虽然回来了,也肯听话,却是他用不正当手段逼回来的,他觉得不光彩。

但是也没办法了,不光彩地得到和光彩地放人走,他宁愿选择前者。

外面的雪变得小了,院子里新培植了几株红梅,如今开得正好,在雪天里美得晶莹剔透。

沈半夏把手抽出来:"我……那我上去休息了。"

段融没有说什么,只是在她转身的时候,往前走了半步,挡住她。她感受到属于他身上的压迫感,睫毛颤了颤,站在原地不敢再动。

"有件事还没问你。"

段融的声音跟他人一样,带着让人没办法忽视的压迫感。

沈半夏的心跳突然变得很快,而在段融把她堵到钢琴前,抄在裤子口袋里的左手撑在她身旁的琴盖边沿,说话时将温热的气息带到她耳侧时,她全身都麻了一下。

"还没问你,"段融的语气不再生冷,声音很低,几乎是在用气声问她,"这么久不见,你不想我吗?"

在段融的那句话后,屋子里的气氛陡然发生了变化。

沈半夏靠着钢琴才能支撑住自己,手指攥住琴盖,用力到骨节泛白。嗓子里发痒,说不出话来,不敢弄出一点儿声音。

段融没有立刻离开,反倒极缓慢地在她那片红透了的耳垂上吻了下,感受到她细小的战栗。

"可我很想你。"

他哑声说完这几个字,起身,左手重新抄进裤子口袋,脸朝楼梯那边侧了下:"上去睡觉。"

沈半夏怀揣着疯狂跳动的心脏,拖着两条酸软的腿跑走了。

进了房间,她把自己摔到床上,被子蒙住头,手死死地按着快要跳出来的心脏。

一整个晚上都陷在无措的心动中,就连梦里都是段融。他就站在她身边,朝她低下头迁就着她的身高，用磁沉悦耳的声音在她耳边一遍遍地说："我很想你。"

醒来的时候出了一身汗，脖子里汗涔涔的，她拿手背抹掉，去浴室洗了个澡。

她不能再去学校上课，挑了身很家居的T恤和牛仔短裤。下楼的时候段融正在厨房煎一颗蛋，煎得嫩嫩的荷包蛋放进盘子里，上面撒了芝麻。

她过来的时候，段融把早餐给她，倒了热牛奶放在她面前。期间，他的目光往她身上落，看到她像夏天一样的清凉打扮，细瘦匀称的胳膊和腿都露着，白得几乎要发光。

他看了她一会儿，问："不冷？"

沈半夏摇头。

段融自嘲般地笑了声，喟叹："年轻就是好啊。"

说得好像他有多老一样。

段融拿了条毛毯给她盖在腿上："不冷也要盖着。"

沈半夏没有拒绝，咬着鸡蛋看他一眼，眼珠圆滚滚的，说不出的可爱。

段融等了两个月，等的就是像今天这样的早晨，她依旧坐在他身边，一边脸颊被食物撑得鼓鼓的，嘴巴一动一动地咀嚼着。注意力时不时会在他身上，往他这里看过来的时候，他能看到她那双灵气四溢的眼睛。

沈半夏吃饭很慢，咀嚼的速度也慢。之前这个时候她会跟他拌几句嘴，但今天没有，因为这段时间学校发生的事，她一颗心始终悬着，这几天更是被学校明令禁止不能再去上课。

她已经落了好几天的课了。

段融耐心地等她吃完饭，拿起西装外套打算出门。沈半夏在客厅找电影看，忍不住扭头偷觑了他一眼。

段融看回来，朝她这里走了几步，手在她后脑勺上揉了揉："好好在家里休息一天，明天准备去上课。"

沈半夏有些不敢相信："明天就能去吗？"

"我说能就一定可以。"段融把西服外套穿好，领带理了理，朝着门口走，语气吊儿郎当的，"等着吧，我去给你出气。"

沈半夏在后面看着他，这么多天来，终于由衷地露出个笑，眼睛亮晶晶的，没办法从他背影上移开。

越跟他相处，就会越喜欢他一些。不管他说什么做什么她都很喜欢，喜欢他运筹帷幄又不显山不露水的样子，喜欢他每一个眼神和动作，喜欢他有什么坏心思时微微挑起的眉峰。

但她还不能让他知道。

她跟严琴有合约,在明年夏天到来前,不能把自己假扮康家千金的事透露给包括段融在内的人。所以她要等合约结束,到那个时候,她要用原本的身份面对段融。

如果到那时段融还是喜欢她,她要告诉他,其实她一直喜欢他,除了他不会再喜欢上任何人。

她要让段融知道,从十一岁那年开始,她就把他当成这个无趣世界里唯一的光。

他是她活在这个世上的,唯一慰藉。

邱茹查了一下账户余额,如约收到了对方打来的五十万巨款。

她去了附近一家小型棋牌室,在那边坐了坐,等第二杯茶喝完,手边多了一个白色的麻将盒。

邱茹提着回家,准备把麻将盒里的东西拿出来,外面响起敲门声。

她吓得差点弄翻盒子,手忙脚乱地把东西藏好,过去从猫眼里看了看。

门外站着一个陌生女人,手里提着两箱东西。

邱茹提高了声音问:"是哪位啊?"

"邱教授您好,我是政大新聘的刑法学教师,刚好知道您跟我住在同一个小区,就想来拜访拜访您。"

邱茹把门打开,那女人笑容满面地提着东西进来,把东西放下。

外面进来四个保镖模样的男人,一看就来者不善。邱茹慌了神,问了句:"你们是谁?"

没有人回答她,邱茹往外看,看到一位个子很高的男人不紧不慢地从外面走了过来。其他人对他都很恭敬,能猜得到他的地位。

邱茹这些年一心扑在学术研究上,对商界上的事知道得很少,并不认识段融,只是一眼被这男人惊艳到。她所见过的娱乐圈里的帅哥不算少,跟这男人一比,那些男星简直连五官周正都谈不上了。

邱茹警惕地看着段融,问:"你是谁?"

崔山把门关上,反锁,陡然封闭的空间让邱茹顿时起了防备。

段融双手插兜,居高临下地打量她一遍:"就是你陷害我老婆的?"

只这么一句话,邱茹就知道了,这人是来给沈半夏撑腰的。她很快调整了表情,想着现在法治社会朗朗乾坤,这人来头虽大,但看上去完全没有不法分子的流氓样,她又怕什么。

"你是为了半夏的事来的啊?她的事我也知道,最近闹得挺大的。而且她好像是被刺激到了,几次三番来找我,非说是我把真题卷给她的,这不是瞎扯吗?我平时是非常看好这个学生的,班里的人都知道我很器重她,平时没少单独给她讲题。我是个老师啊，最喜欢的就是像她这种脑子聪明又肯用功的学生了，怎么可能会陷害她，陷害她对我来说有什么好处啊？"

段融一边嘴角勾起来，笑得极尽讽刺。

"邱老师，你知道我平时最讨厌哪种人？"

他明明是带着笑的，但就是让人感觉害怕。

"就是像你这种能面不改色矫饰自己的。"他说。

邱茹脸上的肌肉颤了颤："你这是什么意思？"

段融没有跟她废话，带来的几个助理很快找到了被邱茹藏在柜子底下的麻将盒，打开后拿出了里面的一袋东西。

邱茹脸色变了，扑过去要抢，被人拦住。

"这些东西是你给屋里那位买的吧。"段融朝这里唯一一间紧闭的房门看了眼，"钱世嘉，之前是小有名气的歌手，后来因为吸毒被抓退出娱乐圈，从戒毒所出来不久复吸。你见他戒毒痛苦，就一直暗暗地养着他，从各种渠道帮他买东西，他没有收入，需要的钱又多，所以你们夫妻两个才一直过得很拮据。当有人跟你说只要你把一份试题交到半夏手里，你就能拿到五十万，你就动心了。你看我说得对不对？"

段融云淡风轻地把有关邱茹不可告人的秘密都说了出来，邱茹身体开始一阵阵地打冷战："你胡说！"

"是吗？那把屋里那位请过来，咱带他去警局验验，你看这样行不行？"

立即有人要去开门，邱茹拼命跑过去拦，死也不肯让人去看。

段融冷笑了声："这么怕人见他，他是有多见不得人？算了，"他叹口气，"我也不为难你，你去找学校说明白你做了什么，是怎么构陷我老婆的。如果我老婆消了气，那这件事就好办。"

邱茹仍是要做无用的挣扎："我没有构陷过她，学校都已经查清楚了，就是她偷了试卷！"

段融用恍如看着一位绝症病人的悲怆眼神看她，片刻后点头："行。"

他的目光移到桌上，下巴朝从麻将盒里翻出来的白色袋子点了点。

邱茹吓得面如土色，声嘶力竭地摇头求饶。

"求求你，求求你放了我，我知道错了，我不该害你的人，我不该见钱眼开。不管你让我做什么我都会做，我求求你放了我吧！"

邱茹直到这个时候才意识到事情的严重性，她隐约听学校里的人说过，沈半夏的未婚夫是商界里一位很可怕的人物，当时她没怎么细想为什么会有人用"可怕"来形容一个人，现在她见识到了，只有"可怕"才能准确形容眼前这个男人。

段融还以为这女人骨头有多硬，实际上只是随便吓吓她就要哭爹喊娘了。

他兴味索然地摇了摇头:"早这样多好,非得逼我用特殊手段。"

他示意崔山开门:"请吧,现在去说清楚,如果今天之内半夏没有收到你和学校的赔礼道歉,我绝对让你后悔不及。"

"我可以去,但是我……"邱茹有些不敢说,看一眼紧闭的房门后,她握了握拳头,咬牙,"你要放过我和我丈夫,不然到了警局,我也有话要跟警察说。"

"行。"

没想到段融很轻易就应承下来。

邱茹觉得两个人都有彼此的把柄,段融如果出卖她,那她肯定也能让他去警局里坐坐。既然他都已经亲口说不会管了,那她应该是能信任他的。

邱茹去了学校,找到了学校管理层。

整整一天,沈半夏都待在段融的别墅里。现在没有老师肯教她,她只能自己摸索,遇到实在想不明白的题会拍下来问班兴昌。班兴昌原本不是很耐烦这个学生,但后来不知道怎么就转性了,每回她发去题目,他总会用最快的速度跟她讲。

下午她穿了厚厚的外套,围上围巾,穿了雪地靴去外面院子。今年京城多雪,三不五时就会下,一天没出来,外面地上积了厚厚一层雪,踩上去有细微的响声。

院子里的红梅搭配上白雪美得像幅画,她凑近闻了闻,真的能闻到一股香气。

葛梅两手提着许多食材从外面回来,看见沈半夏,远远地叫:"半夏,天气冷,别在外面待太久知道吗?"

"好。葛嫂,晚上吃什么啊?"

"这丫头,一天天的就馋吃的。"葛梅笑,"你放心吧,全是你爱吃的,烧茄子、茄子煲、尖椒炒茄子、孜然茄子,给你做一桌茄子宴好不好啊?"

沈半夏并不记得说过自己爱吃茄子的事,估计葛梅是从她平日的吃饭习惯里看出来的,笑了笑说:"好啊。"

她自己待着也不嫌无聊,拿了小铁铲在院子里堆雪人。堆完后,手冻得通红,她把脖子里的围巾取下来,给雪人戴上,拿口红在雪人脸上画了两团腮红。

一个雪人立马喜气起来,嘴咧到耳后冲着她笑。

沈半夏也冲雪人笑,笑得傻傻的,又可爱得不行。

段融从外面回来,坐在车里看了她一会儿。她眼里常带着一股不悲不喜、豁达洒脱的通透感,但其实本质上还是个孩子,总会在不自觉中流露出属于她这个年纪的孩子气,那些太过沉重的东西原本不该加诸在她身上。

沈半夏往他这边看了过来,似乎能透过全黑的防窥玻璃看进他的眼睛。

段融把车子开进车库,下车,朝她走过来的同时握住了她的两只手,拉起来,低首往她手上哈了几口热气。

"都冻成冰块了怎么还玩?"

他教训似的说了她一句,牵着她进屋,帮她脱掉外套和鞋子。

熟悉的被人照顾的感觉又回来,沈半夏心里涩了下,眼眶有点儿热。

她跑到沙发那边看电影吃西瓜。段融看了眼水果盘里切成小块的西瓜,问葛梅:"大冬天谁给她买的西瓜?"

"是半夏说想吃……"

"她想吃也不行,拿走。"

葛梅只能过来,刚要拿,沈半夏把西瓜抢过来,不满地看段融:"谁说冬天就不能吃西瓜了?"

"对你身体不好。"

"我身体好得很,一点儿毛病都没有。之前你带我去医院看过,我的胃病已经好了,你忘啦?"

"那也不能吃,葛嫂拿走。"

"你怎么这么大惊小怪啊!年纪不大管得倒挺多的。"

段融愣了两秒,笑:"你倒是不嫌我年纪大。"

"有多大啊,三十岁都还没到,整天用长辈的口吻教训我。我就是要吃西瓜,你不能管我!"

沈半夏故意气他,往嘴里一连填了好几块,又示威似的冲他扬了扬下巴。

段融无奈,朝葛梅看一眼:"随便她吧。"

"哎。"葛梅偷笑,回头偷瞧了这两人好几眼,越瞧越觉得配。

外面雪已经停了,树上似落了层晶莹剔透的琉璃。沈半夏吃掉最后一块西瓜,搁在茶几上的手机响起来,来电人显示是学校那边的领导。

她下意识去看段融,段融倒了杯热水给她,在她身边坐下,两条胳膊往后搭,从前面看就好像是在环着她一样。

"接,"他眼睛看着电视,话是在跟她说,"记得硬气点儿,你是我的人,有我给你撑腰,怕什么。"

沈半夏划开接听,手机放耳边。

学校教务处告诉她,政大已经查清关于真题泄露一事的真相,试题是邱茹偷的,又故意栽赃给沈半夏。现在学校已经决定终止与邱茹的聘用合同,打这通电话是想通知沈半夏明天正常回学校上课。

明明是学校那边犯了错,对面人的语气却听不出任何道歉的意思,反倒高高在上盛气凌人,好像亲自来通知她,都是给了她很大的面子一样。

沈半夏仗着旁边有段融,底气都足了起来:"既然学校已经证实冤枉了我,那就请你们在官网上发布给我的道歉信,并且把道歉信同步到社交网站置顶一个月。另外,你们需要补偿擅自停我课对我造成的损失,至于补偿多少,你们都是懂法律的,相信能给我一个满意的答复。所有这些需要在两天内完成,如果这两天里我没有看到你们的诚意,我会正式向法院提告。到时候我可就不管政大的面子该往哪儿放了。"

所有这些话一气呵成说完,沈半夏挂了电话。

段融的注意力从电视转到了她的脸上,笑了笑,胳膊往前伸,虚虚环住她的肩膀,手在她脸上捏了捏:"牙尖嘴利。"

沈半夏并不看他,低着头,过了一会儿说:"因为我知道有你在我身边。"

他是她的底气。

"嗯。"段融的手已经收了回去,依旧搭在她身后的沙发上,"我会一辈子给你撑腰,所以什么委屈都不要受。"

沈半夏心里震了下,紧接着感受到从心脏传来的剧烈的暖意。

这是第一次有人跟她说,什么委屈都不要受。

她在这个时候终于能承认,段融是真的很喜欢她。

跟她在一起的时候,段融是开心的,她可以感受到他的开心。

她决定放下那些杂七杂八的念头,不要再想些有的没的。既然段融喜欢她,她就要跟段融在一起。等到了明年夏天,她会把有关自己的一切都告诉段融。而段融会是什么反应,肯不肯原谅她,她现在都不要再提前设想了。

她只想享受现在跟段融在一起的日子。

她朝着段融主动扑过去,手搂住他的脖子。这个动作让段融有了半秒钟的凝滞,回神后回抱住她。

她难得主动投怀送抱。

"段融,"她软软地叫他名字,"之前不跟你说就从这里搬走,是我不好,我以后不会再那样了。"

段融发现沈半夏但凡表现出一丝半点对他的喜欢,他就扛不住了。

心里很热,热得他发燥。他搂住女孩细细的腰,把她往怀里按,恨不能把她摁进自己身体里。

他头往下低,找到她的唇,贴上去亲了下:"这么会勾引我,嗯?"

他又亲过来,沈半夏乖巧地闭上眼睛跟他接吻。他嘴里有薄荷的味道,让她上瘾。

她被他亲得浑身都软,没骨头一样地挂在他身上。

直到门口响了声,葛梅从外面回来,看见客厅里的光景后,"哎哟"了一声,臊着老脸想躲出去。

沈半夏把脸埋进段融怀里,不敢看人。

段融低低地笑了声,把她抱起来往卧房那边走,还不忘跟门口的葛梅说:"你别管我们,我们回屋亲。"

葛梅看着两个小年轻进了屋,门被关上。

沈半夏被抱进段融的卧房,她人被抵在门上,唇被段融堵着,他的手已经不安分地伸进去。

她那里虽然不是很大,但胸型很好,圆润饱满。

沈半夏被弄得魂魄都要散了,半睁开水光潋滟的眼睛看他,微喘着气:"别摸。"

段融没听,恶劣地在她耳边说:"我的女人为什么我不能摸。"

沈半夏听得脸红,觉得不能再这么下去,可怜兮兮地求他:"你把我放下,我饿了,想去吃饭。"

她实在不能接受外面还有人,她跟段融就在屋里亲热。

段融又亲了她几下,把她轻轻搁在地上。他看到什么,手指在她耳朵下方一处吻痕上捏了几下:"红了。"

"啊?"沈半夏赶紧去捂,"那怎么办,葛嫂会看见的。"

段融从裤子口袋里掏出创可贴帮她贴上。

"我知道我为什么要随身带着创可贴了,"他说,"要给你用。"

沈半夏轻轻踢了他一下,娇娇柔柔地骂一句:"讨厌。"转身开门出去,装作没事人一样坐回沙发上看电视。

段融随后过来,在她身边坐下,无比自然地搂着她。

厨房那边忙着做菜的葛梅朝这边伸长了脖子看,忍不住笑。趁两人不注意,她偷偷把手机拿出来,压低声音给老公发了条语音消息:"我跟你说,段融跟半夏就要成了……"

晚餐葛梅真的做了一桌茄子宴,全是沈半夏爱吃的。

只有两道用了西蓝花,段融看上去蛮喜欢吃。

沈半夏问:"你喜欢西蓝花?"

段融:"怎么?"

"我有个朋友也喜欢吃西蓝花。"

她说的朋友是Z,段融想起自己确实有次用Z的名义跟她聊天时,透露过喜欢吃的食物,她非但记住了,而且还记得这么清楚,饭桌上都能主动跟他讨论起来。

没见她特别记住过他爱吃的东西。

段融心里不爽起来,看着她:"什么样的朋友?"

"就是好朋友啊。"

"有多好？"

沈半夏听出他语气里的酸，把嘴里的米饭咽下去，说："你吃醋啊？"

"嗯。"

他承认得很干脆。

沈半夏藏了藏嘴角的笑，说："没你好。"

段融好受了点儿，但并没有彻底消气："那你知道他爱吃的东西，知不知道我爱吃什么？"

沈半夏往餐桌上看了眼："西蓝花啊。"

段融没说话。

"哦，对了，我还知道你不吃洋葱和海鲜。"

段融心理平衡了点儿，起码她对他的认知比Z要多那么一项。

"我那朋友也不喜欢吃洋葱，"她说，"你们俩口味倒挺像的，就是不知道他长什么样子，是不是跟你一样好看？"

沈半夏从来都不吝夸奖段融这张脸，只要给她机会，她一天能说上十遍都不嫌烦。

段融身体往后靠："怎么，要是比我好看，你就要抛弃我了？"

"说不准。"

她胆子越来越大，都是被他纵容出来的。段融短促地笑了声，侧头看她："我看是我太惯着你了。"

他靠近她的那只手伸出去，揽住她肩膀把她往怀里拢了一把，手往上贴住她耳朵，在她另一边耳际低声警告："你要是敢，我出入都把你绑在身边信不信？"

段融这人有时候说话挺狠的，对别人也狠，但没有对沈半夏狠过。每次在他身边，她总有种自己被妥帖保护着的感觉。

学校的动作很快，当天就应沈半夏的要求在网上发布了道歉信，并公布了对邱茹的辞退处罚，而邱茹还需要向沈半夏进行赔偿。

沈半夏账上收到了两万块的赔偿款，对她来说算是一笔不小的数目。

收到钱后，第一件事就是给段融买了一条刚好价值两万块的领带，深蓝色的，附有火焰状的暗纹，看到的第一眼就觉得很适合他。

依旧趁他不在时把礼物放在了他的卧室。

重新回学校上课，班里不少人都在假装无意地偷看沈半夏，然后头凑在一起低声说着什么。沈半夏听不太清楚，原本想视而不见，但中午吃饭的时候，方朗把手机拿出来，刚看了一眼就气得骂了句脏话。

"怎么了？"

沈半夏见他神色不对，硬是把手机拿了过来。

只看了一眼,她全身血液就冲到了头顶。

几乎一大半的法学院学生背着她单独拉了个群。

群里的信息一条条不停往上冒。

△明明就是沈半夏偷了试卷,最后却让咱们邱老师出来当挡箭牌,还让堂堂一所顶尖大学卑躬屈膝地跟她道歉。请问大清真的亡了吗?这是什么世道,还有天理吗?

△谁让她有个不好惹的未婚夫,不管是什么世道,有钱人就是可以无法无天。

△她能做这么不要脸的事,不怕夜里做噩梦吗?

△她做什么噩梦,一切都有段融给她挡着呢。你们说就这么个小丫头片子本事怎么这么大,段融都能拿得下来,她是不是给段融下蛊了?

△人家手段多呗,看她那张脸,我就知道她不是个善茬,整天就会装无辜装清纯,男人都可吃她那套。

△那也是她确实长得漂亮,你们见没见她几乎很少化妆,可那张脸嫩得还是能掐出水来。

△是是是,她最漂亮,装清纯谁不会,装无辜谁不会,她一天天的装给谁看呢。与其她这种货色,我宁愿万珂把段融拿下。万珂起码都明着坏在脸上,人家不玩阴的啊。谁像她,妥妥的白莲花一个。

△你们别说了,其实学校不是都已经查清楚了吗,就是邱老师在故意陷害沈半夏,你们这么背后讨论一个人不太好吧。

△楼上少装好心了,邱老师跟沈半夏有什么过节吗?平时邱老师可没少在课上夸沈半夏,还牺牲自己的时间给她补课。这些你们都是知道的,她怎么可能会陷害沈半夏,正常人都知道其中肯定有猫腻好吗。

△确实,不能怪我们阴谋论,实在是沈半夏家里权势太大,找的老公权势更大。我们如果被他们这种资本家牵着鼻子走,那就是着了他们的道了。

△真不是我素质低,而是任何正常人路过都得骂一句吐口唾沫的程度,我建议大家团结起来为邱老师平反,孤立沈半夏,让她在法学院混不下去。

群里七成的人在辱骂沈半夏,两成人选择观望,另外一成人在看不下去的时候会替沈半夏说话,然后被那七成人更凶地骂回去。

沈半夏把手机还给方朗,若无其事地继续吃饭。她的胃病已经好得差不多了,没有再疼过,交替性暴食厌食的情况也有所改善。

是段融给她治好的,她不能让他失望。

方朗见她脸色不好,安慰:"都是些乌合之众,你别跟他们一般见识。"

沈半夏这次没有选择忍耐,她非但跟他们一般见识了,还把事情闹得很大。

政大的法学院素来以勤勉著称,每天晚上会遵循自愿原则统一上晚自习。

七点钟，晚自习铃声响后十分钟，沈半夏姗姗来迟地进教室。教室里的人一看到她，眼神立刻变了，对她的厌恶溢于言表，纷纷凑在一起低声说起了话。

沈半夏走到讲台上，把打印出的微信群聊天记录往前扔。

厚厚一沓纸纷纷扬扬在教室里飘。前排有些人看到了纸上的内容，脖子立刻缩起来。他们自己也知道这些是不光彩的，底气先失了三分。

沈半夏不悲不惧地站在台上，清冷的眼神扫下台下的人。

"大家有什么话可以当面跟我说，躲在背地里嚼舌根算什么本事。你们对我这么不满，怀疑是我打压了邱老师，那你们应该去告到教务处，而不是一个个躲在键盘后头因为你们毫无根据的猜测就把脏水往我身上泼。你们把自己当什么人，凭什么仅凭几个猜测就可以审判别人。

"邱茹偷试题栽赃给我的事你们既然不信，那你们去找证据。既然没有证据，那就请你们闭上嘴少在那边胡言乱语！饭可以乱吃，话不可以乱讲。给你们自由的权利不是让你们自由骂人的，平时管好自己就行了，别人的事不需要你们咸吃萝卜淡操心。

"你们是不是觉得我看起来挺好欺负的，那你们可真是错了，我脾气一直不好，锱铢必较，受了委屈就一定要还。'忍气吞声'这四个字就不在我字典里，你们最好给我小心点儿。"

班里有不少人越来越看不惯她，可无奈的是不能拿她怎么样。会拉那个群只是为了私下里泄愤，都已经不是中学生了，在群里议论人这种事被当事人发现已经够丢脸的了，更不能再像中学时候那样因为不喜欢谁就要合起伙来霸凌谁。

班里另一部分人持中立态度，被沈半夏的气势震撼到。她小小的个子，单薄消瘦的身材，却有着巨大的能量。

班里有人把当晚的事拍摄下来发到了网上，原意是想让网民看看沈半夏有多么咄咄逼人，毫不留情地把同窗骂了个狗血淋头。

意外的是网民并没有被博主极具煽动性的文字蛊惑，反而纷纷为沈半夏说起了话。

△博主要不要这么阴阳怪气啊，明明就是你们有错在先。政大的通报我都看了，有理有据，都已经还人家妹妹清白了，为什么你们还逮着人不放？还说什么为了正义，我看你们就是一群红眼病，鉴定完毕。

△这妹妹好勇，我也遇到过被人单独拉群辱骂的情况，但是我没有她勇敢。如果再给我一次机会，我想我一定要像她一样骂回去。

△亏我一直那么崇拜政大，哦，就教出来这么一群人啊（不包括半夏妹妹），所以说学历高的人素质真的不一定就高，看看这群未来法律界的精英就知道（同样不包括半夏妹妹）。

△妹妹说得对，人最重要的是管好自己，老盯着别人的事干什么，真是病得不轻。

△妹妹看上去好小啊，单看外貌的话真的会给人一种很好欺负的感觉，谁能知道这么勇的，这种反差真的萌死谁了！半夏妹妹，姐姐们挺你，你没有错，骂得好，应该骂得更狠一些。

△怎么办，因为半夏，我对天晟集团的好感升级了，段家真的何德何能有这么好的一个儿媳妇啊。

△请注意他们还没有结婚，半夏妹妹仍然是自由的，有人想组团抢吗？

关于沈半夏的事在网上小小地火了一阵，段融知道的时候正在邱茹住的小区楼下。

周警官派了人去上面敲门，他从烟盒里抖出一根烟朝段融那边递。段融看了一眼就收回："戒了。"

周警官稀罕道："怎么，真戒了？"

"家里有小朋友，不能闻二手烟。"

"哎哟哎哟，你要不要这么宠啊，都快宠上天了可还行。"

周警官调侃，拿出手机翻到最新的热搜给他看："你看看，你们家小朋友这底气足得，想也知道是你给的。"

段融往手机上看，被人拍摄的视频里，沈半夏形单影只地站在众人面前，但是毫不露怯，两只眼睛无比坚毅，说出来的话就像一个个响亮的耳光，打在那些背地里对她说三道四的人的脸上。

段融笑："伶牙俐齿。"

过了两秒，他补充："不愧是我的女人。"

周警官"啧"了声："你被她灌迷魂汤了？"重新看了遍视频，止不住地称赞，"被你捡到宝了，你看这小嘴多能说，简直是舌战群儒啊。"

段融眼前突然闪过沈半夏离得极近的脸，每次亲她，她最开始时总要惊诧地将他望一望，难得会乖乖地闭了眼睛等着他亲。

她的唇很软很香，像棉花糖。

嗓子里干渴起来，段融抬起头，喉结上下一滚，眼眸看着虚空中的某一点儿："不仅能说，还甜。"

警察在邱茹的家里搜到了数量不少的毒品，证据确凿，把邱茹和她丈夫铐起来带去警局审讯。

出了单元楼，邱茹看到了段融，气急败坏地对着他喊："是不是你出卖了我？小人！你简直是小人，你忘了你跟我保证过什么？"

段融不屑地挑唇笑："我说什么你就信啊？"

"你、你……"邱茹气得一口气快上不来,"你别忘了我手里还有你的把柄!警察同志,"她指着段融对周警官喊,"这个人前几天带了一群人闯进我的家里,威胁我出面去做证!你们既然抓了我也一定要抓他,凭什么让他逍遥法外!"

段融摇头:"请你注意用词,那是你把我请进去的,不是我闯进去的。还有,你之所以会出面做证,那是因为我手里有证据,你不去说造成的后果会更严重。说我威胁你,"他一双很有欺骗性的桃花眼依旧带着让人不寒而栗的笑,脖子缓慢地动了下,"请问你有证据吗?"

邱茹歇斯底里地破口大骂起来,她丈夫虚弱得直接晕了过去,她的骂声又变成了哭声,求警察赶紧救救她丈夫。

周警官让人先把她带走,把她吸毒过量的丈夫送去医院。

"这次要多谢你了,"周警官对段融说,"要不是你,我们也不能顺藤摸瓜找出她背后的卖家。局里已经批了,下周就能进行抓捕行动。"

段融满不在乎:"谢什么,我做这些刚好也能给我老婆出气。"

周警官无奈地摇头:"我看你真是被她灌迷魂汤了!"

段融不知想到了什么,唇角浮起笑:"嗯,我自愿喝的。"

沈半夏一直等到晚上十二点,书背完了好几章,段融依旧没有回来。

她熄掉灯在床上躺了会儿,手指绕来绕去,等不到他回来就睡得不踏实。

一直到一点多钟,大开的窗下传来车子的声音,她激动地跑下床,到露台外扒着栏杆往下看。司机张叔把段融送回来,段融从车上下来后,举手揉了揉眉心,又甩了甩头,往前走的第一步微有趔趄,后面才平缓些。

好像是喝了酒。

沈半夏有些放心不下,轻手轻脚地下了楼。客厅里留着灯,段融随意地在沙发里躺着,手背搭在额上。

还没靠近就闻见他一身的酒气。

她不免想起万珂说过的,段融虽然不喜欢喝酒,但他很能喝,千杯不醉。

现在也不像是没醉的样子啊。

"就这还叫了解他?"

沈半夏腹诽,又慢慢因为自己要比万珂更了解段融而暗暗窃喜。

她在网上搜了醒酒汤的做法,照着把水煮开。

她几乎没有下过厨房,小时候是因为爸妈把她照顾得很好,不需要她早当家。后来是因为她要利用一切时间工作和学习,没有时间做饭。

她对厨房无比陌生,基本是两眼一抹黑,在水沸去掀锅盖的时候,猝不及防被烫了一下,锅盖"丁零咣当"地掉在了台上。

她疼得捏住手指，眼泪都被逼出来。身后走过来一个人，微有沙哑的嗓音里带了慌张："怎么了？"

段融关了火，把她的手扯到水龙头下，用冷水对着烫红的地方不停冲。

他看一眼锅里的水，蹙着眉问："谁让你做这些的？"

"我只是想给你煮碗醒酒汤。"

"我让你做这个了？"

段融仔细观察她的两只手，确认没有其他地方烫到，关掉水龙头，抽了张纸巾把她的手擦干。牵着她去沙发那边，从医药箱里找出一管治烫伤的药给她抹在指上。

"以后别再碰厨房里的东西，听见没有？"他一边抹药一边不忘警告她。

沈半夏也知道自己在做饭这件事上完全没有天赋，只是很不服气段融拿训小孩的口吻来训她。

"我也不能一辈子让别人给我做饭吃。"

"别人是不能，"段融漫不经心地说，"但我能。"

在他这句话后，空气流动的速度变慢，彼此的呼吸声变得清晰，他碰在她手指上的触感由热转为烫。

沈半夏不敢发出什么声音，眼眸垂下，脸颊一点点泛红。他身上的酒味稍重，又带了点儿清香，应该是喝了高度白酒。刚才看他身形略有趔趄，现在不过休息了几分钟就变得没事人一样了，一点儿醉态都看不出来。

烫伤的地方处理好，沈半夏把手抽出来，起身要走："那我回屋了。"

段融把她拉回去，视线落在她脸上，温度很烫，灼人。

沈半夏的呼吸不自觉发紧，睫毛轻轻地抖。她的手腕被他按着，动不了。

"你是不是喝醉了，"她试着问，"要不要去休息？"

段融的指腹开始暗示性地在她腕间摩挲着，她的皮肤白又光滑，哪里摸着都软："好像是醉了。"

落地窗外无声无息地落着雪，屋子里暖得人身上发燥。除了他们，四下无人的别墅里，段融的眼神除了带有醉意，更多的是攀爬而上的侵略感。

"但还能亲你。"

在这句话后，段融的手从她腕上移到她腰间，稍一用力就把她抱到了腿上。

两人的唇碰到一起，沈半夏脑袋里"嗡"的一声放起了烟花，整个人又热又晕。身体以自己反应不过来的速度发软，唇齿被他轻而易举打开，尝到他嘴里带了清甜的酒味。完全不讨厌，甚至感觉有些像麦芽糖，那种纯粹的甜。

两只手搭在他肩膀上，摸到他身上整齐的西服外套。

他就连领带都还系得一丝不苟，她两条又细又匀称的腿分开坐在他腰间，对他的行为没有任何反击之力，就像落入了猎人手里的猎物。

372

她刚洗过澡，穿了身柔软的棉质睡衣，散发着淡淡的香气。

段融的手在她腰间抚着，指腹带了点儿薄茧，每碰到一处地方，她的呼吸就更紧一分，身上随着他的撩拨起了层薄汗，薄汗浸在他指间。

沈半夏微微地抖，头侧过去避开他，脸埋进他颈窝，一双耳朵红透了。

不知道有多久，他越来越肆无忌惮。沈半夏浑身瑟缩了下，终于承受不住抓住了他的手："你别。"

段融亲亲她的耳朵，手拿出来扶住她的后脑："什么时候能不怕？"

沈半夏不是怕，只是觉得还没有准备好，时机不对。

她抿抿唇，小声说："现在不行。"

段融拿她没辙，俯首，在她耳边咬牙说："你要磨死我！"

沈半夏说不出什么。她身上衣服薄，明显感觉到什么。很怕再这样下去会一发不可收，她挪动身体试着往后躲："我要去睡觉了。"

段融把她的腰箍得更紧，手指屈起，骨节泛白，捏了她一把，好像是在忍耐什么。过去几秒他才松开，抱着她往卧室里送。

他房间里有种若有似无的薰香，跟他身上的味道很像。

段融把她放到床上，注意到床头柜上搁着的东西，拿起来打开。

里面是一条暗蓝色的领带。

段融笑了声，看她："你就非得偷偷摸摸地送。"

这领带的价钱对于她来说算得上奢侈了。

段融单手松了领带取下来扔在一边，在她身边坐下，从盒子里拿出新的领带往她那边一递："给我系上。"

"……我不会。"

"我教你。"

段融带着她的两只手，领着她一点点把领带系好。她的手指本来就软，摸了几下后更是连骨头都被抽掉了一样，他甚至不舍得多用点力，生怕一个不小心把她的手指捏断了。

沈半夏不敢看他，手乖乖地被他握着，睫毛低垂。在别人面前的时候，她天不怕地不怕，一到他面前轻易就会脸红。

段融看了眼腕表，时针早过了十二点。

他看着她："知不知道今天什么日子？"

"是冬至。"她说，咬了咬唇，补充，"你生日。"

她出生在夏至那天，而段融出生在冬至，极寒冷的日子。或许是因为他出生的日子太冷，所以起的名字才会那样暖和。

每年冬至，沈半夏都会买一样带有火焰标志的礼物，但每年都没有机会送出去。

今年是第一次能送他礼物。

段融看着她:"所以送我这个?"

"嗯。"

沈半夏抬起头,看着他的眼睛,认真地说:"段融,生日快乐。"

段融一直不怎么庆祝生日,没劲又吵。他的出生对于严琴来说应该算得上一场灾难,没有几个人希望他来到这个世上,他也不屑于来到这个世上。

但现在听到这小丫头跟他说生日快乐,他心里第一次觉得,其实他的出生也并不是那么糟糕。他会在满二十六岁这年的冬至,听到一个漂亮可爱的小姑娘跟他说生日快乐。

"是因为知道今天是我生日,"段融说,"才给摸的?"

沈半夏噎了噎,红着脸看他。

听到这坏人的下一句话:"那给睡吗?"

沈半夏快变成一只煮熟了的虾米,全身都烫。她眼里泛出了些水光,咬了咬唇,说:"不给。"

段融叹口气,手握住她的后颈,额头抵着她的额头:"你就仗着我舍不得欺负你。"

沈半夏心里胀满了奇怪的感觉,很痒,又挠不到。她看着段融的眼睛,如被蛊惑了一般,软软的手指去摸他的脸:"段融,你有什么生日愿望吗?"

"有一个。"

段融过去把门关上,重新回来,朝她躬下身,两只手按在她身体两边的床沿,眼睛直视着她:"你陪我睡一晚。"

沈半夏瞪大眼睛,脸发红,明显是多想了他的"睡"是什么意思。段融低头笑,再抬起头时,一只手捏了捏她的下巴:"就只是睡觉,想什么呢?"

他把小姑娘往床里抱了抱:"你先睡,我去洗澡。"

沈半夏半张脸藏在被子里,看到他进了洗手间,门拉上。里面很快传来水声,她的心随着水声一直跳。只要想象一下如今那扇门里的风景,她就忍不住脸红耳热。

她把被子拉过头顶,原本想等他,可段融在浴室里待了很久,大半个小时过去都没出来,她撑不住睡着了。

段融感觉要是再忍下去,他一定会忍出病来。

但他总要等到小姑娘心甘情愿成为他的人。

知道她现在就睡在他的屋里,他的床上,他想象着她的样子。

接近一个小时,他才从浴室出来。

沈半夏迷迷糊糊地睁开眼睛看了看,眼皮太沉,很快又合上。感受到外面的床陷下去一点儿,属于段融的气息笼过来,他伸长胳膊把她抱进了怀里。

他身上好香，没有了酒味，多了一种沐浴液的凛冽竹香。身上穿了件黑色的棉质睡衣，贴着衣料都能感受到他肌理的结实。
　　沈半夏朦胧中不知道自己是梦是醒，胆子变得大起来，贪婪地往他怀里蹭，手摸索到他腹部，手指不安分地动了动，描绘着他紧实的腹肌线条，脸上露出点儿满足的笑。
　　在她手指钻进去的一瞬间，段融浑身紧绷，眉心皱紧。小丫头在他怀里睡着，醒着的时候总容易害羞，如今睡着了倒有胆子吃他豆腐。
　　他沉沉吐出一口气，无奈地笑了声，把她小小的脑袋按进怀里，手指揉搓着她的耳垂，哑声笑骂："小色迷。"

　　沈半夏做了一夜不可描述的梦。
　　梦里全是段融，当她的手指在他劲瘦紧实的腰间画圈圈的时候，听到他咬牙笑骂："小色迷。"
　　小色迷就小色迷吧，迷恋男色又不丢人，她馋段融不是一天两天了，在梦里还不能耍耍流氓啊？
　　她这么想着，然后就醒了，发现梦里的事竟然成真了，她的手下挨着一样硬硬的东西，多感受了下，发现那是段融轻薄的腹肌。
　　她倒吸一口冷气，手立刻就要抽出来，被段融隔着衣料按住。
　　段融缓缓睁开眼睛，头低了点儿看着她，声音跟她梦里一样低哑磁沉："摸了一夜，爽不爽？"
　　沈半夏的脸爆红，逃一样要从床上起来，被他拖回去压在身下，被动地与他接了一个漫长又凌乱的吻。
　　她再次感受到了什么，怕再亲下去要出事，脸艰难地往旁边侧，跟他嘴唇分开："别亲了。"
　　颈侧感到他粗重的呼吸，他额头抵在她颈窝里，没多久头抬了点儿，牙齿咬她脖子里一块薄薄的肌肤，隐忍得厉害："沈半夏，你要吊我吊到什么时候？"
　　他把她脖颈几乎咬了个遍，唇流连着往下，亲她很深的锁骨窝。
　　沈半夏后知后觉发现，自己确实吊他太久了。
　　稍微让他碰一碰又能怎么样。
　　她睁着眼睛看天花板，没再阻止段融。她心想，离开段融的这段时间，她没有一天不在思念他，更加意识到了他是个多么美好的人。
　　突然想要自私一点儿，想永远地拥有段融。
　　肩膀处传来痛感，她疼得缩了缩，手按住被他咬过的地方，知道肯定是红了，嗔怪地看他："我还要去上课，你能不能别总咬会让人看见的地方？"

段融:"那咬别人看不见的地方?"

他说得不怀好意,分明就是在开黄腔。

沈半夏气得推了他一把,不许他再亲了,骂他:"你流氓。"

骂完从床上下来,她昨天是被抱过来的,地上只有段融的拖鞋,要比她的鞋大很多,她索性直接穿着往外走。

段融懒散地靠在床头看她,带着笑声继续贫:"骂得真好听,以后在床上就这么骂我。"

沈半夏好想脱了鞋丢他!

她回了自己的房间洗漱换衣服,穿文胸的时候猝然想到昨晚的事,绯红着脸低头看了看。

左边一处地方留着点淡淡的指痕。

她再次骂:"流氓。"

但他今天过生日,她暂时不跟这流氓计较。

第十三章
不是一个世界的人，那我就去你那个世界
R O N G X I A

冬至时节，白昼最短，黑夜最长，凛冬已至。

下了一整天的雪，教室窗外正对着一棵两人合抱那般粗的大树，树枝被雪压得摇摇欲断。

自从沈半夏当场跟班里的人撕破脸后，整个法学院更是很少有人会跟她做朋友，不管上什么课都故意选离她很远的位置。只有方朗一如既往地陪在她身边，让她不至于被孤立。

沈半夏完全不在意现在的形势，她上大学不是为了交朋友的，而且现在她也不是没有朋友。

下午没有课，沈半夏收拾了书本离开，在外面碰到了杜子腾。

杜子腾是典型的纨绔子弟，流连花丛而从来不会负责的花花公子。前几任女友交往时间很少有超过三个月的，尚茵算是一个意外。

杜子腾说他不会跟尚茵分手，是因为他要向段融看齐，段融玩女大学生，他就也不能示弱。易石青和高峰听见以后提醒过杜子腾，让杜子腾不要在段融面前用"玩"这个字眼形容他跟沈半夏的关系。杜子腾那时候还很不能理解，段融不玩，难道还能生出真心来不成？

真心这种东西是虚幻而抽象的，只能存在于想象里，而很少发生在现实生活中。有时候大家会误以为对某个人产生了真心，而到最后会被时间这种东西狠狠地打脸。

每次看到沈半夏，杜子腾都在心里计算这丫头对段融的吸引力会在什么时候结束，但已经半年过去，段融朋友圈里依旧保留着那条官宣的动态。跟兄弟们在外头喝酒时，他会时不时把沈半夏挂在嘴边提一提，完全就是一副陷入爱情里的男人模样，而且是被沈半夏拿捏得死死的。

大雪纷飞，沈半夏从教学楼里出来，杜子腾叫了她一声："小半夏。"

沈半夏走过来:"子腾哥。"

正是凛冬时节,雪花一阵阵地卷。杜子腾看到她脖子里交叉贴着的两个创可贴,笑了一声,压低了声音问:"小半夏,你跟段融发展到几垒了?"

沈半夏顿时觉得脖子凉飕飕的,从包里把围巾拿出来,在脖子上围了两圈。

"听不明白,我走了。"

"这么经不起玩笑,那就是全垒打了?"杜子腾一直跟着她,"小半夏,我必须得提醒你一句,女孩子必须要好好保护自己,不能让男人为所欲为。要是一不小心怀孕了,那是很严重的事,要做好措施才行。我之前就搞大过一个女生的肚子,我给了她黄金地段的一套房子才把事情解决。流产那天我陪她去的,她也挺遭罪的,做完手术后人像是死了一回,别提多吓人了。你说你年纪还这么小,能吃这种苦吗?"

杜子腾一直说些有的没的,尚茵走过来,带着气拉了他一把:"你干吗呢?"

"跟嫂子说今晚去给段融庆祝生日的事儿。"

"今天是段融生日啊?那我们现在去吧。"

尚茵很激动,明眼人都能看得出来她怀揣着什么样的心思。

杜子腾已经知道了,他交往过的女生里,得有一大半是冲着段融才接近他的。

知道这件事后他恼火了一阵,后来倒是渐渐放下了,自己安慰自己,反正段融也看不上她们,而他可以借着段融的势轻而易举地得到她们,各取所需,谁也别说对不起谁。

"就是段融不怎么喜欢过生日,之前每次生日都是一个人过的。"杜子腾看向沈半夏,"我跟易石青他们都说好了,今年无论如何得给他庆祝。他挺听你话的,小嫂子,你帮着我们劝劝他呗?"

沈半夏看了他一眼:"怎么劝?"

"我们在滕云酒店那边都布置好了,你把他叫过来。"

几人走到停车场,杜子腾拉开后车门,示意沈半夏往里坐。

滕云酒店是杜子腾家里的产业,坐落于邻市南边靠海的位置,装修得富丽堂皇,极尽夸张,像一座童话里的海边城堡。

杜子腾一路把车开了过去,三小时后到达了酒店。

为了帮段融庆祝生日,酒店特意歇业一天。平时跟段融比较玩得来的朋友此刻都汇集在大厅里忙着布置现场,男人们穿着比较随意,女生们都经过精心打扮,化着别有心机的妆。尚茵看了看自己身上臃肿的羽绒服外套,在背后狠狠地瞪了杜子腾一眼,下一秒在脸上挂了笑,撒着娇让他帮忙找件晚礼服。

杜子腾揽着她去了后面,沈半夏一个人在这边待着,因为太热,不得不把围巾和外套拿掉。

易石青过来找她:"小半夏,段融什么时候来?"

沈半夏看看手机,来这边之前她给段融发了微信,到现在了他也没回。

"不知道。"她不确定地说,"有可能不会来。"

"他这么听你话,你会叫不来他?"

"有可能吧。"

在她这句话后,酒店大门被人打开,段融从外面进来,头发上落着几瓣雪,身上也有,一双眼漆黑深沉。

大厅里的人全看了过来,梁瑞涵两眼放光。她有很长一段时间没见过段融了,每次约他出来吃饭都被拒绝。

她朝段融走过去,段融视若无睹,径直走到了沈半夏身边,语气生冷:"谁让你跟别人走的?"

沈半夏:"子腾哥是你朋友啊。"

段融:"你以为我朋友就都是好人?"

刚好杜子腾陪着换好衣服的尚茵过来,"嘿"了一声:"段融,什么意思啊,你也太伤哥们的心了吧。"

段融冷眼朝他看:"你有几个胆子敢把我的人带出来。"

"就咱俩这交情,你还怕我夺你所爱啊。"杜子腾一脸受伤,"这种事儿你觉得我会做得出来?石青、高峰,你们俩给我评评理,段融这醋是不是吃得挺莫名其妙。"

易石青和高峰给了他个自求多福的眼神。

一群人在看到段融拽着沈半夏打算走的时候拦了一把,杜子腾让人把酒店大门紧锁,钥匙不知道扔去了哪儿。

"段融,既来之则安之。何况今儿这蛋糕是小半夏特意给你订的,"杜子腾看沈半夏,"小半夏,你说是不是?"

沈半夏:"我没订过。"

杜子腾正要骂这丫头不懂看眼色,就听她补充:"但我还挺想吃的。"

段融刚才还冷着的脸色在她这句话后缓和了些,看了她一会儿,妥协了。

一群人闹哄哄地把蛋糕推出来,拉花礼炮的声音乱响。周围站了一圈人,易石青和高峰几个男生全被挤到了一边,精心打扮过的女生们以段融为中心"一"字排开。她们都盛装而来,只有沈半夏随意穿着针织毛衣、牛仔裤,一眼看过去有些格格不入。

女生们不停朝段融这里挤,在沈半夏快被挤出去的时候,段融把她拉到身前,两只胳膊把她圈着。

她感受到身后传来段融胸膛的温度。

段融的下巴搁在她的发顶，握着她的手去切蛋糕。那些挤过来的女生脸色变黑，不再那么兴奋了。

男人们开始起哄，要拿蛋糕去抹沈半夏的脸，被段融一个眼神吓退。

"段融，不用这么护着吧。"易石青调侃。

杜子腾："你们懂什么，小半夏多招人疼啊，我要有这媳妇我也拿眼珠子一样护着。"

说完后，果不其然接收到来自段融的眼神威胁，杜子腾是真服了，总算明白，段融对沈半夏应该是来真的。

"当然了，我是没有福气找半夏这么个媳妇。"

杜子腾认怂，被尚茵拎着耳朵拖到一边去教训了。易石青和高峰在旁边幸灾乐祸。

段融的情绪自始至终都不怎么高，只是敷衍地喝了几杯酒。

零点过去，相继有人回了房间休息，杜子腾把顶层套房的房卡交到了段融手里："特意给你和小半夏留的，绝对让你满意。"

段融垂眸瞥了眼房卡，没说什么。

喝得醉醺醺的易石青在旁边看见，笑道："哥，祝贺你又老一岁。"

段融把房卡揣进裤子口袋："所以？"

"注意着点儿，那丫头小着呢，出了事儿可不是闹着玩的。"

"用你提醒？"

段融转身，走到还在吃蛋糕的沈半夏身边，伸指把她嘴角的奶油拂去。

"别吃了，跟我去睡觉。"他拉着她朝电梯走。

沈半夏乖乖地跟在段融身边，拿手揉了揉眼睛。

电梯往上升，密闭的空间里只有他们两个人，她的手被段融牵着。

两个人就好像情侣那样相处。

沈半夏不确定他们算不算真正的情侣，要跟他交往，起码要建立在真诚的基础上，但她的所有秘密还没有跟他说。

她无比希望一年的期限能快点结束，那样她就能坦坦荡荡地把所有事实告诉他。

可到现在也只过去了半年而已。

电梯停在顶层，走廊里静悄悄的，灯光很亮。

段融牵着她走到一间房前，房卡刷开门。

往里去，她闻到一股浓郁的玫瑰花香。灯光亮起来后，眼前看到的一幕把她震了下，手心立刻出了汗。

整个套房用暖红色调装饰，氛围幽暗，处处流动着一股朦胧不清的气息。

卧房里只开着几盏昏暗的壁灯和地灯,隐约能看到床上铺满了红色玫瑰花瓣。屋里萦绕着浓稠的香薰,和无处不在的玫瑰花香一起,中和出了奇异的味道。

不管看哪里都能被带有隐喻的夸张布置惊吓到,沈半夏尴尬得无地自容。段融却仿佛完全没看见这里的布置一样,不知道按了哪儿,头顶的吊灯亮起来,光线涌进,暧昧的气氛稍微被冲散。

沈半夏这才敢四处看一圈:"这儿只有一张床啊?"

段融往沙发里一坐,笑了声:"你觉得情趣房会有两张床?"

他竟然还直接说了出来。

沈半夏攒了攒勇气:"我跟你应该还没有发展到住情趣房的地步吧。"

"没有发展到,你不是也跟我来了?"段融往洗手间示意了下,"去洗澡。"

在这样的环境里,这句话经他嘴里说出来,莫名多了股暗示的味道。但他应该并没有那种意思,不然照他这种性格,他应该会说"一起洗澡"。

沈半夏迟疑了会儿,站着没有动。就只是这么两三秒的工夫后,听到段融的声音:"怎么,你想跟我一起洗?"

"你、你想得美!"

沈半夏气哼哼地说了一句,去了浴室关上门。

浴室里更夸张,淋浴器旁的墙上挂着两条铁链,浴缸的水面上漂满她不认识的用具。

她简直要疯,匆匆洗了澡。洗手间一排抽屉里搁满各式各样的暴露的内衣,就没一个是能穿的。

不知道这种情况下该怎么办,最后只能把自己脱下来的衣服全洗一遍,烘干。

段融在外面敲了敲门,叫她:"半夏?"

沈半夏紧了紧浴巾,回:"嗯,怎么了?"

"你待了一小时了。"段融提醒。

沈半夏盯着烘干机里的衣服,等机器停了以后,把内衣拿出来穿上,又套上了毛衣和牛仔裤。

她过来开门,往外走:"你去洗吧。"

段融朝她身上瞭一眼,笑。

这丫头是在里面洗了个衣服?

他花了十分钟洗完澡出来,靠在门边看她。

沈半夏背上搭着湿漉漉的头发,毛衣被洇湿一片。一条牛仔裤把她纤瘦匀称的腿形勾勒出来,在她踮脚伸长胳膊往柜子上够电吹风的时候,柔软宽松的毛衣往上收,极细的一段腰身露出来,皮肤很白。

她身材很好,玲珑有致,看得人喉咙发痒。

段融走过来,停在她身后,把吹风机拿了下来。

沈半夏背后挨着一个温热的胸膛,扭头,一眼撞见段融的目光。他身上穿了件黑色的浴袍,整个人更加冷肃。头发湿着,发梢往下滴着水,掉在他挺拔的鼻梁上,多了股难言的诱惑。

沈半夏心跳得很快,下一秒,段融压下来亲了亲她,她抬起头承接这个吻。

他身上好香。

再睁开眼睛时,段融握着她的肩膀让她站好,电吹风插上电,耐心地帮她把头发吹干。

她接过电吹风,把他推到床上坐着,站在他面前开始帮他吹头发。他的头发蓬松细密,额发有些长了,快要遮到眼睛,让他看上去有种慵懒的痞劲。

段融不老实,手去握她的腰,手指用力。

她的腰细得好像一只手就能捏得住。

段融嗓子里更痒,转而又想到多年以前初次遇到她,她还是个小丫头片子,小孩子一个,他需要半蹲下来跟她对话。

一股罪恶感油然而生,他眸中闪过对自己的怀疑。

他是不是太不是人了?

可他忍不住。

沈半夏被他揉得身上发软,电吹风快要拿不稳。

段融看她脖子上贴着的创可贴已经摘掉了,皮肤上还粘着一点儿胶。

段融把电吹风接过来,关掉扔一边。他把沈半夏拖到腿上抱着,手握住她后颈,拇指指腹在上面蹭了蹭。

她皮肤薄,娇嫩得不行,段融尽量轻地帮她把残留的胶弄掉,可碰了几下还是把她那里弄红了。

沈半夏难耐地咽了咽喉咙,空气太安静,两个人又离得这么近,在这样的环境里,处处都涌动着一股蠢蠢欲动的暧昧。

沈半夏抿抿发干的唇,找话题跟他聊:"你不喜欢过生日吗?"

"嗯。"

"为什么?"

段融沉默了会儿,再开口时语气很淡:"出生不一定就是好事。"

沈半夏眼珠动了动,看他。虽然他已经回到段家,但任何人都能感觉得出来,段向德其实一直在防着他。在段融和段盛鸣之间,段向德明显是偏心后者的。就连严琴可能也比较喜欢家里的小儿子,即使小儿子成了残疾人,他们也依旧把所有的偏爱都给了段盛鸣。

"可是,"沈半夏告诉他,"你的出生对于我来说,是一件很好很好的事,没有比这更好的事了。"

段融的手指僵了下，缓缓抬起头，看她。

沈半夏也看着他，一双清澈通透的眼睛眨了下："这一年里，三百六十五天，只有你生日这天值得庆祝。"

段融很长时间没有说话，只是单纯地看着她，目光很深。

门窗紧闭，外面下着雪，屋子里寂静无声，只听得到彼此的呼吸声。

沈半夏受不了段融的眼神，刚要躲开，段融手指用力，握着她后颈往上抬，一张英俊的脸压得越来越近，声音很哑："沈半夏，你找亲是不是？"

他的唇贴上去，原本落针可闻的房间里响起混乱的心跳声和黏稠的接吻声。

意外地，沈半夏在这个时候连外面的下雪声都能听得到，雪花被风吹得断断续续。

她的背挨到床，头发散在枕上。段融的手指插入她发间，握着她的头不让她乱动。她更清晰地闻到了玫瑰花香，口腔里是段融送过来的凛冽薄荷味，带着浓重的侵略味道。

屋子里灯光很亮，沈半夏睁了睁眼睛，看到段融认真吻她的样子。

眼睛很快被他捂住，她在一片黑暗里感受到身上凉了下，紧接着是烫，先是腰间被揉搓几下，然后是背部，顺着背往前滑。

一团软雪被覆住，几乎快要融化。

沈半夏难耐地抬起下巴。人像发了高烧，神思不稳中，听到他落在耳边的又沉又哑的声音："好像大了些。"

脑袋更晕，沈半夏细细颤抖，完全被动地任段融做着什么，口中溢出难耐的喘息，又尽数被他吞进嘴里。

慢慢预感到他想干什么，她整个人是慌的，呼吸越来越乱。除了紧张被另一种情绪更多地笼罩着。

隐隐地在期待。

门铃响了两声，她吓得浑身发紧，侧头想躲开他。段融兴致还在，捏着她下巴又亲了很久才放开，拿被子把她裹住。

门铃又响。她难以启齿地说："有人来找。"

"是崔山，来送东西。"

段融往门外走，关紧卧间的门。

沈半夏躲在被子里，低头看了看自己身上。她的毛衣被脱了下来，内衣扣也被解开。

她红着脸把扣子扣好，胳膊从被子里伸出来，趴在床边去够地上的毛衣。

段融已经回来，她赶紧把胳膊收回去，被子拉过肩头，缩成小小一团坐在床头。

段融从纸袋中拿出一套衣服给她："换上这个。"

沈半夏接过来。段融给她的是一套睡衣，她常穿的一个牌子。

她等了会儿，不见他走，倒是悠闲地在沙发里坐了下来，跷着二郎腿拿了份资料在看。她只能把自己蒙进被子里，做贼一样窸窸窣窣地穿好睡衣，脱下来的裤子从被子里扔出去，掉在她的毛衣旁。

段融抬眸看了眼，淡淡地笑。他用手机发了几条消息，关掉，朝她走过来，弯身捡起她的衣服放在一边的架子上。

他把被子扯开，上半身压着她，手指拨着她额前的发，摁着她不让她动："继续？"

沈半夏已经清醒过来，垂眸不去看他这张妖孽般极有诱惑力的脸："不要。你最好去别的房间住，我们的关系还没好到能每天睡一张床上。"

"那我们现在什么关系？"

沈半夏不说话。

段融看了她一会儿，把她下巴抬起来，拇指擦过她的唇："能随便接吻的关系？"

沈半夏躲开他的眼神："困了。"

段融没再说什么，关掉灯在她身边躺下，轻车熟路地把她捞进怀里。

沈半夏脸很红，把脸埋进他胸膛，不说话。

段融拨开她耳边的碎发，唇贴上去："可我难受。"

沈半夏全身轰地发烫，推了他一下："你去别的房间睡。"

段融叹口气，并没有松开她，反而把她搂得更紧："不行，难受也得搂着你。"

搂着她会难受，浑身都燥；可要是不搂着她，想她想得厉害。

沈半夏安静了会儿，眼睛眨了眨。她慢慢又想起了什么，抬起头看他："段融，刚才你没有许愿。你有什么愿望，要是今天不说的话，生日就要过去了。"

段融："只要我许愿，你就能帮我实现？"

"只要是我可以办到的。"

"只有你能办到。"段融的拇指在她脸侧蹭着，"愿望是你能一辈子在我身边。"

他活到现在一直没什么归属感，直到遇到沈半夏。只要沈半夏在他身边，他就觉得圆满。

沈半夏眼眶发热，看了他一会儿，很坚定地点头："我会的。只要你一辈子都喜欢我。"

"不止这辈子，"他说，"下辈子都喜欢你。"

沈半夏心里震了下，过了会儿，问："可是，如果我做了什么错事呢，你还会喜欢我吗？"

段融知道她在想什么。她一直背负着秘密，没办法告诉别人。她现在不能说，段融就等，等她愿意主动说出来的那天。

"半夏，你没有做过一件错事。"他轻声说。

沈半夏明白自己为什么会那么迷恋段融了。

因为只有段融懂她。

段融是这个世上，对她最好最珍惜她的人。

她好想现在就把一切说出口，告诉段融，她其实不是公主，而是活得很艰难的沈半夏，是七年前被他保护过的小女孩。

话到嘴边，最后还是咽下去。她闭上眼睛，窝在他怀里："段融，晚安。"

段融亲亲她："晚安。"

整整一夜，段融一直没有放开她。他身上很烫，灼人的温度始终没有消下去。

早上起床时，沈半夏的头发被他的胳膊压得掉了两根，她不开心地拿脚踢他。段融撤了胳膊，伸手在她发上安抚性地揉了揉，像在给猫胡噜毛。

昨晚那些人已经陆续离开，只剩下杜子腾和易石青几人在厨房假模假式地做早餐。看见他们过来，杜子腾调侃："段融，昨晚怎么样？"

沈半夏装作听不见。段融瞥了杜子腾一眼，没理会，从冰箱里拿了食材，煎了蛋和肠拿给沈半夏，又倒了杯热牛奶给她。

杜子腾老老实实地去对面坐着吃早餐。他女朋友尚茵从楼上下来，接着是梁瑞涵。

尚茵基本已经放弃再勾引段融，因为早看清这件事成功的可能性小于等于0。梁瑞涵虽然也差不多明白，但她跟万珂一样有个特点，就是撞了南墙也不回头，见了棺材她们也不一定落泪。

段融在沈半夏身边坐着，见他左手边有把空椅子，梁瑞涵眼疾手快地一屁股坐上去，朝易石青和高峰伸手："我的早餐。"

易石青和高峰跟一个煎蛋斗争了快十分钟，最后得到的是一个跟锅底相同颜色的蛋。铲了半天才找着那蛋在哪儿，盛进盘子里搁在了梁瑞涵面前。

梁瑞涵看着自己面前的一块碳，忍了忍说："你们怎么不直接给我拿块蜂窝煤？"

"要不你来。"易石青丢了锅铲，认输地从冰箱里拿了两盒酸奶放在梁瑞涵面前，"公主专享营养早餐，请享用。"

梁瑞涵瞥了眼沈半夏的餐盘，脾气上来："我最近不减肥了。我要吃煎蛋，双面的。"

"这话你别跟我们说。"

高峰从易石青那边抢食吃,又拿眼神朝段融身上瞟,那意思明晃晃的:这位爷是在座这群人里的厨神,有胆子就找他。

梁瑞涵不知道段融会做饭。

沈半夏没有出现之前,梁瑞涵常混迹在段融的朋友圈里,跟着去各种地方天南海北地玩。不管在什么地方,段融从来没有进过厨房。在易石青和高峰他们快把厨房炸了的时候,段融坐在一边优哉游哉地咬着面包片,手里翻着杂志。

那样一个看起来不食人间烟火的人,却原来是会主动下厨的。

梁瑞涵不甘地咬了咬唇,正要找段融说什么的时候,他已经牵着把饭吃完的沈半夏起身,懒懒地留下一句:"我带小朋友回家了,你们自便。"

梁瑞涵死盯着两人的背影,下嘴唇快要被咬破。易石青和高峰都见怪不怪,知道劝不动她,干脆任凭她去撞南墙。

回去路上有些堵车,差不多中午才入京。这几天学校课不多,学生们都在为几天后的期末考做准备,自习室和图书馆每天都被塞得很满。

方朗给沈半夏发消息,他在图书馆占到了位置,一直给她留着,让她赶紧过去。

沈半夏打开微信看,段融在旁边瞟了一眼。他眼睛很毒,简直是能当飞行员的鹰眼,只是那一眼就看清楚了信息内容,当下掉转方向带着她去了公司。

下了车,段融握着沈半夏的后颈,一路把她提溜进自己办公室。

"你在这儿复习。"他在一张书桌上敲了敲,命令她。

沈半夏没有计较,在哪边复习都一样,这边反倒还安静些。而且段融这人脑子很聪明,她不怕找不到人可以问。

然后就开始烦他,时不时地就拿一些题去骚扰他。问一次他没有不耐烦,两次也没有,以为问的次数多了他脸上多少会出现一些不满的表情,但完全没有。段融平时在别人面前脾气有多差,跟她在一起时脾气就有多好,即使手中有多到处理不完的工作,也还是能在她找过来的时候立即放下。

沈半夏在他旁边专门加出来的书桌前坐着,手撑额,食指与中指间夹着笔,眼睛往他身上看。他戴着蓝牙耳机在跟视频里的人进行国际会议,说英文时的嗓音同样低沉磁性,是那种能让耳朵怀孕的声音。

沈半夏盯着他不停地看,直到他回视过来才赶紧低下头,装模作样地拿笔在试题册上涂涂写写。

上次段融听说了沈半夏被陷害退学的事,提前从国外回来。那边还积压着一些事等他去办,他需要出国一周。

沈半夏知道以后很舍不得他，脸上明明白白地写着不高兴几个字。段融看出来了，临走前，当着几个助理的面狠抱了下她，在她耳边说："想我就给我打电话。"

　　热气扑过来，很痒。沈半夏做贼似的去看崔山和尤贤那几个助理。崔山和尤贤扭头看地看天，就是不看他们，一副耳聋眼瞎的样子。

　　段融不在的那几天待在家里格外无聊，她连吃饭都不香。太无聊的时候沈半夏会给他发微信，问他在干吗。两个人有时差，有时候她会忘记，消息发送过去的时候他那边正是凌晨两三点，但不管多晚，段融都会很快给她回信息。

　　两个人不过几天没见而已，她发过去的"在干吗"已经有几十条。那个时候她才知道，原来这三个字真的有另一层意思，那层意思是"我很想你"。

　　好几次她都想告诉段融，其实她并不是康芸的女儿。可严琴提醒过她很多次，让她在段融面前必须要守口如瓶，一旦说了就是违约行为，会面临高额赔偿。

　　上完课从学校出来，沈半夏沿着一条街走了走。段融明天会回来，她想去接机，被段融拒绝，心里正不开心。

　　感觉到后面有脚步声，她停下步子往后看。

　　天气严寒，路两旁的树被大雪覆盖。这条街人不多，幽僻安静，偶尔听到虫鸣的声音。

　　在前面十步远的地方，沈半夏看到了瘦得如骷髅一般，顶着两个巨大黑眼圈，头上缠了一圈圈绷带的邱茹。

　　邱茹手里拿着一把商店里买的水果刀。

　　邱茹的丈夫被强制送去戒毒所，他胳膊上的血管已经萎缩，对毒品的依赖性过高，在里头号得撕心裂肺，冲着外面的邱茹大喊他不要活了。

　　邱茹紧紧捂住耳朵，听不了他的叫声。她在二十岁那年就嫁给了钱世嘉，钱世嘉少年成名，人长得好，有才，有一大批粉丝，邱茹是其中一个。

　　邱茹从十几岁开始就狂热地喜欢钱世嘉，为了他不远万里到了他的城市。在一次歌友会上大着胆子去找他，没想到真的能要到他的联系方式，从此两个人认识了。

　　跟钱世嘉结婚就像是一场梦，她从来都没想过会有这样的一天。

　　所以她要对钱世嘉好，不管钱世嘉想做什么她都会帮。钱世嘉写不出歌，说要靠吸毒找灵感，她支持。钱世嘉因为吸毒被曝光，一朝跌下神坛，此后没有了任何收入来源，她养。钱世嘉戒毒后复吸，毒瘾一天比一天大，她砸锅卖铁也要为了他弄到毒品。

哪怕有一天钱世嘉说想让她死，她也会主动把刀递过去。

邱茹就这么过着，觉得也没什么不好。她就是要让钱世嘉一辈子都开心，想怎么活就怎么活，活到哪天算哪天，然后她跟钱世嘉一起死。

可是这样的生活被段融打破了。

段融把她丈夫送进了戒毒所。钱世嘉在戒毒所里凄厉的惨叫在她耳边挥之不去，她在崩溃下朝桌角撞了过去，头破血流。

警察把她送去了医院。

她在床上躺着，趁警察被外面一阵医闹吸引了注意力，冲出去维持秩序的时候，她扯掉手上的针头，从二楼窗户跳了下去。

邱茹跑到政大附近，从商店里买了把水果刀，在学校外一条幽僻的小路上，她看到了沈半夏。

邱茹没有能力跟段融斗，就只能过来杀了沈半夏。段融把沈半夏看得比命都要重，要是沈半夏死了，段融一定痛不欲生。

邱茹越想越痛快。

她握紧刀跑过去，沈半夏听到脚步声，回头看，瞳孔瞬间放大，趔趄着往后躲。

邱茹红着一双眼睛，拿刀朝她捅，势必要把刀捅进沈半夏心口。

此时，斜刺里突然挡过来一人，那人猛地把沈半夏往后拖。邱茹的刀划在那人胳膊上，血瞬间流了出来，刀子被染红。

邱茹拿刀继续去刺，段融已经把沈半夏扯到了身后，用没受伤的那只手捏住邱茹挥过来的手，往外翻折。

邱茹手上吃痛，一点儿力气都没有了，手里的水果刀掉在地上，被段融踢走。

段融反剪住她双手把她摁在地上，几名警察急匆匆地追了过来，从他手里接过邱茹，给人戴上铐子，将凶器装进证物袋。

周警官也赶了过来，看见段融胳膊上一条很深的口子，气得对负责看守邱茹的两名警察破口大骂。

有警察过来简单地帮段融把伤口包扎了下，周警官亲自送段融去医院，路上说个不停："你还要不要命了，没看见我们的人已经过来了，你跑过去凑什么热闹？刀剑无眼，你听说过没有。她那刀要是捅你心脏上了，你知道事情的严重性吗？"

沈半夏跟段融一起在后头坐着。从刚才开始她的手就在不停抖，眼前闪过邱茹捅过来的泛着寒光的刀子。刀刃极利，在段融的胳膊上划出很长一道口子。

周警官的话加重了她的恐惧，唇色都白了。

她希望刚才被邱茹伤到的人是她。

388

段融握住她一只手,拉过来放在腿上握着,手指挑开她紧握的掌心,安慰地捏着。

段融朝前面周警官的座椅踹了下:"等你们的人过来,黄花菜都凉了。"

"那帮兔崽子,看个人都看不住,回去看我怎么教训!"

周警官带着气,打开车窗:"那你也不能直接就跑过去,多危险啊!年纪轻轻的,逞什么英雄。"

段融的情绪始终不好:"那半夏要是出点儿什么事怎么办?"

周警官回头,朝面色惨白的沈半夏看了看:"小姑娘,没吓着吧。你放心,邱茹以后绝对跑不出来了,你别怕啊。"

沈半夏其实不太听得清他们在说什么,脑子里一直闪过段融替她挡过来的一幕。

段融为了她,甚至不要命了。

去了医院,医生把段融手臂上的伤口做了缝合,这几天他的手臂不能动。

严琴听说了消息,来医院这边探望,见沈半夏跟丢了魂一样在病房外靠墙站着,雪白着脸,一声不吭。

严琴走过去,叫了一声:"半夏?"

沈半夏动了动眼珠,抬起头:"严阿姨。"

严琴朝病房里看了眼,带着她往外走了走。

"段融原本是要明天回来,"严琴告诉她,"也不知道怎么就那么急,不分白天黑夜地把那边的事处理完,提前赶了回来,回来后第一件事就是去见你。"

沈半夏想起这几天里,她好几次跟段融说过,他能不能早点儿回来。

然后他真的就提前回来了,风尘仆仆地赶回到她身边,想也不想地替她挡了一刀。

她鼻子酸得厉害,头很重,抬不起来。

严琴看着她:"我曾经跟你说过,如果段融真的喜欢上了你,我没有意见,你完全不用有压力。现在你也看到了,这种事情是真的发生了。阿姨想问你一句,那你呢?你喜欢段融吗?"

沈半夏什么都没有说,手紧握着走廊的栏杆,嗓子里发紧。

"你可以考虑下,"严琴说,"要是考虑清楚了,你告诉我。我们之间的合同算作废,你不用在一年后离开他,可以一直跟他在一起。"

严琴没在医院待多久,过来略看了看段融就走了。她跟段融之间的关系并不是很好,段向德更是懒得来医院一趟,所有心思都在他那个断了腿的小儿子身上。

只有沈半夏在段融身边陪着。段融正靠在床头打电话,他脸色不是很好,胳膊上的伤很重,邱茹拿刀乱砍的时候已经失去了理智,没有留一点儿力气。如果那刀是扎在沈半夏身上,她很可能见不到明天的太阳。

但是从受伤到现在,段融始终没有皱过一次眉头,就好像没有感觉一样。

沈半夏知道,他是怕她会担心。

沈半夏强忍着,没有在他面前哭,只是情绪一直很低落,眉眼耷拉着,眼里死气沉沉。

段融等挂了电话,告诉她:"崔山在下面等你,你先回家。"

沈半夏摇头,不肯走。

段融看了她一眼,倾身朝向她,手握住她后颈:"吓着了?"

沈半夏仍是不说话。

段融:"那是担心了?"

沈半夏眼睛很红,长长的睫毛垂着,眼珠一动不动。段融把她往前按,唇在她唇角贴了贴,又吻她耳根:"我没事儿,别瞎操心。"

沈半夏眼里突然滚出一滴豆大的眼泪。

段融刚才被人拿刀捅没慌,现在却慌了,把她脸上的眼泪擦掉:"哭什么?"

沈半夏始终低着头,把他往外推了推,手也推开。

她深吸一口气,这个时候,她再也没办法继续骗段融。她必须把一切都说出来。即使是被段融厌恶,从此再也不能见他,她也认了。

"对不起,"她刚开口就有眼泪掉了出来,鼻子猛烈地酸,喉咙也涩,"其实我骗了你。"

即使违反合约的后果很严重她也顾不得了,她现在必须要说出来,一秒钟都没办法再等。

"我是叫沈半夏,可我不是康芸的女儿,我就是个普通得不能再普通的人。我父亲得了很严重的病,需要钱治,我每天都在想我要怎么才能弄到钱。

"我其实过得很糟糕,根本就不是什么养尊处优的公主,有时候我甚至惨到连顿饱饭都吃不起。有人请我吃饭,我能把后面两天的饭都吃进肚子里。就是因为经常这么生活,压力又很大,所以我才得了交替性暴食厌食症,有时候会拼命地吃东西,有时候可以两三天不吃一口饭。

"我跟你根本就不是一个世界的人。我会接近你只是因为有人会给我钱,让我治好我父亲的病。我是为了钱才跟你在一起的。你送给我的'鸽子蛋'没有丢,是被我卖掉了,卖掉的钱付了我父亲的医药费。我这样的人,你根本就不该对我这么好。"

沈半夏把手上戴着的戒指摘了下来,放在床头柜上。她把戴着的四叶草项链也摘下来,一起还给段融。

"那枚戒指我卖了七百二十万,花掉了两百万,剩下的我没动,会还给你。花掉的钱我以后也会慢慢还,还有你送我的所有东西,我都会还给你。

"对不起,骗了你这么久。如果你不能原谅我,我不会再出现在你面前。你以后就当从来都不认识我吧,对不起。"

沈半夏说了很多句对不起,说再多都无法排解心里的愧疚。她通红着眼睛起身,往病房外走。每往外走一步,心里的绝望就多一分。

真的说出来,才发现原来自己真的很可恶,做了这么多对不起段融的事。如果换位思考,她又怎么能原谅这样的一个人。

身后的人一直没有再说什么,应该是真的讨厌她了。

沈半夏继续往前走,在快走到门口的时候,手机响起来。

她拿起来,看到是Z的微信语音请求。

怔了下,她点开,手机放在耳边。

那边安静了会儿,紧接着,一道低沉磁性的嗓音在手机里响起。

"沈半夏,你既然骗了,就必须一辈子骗下去。"

声音同时在病房里响起,在她身后响起。

沈半夏被那人的声音钉在原地,呼吸屏住,唇微张,足足过去半分钟,她才转回身,看向病床上的人。

段融同样举着手机在耳边,一双比墨更黑的眼睛直盯着她,眼角是红的,声音很沉,带着不容置疑的笃定:

"不是一个世界的人,那我就去你那个世界。"

沈半夏并不清楚Z具体是什么样的人,他的名字是什么,长相怎么样,对这些通通不了解。但就是莫名地,她被那个不知道名字和长相的男人吸引,会打破自己的原则主动找他聊天,跟他说自己在生活里遇到的苦恼。她把自己的一切事情都告诉给了Z,除了她喜欢段融这件事。

而那个在很多时候隔着手机屏幕耐心地听她诉说、安慰她的人,竟然是段融。

所以她早在最开始的时候,就把自己完全暴露在了段融面前。段融知道她的身份,知道她跟严琴之间的合约,了解她会去他身边,根本就是因为钱。

即使是这样,段融也放任她留在身边,甚至喜欢她。

沈半夏一时不知道该怎么面对这个真相。

段融走到她面前:"你到底什么时候才能明白,我喜欢的是你,跟你是什么人没有关系。"

沈半夏声音都在抖:"你从一开始就知道我在骗你?"

"是。"

"这一切你都知道,知道我是个普通人,我父亲生了重病,我是为了钱才答应别人跟你订婚的?也知道我跟你要戒指的时候,是想把戒指卖了换钱?"

"是。"

沈半夏眼前发晕,半天后问:"为什么不拆穿我?"

"舍不得,"段融说,"你骗我骗得那么努力,我舍不得。"

沈半夏脑子里很乱。

她不知道该怎么消化,更不知道要怎么面对段融,最后选择了最无能但是很有用的方式——逃避。

"半夏。"

段融发现沈半夏情绪不对劲,去抓她的手。她躲开,跌跌撞撞地转身,跑了出去。

她回了自己租住的公寓,在里面昏昏沉沉地睡了一夜。

后面几天也没有再去看过段融,只是从易石青和高峰的朋友圈状态里看到他出院了,几个损友还给他办了场庆祝会。

照片里拍到的段融的样子始终很颓,一个人在角落的沙发里坐着,身体前倾,头低着,胳膊肘搭在膝上,蓬松的额发快遮住他的眼睛,面前是滚落的几个酒瓶。

下面有人评论:怎么不见小嫂子?

易石青回复:别哪壶不开提哪壶。

七天时间过去,沈半夏一直没有去找过段融。她脑子里一直很乱,要花时间理清现在的情况。

段融那些朋友都发现了她跟段融之间的异常,知道他两个已经很长时间没有见过面。朋友们看不得段融每天颓废那样,一起想了个主意,借着杜子腾家里新开张了一家酒店,叫上圈里好友一起去试睡。

沈半夏那丫头倔,不肯去。杜子腾想了一招,让尚茵告诉她,最近梁瑞涵正在乘虚而入,拼了命地追求段融,眼看就要成了。这次出去玩,梁瑞涵很可能要跟段融滚到一张床上去。

结果沈半夏真的坐不住了,还真被杜子腾给叫了过去。

那酒店开在山里,周围环境跟仙境似的,出门能看见瀑布,往山里走走没准还能碰上鹿。

专门为有钱有闲的人设立的世外桃源式酒店,房费贵得吓死人,在这边住一夜,普通人半年的工资能花个底儿掉。杜子腾合计着先宰段融一笔,刚提起来就被他一句"我过来捧场是给你面子"给堵了回去。易石青那帮孙子更是整天薅兄弟羊毛的主儿,不给他把酒店拆了就不错了。

梁瑞涵也在，一双眼睛整天挂在段融身上。要是眼神能吃人，她早把段融吃得骨头都不剩了。

沈半夏心里开始不舒服，梁瑞涵越往段融身上看，她心里越不舒服。

自从过来这边，她跟段融的眼神交流算得上没有，大部分时候是她在躲着，害怕跟他视线交汇。段融朝她这边略走一走，她立刻就往后躲出半米远。

段融没有跟沈半夏说过话，两人间古怪的氛围外人一眼就看得出。

梁瑞涵是真的趁着这个机会接近段融，大家聚在一起的时候，她总是挤在段融身边，会主动跟他碰杯，喝酒的时候眼睛往上瞄，一刻不停地盯着段融。

易石青提议大家玩真心话大冒险，十几个人围了一圈转酒瓶。几轮后总算转到梁瑞涵那里，梁瑞涵选了大冒险，易石青起哄让她找在场的人强吻一个。

梁瑞涵的眼睛立刻往段融那边看。那时候段融喝了几杯酒，手肘搭在腿上，头一直低着。只是在梁瑞涵朝他看过来的时候，他抬起头，目光看向对面的沈半夏。

整整一天过去，在这个时候，沈半夏才有了与他的第一个对视。她眼里有紧张，是真的很怕梁瑞涵对他做什么，更怕他不会躲开。

但如果真的是这样，也是她自己作的，怪不了他。

梁瑞涵晕红着脸，在大家的起哄声中朝段融靠。段融仍旧看着沈半夏，要看她到底在不在乎。

沈半夏早攥紧了手心，一双眼睛通红，但就是忍着没有说话。

所有人都看着这场戏的发展。在梁瑞涵的脸刚要凑过去的时候，段融从沙发里起身，踢开地上几个酒瓶，单手插兜往外走："你们玩。"

段融回了房间，大厅里短暂地安静了会儿，杜子腾打破了沉默："瑞涵，等什么呢，还亲不亲了啊，玩不玩得起啊？"

梁瑞涵艰难地嚅动了下嘴唇，端起桌上一杯混合烈酒喝了。

游戏继续，但气氛明显不如刚才，很快就草草结束。看时间不早，一群人各自散开回屋睡觉。

男生们的房间在楼下，女生们的房间在楼上。尚茵跟梁瑞涵去外面抽了会儿烟，再回来的时候，她敲敲沈半夏的房间。

沈半夏刚洗过澡，头发吹得半干，穿了睡衣过来开门。

尚茵朝楼下示意了眼："你不去看看？"

沈半夏问："看什么？"

"梁瑞涵说今晚要把段融睡了。"尚茵从烟盒里拿了根烟，最近她烟瘾越来越大，全是被杜子腾给带的，"好心提醒你一句，男人真没什么毅力，脸蛋好、身材好的女人随便去撩几下,立刻就被拿下,你信吗?"

尚茵回了房间,沈半夏站在门口,手把门框抓得死紧。眼前闪过梁瑞涵今天的打扮,该露的地方一处没少露,好身材一览无余,身上喷了很浓的香水。

如果梁瑞涵真要跟段融发生什么,她能阻止得了吗?

沈半夏转过身,往屋里走了走,步子突然停下。

又在原地站了会儿,她突然往外跑,快步跑下楼梯,到了段融的房间前,"砰砰"敲了两下。

没有人来开门,她继续敲,甚至拿脚踢了下:"段融,你给我出来!"

在这句话之后,门在她面前打开。

段融单手插兜站着,屋子里确实有梁瑞涵,但脸上的表情很不好,身上衣服都齐整,一丝褶皱都没有,搭在背上的长发梳得一丝不苟,一根都没乱过。

沈半夏盯着她看了会儿,又去看段融。段融朝屋里的女人看了眼:"还不走,让我请你出去?"

梁瑞涵刚才过来敲门,只是抱着试一试的想法,谁知道段融真的请她进了屋。但进屋后不管她说什么,段融一句腔都没有搭,自顾自窝沙发里玩他的手机,晾了她有十分钟。她正不知道是什么意思,沈半夏就来了。

沈半夏在外面敲第一下的时候,段融的表情明显发生了变化,俊逸的眉挑起,唇角勾出了一抹极淡的笑。

那时候梁瑞涵明白了,段融是拿她当诱饵,在故意引沈半夏吃醋。

梁瑞涵不甘地瞪了沈半夏一眼,刚才是怎么来的,现在她又怎么灰溜溜地走。

在梁瑞涵离开后的第一秒,沈半夏胳膊上传来一股力,她被猛地扯进了屋。门"砰"的一声关上,"咔嗒"上锁,她唇上传来一股温热的触感。

段融把她压在门上吻她。

这个吻来得太凶,沈半夏都没反应过来的时候整个人就被段融禁锢住,手腕被他压着,腿抵进他的膝盖,他咬着她的唇一下下地吮。

沈半夏从一开始的发蒙状态中慢慢回神,脸侧了侧,暂时躲开他,带着气问:"你跟梁瑞涵做什么了?"

"什么也没做,"段融声音沉哑,扳正她的脸又开始吻她,"只跟你做。"

在这句话后,沈半夏被他抱起来,她下意识搂住他的脖子。

她背上的长发滑下来,扫在段融肩上。

段融亲她亲得比任何一次都重都急,带了很强的占有欲。他刚洗过澡,身上有沐浴液的香味。额发松松地遮着眉,鼻梁挺拔,时不时会蹭到她的鼻子。

沈半夏入了迷地看他。

段融睁开眼睛也看到了她,笑:"闭眼。"

沈半夏乖乖地闭眼。

两个人太久没见，长时间的分离让沈半夏上了瘾般地想念他。

段融也发了疯一样地想她。这几天没有她的消息，不管怎么联系她都得不到她的回复，他就一直在计划着要怎么把她弄回来。

还好他赌赢了。

段融抱着她往屋里走，把她压在床上，手握着她的脸："还走吗？"

沈半夏此刻乖得不行，对他完全没有抵抗力："不走了。"

"想走也走不了了。"段融伸长胳膊，拉开抽屉，从里面拿出了什么。

有包装被咬开的细碎声响，沈半夏红着脸不敢再看。

外面的雪下得越来越大，被风卷着四处飞扬。屋子里的灯始终亮着，让一切无所遁形。沈半夏什么都来不及思考，所思所想只剩下段融，唯一只有段融。

段融摁着她的肩膀："你忍心晾我这么多天？"

沈半夏看到了他右臂因她而留下的那条疤，手指触上去轻轻摩挲，回想起邱茹拿刀朝她刺过来时，段融不顾一切地把她拉开，胳膊上被划开很大一条口子。

她的眼睛慢慢红了，一滴眼泪掉出来，心疼地问："伤口还疼吗？"

"这算什么？"段融把她往下扯，"看不见你才叫疼。"

天气严寒，屋子里却热得能拧出水。

"跟我聊天的'Z'其实是你？"她汗湿着一张脸问。

"嗯。"段融想起什么，带着气笑了声，"如果Z不是我，你是不是就红杏出墙了？"

"可Z是你啊！"她说，"因为你是Z，所以我才总觉得，跟Z聊天的时候很开心。我本来还……还奇怪，为什么会对他有好感。现在我知道了，因为只要是你，我就会无缘无故地喜欢。"

段融被哄得服服帖帖："嗯，知道。"他亲亲她的唇，"搂紧我。"

沈半夏抱住他。

所有过往、纠葛，无法宣之于口的感情，她的暗恋，在今天都有了结果。她是绝对的悲观主义者，却在遇到段融后，被他消解了一切悲观，从此得见天光。

沈半夏让自己完全信任他，乖得不行。她睁开眼睛，看到段融就在她面前。他还是那么好看，丰神俊朗，是她喜欢了那么多年的人。

无论如何也没有想到，那个她只敢放在心里想一想的男人，如今跟她在一起。

枯萎的生命都开出一朵花来，她满心欢喜，再没有什么事情让她觉得难过的。不管多难过的事,只要想一想自己还有他,就能瞬间开心起来。

是她一个人的段融。

段融扶正她的脸,把她颈窝里的一滴汗擦去,嗓音低哑地叫她:"半夏。"

"嗯。"

"半夏,"段融一声声叫她,声音很沉,带了无边欲念,"你是我的。"

沈半夏掉了很多泪。

她其实不想哭,但她太疼了,眼泪无意识地掉出来。

后面才慢慢好了些。

段融一直哄着她,温柔缱绻,花在她身上的耐心比他这辈子的耐心都多。

很快浪潮激烈起来,她想躲,但完全被牵制住,大脑是空白的,什么都想不起来。又被填得很满,整颗心脏整个人所思所想全都是段融,一切都是因为他。除了段融无处可依,只能把他搂得更紧。

段融的手指插入她发中,扶着她脑袋一下下亲她,把她眼角的泪吻掉:"还疼吗?"

沈半夏脸上浮起粉粉的一片红晕,半睁开水光潋滟的眼睛看着他,额上都是濡湿的汗:"好点儿了。"

往后一切都水到渠成,无边的夜太长,但仍然不够时间给他们温存。

沈半夏泪眼蒙眬地去看墙上的钟表,距离刚才已经足足过了一个小时。她又累又困,浑身都是汗。

段融也出了汗,汗水从他脸上坠下,掉在她颈窝。

她被烫得瑟缩了一下,疲倦地吐出一个字:"困。"

段融亲她眼皮:"这才哪儿到哪儿。"

"一个小时了。"她控诉,"身上黏,我要洗澡。"

段融把她抱起来,看到床单上落着点儿颜色。

他亲亲她,带着她去浴室,哑着声音翻旧账:"不是说跟张俊安交往过,还说跟他该做的都做了,解释一下?"

沈半夏勉力睁了睁眼睛。

这人好记仇,都那么久了,这些话他还记得。

她都快要把张俊安那个人给忘了。

"你不是一早就知道我在骗你吗?"沈半夏搂着他的脖子,鼻子轻蹭着他的鼻子,不知道怎么了,经过刚才的事,对他的喜爱又多了一层,就想软着声跟他撒娇,"我只给你碰,你也不能给别人碰,别人多看一眼都不行。"

段融把她搁进放满了水的浴缸,手握着她的腰让她坐正:"只给你碰,坐好。"

沈半夏那晚基本没怎么睡，全程被动。她切实体会到了，段融确实是个很危险的人，一旦解除封印，她就逃不掉了。

她嗓子里越来越干，可怜兮兮地说："渴，想喝水。"

段融把她抱出去，倒了水喂她。她细密的长发披在背后，几缕滑到脸颊。脸上透着淡淡的粉红，一双眼睛多了层诱人的柔媚。

段融凑上去亲她。

到了后半夜才终于能睡会儿觉，床单段融已经换过了，沈半夏头一沾枕头就睡熟，一张小脸红扑扑的，呼吸均匀。

段融一眼不眨地看她，怎么看都觉得不够。

烟瘾突然上来，他想找根烟抽，但看小姑娘睡得安稳，想想还是算了。

她身体很弱，一不好好吃饭就要胃疼。最近虽然吃饭变得规律，没有再犯过交替性暴食厌食症，他还是担心她哪天会再次不开心。

过去几年她一直过得辛苦，一个人在世上艰难度日。

以后段融不会再让她不开心。

段融低头，在她红润的唇上亲了下，爱惜地看着她："半夏，哥哥会永远疼你。"

段融那帮朋友觉得稀奇，昨天还见段融一脸颓样，看见谁都不怎么搭理，满脸写着"不高兴"，今天他就神清气爽地从屋子里出来了，仔细看还能看见他嘴角挂着笑。

真是见了鬼了，睡一觉怎么跟换了个人似的？

杜子腾朝楼上看一眼，问对面坐着吃饭的几个女生："半夏呢？怎么不下来吃早餐？"

尚茵回："不知道，敲了她门没人应声。"

杜子腾热络地往楼上走："我去叫她。"

段融瞅他一眼："回来。"

杜子腾奇怪地看他，段融慢条斯理地弄早餐："她在我屋里，还没睡醒。"

静，死一般的静。在场的人被按下暂停键一样，目瞪口呆地盯着段融。

半天后，大家对他异口同声道："禽兽！"

段融当没听见，优哉游哉地端着早餐过去，关上门。

沈半夏还在睡，她累惨了，全身上下好像被拆解了一遍，软绵绵的，一点儿力气都没有。

段融把她从床上抱起来，她喊"困"，闹腾着踢打了他好几下，起床气重得不行。见他还不松手，她趴在他肩膀上咬。

段融找了件自己的T恤给她套上,捉住她两只乱动的手,抱着她坐进椅子:"什么狗脾气,吃了饭再睡。"

他把一勺粥送到她嘴边:"张嘴。"

沈半夏不肯吃。

段融哄她:"你胃不好,吃饭要规律,听话。"

"可我好困。"

"把这些吃了让你睡。"

沈半夏窝在他怀里,一口一口地把东西吃完。吃完后困意倒是没了,起床气也没有,她抬头看段融,伸长胳膊把他抱住,闻他身上清新好闻的味道,心里一阵满足。

"腿酸。"

小姑娘软软地贴在他怀里,身上一阵阵地透出独属于少女的馨香,撒娇的时候让人恨不能把心都掏出来给她。

段融的手从她膝弯开始往上揉。她露出的腿,纤细笔直,线条优美,没有一丝赘肉。皮肤滑嫩又白,像上好的瓷器。

她把衣摆往下扯,遮住腿根,脸贴在他胸膛上:"段融,你什么时候知道我是在骗你的?"

"一开始。"

"那你还喜欢我?"沈半夏直起身,手捧着他的脸,"你应该报警抓我才对。"

段融笑了声,手下的力气一点点变大,看她慢慢红起来的脸:"你是谁的女儿对我来说一点儿都不重要,就算你是乞丐的女儿,我也一样喜欢你。"

沈半夏的呼吸变得不稳,她支撑不住自己,下巴搁在段融肩膀上,说一会儿停一会儿,喘口气:"那个……鸽子蛋,是你买回去了对不对?你……所以你故意留给我五百二十(520)万……"

"嗯。"

段融漫不经心地应,把她抱起来搁在桌上。他单手解皮带,哑着嗓子在她耳边说:"又想我了?"

沈半夏红着脸不说话,手往后撑着,身上一层层地出汗,浸湿了段融给她穿的黑色T恤。

手指上凉了下,她垂眸,看到段融拿出了那枚粉钻,戴在了她的无名指上。

"这是你的,"他轻抚着她的手指,"别再说还钱这两个字,我的一切都是你的。"

沈半夏红着眼圈搂紧他:"哥哥,我也爱你。"

段融眼眸变深,手握着她的腰亲吻她的耳朵。

外面有人敲门，沈半夏吓得紧缩了一下，脸埋进段融怀里。

段融扶着她的脑袋："外面听不见。"

敲门声还在继续，段融完全不理会门外的人。

外面的易石青不见人来开门，只好给段融打了个电话。那边过了会儿才接，段融的声音听起来还算正常，但总觉得有点儿沉："有屁赶紧放。"

易石青被他的语气吓了一跳，告诉他："大伙说要去山上泡温泉，就等你跟半夏了。"

段融："我忙着呢，没空。"

说完电话被挂断，临挂断前，易石青听见一声少女压抑的哭喘，那声音媚得不行，简直把人骨头都叫酥了。

易石青一脸蒙地盯着面前紧闭的房门，半晌跟身边的高峰对视一眼，两人再次异口同声地骂："禽兽！"

两个人从卧房去了浴室，身上都出了一层汗，花洒打开，温热的水直冲下来。沈半夏背靠着光滑的瓷砖，袋鼠一样挂在段融身上。

"段融，"她的声音断断续续，"还有件事我没告诉你，我……我之前见过你。你还记不记得，很多年前……有、有个经常戴口罩的女孩。"

段融等着她往下说。

"其实……其实那女孩是我，我那时候就认识你了。可你不认识我，只把我当成一个需要帮助的小女孩而已。学校里的人都不太喜欢我，总喊我丑八怪，只有你对我好。"

"我记得。"段融抬起头，手握着她的脸，仔细看着她，"这么漂亮的女孩，他们的眼睛是瞎了。"

沈半夏看他这反应，问："你早就认出我了？"

"嗯。"段融的气息很重，声音低哑，"是我不好，没有一开始就认出你。"

"不是的，都过去那么久了，我已经长大了。而且你那年看到我的时候，我一直戴着口罩，"沈半夏蹙了蹙眉，下一秒感觉他温柔了很多，"你认不出我很正常。可是……可是后来你是怎么认出我的？"

"听到了你弹那首曲子。"

段融说了他曾去找过她钢琴老师的事。沈半夏听得愣怔，没想到段融会对她弹的《幻昼》印象这么深刻。

"你当时……你以为在楼上弹琴的人是万珂？"她问。

"嗯。"

"所以你才对她跟对别人不一样？"

"对她没怎么不一样，"段融使力，"对你才叫不一样。"

沈半夏更紧地搂住他，过了一会儿说："你喜欢我弹钢琴，可我现在已经不弹了。"

"我给你请老师，现在捡起来还不晚。"段融一刻不停地吻她，"律师这个行业看起来能伸张正义，但很多事不是你想象的那样。如果你不是真的喜欢法律，那咱就不读了。"

"可我很多年没碰过钢琴了，这种东西从出生开始练都不一定能弹得好，我更不可能了。"

段融想到这几年沈半夏是怎么过来的，心里一阵撕扯般的疼痛。

"那你就弹着玩，"他把她压得更紧，"怎么开心怎么来。"

沈半夏觉得再这样下去她人就要废了。

想不通段融为什么就不会累。

终于被抱回卧室休息，她被彻底整服，趴在床上眼皮都不想动一下。

外面下着细雪，她总感觉屋里发潮，到处都是两个人纠缠过的味道。

段融握着她的肩吻她的耳朵。她左耳垂上有颗小小的浅色的痣，他总喜欢亲。

沈半夏哼唧了几声，转过身窝进他怀里，眼睛眯了眯，手指摸着他右臂上的疤。

段融知道她担心，捉着她的手指，安慰："没事儿，一点儿小伤，早好了。"

"怎么是小伤，伤口我看过。"沈半夏想到那天的事就后怕，"对不起，你受伤那几天我应该陪着你的，可我脑子里很乱。"

"现在回来就行，我还用不着你照顾。"段融把她脸上的碎发拨到耳后，"你只要从现在开始记住，以后你就是我的人，不能再突然跟我冷战，更不能一个人偷偷摸摸地走，十天半个月不跟我联系。"

段融一次性把话都跟她说清楚："不管你有什么事都得告诉我，就是天塌下来都有我给你顶着。我人都是你的，还有什么不能给你？你说你过去不是养尊处优的公主，可以后你永远都是我养尊处优的公主。我这辈子就认定你了，是真喜欢你，不是你就不行。要是娶不到你，那你也别想好过，你谈一个我给你搅黄一个，这辈子跟你耗到底。"

沈半夏听到最后，皱了皱眉，手抬起来掐他脸："你是人吗？"

"都把你睡了，是不是人都无所谓，禽兽当着也挺好。"段融把她手拿下来，握着，"你就说听不听我的话。"

沈半夏看了他一会儿，告诉他："我也认定你了，不是你就不行。"

她说的是实话，之前有太多顾虑，现在全被段融一一打消。他从一开始就知道她是谁，喜欢的是真实的沈半夏，沈半夏的全部。她演戏他喜欢，骗他他也喜欢，偶尔流露真性情的时候他更喜欢。

他都已经这么对她，她没有什么好害怕的了。

易石青一群人从外面回来，段融的房门仍是关着的。

杜子腾算是服了："老男人开了荤还真是不一样，这精力能去申请吉尼斯了。"

话刚说完，段融从里面出来，穿得人模狗样的，但从那一脸饜足的表情就能让人看出来他刚干了什么事儿。一群人拿看人渣的眼神看他，他瞥过去一眼，眼风凉飕飕的："都皮痒了？"

大家伙儿七嘴八舌开始调侃，说什么的都有。

梁瑞涵也在，一张脸早就黑了，最后实在听不下去跑上了楼。

抽了半盒烟下去，她心情依旧郁闷。她来这地方是要睡段融的，不是给沈半夏和段融牵线的。

但她明显搞砸了。

她抖着手吸了口烟，开始想自己比沈半夏到底差在哪里。之前受网上消息的误导，她确实在暗暗地模仿万珂，现在看来全错了，段融根本不喜欢万珂那种类型。

他喜欢的竟然是沈半夏那种看起来软弱无辜的好孩子，不抽烟、不喝酒、不文身，喜欢穿浅色系的衣服，脸上妆容永远素净清淡，一双眼睛不掺杂质，清澈见底。

纯得没边了。

梁瑞涵烦躁地把烟掐了，摘掉耳朵上两只硕大的朋克系耳环，厚厚一层眼影全擦干净。

擦到一半的时候，她停下来，看着镜子里狼狈的女人，自嘲地笑起来。

她活得可真是一点儿自我都没有。

沈半夏一直到第三天才从段融房间里出来。

易石青等人平时最喜欢逗她，逮到这机会更是要好好发挥，但没说几句话就被段融一个眼风警告，只能忍住。

大家算是看出来了，段融对沈半夏是真喜欢，就从来没有见过一个能让他这么喜欢的人，宠得简直没边了，眼神一时一刻都离不开她，看她跟别的男人多说两句话，他一准能吃醋。

易石青无奈地摇头，劝身边的梁瑞涵："妹子，真算了，你也看见了，这人你是真追不上，干吗给自己找罪受？"

梁瑞涵不说话，只是一杯杯地喝着酒。

晚上会有难得一见的超级红月亮，北边山顶是最佳观赏地点，一群人赶在天黑前搭好了帐篷，摆好了望远镜，闹哄哄地抢着去看。

段融从刚才开始就不在，梁瑞涵在山上走了走，最后在北边一处长满了杂草的山崖前看到了他。他背对着，身影高大挺拔，一手举着手机在听电话，一手抄在裤子口袋里。不知道是听见了什么，他冷笑了声："那您尽管试试，看有没有能耐动得了她。"

梁瑞涵不小心踩到一截干树枝，空气里响了声。段融朝她看，下一刻把电话挂断。

梁瑞涵朝他走过去……

沈半夏过来的时候，看到段融跟梁瑞涵站在一起，两个人不知道在说些什么，梁瑞涵一双眼睛红红的，甚至能看到她脸上挂着两滴豆大的眼泪。

沈半夏之前遇到这种情况总是下意识就想走，不想去纠缠太多。但转身刚走两步，她想到这两天段融跟她说过的话，想到旖旎气氛中他与她十指紧扣，贴在她耳边一遍遍重复的那三个字，他跟她说过的所有甜言蜜语。

段融是喜欢她的，她必须自信起来，凭什么有人在觊觎她的男人，而她每次做的都是逃避。

她回转过身，朝段融走过去，停在他身边。

段融侧低头看她，唇角挑起个笑，抬手在她发上揉了揉："这么会儿没见，想我了？"

沈半夏睨他一眼，扭头看着梁瑞涵，语气自然道："你找我男朋友有什么事吗？"

梁瑞涵第一次看她在别人面前宣示主权，所以是真的跟段融在一起了，而且已经跟段融发生了什么，这几天里易石青他们的调侃并不是随口乱说。

梁瑞涵今晚是抱着最后一点儿希望来跟段融告白，但对方始终一副清清冷冷的样子。在听到她说她过几天就要出国，并且很可能很长时间不会再回来后，段融也依旧无动于衷，仿佛不是在听人跟他告白，而是在听一场乏味无聊的报告会。可在沈半夏出现以后，段融脸上的表情立刻变得柔和，目光里满是兴味。

梁瑞涵在这个时候才真正明白，看起来冷漠无情的人一旦动心，会是一件多么严重的事。

她心里最后一点儿希望在这个时候熄灭，最后也不知道自己说了什么，失魂落魄地走了。

沈半夏把段融的手握紧，很不满地说："你又招惹女人！"

段融"啧"了声:"我招惹过的不就你一个?"

沈半夏也知道这人就算什么都不说什么都不做,就有大把大把的女人来找他。

"以后谁也不许看,"她说,"只能看我。"

段融刮刮她的鼻子:"从来都只看你一个。"

沈半夏被哄得很开心。她抬头去看天上越来越红的月亮。这边地势高,视野空旷,月亮像在离她很近的地方,一伸手就能够得到。

看了几眼收回视线,她拉着段融往相反的方向走:"还是不要看了,听说血月是凶兆,不吉利。"

段融低低地笑了声,没说什么,任她拉着往前走。

易石青等人围着望远镜几吱哇叫个不停,沈半夏不感兴趣,拉着段融进了帐篷。

小小一个帐篷里只剩了两个人,门原本开着,她突然听见"刺啦"一声,门上的拉链被人合上,扭过头,段融身体前倾,手捧住她的脸开始亲她。

帐篷外还听得见易石青一帮人的交谈声,帐篷里只剩了黏稠紧密的接吻声。沈半夏头发散着,厚厚的发落在背上,贴着颈窝。她很快热得出了汗,稀里糊涂被段融抱到腿上,封闭空间里越来越湿,越来越潮。

脖颈里有汗滑下去,她低低地溢出一声"热",段融把她头发往后拨。

外面人的声音十分清晰地传来,沈半夏压住嗓子里快要溢出来的一声喘,抓住他的手:"不许乱摸。"

段融把手拿出来,在她的腰上握了握。女孩的腰细细软软,一捏好像就能捏断。在床上跪着的时候柔软的一截曲线拱着,深凹下去的脊柱线总是勾引着他去吻。

"怎么就是喂不胖,"段融发愁,"吃下去的肉都长哪儿去了?"

沈半夏低头看了看胸部。

她求表扬一样抬起眼睛看向段融,段融失笑:"嗯,是大了点儿。"

沈半夏对他的话不满意:"就只是一点儿吗?"

段融挑眉,手去扯她衣角:"我好好看看。"

沈半夏把他手打开,想从他腿上下去,他没让,手在她腰间收了一把,把她摁进怀里,低头在她颈窝里嗅。

段融抱着她:"小姑娘怎么这么香。"

沈半夏"咯咯"地笑。

生活里所有苦难好像都没有了,只剩下了带给她无限欢乐的段融。

之前她总在想,自己为什么要出生,一点儿意思都没有。

现在她开始庆幸,还好她出生了,来世上活一遭,遇到了最美好的段融。

两个人在帐篷里腻着，杜子腾在帐篷外拍了两下："段融，干吗呢？出来喝酒。"

段融带着沈半夏从帐篷里出去，一群人对着血红的月亮支起一堆篝火，旁边是烧烤摊，烤肉的香气"嗞嗞"冒出来。

趁段融暂时走开，易石青和高峰挤到沈半夏身边，一左一右站着，一人往她面前递了一大把烤串。

"小嫂子这两天肯定累着了，来来来，别客气，多吃点儿。看这身板瘦得，必须得好好补补。"

易石青借着火光盯着沈半夏不停地看，发现这小姑娘是真漂亮，哪儿都透着灵气。身段也好，随着跟段融在一起的时间越长，曲线越发勾人了，前凸后翘，腰细，两条腿又细又笔直，简直就是瘦而不干的极品，人间尤物。

一帮男人聚一起说什么的都有，后来话题扯到了段融身上，提到了他军训那会儿。

高峰说："你们还记不记得大一军训，段融出了多大风头，五公里负重跑完脸不红气不喘，障碍赛能把咱教官都赢了，名声响得让警官学院都跑过来挖人。就这身体素质，当时咱学校那些小姑娘看得都眼馋……"

其他人陆续帮腔，最后得出统一结论："嫂子辛苦了。"

一帮男生说起话来没遮没拦，沈半夏权当听不懂，脑子里不受控制地回忆起这几天的事。段融基本没让她歇，说不了几句话就把她拖过去，压在床上……

段融回来的时候，见她脸红得不行，脖颈都红了一片。他朝旁边那群人扫一眼，护食："你们又跟她说什么了？"

易石青像饿死鬼一样填了一嘴烤肉："我们可没有瞎说什么啊，小嫂子，你说是不是？"

"嗯，是没说什么，"沈半夏慢悠悠地吃了口烤青椒，"就说有不少小姑娘馋你来着。"

感受到段融警告的眼神，易石青缩了缩脖子，最后豁出去似的一拍桌子："你就说是不是吧？"

那天晚上一群人一直盯到血月天象消失，实在撑不住了才各自回了帐篷睡觉。

沈半夏不敢一个人睡帐篷，所以段融钻进来的时候她什么也没说，睁着一双大眼睛直勾勾地看他过来。

段融把她搂进怀里："看什么呢？"

"你。"她说，"你好看。"

段融笑："你更好看。"

原本真不想做什么，但香香软软一姑娘抱在怀里，哄着骗着来了一次，她始终不敢怎么叫，实在忍不住的时候张开嘴咬他肩膀。

她牙是真利，在他肩上留下好几个细巧的牙印。结束后他侧头往肩上看一眼，无奈地低声道："你属狗的？"

沈半夏睁了睁疲惫的眼睛，按捺下嘴角的笑，煞有介事地告诉他："不是狗，是虎！"

段融失笑，捏她的脸："牙尖嘴利的虎崽子。"

天亮后一行人下了山，开车回市区。

段融去了沈半夏租住的公寓。

客厅里放着一张还很新的沙发，沈半夏跟他说当初这里的沙发坏掉，被房东怀疑她是领了男人来才让一个沙发报废，死活不肯给她换新的。

正抱怨的时候，房东在外面敲门，过来问她房子到期后她还要不要续租，续租的话今天把合同签了。

"我租。"

沈半夏接过笔。段融从身后过来，一把扯过房东递来的合同看了看，还回去："她不租了，今天搬走。"

房东盯着他看了会儿，又看看沈半夏。

这两人确实般配，虽然看上去男人要比小姑娘大个几岁，但挡不住两人外貌太登对，站一块养眼得不行，将来生出来的孩子不知道要漂亮到什么地步。

房东心领神会："你就是小姑娘的男朋友啊，哦哟，小姑娘眼光好着哪。可不管怎么样还是得注意点儿。"

房东硬是闯进家里，四处看了看："沙发和床全给你们俩造坏了，我那家具可都是进口的，名贵着呢。既然不租了，那我们好好算算怎么赔偿吧。"

房东把手机拿了出来，点开计算器装模作样地按了几下："我算了下，小姑娘你要是把新买的沙发和床给我留这儿，再加上你两个月的押金，刚好够赔的。"

沈半夏最讨厌跟这种人理论，但更不想就这么便宜了她，刚要说什么，段融把她拉到身后。

高大挺拔的男人站在她身前，她顿时有了安全感。

段融单手插兜，为了一点儿对他来说根本不值一提的利益，淡声开口："你屋里这些烂木头到底值多少钱，又是为什么才会坏的，我会请专人过来估算。对于最后的结果，如果你有不服，可以去法院起诉我。这房子还有三天才到期,使用权是我女朋友的,你强行闯进来这叫私闯民宅。也就是她性格好不跟你计较,但我不行,你如果继续待下去,我会让警察过来跟你普普法。你看是你自己出去,还是我请警察来?"

房东悻悻然被赶出了屋。

没有了她在聒噪,房子里清静下来。

段融在沙发上坐着,把小姑娘拉到身边:"有什么需要带走的你告诉我,我帮你收拾好,今天搬走。"

沈半夏看他:"你是要邀请我跟你同居?"

段融笑:"以前也不是没同居过。"

"那不一样。"

沈半夏想了想,还是说:"我要是把房子退了,以后我们俩要是吵架了,我就没有地方能去了。"

"我们还会吵架?"

"说不准。"

段融"啧"了声,过了会儿,轻若无声地叹口气:"我要是跟你吵架,就先把我自己扫地出门,这样行不行?"

沈半夏抿唇,低了低头。头发从肩上滑下,垂落在两边脸颊,她一张巴掌大的小脸更显精致小巧。刘海下一双眼睛眨了眨,睫毛扑闪扑闪,像蝴蝶的翅膀。

她确实也不想再在这里住下去,房东太市井,整天想着吞了她那点儿押金,要不然就是怎么合理地涨房租才不会被她抓住把柄,她一向不喜欢跟这种人打交道。

要拿走的东西不多,无关紧要的都留了下来。因为段融确实唬人地带来了几名律师,房东没能从她手里多要一分钱,押金一分不少地退给了她。

自从父亲出事,家里房子被卖掉,沈半夏就总有种漂泊感。几年里她不停地搬家,找不到稳定的地方可以落脚,永远都感觉自己在寄人篱下,得过且过。这几年挣到的钱都砸进了医院,原本想等一年期满,拿了严琴的钱后干脆利落地走人,但现在一切都有了变化,她跟段融之间从假变成真,她不能再像以前那样浑浑噩噩地活着。

只是听严琴的口风,完全不介意她贫穷落魄的身份,说过很多次绝对不会阻挠她和段融。她就真以为她跟段融之间会有好的结果,会一直这么顺利下去。

等父亲身体再好些,她要告诉父亲,她男朋友是谁,男朋友家里开的公司是现如今科技行业里无人能比的寡头。虽然她和他身份悬殊门不当户不对,但她还是会跟他在一起,因为段融是真的喜欢她,而她除了段融不会再对任何人动心。

她天真地这么想着,并没有任何心理负担地开始了跟段融真正意义上的同居生活。

她重新住进楼上的房间,这边一切都没有变,仍是她习惯的样子。

梳妆台上放着两个盒子,盒子里装着她还回去的戒指和项链,珠宝发出熠熠的光,夺人眼球。

她看了会儿,收起来放进抽屉。

抽屉里还放着她还回去的存有五百二十万的卡,段融动都没动。他一旦送出去什么东西,就不会再收回来。沈半夏知道他的脾气,把卡一起锁进抽屉。

她下楼转了转,偌大一个客厅里放着一架钢琴。她想到段融说的,曾经他在楼下听到她弹一首叫《幻昼》的曲子,后来总是念念不忘。

她在钢琴前坐下来,打开琴盖,按下第一个音。

到底很久没有练习过,跟以前相比生疏很多。只是《幻昼》是她最喜欢的曲子,指尖的习惯性记忆忘不掉,一首弹下来并不算糟糕。

弹完才发现段融已经回来了,就倚站在一边看她。

沈半夏看到他手里拎着的外带餐盒,眼睛亮亮地跑过去。

"炸酱面?"她问。

"嗯。"

段融揉揉她的头发,带她在餐桌前做好,把面拿出来拌好给她。

沈半夏吃得很香,明明最近每顿饭都有好好吃,胃也早就养好了,但就是不见她胖,人还是单薄清瘦。

她吃得一嘴酱,段融拿纸巾给她擦了擦,倒了杯果汁看她喝完,将她抱到体重秤上。

刚吃过那么多东西,结果体重秤上显示她仍是只有八十一斤。

段融叹口气,把她抱回去,拿了些水果盯着她吃。

"过几天春节,我跟你一起去看你爸。"他突然说。

沈半夏呆了呆,摇头:"你别去。"

段融往后一靠,一只胳膊搭在她身后的椅背上:"嫌我丢人?"

"我爸以为我在交往的男朋友是我学校的,"她说,"等他身体再好点儿,我再跟他说实话。"

段融更气:"我就这么拿不出手,会把你爸气病了?"

她笑:"说不准。"

下一秒,身体蓦地腾空,她惊呼了声,手赶紧搂住段融的脖子。

段融进屋,踢上门,把她往床上摔。他两手交叉拉住衣服下摆,富有肌肉线条的胳膊往上一扯,一件黑色T恤被他脱下来扔一边。

男人的好身材露出来,线条分明的腹肌、性感极有诱惑力的人鱼线,看得她眼睛都热。

段融朝她压过来,一只胳膊撑着,另一只手往下探,嗓音低哑地说:"那他老人家要是知道我们在做这件事,是不是更要气死?"

第十四章
我这辈子只要她一个，不是她就不行

沈半夏发现，段融好像对她有瘾。

他"兴致"太强，让沈半夏怀疑过去几年他都是怎么忍过来的。

如今封印被解开，他露出了本来面目，残暴又有些恶趣味，让人难以招架。

但不管他怎么样，沈半夏都喜欢。

她其实对他也有瘾。

沈半夏慢慢地了解了，为什么当初大半个学校的女生都会那么迷恋他。

他确实让人欲罢不能。

结束后沈半夏躺在段融怀里，手指在他鼻梁上划来划去，有些庆幸地想。

那么多人可望而不可即的段融，是她的。

没有什么事比这件事更让人开心的了。

她弯起嘴角笑，段融睁开眼睛看到，抬手在她泛着潮红的小脸蛋上捏了捏："笑什么？"

沈半夏拿脚尖踢他，他把她往怀里揽了一把，手摸到她背后一对蝴蝶骨。

她太单薄，每次他都担心，自己再用点儿力会不会把她折断。

"你能不能胖几斤给我看看，"段融的指尖描绘着她单薄的背，小姑娘的肌肤顺滑，像牛奶，"少让我操点儿心。"

"该胖的地方胖不就好了。"她还挺骄傲。

段融被逗得笑，眉目舒朗。这丫头怎么样他都觉得可爱，可爱到不行，可爱到他想把她藏起来，不让任何人看，免得她会被人偷走。

每天都得见到她，不然想得厉害。

可是没过多久，沈半夏迎来期末考，期末考后是漫长的寒假，她打算去京郊照顾父亲。

段融知道以后脸色变得很不好。

但也只是那么几秒钟而已，几秒钟后，他已经整理好情绪，温声说："有什么事给我打电话。"

沈半夏乖乖点头。

父亲的身体恢复得很好，已经办理了出院。家里每天有护工照顾着，沈莹有时间也会过去看他。

沈莹的丈夫还是没有回来，完全联系不到人。沈莹干脆带着两个孩子暂时搬到了沈文海那边，方便照顾他。反正那里的房子很大，房间也多，不愁没地方住。

除夕那天，一大家人坐在一起吃了年夜饭。自从沈文海重病不起，任何节日对沈半夏来说都像是在提醒苦难，这是这么多年过去她好好过的第一个春节。

回来之前她把段融送的戒指和项链都收了起来。沈文海以为她把东西都还了回去，问她跟男朋友相处得怎么样，她只说还好。

沈文海总觉得自己这个女儿还小。他出事的时候沈半夏还只有十四岁，再醒过来，小小的女儿已经长大成人，这让他觉得不真实。

有时候他会恍惚，觉得女儿还是小孩子。想到他的孩子竟然已经开始谈恋爱，他就想去把她男朋友教训一顿。

他跟陈筠精心养大的如花朵一样漂亮懂事的女儿，怎么能就这么便宜了哪个臭男人。

转而又打住，沈文海告诉自己，女儿确确实实已经成年了，谈恋爱是很正常的一件事。高中的时候不让谈恋爱，到了大学要是还不让谈恋爱，那他这个家长做得也太封建了。

而且女儿的眼光他是相信的，找的男朋友想来一定不会差。

沈文海这么劝自己，又提醒了几次沈半夏让她一定要保护好自己，即使谈恋爱也要跟对方保持点儿距离，不能再发生之前收礼物的事了。

沈莹知道沈半夏所谓的"男朋友"是谁，不敢透露半点儿消息。还好沈文海醒来以后专心休养，不怎么关注网上的消息。不然要是从新闻里看见自己的女儿，知道她为了筹集医药费都付出了什么代价，按沈文海这脾气，指不定要生多大一场气。

家里并没有守岁的习惯，不到十二点的时候就各自回房休息了。

沈半夏一直放心不下段融。

他跟段向德和严琴的关系都不好，平时不管什么节日都没有回过家。他过生日的时候也只有朋友帮他庆祝，父母根本提都不提。

所以他不管遇到什么节日，从来不会庆祝。

上次也是因为沈半夏才好好过了一个生日。

现在他会不会一个人在家,在今天这样一个原本该很热闹的节日里,孤孤单单地等着除夕过去,新年到来。

沈半夏想回去找他。

时间已经很晚了,家里的灯都关着,外面黑漆漆的。

沈半夏小心翼翼地开门,穿过客厅换上鞋,做贼一样悄悄离开了家。

出了单元门,雪花迎面扑来。她裹紧围巾,戴好毛线帽,迎着雪往外走。

地上积了层一指深的雪,鞋子踩上去有"吱吱"的声音。

她其实不知道该怎么回去,凛冬时节,路况不好,又是在这样的节日里,这么晚的时间,基本打不到车。

但她就是想努力一下,想回去见见段融,告诉他,以后不管什么节日,她都会陪着他。

出了小区,她在外头站了会儿,点开打车软件。

这时半空中突然蹿出一朵巨大的烟花。

她抬起头,看到烟花在夜空中短暂地盛放。

紧接着是争先恐后的烟花升上空中,快要把一个黑夜照成璀璨的白昼。

沈半夏从来没有看过这么漂亮的烟花,盛大绚烂,如梦如幻,每一朵烟花都在竭尽所能地绽放出最后的璀璨。

下雪的天气,没有月亮也没有星星,路灯昏黄。

而烟花把世界照亮了。

沈半夏莫名觉得,这场烟花好像是有人在专门为她放的一样。

整场烟花秀持续了很久还没有结束,在钟声敲过子夜零点,不多一分不少一秒的时候,她手机里收到了微信消息。

在漫天璀璨绝伦的烟花映照下,她打开手机,看见段融给她发的一条:新年快乐。

一大片未开发的荒地里停着一辆车。

段融放完烟花以后开车离开,车子经过沈半夏住的小区。

雪下得很大,如鹅毛一样,把世界染成一片白色。大街上空无一人,连车都没有。

苍茫天地间,一个小小的女孩穿着厚厚的衣服,戴着帽子围巾,踩着雪地靴在路上走,一边走一边焦急地看手机。

段融把车开过去,在她前面十步远时停下,熄掉车灯。

女孩盯着车看了会儿,很快认出来,一脸惊愕地看着段融从车里出来。

段融到了沈半夏面前,她冻得一直在发抖。段融解开身上大衣的扣子,衣服拉开把女孩子裹进怀里。

"不好好在家待着出来干什么？"他低头问。

沈半夏眨了眨眼睛，还有点儿没反应过来。

"段融？"她伸手摸他的脸，"真的是你啊？你怎么来了？"

"给你放烟花。"他说。

果然是他的杰作。

沈半夏吸吸鼻子："烟花很好看。"

"那就成。"段融怕她冷，带着她坐上车，把车开到一条寂静无人的小路上。

他把车里的暖气开得大了些，再次问她："出来干什么？"

"我想去找你，"她说，"我想陪你过除夕。"

段融在她的话后愣了片刻。

他对节日这种东西一向没什么感觉，也不怎么过，过不过对于他来说都无所谓。因为他没有家，所以阖家团圆这种事没有意义。

这是第一次有人跟他说，想陪他过春节。

他把小姑娘的围巾和帽子摘了，拂去她发上的雪花，手横在她腰间，稍一用力把她抱到了腿上搂着。

"这么晚了，你怎么回去？"他说，"傻不傻？"

"我就是很想见见你，没想那么多。"

"我现在来了，"段融把她下巴抬起来，气息灼热地吻她，"给你见。"

今年的雪比往年要大很多，纷纷扬扬，像是一片片羽毛。

段融把她的腰握紧防止她滑下去。

世界一片银装素裹，路边的树被大雪压断了树枝，清脆的"吱呀"一声响。

车里温度很高，怎么样都觉得热。车玻璃上浮起一层雾气，很快"啪"的一声印出五个细巧的手指印。

沈半夏仰起脖子，原本不太愿意，没多久就深陷其中，主动配合着。

段融从她下巴往下亲，声音沉哑："宝宝，我也很想你。"

车子防震功能很好，从外面不怎么看得出来。

车子里一片昏热，像是在蒸桑拿。

沈半夏蓦地把段融搂得很紧，肩膀缩着，声音里有了哭腔，脸埋在他颈窝里叫："段融……"

段融在她耳边笑。

她不说话，大脑长时间地空白，身体颤抖着。

外面的风声呼啸，一片冰天雪地。

车里湿热渐消，段融温柔地亲吻她，擦掉她额上的汗："我送你回家。"

"我不想走,"她说,"我要陪着你到天亮。"

"听话,回去好好睡觉。"

段融帮她把衣服穿好,给她围好围巾,戴好帽子,鞋子也穿好。

车子开到沈半夏住的小区楼下,段融把她从车上抱下来。她腿很软,不想走路,段融直接把她托抱起来。

雪一直下着,天气严寒,沈半夏却从来没有觉得哪个冬天这么暖和过。

她怕段融会冷,手伸出来捂住他的两只耳朵。

段融让她放下去,她不肯。

她被段融抱回了家。

她在门口跟段融道别,告诉他:"我再过半个月就回去,你一个人要好好吃饭,好好睡觉。"过了几秒,又说,"我每天都会想你的。等到了明年春节,你、你来我家一起过年好不好?"

段融看了她一会儿,艰涩地滚了滚喉结。

他发现,他的人生开始有意义起来了。

不再是孤身一人,他也可以试着有一个家了。

拥有沈半夏的家。

楼道里的声控灯熄灭,段融在一片黑暗里捧着她的脸亲她。

"半夏,"他握着她后脑,额头挨着她的额头,"我想娶你。"

沈半夏整个人热热的,被一股幸福感笼罩着。

告别段融,她回了家。家里依旧一片漆黑,没有人知道她偷偷溜出去过。

她回到自己房间,刚才跟段融在车里荒唐了将近一个小时,人疲倦得不行,往床上一躺就撑不住想睡觉。

就要睡过去前,她把手机拿出来,找到被置顶的与段融的聊天框。

最后一条消息是他发过来的新年快乐。

沈半夏认认真真地给他发:*新年快乐,每天都要快乐。*

从来没有觉得寒假如此漫长过,没有一天不在想念段融。

沈半夏虽然跟家人待着,但心思早就飞了出去,只要一有时间就会抱着手机跟人聊个不停。

沈莹看出这小丫头好像是真的恋爱了,趁沈文海不在的工夫,问她:"半夏,你跟段融怎么样了?"

沈半夏吓了一跳,把手机收起来:"我们……就那样啊。"

"那天你跟他打电话,我听见了。"沈莹说,"我看你跟他不像是普通关系,你老实告诉姑妈,是不是真的喜欢上他了?"

沈半夏沉默下来,不再说什么。

沈莹叹口气:"姑妈没跟你说过,其实很多年前,我有几次看见他把你从学校一路送回家。当时你还是个小孩子,他都不认识你就肯帮你忙,我就知道他那人错不了。他人长得俊,对你也好,要是你真能跟他在一起,姑妈是很开心的。可你也知道,我们家现在这种情况,跟他们家差距实在太大,你真的觉得他们家会接受你吗?商人都是利益至上,你对他们没有价值的话,他们是不会选你的。"

姑妈的话让沈半夏重新开始想,严琴当初为什么要找她去接近段融。

根本没有合适的理由。

护工搀着沈文海从外面回来,沈莹把轮椅推出来,让沈文海坐下。

现在沈文海基本可以行走,只是不能走太长时间。他曾经一个人就能支撑起这个家,现在却要靠女儿养着,虽然嘴上不说,但一直都在埋怨自己连累了女儿,想尽快好起来去找份工作,不要再连累女儿。

最近有几家公司找到他,想请他去做技术顾问,等身体好起来再做岗位上的调动。他年轻时的野心早就被磋磨干净,曾经唾手可得的成功也已经功亏一篑,没有了什么心气儿,这几天一直在考虑要不然就挑一份薪资高的工作算了。

沈半夏从沈莹那里听说了父亲打算去工作的消息,极力阻止,让他等身体痊愈后再想其他。

沈文海看了看现在住的房子,租金都是女儿辛苦赚的,他作为父亲没有尽到父亲的责任,没能给女儿提供良好的生活条件,害得她连钢琴都放弃了。

他想自己待一会儿,回了屋,找到一个人的手机号。

电话很快接通,那边的人先咳了两声,紧接着一把沧桑沙哑的声音响起:"沈文海?"

沈半夏在开学前两天回了市区。

地上积了层松软的雪,她拉着行李箱在寂静的路上走。迫不及待地想看到段融,只要想到待会儿就能看见他,心里就一阵阵地发暖,有喜悦源源不断地冒出来。

转过路口时,看见万珂正跟段融一起在大门外站着,距离有些远,听不见他们在说什么。段融又是背对着她,看不到他脸上的表情。

万珂已经注意到了沈半夏,一双妩媚的狐狸眼朝她这边落,很快收回去,重新看向段融,一只手从兜里掏出了个什么东西,往他外套口袋里放。

她做完这些转身上了车,发动车子离开。一辆赤红色的超跑在经过沈半夏身边时,万珂降下车窗,挑衅地朝她这边看了一眼。

段融回头看到了沈半夏，朝她走过来，手从裤子口袋里拿出来，要接她手里的行李箱。

沈半夏摇摇头，固执地一个人拉着行李箱往前走。

段融一把夺过来，换到左手提着，右手把她往怀里带："回来怎么不先告诉我？"

"先告诉你，让你好好准备准备，换个时间跟绯闻对象私会吗？"沈半夏吃醋吃得厉害，气呼呼地瞪着他。

段融挑眉："这么不信任我？"

沈半夏不想理他。开门，关门，热气扑了一身，她脱了身上的外套，摘掉围巾，换了拖鞋往里走，直接上楼回房间。

段融双手抄兜在后面跟着。

她回头看一眼，步子停下来，问："你跟着我干什么？"

段融就是在这个时候突然靠近的，手一下搂住她的腰，抱着她走完剩下的一半楼梯。

沈半夏吓得倒吸了口气，呆呆看着他。

进了屋，她的背贴上门，在关门声中段融的唇压过来。

她确实想他想得不行，即使是在生了一场闷气的情况下，对他吻过来的举动也没有半分拒绝的意思，唇齿轻易被他打开。

她人挂在段融身上，完全依靠着他的支撑，脑袋后垫着他一只手，头发散满整个肩头，在两人纠缠中有几缕跑进了他衣领中，贴着他冷白色的肌肤。

段融的气息凶横又霸道，像只饿坏了的狼，吻得十分粗鲁，恨不能把她一口口拆了吞进肚子里，完全不给她喘息的机会。他一只手牢牢地托着她，把她按在门上，她完全动不了。

确定自己不会掉下来，她松开搂住他后颈的手，搭在他肩膀上。在他的唇从她嘴角往耳朵移时，她缺氧地喘了几口气，抽出工夫问："万珂刚才跟你说什么？"

"你真要听？"他的吻从她耳际落到了颈下。

"嗯。"

"她想睡我。"

沈半夏的手指发僵，很快泄愤似的紧紧揪住他的衣服领口。

段融埋在她脖子里笑，等笑够了，手扶住她后脑，眼睛看着她："但我想睡你。"

沈半夏的手指一根根地松开，呼吸变得平缓，眼睛重新柔和。

段融又开始亲她，动作温柔了很多，唇贴着她的唇耐心地厮磨，每一下都极尽耐心，带着小心翼翼的安抚。

温度一点点攀升，闷得人快要喘不过气。如果她再这么呆呆地任他胡作非为，接下来就一发不可收了。

沈半夏把头侧开："我来例假了。"

气氛安静了一瞬。段融并没有任何恼怒的意思，很快就整理好情绪："那改天？"

沈半夏拿脚踢了下他："把我放下。"

段融放下她，人仍是堵在她面前，一只手撑在她发顶，另一只手从她衣衫下摆往上钻，手心贴住她平坦的小腹："疼不疼？"

"还好，吃了止痛药。"

"每次都要吃？"

"嗯。"

"我找个医生给你开点儿药。"

"不用这么麻烦。你到底要摸到什么时候啊？拿出去。"

"怎么还是这么瘦。"

段融突然说了一句，手移到她单薄细弱的腰，轻轻地握了一把，语气带点儿凶："我费尽心思喂你了半年没喂出来一斤肉。"

他揉的力气很轻，却依旧让沈半夏全身上下都紧绷起来。

她推开他，手往他没来得及脱下来的外套衣兜里探，摸到一张硬薄的卡片。

她拿出来——

酒店房卡。

脸色瞬间从潮红变得泛白，她简直想把房卡扔在这男人的脸上，眼眸含怒抬头看他。

段融原本没把这房卡当回事儿，都已经跟她说了有人想睡他了，她应该想得到万珂给的是什么才对。

但她眼睛立刻就红了，眼眶里蓄着泪，要掉不掉的样子简直挠人心肝。段融把房卡拿过来，依旧揣回兜里，手捧着她的脸，在她发红的眼角亲了下。

"没打算去，你急什么。"

"你爱去不去！"

沈半夏把他轰出去，关上门。

唇上一阵阵发痛，她往镜子里看了眼，发现自己唇角被他咬破了，开始往外冒出血丝。

碰一下就好疼，她嘶了口气，气得拉开门。

段融还在外面等着，双手插兜闲闲地倚在门边。她过去，两只手揪住他领口往下一拽，在他顺势低头的时候，踮脚狠狠地在他唇上咬一记。

她咬得重，牙齿尖得跟狐狸崽子似的，一下把他嘴角咬破了。血腥气在两人唇齿间冒出来，分不清是谁沾染了谁的血。

咬完就离开，她满意地报复性地冲着段融哼一声。

段融满不在意地伸指拂去唇角的血丝，笑了笑。

"小嘴还挺厉害，"他看着她，目光里赤裸裸地写着不怀好意几个字，"改天换个地方给你咬。"

他笑得活脱脱一副登徒子的模样，坏得不行。沈半夏再怎么迟钝都明白他是什么意思，红着脸瞪他一眼，进屋，摔门。

附中外一家酒吧，一身女仆装的服务员朝一处安静的角落看了好几眼，胳膊肘碰了碰旁边的同事："那个是不是万珂？"

"是她，都坐了几个小时了，我看她那样子是在等什么人。"

"还有人舍得让她等啊？放着这么个大美女不理，那人想什么呢。"

"你有没有听说，"同事兴致勃勃地讲起，"万珂最近不知道惹了哪位大佬，那人把她的资源全黑了，不管是影视还是广告，她一切的资源都被拿掉了，现在已经被圈子半封杀了，很久没有工作了。"

"怪不得我都没听说过她的消息了。她是惹了哪位大佬啊，你知道吗？"

"不知道，还没人能扒出来。"

万珂知道自己是被谁整了。

除了段融，没人有这么大的本事。

也没人会这么跟她过不去。

她从包里取出烟，拿出一根点燃深吸了一口。消息已经发出去十几条，每条都石沉大海，根本得不到段融的回复。

就在她以为段融不会来的时候，对面沙发里坐下来一人，懒散地往后一靠："说吧，什么事？"

段融不管在哪儿都自带一股吸引人的气质，什么都不用做，只是简单抬抬眼睛就足够招人。两个服务员在他进门的一刻就看直了眼睛，压低声音交流："这男人绝了，让我等三天三夜我都愿意。"

万珂嘴里吐出一口白烟。

"你的嘴怎么了？"她盯着他破皮红肿的唇角。

段融抬了抬下巴，身体往后靠，一条长腿大刺刺地跷起来搭在另一条腿上："半夏咬的。"

万珂心口仿佛被一记重锤砸到，拿烟的手狠颤了下。

半天才找回声线，她从包里拿出一包男士烟，给他："你常抽的牌子。"

"戒了。"

"戒了？"

万珂不可置信地看了他一会儿，抖着声音："为了沈半夏？"

"是。"段融的声音发懒，"不然你觉得我能为了你？"

万珂突然觉得自己挺可笑的，她为了段融学会抽烟，而段融为了沈半夏戒烟。

简直没有比她更可笑的人了。

"是你让圈子封杀我的是不是？"万珂直截了当地问，"你为什么要这么做，我从来都没有跟你作对过？"

"你跟半夏作对，就是跟我作对。"段融抬眼看她，目光很冷，"邱茹的钱是谁给她的，你以为我查不到？"

他果然都知道了。

万珂慌得唇色白了一片："你在说什么，我听不懂。"

"听不懂没关系，你只需要知道，你在圈子里混不下去了。"

段融把腿放下，身体前倾，胳膊肘搭在腿上，鹰隼般的目光透过昏暗光线直盯着她："看来娱乐圈挣钱很容易，你轻轻松松就能给人五十万。看你过得这么好，我不能不管。你要是识相，就自己退出娱乐圈，以后爱怎么讨生活就怎么讨生活。如果你不肯放弃这块肥肉，我一定让你连口汤都喝不起，不信你就试试。"

万珂当年费了很大力气才考上电影学院。她功课不好，唯一的长处是外形好，脸蛋和身材都是极品。又借着家里的运作，她很容易就进了娱乐圈，在娱乐圈里一炮而红，一点儿弯路都没走就红得发紫，前程不知道有多好。

可段融却把她的锦绣前程切断了。

离开娱乐圈，她什么事都做不了。

万珂真正体会到了段融的可怕之处。

她又怕又恨："你为了沈半夏能这么对付我？不给我活路？"

"你有的是活路，"段融说，"可你一开始就知道，我的半夏她没有活路，唯一的活路是好好念书，你想逼她退学就是在逼她死。你欺负她欺负到这种地步，我没弄死你，你已经要烧香拜佛了。"

万珂僵硬地扯动脸部肌肉，抖着手把烟按灭。

她抬起头，盯着面前的男人："你知道她是什么人了？知道她一直以来都在用假身份骗你？"

段融闲散地靠在沙发里，一只胳膊往后搭着，脸上神色不变。

"你都知道？"万珂今天叫段融过来，是想把自己查到的有关沈半夏的一切都告诉段融。但是看段融这个样子,他明显很早以前就知道了。

所以他了解有关沈半夏的一切,而即使清楚沈半夏是带有目的才接近他,他也心甘情愿地对她好,放纵她的一切行为。

他喜欢她喜欢到这种地步。

所以在跟沈半夏的博弈中,万珂早就输得一败涂地。

万珂垂死挣扎:"你既然早就知道她是什么人,为什么不拆穿她?"

"她是什么人不重要。"

这个点正是酒吧热闹的时候,两个人坐的位置偏僻,倒不怎么吵。头顶的光落下来,段融一张脸更加利落分明,比白天时更多了几分味道。

他看着万珂,把后面的话说出来:"她只要是沈半夏,我就喜欢她。"

万珂终于意识到,段融对沈半夏是动了真感情。

段融这人从来都是一副玩世不恭的样子,期望他能生出真心无异于期望一棵万年的铁树能开花。可沈半夏轻易就得到了他的真心,没有费什么功夫就把万珂追求了很久都没有追求到的男人吃得死死的。

万珂像被放在火上烤,心里没有一处地方是不疼的:"你就这么喜欢她?"

"是。"虽然段融说话时吊儿郎当的,但就是让人觉得他是认真的,"这辈子我非她不可了。"

万珂噙着泪,允许自己伤心了那么一阵子,很快把冒出来的眼泪逼回去。段融不喜欢她,她其实一直知道。她也曾经试过放弃他,劝自己算了,既然追不上又何必折磨自己。但那几个月里她过得很不好,没有一天不在想念他的煎熬中度过。她才知道即使是求而不得,都比彻底放弃要好,因为起码还能在跟他的关系中保有一丝希望和牵扯。

她死缠烂打惯了,即使是在这种时候都能让自己迅速走出绝望的死胡同,转而把目标调整到另外一条虽然不光彩,但起码能解渴的路。

"你既然这么喜欢她,那你怕不怕我把她的事情告诉大众?"

"这就是你找我的目的?"段融的神色依旧很淡,甚至勾起唇角凉凉地笑了下,"威胁我?"

"我也不想,但这是你逼我的。你明白她的事会有多严重,不仅是对她,到时候你们段家也没一个能独善其身。"

"所以你想怎么威胁?"

"我想要什么你一直都知道。"万珂往前趴,胳膊支在桌上,一双美目在灯下熠熠生辉,语气放柔,"白天我跟你说过,你忘了?"

白天她去找段融,半遮半掩地说了一通有关沈半夏的话,让段融知道她手里确实有沈半夏的把柄。等成功把他的心思吊起来,她踮脚轻声道:"晚上我开了房,你来,我告诉你。"说完把一张房卡放进了他兜里。

万珂朝酒吧楼上示意了眼:"几年没来过了,这店还是老样子,没变过。之前常听学校里的人说,楼上酒店房间很好睡,打从那时候开始,我就一直想着你什么时候能带我去。"

段融侧头笑了声。男人的脸部线条流畅紧绷,陷在灯光里,一半明一半昧。不管什么时候从哪个角度看,他都好看得让人心痒。

可惜是万珂所得不到的。

万珂尽己所能地把自己有的牌全亮出来,但对他来说不疼不痒,完全没有任何震慑作用。

段融慢悠悠地把视线放回她脸上,这次的目光里透了点儿冷,更多是嘲。

"你认识我也不是一天两天了,怎么还这么天真?我不是没有把柄在别人手里过,但凡我怕过一次,我早就死了不知道多少回了。你以为凭你能动得了段家,如果半夏的身世真的是个威胁,严琴是脑子进了水才会往身边埋一颗雷。你不相信的话现在就可以找媒体,看媒体是会信你的话,还是会觉得你该好好接受治疗了。"

"万珂,我明白地告诉你,如果不是因为你之前帮过我,让我一条胳膊不至于被人砍了,我早就弄死你了。是我喜欢半夏,使了手段让她跟我在一起,你要有不满就冲我来,欺负一个女孩你丢不丢人。"

段融拿出房卡往前一掷,卡片被甩到万珂面前。

他下巴朝楼上一点:"这地儿既然这么好,哪天我会带半夏来试试。"说完起身,一个眼神都没再给,朝外头走了出去。

万珂盯着被他甩过来的房卡,过了会儿,拿起来追上去。

段融没走多远,在前面一个路口碰上了认识的人,跟人说了几句话。

是个五十多岁的女人,看起来有几分熟悉,但想不起来到底是谁。万珂等段融开车离开,过去朝那人叫:"阿姨。"

女人很快认出了她:"哎哟,你是万珂吧。我儿子可喜欢你了,你给我签个名吧。"

女人手忙脚乱地从包里拿本子。万珂给人签完,合上笔帽,问:"阿姨,刚才那人您认识啊?"

"你是说段融?认识,他上次来找我,问我很多年前在我培训班里学钢琴的一小姑娘的事儿,我就告诉他了。"

一股不祥的预感涌起,万珂抖着声问:"是哪个小姑娘?"

女人刚接了她的签名,正感激着,想也不想回答:"一个叫半夏的女孩,沈半夏。"

万珂脑子里"轰隆"一声,人快被一道惊雷劈成两半。

女人还在热络地说着:"我也不明白他怎么突然对一弹钢琴的小姑娘感兴趣了,问得可仔细了,为了找我打听还给了我一笔钱。"

很多事情都连了起来。万珂想起上次在慈善晚宴上,当沈半夏在众人面前弹完一首曲调奇特的曲子后,段融过来问她,知不知道那曲子叫什么名字。

万珂答不上来。

现在万珂知道了,之所以会觉得那首曲子熟悉,是因为她曾经听过,段融也听过。为了找弹琴的人,段融找到了培训班门口,可门打开后,从里面出来的人是万珂。

因为段融表现出来的兴趣,万珂在电光石火间决定撒谎,告诉段融,那首曲子是她弹的。

顶替了那个弹琴的女孩。

原来一开始就引起段融注意的,是沈半夏。

竟然会是沈半夏。

沈半夏很少再碰钢琴。

已经没可能实现的梦想,要是一直回头只能会遗憾。

她背拗口的法律条款,做永远都做不完的试题。其实她对法律的兴趣不是很大,也没有什么天赋,只是靠毅力在死读而已。

脑子极度混乱的时候,她丢下书放空了会儿。

段融从外面回来,看见她手托着下巴,噘起来的嘴巴上放了支笔,那副样子可爱到不行。

段融失笑,走过去在她发上揉了一把。手里拎着个纸袋,里面是好几盒中药,他冲好一杯后给她。

酸苦的味道立时充盈在空气里。

之前因为要调理胃,沈半夏被中药这种东西折磨了一阵,现在她实在不想喝了,轻轻地把杯子推回去。

"喝了,听话。"段融在她旁边坐下,"以后再来例假不用吃止痛药也不会疼。"

"很苦。"她说。

段融从口袋里拿出一把五颜六色的糖放她面前。

糖纸上画着懒羊羊,这牌子很好认,她一眼看出是附中外一家商店销售的糖果。她很喜欢这个牌子的味道,常会买来吃,也曾送过段融,跟他一起回家的时候,会伸长胳膊一定要把糖给他。

她很久没去附中那边,也很久没有见过这个牌子的糖。猝然见到,她惊喜地抬头问:"你在哪里买的?"

"附中外。"

"你去那边干什么?"

段融在她身边坐下,揉了揉她的头发:"给你买糖。"

沈半夏看了他一会儿:"你还记得我喜欢吃这个牌子的糖?"说完,一口气把药喝了。

"嗯。"段融剥开一颗糖填进嘴里,下一秒把她的脸扳过来,唇覆上去,舌头把糖送进她的嘴里。

一颗糖在两人唇齿间搅动,段融握着她的脸,哑声说:"还记得你会把糖给我。"

沈半夏舌尖的苦被糖丝化去,更多是被段融舔进了嘴里。在舌头又一次被咬后,她所有心神被他突然而来的吻占据。

一颗硬质水果糖在两人舌尖纠缠下消失,她口中是甜的,舌头很麻,被搅得快没有知觉。

两人分开的时候,她往他身下看了眼,极为明显醒目。

恶劣心上来,她仗着自己是安全的,往他怀里扑了过去,两腿岔开跪坐在他腿上。

"怎么不亲了?"她主动投怀送抱,还破着皮的唇挨上他的唇,两人的伤口厮磨着,一边疼一边又不可避免地沉沦。

她在他唇角碰了两下,离开了些,眼神往下,盯着他颈中诱人的喉结,贴过去,先用唇轻轻地在上面碰了碰,接着含住,舌尖勾出去舔了下。

段融身体明显僵住。

沈半夏的感受更清晰。

段融握着她后颈把她小小的脑袋提起来。

沈文海放心不下女儿,跟沈莹一起来学校看沈半夏。

这几天段融只要有时间就会来学校带沈半夏去吃饭,车子刚停在校门口,他看见小姑娘从学校里跑出来,从沈莹手里接过轮椅,推着沈文海去了一家餐厅。

段融把车停在外面,收到那丫头发的一条消息:你先走吧,我要陪我爸吃饭。

段融把手机扔一边,透过车窗,能看见方朗朝沈半夏跑了过去。

阳光开朗的大男孩冲着沈文海热络地叫了声:"沈叔叔。"

沈文海以为方朗就是女儿交的那个男朋友,看模样还不错,个子算高,样子也俊朗。只是做父亲的难免会觉得这世上没几个能配得上女儿的男人,看到方朗后的第一反应还是想把他教训一顿。

沈半夏避免误会，开口介绍："爸，这个是我同学方朗，你生病的时候他曾经去看过你。"

沈文海对方朗的敌意立刻少了些，朝他点了点头。

方朗一向在哪儿都自来熟，嘴又甜，跟在身边说了好些话，又接过沈文海的轮椅推着，带着他们去餐厅。

段融的车停在不远处，他人坐在车里看到，方朗自然地跟沈文海搭话，那样子宛然就像跟他们是一家人。

而段融只能见不得光地坐在车里远远看着，连面也不能露。

他荒唐地笑了声，拿出手机给沈半夏发消息。

沈半夏也不明白方朗为什么要跟过来，给他使了好几次眼色，他权当看不见，一扭头继续叔叔长叔叔短地跟沈文海说话，没一会儿就跟沈文海熟络起来。

沈文海对这男生的印象越来越好。

沈半夏无语地在一边看手机，微信里收到段融的一条消息：不让我去见你爸，方朗却能见？

沈半夏安抚他：我会找时间跟我爸说我男朋友是你。

段融：什么时间？

沈半夏不是很能确定。沈文海一直觉得她交往的是跟她差不多年纪的同校学生，如果知道其实不是，而且比她大了七八岁，很可能会发脾气。

父亲身体刚好转，她不能再把父亲气病了。

席上沈文海已经把话题扯到了沈半夏交的男朋友身上，找方朗打听那男生靠不靠谱、今年上大几、什么专业、跟沈半夏是怎么认识的、脾气好不好。

方朗朝沈半夏看了眼，挠挠头，说："我也不是很清楚。"

沈文海没再问，只是莫名地越来越担心，生怕女儿遇到了骗子。

吃完饭，沈半夏推着沈文海在学校里转了转。

政大在全球都算得上赫赫有名，但沈文海还是看不顺眼。他女儿原本是要考音乐学院的，就因为他，把女儿连累得梦想都没了，为了将来能找份不错的工作，不得不辛辛苦苦地从艺术生转为文化生。

这学校不好考，想也能知道她付出了多少，读书读得有多辛苦。

沈文海心里堵着气，只略看看就打算回去了。

沈半夏推着他去搭车，路上听他问起："你那男朋友是哪个学院的，有没有照片给我看看？"

沈半夏心虚起来，支支吾吾不肯说。

她越这样沈文海越担心她遇到不好的人："怎么了，我连他是哪个学院的都不能知道了？"

沈半夏想着以后总要说，先给父亲打个预防针比较好："他不是我学校的。"

"不是你学校的？那是哪个学校？"

"哪个学校都不是，他已经毕业了。"

沈文海沉默下来，原本真不想发火，但怎么想怎么觉得自己闺女被人骗了，再开口时语气陡然严厉起来："他多大年纪？"

沈半夏看了眼旁边的姑妈，想让姑妈帮着劝劝。

沈莹接过轮椅："半夏的男朋友我见过，人长得很好看，跟咱半夏站一块别提多般配了。"

沈文海："我问他多大了！"

沈半夏吓得缩缩脖子，转念又想，段融哪里拿不出手了，明明很抢手，她干吗一副做贼心虚的样子。

"他、他虽然比我大了几岁，"她小心地谈起，"但也没有大多少，只……只比我大七岁而已。"

沈文海沉默了。

他足足静了五秒钟，突然猛地拍了一下轮椅扶手："你再说一遍！"

沈半夏吓了一跳，她很怕父亲会发脾气，不敢再说什么。

"你……你立刻跟他分手！"沈文海气得话都要说不清楚，"现在就跟他分手！"

"爸！"

"我还以为你真的长大了，"沈文海脑袋发晕，"你怎么能这么不懂事。那男人是谁，他在哪儿，你告诉我，我要问问他哪儿来的脸骗我的女儿！"

"爸，你都没见过他，怎么能这么说他？他是比我大七岁，但大七岁又怎么了，也没有差太多啊。我是真的很喜欢他，是我自己要跟他在一起的，他没有骗我。"

沈文海气得不轻，手捂住嘴剧烈地咳嗽起来，沈莹赶紧给他顺背。

"半夏，别气你爸了，先道歉。"沈莹劝。

沈半夏不觉得自己错了，更心疼段融被人这么误会。可是看父亲这个样子，她只能说："爸，是我错了，你别激动。"

沈文海平复了一会儿，没再理自己女儿，让沈莹推着他走了。

回到家，沈文海怎么想怎么不放心，找沈莹问了几次。沈莹只说沈半夏在交往的人各方面都很好，多了也不再说。

沈文海还是打算去见那人一面,他现在还不能长时间地行走,一个人出门要靠拐杖。护工看见他从轮椅里起身,拄着拐杖往门口那边去,问:"沈先生,您要出门吗?我带您去吧。"

"不用,我自己能行。"

沈文海打开门,还没往外走,迎面看见一个女人正举手打算敲门。

沈文海双目放大,神色僵住。

严琴走到他身前,在看到他腋下的拐杖后,眼中出现一抹能称得上同情的神色。

很快就压制下去,她抬起头:"沈大哥,我来看看你,你最近过得好不好?"

沈文海第一反应是拿拐杖赶走她,但他刚抬起拐杖,身体立刻不稳摔在了地上。严琴比护工反应更快地去扶他,被他甩开。

"谁让你来的,你给我滚,现在就给我滚!"

沈文海朝门外指,因为生气颈部有青筋凸起。

严琴没走,把拐杖捡起来规整地放在门边。

护工把沈文海扶到轮椅里坐着,为难地看了眼严琴:"您要是没什么事就先走吧。"

严琴看着沈文海,开口:"我今天来,是想跟你商量半夏的事。"

沈文海脸色一变,扭头看她,那眼光好像恨不能把她看出个洞:"你凭什么提我女儿,你们把我毁了不算完,还想找我女儿麻烦吗?"

"你误会了,我绝对没有要伤害半夏的意思。"严琴语气坦然,"你病了太久,很多事你都不清楚。半夏是不是从来没跟你说过,她是从哪儿弄来的钱给你治病的?"

沈文海有了很坏的直觉。

他对家里的护工说:"你先回家吧,今天不用再来了。"

护工看了这两人一眼,应声。

她离开家,关上门,往电梯那边走了走。出了电梯,到了个没人的安静地方,打通了一个电话。

那边的人接起来。

护工看了看四周,确定没人,说:"段先生,今天有人来看望沈文海,我看他们两个那样子是认识的。"

楼上,严琴往屋里走了走。她已年逾五十,可不像五十岁的人,气质优雅,风韵犹存,头发一丝不苟地梳在脑后,穿了身一般人很难看到的高奢名牌。

沈文海冷笑:"看来段家那样的富贵窝确实养人,怪不得你费尽心思要搭上段向德。"

严琴不动声色地回道："人往高处走，我又有什么错？"

"也包括不择手段往上爬吗？"沈文海看着她，"天晟集团是靠什么才起死回生的，你比我更清楚。"

"天晟是靠什么才活下来的这不重要，重要的是它已经活下来了，还活得很好。放眼望过去，这世界上没有一家企业有资格跟它比较。它拿住的是整个科技行业的命脉，就像一根定海神针，它好，那就万事皆宜，哪天它要是不好了，往小了说经济受损，往大了说……"

严琴停了停，笑笑："你觉得上面的人会看着它倒吗？不管你有多不甘心，一切已经尘埃落定，改变不了的。"

沈文海闭了闭眼睛："如果你是来跟我炫耀这个的，那你可以走了。"

"半夏现在是我儿子的未婚妻。"

在严琴这句话后，沈文海悚然地朝她看。

严琴云淡风轻地回望过去："她现在跟段融感情很好，等再过两年，就会正式嫁过来。"

严琴甚至笑了下："沈大哥，我就说我们有缘分，你看，再过不久我们就要成亲家了。"

沈文海拿起桌上一个茶杯猛地往地上摔，怒骂："你做梦！你敢把主意打到半夏身上，你做梦！"

迸射出来的碎片割破了严琴的手，她毫不在意地拂去血珠："半夏确实是个好孩子，为了救你，这些年她吃了很多苦，我都看在眼里。我可是好不容易才等到她十八岁，让她能跟我儿子见面。你不知道吧，她很喜欢我儿子，两个人感情很好。"

严琴不停地说着："哦，对了，她交往的对象是我大儿子，你肯定还没见过他吧。等见了你就知道了，他人是真的出色，我都不知道我是怎么把他生出来的。像我这么糟糕的人，竟然能生出个他那样的孩子，可能真是老天在惩罚我。他对半夏很好，这点你可以放心。他是真的喜欢半夏，甚至为了半夏挡过一刀。"

沈文海不为所动："你少跟我说这些！半夏绝对不会跟你们家扯上任何关系，你别想把主意打到她头上！"

"你都没有问过半夏的意思，又怎么知道她是怎么想的？我现在跟你说话的工夫，你知道她在哪儿吗？"严琴诡异地笑了下，"她跟段融在一起。"

沈文海一把抓过手机要给沈半夏打电话，临拨出去前犹豫了。

"沈大哥，"严琴叫他，"何必呢，都已经过去这么多年了。"

她抬头往屋子各处看了看："我们是大半辈子都过去了，可半夏还小，人生刚开始,你忍心让这么个孩子后半辈子都活在困顿中吗?她不该过这样的生活,从小也没有吃过苦,是被你和陈筠两个人宠大的。你昏迷这几年她过得有多艰难,你肯定都想象不到。现在她好不容易过上了安稳的日子,有段融宠着疼着,只要你别再提起当年的事,睁一只眼闭一只眼,往后她就能一直顺风顺水地过下去,我们段家绝对不会亏待她。"

沈文海看了她一会儿,突然笑了声:"你今天过来就是想跟我说这些?你利用我的女儿,骗她跟你儿子在一起,好让我看在她的面子上能息事宁人,再也不追究过去的事。我告诉你,这不可能,世界上没有这么简单的事。除非你们能让陈筠活过来,只要你们能办到,那之前的一切我都可以算了。要不然你们就再想办法制造一场车祸,彻底把我这个祸害解决了,以后你们就高枕无忧,不需要再费心思来劝我了。"

沈文海收回目光:"你要是做不到,那你现在就走,以后也别再来见我。不管你找我多少次,说得多有道理,我都绝不会把女儿卖给你们家。我们就算一辈子落魄,起码活得心安理得。"

严琴的眼中闪过厉色。她笑了笑,满不在乎地摇摇头:"沈大哥,你太天真了。不是所有真相都能沉冤昭雪,胳膊是永远都拧不过大腿的。而且你别忘了,你女儿有把柄在我手里。"

她看着沈文海:"在我找半夏去接近我儿子的时候,我就没打算给她留后路。如果你不想毁了你的女儿,你就最好听我的。"

沈文海从椅子里站起来,扶着桌子趔趔趄趄地走到严琴面前:"你别想威胁我!"

"如果你不听我的,"严琴笑着,眼睛里闪着一层泪光,"全世界的人都会知道,你的女儿为了嫁进豪门骗了多少人、做了哪些丑事。我都不用怎么花心思,就能让她被千人唾万人骂,这辈子都抬不起头。"

  沈半夏不想让段融被父亲这么误会。
  就好像是一个专门诱骗年轻小姑娘的猥琐大叔一样。
  段融明明不是那种人。
  她想让父亲知道,她交往的男朋友是全世界最好的人。
  沈半夏这么想着,跟段融商量好等到了周末,一起去看望父亲。
  结果被一个电话叫回了家。
  天上下着小雨,空气湿冷,沈文海带她去了埋葬着陈筠的墓园。
  沈半夏把一束花放在墓前,听到父亲突然冷声开口:"跪下。"
  父亲很少这样严厉,沈半夏奇怪地看了他一眼,依言在墓前跪下。
  "现在我说什么你都好好听着,"沈文海看着墓碑上的字,"立即跟段融分手,以后再也不能见他,不能跟他联系,当他只是陌生人。"

沈半夏慌了神:"爸!"

"你好好听着!"

沈文海原本不想让女儿知道过去那些事,可严琴和段向德已经欺负到他头上,布了局算计他女儿,他不能不说。

"严琴之所以会找你,让你嫁给段融,"沈文海把真相告知女儿,"是因为你有利用价值。"

那天,沈半夏知道了一个沉寂已久的秘密。

沈文海当年与好友呕心沥血攻克了芯片行业上的一个难题,可没过多久,他与好友双双出了事故。等沈文海再醒过来的时候,一切已经发生了变化,技术专利到了天晟手里。

天晟偷走了他的研究成果,原本行将就木的公司在一夜过后重整旗鼓,声名大噪,很快成了行业里无人可匹敌的科技寡头。

"是他们安排了那场车祸。"沈文海告诉女儿,"如果不是他们,我不会在医院里躺四年,你妈不会死,你也不会吃这几年的苦。严琴从一开始就知道你是我的女儿,她把你跟段家绑定在一起,是想用你威胁我,好让我不再追究当年的事。可我只要活着,就不可能跟他们算了。"

他看向仍在墓前跪着,表情呆滞的沈半夏:"你要是继续跟段融在一起,我就当没你这个女儿,以后我是死是活,你都不用管。"

两天过去,沈半夏把自己锁在房间里,不见任何人,不跟任何人说话。没有吃饭,也没有喝水。

沈莹担心地在外面敲门:"半夏,有什么事你先出来好不好。你先吃点儿东西,再这么下去你身体会出问题的。"

屋子里一片死寂,没有人回答。

沈莹甚至担心她会不会从窗户跳下去,又想到这边的窗外都有防护栏,这才放心。

沈莹去找沈文海:"你去劝劝她行不行?"

沈文海只是看着窗外。

直到第三天,沈文海找了开锁师傅,强行打开了女儿的房门。

沈半夏在地上躺着,不知道人已经晕过去了多久。

救护车把沈半夏送去医院。

医生过来给她吊了水,沈半夏在第二天早上醒了过来。医生说可以让她先吃点好消化的流质食物,比如小米粥和面汤。

沈莹喂沈半夏喝了几口粥,喝下去多少,沈半夏就吐出来多少,最后把胃里的酸水都吐出来了。

沈莹一直哭，找到外面的沈文海："你自己的女儿，你自己管吧，我是不管了。"

沈莹往前走，走到一半折回来，哭着说："你昏迷不醒这几年，半夏过的是什么日子，你知道吗？你以为她每天都开开心心的，总是笑，她就真的开心吗？她有轻生倾向，你知道吗？她从来都不跟人说，她过得有多不开心。这段日子她好不容易开心点儿了，是段融让她开心起来的。你让她跟段融分开，你不是要她命吗？"

沈文海眼睛是红的，而心肠依旧硬着："就是因为她这几年一直都过得不好，才不能跟段家扯上任何关系。她这几年里受的苦，都是段家给她的。"

沈文海撑着拐杖起身，进了病房。

沈半夏靠在床头，两眼无神，手上粘着输液针，露出来的手腕极瘦。

沈文海在床边坐下来，低着头，良久后说："我知道你喜欢他，可你只要跟他在一起一天，我们家的仇就没办法报。严琴会利用你牵制我，到时候不管我说什么，大众都不会信。"

"段向德跟严琴做的事，跟段融没有关系。"这几天以来，沈半夏第一次开口说话，"段融没有做过一件坏事。"

"你又怎么能确定他是无辜的？"沈文海看着女儿，"他是天晟下一任继承人，天晟的核心机密他会不知道吗？"

沈半夏摇头："他不是那种人。"

"就算他不是那种人，他就真的干净吗？段家给他的那些好处，有哪一件不是靠吸我们的血才有的？"

沈半夏不再说话了。

沈文海心疼女儿，也知道自己接下来要走的是一条艰难的路。他现在一无所有，根本没有资格跟段家斗。但只要他还有一口气，他就一定会斗到底。

"半夏，你必须跟段融分开，"沈文海握着女儿骨瘦如柴的手，"不管你有多喜欢他，都不能跟他在一起。"

明天要去看望小姑娘的父亲，段融想着要给老人家留个好印象，让崔助理买了不少送长辈的礼物，如小山一样堆在后备厢里。又想着最好别太招摇，在车库里看了看，叫来崔山，下巴冲着最近新购入的一辆劳斯莱斯一扬："东西放那儿。"

崔山光是在两辆车间倒腾礼物就倒腾了二十来分钟，还是第一次看见段融会因为一场简单的见面重视成这个样子。

他忍不住偷笑。等送老板回家时，车子拐过前面路口，他再次看见沈半夏在别墅门口站着。

之前那次她守在门口是为了等段融回来,可这次却明显不一样,她手边放着个行李箱,表情很静,实在太静,让人下意识觉得不安。

凛冬已过,天上飘着小雨,在女孩发上落了层薄薄的水雾。睫毛半垂着,往日里无比明亮的一双眼睛此刻死一般的静,带了一层灰。

崔山借着后视镜看了眼后面的老板,段融还没有发现异常,手里拿着一份资料在看,直到他出声提醒:"段总,半夏好像在等您。"

段融往窗外看。

沈半夏仍是一动不动地站着,周遭刮着和煦的风,在万物复苏处处一片生机盎然的季节,她身上一片死气沉沉。

段融下车。

沈半夏一直到这个时候都没有转过一下眼珠,身上落着死灰般的静。段融发觉出不对劲,走到她面前想摸摸她的头发。

沈半夏在这个时候有了第一个动作,她挡开了段融的手。

段融的手僵在半空,许久才放下,耐着性子,低头问:"怎么了?"

沈半夏仍是不肯看他,不肯跟他有任何眼神上的接触。

"半夏,"段融叫她,"怎么了?"

"分手吧。"她突然说。

空气长久的凝滞,乌云铺得越来越厚。崔山坐在车里,刚把车窗打开问老板明天几点过来接他,猝然听见女孩子的这句话。他吓得赶紧把车窗升上去,不敢再听,逃一样开车离开。

离开前他看了看老板的脸色。

段融就从来没有这么黑过脸,过去在多少风浪面前都面不改色,唯独今天被女孩这三个字打得灰头土脸,一双眼睛又冷又寒。

不知道会闹成什么样。

车子离开,门前只剩了沈半夏和段融两个人。雨势变得大了点儿,淋湿了女孩的头发。段融把她往门里拉:"先回去再说。"

"别碰我!"

沈半夏再次把他甩开,她捏紧行李箱拉杆,用仅剩的一点儿力气说:"段融,分手吧。"

"你闹什么?"

段融直到现在语气仍是温和的,并不舍得对她说一句重话:"发生什么事了,你告诉我。"

"没有发生什么事,是我突然不喜欢你了。"

这句话的杀伤力比那句分手更大,段融眼眸黯淡下去,眼尾红了一片,心口堵着。

沈半夏的声音一直很冷:"我不喜欢你了,再也不想看见你。我们的婚约作废,以后我跟你没有任何关系。你好好过你的日子,别找我,再也别来见我。"

她拉着行李箱离开,段融在原地默了会儿,追上她,试着拉她。

沈半夏又一次把他甩开:"别再跟着我!"

她到这个时候才抬起头看他一眼。她眼睛很红,之前刚跟他重逢那段日子,她每次看到他眼圈也会红一红,但跟现在完全不一样,那个时候的她眼里满是欣喜,而现在没有一丝一毫开心的影子。

她盯着他,一字一句地说:"你再跟着我,就是让我死。"

这句话把段融彻底钉在原地,没有了任何举动。沈半夏绝情地转身,她叫的网约车开了过来,停在路边。

沈半夏拉开车门,坐进去。

车子转弯开走,她再也没有回头。

沈半夏没有能去的地方,拉着个行李箱在城市里走了很久。

段融在后面远远地跟着她。

她整个人很恍惚,好像不知道自己在哪儿,正在干什么。有时候会无意识地闯红灯,一辆车擦着她呼啸而过,差点儿要撞到她。她还是无意识地往前走,听不到司机的骂声。

段融好几次想追上她,最后都放弃了。

她不想见他。

她在偌大的城市里走了很久,从南走到北,从北走到东,一个小时过去,她还是不知道自己要去哪儿。

初春的风阴冷,她穿得不是很厚,露在外面的两只手通红。一双眼睛死寂沉沉,没有了活气。风把她背上的长发吹起来,她好像下一秒就要消失了。

段融默默不作声地跟着她,她去哪儿他就去哪儿。

他怕她会消失。

沈半夏再回过神的时候,发现自己走到了附中外的那条街。

这里没有什么变化,路两旁种植着槐树,初春的季节里树木开始发芽。

她往前看。

恍惚看到段融朝一个小小的女孩走过去,朝她低下身,迁就着她的身高。

"小朋友,"他叫她,"等很久了?"

他牵住她的手,带着她往前走:"哥哥带你回家。"

沈半夏忍耐了那么久的眼泪突然就掉出来。

段融在她身后一个转角处看着她。

心脏好像被活生生撕裂,巨大的创口露出来,每一次呼吸都发疼。

他陪着她等在这里。

一直到大半个小时过去,接到段融通知的米莉开车过来。

米莉摇下车窗:"半夏,半夏!"

沈半夏动了动眼珠,扭头看向米莉。

米莉第一次知道,一个心如死灰的人是什么样子。

沈半夏不像在活着。

米莉从车上下来,拿过她手里的行李箱:"你在这里干什么?先跟我回去吧,上车。"

米莉把沈半夏带到了自己家。

不管怎么问,沈半夏都只说跟段融分手了,别的不愿意提。她人很虚弱,好像很久没有好好吃过饭一样,有气无力,让人担心她下一秒就会晕过去。

米莉在一边陪着她:"半夏,到底是怎么了,发生什么事了?"

沈半夏什么都不想说。她疲累得只想睡觉,人窝在沙发里,眼睛无力地合上。

米莉知道她现在没有地方住,让她暂时在这里住下来。

"我最近都在尚柏那边,"米莉说,"这房子空着也是空着,你安心住,想住多久住多久。"

沈半夏睁了睁眼睛,把手机拿过来:"我付你房租。"

"不用,我们俩这交情,你别跟我这么见外。而且你不知道,尚柏之前在生意场上遇到点儿麻烦,被对家阴了。我私下里去找了段融帮忙,他看在你的面子上二话不说就把事情给解决了。他帮了我们这么大的忙,我还一直没谢你呢。"

沈半夏现在只要听到段融的名字,心里就会剧烈地疼,像有一把钝刀在一下下地割,不把她割得千疮百孔就不算完。

她的眼泪无意识地掉出来,刚开始只是无声无息地掉,后来哭出了声,哭得肩膀都在抽。

她不想让自己这么狼狈,用胳膊挡住眼睛,拼命压制着哭声。

米莉嗓子里发涩:"半夏,怎么了嘛,有什么事你告诉姐姐,姐姐给你出主意。你别哭了,你哭得我心里也不好受。"

沈半夏把脸埋进胳膊,心里一直郁结,除了哭不知道还能怎么发泄。

米莉陪在旁边跟她一起哭,听到她哽咽着说出的一句话:

"我是真的喜欢他。"

认识沈半夏这么久,米莉第一次看她哭。

沈半夏平常在外人面前时总是一副坚强的样子，从来都不肯让别人看出她的软弱。

可段融轻易地让她的防线坍塌了。

跟段融分手，好像是把她一颗心活生生血淋淋地剜出去了一样。

她心口很疼，不知道要怎么做才能让自己好起来。

段融在楼下站着，米莉从单元楼里出来，看见这男人一身颓意，完全没有了往日的骄傲肆意。

米莉走过去："半夏在我家，我会好好照顾她的，你不用太担心。"

段融跟她道谢。

他很少会说谢谢，为了沈半夏轻易地把这两个字说出来。

"你不用着急，"米莉说，"我想半夏肯定是有苦衷才会跟你分手的。等她先好好冷静冷静，我再帮你问她。"

段融又一次跟她道谢。

米莉心里不是滋味。

她想起过去的事，告诉段融："你应该不知道，其实半夏心理状态一直不好。她刚来我们事务所那阵，见了谁都是客客气气的，总会对人笑，好像很开朗的样子。后来有一天，我因为遇到点事儿，在写字楼的天台上坐着。"

米莉想到那时的事就觉得可笑。她在情场里纵横多年，那是第一次有了想为一个人去死的傻念头。

"我站到天台往下看，那楼有几百米那么高，只要跳下去一定能死透。结果发现那边除了我，还有一个小女孩。

"那天晚上半夏就坐在天台边，两条腿往下搭着晃来晃去。我怀疑她也想往下跳，问她为什么。她说是因为钱，她没有钱给父亲治病了。她问我是因为什么，我说是因为情，我被渣男抛弃了。

"半夏就说，我们两个要死的理由太俗了，而且都有办法解决，为了有办法解决的事情去死，不值当。我们都应该积极地解决问题，而不是逃避。"

米莉红着眼睛笑了，笑着笑着又掉眼泪："半夏过去过得一直都不好，偏偏不让人知道，总给人一种她其实很开朗的假象。可是她跟你在一起后，她没有再假装开心了，她每天的开心都是真的。"

米莉看着段融："所以你不要放弃她好吗？不管发生什么事，你都要抓紧她。没有你，她是活不下去的。"

段融低着头，额发快遮住眼睛，浑身散发着又沉又颓的气息。

很久后，他才开口。

"我不会放弃她。"段融抬起头，望向楼上亮着灯的一个窗口，他知道沈半夏就在那里面，"我会重新把她追回来。"

沈半夏在米莉家里住了下来。

米莉已经跟尚柏同居,很少会回这边。

晚上米莉叫上事务所的人来吃火锅,想让家里热闹点儿。

她拉着沈半夏去逛超市,买了很多食材拿回家。

"等人来了你给我高兴点儿啊。"米莉把食材放在流理台上处理,"你可是沈半夏哎,是打不死的沈半夏,当年你怎么劝我让我别死的,你忘了?"

到了晚上等人来齐,沈半夏像是没事人一样跟大家说说笑笑。

她一向最会假装开心。

武平知道了沈半夏跟段融分手的消息。

当初严琴去找武平,说想给沈半夏和段融牵线,让武平帮她这个忙。武平只以为严琴会看中沈半夏当儿媳,是因为沈文海。毕竟当初在学校,沈文海帮了严琴很多,是严琴很敬重的学长。

武平不知道事情会发展到现在这样。

他趁着众人不注意,去外面给严琴打了个电话,直截了当地问她:"半夏跟段融是怎么了,为什么会分手?"

"他们分手了?"严琴听说这个消息的时候莫名笑了声,"她跟她爸的脾气还真是像,都这么烈。"

武平听得奇怪:"到底发生什么事了?严琴,我告诉你,当初我会帮着你撮合半夏和段融,是以为你是真心实意想让半夏过得好一点儿。"

"难道我就不是真心实意想让她过得好点儿吗?"严琴说,"可要是她自己不知好歹,我又有什么办法。"

严琴把电话挂了。

武平意识到自己被严琴利用了。

他把沈半夏推到了一个很危险的境地。

沈半夏没有意识到她面临着什么样的处境。

她调整了状态,回归到正常的生活里,正常地上课,去事务所上班,周末回家看望父亲。

她过着跟过去无异的平凡生活。好像段融对于她来说,真的只是一份再普通不过的工作。如今工作结束,一切回到正途,她依旧普通平凡,段融依旧遥不可及,两个人之间原本就存在的那条鸿沟如今依旧存在,时间一到,各归各路,各不相干。

就好像是从来都没有认识过他一样,过去半年的生活都只是一场梦。

如今醒来,大梦一场空。

没有了沈半夏的家显得空旷，安静得像个坟墓。

不管往哪儿看，段融都能想起之前沈半夏陪他待在这栋房子里，她赤着脚跑去冰箱那边从里面拿冰激凌，她坐在餐桌前乖巧地吃东西，她跟他窝在沙发里不知疲倦地接吻，外面无声地下着雪。

晚上他没办法再睡觉，屋子里还留有她身上的香味，可她已经不见了。

她没有拿走多少东西，所有段融买给她的那些都留了下来，不管是衣服、鞋、首饰、化妆品一样都没拿，似乎是要用这种方式告诉他，她跟他之间没有任何值得提起和铭记的过往。那些明明就发生在昨天的缠绵已经都不作数，她轻松一句分手就可以抹去。

段融头痛欲裂，从床上坐起来，打开屋子里的灯。时间显示现在是凌晨三点，他毫无睡意，心烦意躁，很想抽烟。

家里没有烟，他开车去了外面的商店买。

深夜街头，他站在商店门口，一根接一根地抽烟。

后面几天都很难入睡，只能靠酒精和烟麻痹自己，暂时昏睡一会儿。醒来后天还是没亮，夜长得怎么都过不完。

手机里躺着几十个未接来电，没有一通是来自沈半夏的。

她已经不在他身边了，不知道什么时候能回来。

段融靠在沙发上，拿过烟盒从里面抖出一根烟，叼在嘴里点燃。

他把手机划开，拨出去一个电话。

那边的人过去半分钟才接，不耐烦地骂："你不睡觉别人难道也不睡！"

"你是不是知道半夏的事，"段融问，"你、严琴、段向德、沈文海，你们是不是早就认识？"

电话那边的任中卫沉默下来，过去许久才说："我早就跟你说过，沈文海不可能会让你跟他女儿在一起，除非你放弃报仇，现在就去告诉所有人，你跟段家不再有一点儿关系。"

"你以为我不敢说？"

"你可以说，"任中卫咳了几声，"只要你不怕说出来的后果。所有金钱、地位、名利，这些东西你通通不想要了吗？"

"金钱、地位、名利，"段融颇觉荒唐地笑了声，"都算是什么东西。"

"段融！"任中卫发了火，不知道是摔了个什么东西，很清晰的"砰"的一声响，"你难道真的能不顾自己死活吗？我忍气吞声这么多年，好不容易把你培养成现在这样，眼看我们的计划就要成功了，你什么都不管了吗！世界上的女人还不有的是，想要什么样的没有。为了那个小丫头片子，你要这么作践自己吗？"

段融把叼着的烟拿下来,在桌上摁灭,烟丝"呲"的一声化为焦灰:"可沈半夏只有一个。

"我这辈子只要她一个,不是她就不行。"

第十五章
把她追回来

沈半夏的交替性暴食厌食症复发。

在三天没有吃过东西后,她买回了很多面包,回到家拆开包装,把一整个面包强行往嘴里塞,逼迫自己咽下去。

吃掉三四个面包后,她去了洗手间,趴在马桶上吐了一场。

脑子里想到段融跟她说过的。

她的胃不好,吃饭要规律。

跟段融在一起的时候,他总是会为了她的三餐操心,不容许她哪怕一顿不好好吃饭。

他费了很大劲儿,终于把她的病治好。

如今她把他的苦心都糟蹋了。

沈半夏在沙发上睡了一觉,被一通电话吵醒。

严琴请她去一家咖啡馆见面。

里面一早就被清场,没有其他人在。让沈半夏想起严琴第一次找到她,雇她接近段融时,也是在这家咖啡馆里。

长久以来的疑惑如今得到答案。

商人做事确实有他们自己的道理,赔本的买卖他们从来不做。

"你父亲肯定把当年的事都告诉你了,"严琴的声音很冷静,"可是半夏,当年的事情很复杂,有很多地方不是你父亲想的那样。"

"那场车祸是不是你们安排的?"

沈半夏只问这一句。严琴没有回答,转而道:"你父亲出事后,我在私底下关照过你们,也帮他联系过医生,不然那种情况下,你父亲很可能撑不下去。"

"我问你车祸是不是你们安排的?"

严琴不说话。

沈半夏："你们差点儿害死我爸,现在又说你私底下有关照他。杀了人再把人好好埋起来,你觉得就没错了是吗？"

"你爸现在还好好的。"

"可我妈没了。"沈半夏眼眶通红,"间接杀人也是杀人,你别以为你是清白的。还有我爸这几年受的苦,都是被你们害的。我们现在是没办法跟你们斗,可时间还长,我能等下去。"

"我说过事情不是你们想的那么简单,"严琴说,"我该做的都已经做了。当年的恩怨跟你一点儿关系都没有,你没有必要为了一件那么久远的事把你一辈子都赔上。"

沈半夏："你们把我家害成了现在这样,这叫跟我没有关系吗？"

"半夏,阿姨也知道,我们或许真的有对不起你的地方,这几年我一直想找机会弥补,所以我才会让你跟段融在一起。我是真心实意想让你嫁给段融,这样你以后的日子就能过得轻松点儿,不会再被你爸拖累了。"

"我为什么会被我爸拖累,你难道不清楚吗？"沈半夏觉得可笑,"你们这些人是不是都擅长矫饰自己,明明做了恶事却还要说你们尽力弥补了。弥补有用吗？"

"半夏,你爸爸病了这么久,脑子不清楚,难道你也脑子不清楚吗？就算你不在乎一切,你觉得就凭你爸现在的处境,他能做得了什么？独木难成林,蚍蜉难以撼树。当年的事早就已经过去,他不管再怎么努力都是报不了仇的。人要学着趋利避害,对于你来说,说服你父亲放下当年的事,安心把你嫁给段融,这才是最好的选择。天晟能发展到今天这样的盛况确实要仰赖你父亲,可等你跟段融结婚后,段家的一切不就都是你的了吗？这样来算,你们家也不算吃亏了。"

沈半夏觉得严琴疯了,连这种话都说得出来。以为给一点儿好处,过去的一切就都能弥补,她就会感恩戴德了吗？

"做错了就是做错了,"她说,"做错事就要付出代价,凭什么要我们息事宁人。你不用再劝我了,没用的。"

严琴收起脸上的笑,良久后说："你别忘了,你是伪造假身份才成了段融的未婚妻。这件事情一旦昭告天下,你觉得你还有活路吗？"

"当初是你找我的,你把事情捅出来,你也别想好过。"

"你有什么证据能证明这件事是我策划的？"严琴面不改色,"你还年轻,不知道这个世界有多复杂。你是不是到现在都没有发现,我跟你的合同根本没有任何法律效力,不管你给谁看,都没有用。"

沈半夏事先预想到自己没有能力跟严琴斗。不过事情到了今天这个地步,她什么都能豁得出去。

"你不用威胁我，"她说，"不管有什么后果，我都不会怕。"

严琴发现这丫头远比外表看上去要坚韧。

跟沈文海和陈筠一样，都固执，不肯听劝，认准什么道理就是什么，不懂屈服。

严琴只能用段融来说服她："你很喜欢段融吧？之前他在附中上学那阵我去看过他几次，放学路上你总跟他走在一起。你一直都没忘了他，所以后来我带你见他，你宁愿不要雪中送炭的一笔巨款也不肯用假身份骗他，是不是？"

严琴脸上浮起一丝成竹在胸的笑："你看，我把你在这世上最喜欢的人给了你，你其实应该感激我吧。你更要感激我把段融生了下来，而不是当时就掐死他。你这么喜欢段融，忍心放弃他吗？"

沈半夏很长时间没有说话，一双眼睛越来越红，到最后积聚成大滴大滴的眼泪往下掉，眼睛始终没有眨过一下。

她可怜自己，也心疼段融。

可她不能跟段融在一起。

她深呼口气，开口："我是很喜欢他。"下一秒，又说，"可我不要他了。"

她站起身，往后退，语气坚定："我不要他了！"

喊完这一句她跑出了咖啡馆。

沈半夏一个人走在深冷的大街上。

天上飘着雨丝，很小，路上有男生撑起了伞，把女朋友抱在怀里搂着。

沈半夏想起那年，段融临走时在一场倾盆大雨里给了她一把伞。后来那把伞一直被她珍藏，不管搬了多少次家，扔了多少东西，那把伞都一直在她身边收着，她始终没舍得扔。

上次从段融家里离开，她走得急，把伞忘在了那边。想到这件事后，心里一阵怅然若失，好像肋骨都被活生生抽去了一根。

她也知道，段融又有什么错，段向德和严琴作的恶不应该波及他。她无条件地信任段融，相信他跟几年前那件事绝对没有半点关系。他一向光明磊落，不会做那种事，也不屑去做。可越是这么清楚地知道，她就越痛苦，背负的愧疚感越多。

她把一个天底下对她最好的人伤害了。

胃在这个时候疼起来，疼得她支撑不住，一个人在深夜街头死死捂着肚子蹲下身，脸埋进膝盖，克制不住地哭了起来。

二楼小姑娘的房间里放着一把伞，被宝贝地收在衣帽间，段融是第一次看见。

他把伞拿出来,打开。一把再普通不过的黑色的伞,伞面上没有任何标志,不太清楚是哪个牌子。

他把伞放一边,手边搁着崔助理送来的文件,里面写明沈文海几年前出的车祸是段向德安排的。段向德原本是想一不做二不休杀了沈文海,谁知沈文海命大,没死成。

而严琴是因为不想让段向德背负上人命官司,才会在这几年里一直关照着沈文海,找了不少医生给他看病。

楼下有人按门铃,段融下楼。门禁视讯里出现了严琴那张脸,他按下开门键。

他几天没睡过整觉,头发很久没理,额发快要遮到眼睛。人很颓,随意往沙发里坐着,面前的茶几上扔着好几个空了的啤酒罐。

严琴进屋,看了他一眼,没说什么,放下包开始收拾滚落在地上的啤酒罐。

段融冷眼看她:"您装什么呢,多少年没演过慈母了,今天是怎么了?"

严琴把垃圾收进垃圾桶,毫不在意地拿纸巾擦了擦手:"你都知道了?"

"我以前只以为你跟段向德也就是稍微无耻了那么一点儿而已,这都正常,哪个商人没干过几件伤天害理的事。"段融在沙发里靠着,胳膊往后搭,头往后仰着,凌厉清晰的下颌线条透着冷意,"我还真是低估你们了。"

"如果不是我们的无耻,你能过上现在这样挥金如土的生活吗?你恐怕还窝在那个五十平方米的小屋里,每天过着落魄的生活。"

"所以你就抢了别人的东西,让别人去过落魄的生活?"

严琴并不回答。

段融扭回头:"行。"

他从沙发里起身,走到严琴面前,站定。他个子高大,已经远不是无法决定自己命运的小小的婴孩。严琴这时候才恍然发觉,她真的错过了段融太多成长的时光。

"你知不知道段盛鸣的腿为什么会断?"段融语气淡然,仿佛不是在说自己的亲弟弟,而是在讲一个无关紧要的人,"就是因为你和段向德作恶太多。"

严琴甩手打了他一巴掌,用的力气极大,毫无收敛。

"你怎么能这么说你弟弟!那是你弟弟!"

段融舔掉嘴角的血,低头哼笑,再抬起头的时候,目光里依旧毫无波动:"你也知道那是我弟,可你什么时候把我当儿子了?是在段盛鸣断了腿的时候,你意识到糟了,段老爷子不止段向德一个儿子,也不止段盛鸣一个孙子,不可能会把天晟交给一个断了腿的后代。所以你想到了我,你说服段向德跟我做亲子鉴定,用我来让段老爷子放心,段向德才顺利接管了天晟。你是用我来保你这一世的荣华富贵。"

严琴如看陌生人一般看着他。自从把他接回来，他从来没有说过这些话，严琴是第一次知道，原来他是这么想的，他不说，不代表他心里没有芥蒂。

她一点儿都不了解这个儿子。

"你知道段老爷子临终前把我叫过去跟我说了什么吗？"段融看着严琴，"他说他对不起我，应该早点把我接回家。一个跟我没见过几面没多少感情的老人家都知道跟我说句对不起，你有哪怕一次觉得对不起过我吗？我在学校被人骂是野种的时候，你在干什么？你巴不得从来没有生过我，是不是还想过巴不得我能早点儿死。"

段融说这些的时候表情寡淡，他从来不把悲喜放在脸上。

严琴不知不觉红了眼睛，过去很久，她把情绪忍耐下去："是，我承认，你跟盛鸣比起来，盛鸣对我来说更重要。"

"可是，"她接着说，"这世上最好的一个女孩我已经给你了，不是吗？"

她一字一句道："我也算对得起你了。"

"可你要是没本事留住她，那就是你的问题了。"严琴深吸一口气，眸光重新变冷，"你把她追回来，所有事就都可以当作没发生过，你依旧能好好跟她在一起。只要我们跟沈家成了一家人，沈文海就不会再追究当年的事了。"

段融发现严琴很矛盾。

她不像段向德，段向德为了利益可以杀人，严琴永远胆小恐惧，做事畏首畏尾。她太想让自己过得好，所以段向德打算去抢别人的研究成果时，她没有反对。而她又残存着一丝善念，不敢把事情做绝，所以她暗中把沈文海救了下来。

她太想息事宁人，所以她把沈半夏推给了段融，抱着一丝侥幸，认为沈文海会为了女儿与段家握手言和。

段融如看绝症病人一般看着严琴："到现在你还想粉饰太平？"

"我不粉饰太平，难道要看着你爸去坐牢，看着天晟毁在我们手里吗？"

严琴拿起包往外走。临出门前，她最后留下一句："我绝对不能让这种事发生。"

段向德知道了沈文海还活着的事。

他想再神不知鬼不觉地把人解决掉，被严琴阻止。

严琴一方面是怕东窗事发，另一方面她确实不忍心。当年在大学里，她家里困难到学费都拿不出来，是沈文海接济了她。她仗着自己长得漂亮，后来又攀上了段向德。学校里很多人看不惯她，明里暗里跟她作对，也是沈文海出面替她解决了不少麻烦。

她一直都记得沈文海对她有恩。

可沈文海威胁到了段向德的安全。

她不能不想办法。

她打算把沈半夏伪造身份这件事宣扬出去，康芸知道了她的想法，打电话质问她为什么要这么做。

"你怎么能这么忘恩负义，"康芸觉得自己从来都不认识严琴，"你忘了沈文海帮过你多少忙吗？你怎么能这么算计他的女儿！"

严琴其实也不忍心，可她没有选择。

康芸挂了电话气得不行，偏偏又无可奈何。

家政阿姨说外面有人来找，想见她和康老爷子。

康芸让人去请。

来人是段融。

之前康芸每次见到段融，都觉得这人身上有种不可一世的傲气和懒散劲，从来不把任何人放在眼里。这才半年过去，段融像是换了个人。

他变得很颓，整个人没什么精神，一双眼睛里满是疲惫，好像很久没有睡过觉一样。

康芸带他去见康宏升。

康宏升在自家庄园里晒太阳。园子里有几个奔跑嬉闹的孩童，可惜都不是他这一脉的血亲。他膝下只有一个女儿康芸，偏偏康芸不能生育，各种办法都想过了，也跟丈夫做过试管婴儿，可惜都失败，这也是康芸的前夫为什么一定要跟她离婚。

康家这一脉，在康宏升这里算是断了。康芸回来后曾经提过，她打算认沈半夏当个义女，坐实跟段家的这桩联姻。康宏升觉得她是在胡闹，训斥了几句，康芸也就没有再提。

段融从国内跑过来看望康宏升，陪着老爷子喝茶说话。

后面每天都来，日日如此。

康宏升觉得奇怪。段融这人一身傲骨，从来有什么就说什么，不会瞻前顾后，什么时候变得这么谦卑，会讨好他一个老人家了。

这么过去一周，段融还是会来。他知道康宏升喜欢喝茶，每次来都会带上从各个地方高价买来的茶具和茶叶。

谦卑讨好得不像是段融。

康宏升叹气："为了个小丫头，你至于吗？"

他把玩着一套青瓷茶具，摇摇头："你爷爷还在世的时候，经常会跟我说起你，说你是他最骄傲的一个孙子，脑袋转得快，拎得清，天生就不是池中之物。他每次想起你小时候的那些年，就觉得对不起你。把天晟交到你手里，他很放心。"

康宏升把茶具放下:"我看那老家伙其实看走眼了,你啊,根本就是个长了恋爱脑的蠢货。"

段融自嘲地笑笑,不说什么。

"你这么想帮沈半夏,"康宏升说,"先让我看看,你能付出多少?"

段融:"天晟百分之十的股权,我会无条件转让给您。"

这个条件有多诱人,康宏升不会不知道。

"英雄难过美人关。"康宏升说,"你爷爷要是知道你连这种事都做得出来,一定会气得从棺材里跳出来。"

段融不语。

严琴打算把沈半夏的身份昭告天下的前一天,康宏升和康芸归国。

两人归国后,马不停蹄召开了新闻发布会。除了宣布康氏集团在国内的一系列最新计划,顺带说明了沈半夏作为康芸的义女,康宏升会把公司里的一部分事务交给她。只是沈半夏现在还在上学,一切会等她毕业后再说。

现场记者们面面相觑,没太反应过来。

到今天才知道原来沈半夏不是康芸的亲生女儿,而只是认的一个义女而已。

不过看康家的口风,这个义女跟亲生的也没什么区别。

沈半夏被康芸带到现场。

闪光灯不停在闪,康芸亲昵地揽着沈半夏,如介绍亲生女儿那样,落落大方地把她介绍给媒体,并且主动提起,因为沈半夏和段融在相处之后发现两个人性格不是很合,已经在不久前和平分手,段、康两家的联姻正式作废。但段、康两家往后会继续在多个项目里进行合作,订婚取消不会影响到两家的关系。

沈半夏是被康芸突然找来的。

听到了康老爷子对媒体说的话,她才知道康芸是想帮她。

从此之后,她不用再害怕一旦身份曝光会造成的风浪。

康家把她光明正大地介绍了出去。

告诉大众,沈半夏就是沈半夏,她的身份没有任何见不得光的地方。

严琴看到了这个新闻。

她知道一定是段融搞的鬼。

这么一来,她已经没有任何把柄能威胁沈文海了。

沈文海势必会毫无顾虑地追查当年的事,不可能会放过段向德。

严琴去了天晟总部找到段融。

"你是怎么说服康宏升的?"严琴问,"你给了他多少好处?那是个老狐狸,他从来不做赔本买卖的。"

段融昨晚又没有合眼,眼睛里都是血丝。他脑子很困,但怎么都睡不着,一闭上眼睛就都是沈半夏跟他提分手的场景。

他坐在椅子里揉了揉眉心，疲惫至极地说："不管给他多少好处，都是我个人出的，没动用你跟段向德一分钱，你着什么急。"

严琴觉得他疯了。

"我当初就不该把沈半夏送到你身边。"她说，"就因为她，你看看你现在变成了什么样子。你坐到今天的位置有多不容易你都忘了吗？现在为了一个女孩，你什么都不在乎了吗？"

段融眉目有疲色。为了能说服康老爷子，他这几天费尽了心机。

总算一切没有白费，他把沈半夏从泥潭里挖了出来，没有人能再拿她的身份威胁她。

"我当然有我在乎的。"段融的目光一直放在落地窗外，声音很淡，"值得我在乎的只有半夏。"

沈半夏只是康芸的义女，这个新闻传出去后并没有引起多大讨论，大家说过就丢在脑后了。

真正引起讨论的，反倒是段融和沈半夏取消了订婚这件事。

大部分人开始了冷嘲热讽，说豪门没有真正的感情，只有利益。段融果然不是真心喜欢沈半夏，之前对她表示的关心都是假的，是利益使然才会假装喜欢她。如今不需要通过联姻达到利益最大化了，两个人就一拍两散各奔东西了。

也有人欢欣鼓舞，庆祝段融重回单身，大家又可以开始做梦了。

沈半夏不去关注网上这些消息。

她每天都过得很恍惚，看着时间一点点过去，希望生命能快点儿燃尽。

父亲并不让她插手与段家的恩怨，总是一个人在想办法扳倒段向德。他知道自己力量太小，许多事都是做的无用功，如果继续这么下去很可能会有危险。但他除非哪天死了，不然只要活着一天，他就不会跟段向德罢休。

之前段向德能找人安排车祸，现在说不准也会做什么。沈半夏担心父亲安全，每天都会打电话问他还好不好。沈文海被问得烦了，让她记得好好读书就行，别再总是操心他一个土埋半截的人。

最近事务所胜诉了几个大案子，老板决定带员工们去一个古镇度假。沈半夏并不想去，要回家照顾父亲。方朗嘴快把事情跟沈文海说了，最后沈文海勒令沈半夏必须要去，不能总是这么不合群。

沈半夏只好收拾了东西，跟公司的人一起去了古镇。

那边风景很好，蓝天白云，山清水秀，小镇古朴，诗情画意。老板武平租下了靠湖的一栋别墅式客栈，从楼上能看到不远处一望无际碧色的湖，天空澄澈，飘着大片厚重的云，视野开阔，让人心情都好。

负责看管这边民宿的是一对夫妻，五十多岁，沈半夏觉得很眼熟。

中午饭点，那对夫妻来送餐。都是本地的特色菜，又考虑了顾客的口味。

米莉随口问了一句，为什么没看见这里的老板。夫妻两个说老板工作忙，不一定什么时候过来。

等他们走了，米莉神秘兮兮地告诉大家："我听说这家民宿的老板是个大帅哥，很多妹子专门冲着他才来住的。可是老板神龙见首不见尾，不容易碰上，能碰上的概率跟中彩票差不多。"

公司里的年轻女生被提起了兴趣，都希望能一睹老板真容。

这次尚柏跟米莉一起来这边玩，听了她的话后，把刚往她碗里放的一块肉给夹了回来，故作生气地自己吃了。米莉捏了捏他的脸，哄着："怎么这么容易吃醋啊，我又没说他帅我就喜欢他。"

没多久刚才的夫妻过来，告诉他们刚好今天老板来了，可以来见见他们。大家都兴奋起来，尤其是一帮女生。只有沈半夏不是很感兴趣。

门被推开，一个男人走了进来。

天还冷着，男人却穿得很薄，一件黑色T恤，外面只罩了件黑色薄款牛仔外套，裤子也是黑色的，脚上踩了一双国外某个小众品牌的黑色板鞋。

不像是平时在公司西装革履的样子，现在的他穿得十分休闲，别有一番味道，在场女生全看直了眼睛。

沈半夏呆了呆，一时来不及收回目光，怔怔盯着他看了很久。直到他也发现她，微微侧了点儿头，视线与她相撞。

因为这简单的一眼，沈半夏的心脏麻了下，呼吸蓦地凝滞。无比漫长的几秒过去，她才僵硬地扯回视线，不自然地低下头，手指无措地屈起，嫩白的一张小脸透出紧张的红。

段融没再继续看她，走到武平身边。武平主动伸出手跟他握了握，笑："原来是段总，我还奇怪是什么人眼光这么好，能在这世外桃源一样的地方有栋民宿。"

段融客套而又疏离地一笑，收回手重新抄进裤子口袋："不知道来的客人是您，有招呼不周的地方请您见谅。"

他侧头，跟刚才那对管家夫妻说："给这里的客人送几瓶红酒。"

夫妻两个答应着下去了。

沈半夏想起了自己是在哪里见过这对夫妻。在她上初中那阵，段融住的小区里有不少困苦的人家，这对夫妻就是其中一家。可不管夫妻俩过得有多艰难，当看到有人去段融家闹事的时候，他们总会去拦一拦，从口袋里掏出皱皱巴巴的钱给那些流氓混子。

如今夫妻两个衣着光鲜，脸上总带着笑，气色也好了很多。在如诗如画的环境里待久了，生活又没有了什么烦恼，人确实会显得年轻。

段融到底默默帮助了多少人啊。

沈半夏越想越发现自己仍是喜欢他的,喜欢得病入膏肓,心动的感觉怎么都拦不住。

为什么他偏偏是段向德的儿子?

段融又跟武平客套了几句话,没有再多说什么,转身离开。

期间没有再看过沈半夏一眼。

沈半夏也不敢看他。他们就像素不相识的陌生人,甚至比陌生人还不如。公司里有几个新来的女职员,并不清楚沈半夏和段融之间的纠葛,激动地凑在一起讨论。

"绝了,世界上还真有这么好看的人,从他刚才进来开始,我的腿就在软,谁懂!"

"你们看没看见他刚才笑,妈呀,他一笑我命都想给他!"

"好可惜没拍张照,我们待会儿去找他合影吧,也不知道他愿不愿意。"

米莉掏了掏耳朵,白了那些女生一眼。

她是真不知道这间客栈的老板是段融,过来这边度假的计划也并没有跟段融说起过,猜不准段融是故意找过来,还真只是无意中跟沈半夏碰到了面。

如果真是无意,那老天都在帮他们。

米莉就更要帮他们牵这根红线,她拿胳膊肘撞了撞半夏,问:"帅不帅?"

沈半夏:"什么帅不帅?"

"你男人啊,你刚没看见啊,他也太会打扮了吧,原来他平常不在公司的时候是这种风格啊,帅死了好吗。"

沈半夏下意识地说了句:"他披个麻袋都帅。"说完就开始后悔,都已经分手了,她说这些有什么劲。

米莉听得笑,不怀好意地问:"是不是不穿衣服更帅?"

沈半夏红了耳朵,眼前出现了画面。

她甚至想说是的。

米莉吃吃地笑,看了看那些还在讨论段融的女生,说:"半夏,姐跟你说,像段融这种脸、身材、性格都没得挑的男人比濒危动物都难找,要是错过了可就再也没有了,以后有你后悔的时候。"

下午一行人去古镇玩,大家各自跟伙伴到处去逛。米莉抱着尚柏的胳膊不知道跑了哪儿,武平和饶文姿去了一家茶馆喝茶,只有方朗一个人跟在沈半夏身边。

沈半夏不管看见什么都不是很感兴趣,情绪低落。方朗带她去了不少民俗小店,又带她去了这边知名的小吃街,她都不是很开心的样子。

晚上大家会客栈合回,远远能看见段融在院子里跟朋友坐着喝酒。

跟他就这么碰面的话有些尴尬,沈半夏放慢脚步,走到方朗身后,妄图让方朗挡住自己。

段融已经看见了沈半夏。她低着头,眼睫垂着,想把自己藏起来似的躲在方朗后面。

易石青和高峰也看见了这一幕,再看段融时,瞬间觉得这位爷头上戴了顶绿色的帽子。

武平过来跟段融说了几句话,剩下的员工各自回房间。沈半夏正往前走,听见易石青高声朝她喊:"小半夏!"

沈半夏的脚步顿了顿,后脊僵住,几秒后决定当没听见,继续朝前走。

"怎么还跑呢,快过来,哥哥们有话问你。"这回说话的是高峰。

公司里很多人好奇地朝沈半夏看,方朗心里不爽,拉住沈半夏的胳膊:"走。"

他带着女孩往里走,手指紧拽着女孩的胳膊。易石青盯了会儿,扭头看已经变了脸色的段融:"不是吧,这你都能忍?"

段融把杯子里的酒喝光,放下,起身朝那边走了过去。

公司里的人都被他吸引了视线,屏息凝气地看着他,见他迈着两条长腿走到了沈半夏身边,一把抓过她被方朗拽着的胳膊,把她拉到了自己身边。

沈半夏撞进他怀里,头发从肩头滑下扫到他身上。时隔这么久又一次清晰地闻到他身上凛冽的佛手柑香气,心重重地震了震,有涟漪一圈圈地散开。

他眼神极冷地看着方朗,声音里带着不爽和威胁:"知道这是谁吗?你就敢碰。"

方朗平时也算个硬茬,热血的时候不是没有跟人打过架,但这个时候就是硬生生被段融的气势压了一头,一时间什么话都没敢说,眼睁睁看着他把沈半夏带走了。

足足过去半分钟,他才追上去,喊:"你把半夏放开!"

段融已经把人拽进了自己屋,"砰"的一声踢上门,压着女孩亲上去。

这个吻来得极为猝不及防,沈半夏完全没有准备的时候嘴唇被堵住。

段融刚喝了酒,嘴里有很浓郁的酒香,一下下地推送到她舌尖。她愣了会儿,终于反应过来,手抬起来推他肩膀。

方朗已经开始在外头敲门:"段融,你让半夏出来!"

沈半夏背贴着门,身体被段融紧紧压着。

段融俯低身体吻她,一只手在她脑袋后垫着,防止她乱动撞到。沈半夏打了他几下,发现根本就没用,只能咬他伸进来的舌头。

这个动作反倒刺激了段融,他吻得更深,手从她腰后环过,想把她从地上抱起来。沈半夏偏不如他的意,屈膝顶他,被他一只手按住膝盖往下摁,另一只手稍一用力把她抱起来。

沈半夏只能扶住他的肩膀，两条腿被迫搭在他腰间，靠他的力量支撑住自己。

方朗仍在外面不停地拍门。

屋子里的段融一刻不停地吻她，搅得她舌尖开始痛。他从她嘴角慢慢往下亲，头埋进她颈窝咬她细腻柔软的肌肤。

熟悉的痛感和痒意传来，沈半夏缩了缩肩膀，感觉到自己在一点点地瓦解，因为他一个吻就轻易地投降。

她浑身上下都是软的，没有了多少拒绝的力气。

想到这几年家里的变故，她狠了狠心，骂："段融你浑蛋！"

段融从她颈窝里抬头，手捏住她的脸，虎口卡着她的下巴："还能更浑蛋，你要不要试试？"

他丝毫不管方朗的敲门声，一边用手去扯她的毛衣，一边继续吻她。

他的手往上走。已经很久没有感受过他手心的温度，又热又烫，快要把她烫化。

仿佛有电流"嗞嗞"地冒出来，沈半夏轰的一下开始发热。

唇上传来痛意，更多是被他手上的力道搅扰了心神，沈半夏挤出了两滴眼泪。

她知道他看不得她哭。

段融果然把手拿了出来，扶着她的头，把她脸上的眼泪擦掉。

"行了，不碰了，你别哭。"

他像以前那样哄着她。外面方朗的敲门声终于没有了，也不再喊让段融把人交出来，估计是被武平带走了。

沈半夏想把段融推开："我说过什么你是不是忘了，我们已经分手了。"

"半夏，"段融叫她，声音低沉动听，"我雇你吧。"

沈半夏一怔，不再继续挣扎了。她之前确实受雇于人，所以才会来到段融身边。如今这桩生意已经结束了，不存在了。

"什么？"她问。

"我雇你，"段融看着她，微染了醉意的眼眸很深，似乎要把她一直看进心底，再也不能忘记，"每天待在我身边。"

为了能更好地生存，沈半夏有时不得不伪装自己，撒一些小谎。她每次都能顺利地瞒天过海，只有段融，她来到他身边，自以为瞒过了他，可实际上自己的一切早就被他看透，被蒙在鼓里的那个人一直是她。

知道她没说实话，但段融没有拆穿。在两个人关系结束后，他对她说，他雇她，让她每天都待在他身边。

没办法让她心甘情愿，就用她的方式把她留在身边。

沈半夏之前一直觉得自己坦坦荡荡，没有对不起过谁。可现在她发现，她早在不自觉中做下了一件这么坏的事，她简直坏透了。

但她已经不能回头。

她把眼泪逼回去，说："不可能。"

她把段融推开，从他身上下去，伸手拉门。段融握住她的手，把她重新扯进怀里，紧紧地搂着她，下巴搁在她发顶："我很想你。"

四个字把沈半夏钉在原地。

段融抱她抱得很紧，恨不能把她嵌进自己身体里："想你想得快死了。"

沈半夏不想哭，可有时候眼泪不受她的控制。

她也想他想得快死了。

她很想念他身上的味道，想念他的怀抱，想念跟他睡在一起的每一个夜晚。只要想到以后或许再也不能见到他了，她就绝望得恨不能没有活过一场。

她贪恋着段融身上的温度，任他抱了很久。

段融的声音很疲惫，带了乞求："别跟我闹了，我们重新在一起好不好？"

沈半夏想到了父亲的嘱咐。

她不可以跟段融在一起。

只要她跟段融在一起，父亲就会不得不顾念她，就没办法报仇。

"没跟你闹，"她说，"分手就是分手了，不可能重归于好。"

她狠心地把段融推开，拉开门，从段融身边头也不回地逃走。

武平正在大厅里训斥方朗。

方朗见她出来，脸上愁容散开，朝她跑过去："半夏，你没事吧，那男人没对你做什么吧？"

沈半夏不想说话，跑出去透气。

易石青跟高峰喝高了，一人拿着一个酒瓶晕晕乎乎地朝她走过来。

"小半夏，你也太狠心了吧。"易石青一张脸猴屁股似的，醉得不轻，"段融对你那么好，你都能把他给甩了？你知不知道他最近怎么过的，我就没从他脸上看见过一个发自内心的笑，全在演他很好他一点事都没有。其实他一点都不好，为了让他来度假散散心，我跟高峰差点儿把他绑起来扔飞机上了。"

高峰在一边帮腔："到底是有什么过不去的事非得跟他分手，问他他也不肯说，总不能是他偷吃了吧？这个我可以跟你保证，段融看上去是长了张不靠谱的渣男脸，但他这些年一直洁身自好，也就是遇见你才栽你身上了。"

院子里灯光明亮，银河一般照着。高峰盯着女孩看了会儿，看见她嘴角破了皮的伤口。

刚才跟段融接吻，被他咬伤的。

沈半夏摸摸破了的唇角，手指刚碰上去就是一阵刺痛。

她想起刚才看到的段融。

亲她时用的力气很大，眼尾发红，眼睛里除了醉意还有一些疲态和萎靡。

她在外面又待了会儿，跟易石青和高峰一起喝酒，听他们说了不少段融这段时间的情况。他们想让她心疼段融，添油加醋地说段融过得有多惨，每天有多郁闷，又故意让她有危机感，说都有谁在乘虚而入，每天排着队堵公司门口，等着给段融送温暖。

沈半夏只是一杯杯地喝酒，喝得一张小脸红扑扑，眼里蕴含了层湿润醉意，眼睫毛长长卷卷，微风把她肩上披着的长发吹动，抬起眼睛看人的时候，那双圆滚滚极有灵气的眼睛简直勾死人。

楚楚动人我见犹怜，说的就是她。

易石青和高峰看直了眼睛，这姑娘确实好看得过火，关键是好看得没有一点儿攻击性，每个见了她的男人都只想把她好好地保护起来。

怪不得能把段融吃得死死的。

"谁让她喝酒的？"

段融冷不丁出现，把沈半夏手里的酒杯拿走，去看那两人时，他们的眼神仍旧挂在沈半夏身上，哈喇子都快流出来。

段融的占有欲"噌"地被激出来。

"是不是皮痒！"段融朝易石青坐的椅子踹了脚，警告地看一眼，下巴朝别墅那边一扬，"滚回去。"

易石青和高峰赶紧遛。

沈半夏不明白他们为什么要跑，抬起头看。

女孩一张巴掌大的小脸白里透红，表情迷蒙。

段融瞟了眼桌上空了的几个酒瓶，把她从椅子里抱起来："回去睡觉。"

沈半夏不肯走，推他，仍旧赖在椅子里，不知道在耍什么脾气。脚上的拖鞋甩掉，白嫩细软的两只小脚丫踩在草坪上，往上看，两条小腿细瘦笔直，皮肤很白。

段融在她身边半跪下来，与她视线齐平，语气放软："听话，回去睡觉。"

事务所里新来的几个女员工躲在一边朝这里看。段融这人看上去冷冷的，又拽又痞，不好接近，但是在沈半夏面前时却能变得很温柔，目光里满是怜惜。

女生们有些吃味，沈半夏平时为人低调，朋友不多，从来不爱出风头，没想到其实是个有手段的，段融这种男人都能钓到手，简直是祖坟上冒了青烟。

院子里，沈半夏两手撑着椅子边沿，在酒意的驱使下朝段融靠近了些，水润润的一双大眼睛眨了眨，控诉："你把我嘴巴咬破了。"

段融往她红肿的嘴角看，目光微动，伸手捏住她下巴："嗯，我的错。"

他凑近,在她唇上挨了挨,力度很轻,羽毛一般:"以后轻点儿亲你。"

小姑娘没躲,酒精让她脑袋迟钝昏沉,但或许更是因为,她内心深处从来都不排斥段融的接触,不管他要亲她哪里,她都愿意。

清醒的时候她从来不敢这么想。

两人唇角相碰,慢慢分开,沈半夏极慢地眨了下眼睛,借着灯光看段融。他还是那样好看,五官深邃,鼻子又高又挺,每次跟他接吻两人的鼻子都要打架。

身体里泛出一股异样,她发现自己很渴望他,借着酒精的作用,手主动搂住了他的脖子。

段融扶住她的脸,极尽温柔地亲吻她。

两人在夜色下接了个漫长的吻。

段融的呼吸很沉,一边亲她一边哑声跟她说情话:"宝宝,我很想你。"

他噙着她的唇角轻啄:"我知道你也想我。"

沈半夏哼唧了一声,好像是在附和他的话。

不知道到底过去多久,沈半夏唇角的伤口被他碰到,痛意让她清醒了些。

她在做什么?

都已经分手了,怎么还能跟他做这种事?

而且刚才是她主动去搂他的。

她受了惊吓一样跟段融分开,手从他肩膀上拿走。

她红着脸看了他两秒,起身跑走了。

段融在后面跟着,在她脚步趔趄时,伸手想扶她,被她打开。

沈半夏爬上楼,进了自己房间,关上门。

把段融关在门外。

沈半夏睡了一觉,脑子清醒了很多,下了楼,餐厅里坐着武平和手底下一帮小员工。

旁边还有段融,他恢复了些吊儿郎当散漫慵懒的样子,背往后靠,胳膊搭在椅背上,大刺刺地跷着二郎腿,拽得二五八万,有一句没一句地跟武平说话。

武平比段融年长许多,换了别的后辈敢这副样子跟他说话,依他的暴脾气早就怒而离席了,偏段融让人生不起气来,反倒觉得段融天生就该是这个样子,再合理不过。

不过更合理的解释是武平惹不起段家,更惹不起段家这位无法无天连段向德都要避其锋芒的太子爷。

饶文姿这几天身体不太舒服,武平拿了份早餐给人送过去。有个大大咧咧的叫田樱的女生立刻占了武平空出来的位置,自来熟地跟段融说起话:"我之前来过这边,都没机会见到你,还好这次没有白跑一趟。"

段融不搭话,难追得不行。

田樱并不气馁,再接再厉:"段融哥哥,我帮你煎个鸡蛋吧?你喜欢吃双面的还是单面的?"

段融这时候才把目光从手机移到她脸上,也看见了在她身后不远处站着的,模样有些呆愣的沈半夏。

按小姑娘以前的脾气,醋倒是很能吃。段融直直看她,下巴抬了抬,话是对田樱说:"都行。"

田樱喜滋滋地跑过去煎蛋,仔细能看见脸上已经红了一片。她今天穿得清爽,不是很热的天气里穿吊带超短裙,领口开得很低,傲人的胸脯快要蹦出来。个子高高瘦瘦,身材很辣,高峰已经盯很久了,知道段融其实对她没兴趣,走过去跟她攀谈起来。但她不是很热情,眼里只看得见段融一个。

沈半夏心口发涩,没让自己表现出来,若无其事地打算离开。

方朗走到她身边:"半夏,你也还没吃饭吧,我让这里的阿姨准备了你喜欢的早餐,过来一起吃。"

他带着沈半夏在餐桌边坐下,两人对面就是段融。

沈半夏低着头,段融堂而皇之地看她。方朗怎么瞧怎么觉得不舒服,把热腾腾的灌汤小笼包拿来,又将勺子递到沈半夏手里:"小心烫。"

沈半夏最近胃口一直不好,可是有别人的时候,她会让自己尽量多吃点儿东西,不要被谁看出端倪。

大家就以为她没事。

只有段融发现她每一口都吃得很艰难。

段融就这么一直看她。田樱端着煎蛋过来,这么会儿工夫她把一颗煎蛋做成了标准的心形。

米莉路过看到,无语地翻了个白眼,在沈半夏另一边坐下,拿起筷子吃灌汤包。刚好尚柏给她送了份煎蛋,她瞟了眼,阴阳怪气地说:"舔你都不会舔,端回去重做,怎么骚怎么来。"

田樱忙着看段融,过去几秒才意识到米莉是在内涵她,气得脸都紫了。

她生生忍下去,自顾自跟段融聊天:"为什么这间客栈没有起名字啊?这样大家想安利都不知道该怎么说哎。"

声音嗲得让米莉掉了一身鸡皮疙瘩,白眼翻到天上去。

沈半夏依旧事不关己地吃早餐,拿了汤匙安静地喝粥。段融仍是看她,漫不经心地跟人聊:"你起个。"

田樱笑,还真正儿八经地想起名字来:"这边紧挨着碧湖,再远处是山,叫山水客栈怎么样?"

段融抄着胳膊,难得好脾气地点头:"还不错。"

田樱脸都要笑烂。

一顿饭吃得让人恶心,米莉踢了下沈半夏的凳子,用眼神给她传递:"你还不去撕烂那贱人的嘴?"

沈半夏心里一直压着火,田樱笑得越欢畅,她心里就越堵得慌。她不想跟田樱计较,只想跳过去狠狠把段融打一顿。

但她脸上依旧平静,一副关我什么事的淡定样子。她越淡定段融就越恼火,看她跟方朗一起坐着吃饭心里更恼火,最后实在看不下去,没再听田樱那女人聒噪,起身去了外面抽烟。

田樱看看凉透了、完全没被人碰过的煎蛋,心里发凉。

段融之前已经成功戒烟,沈半夏走后他又捡了起来。他抽烟很挑剔,大多数时候只抽富春山居,这牌子的烟口味极正,顺滑柔和,一根下去他心里的燥意少了些,又摸出烟盒拿出第二根叼在嘴里。

机匣拨开,按了几次都没火。他顺手一抛,打火机呈抛物线被扔进一边的垃圾桶里。

段融咬着烟打算进屋找新的打火机,田樱出现在他身边,摁亮打火机往他那边送。

沈半夏从外面经过,透过落地窗看见段融略低了点儿头,香烟燃起一点猩红色的火星,他抽了口,口中吐出青白色的烟雾。

田樱站在他身边跟他说着什么,他往前趴,胳膊支在栏杆上,修长骨感的指间夹着烟。头低着,蓬松的额发松松遮到眉,阳光洒下来,他深棕色的发被笼出一层绒绒的金光。

田樱眼馋地朝他靠,他听得兴致缺缺,突然起身把烟咬在齿间,手抄进裤子口袋转身。

他侧头往里看时,猝然跟沈半夏目光相撞。

沈半夏慌乱了一瞬,低下头走开。

今天武平打算带大家去游湖,到了那儿发现段融把这里包了下来,苍茫碧湖上只剩了一艘豪华游船。

易石青和高峰早就等得着急,看见人来忙招呼:"武总,快过来快过来,要开船了。"

武平带着大家上了游船。游船有五层,每层娱乐设施都不一样。湖上一眼望不到边,海一样辽阔,又比海要宁静淡然,让人心情放松。

米莉跟尚柏在外面拍照,方朗拉着沈半夏也要去,沈半夏没什么兴趣,只是在一边看他们。

身后走过来一人,那人手抄口袋,头发被风吹得微乱,有种随性慵懒的俊朗。经过她身边时,那人停了停,朝她躬身,在她耳边说:"你要是再敢跟方朗走那么近,我让他从事务所滚出去。"

沈半夏愕然看他,段融已经直起身,用下巴对着她:"不信你试试。"说完走开。

沈半夏叫住他:"那你呢?"

段融停步,侧过身看她。沈半夏直视他,眼神倔强:"你跟田樱眉来眼去的,有什么资格管我。"

段融哼笑:"眉来眼去?"

他朝她这边走过来,右手从裤子口袋里拿出来,握住她嫩白的一截后颈,拇指摁着她耳朵,硬生生地把她的脸抬起来,目光在她脸上扫,每到一处地方都带着温度,灼得她脸上发烫。

段融低了点儿头,唇与她相隔一指的距离:"我跟你才叫眉来眼去,知道吗?"说完松开她,转身离开。

他一走了之,沈半夏一颗心跳得快撞出来,热得起了阵高烧,缺氧的感觉袭来,呼吸紧促,胸口一起一伏。

她看着他越来越远的背影,委屈地骂:"浑蛋!"

为什么总要这么撩拨她?

明知道她根本禁不住他的诱惑。

差不多中午下了船,一行人回了客栈。客栈门口来了几名工人,两人踩着梯子在挂招牌。

田樱一喜,问在忙碌的一位工人:"是不是在挂客栈名儿?"

那工人说了个是,田樱期待地仰头看罩了层红布的招牌,骄傲地跟同伴说:"山水客栈,我起的名儿,等会揭牌的时候你等着看。"

工人们忙完,过去跟段融说了几句什么。段融听完,回了句什么。等工人们离开,易石青说要好好搞个盛大的揭牌仪式,段融置若罔闻,直接走过去,拉着垂下的长绳往下一扯。

牌匾上蒙着的布落下,坐落于山水间,世外桃源般的一栋别墅有了名字。

所有人都仰头看。

易石青和高峰要看看段融能给客栈起什么好名儿,田樱一脸期待地抱着闺蜜的胳膊,米莉在一边给她甩白眼,决定如果那两个字真的是山水,那她就上去踹段融一脚。

沈半夏也仰头看。

下一秒,看到木质招牌上刻着两个龙飞凤舞的字:

融夏。

看到那两个字，一群人脸上神色各异。田樱尴尬得想找个地缝钻进去，米莉乐呵呵地偷笑，武平看了不远处插兜站着的段融一眼，也笑。

　　现在年轻人谈个恋爱还真是复杂，明明两人爱得死去活来，偏偏就是不肯好好在一起。

　　沈半夏浑身都麻了，脸已经烫得不行了，心口也烫，里面好像被注入了一汪淙淙流淌的温泉，热得她要冒汗。

　　公司里越来越多的人朝她看，满眼艳羡。米莉走过来，撞了下她的胳膊："我就知道我这妹夫靠得住，你赶紧跟他和好，别逼我按头啊。"

　　沈半夏没听，装作不懂那名字是什么意思，低着头若无其事地朝前走，与段融擦肩而过。

　　风吹过来，扬起她的头发轻扫在男人的手臂上。

　　回了房间，她的脸仍然是烫的，去洗手间用冷水洗了把脸，浑身无力地躺在床上，抱着被子翻了个身。

　　段融这个男人让她根本招架不住，心里被他搞得很痒。

　　这件事发生以后，没有女生再不自量力地骚扰段融。

　　晚上大家一起在院子里支起了烧烤架，高峰跟田樱挤到了一起，几句花言巧语后把人骗到了手。田樱最后不甘地看了眼段融，知道自己反正没戏了，咬着牙跟高峰回房间。

　　米莉也早早地跟尚柏去过夜生活，武平陪着饶文姿进屋休息。

　　院子里最后只剩了段融、沈半夏、易石青和方朗几个人。沈半夏原本也要走，被易石青按回椅子里。

　　易石青硬是把方朗拉走，留段融和沈半夏两个留在这里。

　　段融把烤熟的食物往盘子里放，走过来的时候，顺手搁在沈半夏面前的桌上。盘子里全是她爱吃的，段融把她的口味掌握得一清二楚，她再不想理他，看见这些吃的都得动一动心。

　　段融在她旁边坐下，他没再抽烟，身上有清清爽爽的佛手柑香气，是她熟悉的味道。

　　"把这些吃了，"他说，"刚才你没吃东西。"

　　"用不着你管。"

　　她说着不太好听的话，却让段融听得无比舒坦。她肯跟他说话总比不理他要好，小姑娘嗓音软软的，生起气来也甜，骂人像是在跟人撒娇。

　　段融朝她这边转，一条腿伸出去，把她的椅子往自己这边勾，轻而易举地缩短两人间的距离，冒着热气和香气的烤串放她面前："吃了，你胃不好，吃饭要规律。"

　　明明是关心人的话，偏偏就透着一股霸道。沈半夏知道他这人一向不达目的不罢休，没辙地拣了串烤得金黄的玉米慢吞吞地吃。

段融就在一边看她。她吃饭总是很慢，每次跟人出去，别人把饭吃光的时候，她连一半都还没吃完，搞得她不好意思让人等，匆匆放下筷子跟人一起走。

只有段融，好像很喜欢看她吃饭一样，每次都耐心地看着她，从来没有过一点儿不耐烦。

沈半夏被盯得不好意思，缓缓抬起头。在跟他目光相撞的第一秒就不行了，赶紧垂下眼眸，假装无事地大口啃玉米。

段融低下头舔着嘴角笑。

自两人分手后，他第一次觉得舒心，漂亮温软的小姑娘就在他身边坐着，没人敢来跟他抢。

他可以什么都不要，但必须要她陪着。

沈半夏把盘子里的食物一个不剩全吃完，突然很没形象地打了个饱嗝。她赶紧把嘴巴捂住，耳朵倏地红了，接下去又开始打第二个嗝、第三个……

段融更愉悦地笑，倒了杯温水给她。她喝下去，终于不再打该死的嗝，但还是很气，抱怨地瞪了段融一眼，起身就走。

段融在她身后跟着，低了点儿身凑在她右耳边说话："没事儿，你打嗝也可爱。"

沈半夏心尖麻得不行，知道自己在他的攻势下撑不过三秒，捂住耳朵不愿意听。

段融拉她回来，把她唇角的一点儿油渍擦掉，随意地问起："那把伞是谁送的？"

沈半夏没反应过来："什么？"

"你藏起来忘了拿走的那把伞。"

沈半夏发怔，眼珠动了动。两个人毕竟已经分手，又是无比尴尬的关系，她不能再说些有的没的牵绊住他。

"就是把普通的伞而已。"

"那我扔了？"

"你别扔，"沈半夏有点儿急，为了把破伞破天荒地放软了语气，"你还我吧。"

"我给你买把新的。"

"不要，我就要那一把。"

段融"啧"了声，看了她一会儿，说："把我从黑名单里拉出来我就还。"

还是第一次听他谈条件，之前不管她说什么，他都是无条件地答应，把她宠得不知道天高地厚。分手后她绝情地把他所有联系方式都拉黑，后来接到过几次陌生电话，接通后对方也不说话，她知道是他。

"我不要了,你自己留着吧。"

她想,段融总不至于会把她的东西扔了,放在他那边也好,反正本来就是他的。

她低下头走了。

路上碰到了易石青,易石青把她叫过去。

易石青探头看看院子里的段融,确定他不会来,才说:"半夏,算我求你了,你跟段融和好吧,你走了以后,他就没好好过过一天。他本来都因为你成功把烟戒了,现在又捡了起来,而且抽得比以前还凶。昨天晚上他一个人在院子里坐了一夜,兄弟们不管怎么劝,他都不肯回屋去睡觉,他说他睡不着。不管他身体再怎么好,这么熬下去迟早会熬出病来的。你就当可怜可怜他,行吗?"

这次见到段融,沈半夏发现他眸子里有疲态。

不管他怎么装作若无其事,都已经不再像之前那个意气风发的段融了。

沈半夏不想看他这样。

就算是再也不能跟他在一起,她也要他长命百岁,无病无灾。

沈半夏回到院子里,走到段融身边。

段融坐在椅子里,听到脚步声,抬起头,看向她。

他起身,站到她面前,眸子里的疲色被掩下,换上伪装出的笑意:"要把我从黑名单里拉出来了?"

"段融,"沈半夏好不容易才让自己用正常的语气开口,不要泄露出哭腔,"你能好好照顾自己吗?"

段融沉默下来。

沈半夏看着他:"可不可以好好吃饭,好好睡觉,不要让自己生病。"

"你有好好照顾自己吗?"他说,"你做不到,怎么让我做到。"

两个人互相看着彼此,谁也没有再说什么。天气开始转暖,空气里满是树叶抽芽的香气。院子里亮着无数盏灯,装饰得仿若星河一般。

过去了很久,段融才放低所有姿态,卑微地说了一句:"不要分手,好不好?"

从来没有见过他这么卑微,他原本是多么骄傲的一个人,不管做什么事都游刃有余而又成竹在胸。

可沈半夏把他的所有傲骨全磨去了。

有时候沈半夏会想,如果自己从来没有遇到过他,他是不是能过得更好点儿。

她把一个那么骄傲的人给毁了。

她很想扑进他怀里,跟他说好,不要分手了。

她又怎么会想跟他分手。

但这该死的人生永远不会让她称心如意。

"不好。"

她不知道自己是怎么把这两个字说出口的，身体里每一处都在疼，虽然表面完好，但是内里早长出了腐肉，呼吸都觉得疼。

段融眼里的光黯淡下去，过了会儿说："我知道沈伯父不让你跟我在一起，也知道你在顾虑什么。我会把所有事情解决，会还你们家一个公道。"顿了顿，把后面的话说出来，"可我不能接受你跟我分手，一天都不行。如果你相信我，你就等我一段时间，行吗？"

沈半夏怔怔看他，一直到被他眼里的痛意烧伤。

她不忍心再看，背转过身，没有说行也没有说不行，只是告诉他："我以后，每天都会好好的，会按时吃饭按时睡觉，会很健康地活着。"

她忍下喉咙里的涩意，临走时补充："你也要健健康康的，一定不可以生病，不然，我会讨厌你的。"

易石青很早起床，下楼去院子里看，昨天晚上的烧烤架已经被人收走了。

他跑到段融的房间门口，敲了敲，没人来开门。易石青继续敲，一边敲一边喊："段融，在不在啊？"

过了一会儿里头有人来开门。

段融刚起床，还穿着一身睡衣，头发有些乱。

他不耐烦地拨了把凌乱的额发："这才几点，你叫魂呢？"

易石青见他还真在，放了心："是有点儿早，你继续睡吧，睡够了睡饱了再起来啊。"

段融"砰"的一声把门关上了。

高峰从楼上下来，易石青叫他过来，指了指段融的房门："他总算好好地睡一觉了。小半夏的话还真是管用，咱们想了多少招，就差没给他灌安眠药了，全不管用。昨天晚上小半夏就找他说了几句话，他就能睡得着了。"

高峰"啧"了声："我以前是真没发现，段融原来长了个恋爱脑，为了个女生能要死要活。"

"段融平时对我们两个可不薄，生意场上多少次遇到问题，都是他替我们解决的。"易石青说，"既然他这么喜欢半夏，那咱就多帮帮他，能撮合就撮合。"

高峰认同地点点头。

假期结束，一帮人回京。

真正离开的时候，沈半夏发现自己有些舍不得这边，尤其是用她和段融的名字命名的客栈。

最重要的是，回去以后，不能再像在这里一样天天看见他了。

要重新去过没有他的生活了。

飞机起飞，沈半夏扭头看窗外。

没过多久，有空姐带着一名六十多岁的老人过来。

"真是不好意思，"空姐说，"这位老先生身体不好，说他乘坐的头等舱有些憋闷，想跟您换一个位置，您看可以吗？"

沈半夏第一次听说坐头等舱的乘客觉得头等舱空气不好。

老人一直用手捂着心脏的位置，沈半夏没有多想，从座位上起身："好，可以。"

空姐带着她去了头等舱。

这边是超豪华的双人间，只有两个相对着的位置，中间放着餐桌，桌上摆满了琳琅满目的食物和红酒。

空姐请她入座后就离开，替乘客把门关上。

易石青和高峰站在外头，互相交换了个得意的眼神。

沈半夏对面坐着一个人。

那人慵懒地在皮椅里窝着，两条胳膊张开往后搭，脸上盖了本杂志，穿了一身黑。

即使只是坐着，都能看得出他个子很高。

沈半夏一眼就认出了段融，明白了空姐为什么要请她过来。

只是都已经过去几分钟，段融依旧仰靠在沙发里睡觉，没有意识到她在。所以应该不是他的手笔。

沈半夏就也靠在沙发里，两只眼睛睁着，一眼不舍得眨地看他。

只这么简简单单地看着他都好。

就是好想把他脸上的杂志拿掉。

沈半夏手痒，又等了一会儿，觉得他已经睡熟了，大着胆子悄悄过去，停在他身边，小心翼翼地去拿他脸上盖着的杂志。

拿掉后的两秒后，段融睁开了眼睛，一眼把她逮个正着。

沈半夏无比尴尬，丢了杂志想跑回去。

段融攥住她胳膊，把她拉到身边坐着。

他恍了恍神，开口时还有些困意："你怎么来了？"

"我……应该是你那些好兄弟安排的。"

见她脸红得不行，段融笑，无比自然地搂着她："嗯，那就待着吧。"

他很久没好好睡过觉了，总觉得困，头往后一仰，眼睛又闭上："想吃什么，我让人给你送来。"

他语气自然得好像两个人还在恋爱中一样。

沈半夏看了看他握在她肩膀上的手,起身要走:"不用了,什么也不想吃。"

"半夏,"段融仍闭着眼睛,声音里带了股无可奈何的乞求,"你能像我喜欢你一样,喜欢我吗?"

沈半夏怔忡。

段融以为她不够喜欢他,所以才会这么轻易跟他分手。不管他说多少次让她信任他,他会把一切事情解决,她还是不肯回头。

而完全不知道,她其实早就喜欢他喜欢得病入膏肓。

她把他当成心底的光,藏了很久。

他都不知道。

两个人到了今天这样的地步,她也没有必要告诉他,她是真的喜欢他这件事了。

她默默坐回对面的位置,剩下的几个小时里,没有再跟他说过话。

下了飞机,两人各奔东西。

不知道再跟他见面,会是什么时候。

段融回京后变得很忙,太多事要处理,稍不留神就会被段向德发现端倪,他必须要及早把所有事情解决。

他抽烟抽得很凶,可即使是尼古丁这种有害物质也无法让他稍微舒心,生活依旧糟糕透顶,没有沈半夏的家像座坟墓,总有一天能把他埋葬。

他在一场商业晚宴里看见了刚从国外回来的范洪博。

一回国就听说了段融跟沈半夏分手的消息,范洪博高兴得不行。今天刚好碰见了段融,他不能放过这个奚落段融的好机会,端着一杯酒过来。

"段总,好久不见。"范洪博笑着。

段融往后靠在椅背上,胳膊搭着,嘴里叼着根烟。看见他,段融并没有给他一个眼神,摁亮打火机侧低头把烟点燃。

范洪博尴尬地咳了声,笑笑:"段总,之前的事都是误会,那些打手真不是我找的,他们全是在胡说。您就是给我十个胆子我也不敢跟您作对啊。"

段融吐出口烟,整个人看起来没什么精神,更没兴趣跟人废话:"有屁就放。"

"段总,我还真有件事要跟您说,"范洪博一脸卑躬屈膝的样儿,"段总,我很久以前就认识您了。"

段融这时候才抬起眼皮看他,要听他会说什么。

"您当时在学校多有名啊,基本就没人不认识您,尤其是那些小姑娘,每天打扮得花枝招展地去您班里看您。后来您转了学,那帮女生难过得跟天塌了似的。"

段融依旧没说什么,右臂搭着,夹着烟的手指修长骨感,食指抬起弹了弹烟灰,灰烬簌簌落下。

他白衬衫的袖口上有一枚火焰状的袖扣,范洪博多看了眼,有传闻说段融最近偏爱这枚袖扣,袖扣廉价,并不是很符合他的身份,可他不管去哪儿都戴着,宝贝得不行。

范洪博移回目光,看出段融已经没有了多少耐性,赶紧把话题扯到一个人身上:"我还记得你那时跟一个小女孩走得挺近的,那女孩年纪很小,人长得也瘦,特单薄,像是一阵风都能把她给吹跑了似的。"

段融果然被吸引注意力,抬眸,眼中不再是无关紧要的冷:"你想说什么?"

"那女孩跟您还真的挺有缘的,过去那么多年都能重新碰上。"范洪博说,"其实她就是沈半夏,您那年见过的总戴着口罩的女孩,是半夏。"

段融脸上没有出现什么波动。

范洪博想了想,笑:"您已经知道了?看来是我瞎操心了,您手底下养着那么多人,总不至于是吃干饭的,肯定早把她底细给摸清楚了。"

"可是还有一件事儿您应该不知道,"范洪博故意顿了顿,过去几秒才把后面的话说出来,"沈半夏很早就把您看成很重要的人了。"

这次他终于从段融表情里窥探到一丝明显的波动。这就好,这就证明他并不是无懈可击的,他的的确确长出了软肋,而软肋是沈半夏。

只要有软肋,范洪博就总有办法对付他。

"段总您还记不记得,当年您舅舅欠了不少钱,就总有人来找您麻烦,威胁要砍了您一条胳膊来抵债。后来有人偷偷给了您十万块钱,把那笔债给抵了。您是不是到现在都以为那钱是万珂给您的,其实您被骗了,万珂是捡了漏。"

范洪博往前凑了凑:"那个给了您钱,把您救下来的人,不是万珂,而是沈半夏。"

段融脸上的表情剧变,夹着烟的手指被烟蒂烫到都没有感觉。

范洪博继续说。

"是沈半夏舍不得看您被人打,她就从家里偷了钱。

"第二天她没来上课,我特地去问过,听她家邻居说,好像是她偷了家里的钱,她爸妈很生气,要让她在家里好好反省。

"后来她再去学校,露出来的胳膊上有伤。我想她肯定是在家里挨了打,也是,那可是十万块啊,她一个小女孩敢偷那么多钱,又不说偷的钱弄去哪儿了,就算家长再怎么溺爱孩子,遇到这种事也肯定是不能忍的。

"而且她还因为怕您有压力急着还钱,不肯告诉您钱是谁给的。您想想,她为什么会为您做这种事?

"后来您再遇见她,她跟你见面的时候,你是不是也察觉出什么来了?"

范洪博一口气说了很多,他满意地欣赏段融已经彻底僵滞下来的表情和眼里泛起的异色。

范洪博觉得痛快。段融现在肯定很后悔吧,后悔他错过了那么好的女孩。

段融越后悔越遗憾,范洪博就越幸灾乐祸。

范洪博窃喜着,不紧不慢地给自己也点了一根烟,吸了一口,把剩下的话说完:"后来她跟你重逢,之所以会答应留在你身边跟你订婚,不是因为别的,只是因为她很喜欢你。

"这些你都不知道吗?"

第十六章
她耐心地等着他
RONGXIA

几年过去，学校变化不大，依旧是记忆里的样子。从教室所在的楼层窗口往外望，能看到操场上奔跑着很多少男少女。

段融至今仍记得，在一节昏昏欲睡的课上，他无意中朝窗外看的时候，看见了操场红色的塑胶跑道上，有个男生猛地推了下一个瘦瘦小小的女孩。

女孩朝前摔，腿上被磕破了，她没有哭，只是看了那男生一眼，从地上爬起来，淡定地回到队伍里。

放学的时候又看见了她，她还是在被班里的男生们欺负，被人骂"丑八怪"。她只是背着书包低着头往前走，一双眼睛如湖水般清澈透明，带了天生的静。她的眼睛又圆又大，睫毛如蝴蝶翅膀般浓密卷翘，只看眼睛就能看得出她是个多有灵气的漂亮姑娘。

段融朝她过去，赶走了那些欺负她的男生。她抬头朝他看，女孩是真的还太小，个子还不到他肩膀，身体瘦弱单薄，让人怀疑她能不能在风里站太久。

后来他发现小姑娘的家跟他家同路，他便开始接送她，早上会等她一起去学校。两个人交流不多，大部分时候都是他问什么，她点头或摇头。

她不爱说话，像是一个哑巴，应该是在学校被霸凌的经历让她对这个世界失望。

段融站在两人经常走过的那个路口，在这个时候终于想了起来，沈半夏藏起来的那把黑色的伞，是在两人分别的时候，他送给她的。

一把普普通通的伞，被她当成宝贝一样珍藏了这么久。

喉咙里滚过一阵压制不住的苦意，他艰难地咽下去。

手机在裤子口袋里振动，他拿起来，放在耳边听。

班律师的声音从听筒传来："段融，我在西山这边的佛寺，住持留了罐好茶给咱们，你快过来吧。"

段融挂了电话，抬头，往寂静无人的街道又看了眼。

恍惚能看到一个小女孩站在少年的他身边，拿出口袋里新买的几块糖，踮着脚努力伸长胳膊要递给他。当他把糖收下后，她漂亮的眼睛会笑得弯一弯。

之前以为自己已经对她够好。

现在才知道，其实他就是个彻头彻尾的浑蛋……

佛寺里一片青葱，班兴昌茶都已经喝过两轮，段融才姗姗来迟。

"以前每次住持请你来喝茶，你跑得比谁都快，今天这是怎么了？"班兴昌问。

段融并不说什么，往椅子里一坐，背往后靠。住持过来给他倒茶，之前他都会跟住持攀谈几句，今天却一句话都不说，茶泡好了也不喝，白白浪费了这么好的太平猴魁。

班兴昌看得稀奇："怎么了，一副魂被勾了的样子，为了半夏那小丫头？其实你也不用太着急，等事情圆满解决了，她会原谅你的。只是现在还不能让她知道，太危险了，会有人盯上她的。"

"我当年不该回段家。"他突然说。

班兴昌一怔："你说什么呢，不回段家你想干什么？还住在你那破出租房里，每天等着人来讨债啊？"

"我就算走，也该好好告诉她，起码要给她留个电话。"段融往前弓身，头低着，气息往下沉，"我不该一声不吭就走，把她一个人留在那里，更不该没过多久就把她忘了。"

班兴昌彻底听糊涂了："你到底说什么呢，她是谁？你把谁留下了？"

段融什么也没再说，额发下一双眸子又黑又沉，情绪晦涩不明。

一边的住持笑了笑："寺院北边有间祈愿殿，施主要是心不静可以去那里看看，或许能有收获。"

段融还真去了。之前他好几次经过祈愿殿，从来没有进去过。许愿这种事都是人给自己找的一种精神慰藉，错误地把希望寄托在虚无缥缈的鬼神上，而这世上真正能心想事成的又有几个。

他第一次来佛殿里看，殿里的墙上满满当当地摆放着木质檀香许愿牌，牌面上画着各种名字或记号。

他看了会儿就觉得索然无味，手插口袋准备离开。

走到门口时，脑中闪过一块许愿牌上的记号。他转回身，站在墙边看。

密密麻麻的满墙许愿牌，其中一块牌子上被人画了株半夏草的图案。

因为沈半夏的关系，他对这种植物很了解。

半夏草,成熟后可入药。

他把牌子取下来,手指在图案上摩挲了下。

翻过来,许愿牌上的一列字映入他眼帘。

　　段融爱沈半夏。

那天,佛寺里寥无人声,静得像裹着一个秘密。

　　少女拿毛笔蘸了墨,虔诚地、认认真真地写:

　　段融爱沈半夏。

——"我此生最大的愿望是……段融爱沈半夏。"

　　段融转学后,沈半夏想过,或许自己对他只是一时兴起,随着时间越长,她对他的感情就越淡,直至就算想起他,心也会平静得如一潭死水。

　　不会因为再也不能见到他,世界就一直灰蒙蒙一片,头顶压着大团大团的乌云,空气稀薄,让人喘不过气来。

　　总不至于一直这样想念他吧,总有一天能忘了他吧。

　　她这样想着想着,终于迈入成人的大门。她发现书上都是骗人的,原来时间并不是无所不能的治愈师,过去那么久,她想起他的时候依旧会心动,然后是铺天盖地的疼。

　　两人在一个城市,可她从不敢去见他,因为两人已然悬殊的身份,因为她常听到有关他和万珂的花边新闻,新闻里说他爱万珂,他们的爱情故事收集起来能写一本缠绵悱恻的爱情小说。

　　她不过是他记忆里早就没有印象的小孩,就算她跑到他面前把两人的过去仔仔细细地说一遍,他应该也只会皱起眉头,满脸不解地看着她,回:"抱歉,我不记得了。"

　　因为真的不值一提,他与她不过萍水相逢。

　　所以沈半夏从来不敢想:或许我可以试试。

　　她完全没有这个勇气,也不觉得自己会有那么好的运气能得偿所愿。

　　只有在无望的暗恋里,一日日、一月月、一年年地想念下去,然后失去了爱上别人的能力,除了他看谁都觉索然。

　　她觉得自己这辈子也就这样了,并不是幸运的人,得不到最想要的。别人手中握着五花八门的幸福,而她头顶笼罩着的始终只有那块散不尽的乌云。

　　一直等啊等,等啊等,直到她十八岁生日那天,她见到了段融。

那天没有人给她过生日，她没有吃蛋糕。

可她收到了一份最好的成人礼。

她心怀感激，知道了原来过去所有的倒霉，都是为了给她积攒一份十八岁的幸运。

但唾手可得的礼物被她扔掉了。

她没有办法，不得不扔。到底还是差了点儿幸运，"顺利"这两个字从来没有出现在她的字典里。

上完学校的课，她跑去事务所加班，到家的时候已经接近十一点了。

电梯坏了，显示正在维修中。她住九楼，一层一层地往上爬，声控灯一层层地亮。外面下起了雨，雨势很大，手机里收到防汛办的提示，今日夜间有大到暴雨，请市民合理出行。

她爬到第九层，灯亮起来，她抬头，看到楼梯口处坐着一个人。

那人头低着，垂下的额发快要遮挡住眉眼。两条长腿往前伸，上身前倾，胳膊搭在腿上，指间夹着烟。烟灰积了很长一段，直到掉下去。

白色的烟雾在昏黄色的光线里往上飘。

他身上透着股让人看不真切的颓靡和低沉，毛茸茸的发顶都能让人觉出一股阴郁气息。

空气里袭来一股淡淡的酒味，他脚边是熄掉的好几个烟头。

并不知道他在这里坐了多久。

沈半夏有几秒钟的迟疑，几秒后收回视线，继续旁若无人地往前走。

在经过他身边时，手腕蓦地被扯住。

段融抓得她很紧，她几乎在瞬间就感觉到痛意。

段融碾灭烟从地上起身，往她面前走，把她堵在自己和楼道墙壁之间，一双带着血丝的眼睛看着她："你之前说分手。"

他声音很哑，每个字都很沉，凌厉地钻进人耳朵里："我现在告诉你，我不同意！"

她蓦然抬头，下一秒唇被封住，凛冽的酒气从他嘴里渡到她唇齿间。

段融毫不费力地把她抱起来，几步抵到门上。她手里的钥匙被拿走，伴随着一声门锁被转动的声音，她人已经被抱进屋。

门"砰"的一声被摔上，灯"啪"地打开，一切开始混乱而无序。

唇上湿润的触感更强烈，她往后躲一躲："段融……"

原本一句怨怪的话，被他亲得更像是在撒娇。段融把她放在门口的玄关柜上，钥匙早不知道扔在了哪儿。他一手握住她的脸，压着她亲："是我。"

"段融，"她觉得他有些奇怪，不明白他为什么突然就会这样，"你怎么了？"

段融并不回答，急切地亲着她触碰她，让她每一处都属于他。

屋子里很暖，两人很快出了汗，皮肤黏腻着。

沈半夏颈窝里粘着几缕发，段融伸指拨开，唇覆上去吻。

"小哑巴，"他突然这样叫她，呼吸很重，嗓音极哑地说，"我爱你。"

只这么一句她就不行了，身子软得像泥。听到他解皮带的声音，她没有任何阻止的意思，后面不管他继续做什么，她都半推半就着配合，主动把他搂紧。

从玄关到沙发，没多久她就受不了了："热，开空调。"

"你会感冒。"他不肯听。

"我好热，"她快哭了，"去开空调。"

段融只好去找遥控器，期间没有跟她分开，实在找不到，把她往上托了托："遥控器在哪儿？"

沈半夏无力地指了指电视柜。

段融又把她抱过去。

屋子里终于凉了些，段融怕她感冒，把她从客厅抱去卧室。

灯开着，一直没有关，段融不喜欢关灯，非要看着她。

厚厚的窗帘拉着，能隐约听到外面不知何时下起了雨，世界翻覆着潮湿的雨声，屋子里的声音比雨声更密。

沈半夏睁了睁汗湿的眼睛，又一次叫他："段融。"

"我在。"他每次都会无比温柔地回应，"哥哥在。"

他喷在她颈间的呼吸灼热，虽然喝了酒，但比以前每次都要节制，见她眉头稍微蹙起就自觉地放缓，每一下都极尽温柔缱绻。

沈半夏觉得自己永远都不会忘记这一晚。她手指蜷起，无措地揪紧床单，眼前的一切都很模糊，带了层湿润的雾气。

段融始终照顾着她的感受，扶着她细细的腰，一次次不厌其烦地跟她说："我爱你。"

像是要把这三个字像他的人一样，深深地刻印到她灵魂的每一处，让她永远都不要忘记。

段融抓住她的手，两个人十指相扣，紧紧地交握。他的额头抵着她的额头，粗重的呼吸打在她脸上，下巴上的汗坠入她颈窝。

最后她被抱去浴室清洗。浴缸里的水温热，她趴在段融怀里，累得闭着眼睛睡，鼻子上汗湿了一层，小脸滑腻白皙。

段融看不够似的看她，在她挺翘的鼻子上亲亲，拇指摩挲着她耳朵。

"半夏。"

他叫她，小姑娘轻"嗯"了声，确实累得连话也不想再说了。

"以后哥哥不会再走了。"他只要想到这几年里她一直在想念他,心里就抽着疼,只有把她抱得更紧才能缓解些。

他深深地看着她,嗓音很沉,带着无尽能溺死人的温柔:"这回换我先爱你,好不好?"

沈半夏睡到中午才醒来。

清醒以后,昨晚的事瞬间涌入脑海。她能记得段融跟她说不同意分手时强硬的语气、他手心的温度,记得她快要昏睡过去时,他在她耳边说的情话。

他说了很多次爱她。

她从床上翻身坐起来,起得太猛,感觉到一阵酸痛。她倒吸了口气,抱着被子缓了会儿,眼睛缓慢地眨。

她回想了一遍,昨晚的一切都很混乱,到了后半夜才昏昏沉沉地睡了会儿。

明显感觉到他情绪的异常,好像是受了什么刺激。

不明白发生了什么。

墙角的垃圾桶里扔了几个避孕套,他即使在喝醉的情况下也知道提前准备好,怕她会有意外。

现在冷静下来想想,她怎么能在这种时候跟他做这种事,为什么一点儿诱惑都抵抗不了,他只是亲她几下,她就投降了。

她烦躁地揉揉头发,扯开被子,慢吞吞地下床。

她洗漱后换了身衣服,拉开门往外走。一人迎面过来,跟她打了个照面。她抬头看,脸立刻红透,睫毛颤了几下,难堪地低下头。

"睡醒了?"

段融无比自然地问了一句,把她拉到餐桌那边:"先吃饭。"

沈半夏有点儿不知道该怎么面对他。明明说过要跟他分手,昨晚却跟他荒唐了一夜,在他哄骗下,甚至开口叫了几声哥哥,想想就没脸见人了。

这个房子里的空气也湿,到处都还留着两个人的痕迹似的。

该怎么解释昨晚的情况?

沈半夏头重得抬不起来,段融在她身边坐着,随意地揉了把她头发:"吃饭。"

沈半夏终于抬头,索性先把话说清楚,不然越拖越复杂。

"我昨晚……其实我也喝酒了,所以我脑子不太清醒。你也喝了酒,你知道的对吧?"

"我没喝醉。"

"可你还是喝酒了啊,"她说,"酒精对人是有影响的。"

"你觉得那玩意儿对我有影响?"

沈半夏急了:"我是说你是因为喝了酒,我们两个都是因为喝了酒,所以才……"

她说不下去了,唇抿了抿。

"傻瓜,编瞎话也不会。"段融捏住她的脸,虎口抵着她下巴,眼睛看着她红润的唇,"昨晚你喝了酒?"

沈半夏撒谎:"嗯。"

段融回味似的轻蹭着她的唇:"那怎么嘴里还是甜的?"说完压上去亲。

他从来肆意惯了,想做什么就做,想亲她时从来不忍着,一定要在她口腔里搜刮一遍才罢休。

他离开了些,舌尖舔了舔唇角:"还是甜的,跟昨晚一样。"

沈半夏躲开他的手:"段融,我们已经分手了。"

"我说过了,我不同意。"

"你不同意也已经分了。"

"那我们昨天晚上算什么?"

一句话让她的脸腾地烧起来,昨晚的一切都能清晰地回忆起来,越想脸越烧,她干脆豁出去一样地说:"各取所需。"

段融没再说什么,只是看着她,神色晦暗不明,慢慢地,又让人察觉出一丝浓厚的危险。

莫名觉得如果不躲就会掉入他的陷阱里,沈半夏从椅子里起身,后退。段融随之而来,往前迈了半步,手从她腰后横过,将她一把抱起。她惊叫了声,人被抱着仰躺在客厅沙发里,段融牢牢将她制住。

他上身直起,慢条斯理地开始解衬衫扣子。

衬衫被扔在沙发前的地毯上,男人分明紧实的腹肌露出来,往上看是坚实的胸膛,宽阔的肩。她佩服自己这个时候还能分得出心思去看,之后眼睛就黏在了上面,不舍得移开。

她不得不承认,自己被段融这副皮囊拿得死死的。

段融压过来,手捏住她下巴,把她的脸抬起来,声音里染了哑意:"别看那儿,看我。"

沈半夏猛然回神,现在这种时候不应该馋他身子吧。

"你干什么!"她努力让自己的声音听起来生气点儿。

段融扳着她下巴开始亲,声音很低:"各取所需。"

他凶得很,但跟以前相比依旧收敛了很多。

好像她是这世上最值得珍惜的易碎的珍宝一样。

沈半夏一点儿都不讨厌他的举动。

她就是没出息,就是抵受不住他每次的诱惑。

最后心神恍惚,动都不想动……

听到窸窣的声响,她睁开眼睛看了看,段融已经穿戴整齐,恢复了一贯的正经模样。

只有沈半夏知道他不正经时的样子。

段融像伺候小孩一样把她抱起来。她已经从刚才的胡闹中缓过来了些,慢慢想到了一个问题,手指紧张地扯了扯他的袖子。

"段融。"她细声叫他。

声音乖了很多,像是羽毛柔柔地在段融心里挠了一把。

段融找了衣服一件件地给她穿:"怎么了?"

"刚才,那个……"她很小声地凑近他耳边说了句话。

在她这句话后,段融变了脸色,走去客厅开始翻垃圾桶。

从里面找到刚才用过的,检查之后发现真的破了。

他黑着脸又去翻卧房角落的垃圾桶,昨晚用过的几个套子里,其中一个也破掉了。

段融气得要疯。

昨晚他来得急,又喝醉了,没怎么看清楚就从货架上拿了一盒。

结果买小了。

沈半夏还这么小一点儿,他不能让她有任何风险。

他让自己快速镇定下来,在沈半夏身边坐下,握着她细白的小手:"你别怕,我现在去买避孕药。我知道那东西对你身体不好,但你必须要吃。这次是我错了,我浑蛋,你想怎么打我都行。以后我不会再让这种事发生,你要实在不放心我可以去结扎。"

沈半夏原本七上八下的心被他几句话安抚下来,听到最后她甚至想笑。

他在说些什么啊。

段融出去买药,打电话问过信任的一位医生,跑了很多家药店,买回效果最好、副作用最小的一种药,拿回来看着沈半夏吃了。

"这几天身体要有不舒服告诉我。"他说。

他也太小题大做了,只是吃这一次,能有什么关系。

沈半夏又喝了几口水,抿抿唇,最后还是忍不住问:"你不喜欢小孩吗?"

"我只喜欢你。"他说,"有你一个小孩就够了。"

猝不及防被砸了句情话,还是在两人关系不清不楚的现在,沈半夏被哄得脑袋发昏。

段融看了她一眼,笑:"你想跟我生小孩?"

"我……我才没有好吧。"

段融忽略她的话："想跟我生小孩可以，可现在不行，等你再长大点儿，起码到二十五岁。"

"我没有！"她扑到他身上去捂他的嘴，"我没有，你别乱说！"

段融喜欢她跟他闹，她越是闹腾，他心情越好。

沈半夏意识到了两人关系的僭越。

这段时间，父亲每天为了扳倒段向德而奔走，而她跟段向德的儿子在这里厮混。

确实太过分了。

她从段融身上爬下来，变脸一样无情地说："你走吧。"

段融没有针对她的情绪转变说什么。

他不想太逼她，反正事情都在他计划中进行，总有一天他能把所有障碍解决，让她没有后顾之忧地回到他身边。

"早餐你还没吃，我去重新做。"他说着往外走。

沈半夏再出去的时候，段融已经做了碗面，隔着很远都能闻到面的香气。

段融把面给她，命令："吃完。"

沈半夏看了看碗里的面。一碗冒着热气的汤面，上面铺着一个荷包蛋、几片牛肉和青菜，另外还加了不少配菜。她不怎么会做饭，家里没有这些食材，囤的大部分是些速食品。他肯定是一早就起来去超市买了这些东西，按照她的口味花心思给她煮面。

像以前一样事无巨细地照顾她。

她想到自己曾经在佛寺里虔诚地许愿，乞求段融可以爱她。现在真的愿望成真，她却必须要把他的心意糟蹋掉。

沈半夏喉咙里酸涩，没再继续跟他吵，拿起筷子把面吃完，汤都喝干净。

放下碗，她起身，再次赶人："你走吧。"

说完，她回了卧室，关上门，坐在梳妆台前化好淡妆，头发扎成丸子头，刘海梳好，拿上包出门。

段融已经不在了，屋子里空空荡荡的。厨房已经被收拾好，她刚随手放在餐桌上的碗被人清洗干净放进了碗柜。

没有他在，屋子里突然显得空旷起来。

看看时间，快到下午两点，她出门去事务所。

电梯已经修好，她下了楼，出了单元门一眼看见段融的那辆黑色莱肯停在路边。

段融在车门处懒散地靠着，这个天气午后阳光还不是很烈，温和地笼罩下来，他蓬松的发被照出一圈金色光晕。能看到他皮肤很白，但完全不显得病态。脸部线条流畅分明，下颌骨折角凌厉，让人移不开视线。

与刚才在家里，强硬地霸着她时的段融有种反差感，少了些坏劲，多了些冷。

看见她，段融把副驾驶座的车门拉开，下巴朝车里一点，让她上车的意思。

沈半夏捏紧包带："不用。"

下一秒她直接被他扯过去按进副驾驶座，安全带被系上。

车门"砰"一声关上，段融绕过车头坐进驾驶座，扣好安全带，启动车子。

沈半夏安静地坐在车里，两手握紧安全带。这是她紧张时的小动作，手会下意识地抓住点儿什么，像小孩子一样。

车里有股很凛冽的薄荷味，随着她坐上来，慢慢地飘来一股香气。段融侧头看她，女孩子今天化了妆，妆容清透干净，两只眼睛更大了，小鹿一般。唇上涂了层番茄色的丝绒唇釉，水润娇嫩，看上去格外好亲。头发扎起来，脸旁落着些柔软碎发，一张小脸精致清纯。

想到昨晚她软声喊他哥哥时的样子，他又一次无可救药地躁起来。

她怎么就能一天比一天漂亮。

车子在写字楼前停下，段融把她的安全带解开，问她："几点下班？"

"你不要再来见我了。"

她留下这句话，便下了车，头也不回地进了写字楼。

武平刚好在附近看见，过来敲了敲段融的车窗。等车窗降下，笑道："段总要不要去我公司坐坐？"

正是午后时分，事务所里飘满浓郁的咖啡香气，职工们埋头忙碌着，在看到段融从门口进来后立刻被吸引了视线。

沈半夏也看见了段融，立刻把头埋了下去，如鸵鸟一样躲着他。

段融并没有往她这里看一眼，进了会客室，往沙发里一坐，拿出一根烟咬在嘴里，拨开打火机点燃。

武平在对面坐下，指了指外面办公区的沈半夏："段总想不想知道当初我为什么要录用这丫头。"

段融把烟拿下来，对着烟灰缸弹了弹："您说。"

"原来我真不想用她，小屁孩一个。现在这年头，哪还有这么苦的孩子，年纪这么小就得出来找工作。我就给拒了，说我的公司不收大一新生，起码得念到大四才行。

"刚好那天我手底下有个客户，在我这儿一把鼻涕一把泪地哭，说他老婆卷走了他的所有资产，跟他离婚后跟男小三结了婚，两个人过得滋润着呢。他不甘心当冤大头，让我想办法把资产夺回来。我查了他家情况，那钱是真拿不回来了。他前妻请教过资深律师，手段玩得高明着呢，他就是打官司结果也是输。

"半夏刚好听见了,就想了个办法去帮我的客户解决问题,被拿走的那些钱后来一分不少地回到了我客户手里。

"你说说,半夏那丫头脑子得多聪明,一点儿亏都没吃就把事儿给办好了。我也看出来她确实是个可用的人才,就破例收她当了个实习生,凡是我手底下收到什么活儿,我都是优先派她去处理。她在我这儿工作了好几个月,我才知道她父亲就是沈文海,从那以后便多关照了她些。"

段融默默听着,脸上表情很淡,只有一双清寂的眼睛泄露了心疼。

上天对他的女孩太心狠。他见不得她受苦,甚至不忍心听她的这些过去。

"还没谢您这么照顾她。"他又一次因为沈半夏跟别人道谢。

武平摆摆手:"她给我的公司创造了利益,我就给她同等的酬劳,这不算照顾。真要说在照顾她的,其实是你。你从一开始就知道她是我公司里的员工,不揭穿她,还用匿名身份给她派了个活儿。即使她根本就没把事儿办好,你还是把酬劳给了她。"

"现在我也不知道你们两个人之间到底出了什么问题,"武平说,"不过我多少能看出来,那丫头是真心喜欢你,每次看见你跟看见别人时的眼神完全不一样。毕竟年纪小,感情的事儿她藏不了。"

段融淡淡一笑,往外看。方朗走到了沈半夏面前,把一罐咖啡给了她,还贴心地把拉环给拉开了。沈半夏把饮料推回去,方朗又推回来,放下东西走了。

沈半夏为难地看了看咖啡,没过多久,扭过头朝会客室这边看。没想到刚好撞进段融眼睛里,她一急,做贼一样扭回头,背脊都透着紧张。

段融没待多久就准备离开,走的时候沈半夏又忍不住看他,拿资料夹挡住自己,只露着一双眼睛往那儿看。

男人高大挺拔,身材比例好,宽肩窄腰,只看背影都能让人心动。

原本这样一个人是她的。

可她不知道自己还要不要得起。

没过十分钟,段融折回来。

他径直朝着沈半夏的方向走,停在她的工位旁,"啪"的一声把一罐新买的加热过的咖啡放她手边,再顺手把方朗给她的那罐拿走。

做完这些他一个字都没说,转身离开。在经过门口一排垃圾桶时,把方朗的那罐咖啡丢了进去。

满公司人看得目瞪口呆。

这男人怎么连吃醋都吃得这么拽!

473

晚上下班,方朗请沈半夏去吃饭。

沈半夏拒绝了。

她并不是迟钝的人,能感觉到方朗对她的感情不一般。她既然不喜欢他,就要明确地表示自己不喜欢,不能给他任何机会。

方朗转而让米莉帮忙请人。米莉私心里是站段融那边的,不想搭这茬儿,但又觉得给段融搞个情敌其实也不错,平时总见那男人身边一堆甩都甩不掉的桃花,小半夏有个追求者又怎么了。

米莉组局去聚餐,请了公司里好几个相熟的同事,又把饶文姿拉上。那地方有点儿偏,车开了半个小时还没到,沈半夏头往椅背上一靠睡了会儿,再醒过来的时候发现这家餐厅很眼熟。

是段融曾经带她来过的那家私房菜馆。

她想着应该不会那么巧能碰上段融,结果刚进大厅,一眼看见段融正半倚着墙跟人说话。跟他说话那人应该是他公司的合作伙伴,态度始终端正,不管段融说什么,他都先点头,然后一顿附和:"对对对。"

在沈半夏进门后,段融朝她这边扫了一眼,也只是一眼而已,视线很快就收回去,继续跟那人说了几句什么。

那副坦荡荡的样子,就好像今天早上还把她压在沙发里,一边亲她一边不停使力的人不是他一样。

沈半夏跟着公司的人去了楼上一间包厢。

方朗挑了她身边的位置坐下。来吃饭的都是平时关系比较好的人,谁也没怎么客气,点了一桌菜。

方朗主动帮沈半夏拆餐具,在这个时候,隔断门被服务员拉开,隔壁的人与事务所的人打了个照面。

隔壁包间坐主位的是段融,他懒散地靠着椅背,一条胳膊往后搭,看前方主位上坐着的饶文姿。

"饶总,这么巧。"他往这边示意了下,"不如咱们拼个桌?"

饶文姿笑:"那当然好了。"

服务员帮着把两桌凑成一桌,沈半夏去看米莉,用眼神问:"是不是你搞的鬼?"

米莉一脸坦然:"我就只是跟他说要来这边吃饭而已,谁知道他有这种骚操作。"

米莉嘴上这么说,心里在想,不愧是她看中的妹夫,这种骚操作麻烦以后多来点儿。

她拉着沈半夏往段融那边跑过去,摁着她在段融身边的空位置上坐下。

474

席上不少人都知道段融和沈半夏之间的纠葛，谁也不敢说什么，只是有意无意会拿眼睛去瞟他们两个。

段融对这些眼神置若罔闻，得心应手地跟饶文姿寒暄了两句，其间还自然而然地帮沈半夏拆了副干净的餐具，在她面前摆好，又往她杯子里倒了杯蜂蜜水。

方朗心情低落，米莉看得高兴，其他人也是心思各异，看不清段融跟沈半夏现在到底是什么关系。

席上就只是聊些有的没的，没人谈起工作上的事。沈半夏专心吃饭，每次有人跟段融说话时，她的耳朵就会不自觉竖起来，段融说的每一个字她都听得很清楚。

他的嗓音低沉富有磁性，好听得不行，就算只是一声淡笑传进她耳朵里，都能在她心底带起一片涟漪。

中间也没注意有人说了句什么，紧接着段融的话倒是极为震撼地让她听到了。

他往椅背上随意一靠，一只胳膊搭在她这边的椅子，喉咙里笑了声，说："各取所需而已。"

各取所需这四个字对她来说敏感得不行，她当下就呛着了，扭过脸捂住嘴巴咳了好几声。

段融无比自然地在她背上拍了拍，凑近她耳朵："慢点吃，把水喝了。"

他把水杯递到她手里。半杯水下去她好了点儿，跟席上的人道歉："不好意思，我去趟洗手间。"

她离席往门外走，顺着走廊往前。

从洗手间出来，一眼看见走廊墙边斜倚着一个人。

她装作没看见，从他身边经过时被他一把扯回去。

她刚补了妆，重新擦了一层唇釉，此刻两瓣唇微张着，娇嫩得像可口的果冻。

段融握住她的脸，拇指指腹在她唇上轻擦，染上了一点儿红。

走廊里寂静，没有任何人经过。全世界好像就只剩下了他们两个人，她能听到他沉稳有力的心跳声。

"我跟别人说各取所需，你激动什么？"

段融说话时始终盯着她的唇，眼里有欲。沈半夏受不了他这样的眼神，垂眸不去看："我没有。"

原本灯火通明的餐厅突然陷入一片无边黑暗，能听到远处响起一阵不小的惊呼声。很快工作人员跑过来安抚："大家不要慌，是电路暂时出现了问题，我们已经让人去修了，很快就能通电。"

抱怨声和工作人员的道歉声汇在一起。走廊这边依旧安静无人，黑得看不到任何影子。

突如其来的黑暗将人心里的恐惧放大，沈半夏下意识往段融怀里缩。

段融顺势搂住，安抚她："别怕。"

声音落下的同时，他的唇贴了过来。

他在一片黑暗里与她接吻，每一下都吻得温柔。

他如愿尝到她唇上的香气，有一股水蜜桃的甜味。

两个人一直吻到灯光重新亮起来，沈半夏怕有人看见，把他推开。

她靠在走廊另一边的墙上，脸上红红的，像抹了一层恰到好处的胭脂。呼吸有些急促，胸口微微起伏着。

段融朝她靠。他唇上有了点儿艳色，应该是刚才沾染到了她的唇釉。

"沈半夏，"他一只手撑在她头顶，躬身看着她，说话时声音带了哑，"你是不是就喜欢偷偷摸摸地跟我谈恋爱？"

见她不答话，他又问："这样比较刺激？"

"刺激你个头啊！"她骂。

段融不生气，反倒舔着唇笑，趁她没反应过来，在她唇上又啄了下："那我们光明正大地谈恋爱，行不行？"

沈半夏没有回答，安静了一会儿。

观察到他眉眼间还是带了隐约的疲态，她忍不住问："你最近很累吗？"

段融不正不经地挑眉："我昨晚表现得不好？"

沈半夏没吭声。

"那个哭着说不要了的人是谁？"

"你闭嘴！"

沈半夏不得不伸手去捂这浑蛋的嘴，解释："我、我是说你最近这段时间是不是没有休息好？"

段融把她的手拿开："没有，你让我好好睡觉，我不敢不听你的话。"

"那是平时太忙了吗？"

"有点儿。"他说。

沈半夏下意识地觉得，段融在忙的，应该跟她家里的事有关。

"那你要好好休息。"她说。

"别瞎操心。"段融不想小姑娘为了他担心，他身体怎么样他最清楚，总归是不会让自己忙垮。余生还那么长，他得留着一个健康的身体，好能照顾他的小姑娘。

沈半夏还是心疼。

段融故意逗她："担心我的话，你让我多亲亲，我就不累了。"

沈半夏默了几秒，几秒后，她突然做出一个举动——她极快地凑近段融，在他脸上"啵"地亲了一下。

段融愣了。

他只是在安慰小丫头。

没想到被小丫头安慰了。

沈半夏有些害臊，从他怀里钻出去跑走了。

她回到包厢，大家都在抱怨刚刚的断电事件，没有人意识到她脸上可疑的红晕，也没人留意在她回来不久，段融也从外面进来。

在众人交流得热火朝天的时候，段融把沈半夏的一只手拉过来，放在腿上握着，拇指一下一下地不停摩挲着她的手心。

沈半夏在桌子下面用脚踢他，把手抽回来。段融低下头舔着嘴角笑，在众人看不见的地方，一边将手伸过去握着她的膝盖，一边还能若无其事地跟人谈话。

她今天穿了条不到膝的裙子，膝盖上冷不丁感受到他掌心灼热的温度，整个身体如过电一样麻了下。

后面她一直待得心不在焉，心神始终被段融牵制着。

散场后她去坐来的时候那辆车，米莉把车门拉上，把她拦在外面："车里没位置了，你去坐段总的车吧。"紧接着冲那边在车旁靠着的段融说，"段总，送一下半夏可以吧？"

段融像是一个等候已久的猎人，下巴朝沈半夏一扬："过来。"

回去路上两人没怎么说话。沈半夏昨晚基本没睡，到现在了还是困，头往后一靠就开始睡觉。段融时不时看她一眼，晚上温度低，他把车停在一边，从车里找了条薄毯盖在她腿上。

她很快睡着了，呼吸均匀安稳。

段融把车停在小区地下车库，找到她包里的钥匙，抱着她上楼。

刚把她放床上她就醒了。

只有两个人的房间里，她还能想到昨晚在这里发生的一切，处处都留着他的气息。

实在太累了，她怕他再做什么，往后缩了缩，拉起被子把自己盖住。

段融在她床边站着，手抄进口袋："醒了就洗了澡再睡。"

"你先走吧。"她说。

段融："我要是不走呢？"

沈半夏紧靠在床头，拿一双大眼睛看他。

两人正僵持，门铃响了声。段融要去看，沈半夏拉住他："你在这儿待着。"

她把卧房门关上，跑过去从猫眼里看见来人是方朗，把门打开。

"都这么晚了，你怎么会来我家？"她问。

方朗是担心段融会对沈半夏做什么，一直都心神不宁，必须要来看看。他往屋里搜寻一圈，问："段融没在吧？"

沈半夏僵硬地点点头。

"那就好。"

方朗踟蹰着说："有件事想跟你说，我能进屋坐坐吗？"

沈半夏把人请进来，给他倒了一杯水。见他一副很紧张的样子，她问："你有什么事，直接说就行了。"

方朗端起水喝了一口，低头，完全不敢看她。

过了很久，他才像豁出去一样地开口："半夏，我……其实我……我在学校第一次看见你，我就很喜欢你。我不是只想跟你做朋友，从一开始接近你就是有原因的，也是为了你才会去事务所应聘，我想在你身边保护你，让你不要过得那么辛苦。"

一旦开了头，后面的话就说得不是很艰难了。

"我真的特别喜欢你，你跟我以前认识的女孩都不一样，你不只有漂亮，外貌是你众多优点中最不值一提的一个，你什么我都喜欢，外貌、性格、人品，我通通很喜欢。除了你，我找不到第二个能让我这么喜欢的女孩了。

"你能不能考虑考虑我，给我一个机会。我一定会好好对你的，会让你过上好日子。"

方朗说完，抬起头看她。

沈半夏很长时间没有说话，这样的告白她不是没有听过，可还是第一次遇到有人跟她告白的时候，屋子里藏着一位不好惹的主儿。要是那位爷随心所欲，突然在这个时候推门出来，那番情景想想就要窒息了。

所幸等了会儿，一直不见房门有动静，沈半夏略略放心，干脆利落地拒绝方朗："对不起。我知道你人很好，但是……"

后面的话不好说，她怕屋里的人听见，压低声音："我已经有很喜欢的人了，现在还没办法忘记他。对不起。"

方朗其实能猜到这个结果，但他还是决定今天要来表白。之前以为只要他在她身边陪着，慢慢地总能感动她，可那么久过去，他发现沈半夏如果第一眼不喜欢谁，那她后面就绝对不会动心，不管那人对她有多好都不行。

既然不可能得到她的喜欢，总要清楚地把自己的心意告诉她，这样被她明确地拒绝过，以后想起来的时候就不会觉得遗憾了。

方朗笑了笑，笑得很牵强，但确实是真心的："没什么对不起的，你有资格不喜欢我，真的没关系。"

他从沙发里起身:"我该走了,你早点儿休息吧。明天学校有早课,你记得别把书再拿错了。"

方朗走了,那个男孩一直都这样坦荡,从来没有给沈半夏造成过烦恼。

她关上门,回来的时候卧房门被推开,段融斜倚在门边,看着她:"原来是要这样表白。"

沈半夏眨了下眼睛,不明白他什么意思。下一刻,段融朝她走来,停在她身前,一双比墨更黑的眼睛直视着她。

寂静的夜里,听到他说出的一长段话。

"半夏,我很喜欢你,是因为一开始就觉得你很有趣,所以才忍不住接近你。我想保护你,让你不要过得那么辛苦。真的特别喜欢你,你跟我以前认识的女孩都不一样,你不只有漂亮,外貌是你众多优点中最不值一提的一个,你什么我都喜欢,外貌、性格、人品,我通通很喜欢。除了你,我找不到第二个能让我这么喜欢的女孩了。你能不能考虑考虑我,给我一个机会。我一定会好好对你,会让你过上好日子。"

说完这些,他朝她俯下身,缩短与她之间的距离,目光直视着她:"我爱你,沈半夏。

"比你爱我更爱你。"

沈半夏已经彻底不行了,呼吸不自觉地屏着,生怕漏出一点儿声音打破现在的气氛。段融每一句情话下来,都让她心里剧烈地动一下。

刚才方朗说这些时,她全程都很冷静,现在段融说同样的话,她就受不了了,脑子很晕,心脏很麻,整个人轻飘飘的。

她投降了。

她一天都撑不下去了,不管跟段融在一起的代价是什么,她都认了。

她朝他走近一步,伸手搂住他的脖子,踮起脚主动吻他。

她什么都顾不得了。

就算前面是万丈深渊,她也甘心往下跳。

在沈半夏亲过来后,段融下意识低头,迁就着她的身高回吻。

一个简简单单的吻,两人的唇碰着,没有多余的举动,却比以往任何一次激吻都更让段融心动。

沈半夏缓缓跟他分开,一双湿润润的眼睛看着他:"段融,我们两个又在一起的事,你不能跟我爸说。"

在她这句话后,段融发了长达十秒钟的愣。

他以为这次还会跟之前一样,无功而返,不管怎么追都是无用功,在两家的恩怨没有解决之前,沈半夏不可能会回头。

可现在他发现,他把小姑娘追了回来。

眼里的颓唐和疲惫因为她的话在瞬间消解,他把她往怀里摁,因为激动甚至想把她摁进自己的骨骼里:"想清楚了?"

沈半夏点头,很快蹙着眉说:"你把我抱痛了。"

段融立刻松了些力道,喉结滚了滚,嗓音艰涩:"你不怕我也做了对不起你家的事?"

"你不会的,我相信你不会。"沈半夏很认真地跟他说,"芯片的事你肯定是不久前才知情。你向来都不屑拿别人的东西,不是你的你看都不会看一眼。我了解你是什么样的人,不然也不会喜欢你了。"

段融发现这小丫头要比他更会讲情话。

他是第一次听到有人跟他说,会无条件地信任他。

把他看成这世上最好的一个人。

他想到沈半夏写在佛寺里的愿望——

段融爱沈半夏。

如果他早些知道她怀揣着这样一个愿望,他一定会在最开始,也把她刻印到自己的生命里。

一天也不能忘记她。

他把女孩抱进怀里,珍惜地在她发顶亲了亲。

"这次你点了头,以后再想走就走不了了。"他说。

沈半夏动动清澈的眼珠,故意跟他玩笑:"那我不能保证。要是你以后不喜欢我了,我继续跟你在一起的话,我们两个都不会开心。"

"我还会不喜欢你?"段融一副不能理解的口吻,"说什么胡话,我把自己忘了都不可能会忘了喜欢你。"

沈半夏笑笑。

她发现,这段时间的压抑痛苦在一点点减弱,心口不再有透不过气来的感觉了。

她安心地窝在段融怀里,闻到了他身上一点儿淡淡的烟草味。她把手伸进他的外衣口袋,从里面摸出了一盒烟和一个打火机。

"段融,"她仰着头看他,"你以后不可以再抽烟了。"

段融:"好。"

"也不可以再喝酒了。"

"好。"段融捧着她的脸,头低下来,声音变轻,"你让我做什么都行,让我把命给你都可以。"

他又开始亲她,气温慢慢上升,空气里燃起了"噼啪噼啪"的小火苗。

被他往卧房抱的时候,沈半夏红着脸说了一句:"那我让你现在回去,你走吗?"

段融把她放在床上,把她的扣子一颗颗地解开:"只有这个不行。"

身上感觉到凉意,沈半夏缩了缩肩膀,手搂住他:"还没洗澡。"

"我抱你去。"

她被他抱着,背贴住墙,水珠溅在两人身上,冲掉了一层层渗出的汗。

段融眉眼间含了春色,比平时更风流动人,吻她时鼻梁会蹭到她的脸颊。

沈半夏睁着眼睛看他,她想,她一定是疯了,为了他连原则都可以不管。但她就是控制不住为了他而发疯。

就算是做错了,她也认了。

段融见她又睁着眼睛在呆呆地看他,笑了声:"小哑巴,闭眼睛。"

他怎么就这么喜欢喊她小哑巴。

"我不是哑巴了,"她微弱地说,"我现在特别能说话,说得能让你烦!"

段融低低地笑,把她脸庞贴着的发拨到耳后。

"不会烦。"他蓦地加重了力道,就是控制不住地,要让她的每一丝表情都是因为他而发生变化,"这种时候最不会烦,叫给我听。"

沈半夏秀气的眉蹙起,嗓子里溢出带了哭音的声调,下巴抬起来。段融顺着往下吻,哑声问:"还让走吗,嗯?"

她不肯说,他发了狠:"让我走还是留?"

沈半夏故意跟他作对:"走。"

段融最知道怎么治她。

他继续问:"走还是留?"

没几下沈半夏就不行了,脑袋开始变得昏昏沉沉。

满布着氤氲水汽和混乱水声的浴室里,段融又问了一句:"走还是留?"

沈半夏喉咙里挤出一个字:"留……"

段融咬着她颈下的软肉笑:"好。"

折腾到很晚才睡,她很乖地窝在段融怀里让他抱着。

没睡多久就被他叫起来,她起床气犯了,哼唧着打了他几下:"你让我再睡会儿,没睡醒。"

"你上午有早课。"

"都怪你,"她扑腾着打他,"每天不让我睡。"

段融亲亲她:"怪我。别乱动,我给你穿衣服。"

他把衣服给她穿好,抱她去盥洗室,把她放在洗手台上,挤开牙膏,伺候小祖宗一样帮她刷牙。

"我要忙一阵子,"他说,"过完这阵再来看你。"

沈半夏含着一嘴牙膏沫,点点头。

段融陪着她吃了早餐,出门前特地检查了她的课本,防止她拿错。

"这边房子是小了点儿,"他蹲下来给她换鞋,系鞋带,"我帮你在附近租了顶层公寓,密码是你生日,你随时都能去住。不想去你就还留在这儿,等我忙完就来接你回家。"

他永远都妥帖周到,知道她担心沈文海会发现两个人复合,不逼着她跟他走,把一切事情都先安排好。

"可是,你真的能说服我爸吗?"她问。

"能。"段融毫不迟疑,"一切都有我,你放心。"

他把她送到学校门口,停好车。临走前,段融让她把手机打开,盯着她把他的所有联系方式从黑名单里拉出来。

"不会再闹了?"

他又确认一遍,是真的很怕她又突然从他身边离开。沈半夏不想让他这么没有安全感,主动在他脸上亲了下:"不会了。"

"好。"段融说,"等我回来。"

那天他走了以后,有段时间没有再出现。

不知道他在忙些什么。

但每天都会给她发微信,抽出时间跟她聊天,问她有没有好好吃饭,胃还有没有再疼。

让沈半夏切实地感觉到,她确实跟他好好地在一起,就算不能见面,中间又隔着许多复杂的恩恩怨怨,但都跟他们两个没有关系。

周末沈半夏抽时间回家去看望父亲,之前请的护工确实有在尽心照顾沈文海,现在沈文海可以不用借助拐杖正常地走路。

贾一吉和贾一祥两个小家伙也在,他们很久没见过贾旗,私下里偷偷问沈半夏,他们的爸爸妈妈是不是离婚了,爸爸是不是不会再回来了。

从两个六岁的小孩口中听到"离婚"这两个字,沈半夏心里难过,不想让他们的童年充斥着不美好的回忆,笑了笑说:"没有,你们别瞎想,姑父是去给一吉和一祥挣钱了,很快就会回来了。"

"那是什么时候啊?"贾一吉说,"我很想爸爸。"

贾一祥快要掉泪了。为了哄两个小朋友,沈半夏带他们去附近一家游乐场转了转。

小孩子总是很容易就被哄好了,没有再提过爸爸。

回家的时候家里只有沈莹,沈文海不知道去了哪儿。他身边有护工跟着,沈半夏不是很担心,过去帮着姑妈洗菜。

沈文海去了小区外一处没什么人的公园,把护工打发走,让她待会儿再来接他。

护工走了不久，段融朝这边走了过来。

沈文海抬头看他。看到他的时候有些明白，为什么自己的女儿会对他这么痴迷。这男人确实有着一张极为出色的脸，外形条件太好，很能迷惑年轻的小姑娘。

段融走到他身边，礼貌地颔首："沈伯父。"

沈文海漠然地收回视线："你不用跟我客套。我今天叫你来只是想告诉你，我女儿跟你不合适，你别再纠缠她了。"

段融略略垂眸："不知道她跟我是哪里不合适？"

"她就是个普通人，高攀不上你。"

"我也只是个普通人。"

"你先从天晟集团退出，让出控制权和手里的所有股份，再来跟我说你是普通人。"

段融没说什么。

"我女儿是个普通人，"沈文海说，"以后也会普普通通地过完这一生。你跟她不一样，你生来就不普通。我知道你或许是真心喜欢半夏，但她跟你差距悬殊，你们不适合在一起。"

"您觉得这些问题真的是问题？"

"那就说最根本的，你们段家的人我一个都不喜欢。你们把我害得家破人亡，现在还想要我的女儿，没有这么便宜的事。我知道一开始是半夏骗了你，但她也是受害者，她是受了严琴的诓骗，不知道你们家的水有多深。现在我醒了，我不能看我女儿继续错下去。以你的身份地位总能找到比她更好的，你放过她吧。"

"这不可能。"

沈文海面色变了变："你说什么？"

"我不可能会放弃半夏，也找不到比她更好的了。"段融语气坦然，"您跟我父母的恩怨我知道，但那是你们之间的事，不应该牵扯到我跟半夏。"

"你在说这些话之前，先看看你这几年过的是什么日子，你们段家过的是什么日子，而我家半夏又过的是什么日子！"

沈文海说起女儿，眼眶红了红："她不是能吃苦的孩子，从小是被我跟陈筠宠大的，没有为了钱这种东西发愁过哪怕一次。我跟陈筠把她当公主一样疼，她本来是要一辈子顺风顺水的，是你抢了她原本的生活。你们段家现在花的每一分钱，原本都该是半夏的，是你们让她过得这么苦！是你们让她原本光明灿烂的未来变成了一片废墟！"

沈文海越说越激动，撑着从椅子里站起来，走到段融面前："她现在连个遮风挡雨的地方都没有，四处搬家。琴也不能再弹了，什么梦想都没了。她妈死了，我又成了废人一个，她为了照顾我，这么小的年纪不得不去工作，为了挣钱费尽心机。她上辈子是造了什么孽，这辈子才会来当我的女儿。我又是造了什么孽，凭什么要被你们段家吸血！"

沈文海平复了下情绪，告诉段融："你想跟我女儿在一起，除非我死了，或者你不要现在的荣华富贵，孑然一身从头开始，干干净净地来找我女儿。"

沈文海拖着两条没有好透的腿往前走，护工过来扶他，在他看不见的时候扭过头，对段融恭敬地点了下头。

段融目送两人离开，习惯性地想从口袋里摸出烟盒，这时候才想到他已经答应沈半夏重新戒烟了，口袋里已经没有了烟和打火机。

他生生把烟瘾忍下去。

沈半夏太久不见父亲回家，出来找他。

她往小公园里走了走，这边人很少，环境清幽，前面植满了一片青葱的绿竹。

她走过去，穿过一片七拐八绕的竹林，踩着石子路往前走。经过一个拐角时，看到了前面正侧对着她，一个人静默站着，不知道在想什么的段融。

天气开始转暖，他身上穿了件宽宽大大的黑T恤，小臂露着。右手抄在裤子口袋，往上看，能看到一截凌厉的腕骨，青筋明显的结实小臂。

沈半夏盯着他看了很久，直到眼眶酸涩也不舍得眨下眼睛。

这时，姑妈给她打来电话，她赶紧躲到一边去接。

沈莹说沈文海已经回家了，让她也赶紧回去吃饭。

沈半夏挂了电话，因为这里毕竟离家很近，她怕被熟人看到，不敢去见段融，先赶着回家。

她沿着小径走，这边竹林茂密，小路七拐八绕，迷宫一样，她拐了几个弯后发现自己找不到出去的路了。

风一阵阵吹过来，竹林拂动。她又试着找了找出口，感觉自己越绕越远，彻底分不清方向了。

她轻喘了几口气，额上生了层汗，几缕刘海粘着。

突然听到身后一阵脚步声，声音越来越近，她吓了一跳，回头的同时往后退。脚下被石子绊了下，身体往后倒，那人结实的手臂揽过她的腰把她往前收。

看到是段融，她一喜，同时又担心会有人看到他们，做贼一样四处看了看。

"这么个地方还能迷路，"段融捏她的脸，"我要不要给你配个导航仪？"

"你来这里干什么?"她问。

"想你了,来看看。"

沈半夏心里欢喜,面上却不显:"那看完了,你可以走了。"

"走?"段融喉咙里笑了声,作势侧了侧身,"那我真走了,你确定没我你能走出去?"

这人怎么这么讨厌!

段融不逗她了,带着她往前:"小笨蛋,我带你出去。"

"你才是小笨蛋。"

她哼声,段融笑。

沈半夏乖乖地跟在段融旁边,他往哪儿走她也往哪儿走,他向左拐她也向左拐,寸步不离地跟着。

她时不时会看看他。

明明出口就在前面,段融偏偏在下个路口往岔道拐,带着她在竹林里遛弯。

他想尽量跟她多待会儿。

偏偏沈半夏一点儿都没发现,信任无比地在他后头跟着。

他又朝她看,手从裤子口袋里拿出来,捏住她细瘦白皙的手腕往前拉,一把将她的手牵住,握紧。

"跟紧点儿,"他说,"要是丢了我还得找。"

男人宽大的手掌握着她的手,掌心温度传递过来,一阵痒意渗进骨骼,顺着手心往上游走,烧到了她的耳根。

有手机振动声,段融划开接听。

万珂打来的,自从段融和沈半夏分手后,万珂快要熄灭的希望再次燃烧起来。只是她的号码一直在段融的黑名单里,没想到今天会把电话打通。

万珂的声音很兴奋:"段融,你终于肯接我电话了。"

"钱还我。"

段融突如其来的一句话把万珂说蒙了,她反应了很久还是没明白这是什么意思:"什么?"

"当初我给了你二十万,那钱不是你的,还回来。"

万珂听得心惊肉跳。

他知道了,知道那年她骗了他,替他还债的人根本就不是她。

他知道了!

万珂不肯承认:"你在说什么?我听不懂。"

"钱是半夏的。"段融最后给她判了死刑,"我最后跟你说一遍,二十万一分不少三天内打到我账上,不然你等着收律师函。往日顶级女明星退圈后落魄到二十万都还不起,你想想这个新闻传出去会不会好听。"

段融挂了电话，万珂那边如遭雷击，沈半夏也听得发怔。

那天段融被人讨债，她把钱扔出去后立刻跑了，根本没有人看到她，他又是怎么知道的。

段融站在她面前："你还想瞒我多久？"

"你……你怎么知道？"

"范洪博那天刚好也在，他看见了你。"

段融朝她靠近："做好事不留名？"

"我不是，"她解释，"你那时候是真的过得不好，我怕你知道了以后不肯要我的钱。那些讨债的什么事都做得出来，你要是交不出钱，他们真的会把你胳膊砍了。"

"这么关心我？"段融眼里越发温柔，低下头，额头轻挨了挨她的额头，问她，"你爸妈打你了？"

那件事后她确实挨了打，是父母第一次也是唯一一次打了她。

她轻轻"嗯"了声。段融喉头微动，把她抱进怀里。她还是那么瘦，身体单薄，背上一对蝴蝶骨突出。

确实有很多人爱他，但那些人大多只喜欢他的皮囊，后来又喜欢他的金钱和地位。只有沈半夏，在他即使落魄的时候，毫无保留不求回报地爱着他。

"那年我不该走，"段融在她耳边说，"我应该一直照顾你。"

沈半夏觉得他简直在说傻话，段家的人来认他，他怎么可能不走。况且那时候他其实对她根本就没有多少印象，两个月的萍水相逢而已，连她名字都不知道，也从来没有问过。

段融手捧住她的脸，在她唇上亲了下，又亲了一下，声音变低："我会把你照顾好，不让你吃一点儿苦，每天都要看到你，不让任何人跟我抢。"

沈半夏有种发晕的幸福感。

她也终于明白了，为什么他喝醉酒的那天，会变得那么奇怪，一整个晚上的情绪都很激动，跟她说了很多次爱她的话。

原来是这样。

他知道她暗恋他这件事了。

"所以你以前以为是万珂帮你还的钱，"她有些不太明白，"还以为弹琴的人也是她。可是就算是这样，你对她还是不怎么好，为什么？"

"不知道。"他说，"就算以为那些事是她做的，也还是没办法喜欢她。"

段融温柔地看着她："可是一见了你，我就想对你好。"

不知道缘由。

莫名就是觉得，这个女孩很让他心疼，想保护她，不让她经受外界的风浪。

就是有这种下意识的疼惜。

两个人又在竹林里走了走,段融没再故意绕圈,带着她出了公园。

"我是不是又要很久才能再见到你?"她问。

"很快了,"段融握着她的脸亲亲她,"你安心等我,什么都不要想。"

沈半夏点点头。

回到家,沈文海正坐在沙发上看书,姑妈把饭端上桌,招呼她:"半夏,快来吃饭,都等你一会儿了。"

沈半夏刚跟段融见过面,有些心虚。

吃饭的时候,她也一直在想段融,眼神呆呆的。沈莹叫了她一声:"半夏,怎么心不在焉的啊?"

沈半夏摇摇头,往嘴里填了口饭。

沈莹往两个儿子碗里夹菜,说起前段时间学校跟她联系,说有人要资助她的两个孩子,会一直供他们读完大学。

沈半夏咬着筷子,过了会儿问:"是谁说要资助?"

"不知道,那人没透露姓名,"沈莹说,"可能是做好事不留名的慈善家吧,现在这种人挺多的。"

沈半夏点头,夹了块鱼填进嘴里。

下午回市区,在小区门口的一家便利店转了转,买了些日用品。

去结账的时候,她看到收银台旁边的小货架,上面放着两排避孕套,都是一个牌子。

是被段融嫌弃过太小的那个牌子。

所以他是在这里随手买的。

还能清楚记得他搂着她的肩膀,动作的同时说的下流话。

说了好几次套子买小了。

他那时候的声音性感到不行。

沈半夏的脸腾地发红,视线移回来,没再敢往那边看。

然后就开始想念起段融。

回到家,她把手机拿出来,找到他的微信,问他:段融,资助一吉和一样的人是不是你?

段融那边在忙,大半个小时后看到消息,给她回复:是。

沈半夏坐在沙发上,一边吃冰激凌一边在手机屏幕上打字:我爸住的房子,还有照顾他的护工,也都是你安排的吧。

段融:是。

沈半夏:我就知道。你干吗做这些事也不告诉我?

段融这次发了条语音过来,她点开。

男人低磁带笑的声音响起来:"当时我要把这些事告诉你,你个小骗子被我吓跑了怎么办?"

沈半夏"咯咯"地笑。

下一秒,又收到他一条消息。

段融:宝贝,想你了。

心猛地缩了下,嘴里吃着凉凉的冰激凌,人却发热。

她抱着手机窝在沙发里,平复了下心情,给他发:我也想你。

很多年前,万珂为了能让段融多看她一眼,撒过很多谎。

大部分的谎她都已经忘了,只记得其中两个。

是最有用的两个:第一个是琴房里在弹《幻昼》的人是她,第二个是偷偷帮他还掉了十万块钱的那个人是她。

靠着这两件事,她成了段融身边唯一比较说得上话的女性朋友。当学校里的女生还在为怎么才能让他收下早餐的时候,她吃上了段融给她带的早餐。

他以为他欠了她的,所以必须要对她好。

段融有时候放学会送一个戴着口罩的小女孩回家,这件事万珂看见过几次,但从来没有放在心上过。那小女孩还是小孩,个性又古怪,整天戴着个口罩,不肯跟人说话。

她怎么能想到,就是这个古古怪怪的女孩,在将来会把段融抢走。

万珂去酒吧喝酒,来这边的都是社会上有头脸的人,即使认出了她也不会大惊小怪。不少大腹便便的猥琐男过来跟她搭讪,这些男人其貌不扬,但个个都不好惹,说不准哪个就会成为将来能重新把她捧起来的资本,她不敢怠慢,忍着恶心陪人喝了几杯酒。

范洪博看见,过来在她对面坐下:"大明星,一个人来买醉啊?"

万珂抬起眼睛,送了他一个"滚"字。

范洪博不滚:"别介啊,你一个人,我也一个人,咱俩搭个伴。"

他叫了几瓶酒,往万珂杯子里倒:"又是为了段融啊?我说你也真是的,天底下是不是就他一个男人啊,离了他你还不能活了。来,喝酒。"

范洪博跟她碰杯,万珂没理,问他:"段融以前认识的戴口罩的女孩,你知不知道她就是沈半夏?"

"我知道啊,全天下也就你跟段融不知道。"范洪博说,"那两人是真有缘,中间分开几年还能再碰上。不过你也别上火,他们不是已经分开了吗,不可能在一起了。段融就算再怎么喜欢她又能怎么样,不还是看得见摸不着吗,你着什么急。"

"段融让我还钱！"万珂一字一字地说，"他让我还钱！他一个视金钱如粪土的人让我还钱，你懂吗！"

"那是你本来就不地道，明明是人家半夏的钱，你非要捡漏。当时段融为了报答你，拿两倍的钱还你。二十万是不值钱，可你做的那叫什么事儿啊，骗了他这么久，他让你还钱那都是手下留情了。"

"你也知道钱是沈半夏的，你一开始就知道？"万珂激动起来，"是你告诉段融的？"

"是，我就是要让段融知道他有多对不起沈半夏，他到底错过了什么样的一个女孩！"范洪博眼里闪着精光，"我就是要看他遗憾的样子。"

万珂拿酒杯砸他，半杯酒洒在范洪博身上，酒杯滚落在地。

"你有病吧！"万珂骂。

"就算我不说,你觉得你能瞒他多久？这几年里他一直都以为他欠了你的，结果呢，有用吗？他有因为这件事而对你生出一星半点的兴趣吗？沈半夏当初接近他的时候是什么身份，她为了钱不择手段，可段融还是喜欢。不管怎么样，他就是喜欢她不喜欢你。这就是人和人的差距，你不得不认。"

"是，我不能跟沈半夏比。那你呢，你又比我好得到哪儿去？"万珂瞪视着他，"你以前就喜欢沈半夏，可你连追她都不敢，就眼睁睁看着她跟段融勾搭。"

"我没有追过吗？我那是追不上，她眼睛毒着呢，除了段融她看得上谁？压根一点儿机会都不给我，但凡我能追得上，我能看着她跟段融在一起吗？你也不是没追过段融，你跟他有进展吗？你还敢来说我。"

范洪博扔给她一根烟："行了，消消气。要我说就算了，追不上的人就别追了，为难自己干什么。你因为段融都被娱乐圈封杀了，这教训还不够吗？"

几个一身摩托车服，露出来的颈项满是文身的男人走了过来。为首那人染蓝毛，跟万珂差不多的年纪，头发剃成极短的露着青色头皮的板寸，耳后有条蛇一样的文身。

那人往万珂旁边一坐："大明星，怎么回事儿啊，魅力不行啊。我提过多少次你在我这儿，让段融来救，你猜他怎么着，他管都不管。"

万珂想拿酒杯砸他，硬生生地忍住了。

"是。我是没什么用，你就是跟他提我一百遍，他也不会来一次。"万珂灵光一闪，告诉他，"你要真想逼他跟你比一场，我跟你说个人，你去找沈半夏，保管他能急死。"

戴嘉明胡噜了一把短短的头发："就他那个前未婚妻？"

"是。"万珂点了根烟，"照片你看过吧，人长得漂亮着呢，比我都不差。"

"那是，谁让人家比你年轻，那就是比你水灵。"

戴嘉明站起来走了，万珂快把牙咬碎，冲着他的背影翻白眼。

范洪博指指他："那人是谁啊？"

"戴嘉明，也是一有钱有势的二世祖。"万珂磕了磕烟灰，"以前他组了个车队，成天在外头耍酷扮帅。后来车店老板给他介绍了个改装赛车的，就是段融。后来他发现段融不仅会改装车，赛车更是一把好手。要真好好地比一场，没人是段融的对手。他就出钱办了场比赛，跟段融比。那天他求胜心切，临到终点前车差点儿翻下山，是段融挡了一把救了他一条命。从那以后，他跟人比赛非但输得难看还差点儿丢命的事就传了出去，他对这事儿一直都耿耿于怀，想逼段融再跟他比一场。"

"段融就没再跟他比？"

"戴嘉明就是个神经病，比了一场还会有第二场，比了第二场还会有第三场。他要是不能痛痛快快地赢是不会罢休的。段融最烦的就是他那种人，不管他怎么激将都没再搭理过他。而且自从段盛鸣断了两条腿后，段融更是很少会碰赛车了。"

范洪博原本是笑着的，突然想到什么，脸上一僵："你知道他是神经病，你还让他去找半夏！"

万珂笑了笑，慢悠悠地喝了口酒："我是让他去找沈半夏，可我没让他碰沈半夏啊，你着什么急。"

范洪博脸色发黑。

他知道万珂是想害死沈半夏。

沈半夏接到姑妈的电话，贾一吉和贾一祥要作为儿童演员去剧院参加一场大型文艺汇演，想让沈半夏也过去看，捧捧场。

晚上七点，沈半夏入场，在观众席找到沈莹。

"这两个猴儿出息着呢，"沈莹一脸骄傲，"他们学校就选五个人，他们俩全选上了。"

沈半夏笑笑，等着节目开场。

节目差不多结束的时候，她看到入口处站着个男人，不是很高的个子，佝偻着背畏畏缩缩的样子，两眼怔怔地往舞台上看。

是失踪了很久的贾旗。

姑妈已经去了后台，等着表演结束给双胞胎送花。沈半夏朝那人过去，贾旗也看到了她，一转身走了。

沈半夏跟着去。

范洪博怎么想怎么不安。

他虽然得不到沈半夏,但他从来不想让沈半夏过得不好。

之前,他不懂事,带头排挤她,害得她性格阴郁。现在每次想起这些破事他就后悔,实在不想再害她了。

范洪博想来想去,最后给段融发了条短信。

段融收到的时候正在公司里。

范洪博在短信里说,戴嘉明有可能要去找沈半夏。

段融从会议上跑了出去。

会议室里的人面面相觑,不知道这是什么情况。明明是段融放下姿态把他们一个一个请过来的,为什么事情才商量到一半,还正是关键的时候,结果他却先跑了。

贾旗绕过人多的地方闷不吭声地往前走,到了一处寂寥无人的安全出口,他停步。

沈半夏跟过来,叫了声:"姑父。"

贾旗仍旧背对着她。

"姑父,你这段时间去哪儿了?"沈半夏虽然不喜欢这个姑父,但他毕竟还是姑妈的丈夫,贾一吉和贾一祥的父亲。

"一吉和一祥都很想你,你要不要去看看他们?"

贾旗背对着她,不知道为什么,感觉他背影很纠结,好像是在思考一件不好做决定的事。

沈半夏又朝他走了一步:"姑父?"

贾旗回头看她,对着她用口型无声地说了句:"快走。"

沈半夏发现不对劲,下一秒,身后安全通道的门被打开,有脚步声传来。

她扭过头,几个流里流气的男人出现,为首那人染蓝毛,穿一身摩托车服。

她下意识地觉得危险,拼命往楼下跑。戴嘉明几步追上她,揪着她的头发一把将她扯过去。

等看清楚她的脸,戴嘉明眼里闪过惊艳的光。

"是真漂亮啊。"戴嘉明跟那些兄弟说,"段融有艳福啊,看女人眼光一绝。"

一人接口:"小妞长得挺纯。"

戴嘉明抢先说:"先说好了,都别跟我抢。"

他拽着沈半夏往楼上走。沈半夏不肯,大声喊救命,被戴嘉明一把捂住嘴。

贾旗过来掰戴嘉明的手:"戴先生,这就是一个小姑娘,您别弄出人命来。"

"滚开!"戴嘉明瞪过去,"你是不是忘了你跟条狗一样求我给你工作的时候了?你能活到现在全是我在接济,送我一妞儿怎么了?"

贾旗仍是去掰戴嘉明的手,嘴里不停地劝。戴嘉明听得烦了,松开手揪住贾旗衣领:"你是不是想死!"

沈半夏趁机抓住戴嘉明的胳膊,下了死力气朝他胳膊上咬,几乎咬下他一块肉。戴嘉明吃痛,嘴里骂了声,揪着沈半夏的头发猛地推了她一把。

两人站在楼梯上,沈半夏被推得往后跌,一路朝下滚,一直滚下两层楼梯才停下。

她往后摔的时候磕到了头,额上流了很多血,视线模糊起来,眼前一黑晕死过去。

段融记得沈半夏跟他说起过,今天会来剧院看双胞胎表演。

他把车开得飞快,违规停在剧场门口,不顾保安的劝阻硬是闯进剧院。

人多的地方不用去看,他直接往楼梯间找过去。

刚推开安全通道的门,沈半夏正好滚落在他脚边。

女孩的额上都是血,粘着脸庞的碎发,脸色苍白,眼睛已经闭上了。

段融眼前黑了一瞬,下一刻,他抬头往楼上看。

戴嘉明一帮人被他身上透出的阴森恐怖的狠戾气息吓到,不约而同地打了个寒战。

"快跑!"戴嘉明知道自己不是段融的对手,识趣地往楼上跑,带着一众兄弟跑得不见了。

贾旗从楼上下来,要去看看沈半夏的伤势,被段融往后猛地推了一把,跟跟跄跄地摔在墙上。

段融把沈半夏从地上抱起来,她太轻,像一阵捉摸不透的风,随时随地都会消失。

送她去医院的路上,他的手一直是抖的,快要握不稳方向盘。易石青的电话打回来,问他:"什么事儿啊,这么急?"

"你跟高峰找人去盯住戴嘉明,"段融此刻像是刚从地狱里走了一遭,"别让他跑了!"

易石青答应下来,招呼兄弟们去堵人。

段融闯了好几个红灯,车子飞速往前,轮胎与地面快要擦出火。

沈半夏从昏迷中慢慢醒了过来,抬起染着血的眼皮,她看到了段融。

明明受伤的人是她,可是段融的脸色比她还要苍白。

从来没见他这么着急过。

她虚弱地叫了他一声:"段融。"

听到她的声音,段融猛地松口气,空出一只手抓住她的手:"我在。"

"我没事,"她说,"就是头有点儿疼,别的真没什么了,你不要担心。"

段融眼尾发红:"好,你睡一会儿,先别说话,很快就到医院了。"

"嗯。"沈半夏又闭上了眼睛。

沈莹从贾旗那里听到了消息,带着两个孩子赶到医院。

沈半夏额上的伤口已经做了处理,人还是很虚弱,正躺在病床上睡觉。

段融坐在她床边,始终紧握着她的手。

沈莹把段融叫了出去。

"那些人是不是因为你才去找半夏的!"沈莹直截了当地问,"我们半夏是不是因为你才被害成这个样子!"

段融:"是。"

沈莹突然甩手给了他一巴掌,段融不躲不避,脸都没有侧一下,就那么站着让她打。

沈莹红着眼睛骂他:"你们家害她害得还不够吗?要把她害到什么地步才能甘心!"

沈莹还要去打他,贾旗已经赶了过来,拼命把她拉开:"行了,孩子们自己的事儿,你操什么心。"

"刚是不是你把半夏带过去的?"沈莹看仇人一样看着贾旗,"半夏这些年帮了我们多少,你怎么能害她!"

"我也没想到事情会发展成这样……"

"你给我滚!"沈莹往前指,"现在就给我滚,别再让我看见你!"

贾旗不敢再说什么,缩头缩脑地在一边站着。

沈莹不让段融再去看沈半夏,把他挡在病房外。

段融就一直在外面等着,一身颓丧地坐在椅子里,头低着,从刚才开始就一句话没有说过。

贾旗在一边劝:"你也别太着急,医生都说了,我那侄女伤得不重,现在已经没事儿了,好好养几天就行。"

段融始终不言不语,背部弓着,耳后几条青筋明显,整个人散发出一种危险的黑暗气息。

手机振动,他接通电话放在耳边。

易石青告诉他:"我瞧着戴嘉明是想溜出国,他正往机场赶呢。"

段融倏地从椅子里站起来,边往前走边说:"把人堵着,我现在去。"
"行,这你放心。"
段融坐上车,一言不发地发动车子。
车子驶上公路,在暗夜中一路风驰电掣往前开。

易石青带着一帮人把戴嘉明从机场高速上拦了下来,围堵着把他往回赶。
"他已经厌了,"易石青在电话里说,"接下来让他去哪儿?"
"把他往京郊山道上逼。"
说完这句话,段融挂了电话,双手扶住方向盘。
夜色下,黑色莱肯如虎豹一样往前奔驰,一路开往城外。
当初会购入这辆车,是因为这车提速快,动力强悍。但段向德和严琴把他认回来后,勒令他不许再玩赛车,他们认为段盛鸣会出事跟他有很大关系。他懒得跟两位长辈扯皮,还真的没有再玩过。不管戴嘉明找他挑衅过多少次,他都没怎么理会。
今天这辆车是第一次真正有了用处。
段融握着方向盘的手上还有血迹,眼前不停浮现当他推开安全门时,沈半夏滚落在他脚边的那一幕。
他额上青筋暴起,油门踩到底,车子呼啸着开往鹿山。
鹿山上是真的有鹿,地势崎岖复杂,盘山公路修得像一条九曲十八弯的蛇,极不好走,每年都有从山上坠毁的车辆。
易石青那帮人把戴嘉明逼到山上,段融的车已经开了过来,两排车自动给他让出一条路。等他把车开进去,再次把道路封死。
戴嘉明看到了后面追过来的黑色莱肯,这几年他一直在想办法让段融再跟他比一场,也曾开着车去找段融挑衅过,但如今看到他玩真的,戴嘉明没来由地渗出一身冷汗。
盘山路险峻多弯,稍不留神就要车毁人亡,戴嘉明的精神高度紧绷,又要时刻注意段融的车有没有撞过来。
看段融这意思,沈半夏确实对他很重要,他为了她甚至能来这种地方玩命。
这几年里,何曾见过段融有过这样失控的时候。
两辆车一前一后,戴嘉明慢慢发现段融是故意没有追上来,始终保持着一段距离逼他往前开。
前面有个分岔路口,戴嘉明把方向盘往左打,就要拐过去的时候,段融在这个时间点突然加速,一声刺耳的跑车轰鸣声后,黑色莱肯一个漂亮的漂移窜到他前面。戴嘉明手下一慌,下意识踩了刹车,车子不受控制地往前偏,他拼命救但已经救不回来,在往前滑行一长段距离后朝山谷一侧翻。

戴嘉明惊声尖叫，吓得全身发抖。

车子一声巨响后被山壁间一棵横生出来的树卡住，车头朝向山壁。戴嘉明脸上已经没有了人色，哆嗦着手去推车门，跳出去的时候脚下打滑，差点儿往山下栽过去。他死死攀附住崖壁旁的藤蔓往上爬，听到有人关车门的声音，抬头，看到段融从莱肯车上下来，阴鸷着一张脸朝他过来，如看一条狗般居高临下地看着他。

戴嘉明在段融的眼神下狼狈不堪地爬上山，精疲力竭地仰躺在地上。

段融抬起一只脚径直往他脸上踩，在他像狗叫一样的喊声中，用极冷的嗓音说了三个字："还比吗？"

戴嘉明无论如何都推不开他，又哭又叫地求饶："我错了，我真的错了！你放了我这一回，我以后见了你绝对绕道走！"

"谁给你的胆子去找半夏？"段融脚下用力，死死把他往地上碾，"你活腻了直接跟我说，我现在就成全你！"

戴嘉明已经连话都说不清楚，嘴角有血流出来。赶过来的易石青和高峰把段融拉开，劝他："算了，把他扔给警察吧。那家剧院是他家开的，监控不好拿，咱们得想想办法。"

沈半夏感觉自己睡了很长一觉，睁开眼睛的时候，窗外艳阳高照，有护士来给她拔手上的输液针头。

双胞胎先发现她睁开了眼睛，开心地叫她："姐姐，你醒啦。"

坐在一边的沈莹赶紧过来，着急地问东问西。

沈半夏闻到空气里的消毒水味道，眼珠动了动，往屋子里看了一圈，醒来后第一句话是问："段融哥呢？"

沈莹脸色变了变，提起他时仍旧咬牙切齿地："你提他干什么，他把你害成这样，别想着再来见你。"

"姑妈……"

"你别替他说话。"沈莹是真的气，平复了下心情说，"我本来以为他对你挺好的，才一直没有说什么。可你看他惹了多少麻烦事，害得你被人盯上。你再跟他在一起指不定还有什么麻烦，趁早跟他断了吧。"

"姑妈，是别人要找他麻烦，跟他有什么关系，你不能这么说他。"

沈莹气得瞪她，拿了个苹果开始削："我是劝不了你了，也不知道你被他灌了什么迷魂汤，没他你还不能活了？"

贾一吉和贾一祥兄弟俩心疼地看着沈半夏额上的纱布，抬起小小的手去握她的手。沈半夏笑笑，安慰他们："姐姐没事。你们两个昨天的表演我看了，都演得好，一点儿都不怯场。"

双胞胎开心地笑笑，给她展示昨晚老师给他们发的小奖章。

沈莹本来想瞒着不让沈文海知道，但贾旗那人是个藏不住事儿的，嘴快地把沈半夏受伤的事告诉了沈文海。

沈文海赶来医院。

段融在病房外的长椅上坐着，他一夜没睡，在警局待了半宿，事情处理好后来了医院。沈莹仍然不肯让他见沈半夏，他就在外面一直守着。

沈文海朝他走来，他原本低垂着头，听到脚步声后，从椅子里起身："伯父。"

沈文海看了他一眼后就进了病房，仍然把他关在外头。

贾旗拎着从楼下买回来的早餐，一脸讨好地走过来："侄女婿，你还没吃饭吧。我买了早餐，要不要吃点儿？"

段融仍然记得是他把沈半夏引到戴嘉明那边去的，眼神锐利地朝他看。贾旗打了个寒战，解释："侄女婿，你听我说啊，戴嘉明跟我说他只是想找我侄女说几句话而已，而且我想有我在旁边看着，能出什么事啊。戴嘉明要想动手，我肯定会第一个站出来阻止的。"

"所以呢，有用吗？"

段融只说了这么一句，转身而去。

他一直见不到沈半夏，不能就这么等着。

到了晚上夜深人静，病房里探视的人都离开，沈半夏听见阳台外传来一阵响动。

她掀开被子下床，赤着脚过去，看到一个高大的人影攀着外墙能借力的东西，几个起跃间干脆利落地爬上来，翻身跳到阳台。

沈半夏只是看到个影儿都能认出这人是段融，她朝他走过去，还没说话，段融把她从地上抱了起来。

"地上不凉？"

段融把她抱回床上。屋子里只开了盏壁灯，他看见她额上的纱布，心揪着疼了下。

"对不起。"他声音里带了自责，"是我没有保护好你。"

"跟你没有关系，你来得已经很及时了。"

沈半夏担心姑妈骂他的那些话让他心里不好受，安慰他："不管别人说什么你都不要在意，你是什么样的人只有我最清楚，你别自己怪自己了。"

段融抱着她，眸光始终很沉，不知道在想些什么。

他看了一圈房间，问她："你姑妈人呢？"

"她带着一吉和一样在隔壁休息。"

"你爸走了？"

"嗯,他说他还有事去办,过几天再来看我。"

沈文海最近这段时间神神秘秘的,每天总是很忙。沈半夏猜得到大概跟几年前那件事有关,从来都不敢问。沈文海这人固执,是是非非在他那里该怎么样就怎么样,没有模糊地带。他又一直惦念着妻子的死,不可能就这么算了。

像他说的那样,除非他死,不然他这辈子都要跟段向德死磕到底。

段融把沈半夏往床里抱抱,给她盖好被子:"很晚了,你先睡。"

沈半夏拿一双眼睛看他,舍不得让他走:"那你呢?"

"我陪着你。"

段融在她身边躺下来:"听话,你好好睡,我等你睡着再走。"

"我明天想出院。"

要是一直留在医院里,有沈莹和沈文海看着,他们都不让段融来看她,想见他一面都很难。

段融看了看她缠着纱布的额头,柔声哄她:"再住几天,伤好以后再走。"

"可他们总是不让你来看我。"

"我现在不是来了?别怕,我总有办法来见你。"

后面几天,段融依旧只能趁夜深时,偷偷摸摸地从外面爬楼进来。沈半夏怕他会摔下去,不肯让他再来,可说过几次都没用。

来了也只能跟沈半夏待上那么一会儿而已,他最近好像很忙,时间排得很紧,不知道到底是在筹划什么。沈半夏能看得出他脸上有疲色,不想让他走,想让他留下来睡会儿。

"我一个人睡老做噩梦,"她躺在床上可怜兮兮地说,"总是睡不好。"

段融最扛不住她撒娇,停下往外走的步子,回来在她身边躺下:"我陪着你睡。"

沈半夏心满意足地伸长胳膊抱住他,过了会儿,感觉到他一直在看她,伸出手,柔柔的手指摸过去覆住他的眼睛:"睡觉。"

段融笑,把她的手拿下来,将她抱得更紧了点儿:"好。"

他把沈半夏哄睡着。

天快亮的时候,他温柔地在她唇上吻了下,恋恋不舍地看了她好久。

她安静地睡着,呼吸均匀平缓。

段融哑声开口:"如果我还能回来,我会每天搂着你睡觉,行吗?"

沈半夏没有听到,无法回答他。

段融走了。

当沈半夏醒过来的时候,发现段融已经不见了。

从那天以后,她很久没有再见过段融。

但她并不着急,她想,段融一定是太忙了,忙得脱不开身。等他有时间了,一定会来看她。

她耐心地等着他。

第十七章
一直到时间尽头，一直到地老天荒

戴家听说戴嘉明惹了事，人已经被扔进警察局，那边审得很厉害，很可能要判刑。

戴父找到了段向德，两个人不知道怎么谈的，反正最后段向德一个电话把段融叫回了家，一副命令的口吻让他收手，放过戴嘉明一马。

段融这几天一直连轴转，精神略有疲惫，仰靠在沙发里，揉了揉眉心。听到段向德的话后，他冷笑了声："怎么，是又拿了什么好处，值得您亲自来跟我谈？"

"不就是个小丫头片子，值得你这么紧张吗？"

段向德每回跟段融说话都是一副严父的样子，完全不像在段盛鸣面前时那样慈和："戴嘉明也没对她做什么，就是轻轻推了她一把，没那么严重。"

"我也只是想让他吃几年牢饭而已，没那么严重。"

段向德气结："你让他吃几年牢饭，他人就废了！"

"那不挺好，省得我动手。"

段向德算是知道了，他对这个儿子是真的一点儿辙都没有。根本就不是他养大的，两个人基本上没什么父子情分，就别指望段融能尊重他这个父亲了。

"戴家来人说了，只要你能放他们儿子一马，他们立刻把戴嘉明赶出国，永远都不许他再回来。还有他们在华南刚拿下的一块地皮，可以无条件地转让给我们。"

"是不是在您这儿，只要钱到位了，就什么事都好说？"

段融没有了再待下去的意思，临走时最后看了眼其实跟他算得上陌生人的段向德："您要是从小教我，说不准我能把您这套手段给学会了。"

段融走后，段向德长久地在沙发里坐着，回忆起严琴刚生下段融那阵，他听到了许多有关严琴和任中卫的闲言碎语。他开始怀疑段融不是他的儿子，跟严琴的关系闹得很僵，还把不满转移到了段融身上。他不愿意看段融一眼，每次从公司回到家，听到婴儿的啼哭声总要冷着脸，然后就找借口跟严琴吵架。

严琴心里也没底，毕竟她跟任中卫的分手太突然，又很快跟段向德在一起了，并且段融还是早产了一个月出生的，她怎么想怎么觉得段融还真有可能是任中卫的孩子。

虽然段向德追求她的时候说过不在乎她的过去，但男人的心态是会变的。

所以段融如果继续留在她身边，只会让她跟段向德的关系恶化。几经思索下，她把这个孩子送到了弟弟家里，让弟弟帮着抚养一阵，说等段向德的情绪平稳后再把孩子接回去。

可说是这么说，后来她却一直没把孩子接回来，就好像忘了有段融这个人。

段融是被舅舅养大的，段向德曾经去看过他，怎么看怎么觉得这孩子越长越不像他。段融的锋芒太强了，任何方面都让人无法忽视，小小年纪已经能看得出将来长大后风华无双的样子。

这副样子隐隐跟当初在学校里，跟严琴有过那么一段感情的任中卫相仿。

段向德更笃定了段融根本不是他的种，后来就很少再关注他了，任他自生自灭，在泥泞里摔跤打滚，不管他过得怎么苦都绝不接济他。

严琴那女人也是狠心，偶尔接到同母异父的弟弟打来的电话，弟弟哭着说能不能问她借点儿钱，日子是真过不下去了，段融已经打了三份工了，再这么下去那孩子怎么抗得住。严琴听完，一声不吭就把电话撂了。

后来去见段融，是在段盛鸣出了事以后。

段盛鸣是在段融被送走后，严琴给段向德生的第二个儿子。

段盛鸣是真的很像段向德，模样像，性格也像，段向德疼得不得了，所有希望都寄托在他身上。谁知道这孩子也不知道从哪儿知道他在外面有个不被家里承认的哥哥，跑去见了段融几面。

段盛鸣被娇惯得一身少爷脾性，突然知道了段融有可能是他的哥哥，而且隐隐感觉到自己哪儿都不如这个在苦难里长大的哥哥，心里不服，找过段融几次麻烦，又非要跟他赛车。

段盛鸣铆着劲儿想赢段融，比赛中求胜心切，发生了事故，被段融从车底下拖了出来。

再睁开眼睛时，段盛鸣发现自己两条腿截肢，以后就是个废人了。

段家老爷子听到消息，痛心是真的，势利也是真的，很快动了要把天晟大权交托给二儿子一家的心思。段向德收到消息，慌了神。考虑了一夜后，他找到段融，带段融去做了亲子鉴定。

结果出来，他与段融的亲权概率为 99.99%，段融确属他的血脉无疑。

对这个结果段向德逃避了十几年，害怕结果出来，证实段融确实不是他的种，而是任中卫的。可是现在，他所有的担忧恐惧都没有了。

段向德把段融接回了家，带着他去见段老爷子。那年段融长到了十八岁，没有接受过段家一分恩惠，可依旧成长得光彩照人，没有人能忽视他身上与生俱来的气势。

段老爷子格外喜欢段融，把段融带在身边教导了两年，那意思俨然是要让段融接他的班。

靠着段融，段向德拿回了天晟集团的实权，在段老爷子去世后顺利掌权。

段融被接回段家已经有七八年了，这七八年里段向德跟他说过的话屈指可数。两个人到底有隔阂，段融对他不如对段盛鸣有感情，段融对他更没有，平日里也就只跟舅舅一个亲人联络多些，资助舅舅去国外学习设计。

段融这人是真的冷清，但对他有过恩惠的那些人，他对人也是真的好。段向德遗弃了他十八年，前十八年是对一个人最重要的时候，段向德没尽到一名父亲应尽的职责，以后就再也没有机会能弥补了。

段向德想到这里，无力地叹了口气。

任中卫住在郊外的一所私人宅院，那地方依山傍水，环境清幽。沈文海找过去的时候，任中卫正坐在一条河边钓鱼，听到助理的话往后看，沈文海朝他走了过来。

任中卫看了他一会儿，笑笑："看来你恢复得不错。"

沈文海并不想跟他寒暄，直接问了出来："这几年你一直都好好的，为什么就没想过把段向德做的那些事揭发出来？"

"你觉得我是他对手吗？"任中卫换了个鱼饵，把渔线重新抛下去，"如果我继续跟他作对，下场会跟你一样。我这辈子都是孤苦伶仃的一个人，可不像你这么幸运，能有个孝顺的好女儿一直养着。"

"所以你就干脆放弃吗？"沈文海无法理解，"'鲲鹏'是我们两个研发出来的，段向德抢了我们的心血！"

"是，可就算把这些说出去又能怎么样，没有人会信，段向德有的是手段捂我们两个的嘴。"

沈文海失望透顶。他知道自己劝不动，没再继续留下去，转身就走。

"文海，"任中卫叫住他，"我知道这段时间你在做什么，可你也看到了，你所做的一切都没有用。天晟集团是不会倒的，人不能太固执，要知道趋利避害，为自己的将来考虑。"

"而且现在摆在你面前的是一个很好的选择了，"任中卫说，"天晟以后的掌权人段融，他喜欢你女儿，不是吗？"

沈文海扭过头，两眼赤红地瞪着他："你说这话你良心过得去吗？"

任中卫知道他会有这样的反应，继续激他："年轻人的爱情还真是挡都挡不住，明明段向德把你害成了这样，你女儿也还是要喜欢他儿子。真不知道你地下的妻子要是知道了这件事会怎么想，会不会跟你一样寒心。"

沈文海走了，走的时候怒气冲冲，任中卫觉得他以后基本不可能再来了，因为心已经寒透了。

沈文海走后不久，一辆车停在别墅门口，化着明艳妆容的万珂从车上下来。

她去见任中卫，任中卫在院子里摆着茶，看见她后一笑："大明星，快过来喝茶，特地给你泡的。"

"任叔，你故意笑话我啊？我现在都已经没有工作了。"

"那算什么，娱乐圈又不是出去了就不能再进去，你怕什么。"

任中卫算是看着万珂长大的，打小就喜欢这丫头，想撮合她和段融在一起，可是段融根本不听劝。

万珂在任中卫对面坐下。她父亲跟任中卫是一个胡同里长大的，从小关系就铁。后来任中卫出事，也是万父把人救了下来。所以万珂一直到现在都不肯放弃段融，其中有很大原因是相信任中卫会帮她。

"任叔，"她问，"你之前说过，一定能想办法让我嫁给段融，我还要等到什么时候？"

"快了。"任中卫给她倒茶。

"可他还是不喜欢我，"万珂说，"所有办法我都想了，根本就没用。"

"他就是不喜欢你也得娶你，"任中卫一副心有成算的样子，"他是个聪明人，在爱情和绝对利益面前，他一定会选后者。"

沈文海接沈半夏出了院。

医院是段融联系的，病房是段融安排的，护士医生全是他请的。沈文海是个清高的人，不能让女儿再跟段融这么纠缠下去。

沈半夏的伤已经养好，额上的纱布也拆了，并没有留下任何疤痕，完好无损地出院。

她想跟段融说一声好让他放心，手机刚偷偷拿出来，沈文海就看见了，她赶紧又放回去。

经过这件事，沈莹和沈文海更不喜欢段融了，她想着得替段融多说点儿好话，改善一下他在长辈们心里的形象。

沈文海知道，只要他不看着这丫头，她很有可能又会去见段融，管是管不住的。想来想去，沈文海只能去找段融，要明确地告诉那小子，半夏绝对不会嫁给他，让他趁早死了那条心，该找新欢就找新欢。

到天晟集团总部门口的时候，沈文海意外发现外面围了一圈记者，整个天晟被堵得水泄不通。

一辆车停在校门外,任中卫透过车窗往外看,等了很长一会儿,一个长发雪肤的女孩从校门里出来。

那女孩确实漂亮,属于在人群里十分夺目的存在,一堆人里就数她气质最好,让人无法忽视。皮肤很白,长发浓密,垂到腰间的位置。单肩背了个帆布包,那包很大,衬托得她人更是玲珑小巧。

怪不得段融会喜欢她,这丫头的确比万珂都要水灵。

任中卫的助理从车上下来,找到那女孩说了几句话,朝车子这边指了指。沈半夏扭头看,虽然疑惑,但还是跟着一块朝这儿走。

车窗降下,里面坐着的人五十来岁,虽然孱弱但是依旧能看出他年轻时的模样,是个一大把年纪都能用帅气来形容的小老头。

沈半夏见过他——任中卫,父亲的好友兼合作伙伴。当初父亲就是跟这位叔叔合作才研发出了"鲲鹏"。

很多年没有见过了,她掩下眸子里的惊诧,礼貌地颔首:"任叔叔。"

"我就说,你肯定还记得我。"

任中卫笑了笑:"半夏,跟叔叔一起去吃顿饭,怎么样?"

沈半夏跟着去了一家中餐厅。这家店她小的时候曾经来过,父亲经常带着陈筠和她在这边吃饭,有时候也会请任中卫。任中卫是个工作狂,一直没有组建家庭,说老婆、孩子都有可能会成为拖累。沈文海就会调侃他一两句,喝多了酒的时候还会问,他其实是不是还没有放下严琴。

任中卫就不说话了,随便说点什么岔过去。

任中卫请沈半夏吃饭,点的菜都是之前两家人在这边聚餐时吃过的。他这人记性是真的好,这么久过去了还没忘。

"任叔叔,这几年您去了哪儿?"沈半夏问,"我父亲出事后,一直没有您的消息,我还挺担心的。"

"过去的事了,就不提了。"任中卫给她倒上茶,"半夏,我听说你交了个男朋友。"

"……是。"

"那人是段融?"

沈半夏点点头。

"你知不知道他是段家的人?"任中卫拿公筷往她碗里夹菜,"你爸跟段家是水火不容的关系。"

"我知道,可是芯片的事跟段融没有关系。"

"你就这么确定?"

"我确定,段融从来都不屑去做那些见不得光的事。"

"可就算是这样,他现在的地位、花的每一分钱,总跟段家有关系吧?既然是这样,就不能说他跟抢来的'鲲鹏'没关系。"

"事情也不能这么算。"

任中卫笑了笑:"陷在爱情里的小姑娘果然没什么原则,一味只知道袒护他。"

他放下筷子,拿热毛巾擦了擦手:"看来你爸是真劝不动你,可叔叔不能不告诉你一件事。"

沈半夏好奇地看他。

"你不能跟段融在一起,"任中卫脸上仍带着笑,"段融要跟谁在一起、找什么样的妻子,我都已经给他安排好了。这世界上,只有万珂才是最适合他的。"

沈半夏觉得可笑,从椅子里站起来:"任叔叔,段融要跟什么样的人在一起,这件事跟您好像没有关系。我尊敬您是长辈,对您一直客气,还请您不要说太过分的话。"

"你怎么就知道这跟我没关系?"

任中卫也从椅子里站起来,他到底有些老了,又出过事,身体不太好,低头咳了两声。咳完,他抬起头,告诉她:"有件事段融肯定一直没有跟你说过。"

他顿了顿,才接着把剩下的话说完:"段向德的怀疑没有错,段融其实是我和严琴的儿子。"

沈半夏半天没反应过来自己听见了什么,眼睛瞪视着他,一字一字地问:"您说什么?"

"段融是我的儿子。哦,不对,"任中卫说,"他姓任,而不姓段,该叫他任融才对。"

"你胡说!"

"你可以自己去问他,看看他会怎么回答你。"

任中卫只站了一会儿就觉得累,重新在椅子里坐下:"当年跟严琴在一起的应该是我才对,可我那时候一穷二白,没什么本事,严琴又心比天高,不甘心跟着我。当时除了我还有个男的在追她,就是段向德。段家势大,她攀上段向德就相当于逆天改命,后半辈子会有数不尽的荣华富贵在等着她。

"所以她很快跟我分手,接受了段向德的追求。跟段向德在一起不久,她检查出怀了孕。段向德那人很多疑,总觉得那孩子不是他的,跟严琴的关系开始变得很差。严琴那女人多精啊,她隐隐也知道那孩子其实是我的,不敢提去做亲子鉴定的事。她又怕会因为一个孽种跟段向德闹翻,没办法嫁进段家,所以她狠了心把孩子送走了。

"后来段盛鸣出事，严琴这个精明的人又是为了利益才想到了任融，想到了那个被她抛弃的孩子。在段向德下定决心去做亲子鉴定后，她使了手段，把段向德的样本换成了我的。

"所以，跟任融有亲子关系的人是我，而不是段向德。"

任中卫说完这些话，抬头去看已经完全愣住的沈半夏。

"我才是任融的父亲，"任中卫继续说，"这件事任融早就知道。这几年他也一直跟我有联系，他知道救活天晟的'鲲鹏'是由我研究出来的，之所以会认段向德做父亲，留在段家，那是他跟我商量后的结果。他要把天晟集团抢过来，变成他自己的，用这样的手段报复段向德。你想想，当段向德知道夺了他产业的其实是他情敌的儿子，他会有什么反应？"

沈半夏还是不敢相信，摇着头："你胡说！"

任中卫自顾自道："经过这几年的布局，任融已经快要成功了，就差这么一点儿，只要过了这几天，天晟集团就是他的了，没有人能再跟他抗衡。这是他一直以来最大的愿望，可是如果现在这个时候出现什么变动，比如我去告诉段向德，其实当年的亲子鉴定被人做了手脚，那这个计划就彻底失败了。到时候任融会怎么样，你想过吗？"

在最后一句话后，沈半夏慌乱起来，眼眸颤动。

任中卫看着她："你忍心让任融功亏一篑吗？如果你真的喜欢他，那你就听你父亲的，再也不要跟他见面。否则，我管不住你们两个小辈，那我只能把他的身世昭告天下了。"

"如果你说的是真的，"沈半夏努力让自己冷静下来，"你怎么可能下得去手毁了他，他不好过，你也好过不到哪儿去。"

"有句话我觉得严琴说得挺对的，"任中卫说，"人要自私一点儿才能过得好。她就是因为知道这个道理，所以才能从贫家女一跃飞上枝头变凤凰。任融是我的儿子，但如果他不受我的控制，那我宁愿把他毁了。"

任中卫脸上带着一抹让人生寒的笑："我想你肯定不忍心看着他毁了，对吧？"

沈半夏感觉被人攫住了呼吸，很长时间透不过气来。

就在这个时候，门外有人敲门，紧接着任中卫的助理走了进来。

那人神情紧张，脸色煞白，像是刚知道了一件无比可怕的事。

"任先生，不好了。"

那人在任中卫耳边说了几句话。

任中卫的面色倏地变了，接过他递来的电脑，屏幕上是直播画面，镜头里，无数个采访话筒前，段融淡然地面对镜头，声音是一贯的懒散，但说出的每个字足以石破天惊。

"'鲲鹏'并不是段向德带领团队做出来的,真正研究出这个芯片的人是沈文海和任中卫。当年段向德从他们两个人的团队里买到了消息,使了手段把他们的团队和'鲲鹏'抢了过来,又在同一天分别策划了两桩意外事故。

"沈文海和任中卫重病住院,等他们再醒过来的时候,他们辛苦研发出来的心血已经被抢走。可不管他们跟谁说,都没有人会相信他们的话。最近部分媒体应该有收到沈文海先生的举报信,但你们都不信他。这几年天晟发展得太好,像这种举报信你们一天就能收到好几十份,早都麻木了。

"但沈文海先生的举报信跟那些无中生有的举报信不一样,他说的每一个字都是真的。有关整件事的所有证据我已经收集好交给了有关部门,大家很快就能看到事情的处理结果。"

段融淡淡地抬起眼睑,面对着镜头前的亿万观众,嗓音平淡地开口:"自即日起,'鲲鹏'会交交还给沈文海及任中卫两位先生,天晟集团不再拥有'鲲鹏'的使用权及一切专利。"

记者们争相问他作为天晟集团接班人,为什么要把这件事情爆出来,这无疑是自掘坟墓的行为。

段融没有回答,因为下一秒,现场因为警车的到来更加混乱,直播中断。

任中卫气得要心脏病发,捂住心口半天没缓过来。助理见状要送他去医院,他死死按住助理的手,扭过头,一双苍老的眼睛恨恨地看向沈半夏:"你满意了!"

他一字字厉声地骂:"都是你把他害成现在这样,是你把他逼到现在这个地步的!天晟集团要是倒了,他就什么都没了。他辛辛苦苦筹划这么多年好不容易就要成功了,是你让他把一切都放弃了!"

沈半夏已经很久没有见到段融了。

怪不得这段时间他一直没有来看过她,她怎么等都等不到他,问他在忙什么他从来不说。

原来是在筹谋这些事。

沈文海和沈莹都拿他当仇人,不会给他好脸色。他一言不发地承受,沈半夏就以为两个人就这样了,就算以后能在一起也不会受到家人的祝福。

可他私下里一直在为了两个人的将来努力,为此不惜用这种惨烈的方式。

他要把一切都毁了,以此来还一个公道。

沈半夏突然很想很想见段融,给他打了好几通电话,他的手机却关机了。

她跑到天晟总部门口,记者们依旧把那里围得水泄不通。段融已经离开,不知道去了哪儿。

沈文海佝偻着背在不远处站着,沈半夏走过去,他扭头朝女儿看,什么都没说，转身迈着沉重的步伐往前走。

"爸，段融呢？"她跟上去。

"去警局了。"

沈半夏心一紧，手脚冰凉，眼睛蓦地红了："他会不会有事？"

沈文海想到段融在去警局配合调查前，过来跟他说的：

"沈伯父，等一切事情都解决了，我会亲自上门跟您赔罪。到那时候，希望您能把半夏放心地交给我。"

"如果有了什么变故，我不能顺利出来，"段融说到这里的时候眸光黯淡下去，很快就打起了精神，说，"请您照顾好半夏，别让她去找我。"

沈文海到现在不得不承认，他的女儿确实没有看错人。段融虽然是段向德的儿子，但完全没有段向德那些恶劣的品性。

沈文海把嗓子里的苦意咽下去："不会的，他放心不下你，不会让自己有事的。"

沈半夏不明白为什么只是配合调查而已，都已经好几天了，段融一直没有被放出来。

她无比想见见他，想确认他现在什么事都没有，他是平安的。

但就是怎么都等不到他。

反倒是一条消息如巨型炸弹般，在网络上引燃，炒得沸沸扬扬。

沈半夏是在米莉打来电话之后才知道的，听说那个消息的第一秒，心跳好像停止了，紧接着是剧烈的疼。

她做了许多思想准备，颤抖着手指点开新闻。

满页的新闻都在讲有关段融的事。

在段融召开记者会揭发天晟内幕后不久，有人把一封匿名信发给了段老爷子的二儿子段向阳，匿名信里说段融并不是段家的血脉，这几年一直潜伏在段家，就是为了把天晟毁掉。

自从段融被接回来之后，段向阳就失去了集团的继承资格。他早就对段融有不满，如今终于有机会扳倒他，段向阳自然不会放过。

段向阳联合家族里其他人把段融告了上去，要求法院对其进行彻查。

段融被警局扣留下来。

如果罪名被坐实，段融很可能要面临五年以上的刑期。

沈半夏想去找段融。

她一秒钟都待不住，现在就想见到他。

正要跑出去的时候，外面来了两个人，一个是班兴昌，另一个是段融的助理崔山。

班兴昌带来了一沓文件,一样样地给沈半夏看。

"这些都是段融赠予你的财产。"班兴昌告诉她,"段融把他名下与段家无关的财产,包括他在世界各地的存款、物资、房产、土地、车辆,所有这些他都无条件转让给了你。这些都是干净的,是他千挑万选的,就算法院真的坐实了他的诈骗罪也无权收缴。所以你不用担心,好好收着就行。有了这些钱,你以后想做什么都可以。"

一份份赠予协议放在沈半夏面前,她很长时间没有说话,目光呆滞无神。人还活着,但是魂魄好像已经被抽走了,不存在了。

她只是在少年时代,替段融还掉了十万块的债而已。

段融却将他的全部,还给了她。

班兴昌发现了沈半夏的不对劲,安慰道:"不过你也不用太担心,或许段融会没事的。我会全权负责他的案子,会尽力让他无罪脱身。"

沈半夏仍是不说话,突然从椅子里站了起来,往外面跑。

天色黑着,像一方墨。路上车辆来来往往,车灯连成一片。

沈半夏一直往前走,班兴昌和崔山在后面跟,叫着、劝她。

"你要去哪儿啊?"班兴昌想过这丫头可能会受到打击,没想到对她打击会这样大,"半夏,你得振作起来,段融唯一担心的人就是你,所以才替你安排好了一切,你不能让他的苦心白费啊。"

沈半夏听不到任何人的声音,只看得到前面的路。

她要去找段融。

她不想让段融待在他不喜欢的地方。之前段融就曾经进过一次警局,是被段向德和严琴送进去的。从警局里出来之后,段融眼睛里就多了一股再也没有消失过的凉薄。

沈半夏不想让他再去那种地方。

崔山把车开了过来,班兴昌拽住沈半夏,把她拉进车里:"你要去哪儿?告诉我们总行了吧,我们带你去。"

沈半夏这时候终于开口,说了三个字:"警察局。"

崔山和班兴昌怔了怔,最后实在没有办法,带她去了警局。

就是去了也没办法见到段融。

沈半夏就在警局外等,谁劝也不听。

她其实不太能听别人的话了,精神极为恍惚,随时都能垮了一样。

班兴昌实在没有办法,给周警官打了个电话。

周警官去谈话室见段融。

"半夏不肯走,"他说,"她非要在外面等你。"

段融在椅子里坐着,脸上没有多少表情,良久后说:"找车送她回家。"

"我总不能把她绑回去。"

"绑也得让她走。"

周警官无奈,起身往外走。临到门口时回身,他对段融说:"我是不明白你到底为什么要拼个鱼死网破,这样对你有什么好处?"

"对我有没有好处没关系,"段融把头往后仰,漆黑的眸看着暗黑的屋顶,"我只想她能过得好。"

他希望他的女孩往后余生,每天都能过得好,再也不要为了钱这种东西费心。

希望上天能对他的女孩好一点儿,让她永远顺风顺水,无灾无难。

不然他会心疼。

已经是凌晨三点,路上车辆寥寥,沈半夏还是不肯走。

班兴昌年纪大了,实在熬不住,先行离开,留下崔山在这里看着她。

崔山嘴皮子都快磨破了,还是没能说动她。

周警官从警局里出来,把崔山叫过去:"把她绑回去。"

"我可不敢动手。"崔山拒绝。

"没出息。"周警官骂了句,可让他去动手,他也不敢。

最后是沈文海赶了过来。他了解自己女儿的脾气,一句话也没劝,跟她一起在警局门口站着。

一直到天色渐亮,周警官忍不住又劝:"半夏,你先回去吧。你就算不顾自己,可你爸上了年纪,身体又不好,你忍心让他跟你一起熬着吗?你别太担心段融,有我在这里看着,谁都不敢怠慢他。"

沈半夏这时候才有了动静,她抬起头,望向庄严肃穆的警察局。

她带着父亲一起走了。

之后她正常地生活,去学校上课,认真读书,好好工作,表现得像个正常人。只是每天晚上,她总要来警局外守着,从傍晚一直守到月上中天,到了深夜才会回家。

她默默地在警局外站着,不说话,谁的目光也不在乎,固执地守着。

她总觉得,如果她不来,那段融从里面出来的时候,看不到有人在等他回家,该多孤零零啊。

半个月过去,沈半夏还是会来。周警官有时候会怀疑,她是不是长成了一棵树,要扎根在警局门口。

周警官不忍,让人把段融从羁押室带出来。

"她每天都来,雷打不动,"周警官发愁,"你说怎么办吧,现在外面又下雨了,她还是不肯走,每天晚上守到十一二点才失魂落魄地回家。要是将来你真被判了有罪，在牢里待个三五年的，你让她怎么办，她这辈子不就毁了吗？"

段融想出去看看沈半夏。

可谈话室里方方正正，光线很暗，连个窗户都没有。

他看不到她。

等各项程序按规定走完后，警方下达了对段融的取保候审决定书。

段融终于重获自由。

警局外，沈半夏都没注意到天上下了雨。

她脑子一直浑浑噩噩，什么都不太想得起来。唯一记得很清楚的，就是她要等段融。

当段融从警局大门里出来，出现在她面前的时候，她怀疑自己出现了幻觉。

一直到段融把伞撑过她头顶，耐心地帮她擦掉脸上的雨水，感觉到他手指的触感，她的意识才一点点地回来，眼睛里有了光。

"段融？"她生怕会打破什么似的，叫他时的声音很低。

段融把她下巴上的雨水也擦掉："是我。"

沈半夏眼睛里掉出一滴豆大的眼泪，她赶紧擦掉，对段融笑了笑："我们回家吧。"

"好。"

段融把身上的外套脱了，给她披在身上。

崔山开着车过来，段融牵着沈半夏带她坐上车。

车子开到段融常住的那套别墅，警局的人已经来查过，没有搜查到任何可疑文件和不法财产，例行检查后就走了。即使只是这样也吓坏了葛梅和她的丈夫李管家，这几天两个人一直惴惴不安，看到段融回来才放心些。

段融很久没理发，刘海长了些，快遮住眼睛，下巴上冒出了一层短短的青茬。

他洗过澡从浴室出来，脖子上搭着条毛巾，刘海往下坠着水。沈半夏让他坐在椅子里，她帮他擦头发，又拿了剃须刀帮他刮胡子。

他又成了她熟悉的，清清爽爽的段融。

属于她的段融。

沈半夏窝在他怀里，手去摸他的脸："你怎么瘦了，难道警局的人不给你好好吃饭吗？"

段融笑了笑，并不是勉强在笑，而是由心地，因为又跟她待在一起，听到了她的声音而笑："是想你想瘦的。"

"都这时候了，你还花言巧语。"沈半夏担心地望着他，"段融，你会有事吗？"

到了现在这样的地步，段融无法确定未来会是什么样的走向。

他千算万算，唯一没有算到任中卫真的这么恨他，把他的身世告发出去。

他的生身父母，母亲从来就不喜欢他，父亲拿他当报复段向德的筹码，现在又想让他去牢里待几年。

就这么恨他。

"我给你的赠予协议你有没有好好保存？"

段融顾左右而言他。他不想说，沈半夏就没再问。不管这件事会是什么样的结果，她都会陪着他，不管多久都会等他。

"你给我的那些钱，我就是到了下辈子都花不完。"她说。

"那些本来就该是你的。"

段融捏住她下巴开始亲她，接吻间隙哑声说："不说那些了，先办正事。"

他太久没见她，疯了一样地想她，动作带了点儿暴戾，又极力压制着不要弄伤她。

沈半夏感觉自己陷在一大片乌云里，心里始终郁结着一团散不去的恐惧。但段融带给她的感受太过清晰，每一下都在搅弄着她的心神。渐渐地，她甚至忘记了她都在担心什么，所有意识都主动或被动地放在了段融身上，整个人随着他的动作而战栗。

最后她哭了出来，手把他搂紧，脸埋进他颈窝。

"段融，"她断断续续地说，"你不要离开我好不好。"

段融说："好。"

段融回来的那几天，沈半夏几乎跟他形影不离，他走到哪儿她就跟到哪儿，一秒钟看不见他就会害怕。

她甚至不想去学校上课。

段融哄了半天，保证一定会第一时间接她放学。她才恋恋不舍地下了车，往学校走的路上频频扭过头看向他车的方向。

段融没有走，在学校外等她。

天晟最近都在接受调查，段家的人恨他入骨，不会再让他插手公司的事。段向德已经被警方拘留，不日就要开庭审理。

所有事情都该有个结果，包括他。

他原本就知道，从出生开始，他的人生就是一团糟。严琴生了他却不肯养他，任中卫不肯认回他，让他作为一枚复仇的棋子回到段家。

不出意外，这一生他都会在角落阴暗处卑鄙地活着。

他愿意承担所有后果。

但是现在他后悔了。

之前他觉得这世界索然无味，可是自从沈半夏到了他身边后，生命开始变得有意义起来，他第一次有了想要珍惜的人。

他既然有了沈半夏，就不能再像以前那样得过且过。他必须要走到光明处，让他的女孩过上最好的生活。

沈半夏吃了太多不该吃的苦，段融不想让她在以后的日子里再受一分委屈。

上完课，沈半夏从学校里跑出来。

一眼就看到段融的车，她放了心，打开车门坐进去。

"你什么时候来的？"她问，"等很久了吗？"

"没多久。"段融帮她系安全带，看到她脸上有一点儿黑色水笔的墨痕，笑了声，伸指轻轻地帮她蹭掉，"这么用功，墨水都弄到脸上了。"

沈半夏想每天看到他这么笑，很怕有人会来把他抢走。

段融发动车子带她回家。

严琴在家里坐着，看样子已经等了很久。

不同于之前总是高高在上的样子，严琴好像老了十岁，神色里带着恐慌。

她从沙发里起身，走到段融面前，什么话也没说，先抬手甩了他一个巴掌。

沈半夏想阻止但没有来得及。

"你怎么能这么害你爸！"严琴如看仇人一样看着段融，"你的心到底是什么长的，就这么想让他坐牢吗！"

段融颇觉荒唐地笑了。

"都到这个时候了，你还想瞒？"他说，"我爸到底是谁，你不清楚吗？"

严琴感觉自己生出来的这个儿子是个怪物。

"所以那些事都是真的。"她问，"你早就已经知道了，会留在段家就是为了报复我们，是吗？"

段融神色如常："当初段向德让人在沈文海的车上做手脚的时候，你不是也在怪他吗？其实你早就烦死他了吧，巴不得他能早点儿死，这样你好无后顾之忧地当有钱有闲又没老公的阔太太。现在段向德有了他该有的下场，你难道不应该开心吗？"

严琴失望至极："孽种就是孽种，根本就养不熟。段向德就算曾经遗弃过你，这几年他该尽的责任都已经尽了，还把天晟的核心控制权给了你。你这么做对得起他吗？"

"你以为公司是他给我的？那是我费尽心机拿过来的，"段融顿了顿，又说，"也是我费尽心机搞垮的。"

严琴还要打他巴掌，这次沈半夏拦住了，她把段融拉开，挡在他面前，不许严琴再碰他。

严琴放下手，看了他们两个人一会儿，笑。

笑容收起来的时候,她狠毒地、无所顾忌地说:"段融,你就是个孽种,根本就不该存在。我把你生下来,还想方设法让你回到段家,你该感谢我才是,可你现在是怎么做的,你在报复我。"

段融的表情终于有了一丝变化,眼尾悄然爬上一点儿不易察觉的红。但也只是瞬间而已,他只用了两秒钟时间就让自己恢复如初,脸上依旧蒙上一层不知悲喜的假面。

"所以啊,"他轻飘飘地开口,"你当初该想办法把我掐死。你看现在变得多麻烦,生个儿子给自己添堵,想弄也弄不死。"

"你知道当初我为什么会怀上你吗?"严琴盯视着他,"任中卫是不是跟你说我最开始是跟着他的,那个畜生在撒谎,我其实没有跟他在一起过,是他不甘心对我用了强。"

"所以你是强奸犯的儿子,"严琴恶毒地说,"你就是个杂种,是我痛苦的产物。我每次看见你就会想起那段噩梦,没有掐死你已经是我仁至义尽了。"

沈半夏没有想到会从一个母亲的嘴里,听到这么恶毒的话。

她往严琴面前走了一步:"你怎么可以这么说,段融从没有做过对不起你的事,你凭什么要用别人犯的错来惩罚他!"

她的声音清亮,每一个字都极有力量。

段融的目光动了动,落在他身前的女孩身上。

她明明那么单薄瘦小的一个人,现在却想来保护他,毫不犹豫地维护他。

傻透了。

段融把她拉过来,护在自己身边,状似无人地说:"不用说这些,她那些话对我没用,我没听进去。"

但沈半夏知道其实他听进去了,他只是装得若无其事而已,他一向最会这样假装了。她心里装满了疼,不知道怎么样才能让他开心一点儿。

严琴的目光放在她身上,眼神里有责备。

她问段融:"你就是为了她,才会走到今天这一步是不是?如果没有她,你还会把真相告诉给大众吗?"

段融没有回答。

"是我失算了。"严琴说,"我以为她跟你在一起,沈文海看在女儿的面子上不会再追究过去的事。所以这几年我一直在关照半夏,我等着她长到十八岁,把她介绍给你。结果呢,我被你们两个反咬一口,被我自己的自以为是害死。"

"我说过,"段融声音很淡,没什么情绪,"当年的事跟你没关系,所以我不会对你怎么样,你下半生依旧可以衣食无忧地活着。"

"你以为我真是为了钱才会嫁给段向德吗?"严琴苦笑了下,"你把他弄进监狱,让我后半生怎么过得好。"

她深深地吸了口气,眼睛红了一片:"我过不好了。"

严琴转身要走,临出门前接到了段盛鸣的电话,她平复了下情绪,柔声对电话里的人说:"盛鸣啊,没事,网上那些消息都是假的,你不要看知道吗?妈妈会把一切都处理好的,你别担心。"

她离开房间,门在她身后关上,女人关切的语声一点点消失了。

段融依旧站在原先的位置,眼眸低垂。顶灯的光倾泻满整个房间,他在一片璀璨里无声无息地落寞着。

他从来没有得到过父母的哪怕一星半点的疼爱。

沈半夏不想看他难过。

她慢慢伸出手,小小的手握住段融宽大的掌心。他的手很凉,不再跟之前那样总是暖暖的,她就拼命用掌心的温度去温暖他。

"段融,你应该不知道,"她抬起头,看着他,"我之前其实想过很多次,我过得好像不太好,每天都不怎么开心。我就想,如果在我出生的时候,我可以选择要出生和不要出生就好了,那样我会毫不犹豫地选择不要出生。"

段融的眼睛动了动,看向她。

"可是现在再让我重新选,我会选择要出生,"她告诉他,"因为你在这个世上,这个世界就变得很美好。所以再来一次,我还是想过跟现在一样的人生,遇到你,然后跟你在一起。等以后,我们两个还要白头偕老,永不分离。"

"所以,"她吸了吸鼻子,嘴角扯开一个明媚的笑,"虽然严阿姨很过分,但我还是要感激她把你生出来,她把这世上最好的一样礼物带给了我。"

"我不在乎你到底是谁的儿子,"她说,"你是成功人士的儿子也好,是杀人犯、毒贩、乞丐、赌徒的儿子也好,那些都不重要,只有你对我很重要。段融是我在这个世上,最喜欢的人。"

刚才即使严琴说了那样难听的话,段融的情绪也始终很淡。但现在他没再继续伪装自己,眼眶一点点发热。

他反握住沈半夏的手,把她抱进怀里。他喉结滚了滚,低下头,在她耳朵上无限珍惜地吻了吻。

"我上辈子一定做了很多好事,"他说,"修路造桥,行善积德,攒下了太多功德,所以这辈子才能遇到你。"

沈半夏其实想说同样的话。

她常常也会觉得,她上辈子做了太多好事,所以这辈子才能遇到段融。

任中卫无法接受多年的谋划被段融毁于一旦,气急之下住进了医院。

严琴来看他,进了病房把墨镜摘了,在床边的椅子里坐下。

任中卫抬头看她，她除了老了点儿，其他基本没变，还是跟以前一样臭着脸，在他面前时从来没有多少笑脸。

"你不是说这辈子都不会再见我一面吗，怎么今天倒有时间来了？"任中卫讽刺。

严琴开门见山地问："这几年你一直都在跟段融联系？"

"他是我的儿子，我难道还不能见见我儿子了？"

"他不是你儿子！"严琴的声音陡然冷了些，"他是段向德的儿子！"

"如果这样想能让你觉得好受点儿，那你可以这么想。"

严琴胸口起伏着，过了会儿才平息下来，背部重新靠在椅背上："任中卫，你当年对我做过那种事，你就一点儿都不觉得愧疚吗？"

"哪种事？你是说知道你出轨了，并没有怪你还一心想挽回你的事吗？"

严琴脸上发僵。

当年她确实跟任中卫交往过一段时间，后来段向德出现了，向她展开了猛烈的追求。她动了心，另一方面确实在任中卫和段向德之间做了个比较，虽然任中卫已经在科研方面慢慢有了起色，但那是太过缓慢的过程，等他出人头地实在是要等太久了，而且结果还不一定能好。而只要她选择了段向德，她未来的生活就不会再那么艰难。

她跟任中卫提了分手，任中卫不同意，又早发现了她跟段向德之间不寻常的关系，那晚实在是太生气了，强行跟她发生了关系。

她后来猜想，她应该就是在那晚怀上了段融。

"严琴，难听的话我不想多说，"任中卫连多看她一眼都不想，"我对你已经仁至义尽了，不然这些年你以为你能好过得了吗？段向德是个多疑的人，我只要稍稍使点儿手段，他就会整天猜忌你。"

严琴唇角扯出一个讥讽的笑："你真是那么好心才放过我的吗？别人不了解你，可我对你再清楚不过了，你本质上跟我是一样的人，一直都不甘心过平凡的生活，梦里都在想怎么出人头地。当年你收了段向德多少钱才会放过我，你以为我不知道吗？明明是你拿我卖了笔发家的钱，你还敢把过错推到我身上。就算我真的有错，可你又能清白得到哪儿去。"

严琴从椅子里起身，睥睨着他："我知道你打的什么主意，你想利用段融把天晟抢过来，再去告诉段向德，段融其实是你的儿子，用这种方式来报复他。你也看到了，段融没按你的计划走，他直接把天晟毁了。我知道你最不想看到的结局就是这个，因为你本质上跟我一样，你放不下荣华富贵，除了报仇，你还想吞掉段向德的财产。"

"任中卫，别不承认了，你其实比段向德都要卑鄙。可惜啊，"严琴一副很惋惜的样子，"你儿子没让你如愿。这方面，他可一点都不像你，他比你跟我都要磊落。"

段家人把段融告了。
所有人都在等着看段融笑话,要让他在监狱里待上几年。
开庭审理那天沈半夏也要去,段融不许,派了人看着她让她留在外面。
不想让她看到他接受审理时窘迫的样子。
班兴昌带着段融出席,在被告席坐下。
原告席坐着段向阳的人。段家的产业摇摇欲坠,段向阳就算能掌权也捞不到多少好处了。他把所有恨意都转嫁到了段融身上,不把段融整垮就不会罢休。
法官宣布开庭,原告律师宣读起诉状,进行举证,用词很严重,是奔着要让段融在牢里待上一辈子去的。
段融只是漠然地听着。班兴昌也不见慌乱,在法官让他进行质证后,班兴昌起身,把一份文件交上去。
"这是段向德先生的亲笔信,"班兴昌沉稳地开口,"段向德先生托我在今天把事实说出来。"
段融并不知道班兴昌私下里去见过段向德,只是看他这几天一直云淡风轻的样子,好像不把这个案子放在心上,段融还以为这老家伙是没辙了,想干脆放手让他吃几年牢饭。
"段向德先生证实,"班兴昌开始说,"段融其实根本就是他的孩子,亲子鉴定结果是他确认过的,没有人动过手脚。段向阳的指证是污蔑,段融在天晟多年,一直安守本分,从没有损害过集团利益。之所以会揭发'鲲鹏'芯片的事,是他看不惯自己父亲抢了别人的东西,他不想看父亲一错再错,良心过不去才把这件事昭告天下。所以原告方的指控根本就是无中生有,是对他的污蔑。清者自清,公道自在人心,我相信法律会给出一个公正的判决。"
在场一片哗然。
段融不知道班兴昌的话是真是假,这几年以来,任中卫一直给他灌输当初的亲子鉴定结果是假的,他其实根本就不是段向德的儿子这个观点。而他自己也确实觉得,他与段向德没有任何相似之处,论相貌,是段盛鸣比较像段向德。
而任中卫与段向德比起来,更像是他的父亲。
他觉得班兴昌是为了打赢这场官司而说谎。
不管是怎么说服段向德的,总归是在说谎。
段向阳也不相信班兴昌这些话,要求段向德跟段融进行亲子鉴定,法庭允准。
沈半夏在外面等得心焦,看到有人出来,她跑过去,穿过人群跑到段融面前,急切地抓住他的手,生怕他被人带走一样。

段融把她的手反握住："没事。"

沈半夏拿眼睛去看班兴昌，想从他那里得到切实的答案。

班兴昌笑了笑，一脸轻松："看把你紧张得，我这个金牌律师的名头是大风吹来的啊，这么个小案子我都搞不定？"

沈半夏猛地松了口气。班兴昌这么说，就一定是有十足的把握能让段融没事。

她并不知道班兴昌在法庭里说的那些话，段融明确地听到了，可他不信。

他只是无法理解，段向德为什么要帮着班兴昌做伪证。

不久后，他和段向德送去的血痕样本有了结果，二审时由法官亲自查看。

亲子鉴定结果上显示，段向德和段融确实存在亲缘关系。

段融是段向德的儿子。

法官宣布结果，原告一切诉求被驳回，并须向被告公开道歉，赔偿被告名誉损失费。

段向阳听得脸色发黑，咬着牙暗骂给他寄匿名信那人。

到底是什么居心，害得他白忙了一场，还落了这么多埋怨和笑话。

班兴昌心里的一块石头放下，带着段融离开法庭。

"看来我还是宝刀未老，"班兴昌一脸得意，"我决定了，暂时先不退休了。退休多没劲，还是打官司跟人唇枪舌剑有意思。"

段融仍没从刚才听到的真相里回过神。

他始终不认为自己是段向德的儿子。

"别瞎琢磨了。"班兴昌说，"你只要好好想想，任中卫要真是你爸，他能把你往监狱里送？虎毒不食子，他能干得出这种事儿，只有一个可能，那就是你根本不是他的儿子，他一直以来都在利用你。"

"所以你就去找了段向德，说服他替我做证？"

"其实不是我去找他的，是他主动找我的。"班兴昌叹口气，"你一直都觉得他不喜欢你，可到关键的时候，真正愿意帮你的，还是你的父亲。"

沈半夏从远处跑过来。这次她要来旁听，段融还是不许，害得她一直揪着心。

"老师……"她紧张地找班兴昌打听。

班兴昌把段融拉到她身边："别问了，人都好好在这儿呢，全须全尾给你送回来了，还有什么可问的。"

班兴昌往外走："你们两个以后要是没重要的事儿就别再找我了啊，我都一把年纪了，老婆又死得早，你们整天在我面前秀恩爱，也不想想我受不受得了。"

班兴昌嘟嘟囔囔地走了。

这么久以来，沈半夏脸上终于由衷地露出一个笑。

她踮脚把段融抱住，脸在他颈窝里蹭，贪婪地感受着他的气息。

"你真的没事了，对吗？"她问。

段融的手圈住她的腰，把她像拔萝卜一样从地上抱了起来，一路这么抱着往前走："什么事都不会再有了。走，老公带你去吃大餐。"

沈半夏听得害羞，耳朵红了红，心里甜丝丝的，比打翻了蜂蜜罐还要甜。

她的段融真的没事了。

没有比这件事更好的了。今天的天气都好了起来，阳光正好，微风和煦，抬起头，可以看到蓝天白云。

她往后的每一天，都会是好日子。

"鲲鹏"回到了沈文海手里，这是他花了半辈子研究出来的心血，甚至差点儿因为它丧了命。自从醒来以后，他就一直在为把它夺回来而四处奔波，但段向德的势力太大，他找不到一点儿办法。

如今段融帮他把东西抢了回来。

心愿突然达成，他倒不知道下一步该怎么走了，一个人在屋子里坐了很久。窗外黄昏的光打下来，金光流泻了一地。

沈半夏回来看他，沈莹带着两个儿子也来了，后面跟着自从回来以后就老实了很多的贾旗。

原本有些荒凉的家变得热闹，可就是少了陈筠。

沈莹从超市里买了很多食材，一个人在厨房忙碌。沈半夏要去帮忙，她不让，扭脸把贾旗叫了过去，使唤着贾旗帮忙洗菜。

沈半夏在客厅坐了会儿，不知不觉又想到了段融。最近他都在为新公司的事情忙碌，各项工作都开始走入正轨，每天都要忙到很晚。不是有她盯着，他常会忘了吃饭。

他要建立一家新的公司，要保住段家的基业。可段家那些旁支不怎么领情，整天借着媒体骂他是不肖子孙，身上流着段家的血，却快把一个家族搞垮。

段融不说一句反驳的话，默默做着自己的事。

沈半夏窝在沙发里抱着膝盖，眼睛有些酸，喉咙堵得慌。

突然无比想段融，她划开手机，点开两人的聊天框，写：你有没有好好吃饭？

刚发过去，门铃响了下，她跑过去开门。

段融在门外站着，手里拎着个很大的蛋糕，长身玉立地出现在她面前。

她怔了下，担心地往家里看了眼，朝他走了走，推着他往外，压低声音："你怎么来了？"

段融:"今天是你生日。"

"可是你明知道我爸……"她想说沈文海不太喜欢他,每次两个人见面,沈文海就没有给过段融好脸色,她看得心疼。

"我总得来跟他好好谈谈,"段融说,"不然以后怎么娶你。"

乍一听到这个字眼,沈半夏有些脸红,低下头抿抿唇。

沈文海已经走了过来,段融叫了声:"沈伯父。"

沈文海什么都没说,也没像之前那样摆脸色,只是背过身回去了。

是并不反对段融今天造访的意思。

沈半夏心中雀跃,拉着段融进屋。贾旗探头探脑地看见,跑过来殷勤地接过段融提着的蛋糕:"哎哟,侄女婿来啦,快坐。"

沈莹从厨房那边走了过来,看了眼段融后,没说什么,仍旧回去做菜。

"侄女婿,我还没好好谢你呢。"贾旗忙着倒茶,"多亏了你,以后我不用再为工作发愁了,沈莹最近也很少再跟我吵了。"

沈半夏警惕起来:"他给了你什么工作?"

"让我在公司当保安。"

"是不是你老去烦他,他才不得不把你安排进去的?"

"半夏啊,你还没嫁出去呢,胳膊肘不用拐得这么早吧。我可没有死皮赖脸缠着他安排工作,是侄女婿看我家过得太苦,主动给我找的工作。"贾旗朝段融看,"是不是啊,侄女婿?"

贾旗一声声"侄女婿"确实把段融喊得挺受用,他淡淡地勾起唇,把沈半夏肩膀搂住:"是。"

沈半夏抬头看他:"以后姑父再找你,你不用理他,他找不到工作是他自己的事,你没有义务帮他。"

小姑娘一副誓死维护他的样子,段融看得无比舒心。

贾旗"嘿"了声:"小侄女,你不看我面子上,看你两个表弟面子上行吗?"

他把贾一吉和贾一祥叫过来:"一吉一祥,给你们姐姐哭一个,让她可怜可怜你们。"

双胞胎没听他的,一直抬着头看段融。这种年纪的小男孩对比他们大的人有种天然的崇拜,尤其段融比他们见过的所有人都要好看,甚至比电视里那些明星都要好看。

"哥哥,"贾一吉先叫了声,"你长得好高啊。"

段融笑,伸出一只手胡噜了把这孩子短短的头发:"你好好吃饭,以后也会长这么高。"

"好!"贾一吉认真地点点头。

段融很受双胞胎兄弟的喜欢,他们把学校发的练习册拿出来,让段融辅导他们做作业。沈半夏坐在一边,时不时朝段融看一眼,又去看正摆弄茶具的沈文海。

那些茶具是段融送的。

所以这是接纳了段融的表现。

段融跟她说一定会得到沈文海的认可,就真的做到了。

他从来都没有对她食言过。

到了晚上,大家给沈半夏过了生日。她的十八岁过去,迎来了全新的十九岁。过去这一年发生了很多事,漫长曲折,但仔细想起来,因为有段融的出现,这一年的大部分时间里她都是开心的。

段融站在她身边,把她的手捏住,包裹在掌心里。

沈半夏抬起头看他,段融低下身,趁大家都没注意的时候,在她脸上亲了下,俯首在她耳边低声:"生日快乐,我的小朋友。"

最开始段融喊她小朋友,是拿她当没长大的小孩子。现在再这样叫她,话音里只带着浓稠的宠溺。

吹蜡烛的时候,沈半夏在心里默默许了个愿。

她要跟段融永远在一起。

一直到时间尽头,一直到地老天荒,也不要与他分开。

给沈半夏庆祝完生日,大家聚在一起吃晚餐。

席上,沈半夏刻意替段融说了很多好话。

虽然父亲看上去已经同意了让她跟段融在一起,但自从段融过来以后,父亲还一句话都没有跟他说过。

沈半夏不舍得让段融被冷落,尽量找话题往段融身上引导,可沈文海不怎么接话。

段融倒是一脸无所谓的样子,手从桌子底下抓住沈半夏的手,拉过来放在腿上握着,挑弄着她柔软的手指把玩。

沈半夏慢慢被他揉得耳根发红,嗔怪地看他一眼。

段融低下头笑。

吃完饭,姑妈一家很快走了,沈文海在这个时候才跟段融说了第一句话:"你跟我来。"

沈半夏担心父亲会跟段融说什么过分的话,不放心地想跟过去。

到了门口,段融回过身看她,低下身揉揉她的头发:"没事儿,乖乖等我。"

沈半夏一直在门边等着,心提得很高。

书房里,沈文海看着段融:"你是不是忘了我跟你说过,我不可能把女儿交给你。"

"您也说过,要我把一切事情都解决,干干净净地来找半夏。"段融说,"我现在来了。"

"你为了她差点儿把自己前途都毁了,值得吗?"

"跟她比起来,前途这种东西根本就不值一提。"

段融的声音始终平静,面色也平静,沈文海却从他脸上看出了决绝。

"我可以什么都不要,"段融说,"但我不能没有半夏。"

沈文海有些动容,长久地沉默下来。

他想到自己那个女儿。沈半夏其实是被宠大的,小时候基本没有吃过什么苦。原本娇生惯养的一个女孩,谁能知道她其实很有韧劲,即使后来一个人面对那么大的变故都能挺过来。

沈文海如今唯一希望的,就是他的女儿在将来能过得好,不要再吃一点儿苦。

"我那孩子其实是个不能吃苦的,"他说,"当初我跟她妈把她生下来,是拿她当公主一样养着的,皮都不舍得让她破一块。唯一一次打她是因为她偷了钱,还是偷了十万那么多。可打她的时候,我跟陈筠也是很舍不得的。"

段融虽然心虚,但还是说了出来:"对不起,我一直没有跟您说,其实当初那十万块钱,是半夏为了我偷的。"

沈文海难以置信地看他,半天才琢磨清楚他在说什么。

沈文海觉得荒唐,慢慢又想明白了。他的女儿从小都很乖巧,没有做过什么出格的事。她会离经叛道地去偷钱,肯定是因为什么人。

而确实只有段融才能让她做出这么胆大的事来。

沈文海无奈又可笑地摇摇头:"她小时候就肯为了你做这种事。"

他抬起头,面色变得温和,一双日益苍老的眼睛看着段融:"以后的日子你就多疼疼她,多照顾着她点儿,别让她受委屈,行吗?"

段融提着的那口气终于松了:"我知道,您放心。"

沈半夏在门口忐忑地等着,脚有一下没一下地踢着墙。

门打开,段融从里面出来:"等急了?"

沈半夏立刻问:"我爸跟你说什么了?"

"让我好好照顾你。"

段融把她往门口牵,从鞋柜里把她的鞋拿出来,放在地上:"换鞋,我带你回去。"

沈半夏停住没动,她不敢走,扭头往后看。

沈文海从书房里出来,冲着她摆了摆手:"回去吧,今天一天老是心不在焉的,就知道你一直在想这小子呢。"

沈半夏脸红:"我没有。"

沈文海:"行,那你就别跟他走了,这个暑假就在家待着吧。"

"啊?那……那不行啊,我我我……"她可怜兮兮地看了看段融,咕哝着,"好吧,那我就是想他了。"

段融笑。沈文海嗔怪地看了女儿一眼,回屋时自言自语了一句:"女大不中留。"

段融带着沈半夏下楼,出了小区,沿着一条幽静的马路往前走。今年的夏至依旧热烈,到了晚上温度降下来,微微有风。

沈半夏牵着段融的手,摸到他手上有个伤口,拉起来在路灯底下看。

"怎么破了?"

虽然口子不大也不深,但她还是心疼得不行,从口袋里摸出个创可贴给他贴上:"你又跟人打架了?"

段融"啧"了声:"我除了跟人打架没别的事了?"他把小姑娘往怀里揽了揽,带着她继续往前走,"不知道在哪儿刮的,没事儿。"

"你不会小心一点儿啊,"她说,"不知道我会心疼吗?"

这丫头嘴甜起来是真甜,哄得人心里发软,拿一双大眼睛看人的时候,浑身散发着让人忍不住想欺负的气质。

段融这段时间一直很忙,好几天没见她,想得不行,此时终于没忍住,手垫在她脑后把她压到了一处墙上。

"故意招我呢?"

他哑声说了一句,压下去开始亲她。

两人的唇贴在一起的那一刻,沈半夏浑身麻了下,腿很快发软。腰间被段融一只手扣着,她两只手抬起来挂在他脖子上,脚不自觉踮起。慢慢地,她又站不住,身体有往下滑的趋势,被段融一只手按住。

她头侧了侧躲开他,声音比刚才更软:"哥哥,我腿软。"

她每次叫哥哥,段融就扛不住了。

段融把她抱起来,他的车停在前面不远处一个小花园旁,这边没什么人,一路走过去都安静得很。

他把她放进后车座,车门关上,他压过去,密闭的空间里开始响起啄吻声。

段融今天开了那辆黑色迈巴赫,后排空间很大。沈半夏突然想起来,当初她坐在这辆车里,天马行空地想段融会买这辆车,是不是因为方便办事。

但他真的遇到她以前一直都洁身自好。

只是这人表现得太娴熟,就算是跟她的第一次,也让人觉得他的理论知识太扎实,导致实践时像个身经百战的老手。

段融推她的衣服,见她一双大眼睛不怀好意地眨,知道她又在瞎想,无奈地低笑:"专心点儿。"

沈半夏闭了眼睛，又乖又软地跟他接吻。

段融直了点儿身解皮带，从裤子口袋里摸出了个什么东西。

沈半夏听到一点儿细微的响，在他又贴过来时，软声问："你怎么还会带着这个？"

段融封住她的唇，声音有些乱："因为现在要用。"

过来找她的路上，他就一直惦记着这事儿，特意买了用惯的牌子。

两人的气息交缠着，沈半夏身下的皮椅光滑，抓不住什么，整个人只能依附着他。

车里开着冷气，玻璃上还是蒙了一层白色的雾。

回到家已经是半夜，沈半夏直接在车里睡着了。段融把她抱出去，进了屋脱掉她脚上的鞋，带着她去洗澡。

泡澡的时候她醒了醒，下巴搭在段融的肩膀上，目光往下，看到他颈中被她咬出的好几处红色的痕迹。

她脸上发烫，闭了闭眼睛，脑袋换了个方向枕着。

段融带着薄茧的指腹轻轻擦过她某一处皮肤。

沈半夏打了个激灵躲了下，不满地说："你别乱摸。"

段融在她耳边笑，把她从浴缸里抱出来，扯了条浴巾裹住她，带着她往外走："刚在车上不是挺喜欢让我摸的吗？"

沈半夏用脚踢他，他把她的脸扳过来，低下头亲。进了卧室，他把她放在床上，唇在她的颈间流连，哑声低语："宝宝，你好香。"

沈半夏觉得自己在段融眼里，就好像是什么可口的饭菜一样。

他只差没把她一口口地吞进肚子里了。

窗外又下起了雨，雨珠斜打在窗玻璃上，一时轻一时重地响。

最近有不少公司找到了沈文海，开出天价想买断他手里的技术。

沈文海没有去见那些人，在某天去了任中卫的私人宅院。

万珂正在跟任中卫抱怨，现在段融已经不再受任中卫的牵制，做事我行我素，任中卫没有把柄能威胁到段融了。

"任叔，真的没有办法了吗？"万珂不甘心，"您跟我保证过，一定会让段融娶我的。"

任中卫不说话，他是这么保证过，但他当时低估了段融的手段。也没有想到段向德即使被段融送进监狱，也还是愿意出手帮段融渡过难关。

他小瞧那对父子的感情了。

沈文海看到了万珂，也听到了她的话。他多少知道这女生一直在苦追段融，害得半夏伤心过一段时间。

沈文海没好气地看了万珂一眼，转而对任中卫说："我有话跟你谈。"

任中卫让人把万珂送走。

没有了闲杂人等，沈文海在椅子里坐下："之前我们还年轻的时候多有抱负，想着一定要开一家能改变世界的公司。现在我们都老了，早就没多少心气儿了。我知道你爱钱，跟钱比起来，名声这种东西真的算不了什么。"

"所以我想过了，"沈文海说，"我会把'鲲鹏'的使用权交给段融，你同意的话，我们现在就可以去谈合作。"

任中卫看着他："还真是不一样了。以前你多固执，跟姓段的人都势不两立。现在眼见你女儿跟段融好了，你就上赶着要巴结女婿了。"

"你自己好好想想吧。"沈文海不想多说，"你应该知道，凭段融的手段就算他拿不到'鲲鹏'，将来他手底下那些人也总能研制出别的芯片，到时候市面上就没有'鲲鹏'的立足之地了，你比我更清楚怎么做才对我们更有利。"

说完，他并没有直接就走，站在原地沉默了会儿，突然提起："当年段向德找过你的事，其实我一早就知道。他想挖你去他的公司，给你开出的条件很诱人，足够你心动了。只是因为我不同意，而且你跟段向德之间本来就有恩怨，所以你最后才拒绝了他的提议。现在段向德已经进去了，我们的仇也算报了，这不正是你一直希望的吗？"

沈文海走了，任中卫在椅子里坐了会儿，天色一点点转暗。

他想到段融这些年一直都拿他当父亲一样对待，虽然两个人不能经常见面，但段融从来没有亏待过他，以个人名义给了他不少好处。现在住的这所足够他颐养天年的宅院，也是段融为他千挑万选的。

严琴以为段融是他的儿子，他也觉得像。段融太出色了，而略平庸的段向德生不出段融这样出色的儿子。结果他暗中托人做的亲子鉴定结果拿回来后，他看到白纸黑字的事实，段融与他不具备血缘关系。

那一刻他是失望的。他多么希望段融真的是他的儿子，他这一生过得太失败了，如果能有段融这样的儿子，那他以后回顾一生时就会骄傲地想，其实他的人生还是有意义的，因为他给这个世界带来了一个那么出色的人。

可惜人生总是事与愿违。

如今段融知道了真相，也知道了是他把匿名信寄给段向阳的，从那之后没有再跟他联系过，也没有找他质问过一句。

虽然段融并不是他的儿子，而当两个人断绝关系时，任中卫却觉得自己真的失去了一个儿子。

任中卫一切野心在这一刻烟消云散，他把手机拿起来，给沈文海打了个电话。

对方接通后，任中卫直截了当地说："把'鲲鹏'交给段融吧。"

从此也算是，不欠段融什么了。

"鲲鹏"回到了段融手里，沈文海和任中卫也已经与段家和解。这些消息一出，在社会上引起了很大反响，段融手底下的公司水涨船高，短时间内迅速发展起来。

生活慢慢地回到了正轨，沈半夏搬回去跟段融一起住。

沈文海不想让女儿在跟段融的关系中落下风，固执地用手里的钱帮沈半夏在黄金地段置办了一套两百平方米的大平层。

父亲说，有了那房子，等以后她要是跟段融吵架了，随时有地方能让她"离家出走"。

沈半夏把这话说给段融听。

段融笑了声："你回去跟他说，我要是敢跟你吵一句，立马去找他老人家负荆请罪。"

"你就这么确定你不会跟我吵架？"沈半夏两只清澈的眼睛看着他，"要是我做了什么错事呢？"

"你不会做错。我们之间要是出现了问题，那一定都是我的错。"段融翻着杂志，模样懒散，"你什么时候都是对的。"

沈半夏笑了笑，眼里漾着光。

手机响了起来，来电人是严琴，她拿过来接。

"半夏，你跟段融在一起吗？"

"是。"

"你能不能帮我跟他说一声，"严琴的语气变得卑微，"你让他请班律师来跟我见一面，好吗？"

沈半夏抬头看了眼段融。

挂了电话，她把严琴的意思说了出来。

严琴是想让班兴昌去做段向德的辩护律师。

段向德毕竟是段融的亲生父亲，段向德入狱，段融多少会不忍心。

"要不然，你就答应她吧。"沈半夏劝，"有班律师在，起码量刑能轻点。"

"不可能。"段融把她带到怀里抱着，"段向德最后该怎么判就怎么判，我不会管。"

沈半夏点点头，不说什么。段融离她近了点儿，问："半夏，你是不是希望我其实不是段向德的儿子？"

"你是谁的儿子都跟我没有关系，"她认真地告诉他，"只要你是段融就好了，其他都无所谓。"

段融眼眸变深，看了她一会儿，找到她的唇覆上去亲。

段向德已经被正式拘捕,严琴想了很多办法请班兴昌出山,但班兴昌就像是消失了一样,根本就在躲着她。

严琴去警局探望段向德,往日里意气风发的男人现在连头发都白了,人也瘦了一圈。严琴看得心疼,拼命忍着没掉眼泪。

段向德倒是无所谓:"不用担心我,我在里面好好的。"

严琴:"对不起,是我没管好段融。"

"我跟你从来就没管过他,"段向德低着头,"也没有养过他。"

严琴沉默不语。

段向德看了她一会儿:"有件事我一直没跟你说。"停顿了下,说,"你是不是一直以为你跟任中卫骗过了我?"

严琴愣怔了。当初任中卫为了自己的私心,使手段骗了她,让她误以为段融不是段向德的儿子。

为了能让段融顺利回到段家,严琴答应给任中卫一笔钱,让他永远不要把这个秘密说出来。

"你跟任中卫联系的时候,我其实知道。"段向德终于告诉她,"其实真正受骗的人是你,亲子鉴定结果出来后,我是第一个知道的,段融是我跟你的儿子,任中卫拿给你的那份是假的,他是在骗你。"

严琴说不出话来,眼前闪现的是不久前她找到段融,恶狠狠地甩了他一个耳光,骂他是"杂种"的画面。

段向德垂下头:"我们两个都对不起段融,不配当他的父母。这几天我已经想通了,不管我要在牢里多少年我都认了。这是我该得的报应,我认。"

公司的运营回到正轨,恢复往日盛况是迟早的事。段融的身价水涨船高,整个段家没人再敢对他有一句不满。

今年的夏天依旧十分漫长,空气燥热,在外面待一会儿就会热出满头的汗。

沈半夏想起自己曾在西山上的佛寺许过愿,如今这个愿望早就实现,她要找时间去还愿。

段融今天刚好没事,陪着她去。

严琴也在,身边跟着依靠假肢走路的段盛鸣。在看到段融后,严琴眸中湿了一瞬,牵着段盛鸣朝他走过来。

严琴把段盛鸣往前拉了拉:"盛鸣,见了你哥怎么不知道喊人?"

段盛鸣虽然不怎么服气,但还是叫了声:"哥。"

段融面色不动。

严琴脸上溢出个笑:"段融,有时间你回家看看我跟盛鸣吧,你爸现在不能回来,我们三个要互相照顾些,不能让别人瞧不起我们母子。"

段融依旧没说什么。严琴这份迟来的母爱委实对他没什么触动,他一向自生自灭惯了,没有父母也能活得很好。更何况如今有沈半夏在他身边,除了她,他没什么可在意的了。

严琴并不气馁:"我刚去山上,祈求你跟盛鸣以后都能顺顺利利的。"

她讨好地笑着,又跟沈半夏说:"半夏,我这个儿子平时有什么事都是一个人憋在心里,生病了也不跟人说,你多费点儿心,看着他点儿。"

沈半夏还是不能原谅严琴骂段融的那些话。之前严琴一直以为段融是任中卫的儿子,把对任中卫的恨转嫁到段融身上,连"孽种"这种话都骂得出来。现在知道自己错了,她就想回过头讨好段融,让段融原谅她。

哪有这么简单的事。

沈半夏把段融的手握紧,低着头,不冷不热地冲严琴说:"他是我的人,我当然会好好照顾他。"

段融挑了挑眉,笑。

这丫头越来越会护短了。

他把沈半夏的肩膀揽住,带着她往山上走,没再理会严琴。

严琴明白现在的局面是她自作自受,只能等以后慢慢缓和跟段融之间的关系。

"走吧。"她带段盛鸣下了山。

佛寺里气氛幽静,山上种了一丛丛绿竹,时而能听到鸟啼声。

住持还留了一包好茶给段融,笑着去看他身边的女孩,问:"施主过来还愿?"

沈半夏以为段融并不知道她在这边许过愿,有些心虚地看了他一眼,小声地答:"是。"

"想来施主已经心想事成。" 住持说,"看来我这寺庙还真是个灵验的地方,以后要多收点儿香油钱了。"

沈半夏抬起头,朝段融看过去。段融也在看她,目光温和。

她去了祈愿殿,里面燃着香,佛像庄严,挂在墙上的许愿牌更多了。

她找到了自己的那块,上面的字是她无比虔诚地写上去的:

段融爱沈半夏。

往旁边看时,发现在这块牌子的左边,挂着一块画了火焰形状的许愿牌。

她摘下,翻转过来。

里面写着:

沈半夏爱段融。

她的眼眶蓦地红起来,心如擂鼓般剧烈地跳。
她扭过头,段融正向她走来,背后是一整个夏天的温暖阳光。
段融温柔地摸了摸她的头发,朝她低下身,认真地注视着她:"小朋友,愿望实现了吗?"
沈半夏含着眼泪笑,重重地点点头,张开双臂扑进段融怀里。
段融把她抱住,爱惜地在她耳朵上亲亲:"我的也实现了。"
从此满心欢喜,别无所求。

正文完

番外一
永生永世，至死不休

（1）保护神

沈家有个女儿，从小就长得玉雪可爱，一张小脸粉嫩嫩的，两只圆圆的大眼睛。人被教养得乖巧机灵，见了邻居会大大方方地喊人"阿姨叔叔""爷爷奶奶"，嗓音清甜，人长得也甜，没人不喜欢那个小丫头。

小姑娘叫沈半夏，沈文海说，起这个名字是想让女儿活得比夏天还暖和。陈筠一听就同意了，把小小的女儿抱在怀里，笑着喊她："半夏，妈妈的小半夏。"

陈筠看着自己女儿一天天长大，别人家总希望孩子能快点儿长大，可陈筠希望女儿能慢点儿长，因为小孩子没有烦恼，长大了要面对一堆烦恼。

后来沈半夏长到了十一岁，烦恼果然来了。她在那年夏天里过敏，脸上起了很多丑陋的小疙瘩。爸妈带她去看过不少医生，也开了不少药，但都不管用。医生们治不好她，就说让她耐心等等，时间长了总会好的。

谁也没说到底是多久时间，她脸上这些恼人的小疙瘩会在何时彻底消失。她只能每天等啊等，起床第一件事就是跑到镜子前，看脸上有没有变好。

没有，好几天过去了，一直没好。

越临近开学，她的心情越不好，不想去学校。她变得这么丑，是会被同学笑话的。

沈文海买了些口罩回来，开学那天给她戴上一个："你看，这样别人就看不见了。"

沈半夏去看镜子里的自己，脸被口罩遮着，一双大眼睛扑闪扑闪的，她还是个清秀漂亮的小姑娘。

她去了学校,每天都戴着口罩,不肯摘下来。班里有个叫范洪博的男生对她越来越好奇,想看看她的脸。明明她的眼睛长得那么漂亮,大而明亮,灵气又有神,人应该不丑才对,可是为什么要每天戴个口罩。

后来有一天,范洪博趁她不注意把她的口罩扒了下来。很多人都看到了,她脸上有很多难看的红色小疙瘩,看起来很吓人。

沈半夏赶紧把口罩重新戴上。班里的气氛变得很古怪,以范洪博为首的男生都拿厌恶的眼神看她,好像她是什么病毒一样。

后来很长一段时间,范洪博总是纠集班里的人排挤她嘲笑她,没有人愿意跟她做朋友。小学的时候她明明是班里很受欢迎的那个,现在却突然面临这种环境,她的心情越来越不好,总是不愿意说话。

因为她沉默寡言的性格,范洪博开始带头喊她小哑巴。

她听了也依旧不声不响,一双眼睛始终沉静淡然。

她越是这样安静,范洪博就越是想找她麻烦,放学的路上总要带着一帮朋友跟着她,拿"丑八怪""小哑巴"这些字眼笑话她。因为她始终无动于衷,一帮男孩子恶劣心上来,随便捡起地上什么东西砸她。

就是在那个时候,段融出现了。

段融比范洪博要大五六岁,个子长得很高,身材清瘦但并不单薄,手上极有力气,随随便便把范洪博往地上推了下,范洪博胳膊上立刻蹭出一片血。

从那天以后,范洪博经常看到段融跟在沈半夏身边,如一个保护神那样保护着沈半夏。

没有人再敢去找沈半夏麻烦了,班里那些半大的男孩都很怕段融,知道沈半夏是段融在罩着的人,虽然并不知道段融为什么要保护一个小丫头片子,那丫头片子还长得那么难看。

好几次放学路上,范洪博都远远地看到沈半夏和段融走在一起。

范洪博对段融开始有敌意,那年他年纪小,不明白敌意的产生是因为嫉妒。

很快,范洪博了解到了段融的身份,知道段融出身很不好,没有父母,跟着一个落魄的舅舅生活,舅舅欠了不少外债,总有讨债的人去找段融的麻烦。

范洪博把自己知道的这些事告诉给了沈半夏,想让沈半夏以后离段融远一点儿,不要再跟那个穷小子走得那么近。虽然沈半夏长得不好看,人也不受欢迎,但范洪博知道她家里很有钱,她爸爸是开科技公司的,家底丰厚。

可是沈半夏非但没有远离段融,反倒还跟他更亲近了。她会拿自己的零花钱去商店里买糖,买到的糖果抓在手心里。等放学遇到段融的时候,她会踮起脚尖,高举起双手,把糖送给段融。

范洪博看得牙痒痒。

不仅是这样,一次范洪博在巷子里闲逛,还看到了沈半夏抱着个书包急急忙忙地往前跑。他跟过去，就看见她躲在转角把包往前扔，扔完后转身又跑，生怕被人看见。

一个文了花臂的混混走过去把包捡起来，打开，从里面倒出了一捆又一捆的现金。

一帮混混就在那边点钱，而被打得脸上破了块皮的段融从地上爬起来，随手抹了把脸上的血，过去要把钱抢过来。

他不能接受别人的施舍。

那帮混混猛地推了他一下，把包里装着的一张纸拿出来，用那张纸在段融脸上拍了两下："长得好看就是不一样啊，欠了债都有人抢着帮你还。"说完拿着钱走了，那张纸被扔在段融脸上。

段融捡起那张纸，展开，看到上面打印出的一行字：

  钱还给你们，不要再找段融麻烦。

段融无声地笑了下，纸在他手里被揉成团。过了两秒后，他又展开，一下下折好。

他把那张纸装进兜里，转身走了。

范洪博躲在暗处看着这一幕。

从那以后，他对段融的恨意更深。尤其沈半夏因为偷了家里的钱被打，范洪博更感受到了对一个男生的嫉妒。

凭什么段融就值得沈半夏对他这么好。

这件事情过去不久，段融和一个叫万珂的女生开始走得很近。高中部越来越多人传，超难追的段融被校花万珂拿下了，两个人在谈恋爱。

沈半夏很伤心，范洪博看得出来。

他很想骂她，喜欢谁不好，为什么要喜欢一个比她大那么多的男生。她跟段融是肯定不可能的，再过不到一年，段融就要去上大学了，而沈半夏还要继续在中学里熬很久。

她笨不笨啊，喜欢一个注定不能跟她在一起的人。在段融后来又遇到了麻烦，被亲生父母送进警局，接受调查的时候，她甚至整天地守在警局外，一直等到他被放出来。

她为他做了那么多事，可一件都不敢让他知道，连心意也不敢让他知道。

一直到段融转学，他连她叫什么都不知道，而沈半夏把他的每一件事都记得很清楚，而且往后也很难再忘记了。

多傻的一个人。

段融转走了，转去了本地赫赫有名的一所贵族学校，距离这边很远，一南一北，车程都要两三个小时。

他转走后，关于他的传说更多了。有人说早就看出来段融不是普通人，结果他真的是流落在外的太子爷。

大家开玩笑似的说着这些，也会说起段融和万珂之间的情感纠葛。

不管是哪一种流言蜚语，都能对沈半夏产生伤害。

她不能再听到有关段融和万珂的事，不然那双漂亮的眼睛总要红一红。

不过还好，段融已经转走了，这个学校里不会再有他了。

而范洪博又可以纠集一帮男生欺负沈半夏了。

范洪博带着一帮人进了班，班里的气氛很怪，比平时要安静一些。而大部分人的目光都落在后排的某一个位置。

范洪博走过去看。

然后他看到了一个漂亮得不像话的女孩。

是沈半夏，她如往常一般安安静静地坐在位置上，脸上没有再戴口罩。那些红色的小疙瘩已经不见了，她的脸光滑嫩白，像牛奶，还隐隐地带着香气。

范洪博咽了口口水。

原来她竟这么漂亮。

范洪博觉得自己看到了仙女，还是一个浑身都带着光的小仙女。

想到之前自己总是带头叫她丑八怪，范洪博脸上烧了一阵。

第二个念头是，还好段融已经转校了，不然让他知道沈半夏是这么漂亮的一个人就麻烦了。

范洪博从那天开始变得老实了很多，在面对沈半夏时甚至会有些腼腆。后来，他一直追着沈半夏，也想学着段融那样送她回家，但她放了学早早地就往家里跑，根本不给他任何机会。

范洪博就没见过这么难追的女生。

整整六年时间里，他跟沈半夏说过的话屈指可数，也越来越难见到她。她有意躲他，对待一切喜欢她可她不喜欢的男生，她的态度永远都是避之不及，用这种态度明确地告诉对方：你真的没戏。

范洪博越得不到她越心痒。后来两人分别考上了不同的大学，家里的意思是想送他去国外留学，可他为了沈半夏硬是要留在国内。

只要在一个城市，起码还能见到她。

几年时间过去，沈半夏出落得更加漂亮，灵气得不行。可因为家里的变故，她需要很早地找工作挣钱，利用一切可以利用的时间。

范洪博看到了机会，一次借着去政大，在法学院外找到了她。

很久没这么面对面见她，范洪博有些紧张，词不达意地说了很多废话，中心思想只有一条：只要她愿意跟他交往，他会养她。

他多少也算个富二代，虽然家里达不到段家那种程度，可在这边也算是有头有脸，看中他钱的女人大有人在。

但沈半夏的表情始终都很平静，又隐隐带了一股不屑，出声打断他："我自己可以养活自己，以后你别再白费心思了，没用的。"

沈半夏走了，走得毫不拖泥带水。范洪博那时候终于意识到，随着时间过去，很多事情都有了改变，但有一件事是始终都没有变过的——

沈半夏不喜欢他。

后来得知沈半夏去了段融身边，范洪博又明白了另一件事。

沈半夏喜欢段融，不管沧海桑田如何变化，而她的心意没有变过。

实在让人恼火。

但范洪博无能为力，只能看着沈半夏跟段融在一起，外界多少阻挠都没能阻止他们两个人。

范洪博原本嫉妒得要发疯，后来看到段融为了追回沈半夏，甚至能不顾自己的前途，把段向德曾经窃取他人研发成果的事情揭露出来。

那件事情闹得很大，舆论差点儿就要把段家永远地钉在耻辱柱上，稍不留神就要一败涂地。

段融明明事先知道这样的后果，偏偏还是要这么做。

一个沈半夏对他来说竟然重要到这种地步，让他甘愿拿一切去赌。

范洪博那时候才真正明白，为什么沈半夏会喜欢段融。

他输得心服口服，再也没有不甘。只是有时候在外面看到沈半夏跟段融一起出现，他还是会忍不住打量她。

天晟集团垮台后，段融迅速成立了一家新公司。公司发展得很快，在不到一年的时间里壮大起来，恢复往日盛景是迟早的事。

范洪博不得不承认，段融确实是个太过聪明的人，能在一片废墟里另起一片天地，保住段家的基业。

段老爷子确实没有看错人。

段融如今不管走到哪儿都会带着沈半夏，巴不得让所有人都知道，沈半夏是他的女人。

晚宴上，沈半夏乖巧地跟在段融身边，不同于之前总是故作阳光的样子，现在的她是真的开心，脸上的笑都是发自肺腑的。当段融侧低头在她耳边讲话时，她会被逗得眼睛弯弯，里面溢满了璀璨的光。

段融把她原本灰暗无光的世界照亮了。

范洪博收回目光。慈善晚宴上随处可见各个领域功成名就的人。自从被段融打压后，范洪博家里的企业一落千丈。父亲舍下老脸去求了段融几次，让他给条活路，但一点儿作用都没有。

范洪博知道，段融真正想教训的人是他，那时是他扯下了沈半夏脸上的口罩，带头喊她"丑八怪"，拿石子丢她。在她脸上的过敏好转后，发现她其实长得很漂亮，也是他跟狗皮膏药一样黏着她，给她造成了很多困扰。

段融这人表面上对一切事情都云淡风轻，但其实很腹黑，尤其是在为他的女人报仇这件事上，他更是不能就这么算了，非得把范家搞得支离破碎才算完。

范洪博喝完杯子里的酒，鼓足了勇气走到段融身边。

段融下意识地做的第一个动作是把沈半夏搂得更紧了点儿，以一种侵占的姿态完完全全保护着她，不让范洪博靠近她。

范洪博干干地笑了一下："段总，以前的事确实是我做得不对，我跟您道歉。"

他看一眼沈半夏，说："还有半夏，初中的时候我不懂事，做了很多错事。我现在每天都在后悔，真的，我恨不能回到那个时候给我自己一巴掌。我是真知道错了，你们就大人有大量，原谅我一次。"

为了能保住公司，范洪博什么脸面都不要了，说了很多好话。段融始终无动于衷，没听几句就烦了，揽着沈半夏离开。

范洪博追上去："段总，求您了，您就高抬贵手放过我家吧。只要您肯消气，您让我做什么我都愿意。"

"我不想看见你这张脸。"段融侧头冷飕飕地瞥他一眼。

范洪博依旧狗腿，身上所有骄傲都被压制得服服帖帖，豁出去了地说："那也简单，您只要给我家一条生路，我保证以后再也不会出现在您面前。"过了两秒又补充，"也绝不会出现在半夏面前。"

段融依旧拥着沈半夏往外走。晚上温度有些凉，临出门前助理过来送衣物，段融拿出一件外套把沈半夏裹住，继续把她搂着。

带她走之前，他给范洪博撂了一句："你最好说到做到。"

这就是要放过范家的意思了，范洪博心里一喜，对着段融的背影喊："谢段总。"

这边是一处风景秀丽的山区，远处有层层叠叠的山，暗夜里看恍如水墨画。

暗夜里飘着几朵云，风吹得大起来，像是要下雨的样子。

沈半夏身体弱，天气变化的时候很容易生病。段融还记得她感冒那次咳得很厉害，她每咳一声，他的心总要跟着揪一次。

他怕她会生病，一路紧紧拥着她到了车库，没让她吹到一点风。

沈半夏刚才没吃多少东西，上了车后，在车上翻了翻，翻出一盒五颜六色的糖，剥开一颗填进嘴里。

夏天还没有过去，天气湿热。沈半夏把外套脱了下来，一大片雪白的肩颈皮肤立刻露出来，段融侧头看见，眸光动了一瞬，伸手过来把衣服重新提上她的肩。

"我热。"她不满地抱怨。

"你要是不好好穿着,"他说,"我会让你更热。"

说完,他探身过来吻她,把她嘴里的糖卷了过来,离开时在她唇上不轻不重地啃咬了下。

沈半夏的糖被他抢走,气呼呼地看他一眼,拆开另一颗填进嘴里。

结果他又来亲她,两人嘴里的糖在他引导下交换。沈半夏被这人摆弄得喘不过气,两人嘴唇错开的那一秒,她红着脸,睁着一双大眼睛看他,伸手捏了捏他的脸:"你干吗总是要抢我的糖?"

段融揉了把她的头发:"你的更甜。"

车窗玻璃上砸下密集的雨滴,沈半夏从羞赧中回过神,往外看了看,说了声:"下雨了。"

说完,嗓子里生出一阵压抑不住的痒意,她咳了两声。段融敏感地紧张起来,握住她后颈,靠过去贴了贴她的额头:"不舒服?"

"没有,你不用老这么担心我。"她说,"我身体没那么弱。"

"每到换季就感冒的人是谁?"段融把她的外套扣子扣起来,"感冒了就抱着我哭说难受的人是谁?"

"你心疼啊?"沈半夏笑着。

段融:"嗯,心疼死了。"

回到酒店后不久,崔山把药送了过来。段融轻车熟路地冲泡好,命令沈半夏喝下去。

沈半夏端着一杯温热的中药,看了他一眼,又看一眼,试探着问:"我能不能不喝啊?"

"你刚咳嗽了。"段融在她旁边站着,低着头在手机上回消息,"听话,喝了,能预防感冒。"

沈半夏虽然不愿意喝,但她不得不承认,段融找人给她开的中药确实把她身体调理得很好,她现在很少生病,生理期的时候也不会再痛了,身体跟以前比起来健康了不少。

知道躲不过去,她只能不情不愿地喝完。回味苦得不行,她皱着眉头忍耐的时候,嘴里被段融塞了颗糖,唇被吻住。

段融一直到她舌头上的苦意都舔走才放开她,回身继续在手机上打字。

沈半夏不接受他的哄,有点儿生气地说:"这是我最后一次喝中药,以后我再喝我就跟你姓!"

段融淡笑了声,头也不抬地说:"早晚的事儿。"

沈半夏见他跟人聊个没完,把他手机拿过来:"我要看看你跟谁聊得这么火热！"

段融抄着手斜倚在吧台边，任她看。

他微信里并没有什么乱七八糟的人，大多是公司里的下属，聊的也都是工作上的事。唯一被置顶的是沈半夏的微信，微信名到现在了依旧被备注成"小骗子"。

沈半夏很气："你怎么还说我是小骗子！我有一次骗成功过你吗？是你一直在骗我好不好，明明知道我是谁还一直不说。"

她想把自己的备注改过来，把小骗子三个字删掉，想了想，写上"半夏"两个字。

段融把手机拿过来，当着她面删掉"半夏"，改成了"宝贝"。

沈半夏顿时脸热，刚抬起头说一句："你怎么这么肉麻。"段融已经把手机扔一边，把她抱了起来放在台上，封住她的唇开始亲她。

刚开始还只是亲，后来慢慢变成了咬，从她嘴唇咬到耳际，慢慢又往下滑，亲她脖颈里细软又香的皮肤。

沈半夏不自觉地把他搂紧，在他开始慢条斯理地解衬衫扣子的时候，她小声地说："我还没洗澡。"

段融已经把白衬衫扔去一边，好身材立刻露出来，看得人脸红耳热。

他把她从吧台上抱起来，一边亲她一边说："一起洗。"

浴室门被关上。

大个半小时后，她才被抱回来，背挨到柔软的床，头发湿着。很快她被重新抱起来，吹风机的声音"呜呜"开始响。

沈半夏软绵绵地趴在段融的肩膀上，耳边听到他带着磁性的声音："还疼吗？"

她的脸红了红："还有点儿。"

段融帮她吹干头发，将吹风机扔一边，手去握她的膝盖："我看看。"

她没踹他一脚，拽过被子裹住自己："不疼了，不疼了。"

段融看着她，唇角挑起一丝危险的笑，手把她往身下拖，另一只手臂撑在她头顶，声音又低又磁："那再来一次。"

结束的时候已经是半夜，段融把小姑娘往怀里收得紧了些，吻去她额上的汗。

沈半夏很快睡着，做起了乱七八糟的梦。场景突然切换到校园，以范洪博为首的男生一边笑她一边指着她喊"丑八怪"，后来不知道是谁推了她一把，她摔在地上，胳膊被地面划伤。

她吓得发了癔症，踩空一样在段融怀里抖了下。

段融立刻醒了，把她抱紧，柔声问："怎么了？"

沈半夏的眼皮动了动。她太困了，不想说话，软软的手去抱他。

"做噩梦了？"段融拍拍她，哄小孩子一样，"不怕，哥哥在呢。"

后面沈半夏一直都睡得很安稳，没有再做过噩梦，每一个梦都是好的。

因为就算是梦里她都知道，段融就待在她的身边，会一直保护着她。

（2）送你花

升入大三后，沈半夏发现自己有些跟不上进度。

功课越来越难，老师讲的很多题她都不怎么听得懂。要背的东西很多，每天看书看得头昏脑涨都学不会。

沈半夏怀疑自己不是当律师的这块料。

她买了些水果去班兴昌的律所，拿了一大堆搞不懂的案例题请教他。班兴昌真被这小丫头烦死，见她怎么都听不懂，讲到最后直接骂："这么笨就别学了，迟早转专业吧。"

沈半夏被打击到，不满地撇了撇嘴。

最近段融把她惯得无法无天，她谁的气都不想受，收拾了课本要走："那行，您不教是吧，以后段融公司的案子您就别管了，我现在就让他把律师团换成您对头那家。"

班兴昌吓得把她拦住，知道这小祖宗不好惹，赔着老脸笑："我老糊涂了，你跟我一般见识干什么。快坐下，哪道题不会，你跟我说，我现在就讲，不给你讲明白我今天就不下班。"

赔笑的同时他在心里骂：段融那小坏蛋对这丫头宠得实在太过了，都敢欺负到我头上了！

班兴昌心里气哼哼，面上笑嘻嘻。好不容易等到沈半夏终于打算走了，他怕这丫头明天还来烦他，告诉她："其实你不用大老远来找我，有什么不会的题问段融就行。他一开始也是念法律的，是后来才转到了金融专业。你也知道，他那人脑子聪明着呢，学什么都学得很快，要是能把法律读完，肯定早就在律师界混出名堂来了。"

沈半夏第一次知道段融之前是读法律的。

"那他读得好好的，为什么要转专业？"她问。

"还能为什么，当然是段向德让他转的。段融要继承家业，学法律能有什么用，段向德连招呼都没跟他打，直接给他办了转系。"

沈半夏对段向德的厌恶又多了一层。

凭什么这么支配段融的人生。

她回了家,段融还在公司没有回来。最近他在搞新品研发,每天都要忙到很晚。

沈半夏跟在葛梅身边学做菜。这么久以来都是段融给她做菜吃,她还没有给他做过饭,心里很过意不去。

葛梅教了她半天,发现这丫头是真的笨,切根葱都切不好。别人都知道斜着切,她笨到把刀面歪着从上往下削,看得葛梅心惊肉跳。

"行了行了,我看你还是别学做菜了。"葛梅把刀拿过来,"人啊不是什么事儿都能做得好的,你去找个电影看吧,或是找本书看,别跟阿姨这儿添乱了啊。"

沈半夏顿住。

葛梅明显嫌弃她太笨,跟班兴昌一样,教都不乐意教她。

葛梅把晚餐准备好就走了。沈半夏再次跑到厨房,把从网上下载来的菜谱贴在一边,洗干净手开始做菜。

她想做清炒西蓝花,结果炒出来的东西半生不熟,水加多了,盐放少了,她尝了一口后决定进行补救,各种调料都加一遍。

段融从外面回来,走过去瞥了眼锅里辨不出颜色的玩意儿,说:"你制毒呢?"

沈半夏无语,抬头看他:"我在给你做菜。"

"确实不是想毒死我?"段融关火,把她手里的铲子拿过来丢进锅里,牵着她在餐桌边坐下。他躬身,一手撑着她背后的椅靠,"我有没有跟你说过别碰厨房里的东西?"

"我想给你做菜吃。"她说,"段融,除了西蓝花你还喜欢吃什么?"

段融:"你。"

沈半夏:"你闭嘴。"

段融好心情地笑,把葛梅准备好的菜从保温箱里一一端出来,又把筷子放到沈半夏手里,盛了米饭给她:"别闹了,好好吃饭。"

沈半夏暗暗想着她得报个厨师班才行,她就不信连一道小小的清炒西蓝花都做不好。

"班律师跟我说你读书很吃力。"段融往她碗里夹了块茄子,顺道说。

沈半夏很气,班兴昌那小老头怎么能告她黑状。

"也没有很吃力,我只是不如你这种天才学东西快而已。又不是所有人都跟你一样过目不忘,我的成绩在我们学院也是排得上号的好吗。"

段融笑,点点头:"嗯,是。"

"可你要不是真心想当律师,"他说,"我可以帮你转到音乐学院。我认识一位钢琴大师，他刚好回国，每周会去音乐学院授课，我能把你安排过去。"

"我不想再弹琴了，弹琴也没什么意思。"

"当律师就有意思？"

"挺有意思的啊！"沈半夏抬头看他，"要不然你当初为什么要考法学院？"

她往段融面前凑，心疼地问："段融，你是不是很遗憾没有做成自己想做的事？"

"没有。"段融往椅背上一靠，放下筷子，手举起来在她发上揉了揉，"你我都追到了，还有什么可遗憾的。"

沈半夏还是心疼他。

他的人生其实并不是由自己做主的，从段向德把他接回来，段老爷子把他当成接班人培养的那天开始，他的人生轨迹就由别人设定好了。

他身上背负着整个家族的重担，全公司上上下下几万人都要靠他养活，他只能按照既定轨道往前走，梦想这种东西对他来说早就不存在了。

不过还好，沈半夏在他身边。

他拥有了这世上最珍贵的人，别的遗憾就都不再算什么了。

沈半夏瞒着段融偷偷报了个厨艺培训班。

每天她会空出两个小时去学厨，从最基本的切菜开始，练习了几天后开始学做菜。

教她做菜的师傅问她想学什么菜，她说想学清炒西蓝花。

她做菜没什么天分，笨手笨脚，师傅要是不看着她，她能把厨房点着。做出来的菜难吃到一定境界，师傅觉得就算抱条狗过来都能比她做菜好吃。

偏偏这笨丫头不肯放弃，一心跟西蓝花杠上了，非要做出一道全世界最好吃的清炒西蓝花不可。

"你就这么喜欢西蓝花？"师傅问。

沈半夏点点头："是啊，等以后，我还要在我家院子里种满西蓝花。"

师傅觉得这姑娘魔怔了。

沈半夏学了小半个月，终于把一道菜做得像点儿样子。

等段融晚上回家，她把一盘刚做好的清炒西蓝花放在他面前，一副求表扬的样子托着下巴看他。

盘子里的食物看起来很清爽，往外冒着热气。

段融拿起筷子尝了一口，意外发现味道很好。

他挑起眉，抬眼看她。

沈半夏问："好吃吗？"

"好吃。"段融毫不吝啬地夸奖，又往嘴里填了一块西蓝花，告诉她，"是我吃过的最好吃的菜。"

沈半夏开心地笑。

段融把她拉到腿上抱着，垂眸看她手，指腹在她虎口处那道淡淡的红色烫痕上碰了下，眉心蹙起："烫到的？"

"没事，就是油溅了一下，我冲过凉水了。"

段融把她放下，找了医药箱，从里面拿出一管烫伤膏给她涂了些。

他的模样很紧张，眉心始终皱着，就好像她不是被油星稍微烫了下，而是掉了一层皮一样。

"真的没事，你乱担心了。"她说。

"以后别再下厨。"

"可我想给你做饭吃啊。"

"不嫌累？"

"不嫌，给你做任何事都不会累。"

段融低下头，舔了舔唇角笑。

他重新抬起头看着她，一条腿突然往上抬了抬又落下，顶了她一下。沈半夏感觉身体都腾空了，小小地"啊"了声，手去搂他的脖子。

段融握着她的脸，拇指指腹在她滑腻白皙的脸上摩挲着："哄我呢？"

她抿抿唇："就是想哄你，不可以吗？"

段融自从出生以来，没有得到过什么疼爱，过得一直孤独。

沈半夏想用往后余生，每天都尽可能地疼疼他。

她捧住段融的脸，继续哄："世界上怎么有这么好的人啊，长得好看，脑子聪明，心地善良，怎么就能有这么好的人啊。我能跟你在一起，实在是捡了个大便宜。"

女孩子的声音柔柔软软的，像是一剂良药，无形中治愈着段融。

像是冬天里暖洋洋的太阳，夏天里凉爽的风。

没有人知道段融有多庆幸，可以在这个满目疮痍的人间，遇到她。

之后沈半夏就迷上了做饭。

她时刻关注着段融的口味，知道他偏好清淡，不喜欢太油腻和太咸的食物。她继续去上厨艺培训班，除了清炒西蓝花还掌握了西蓝花炒肉、三丝西蓝花、西蓝花洋菇奶油浓汤、杏鲍菇西蓝花等等菜式。每学会一道就总要做给段融吃，看他吃得开心她就开心。

她还买了些西蓝花种子，在后院开辟出一块地方种上，每天悉心照料。

三个月后西蓝花真的成熟了。

她种出了一片绿油油的西蓝花。

她买了些牛皮纸和点缀的满天星、小雏菊、几枝蓝色玫瑰花,根据网上找来的教程,做好了一束看起来还算养眼的西蓝花花束。

等段融从外面回来,她兴高采烈地把这束花往他面前一送:"给你的。"

段融愣了片刻,把花束接过来。等看到花束里的西蓝花后,他低下头,笑得肩膀都颤起来。

他抬头朝她看,拿着花往沙发里一坐,另一只手把她扯进怀里,手指在她下巴上一勾:"送我的花?"

"是啊,好看吗?"沈半夏小心地摸了摸花束,又问他,"好不好看?"

"好看。"段融把花束搁在一边,视线往下移,骨节分明的手指抬起,慢条斯理地解她身上的扣子,"可没你好看。"

落地窗外阳光盛放着,光亮斜斜透过来,屋子里落下一片金色的影子。

"你怎么这样,"她的膝盖碰着他精瘦的腰,"大白天的你干什么。"

段融想换个地方,抱她起来,往他办公用的书房里送,把她搁在书桌上:"谁让你大白天哄人。"

书桌上的一沓资料被乱七八糟扫到地上,最后只剩了一个从来没有用过的烟灰缸。

沈半夏亲手给他做的烟灰缸。

她手往后撑,要硌到的时候,段融把烟灰缸推到一边。

湿腻腻的声音里,她垂首,看到了段融右手腕处文着的半夏草。

她抓住他的手,软到不行的手指在半夏草图案上轻轻抚过,喘着气说:"段融,我在手腕上文一团火焰好不好?"

段融:"不好。"

"为什么?"

"会疼。"

"我不怕疼。"

"我怕你疼。"

沈半夏抬起头,呼吸急促:"你现在就在让我疼。"

"除了我,"段融一心感受着她的温暖,"谁也不能让你疼。"

(3) 好喜欢你

严琴最近常会带着段盛鸣来见段融,想要讨好的意思很明显。

段融只是拿她当认识的普通长辈一样，没有因为她之前那些话而恨她，但也仅限于此了。

严琴最近常会做噩梦，梦里她头脑不清地骂段融是"杂种"，是"不该存在的人"，她的意识游荡在外，不停地喊不要再骂了，可梦里的人不听她的。

梦醒后，严琴愧疚得想哭。

她怎么能这么骂自己的儿子。

段融生性凉薄，除了他在乎的人，对这个世界总有种不信任感。这些应该都是她曾经遗弃了他，给他造成了创伤的原因。

严琴很难原谅自己。

她带着段盛鸣去了段融家里。

段融正跟沈半夏坐在一起，一边给她讲题一边喂她吃水果。沈半夏吃了几口不想再吃，拿了小叉子开始喂他。发现他额前刘海有些乱，她伸手替他理了理。

严琴看了这两人一会儿。

突然，她有些欣慰。段融虽然没有很好的父母，却找到了很好的伴侣。

有沈半夏跟他在一起，他每个笑都是发自内心的，不再像以前那样对生活表现得很冷漠。

段融看到了她，丢了手里的笔，背往后一靠，漠然地问："你有事？"

"今天可以去探监，"严琴说，"我就想着带你一起去。上次我去看你爸，他说想见见你。"

"没什么可见的。你告诉他，等他从牢里出来，我会给他养老，这点他可以放心。"

严琴说不出什么了。段盛鸣一直不喜欢这个哥哥，闻言暗暗骂了一句："狼心狗肺。"

段融只是轻飘飘地瞧了他一眼，下一秒就收回视线，无动于衷。沈半夏却不能忍，被人踩到尾巴一样拍桌而起，冲着段盛鸣说："你才狼心狗肺！"

段盛鸣脸黑，段融在一边笑，边笑边把沈半夏拉回去："行了，没你的事儿。"

"他骂你就是骂我，怎么没我的事。"

沈半夏抬头去看段盛鸣："你对你哥尊重点儿，少在那儿叽叽歪歪。一个大男人，有什么话不能堂堂正正地说。"

段盛鸣想教训这个伶牙俐齿的小丫头片子，沈半夏挑衅地冲他扬了扬下巴，那意思好像是，有种你就来，看你哥不打死你。

段盛鸣知道这丫头是段融的心头肉，不敢再说什么，转身走了。

严琴跟上去，临出门前多说了一句："半夏，你帮我劝劝段融，让他去见见他爸吧。"

　　段向德做了不可原谅的事,沈半夏并不想同情一个犯过错的人。但段融是段向德的儿子,父子俩并没有走到老死不相往来的地步,段融没有必要为了她再也不见段向德。

　　她去了看守所附近,那边是郊区,马路对面有一家中式的小酒馆,生意不算好也不算坏。

　　她在里面坐了会儿,给段融发了个定位。

　　段融找过来。

　　小酒馆里正在放一部很老的电影,沈半夏津津有味地看。

　　段融走过去,把桌子上的几瓶酒拿得远了些,让老板换了壶茶。

　　他凑近,贴着沈半夏的唇闻了闻,并没有闻到酒味。

　　"我没喝酒,"她说,"只是不点酒的话,我怕这里的老板会把我轰出去。"

　　服务员来送茶。

　　段融给沈半夏倒了一杯:"有我在,没人敢轰你走。"

　　沈半夏继续去看正前方的大屏幕,手托着腮。过了会儿,她说:"段融,你去看看你爸吧,我在这里等你。"

　　过了挺长一会儿,段融揉揉她的头发,起身的同时说:"好。"

　　段融去探监。

　　段向德看上去老了很多,但精神还好,气质沉淀下来,不再像之前那样总是盛气凌人。

　　在监狱里的这段时间,段向德常会想到段融刚出生的那段日子。

　　他没有给过那么小的婴孩一个好脸色,甚至每天都表现出很大的厌恶。

　　同样是他的孩子,段盛鸣从小到大什么苦都没有吃过,段融却是无比艰难地长到了十八岁。

　　段向德没脸见段融。

　　说话的时候一直不敢看段融的眼睛,他低垂着头:"是我对不起你。"

　　段融:"如果你只是想说这些,没必要。"

　　"我知道,你已经不在乎过去的事了。"段向德仍是低着头,"可我还是要跟你说对不起,我从来没有尽到做父亲的责任,让你在外面吃了很多苦。其实这几年里,从我决定剽窃别人的东西那天起,我没有一天不活在恐惧里,很怕哪天突然就东窗事发。现在真的走到了这一步,我倒觉得轻松了,睡觉都没再做过噩梦了,真的。

　　"天晟虽然倒了,可我听你妈说了,你把手底下的公司运营得很好,没让外人看我们笑话。你爷爷曾经跟我说过,让我不管什么时候都要相信你,不能一味偏袒盛鸣。我必须要承认,过去我是很偏心,想给盛鸣多铺点儿路。因为怕你会不给他活路,没少给你使绊子。"

"我做错太多事了,"段向德的眼眶不知不觉红了,"我对不起你,你跟我没有感情是应该的。只是盛鸣毕竟是你的亲弟弟,腿又断了,不管将来怎么样,我都希望你能多帮衬帮衬他。还有你妈,她不是讨厌你,只是一直以来都被任中卫骗了。她很自责,我看得出来。"

说了这么多,结果还是想让段融对严琴和段盛鸣好点儿。

段融深吸口气。任他再怎么对世事无所谓,此刻还是觉得自己有些可悲。

喉结艰涩地滚了滚,他漠然地看向透明玻璃那侧的段向德:"没别的事儿我就先走了。"

他正准备放下电话,段向德叫了他一声:"段融。"

段向德这时候终于抬起头看他,半晌后,说:"其实,我很为能有你这个儿子感到骄傲。"

段融回到小酒馆的时候,沈半夏喝掉了两瓶酒,小脸蛋红扑扑的,手托着下巴看前方的屏幕。

屏幕上还在播放老电影,已经到了电影尾声。

段融走过去,把她喝空了的酒瓶拿过来看了看。

酒精度数很高,她喝了整整两瓶,不醉才怪。

段融握住她后颈,凑过去贴了贴她的额头,柔声问:"头晕不晕?"

"有点儿。"

沈半夏别过头,继续去看电影:"你等会儿,就快演完了。"

段融在一边坐下,一只手搭在她的椅背上,陪着她一起看。

电影播放到最后,男主角走进了一扇黑乎乎的门,女主角兴高采烈地离开家去找他,电影结束。

沈半夏脸颊发热,半睁着眼睛去看段融,两只手张开:"哥哥抱。"

段融把她抱起来,付过酒钱后带着她离开酒馆。

外面的风很轻,天边落着一枚昏黄的夕阳,半边天被染红。

这边不好停车,段融的车停在几百米外的地方。他一只手托着沈半夏的屁股,另一只手扶着她的背,抱着她往前走。

沈半夏的两条腿在他腰侧晃啊晃,小脑袋换了个方向在他肩膀上枕着。

"段融。"她叫他。

段融轻轻"嗯"了声。

"段融,"沈半夏搂着他的脖子,人已经醉得七荤八素,还知道要哄他开心,"我好喜欢你啊。"

段融愣了一瞬,低下头看她,极轻地笑了声:"嗯。"

"我超喜欢你的，"沈半夏说，"喜欢你喜欢到，连带着这个不太好的世界我都一起喜欢了。"

她直起了点儿身，面对面看着段融，两只手从他颈后收回来，交叠捂住心口："我要是能把心挖出来给你看看就好了，你就知道我有多喜欢你了。"

段融停下步子，看着她。

良久后，他叹口气，额头去贴她的额头，眼睛直视着她。

"我该拿你怎么办？"

他没辙一样地说了句，侧了点儿头去吻她，鼻尖挨到她嫩滑的肌肤，唇瓣与她相贴。

沈半夏又没有闭眼睛，半睁着，纤长的睫毛卷翘，眼里除了醉意，慢慢染上了因为他而起的涟漪水光。

她虽然喝了酒，但口腔里还是甜的，一点儿都不让人讨厌。

段融舔一遍她的舌头，牙齿咬住她下唇，往外轻扯了扯。两秒后松开，他看着她，喉结滚了滚："再说一遍。"

沈半夏迷迷糊糊道："说什么？"

"说你喜欢我。"

沈半夏这时候倒觉得羞赧了，睫毛轻颤。也开始意识到两人是在外头，不是在家里。她做贼一样扭头看了看，还好这边是郊区，路上人很少，半天了连个路人都没有。

段融握着她后脑把她头转过来，让她看着他，语气凶了点儿："说。"

沈半夏不说，她只是主动凑过去，重新跟段融接吻。

每次只要跟他离得很近，当他清爽干净的气息侵袭过来，她就想跟他亲近。身体里好像有个对他有瘾的开关，平时看不见他还好，只要看见他，开关就自动"啵"的一声打开，渴望与他肌肤相贴的欲望汹涌而来。

亲了一会儿后，她主动挪开，一双眼睛湿润润地看着段融，声音很轻地说："我喜欢你。"

她把段融重新抱住，一张小脸像猫咪一样在他颈窝里蹭："这个世界上，我最喜欢你了。

"你是我最珍贵的宝贝。"

她希望段融不要再觉得他是被遗弃的那个，知道有人毫无保留地爱他的。

希望往后的每一天，他都能感觉到被爱，并因为这被爱，抵抗过去所受到的所有不公和苦难。

段融感觉到了她想把一切的爱和温暖都给他。

他收紧手臂，把女孩紧搂在怀里。

在这个时候，因为曾经被放弃而产生的悲哀、阴暗、痛苦、不平衡，所有的消极思想全消失了。

他心口再也不曾空落,因为有沈半夏的存在,感受到了完满。

(4)启明星

段融在幼儿园的时候发现了自己跟别人的不同。

别人都有爸爸妈妈,而他没有。爸爸和妈妈这两个词对于他来说十分陌生,他甚至没有叫出来的机会。

学校开家长会,同班小孩都有父母陪着,只有他孤零零一个人待着。老师问他的爸爸妈妈怎么没有来,他在那个时候明白了爸爸和妈妈的意义是什么。

原来没有爸爸妈妈,就算是没有家。

他尽量说服自己,也不是的,他还有舅舅。只是舅舅平时太忙,没有时间照顾他而已。

家长会快要结束时,舅舅童辉从外面跑进来,在他身边坐下。

段融又安慰自己,看吧,他是有亲人的。

可别人不承认他是有家的孩子,常会说他是被父母抛弃的孤儿、杂种、野孩子,说他真可怜。

从幼儿园一直到高中,这种声音不曾断过。不管社会如何发展,都总会有人以取笑别人来取乐。

段融不觉得自己可怜,只是对这个世界越来越失望。

既然这个世界不美好,他就没有喜欢的必要了。

从那时候开始,他越来越冷漠,得过且过,总抱着一种戏耍的姿态面对所有事物,从来不把别人放在眼里,因为没有必要。

他看来看去,从一岁长到十八岁,见过了不少人,发现没有什么人是值得他珍惜的。

一切都不值得,目之所见都无趣透顶。

生活还是那么糟,比以前更糟。舅舅为了设计师的梦想辞去了工作,借了钱跑出去学习。到了时间还不起钱,那些放高利贷的人就找过来,找不到童辉就找段融,骂骂咧咧地让他还钱。

段融还记得因为他还不起钱,那些人笑着跟他说,他长得这么好看,走歪路子,想要多少钱没有。

段融侧头冷笑,下一秒突然冲上去,抬起一脚猛踹那人心口。

他一个人跟那帮人打了一架,没吃多少亏,因为他是个不要命的,可是对方惜命,惜命的人总是打不过不要命的。

后来他回忆起来，发现自己就是在那个时候，学了一身跟人打架的本事。

那些人渐渐发现他的可怕，见势不好狗一样地掉头逃了。等再次找过来的时候，那些人手里拿了很粗的木棍或是尖利的弹簧刀，用武器让他们占上风，威胁段融，要是他再不还钱，他们就砍他一条手臂。

其实他们说得也没有错，段融确实很容易就能筹得到钱。

学校里的人知道他很缺钱，其中有个叫劳艺的女生，某天抱着一包钱来找他，说要把这些钱给他。

段融想笑，手抄在裤子口袋里，居高临下地看着那女生，很想跟她说一句，想拿钱收服我，没门。

他忍住了，因为在他身边还有个小丫头，那女孩还太小，他不能让她早早地知道世间险恶，以及他这人就快隐藏不住的恶劣。

他极为凉薄地移开视线，忽略掉劳艺，带着身边的小女孩继续往前走，告诉她，钱要花在自己身上，而不能给男人花。

结果女孩还是没听他的话。

没过几天，她偷了家里的钱，帮他还了债。

就是这样还不算完，她傻到怕他有压力，不肯让他知道还钱的人是谁。

所以被万珂捡漏，很长一段时间里万珂都拿还钱的事做说辞，对他进行道德绑架。

有时候他突然会想，万珂替他解了燃眉之急，他确实欠了她的。既然她喜欢他，要不就跟她试试，反正男人喜欢的不就都是那样，够漂亮就好了。

但这个念头只是冒出来一点儿，他浑身就不舒服。

他发现自己对万珂喜欢不起来。

半点儿兴趣都没有。

万珂长得够美，皮囊完美，没有几个男人能对她无动于衷。但很奇怪的是，不管她有多漂亮，段融偏偏不喜欢。

段融宁愿多逗逗放学路上遇见的，那个总是戴着口罩的小女孩，而没心思跟万珂多说几句话。

或许是因为那戴口罩的女孩眼神很纯净，当他看着她，而她用那双圆而明亮的眼睛看回他时，能莫名地让他感觉到这个世界其实没有那么糟。

很奇怪，但这样奇怪的一件事确实就是发生了，毫无理由。

段融没办法让自己喜欢万珂，为了让她不再纠缠下去，拿两倍的钱还给了她。

他觉得自己谁都不欠了，在段向德和严琴找过来，决定把他认回去后，他毫无留恋地从附中离开。

并不知道其实他真正欠了的，是那个总戴着口罩的小女孩。

非但不知道，还在往后的日子里，迅速把她遗忘了。

他开始一心埋在针对段家的报复计划中，因为段向德把他认回去不久，任中卫找到了他，告诉他，其实他不是段向德的儿子，段向德是被严琴骗了。而段向德是个卑鄙无耻的小人，抢了别人的研发成果，还为了灭口设计害人。

任中卫把自己塑造成绝对的受害者，让段融相信，他跟段融确实是货真价实的父子，需要同仇敌忾，把段家的一切都抢过来。

为了让段融相信他的话，任中卫找人在亲子鉴定结果上做了手脚。

任中卫成功骗过了段融，也或许是段融一开始就对段向德有恨，就算没有别人引导，也会跟段向德决裂。

任中卫看出段融是个有野心的人，这种人一旦有恨，就像是一匹危险的狼，没有人能阻止得了他。

其实任中卫想错了，段融不是有野心，他只是对什么都无所谓。

对亲情无所谓，对前途、地位无所谓。因为这个世界实在太糟糕，不值得他多费一点儿心思。

小时候他没有父母，没有人关心他，他就学会了对这个世界漠不关心。长大后，段向德为了能顺利接管家族企业，是为了这点儿利益才把他认回去，他就学会了以牙还牙，忍气吞声地留在段家，好在将来把一切都抢过来，用这种方式让段向德和严琴向他低头认错。

这些年来，他长出了一层又一层的假面，每个笑都带了冷，从来不是发自内心的开心。

直到与沈半夏重逢。

他再次遇到这个女孩，女孩跟他一样，也戴上了一层假面，用笑容掩饰她埋藏起来的对这个世界的厌恶和无力感。

他一眼就看穿女孩脸上的假面，也很快知道了她接近他是受了严琴的委托，是为了钱才会来到他身边。

但段融一点儿都不反感，不会觉得她势利贪财。因为她那双眼睛实在太干净，对她的任何质疑都会显得很可笑。

他无条件地信任她，会因为她的笑容而发自内心地开心。看到有人找她麻烦，他早已麻痹的神经会立刻被挑起来，控制不住地想杀人。

完全不想看她受到一点儿委屈。

他像是早就与她认识，跟她之间有种无形的吸引力，她的一切都让他感兴趣，不得不着迷。

她骗人他喜欢，说谎话他喜欢，怎么样都觉得她实在可爱。她开心的时候，他也会觉得舒心；她不开心掉眼泪的时候，他就想把她的眼泪一颗颗舔干净。

任何让她觉得难过的人与事，他都想毁灭。

他发现自己长出了不曾有过的欲望和情欲，欲望是因为她，情欲也是因为她。他的所有喜怒哀乐一起茂盛地破土而出，他不再是之前总是会用一张假面对付这个世界的段融了。

　　之前看谁都觉得没意思，那么多脸蛋漂亮身材火辣的女人主动勾引，他只觉得倒胃口。

　　而当沈半夏出现在他身边时，他所有七情六欲决堤般汹涌而出。

　　他想与她做尽一切亲密的事，想让她成为他身体的一部分，让她身上染满属于他的气息。

　　尤其在知道她就是很多年前与他短暂有过两个月交情的小女孩后，对她的占有欲达到顶峰，已经没办法想象没有她的日子要怎么过。

　　因为如果没有她，他一天都过不下去。

　　只是每次想到她过去所经历的，他总要心疼。

　　在喜欢他又得不到回应，甚至都不能跟他见面的那些日子里，她每天都过得不好。

　　一个人藏着无望的期冀一天天地等下去，在看到新闻里有关他和别的女生绯闻时，她会一个人躲起来偷偷地哭。

　　段融想回到那一年，每天都守在她身边，看她一天天地长大，然后告诉她，他在意的、喜欢的永远只有她一个。

　　不让她因为想念他而难过。

　　他无法弥补过去那几年里对她的亏欠，只能在以后的日子里倾尽所能地对她好。

　　他要把这个世界上所有美好的东西都送给她。

　　让他的女孩再也不要经受风霜苦难，往后余生所见到的，只有鲜花着锦，晴空万里。

　　之前他总是得过且过地跟这个世界耗着，有了沈半夏以后，他有了想要好好活着的念头。

　　他必须要过得好，要从阴暗里走出来，站在太阳底下，晒掉发霉了的颓唐沮丧，晒一身温暖的光。

　　这样才好干干净净地拥抱她。

　　要让她在往后的日子里每天都温暖乐观地活。

　　他从来没有把身上的萎靡示于人前，可沈半夏依旧看到了，每天都尽力驱赶着他过往的阴影，用毫无保留的爱治愈他。

　　明明她自己曾经也带了一身伤。

　　当她说，好想把心挖出来给他看看，她到底有多爱他的时候。

　　段融想把自己的命交到她手里，从此是死是活都随她。

她那些朋友都说，自从认识了段融，她再也没有强颜欢笑过，每一个笑容都是发自内心的。

可他们不知道，其实沈半夏也治愈了段融。

把他从黑暗隐蔽的角落，拉回到了光明热闹的人间。

她是上天给他的馈赠，是他永恒不灭的启明星。

（5）变烫

米莉要结婚了，新郎是尚柏。

以前米莉一直觉得自己找不到值得托付终身的男人，这辈子要在花花世界里玩到终老的那一天，后来还是甘心被婚姻这座围城套得牢牢的。

米莉请沈半夏当伴娘，私底下跟她说了好几次，捧花一定要扔给她，让她争取能在满二十岁那年顺利地跟段融领证。

"段融把你保护得太好了，"米莉站在镜子前试婚纱，"你是不知道外面有多少女人巴不得你跟他再闹一次分手，到时候等着乘虚而入呢。也就是段融能扛得住，换别的男人早不知道出轨多少回了。"

沈半夏知道段融是个多能招桃花的人，万珂、劳艺、梁瑞涵等这些她都见识过，没有一个是好对付的。刚开始时她确实很没有安全感，后来她所想要的安全感，段融给她了。

段融是那种，就算有绝顶美女在他面前脱光了衣服，他也只会皱一皱眉头说："你辣到我眼睛了。"

她回忆了一遍这段时间跟段融的相处，下意识就想说，就算她遮得严严实实，只要是跟段融在一起，他就会忍不住动手动脚。

尚柏从公司赶过来，当看到米莉穿着婚纱盈盈地站在他面前，这个男人的眼眶湿了，感动地去抱米莉，亲了亲她的脸颊："你真美。"

米莉之前告诉过沈半夏，男人的嘴骗人的鬼，对你说"你真美"的真实含义是"我想睡你"，完全不感人还显得老土。可在尚柏的话后，米莉竟然也湿了眼睛，这时候倒不觉得自己男人老土了，而把至理名言换成了"当男人对你说你真美的时候，他可能是真的想睡你，那恭喜你，你把他钓到手了"。

婚礼举办地点在一个庄园里，米莉扔捧花的时候，沈半夏在忙着吃酒席上的一道江米酿鸭子，因为那点儿口腹之欲，完全把接捧花的事忘到了九霄云外。

接到捧花的伴娘是米莉的一个老同学，常年单身，在发现手捧花掉到自己怀里后，她开心得仿佛是接到了一个男朋友，跳过去给了米莉一个熊抱。米莉送了远处只顾埋头苦吃的沈半夏一个白眼。

550

张俊安作为尚柏的朋友,也出现在了这场婚礼上。他很久没见过沈半夏,之前有段时间他被段融调去了南方分公司,最近才回来。回来后发现沈半夏早就已经跟段融在一起,他是一点儿机会都没有了。

婚礼结束后,天上下起了大雨,沈半夏的伴娘服还没有换下,大片肩膀露着,很冷。小腰细细的一截,被系带收束着,裙摆下两条小腿又细又笔直,线条流畅。脚上踩了双高跟鞋,脚踝纤细,让人很想摸一摸。

张俊安朝她走过来的同时,身上的外套已经脱了下来,作势要给她披上:"是不是很冷?你先穿我的衣服吧。"

沈半夏躲开了,双手交错抱着胳膊,抬头看是张俊安,笑了笑:"张先生,是你啊,好久不见。"

"好久不见。"

张俊安把衣服收回来。她穿的是一件浅蓝色的伴娘服,款式中规中矩,但她人长得太漂亮,穿什么都会有一股灵气,光彩照人。

"我去换衣服了。"沈半夏没说两句就一副要走的样子,"以后再聊。"

张俊安目送她离开,雷声在外面"轰隆隆"地响,女孩抱着胳膊朝前跑,背影清丽动人。

沈半夏换好衣服和鞋,从更衣室出来。米莉靠在门口等她,一副找她秋后算账的样子:"捧花为什么没接?"

"我忘了,"沈半夏说,"你不能怪我,酒席实在是太好吃了,我没忍住诱惑。"

米莉无语,留着很长指甲的手指要点她脑门。张俊安走了过来,把沈半夏往后拉了拉,躲开了米莉九阴白骨一样的魔爪。

"新郎官到处找你呢,"张俊安朝后示意,"你怎么还在这儿,他都等急了。"

"有什么可急的,平时他实力有多强我又不是不清楚,"米莉看看表,当着人面把抹胸往上提了提,"这不才九点吗?够用了。"

张俊安没怎么见识过米莉的豪放,被她一两句话说得红了脸。

沈半夏靠在一边笑。

米莉跑过去找尚柏,在转弯处停下来,转身对着那边两人拍了几张照,照片全给段融发过去,附言:有人对你媳妇贼心不死,我就帮你到这里了。

段融收到消息的时候正参加一场国际会议,他把图片点开,看到张俊安站在沈半夏面前,虽然拍摄距离很远,但依旧能看得出张俊安眼睛里的爱意。

段融提唇冷笑。

他把张俊安调出去大半年,以为这人能吃到教训,谁知道竟是个不长记性的,到现在了还敢惦记他的女人。

雨一直下得很大，没有停下来的趋势。网约车排到了一百号往后，不知道要等到什么时候。

沈半夏在窗边坐着，手机里放着网课，她时不时扭头朝外看一眼，想知道这雨到底什么时候才能停。

张俊安朝她走过来："半夏，我开了车，送你回家吧。"

沈半夏想了想，摇头："不用麻烦了。"

"不会麻烦。这雨一时半会儿也停不了，我载你吧。"

沈半夏跟张俊安算不上熟，对这个男人没什么深刻的印象，只是看得出来他不是坏人，跟着他走应该也没什么。

到了车库，张俊安打开副驾驶座的车门。沈半夏没有坐进去，往后走了走："我坐后面就好。"

她坐在后排，车子载着她驶出车库，雨打了过来。

"你最近过得好不好？"张俊安找话说。

"挺好的。"

沈半夏想到自己有很久没见过他，估计他应该是在天晟被查后换了工作，问："你现在在哪里工作啊？"

"还跟着段总，"张俊安告诉她，"天晟出事以后，段总把我们有意向留下来的员工都组织了起来，去了他的新公司。"

"可我在公司里都没看见过你。"

"段总把我调去了南边沿海，最近刚调回来。"

"段融调你去的？"

"是。"

沈半夏觉得奇怪，段融不怎么管人员调动上的事，为什么独独把张俊安调去那么远的地方，到现在了才让人回来。

张俊安不是管公关的吗？这个职位一般不会有太大的调动，除非有什么很难解决的事需要去实地处理，但也都是短期出差。

她正想着，段融给她打来电话。

她划开接听。

段融问她："在哪儿？"

男人低沉的嗓音传来，透过电流传进耳朵，格外有磁性。

沈半夏告诉他："我在张俊安的车上，他正把我送回家。"

过了几秒，电话里传来一声车门响，紧接着是发动车子的声音："位置打开。"

"哦。"沈半夏很乖地应声，打开位置共享。

能看到段融的车迅速朝着她所在的方向过来,在大雨中一路疾驰。

前面的张俊安轻咳了一声,问:"段总的电话?"

"是。"

"他今天有个跨国会议,说是会开很久,已经结束了?"

"或许吧。"

沈半夏的注意力一直放在地图上属于段融的位置点,当绿色的图标点极快地往前移动时,她的心跟着跳得很快。

两人之间的距离迅速缩短,最后在一条没什么人的路上,段融的车一个急拐拦在了张俊安的车前。张俊安猛踩下刹车,当车子被逼停时,距离段融的车仅剩不到两米。

段融从车上下来,手里撑了把黑色的伞,伞上没有任何图案。

段融直接走过来,打开沈半夏这边的车门。雨下得很大,地上有层薄薄的积水,他不肯让那层积水弄脏沈半夏的鞋,单手把她拦腰抱起来,一直抱到自己的车边,让她站在高出一些的马路牙子上,他开了车门又把她抱进去。

张俊安在车里看见这一幕,心堵着。他发现自己对沈半夏的喜欢是完全徒劳的,他根本没有任何能力跟段融去抢沈半夏。

不管是各方面,他都输了。

张俊安撑了伞下车,走到段融面前,颔首:"段总,我是看半夏一直等不到车,所以才想送她回去。"

"谢谢。"

段融竟然对他说谢谢,只是说话时完全让人感觉不到任何谢意。

"可是不用,送她回家这种事我会做。"段融补充,拉开车门坐进去,收了伞,发动车子离开。

沈半夏扭回头,能看到张俊安撑着伞站在雨里,样子有些落魄。

段融一只手握住她后脑勺,把她小小的脑袋扳过来:"看什么?"

"张俊安好好心好意送我,你不说句谢谢就算了,怎么还一脸他欠了你钱的样子?"

"我没说谢谢?"段融收回手,转而在她耳朵上捏了下,"耳朵白长了?"

"你那是真心谢谢他吗?"

段融面色沉下去,手扶上方向盘,明显很不愉快地动了动唇,拿舌尖顶腮帮。

这是他心情不好时会做的动作。

沈半夏没看出来他是为了什么才不高兴,继续说:"你是不是对张俊安有什么意见啊?还把他调到那么远的地方,到现在了才让他回来。他出身不是很好,是靠自己才好不容易奋斗到现在的位置的,工作一直都很卖力,你应该多关照关照……"

车子在大雨中猛地一个急停,沈半夏的话终于停了,没再继续说张俊安怎么样。

她不解:"你怎么了?"

段融解开安全带,朝她压过来,手捏住她的脸开始亲她。沈半夏被迫仰头。

外面雷声阵阵,雨下得很大,成片浇在车玻璃上。车内的温度在两人嘴唇相碰的那一刻升高。

段融亲得很凶,带着惩罚的意思,故意把她咬痛。沈半夏慢慢喘不过气来,头侧了一下。段融顺势亲她颈窝,一点点吸吮。她感到一阵刺痛,等他离开的时候,从后视镜里看了看,见脖子红了一片。

她用手捂住,不明白这人发的什么疯,怎么突然就生气了。

他生气的时候并不会对她发脾气,样子看上去还算平和,只有一双眼睛比平时更黑更沉了点儿。

"你怎么了?"她问,"干吗这么凶?"

"我凶了?"段融压过来继续亲她,制住她的手,握住她手指一根根地揉,呼吸变得越来越重,"我这是爱你。"

沈半夏感觉到他身上变烫了。

他扯开她毛衣下摆。每一次手指的力度,咬在她舌头上的湿润感,喷在她颈窝的热气,都能让她明白,他现在想做什么。

沈半夏往后躲着,呼吸急促地说:"段融,这是在路上。"

段融又亲了一会儿,放开她。

扣好安全带后,车子如一只虎豹般迅疾朝前,多耽误一秒就要多忍受一秒的煎熬般。

沈半夏的心跳得比车速都快。

到了家,刚进门,沈半夏已经被抱起来放在玄关柜上,衣服都没怎么脱,他已经迫不及待地闯入。

沈半夏还是觉得他太凶,眼睛不知不觉地红了,泪水都被逼出来。

"不行。"她皱起秀气的眉,试图推开他。

段融"啧"了声,手把她的腰握紧,恶趣味地想折断她,刚用了点儿力就心疼,手指松开。

他竭力控制着不要弄伤她,从她唇角亲到她耳朵,气息很重,声音又沉又哑:"乖点儿,别让我生气。"

沈半夏搞不懂,自己到底是哪里惹了他。

(6) 醋缸

段融全程都很用力，比往常暴戾很多。

最后一次沈半夏被压在浴室光滑的墙壁上，她是真的撑不住了，哭得眼睛都红了。

段融把她翻过来，看到她脸上的眼泪。

"行了，不做了。"段融哄她，一直哄了好久才哄好，把她擦干抱回去，拿被子裹着，"乖，别哭。"

沈半夏委委屈屈地吸鼻子，使唤他："想喝水。"

段融倒了水给她。

沈半夏尝了一口，不满："我要喝凉的。"

"嗓子都叫哑了，喝什么凉的。"

段融举起手，指腹擦揉她的唇，视线下垂将她看着："以后小点儿声叫，嗓子哑了我心疼。"

沈半夏憋红了脸看他，实在忍不住回呛："谁让你弄得我好痛，我能忍得住吗？"

段融挑眉，离她更近了些，鼻尖快碰到她的鼻子，突然说："痛还是爽？"

沈半夏不想再跟这浑蛋说话，一气把水喝光，杯子放到他手里。

段融随手把杯子搁在一边的床头柜上，抱着她躺倒在床上，继续问："怎么不说？"

沈半夏把被子蒙过头："段融！你再这样我就跟你分房睡。"

"那你别想，"段融说，"楼上房间我明天找人拆了。"

沈半夏又跟他闹了一阵，渐渐地在他怀里睡着了。

迷蒙中，她听到他在耳边威胁似的警告声："以后离他远点儿。"

不知道说的是谁，莫名其妙。

沈半夏没怎么把那晚的事放在心上，以为段融只是偶然性的发疯而已，况且他在床上一向都精力旺盛，会表现得尤其亢奋也不奇怪。

周末学校没课，沈半夏去律所上班，往会客室送咖啡的时候，她看到了张俊安。

张俊安带着父母一块来了律所，两位老人家碰上了一桩官司，来这边找律师。张俊安原本想拜托米莉，可米莉今天一早就飞去国外度蜜月了。

在沈半夏进屋后，张俊安顺势往她这里看，提议："那我们这个案子就交给半夏和刘律师吧。"

武平活了这么多年，张俊安什么心思他不会看不出来，把杯子往桌上一放，说："半夏经验还不足，我可以给你介绍我们这边经验丰富的律师。"

"我相信半夏的能力,而且有刘律师带着她,不会有什么问题的。"

张俊安坚持要让沈半夏参与这桩案子。后面几天,他常会过来律所。晚上加班,他会给律所里的人点夜宵,给沈半夏的那一份是特别的,里面会多出几样食材。

沈半夏浑然不觉,以为大家拿到的便当都一样。

只要来律所,张俊安的视线就会挂在沈半夏身上,只是这么看着她都觉得满足。

小姑娘长得更漂亮了,气色也更好,眼里装满了光。

不过这些应该都是段融的功劳,跟段融在一起后,她原本灰暗的人生重新散发出光彩。之前她总是在故作坚强,乐观都是装出来的。现在她的乐观都是真的,因为有段融在,她可以不需要坚强也能活得很好。

张俊安一边为她高兴,一边又不受控制地想,如果在她身边保护她的这个人是他就好了。

沈半夏去拿打印出来的文件,整理的时候手指不小心被割了一下。张俊安急忙走过去,关切地问:"没事吧,我看看。"

沈半夏无所谓地抽了张纸巾擦手指:"没事。"

段融从外面过来,看到张俊安满脸紧张地站在沈半夏身边,要去碰她的手。

段融走过去,把沈半夏拉到自己身边,拿起她的手看了下。纸页锋利,在她食指上割了挺长一条口子。

段融眉心蹙起,掏出创可贴帮她贴上,柔声问:"疼不疼?"

沈半夏摇摇头:"还好。"

段融帮她处理好伤,这才冷眼去看张俊安:"张经理,我听说你最近在打官司,不好好找几个律师倒来找我女朋友,你是不是有点儿强人所难了?"

张俊安解释:"我只是觉得半夏有能力办好这个案子。"

"所以你就让她每天加班到这么晚,临近期末不能好好复习,整天为了你的案子操心?"段融把沈半夏的手握住,话仍是对张俊安说,"你父母的案子我会托人帮你解决,以后你不用再来找半夏。再让我发现一次,我不介意把你调到国外。"

气氛剑拔弩张。

武平从办公室出来看见,过来调和:"段融你来得正好,今天是我太太的生日,我正要请你赏个脸来一趟呢。位置我都订好了,咱一起去吧。"又去看张俊安,"张先生,你也一起去吧。"

给饶文姿过生日的地方是个私人娱乐会所,武平把整家店都包了下来,他先带一部分人过去。

武平是沈半夏的顶头上司,又帮过沈半夏不少忙,段融不能不给这个面子。

到了地方,门口正有人嚷嚷,质问老板是什么人把这里包了下来。

易石青和高峰一人搂一个妞儿,为了不掉面子,非要把妞儿带过来玩一场,唾沫星子快把老板淹死。

吵得正厉害,身后出现一人,不满地问:"干吗呢?"

易石青和高峰一回头,看见段融跟看见亲爷爷似的,让段融想办法把他们弄进会所。

段融一只手牵着沈半夏,另一只手抄在兜里,闻言冷笑了声:"其他地儿的酒不好喝?"

易石青:"可不是嘛,就这边的酒值得品,我想这口都想疯了。"

"赵老板,"段融看向一边站着的男人,"把这边的好酒都拿来。"又去看易石青和高峰,"你们俩喝不完今天别想走。"

进了会所,楼上包厢里已经来了不少人,除了张俊安就是律所里的员工。

田樱也在,她跟高峰处过一段时间,对高峰别的地方不满意可对他的财力很满意,刚打算跟他长长久久就发现他劈了腿,背着她不知道找了多少小三。田樱跟高峰闹了一阵,最后得到一笔不菲的分手费。

看见高峰从外面进来,身边还带了个新换的妖精,田樱脸色很不好。她又去看牵着沈半夏往角落里一坐,低头凑近女孩耳边不知道在说什么的段融,嫉妒心"噌"地冒出来。

凭什么沈半夏就能找到长得好看多金又专一的男人,而她找的男人丑就算了还花心。

田樱心里堵得慌,这时候突然想起自己包里还搁着些好东西,是她最近新染上的,成瘾性低,没有多少危害性还能吸个爽,关键这东西属于药品一类,不算违法。

田樱背着人把东西拿出来,白色药丸被丢进果汁,晃了晃,瞬间溶解。

田樱朝沈半夏走过去,把一杯果汁放在她面前,笑着跟她寒暄:"半夏,你这件衣服很好看哎,是在哪里买的啊?"

沈半夏看了看身上这件慵懒风的针织开衫,摇摇头:"不知道,段融给我买的。"

田樱更酸。

这姑娘现在是生活不能自理了吗?

田樱把果汁往沈半夏面前推了推:"真的很好看。不如我给你钱,你帮我也买一件呗?"

后面的话是跟段融说的。

段融双臂展开,往后搭在沙发靠背上,撩起眼皮看田樱,眸中除了天生的冷,还带了让人不寒而栗的威胁感。

田樱觉得自己被他看透了，好像刚才她背着人往杯子里放东西的时候，段融全程在看着她一样。

段融确实也看见了。

他的注意力虽然在沈半夏身上，但他这人观察力极强，稍微看一眼就能瞧得出谁在憋什么坏水。

田樱一脸鬼鬼祟祟，把果汁送过来后就一直很紧张，果汁里十成十放了什么东西。

段融收起胳膊往前倾身，一只手臂撑在大腿上，另一只手把果汁往田樱那边推："你喝。"

田樱脸上发僵。

段融又说了三个字："现在喝。"

田樱不敢喝。

这玩意儿要是直接服用，剂量太大，很可能会有事。

"我……我最近在戒糖，"田樱说，"就不喝了。"

段融重新往后靠，一只胳膊闲闲地把沈半夏揽住："我的妞儿最近在戒小人。"眼睛仍是看着田樱，线条利落分明的下巴往远处一点，"拿着你的东西滚。"

田樱端起果汁逃一样地走了，回到座位，把果汁往垃圾桶里倒。

高峰在一边看见，觉得痛快。

虽然他跟田樱在一起的时候确实三心二意，但田樱也没闲着，分手的时候敲了他很大一笔，害得他被家里数落了很久，还关了两天禁闭。

高峰往段融旁边的沙发椅里一坐，"嘻嘻"笑着："还是你够兄弟，知道我吃了亏，特地来帮我出气。"

段融忙着给沈半夏手上的伤口换创可贴，闻言头都没抬："你吃什么亏了？"

高峰又灰溜溜地离开，往易石青旁边一坐，一副受了冷落的样子。

"不得了了，"高峰说，"段融有了老婆忘了兄弟了。"

易石青深表认同地点头，又往对面一指："看见没有，咱哥来了个情敌。"

高峰顺着看。张俊安坐在一堆人中间，跟人喝酒的同时眼睛不停往沈半夏身上瞟。

怪不得总觉得段融从刚才开始脸色就不好。

高峰跟易石青讨论："你说段融能忍多久？"

"也没怎么瞧出来他吃醋了啊。"

"这叫没吃醋？看他把咱嫂子护得多紧，就没离开过她，生怕她被人叼走一样，简直就是个醋缸。"

"你看你看！宣示主权了！"

易石青往前指。

在前方光线昏暗，没什么人的一处角落里，段融把沈半夏压在沙发靠背上，一手托在她背后，一手抬起她下巴开始吻她。

沈半夏被他突如其来的举动吓到，眼珠颤了颤，手捏成拳打他。打了两下后，她粉粉的拳头松开，改成圈住了他的脖子。

（7）吃醋

虽然沈半夏所在的地方是一处较为隐蔽的角落，包厢里满是喧嚷不休的人，都在各玩各的，但她还是很怕会被人注意到，心跳得越来越猛。

张俊安看见了她被段融摁着亲，喝下去的酒变得苦，烧灼着他的胃。

沈半夏的呼吸被亲乱，后背冒出了一层汗，在段融的头往右转，换角度吻她的时候，两人的唇分开了一瞬，她用气声说："别亲了，会被看见。"

段融呼吸也乱，在她唇上又碾磨了几下。

"没人敢看。"他说。

虽然这么说，但很快就把她放开，把她拢进怀里抱着，低喘着气："想带你回去。"

她老老实实地在段融怀里窝着，小声地说："你别闹了，哪有给人过生日提前走的。"

段融在她颈窝里亲了亲，声音很低很哑："那等这局结束再走。"

沈半夏怕有人会注意到，把段融往外推了推："你抱得我都喘不过气来了。"

好不容易从段融怀里挣出来，她抬起头的时候，感觉到远处有一道视线直直往她这边落。

在她看过来以前，张俊安迅速扭回头，倒了杯酒一气喝光。

有女生看他长得还不错，过来跟他搭讪，他都没怎么听进去，眼前一直回放沈半夏被段融亲吻的那一幕。

生日趴一直到零点结束。

沈半夏跟大家一一道别，站在路边等段融把车开过来。

张俊安走到她身边，叫她："半夏。"

他把拎着的一个袋子给她："这是我刚去药房买的。我看你手上的伤口割得挺长，你可以抹点儿药。"

沈半夏拒绝:"不用了,段融给我买了药了。"

有卖花的老婆婆提着个篮子过来,看见他们,把篮子往地上放,从里面拿出一束玫瑰,往张俊安面前送:"这位先生,给你女朋友买束花吧。"

沈半夏刚要解释,张俊安已经把花接了过来,低声说:"这位老奶奶也挺不容易的,我就帮帮她吧。"

张俊安把篮子里剩下的所有花全买了,老奶奶兴高采烈地离开。

"我留着也没什么用,"张俊安把花递给沈半夏,"你拿着吧。"

沈半夏摇头:"谢谢,我不要。"

段融把车开了过来,他从车上下来,看了眼张俊安怀里抱着的一捧花,极冷地撩起眼皮,直接说:"给我女朋友买的?"

张俊安尴尬地收回手,一时不知道该说什么。

段融不耐烦地抵腮,颇觉荒唐地笑了声。

"张俊安,"他说,"你是不是觉得我挺大度的?"

沈半夏见气氛不对,赶紧把段融往车上拉,跟他解释:"他只是看老奶奶卖花太可怜,所以才买的,你别再说了。"

她把人劝好,拉开副驾驶座的车门坐上去,临关门前跟张俊安说再见。

车门关上,她系好安全带。

段融把车开得很快,一只手扶着方向盘,另一只手肘搭着窗沿,侧脸锋利,透着冷,路上不怎么说话。

"干吗生这么大气?"沈半夏发觉他每次见到张俊安后,脾气就会变得很不好,问他,"你跟张俊安是有仇吗?"

段融:"有。"

"什么仇?"

段融看了她一眼,发现这丫头是真的迟钝,别人喜欢她,她还恍然不觉。

他无奈地笑了声,视线看向前方路况:"你是不是不知道自己有多讨人喜欢?"

沈半夏迷茫地眨了眨眼睛。

怎么谈着别人的话题,突然跟她说起情话来了?

"有多讨人喜欢?"她问。

"讨人喜欢到——"段融的唇狠狠覆下。

这!人!怎!么!这!么!讨!厌!

回到家,沈半夏尽量不去招惹段融,趁他去洗澡,上楼回了自己房间。

自从两个人正式在一起后,她基本每晚都在楼下段融的房间里住。很久没在这个屋子里住过,里面一切如旧,东西被收拾得井井有条。

她把自己摔上床,抱着被子在床上滚了滚。

过了会儿,她跑下床把门反锁。

洗好澡出来,意外看到段融在屋里坐着。

他穿着黑色的棉质睡衣,歪坐在沙发里拿了一本书看。洗过的头发已经吹干,蓬松柔软。发色是天生的深棕色,刘海遮盖到眉毛的位置,发尾细碎,看起来格外有少年感。

沈半夏原本想赶他走,可只看一眼就被美色迷惑,抿了抿唇,不自觉地咽口水。

这男人是修炼成精的妖怪吗!

沈半夏被蛊惑着走到他身边,两腿岔开,屈膝主动坐在他腰间,手把他抱着,仰着头看他:"你怎么进来的?"

"有备用钥匙。"段融扶住她的腰,视线从书本上挪开,往她身上瞥了眼,勾起一边唇角笑,"不是想跟我分房睡,这是干什么?"

"我后悔了。"她柔软的手捧住他的脸,实在受不住诱惑,"啵"地在他脸上亲了下,"哥哥,你怎么这么好看啊?"

他完全就是照着她审美点长的,不管往哪儿看,都能让她体内的多巴胺瞬间喷发。

段融很轻地笑了声,把书随手扔一边,手握住她后脑。

"有多好看?"他贴上她的唇。

身上很快没了力气,只能挂在他身上,脚趾不自觉地绷着,后腰被他揉搓的地方泛起一阵阵电流。

还是感觉不够亲密,她贴得他更紧,屈起的膝盖夹着他劲瘦紧实的腰。

她刚洗过澡,身上有昙花香气,夹着一点儿淡淡的奶香,让人着迷。她穿了条浅绿色的吊带睡裙,颜色清新,领口偏偏开得低,若隐若现一道越发诱人的线。

她既清纯得像天使,又性感得恍如一颗已经长成、粉嫩带着雨珠的水蜜桃。

裙角被胡乱推上去,她在那一瞬间喘出一口气,眸光变得更加混沌。

今天格外顺畅,她主动配合的时候,进状态是真的快。

两人的唇胡乱碰着,呼吸乱七八糟地纠缠,鼻尖不时蹭到对方。

沈半夏身上出了汗,浸湿了一层薄薄的睡衣,白雪一样的皮肤上凝着水珠。头发厚厚地披在背上,热腾腾地烤着她。她喘气的同时又娇又柔地说:"热,哥哥,你帮我把头发扎起来。"

段融就去给她找皮筋,把她搁在梳妆台上,拢起她的头发帮她绑。他真的很会绑头发,她被转过去的时候,透过镜子看到了他帮她绑好的娇俏可爱的丸子头。

她脸庞掉着几缕碎发,颈窝里沾得也有,一张小脸汗湿,白皙的皮肤上染了点儿粉红。

没几下,她又命令:"渴了,喝水。"

段融喂她喝水。

她喝完水,手继续撑着,骨节攥得泛白。桌上几瓶化妆品纷纷倒了,她不满地说:"不在这儿,你把我东西弄倒了,好贵的。"

段融这次没顺着她,捏住她下巴把她的脸扳过来亲,使力的同时哑声说:"我给你买新的。"

他捏着她薄薄的肩膀,脸上有因为她而起的汗,粗粗的喘气声格外性感招人。

"老公有钱,"他说,"多贵都给你买。"

次日沈半夏很晚才醒。难得的休息日,她找了两部影片,一个下午就准备这么消耗。

张俊安的电话打过来,约她出去吃饭。

沈半夏的第一反应是拒绝,但张俊安告诉她:"我有一件重要的事想跟你说。"

沈半夏只好去了。

张俊安约她在一家西餐厅见面,看到她颈下的创可贴后人明显木了一下。

段融把她保护得很好,不可能会让她受伤,只会在她身上留下属于他的印记。

每次张俊安不安分地在沈半夏身边出现后,段融就总要惩罚性地折腾她很久。

可沈半夏还是没有明白段融到底是在不爽什么,直到今天来见张俊安,张俊安坐在她对面紧张地喝完一杯水,终于鼓足了勇气开口:"你可能不知道,我喜欢你。"

沈半夏愣怔了两秒,在这两秒里明白了段融这段时间异常的原因。

原来是在吃醋。

自从跟段融在一起,沈半夏把所有感情都放在了段融身上,导致她很难察觉其他男人对她的好感,除非对方明确说出来。

之前追她的男人算是挺多,段融出现后,没有人敢跟他抢女人,她身边的追求者大幅减少到几乎没有。

张俊安是个例外,明知道她的感情生活很稳定,还是把她约出来说这些话。

沈半夏有些尴尬:"张先生,我有男朋友了。"

"我知道,我只是想告诉你,我是真的很喜欢你。"张俊安选择把话说出来,"我应该早点儿告诉你,不该拖这么久才跟你说。我知道我配不上你,也没有资格跟段融抢人,你放心,你不需要对我有任何回应,只要知道我喜欢过你就好。"

知道了张俊安的心意,沈半夏不能再像普通朋友那样跟他相处,明确拒绝:"谢谢你喜欢我,可我只喜欢段融,段融也喜欢我。他对我很好,我会好好跟他在一起,不会跟他分开。"

张俊安事先预料到会听到这样的话,但真的听到的时候,心里还是痛。

沈半夏不想太过伤害他,抿抿唇说:"其实你人挺好的,我只是个普通人,没有什么配得上配不上的。我相信你一定可以遇到一个你很喜欢,也很喜欢你的人。"

说完这些,沈半夏没再留,从椅子里起身:"那我先走了,希望你以后一切顺利。"

一句话倒被她说得像是道别。

张俊安看着她推开餐厅的门离开。

其实早就知道会是这样的结果。沈半夏心里眼里装的始终只有段融一个,会跟对她有好感的异性保持距离。今天在他表白过后,恐怕她更要躲着他了。

不过他终于把喜欢她这件事说了出来,也看到了说出来以后的结果。

总算能彻底死心了。

沈半夏沿着马路走了一会儿,接到米莉的电话。

米莉度蜜月回来,约她去聚餐。

到了火锅店,米莉一句话砸过来:"我怀孕了。"她一副天都塌了的样子捧着脑袋,"我竟然怀孕了!那天我以为是安全期才没让他戴套的,这都能中招!"

沈半夏从锅里夹了片青菜:"你打算把孩子生下来?"

"是啊,尚柏也老大不小了,该有个孩子了。"

"那你还愁什么?"

"愁我即将逝去的青春。"米莉仍然捧着脑袋,重重地叹气,"我以后的人生可怎么办,从此再也没有夜夜笙歌,只有哭个不停的孩子。我只要想一想我头都要炸了!我该怎么办?我这辈子从这里开始就要完了。"

沈半夏想说那你就不要生了,为什么一定要为男人生孩子?又怕这么说了以后会被骂冷血,选择闭口不言。

"半夏,段融有没有跟你说过孩子的事?"米莉问,"你们有计划什么时候要孩子吗?"

"没有。"

"也是,你年纪还小,这种事不急。"米莉往锅里放丸子,"你还能再潇洒几年,姐姐我就不行了。我以后所有精气神,都得被我肚子里这个吸干了不可。"

米莉长叹口气:"没想到我也是个俗人,有一天也会为了男人生孩子,甘愿过柴米油盐酱醋茶的日子。"

米莉确实栽尚柏手里了,她见识过各种类型的男人,结果最后被一个温柔的大叔拿下。

沈半夏手机响起,来电人是段融,问她在哪儿。

"我在陪米莉姐吃火锅,"她乖乖地说,"你下班了?"

"嗯。地址发我,我去接你。"

"哦。"

沈半夏把位置发给段融。

吃完饭米莉去结账,被告知账已经有人结了。

米莉还以为是尚柏来了,急匆匆地踩着高跟鞋跑出去。她每跑一步沈半夏就心惊胆战,生怕她肚子里的孩子会有意外。

"米莉姐,你慢点儿走。"沈半夏跟上去,"你现在怀孕了。"

"不用担心,我身体好着呢。"米莉推开门往外瞧,没看见尚柏,倒看见一辆嚣张的黑色莱肯在外头停着。而那个越发帅得天怒人怨的段融靠站在车旁,夜色在他脸上切割出诱人的一片昏昧暗影。

"原来是你家那位啊,"米莉有点儿失望,"我还以为是尚柏呢。"

段融朝她们两个走过来,在沈半夏发上揉了一把:"吃饱了?"

沈半夏点点头:"我们先送米莉姐回家吧。"她踮起脚尖凑到段融耳边,小声地说,"米莉姐怀孕了。"

米莉拍了她一下:"小半夏,我人在这儿呢,你至于当着我面说悄悄话吗?我怀孕又不是什么见不得人的事。"

沈半夏笑笑,去摸她的肚子:"是是,当然不是见不得人的事,而是值得庆祝的事。"

"希望这孩子生出来能省点儿心,"米莉说,"别把我的人生毁得太惨。"

送完米莉,段融带沈半夏回家。

回去路上段融问起:"今天除了米莉你还见谁了?"

这男人又开始吃醋了。

沈半夏知道了他这几天为什么怪怪的,为什么每晚都用力得不行,好像要把她镌刻进他的血肉里一样。

"见了谁又怎么了?"她故意说。

段融不回答,只是轻飘飘地看了她一眼,那一眼威胁力十足。

别扭的男人,一直到现在了也不说在吃醋。

"你是不是一直在吃张俊安的醋?"她忍不住问了出来,"吃醋了也不说,

564

你嘴怎么这么硬？"

　　段融侧了侧头，笑。

　　车里安静了一会儿，沈半夏去看段融的脸色，担心他还是在吃醋，忍不住跟他解释，她对张俊安一点儿感觉都没有，也已经拒绝了他的表白，以后会尽量躲着他。

　　哄了很久，段融还是不怎么领情，回到家第一件事就是把她剥了。

　　他把所有不满都发泄到了力度上。

　　沈半夏尽量顺着他，实在受不住的时候掐他胳膊，掐出一个又一个红印子。

　　她在吧台上坐着，及腰的一头长发在背后散着，发尾在空气里轻轻晃荡。

　　真的被搞怕了，她柔顺地主动亲亲他，手去搂他，乖乖软软地解释："我都不知道张俊安喜欢我，今天他说了我才知道。我以后……"吸了口气，继续说，"以后会跟他保持距离，你别气了好不好？"

　　她最知道怎么让他心疼，眼里蕴含着一层泪，下巴搁在他颈窝："哥哥，我疼。"

　　段融没再那么狠，把她托抱起来放进沙发，慢条斯理地弄，声音又湿又哑："再叫声哥哥。"

　　"哥哥，"她乖得很，"哥哥，我最喜欢你了，只喜欢你。"

　　到了半夜才终于能躺在卧房床上，灯也好不容易关了。沈半夏累极地枕在段融胳膊上，把他脖子搂着，软软地看着他："以后再吃醋要跟我说。"

　　段融还是嘴硬："我会跟人吃醋？"

　　他扶住她后脑，人嚣张得不行："张俊安那种人我还不放在眼里。"

　　沈半夏捏他脸："那你发什么疯？"

　　"我什么时候发疯了？"

　　"就……就这几天。"

　　段融提唇轻笑，语气放低，人坏得不行："怎么发疯？"手指挑她身上的睡衣带子，"弄疼你了？"

　　沈半夏打开他手。

　　段融翻身把她压下去，把她两只手拉过头顶按着，一边亲她一边问："有多疼？"

　　有没有疼到会永远把他记住。

　　沈半夏脸红得不行，心狂跳，没几下就被他再次培养出了感觉。手指握紧他胳膊，往下滑，摸到他手腕上那个越发妖冶的半夏草图案。

　　神思一片混沌，听到他落在耳边又粗又重的声音："是吃醋了。"

　　段融温柔地吻她，一双好看的桃花眼将她望着，里面的光快要流泻出来，神情缱绻。

他拨开她脸庞浸湿的碎发，在她唇边落下一吻，嗓音极哑地说："宝宝，你是我的。"

"谁都不能跟我抢。"

那件事过去不久，张俊安再次被派往南方沿海。

不过不是段融故意给他穿小鞋，而是他主动去的。张俊安想换个环境，觉得到了新的地方，说不准能更快地把沈半夏忘了。

段融的一缸醋总算吃完。

最近沈文海打算用手里的钱把之前家里那套房子买回来，以后就住在那里，不再去操心别的事。

可对方不愿意卖房。

沈半夏听说了这个消息，找到那家人商量，可对方还是说房子是上好的学区房，多少钱都不卖。

沈半夏想劝父亲放弃。父亲对房子念念不忘，无非是因为他跟陈筠的回忆都在那里。可人不能总守着过去的回忆，总要往前看。

沈文海不听她的。他现在靠着交到段融公司的"鲲鹏"，整天什么事都不用做就有数不清的钱可以拿，没有了其他追求，就想回到以前的家里住着。

沈半夏不知道该怎么劝他。

没过几天，那家人主动联系她，说房子可以卖回给她，价格照市场价来就好。

沈半夏问他们为什么这么快就改主意，他们说有位姓段的先生亲自找到了他们，承诺可以把他们的小儿子安排进这边有名的国际学校读小学。

果然又是段融在帮她。

沈半夏挂了电话，告诉父亲这个好消息。

沈文海一桩心事总算圆满。

忙了几天，房子回到了沈文海手里。他请了装修公司，把家里恢复成之前的样子，是陈筠很喜欢的温馨现代风。

沈半夏买了不少东西添置，让家里不那么冷清，起码有些烟火气。

"爸，你有空就经常出去走走。"她边往冰箱里放水果边说，"别总是一个人闷着。这小区里住着不少你认识的朋友，刚路上我还碰见了，他们还找我打听你身体怎么样呢。"

沈文海忙着擦屋子里的相框，头也不抬地说："小丫头片子一个，怎么这么啰唆。操心好你自己的事就行了，别总担心我。"

"我不是小丫头片子了，我都快二十岁了。"

"不用总跟我说这个，"沈文海把清理好的相框挂墙上，"你打什么主意我不知道？段融那小子跟你求过婚吗？婚都没求过就想拐走我宝贝女儿，让他别想。"

沈半夏嘴硬："我又没说我是想嫁给他。"

"不嫁给他，你还想嫁给谁？"沈文海倒是替段融说起话来，"除了他，谁还能配得上你？"

沈半夏感觉现在段融在沈文海心里的地位，要超过她了。

亏她以前还那么担心段融不受父亲的喜欢。

沈文海整理完照片，开始从另一个箱子里拿他那些宝贝藏品。

沈半夏过去看，里面有几套茶具、一盏流光溢彩的琉璃花瓶、三四个古陶瓷摆件、几幅名家书画。

这些全是段融送的，怪不得能把父亲哄得服服帖帖，有了准女婿都快把沈半夏这个亲女儿给忘了。

段融从来都不屑于去讨好谁，可是为了沈半夏，他能做的全做了。

是个周到得让沈半夏觉得安全的人。

为了庆祝沈文海拿回了房子，沈莹带着贾旗和双胞胎儿子过来庆祝。

段融也抽了时间过来，手里仍旧没空着，知道沈文海喜欢下棋，给他带来了两套珍藏款围棋，又送了沈莹的双胞胎儿子一人一台学习机。

沈莹之前还因为沈半夏受伤的事，打过段融几个巴掌，现在很有些后悔。

明明段融对沈半夏已经好到不能再好了。

吃过饭，段融带沈半夏离开。

小区里不少人还认识沈半夏，会跟她打招呼，问她这几年过得怎么样。

有人盯着段融仔细看了很久，惊喜地说："我想起来了，之前半夏刚升上初中的时候，我就总见你送她到小区门口，还以为你是她的远房哥哥呢。"

段融去看沈半夏，这丫头低着头，不知道是想到了什么，脸红红的，露出来的耳朵也红。

段融笑，把她往怀里拽了拽，伸长胳膊把她揽进怀里，对那人说："我不是她哥，是她男人。"

沈半夏更加不好意思，邻居倒是听得笑个不停，夸他们："两个人好配的，郎才女貌。以后一定要好好在一起啊，要多照顾我们半夏。"

出了小区，两个人在路上走，不知不觉走到了附中外。

天已经黑了下来，路上立着几盏路灯，几只飞蛾在灯下绕着圈扑火。

路边的那家商店还在，几年过去都没什么变化，还是老样子。老板坐在外面的凳子上跟人打扑克，看见他们，热络地招呼起来。

"是你们啊。"老板指指商店，对沈半夏说，"小姑娘，我店里新进了你爱吃的糖，你去拿。"

沈半夏就去买了几颗糖，还是那个牌子，透明的糖纸上画着懒羊羊。她拆开一颗糖，伸长胳膊放进段融嘴里，又拆开另一颗放进自己嘴里。

两个人在商店门前的小凳子上坐着，沈半夏撑着下巴看老板跟人打扑克。

"小姑娘很久没有来过了，"老板出掉一副对子，对沈半夏说，"你上中学的时候倒是经常来。"

段融记起来，在他升入高三的前两个月里，有时候放学晚，沈半夏就会在这个商店门口等他。

物理老师总算把最后一道题讲完，宣布放学。十八岁的段融立刻走出教室，一路小跑着出了学校。

往前走了不久，他看到了坐在商店门口的小马扎上，戴着口罩，扎着高高的马尾辫，乖巧等着他的小女孩。

段融朝她走过去，半躬下身，手撑在腿上，问她："等急了？"

沈半夏摇摇头，手捏着书包带，从椅子里站起来。

"学校还有没有人欺负你？"段融问。

沈半夏还是摇头，齐刘海下的一双眼睛剔透地看着他。看到了他脸上因为着急跑过来而出的汗，她抬高手，帮他把汗擦掉。擦完手，她又怯怯地缩回去，重新抓住肩上的书包带。

段融把她的书包拿下来替她拎着，另一只手牵住她的手："走吧，哥哥送你回家。"

没过多久，段融转学了。

沈半夏不管再在这家商店门口等多长时间，都等不到送她回家的人了。

可是现在，她侧过头，借着路灯光，看见段融就好好地陪在她身边。

段融温柔地将她望着，宽大的手掌揉她头发，握着她后脑往前拉。

他凑近她，看着她漂亮清澈的眼睛，跟她说："我就在这里。

"以后不会让你再等我了。"

（8）护夫

段盛鸣跟段融的关系还是不太好，兄弟两个几乎不会见面，就算见了面也说不了几句话，比陌生人还不如。

严琴不想看兄弟两个一直这样下去，亲自找到段融，让他把段盛鸣安排进公司，做些简单的工作。

"盛鸣毕竟是你弟弟，"严琴说，"或许他有不懂事的地方，但你也知道他是什么情况，这些年他过得一直都不太好，不肯跟人交流，总是把自己关在家里。医生都说了,他需要去外面多走走,不然对他身体不好。段融,你是哥哥,算是妈求你了,别跟你弟弟一般见识,多帮着他些,行吗?"

沈半夏能看得出,严琴到底还是喜欢段盛鸣多一些,毕竟是从小养到大的。可段融是长到十八岁以后才被认回家,就算严琴已经意识到对不起他,对他的感情还是不如段盛鸣。

沈半夏想对段融更好点儿,弥补他缺失的爱。

她自己的男人自己疼。

今天没课,她在家里忙活半天,精心做了几道菜,摆放在保温盒里,带上去了段融的公司。

公司里的人都认识沈半夏,知道她是大BOSS放在心尖上的人,谁都不敢怠慢她,请她去了顶层的总裁办公室。

"段总有个会在开,"秘书给她送来一杯咖啡,告诉她,"大概半小时后就回来了。"

沈半夏说谢谢。

等人走了,她在办公室里转了转。

南面是一整面落地玻璃,这边视野很好,往外看,一览无余,浮云都好像飘在她脚下。

办公室里搁着一架钢琴,是段融为了她买的,让她过来的时候能弹着解闷。

她把饭盒放一边,在钢琴前坐下。

段盛鸣进公司已经有好几天,每天无所事事。公司里的人知道他性格敏感,喜怒无常,拿他当祖宗一样供着。他们越是这样,段盛鸣越觉得自己就是个废物,在别人眼里他也是个废物,什么事情都做不了。

他的性格变得更差,很容易发脾气,员工们都不敢惹他,见了他总要退避三舍。

段盛鸣更觉得公司里的人都看不起他。他把恨意转嫁到了段融身上,认为员工之所以会对他有这种态度是段融的授意。

可他偏偏找不到段融的弱点。如今整个段家都要看段融的脸色,没有不服段融管教的,段盛鸣没资本能跟段融比。

今天在公司依旧什么事都不顺,看谁都觉得烦,段盛鸣搭电梯去了顶层,想给段融找不痛快。

到了段融那间办公室门口,直接推开门进去,房间里悠扬的钢琴声传了出来。

段盛鸣停下脚步往里看。

一架纯白色的钢琴前,沈半夏安静地坐着,素手轻抬在弹奏一首曲子,侧脸温柔美好。

段盛鸣看了她一会儿，心里一个想法冒出来。

段融不是没有弱点，他的弱点是沈半夏。

只要想办法把沈半夏从段融身边抢走，段融也就彻底垮了。

段盛鸣走过去，钢琴声停止，沈半夏扭头看他，从琴凳上起身。一时想不到该怎么称呼他，最后她只能说："你找我有事？"

段盛鸣虽然残了两条腿，但仗着家里滔天的权势，这几年他见过的漂亮姑娘不算少。平心而论，哪个都比不上沈半夏。沈半夏就像是一朵极难养的昙花，而她一旦开放，那种美丽是惊人的。

段盛鸣朝她走过去，每一步都走得很稳，竭尽全力让自己看上去像个正常人。

"你刚弹的是什么曲子？"

他停在钢琴前，手指去摸琴键，问。

沈半夏回答："《幻昼》。"

"《幻昼》。"段盛鸣重复了遍，想到之前一次慈善晚会上，沈半夏弹的就是这首曲子，而段融听得愣神。

"这曲子很好听。"段盛鸣其实是在撒谎，他并不觉得那曲子好听，反而没劲透了，"钢琴我也学过几年，哪天你教我弹这首曲子，好不好？"

"其实我不怎么会弹，就是随便弹着玩的。"

沈半夏有些怕这位段家的小少爷，觉得他喜怒无常，不好相处，很怕说错什么会触到他的雷区，没讲几句话就想走："你要是没什么事的话，我就先走了。"

"你去哪儿？去找我哥？"段盛鸣果然又开始阴阳怪气了，"你就一分一秒都离不开他是吗？他就这么好，我就这么差，你跟我多待一会儿都不行吗？"

这位少爷又乱想了，沈半夏想走没走成，有些不知所措地站着。

段盛鸣扶着琴在凳子上坐下，手去摸膝盖，似乎有些疼痛难忍的样子。

他看了沈半夏一眼："我腿疼得走不了了，你扶我去个地方。"

沈半夏只能过去搀住他。

她扶着段盛鸣离开办公室，往前走，一直到前面出现一行人，最前面是被众人簇拥着的段融。他个子很高，气场又太强，沈半夏一眼就看到了。

段融的目光落在她扶着段盛鸣胳膊的手上，眼眸细微地沉了下，很快就掩过，把手中一份文件摔给崔山，让他带大家先走。

段融朝他们走来，把沈半夏的手从段盛鸣胳膊上拽下来，把她扯到自己身后。

段融目光往下，冷冷瞥了眼段盛鸣的假肢。这假肢是严琴花高价特意定做的，又请了不少医生帮助段盛鸣适应，段盛鸣就算再怎么废物也早能借着这对假肢健步如飞了。

"假肢用着不合适就再换。"段融一只手把沈半夏牵着，另一只手抄进裤子口袋。

段盛鸣穿戴上假肢差不多有一米八二，段融比段盛鸣还要高出五厘米，居高临下地俯视着他，说："就别麻烦你嫂子，你一个男人，好意思让女孩扶你？"

别人都注意照顾段盛鸣的心情，但段融从来不会。一直以来，他都拿段盛鸣当正常人，说话很直，从来不拐弯抹角。奇怪的是，段盛鸣不觉得这样有什么不妥，反倒觉得段融对他的这种态度更让他感觉到自在，仿佛他真的就只是一个普通人，两条腿断了就断了，没什么大不了。

为了气段融，段盛鸣故意笑了笑，说："嫂子看我太可怜了，主动要来扶我，我能说什么？"

"可怜？"段融说，"别学会一个词就乱用，真正可怜的人你见都没见过。"

"也是，我或许真的算不上可怜，十八岁之前的你才算可怜，被爸妈抛弃，跟着穷困潦倒的舅舅生活，整天被人追债，吃了上顿没下顿，大冬天里连件暖和点儿的衣服都买不起。你这种的才叫可怜，是吧？"

段融脸上毫无波动，他这个人一向淡薄，不在乎别人怎么说。但沈半夏不能无所谓，当即冲着段盛鸣反驳："他是穷过，可他从来都没有像你一样觉得自己可怜过，他活得比你们任何人都高贵！"

段融刚才被人揭短没有动容，沈半夏的话却让他心口一热，侧低头看她。

段盛鸣听得笑："嫂子，你说实话，如果我爸妈一直不肯认段融，如果他一直是个穷小子，你还会跟着他吗？"

"当初伯父伯母会认回他，是因为看到了他的价值，"沈半夏一心维护段融，"不是段融求着他们认，而是他们需要段融。没有段融的话，你以为你现在还能好好地享受荣华富贵吗？恐怕你们家早几年前就要垮了！段融是怎么样的一个人我比你清楚。从一开始，我就不是因为他身世显赫才喜欢他，而是因为他是段融我才喜欢他。而且你太小瞧他了，就算他没有被认回来，他也可以过得很好，真正过不好的人是你们才对。"

段盛鸣听得愣怔。这几年，喜欢段融的女人有很多，但没有一个像沈半夏这样，对段融的喜欢不掺任何杂质，她是打心眼里喜欢段融的一切。

段盛鸣不甘起来。他跟段融是兄弟，同个爸妈生的，可为什么两个人会天差地别，段融能遇到沈半夏这样的女孩，而段盛鸣有过的那些女人，都只是看中了他的钱而已，没有一个对他是真心的。

他看着沈半夏，拿话刺她："怪不得段融为了你能把他亲生父亲送进监狱。"

这件事一直是沈半夏不敢回想不愿意触及的，不管段向德做过什么，他都

571

是段融的父亲。现在仍有不少人暗地里骂段融冷血,连亲生父亲都能害。

段融平时从来不会提起段向德,自从段向德入狱以后,只去看过他一次。

那天探监回家,段融一个人默然无声地待了很久。他不说话,脸上没有表情,却比那些把喜怒都摆在脸上的人更显落寞。

段向德毕竟是他父亲。

沈半夏低下头,不再说什么了。段融把她往怀里扯了扯,紧握住她的手,扭过头,一派冷沉地看向段盛鸣:"你要是实在太闲,我可以把你送进去给段向德做个伴儿。"

"哥,"段盛鸣难得叫一声哥,"他是我们的父亲!不管他做过什么,他都是生了我们养了我们的人,你至于为了个小丫头片子害他坐十年牢吗?"

段向德其实没有养过段融一天,段融没反驳,面无表情地盯着段盛鸣:"你有意见不该跟我说,而该去问问法官为什么要判他十年,不服气你就上诉。"

段融牵着沈半夏离开,段盛鸣在后面喊:"爸是被你害的!就算他真的做过坏事,可他没有对不起你过,所有人都可以害他,只有你不行。段融,你晚上睡觉不会做噩梦吗?想起爸的时候,你就不会愧疚吗!"

段融步子没有停过,若无其事地继续拉着沈半夏往前走。

沈半夏抬头看他,心里说不清是什么滋味。

她不想让段融不开心。

而他是那种即使不开心,都从来不会说出来的人。

进了他的办公室,门刚关上,沈半夏扑进他怀里,紧紧抱着他。

段融揉揉她头发:"怎么了?"

她眨眨开始泛酸的眼睛,问:"你是不是不开心?"

"没有。"

"段融,"沈半夏抬起头,看着他,"你不开心为什么不跟我说?"

"没有不开心。"

"真的?"

"嗯。"

段融不算是在说谎。他在情感上很淡漠,在乎的人除了沈半夏,只剩了一个把他养大的舅舅。只是很偶尔的时候,他会突然想到十八岁那年,段向德去附中找到他,跟他说的第一句话:"你都长这么高了,比我都要高了。"

段融在还没有记忆时就被家里的人抛弃,对父母没什么印象。但或许真的有骨肉血缘这种东西的存在,在看到段向德后,他莫名觉得这位长辈格外亲切。

即使段向德面目严肃,没有对段融露出一点儿笑意。

段融很快知道了段向德就是他的父亲,可段向德不这么认为,怀疑段融是别人的儿子,对段融的怀疑需要用亲子鉴定这种医学手段才能消除。

把段融接回家后,段向德跟段融的关系没有任何进展,两个人就像陌生人,除了生意场上的事,连交流都很少。

可是每次见到段盛鸣,段向德都是慈爱的。

段融即使对人心冷漠惯了,也不得不承认,每次看到段向德关心段盛鸣时,他是羡慕的。

他一直活得清醒寡凉,因为父母都不爱他,所以从不奢求还会有人真心爱他。长大后那么多喜欢他的女孩,不过都是看中他的外形或是金钱地位,那种喜欢风一吹就散了。

只有沈半夏,是因为他是段融才会喜欢他。

所以段向德必须坐牢,不然他会对不起他的小姑娘。

段融把沈半夏抱进怀里,亲亲她的耳朵:"只要你一直跟我在一起,我就会很开心。"

别人对他来说都无所谓了,一个沈半夏就能让他过好这一生,也只有沈半夏能让他过好这一生。

(9) 黏糊

国外有个交流峰会请段融参加,为期一周。沈半夏有课不能陪他去,很潇洒地把他送上飞机,让他不要太想她,反正也就分开一周而已。

可是分开的第一天,沈半夏发现自己想他想得难受。

那边跟这里有时差,这个点正是凌晨四点,不知道他是不是在睡觉。

怕会打扰段融,沈半夏把手机转来转去,就是不敢给他打电话。

正纠结的时候,微信里收到段融的视频邀请。

看到他头像的那一刻,有巨大的喜悦涌上来。

沈半夏点下接通,屏幕里出现段融那张不管什么角度都好看到让人腿软的脸。

他应该是在酒店,房间里开着灯,手机随意支着,他坐在一把椅子里,面前放着电脑,他握着鼠标在滑。视频接通后,他的注意力从电脑上转过来,对上了沈半夏的视线。

沈半夏目不转睛地看着他:"你怎么还不睡啊?"

"想你想得睡不着。"他离镜头更近了,让沈半夏觉得他人要压过来,透过遥远的距离吻她。

"我现在飞回去搂着你睡好不好?"他说。

沈半夏听得脸红:"也就七天见不到而已。"

"一天见不到你就想得不行了。"

他把手机拿起来，人懒懒地靠在椅子里，视线始终落在屏幕上她小小的脸上。她那边也是晚上，屋子里开着灯，她刚洗过澡，头发吹得半干，身上穿了条柔软的吊带睡裙，颈下露着一片雪白的肌肤。

"宝宝，想不想我？"

沈半夏听得害羞，把脸也埋进被子，过去几秒，重新把小小的脑袋露出来，红着脸说："想。"

一直跟他视频到睡着，他这人坏得很，冷不丁就要说些什么惹得她脸红耳热，搞得她睡着后一直梦见他。

醒来后，她更想他了。在床上翻了个身，意外看到视频竟然还开着，他一直都没有挂。

他那边已经是中午，能看到他坐在电脑前在翻文件。沈半夏以为他在酒店，迷迷糊糊地问："你怎么不挂视频？昨晚有好好睡觉吗？早上吃了什么啊？那边的早餐好吃吗？合不合你胃口？"

段融扶了扶挂在右耳上的蓝牙耳机，低声跟她说了句："开会呢，一会儿跟你聊。"

沈半夏一个激灵从床上坐起来，这时候听到他那边确实有很多人在说话的声音。

参会的都是常年外派到国外的高层，平常只有极少数时间能见到集团的这位年轻总裁，对他平时的私生活并不是很了解，只是听说他交了个十八九岁的女朋友，对那女孩宠得不行。

今天这场会已经进行了两三个小时，段融很少说话，大部分时间都在听别人怎么说，一派闲适地坐在最前方的椅子里，身上带着一股与生俱来的强大气场。他总冷着脸，可当视线往下移，落在支在桌上的他的手机屏幕时，他脸上的表情会瞬间变得柔和，眼里的冷意也减弱。

好像一个没有五感的人突然间就有了人类的温度。

大家心里暗暗稀奇，不知道他手机里到底有什么。

然后就看见他手按着蓝牙耳机，不知道跟谁在说："乖，早餐要好好吃，记得喝牛奶。"

大家这下全明白了。

总裁这是在哄他的那位小女友呢。

之前无法想象这位手段强硬的年轻总裁谈起恋爱来是什么样子，今天算是见识到了。

是真的很黏糊！

上完课，沈半夏从学校出来，段融派来的车就停在外面，她如往常那样拉开后车门，准备坐进去时看见段盛鸣在车里。

她看了眼前面驾驶座上的司机张叔，张庆有些不好意思地笑笑："刚好盛鸣也在附近，我就把他带上了。"

段盛鸣笑看沈半夏："怎么，我在车里让嫂子不高兴了吗？"

沈半夏坐进车："哪里，你是段融的弟弟，就是我的弟弟，我当然有责任照顾你，怎么会不让你搭便车呢。"

段盛鸣咬咬牙："你比我小。"

"那你也算是我弟弟！"

沈半夏乐得占他这个便宜，看他气得脸色都青了，继续说："弟弟，安全带系一下。"

段盛鸣快把牙咬碎。

"张叔，"到了前面一个路口，沈半夏叫开车的张庆，"先把他送回去吧。"

段盛鸣阻止："我饿了，去你家吃饭。"

沈半夏看了他一眼，没说什么。

段盛鸣一身少爷脾气，吃饭的时候挑三拣四，每道菜都说不好吃，专门把葛梅叫过来，问她是不是对他有意见，为什么他一来就不肯好好做饭了。

葛梅不敢说什么，低眉顺眼地站在一边听着。

沈半夏"啪"地把筷子摔桌上，站起来："段盛鸣，你有病啊？这些菜哪里不好吃了？既然不好吃，那你现在就走，你喜欢吃什么就去吃什么，别在这边耀武扬威！葛梅是段融请的，不是你的仆人！"

段盛鸣愕然，想不到有人敢这么跟他大呼小叫，惊得话都不知道该怎么说。

"看什么看！"沈半夏继续凶他，"你要是想吃饭就老老实实地给我吃，不许说话，不许再乱发脾气，不然你就走！"

接下来的时间，段盛鸣真的老实了很多，规规矩矩地把饭吃完了。

沈半夏算是知道这位少爷吃硬不吃软，没有再给他好脸色，跟他相处自在了很多，不再管哪句话会不会伤害到他脆弱的心灵。

段盛鸣一直没有要走的意思，沈半夏过去踢了踢他的假肢，动作自然得就跟在踢他真正的腿一样："你怎么还不回家？"

"这是我哥的家，"段盛鸣这时候知道段融是他哥了，"你还没跟他结婚呢，凭什么赶我？"

"好啊好啊，那你留在这里，我走行不行？"

段盛鸣害怕了，段融平时把沈半夏宠得跟什么似的，要是把这丫头赶走了，段融回来指不定怎么揍他。

"我就看个电影，"他指指电视，"看完了我就走。"

葛梅端来水果，段盛鸣瞥了眼，大少爷脾气又犯了："怎么看上去一点儿都不新鲜，去给我买刚从树上摘下来的。"

葛梅为难，沈半夏接茬："不如把你送果园里，你直接啃树上的不就行了，那个最新鲜了，都不用摘下来。"

段盛鸣瞪她，沈半夏回瞪。

等葛梅走了，他阴阳怪气地说："沈半夏，你是不是看不到我是个残疾，不知道尊重我一下吗？"

"你想让我怎么尊重，把你当残疾一样尊重吗？"沈半夏拿了个苹果"咔嚓"咬了一口，"那样才是不尊重你吧。不知道你是在卖什么惨，你确实断了两条腿，可就因为这样，你这辈子都要随时提醒自己你是个残疾吗？世界上多的是比你惨的人，只是你没看见而已。"

"你别站着说话不腰疼，事情没发生在你身上，你不知道有多疼。"

段盛鸣很少会主动提及自己的伤残，可沈半夏这丫头让他觉得轻松，他没什么压力就把心里话说了出来。

"我本来是能好好过完这一生的，"他说，"可我偏偏变成了现在这个样子。为什么段融要救我，如果不是他把我从车里拉出来，我就不用活着受苦。"

"他救你是因为你要是死了，他就没有你这个弟弟了。"沈半夏扭头，看着他，"人活着总比死了要好，死了就什么都没了，活着总还能看得到希望。你既然活了下来，为什么不能好好活？人开心是一天，不开心也是一天，为什么不开心地过？"

她又伸脚踢了踢段盛鸣的假肢："你看，科技一直没有放弃人类，为什么人类要自己放弃？"

她歪了点儿头，手托着下巴看他的假肢："其实还挺酷的，你戴这个。"

如果是别人说这种话，段盛鸣下意识地会觉得那人在讽刺他。

可这些话从沈半夏嘴里说出来，却让人感觉到她的真诚。

段盛鸣慢慢有些理解，为什么段融会这么喜欢她。

她确实与众不同。

段盛鸣又看了她一会儿，问："你为什么喜欢我哥，就因为他长得好看？"

沈半夏不害臊地点点头："是啊。就是因为他好看，我才喜欢他。"过了会儿，又说，"不过，我爱他是因为他是段融。段融的一切我都喜欢。"

段盛鸣心里发酸。

一部电影放到尾声，沈半夏再次赶人："你该走了吧，我让张叔过来送你。"

段盛鸣没说什么，等张庆把车开过来，自觉地上车走了。

回家路上，段盛鸣找到段融的微信，发了几张照片给他，配文：跟嫂子一起看电影，离近了看发现她长得更正点！

段融打开手机,看到了这条消息。

照片里,沈半夏安静地坐在沙发里,视线往前看屏幕,电影光打在她脸上,她的侧脸温柔美好。

而段盛鸣就坐在她身边,趁她专心看电影的时候拍下了跟她的合照。

段融差点没把手机摔了。

(10)反制

还要再等一天才能见到段融。

沈半夏想他想得不行,又怕会打扰他工作,盯着他的微信头像看了很久都没敢给他发消息。

之前段融的微信头像是简单的纯黑,现在换成了他和沈半夏的合照。他懒懒散散地在沙发里坐着,伸长胳膊把她搂住,把她小小的脑袋按在他肩膀上。沈半夏皱着鼻子,伸出一只手去捏他的脸,画面定格。

越看就越想他。

沈半夏趴在课桌上打个哈欠。下课铃响,教室里的人陆续往外走。两分钟后外面传来一阵小小的骚动,女生的倒吸气声隔得老远都能听得见。

沈半夏不爱凑热闹,继续趴在课桌上盯着段融的微信看。

又过去两分钟,一只骨节分明的手拿走了她的手机。

沈半夏愕然地抬头,看到了出现在她面前的段融。

段融盯着手机,在发现她看的是他的微信头像后,笑了下:"这么想我?"

沈半夏去抢手机,他给了她,可是下一秒把她的脸捏住,另一只手搭在椅背上,朝她躬下身,"啵"地在她唇上亲了下,低声说:"我也想你了。"

教室外围拢的人发出更明显的惊呼声。

沈半夏的脸爆红,把他的手打开,低着头收拾书本。段融帮她把书放进包,替她拎着,牵起她往外走。

他实在太耀眼,跟他一起离开教学楼,去停车场的路上接受了无数人的注目礼。

坐进车,车门关上,沈半夏总算轻松了点儿。

"你怎么提前回来了?"她问。

"太想你了。"

段融只说了这么一句,长臂一伸揽住她的腰,稍一用力把她从副驾驶座抱了过来,放在腿上搂着。

没有废话,他直接朝她亲过来,两人的唇紧紧相贴。

"回家……"

回到家刚进门,沈半夏被压在墙上,段融激烈地吻着她问:"有没有想我?"

沈半夏不肯说。

段融突然停了,从她颈窝里抬起头。他眼里的欲望被压制,看起来颇为冷静地开始一颗颗帮她扣衣服上的扣子。

沈半夏眨了眨眼睛,觉得自己不认识他。

一点儿都不像他。

他怎么可能会在这样的时候、这样蓄势待发的气氛里忍得住。

段融把她滑下肩膀的领口提上去,人离她远了些,两只刚才还在作恶的手抄进裤子口袋,若无其事地说:"我叫了餐,先吃饭吧。"

沈半夏想说吃你个头啊。

她带着一身火气呼呼地看他,段融装成看不懂,在门铃响了一声后,他举手按了下大门开关。

很快有餐厅人员过来送餐,一道道精致的菜肴摆满餐桌,全是沈半夏爱吃的,可她一点儿胃口都没有。

等送餐的人离开,段融把沈半夏摁进椅子里坐着,他坐在她旁边,拿起筷子说:"吃饭。"

这男人还真的云淡风轻地吃起饭来。

沈半夏气得牙痒痒。

她不想让情绪太外露,食不知味地陪着他吃饭。

吃完饭,他去书房办公了。

沈半夏气到不行,不想再理他了,"噔噔噔"地跑到楼上,进了房间关上门。

她决定找本书看,抚平躁动不安的情绪。看了半天一个字都没看进去,她把书丢掉,去了洗手间刷牙洗脸,关掉灯躺在床上睡觉。

怎么都睡不着。

她从床上翻身坐起来,掀开被子赤着脚下地,跑到楼下。

段融已经从书房出来,他刚洗过澡,穿着睡衣在客厅沙发里坐着,随意地拿着一本书看。

沈半夏跑过去,把他手里的书扔到地上,拎着裙角两腿岔开往他腿上坐,什么话都不说,直截了当地开始脱他衣服。

段融忍下笑,"啧"了一声。

沈半夏已经把他睡袍扒了下来。

两个人的嘴唇碰在一起,舌头迫不及待地捕捉着对方。他身上的味道很好闻,清新冷冽,转头换角度的时候鼻梁会剐蹭到她的脸。

其实他想她想得不行了。

这小丫头再不下来,他就要破功了。

他扶正她的腰,嗓音很低,用气声在她耳边诱导着,指挥着。沈半夏刚才已经放出了豪言壮语,这个时候反悔就太没用了,硬着头皮听他的。

段融把她脸庞的碎发拨到耳后,亲她耳朵上的小痣,压抑着声音:"宝贝,想不想我?"

沈半夏半睁着眼睛,手撑在他宽阔的肩膀上,脚趾紧紧绷起来,很低地"嗯"了声。

沈半夏搂紧段融,听到他说:"我也想你。"

时间快慢不知地过去,沈半夏的汗出了一层又一层。

段融把她压进沙发里,咬着她耳朵问:"电影好看吗?"

沈半夏身体拱起,漂亮精致的锁骨上泛出几个红印子,颈窝里落着他的汗。

"什么、什么电影?"

段融呼吸很重,始终不停:"跟段盛鸣看的。"

沈半夏全身心都挂在他身上,一时间甚至忘了段盛鸣是谁,想了半天终于想起来,前几天自己确实跟那人坐在这里看了部电影。

如今段融在这里狠狠地爱她。

刺激感更强烈了,她扭过头不敢看他眼睛,嗓音细弱地说:"还、还行啊,怎么了?"

段融奇怪地笑了声,动作里有了暴戾感。明白过来他是吃了醋,为了自己的小命,她赶紧顺着他说:"一点儿、一点儿都不好看,只有跟你在一起看的才好看。"

她杯水车薪地推他肩膀,小声求他。

段融把她手握住,扯到她头顶摁着,头低下来吻她。

接下来每一下都带了怜惜。

"以后不许跟别的男人看电影。"段融把她转了个身,从背后贴住她,手握住她不盈一握的纤腰,"听见没有?"

沈半夏闷喘了声,手死死撑着沙发:"那天也不只有我一个人,葛阿姨还有李管家都在。"

"那也不行。"

"那是你弟。"她说。

"我弟就能跟我抢女人了?"

"他、他哪有跟你抢,你怎么什么醋都吃啊?"沈半夏觉得自己肚子都难受,嗓音软软地说,"哥哥,你别这样。"

段融浑身的血液都被她搞得沸腾,体内恶劣因子涌出,很想让她因为他而疼,可每次见她皱一皱眉头他就要心疼。

能睡觉时已经是半夜,沈半夏两条腿都要没有知觉了。

她窝在段融怀里,手指被他有一下没一下地揉着。肩膀上布满红色的痕迹,颈窝里也有。

"以后去哪儿都得带着你,"他说,"不然想得受不了。"

沈半夏往他怀里钻,乖乖软软地说:"我也很想你。"

她睡到很晚才醒,段融仍旧搂着她。

她揉揉眼睛,发现他真的还在,往他怀里蹭了蹭:"你今天不上班吗?"

"今天休息。"

段融下床,捞起一条裤子穿上,皮带系好,又去衣柜里找衣服。

沈半夏抬起眼睛。

男人身材好到不行,肩宽腰细,腹部铺着紧实轻薄的八块腹肌。他从衣柜里随手扯下一件黑色卫衣套上,整个人更有少年感。

他找自己的衣服时看都不看,拿到什么穿什么。帮沈半夏找衣服却花了很长时间,偌大的一排衣柜快被他翻完,最后才搭配了一套衣服拿过来,一件件地帮她穿。

"你又没衣服了,"他说,"待会儿去商场我帮你买。"

沈半夏看了看整整一排装着她衣服的衣柜,觉得这男人是在开玩笑。

"你前几天刚给我买过,再买衣柜都要塞不下了。"

"那就在附近再买套房子,"段融把她从床上抱下来,带着她去洗手间洗漱,"专门给你放衣服。"

下午段融带沈半夏去商场逛,看见什么都想给她买,只要是适合她的衣服都让人包起来送到家。

逛了一圈,段融带她去电影院。

因为家里就有一个放映室,两个人还没有出来看过电影,这是第一次。

电影开场,段融带她在最后一排坐下。这是一部很小众的文艺电影,全片两个半小时,画面晃得人眼睛疼,长镜头又多,看得人着急。实在太小众,来看的人很少,前排只稀稀拉拉坐了四五个人。

沈半夏却看得津津有味,怀里抱着一大桶爆米花吃个不停。

段融看了她一眼,又看一眼,终于忍不住"啧"了声,把她手里的爆米花拿过来放在一边:

"我带你来是看电影的?"

沈半夏舔舔发甜的唇角,说:"不然呢,来干什么?"

段融突然一只手伸过去揽住她的腰,略一使力把她抱到了腿上。

昏暗的影院,电影背景音乐冗长而慢。段融盯着沈半夏的眼睛,目光炙热地将她包裹,声音更低地说:"来谈恋爱。"

他握住她细白的后颈,把她往前拉,贴上去吻她。慢慢地,有轻轻的啜吻声响起,堙灭在电影的声音中。

沈半夏没几秒就忘记了刚才看过的电影所有内容。

对那天唯一的记忆,只有她与段融在无人在意的隐秘角落,拥抱着缱绻而漫长地接吻。

(11) 只选你

公司里的人发现段盛鸣的脾气好了很多,不再无缘无故地发火,也不会因为别人某句话就联想到伤残的腿。

有高管跟段融说起段盛鸣最近的转变,夸他工作用心了不少,情绪也稳定了,没有再动不动就摔东西。

高管刚走不久,段盛鸣敲门进来,把一沓资料放到桌上:"你让我整理的下季度营销方案,我都写好了。"

段融往叠放整齐的资料上瞥了眼:"什么时候转性了,以前不是觉得我安排给你什么事都是在整你?"

"我嫂子说得对,我再怎么样都是你弟,你这个当哥哥的不会害我。"

"她的话你这么听?"

"当然,那么漂亮的嫂子,她不管说什么我都得听。"段盛鸣就是想来找段融的不自在,"她让我好好活着,不要把自己当残疾。嫂子这么关心我,我实在盛情难却啊。"

段融明知段盛鸣是在故意激怒他,依旧没办法控制情绪,手很痒,想揍人。

段盛鸣再接再厉:"说起来,如果当年我没有出事,出事的那个人是你,那现在跟半夏在一起的该是我才对。可惜啊,我没这个福气,这么好的机会让给你了。"

段融扔了手里的笔,气势十足地往椅背上一靠:"行,那你可以问问,如果你没有出事,半夏会不会跟你在一起。"

"你怎么就确定她不会?"

外面响起敲门声,紧接着一个小脑袋从门口凑了过来。沈半夏往里看,在看到段盛鸣后,拿询问的眼光去看段融,问:"我打扰你工作了吗?"

"没有,"段融说,"过来。"

沈半夏走过去,到他身边时被他拉住手。

段融当着段盛鸣的面把她扯到腿上抱着。

沈半夏有些害羞:"你干什么?"

段融抓着她的手,旁若无人地一下下地揉:"我这个弟弟刚问,如果他双腿健全,而我才是那个断了两条腿的人,你会选谁?"

沈半夏莫名:"为什么让我选?他跟我又没有关系。"

她想从段融腿上爬下去,试了几次发现动不了,只能当着外人的面继续在他怀里窝着。

"不管你变成什么样子,我喜欢的人都只有你,"她声音小小的,但也足够让段盛鸣听见了,"不管什么时候都只会选你。"

段盛鸣这波打脸来得太快,待不下去,起身要走。

走到门口时他转身,看向段融。酝酿良久,最后他终于叫了声:"哥。"

段融抬眉。

段盛鸣其实不怎么讨厌这个哥哥了,早在严琴告诉他,段融真的是段家的血脉,是当初她跟段向德不敢面对有可能会有意外的结果,才会懦弱地抛弃了他。在了解这些真相后,段盛鸣就不恨段融了。

段融从小被抛弃,在外面吃了十八年的苦,从来没有对不起任何人,而是严琴和段向德对不起他。他把段向德弄进监狱,也是因为段向德确实做了不可原谅的事。

"出事那天,我知道不是你动的手脚,"段盛鸣主动提起那件事,"是我求胜心切,把车开出了赛道。其实你本来可以不用救我,但你还是把我救了出来。如果你晚去几秒,我可能就要死了。"

段盛鸣低着头,终于问:"当时的情况很危险,你也知道我一直不欢迎你回家,可是为什么你还要救我?"

段融满不在乎,语气轻飘飘的:"你是我弟,难道我能看着你死?"

段盛鸣被触动,还想再说什么,段融不耐烦:"行了,一个大男人磨磨叽叽什么,回去该干什么干什么。还有,以后见了你嫂子尊重点儿,她是我的妞儿,你记住了。"

段盛鸣笑了笑,叹口气:"行,知道了。"

沈半夏脸红透了,等到段盛鸣离开办公室。门被关上,她轻松了些,凑近段融:"以后有别人在,你不能这么对我。"

"怎么对你了?"段融抱着她,拿起笔开始在文件上签字,"又没有亲你。"说完在她脸上亲了一下,继续签字。

一整面落地窗外天空很蓝,白云飘来荡去。

沈半夏枕在段融怀里,两条腿百无聊赖地晃着。只是简单地跟段融待在一起,什么事都不用做,什么话也不用说,都觉得幸福。

不知不觉在段融怀里睡着了,两条细细的腿没有再继续晃。段融低头看她,不舍得把她放下,又抱了很长一会儿,一直到助理请他去开会,他才把小姑娘放在休息室的床上，替她关上门。

沈半夏睡了大半个小时后醒过来，觉得肚子有点儿饿，在屋子里翻东西吃。

自从胃病好了以后，她的交替性暴食厌食症没有再复发，饮食习惯变得健康，只是依旧嘴馋。段融知道她贪吃，给她买了很多零食在冰箱里放着。她从里面拿了块小蛋糕，往沙发里一坐，把电视打开找了部电影看。

段融从外面回来，打开休息室的门，见这丫头吃蛋糕吃得脸上都蹭了奶油。

段融抽了张纸巾把她脸上的奶油擦掉，将蛋糕从她手里拿走："别吃这个，我带你去吃大餐。"

沈半夏一听到有好吃的就兴奋，从沙发里蹦起来："好啊好啊，现在就去吧。"

段融忍俊不禁："行。"

他让人送来了一套礼服，让沈半夏换上。沈半夏不理解，为什么去吃个饭还要穿得那么正式。段融说因为这件裙子很适合她，她穿上一定很好看。

沈半夏把衣服换上，后面拉链有些够不着，段融过去，一手圈住她的腰，另一只手把拉链往上拉。沈半夏胸前紧了下，后背热腾腾的，下一秒，感觉到段融在她露出来的肩胛骨的皮肤上亲了亲。

她有些不好意思，挣了挣他。

段融拿了件毛茸茸的白色羊羔毛外套给她穿上，带她坐电梯下去。

到了地方从车上下来，天色已经变黑。晚上温度有些低，段融把沈半夏身上的外套拢紧，揽着她进了坐落在半山腰的一个欧洲城堡似的酒店。

酒店里金碧辉煌，大堂里衣香鬓影，来了很多人。

段融把沈半夏身上的外套脱了，交给身后跟来的助理。

他牵着沈半夏往前走，很多人的目光被吸引住，纷纷朝他们看。

两个人走在一起，都不用怎么构图已经是一幅氛围感极强的画面，十分养眼。

有人端着酒来跟段融搭讪，段融一边漫不经心地回两句，一边拿东西给沈半夏吃。

沈半夏说是来吃东西的，就真的只是来吃东西，其他事情都不理会。段融时不时看她一眼，见她吃得开心，他的心情也好得出奇。

沈半夏几乎把场中的食物都尝了一遍，遇到特别好吃的会喂给段融。段融本来还在跟人说话，只要她的手一举起来，他就会低下头吃她送过来的东西。

旁边的人看得一脸姨母笑。

一直有人说段融和他的小女朋友关系很好，今天亲眼见到，发现传闻毫不夸张，段融对沈半夏是真的宠到不行。

一位留着中长发的四十多岁的男人朝这里走过来，笑着跟段融打招呼。

沈半夏认识他，知道他是国际上赫赫有名的钢琴大师柏勤。

段融一直想介绍沈半夏认识的就是这位大师。

可沈半夏已经放弃了钢琴，平时无非是心血来潮时会弹一弹而已。虽然小的时候也幻想过长大后能站到国际舞台上，但已经没可能的梦想就不要再回头了，不然只会遗憾。

她低着头装作没看见柏勤，柏勤跟段融寒暄完，目光放在她身上。

"段融，你看你把女朋友宠成什么样了，"柏勤玩笑似的说，"这么不懂规矩，见了长辈都不知道打招呼。"

段融宠溺地揉了揉沈半夏的头发，无比温柔地跟她说："半夏，这位是柏老师。"

沈半夏只好说了句："柏老师好。"

柏勤去看她的手指，点点头："是个好苗子。小姑娘，这几年我都会留在国内，你要是愿意，我收你当个学生好不好？"

"不用了，您不用浪费时间，我早就不弹琴了。"

沈半夏不认为自己荒废了这么久，还能弹出什么名堂。她已经做了决定，会好好读完大学，以后当律师。

她想成为跟班兴昌一样厉害的律师，如果将来段融再有什么麻烦，可以帮到他。

柏勤看看段融，又看看沈半夏，笑了笑："我没说要把你教得怎么怎么厉害，你也不用怎么学，当解解闷就行。人总得有个爱好，没有爱好活着还有什么意思，你说对不对？你回去好好想想，要是改主意了可以随时来找我。我可是不轻易收学生的，要不是看段融的面子，多好的苗子我都不教。"

回去以后，沈半夏考虑了几天。

最后决定不要给自己施加太多条件，就像柏勤说的那样，把弹琴当成一个爱好就行，不必非要弹到功成名就。

而且柏勤愿意教她，肯定是段融做了很多努力，她不想让段融失望。

她开始每周抽时间去学琴。柏勤发现她的基础其实很扎实，悟性又好，如果不是荒废了这几年，成就会很高。

不过现在捡起来还不算晚，柏勤给她制定了学习计划，让她每周循序渐进地练习。

练琴这种事，学习起来的枯燥没有多少人能受得住。但沈半夏很能静得下心来，从没有过抱怨。

柏勤有些理解为什么段融会说，她如果再也不弹琴，会是一个很大的损失。

因为又要学琴又要兼顾学业，沈半夏的时间安排变得很紧，有时候啃个面包就解决了一顿午餐，吃饭的时候还在翻着书默背条款。

段融有次来学校找她,在图书馆看见她,她左手拿面包,右手拿笔,无比认真地在书上做记号。

段融把她手里的东西拿走,书本码好放进书包,牵着她离开图书馆。

沈半夏问他:"你要带我去哪儿?"

"附近新开了家川菜馆,"段融说,"想不想去尝尝?"

沈半夏最喜欢吃川菜,一听到有好吃的就把学业上的事抛到了脑后,跟着段融去外面吃饭。

她吃饭时总会吃得很香,看得旁人的胃口都好了起来。

段融给她盛了碗汤,又一次跟她聊起:"法学院的课要不要停掉?"

沈半夏觉得如果就这么放弃了,实在有些可惜,毕竟当初这个学校是她好不容易才考上的。

"我还是想拿到毕业证。"她说,"等我以后成了律师,我就能保护你了。"

她是第一个整天说着要保护他的女生。

明明她自己才是需要保护的那一个。

"我就这么脆弱?"段融没辙似的叹口气,"你只需要做你喜欢的事,那些你不喜欢的不值得你费神。有我在,你不用过得那么辛苦。"

他捏捏沈半夏的脸:"你只负责每天开开心心的就行。"

"我现在就很开心啊,有你跟我在一起,我每天都特别开心。"沈半夏看着他,"段融,我也希望你每天都可以很开心。"

段融笑了笑,凑过去贴了贴她的额头:"有你跟我在一起,想不开心也难。"

(12)热很多

童辉创立的个人服装品牌名声越来越响,有人邀请他去参加一档设计师竞技类真人秀节目。一季十期,每期有不同的主题,设计师需要围绕主题进行服装设计,让模特展示,评委和观众打分,最后的优胜者会有一笔不菲的奖金。

童辉倒不是冲着那笔钱,只是想提高一下曝光度,毕竟这年头酒香也怕巷子深,不好好打广告只会被后来者超越。

前九期他都一路过关斩将,跟另外两名设计师进入到了最后的冠军争夺战。最后一期每名设计师要安排一场大秀,节目组给他找了十来个名不见经传的小模特,大多数空有一副好身材,脸蛋长得实在不怎么样。唯一一个比较出挑的他认识,是被段融封杀后,再也没能破得了娱乐圈门的万珂。

昔日风光无限的大明星现在沦落到跟模特抢饭吃,童辉正唏嘘,从外面进来两个工作人员,来请万珂出去。

"小李是新来的,不懂规矩,误把你招了过来。"一人对万珂说,"我们这里不需要你,你先走吧。"

那人把另一名女模特招呼过来,让她去补万珂的位置。

万珂不肯走,她好不容易才求到这个能在镜头前露脸的机会,不想就这么放弃,抱着双臂往椅子里一坐:"凭什么你们让我来我就来,让我走我就走,没有这个道理。"

沈半夏赶过来的时候,万珂还在跟人理论。

她忽视掉万珂,朝童辉走过去。童辉非让她来电视台一趟,不知道是有什么事。

童辉还在埋头画稿,头也不抬地说:"舅舅请你帮个忙,你帮不帮?"

"什么忙?"

"就是一点儿小忙,"童辉抬了抬鼻梁上的眼镜,"舅舅的大秀需要一个主模特,想请你来当。"

童辉从一边的箱子里拿出一件半成品纱裙,往沈半夏身上比了比,眉头皱着看哪里尺寸不对:"腰围得再收紧两厘米。"

"舅舅,这忙我帮不了。"

沈半夏把衣服推开:"刚我都看见了,别的设计师用的主模特都是节目组给他们请的女明星,您找我一个素人,不是求着出局吗?"

"别对自己这么没信心,我看你不比那些女明星长得差。而且你身材比例好,虽然是比不上她们个个一米七那么高的个子,但我这次设计的服装的主打风就是娇小可爱型,由你去展示最合适了。真的特别简单一事儿,只需要你亮个相就行。什么话都不用说,就当个花瓶站那儿,不管主持人问什么我都帮你接。"

"还是不行,我一看镜头我就怵。"

"你得了吧,当初你冒充康家千金,跟我外甥订婚的时候,闪光灯都快把你眼睛晃瞎了,也没见你怵过。"

童辉苦口婆心地劝她:"反正这些衣服我都是按照你的风格设计的,你要是不肯帮舅舅这个忙,舅舅必输无疑,你好好掂量掂量吧。"

外面万珂还在跟工作人员吵,最后来了几名保安,硬是把人拉走了。

沈半夏考虑了半天,想着反正只是在台上让人看几眼而已,没什么大不了,答应了童辉这个请求。

童辉欢喜得见牙不见眼,跟她保证,一定要做出一件全世界最美的衣服给她穿。

沈半夏走出电视台,万珂倚在外面墙上抽烟,幽幽地说了一句:"看我变成现在这个样子,你很高兴吧?"

沈半夏止步,两秒后回头,看万珂:"这些不都是你自找的吗?"

"我是找了人陷害你偷试卷,可那不是没成功吗?你现在还好好地在学校里待着,他又凭什么不肯原谅我,非要搞死我不可。"

"没成功不是因为你放过了我,麻烦是段融帮我解决的,你凭什么让我原谅你。你现在是没有工作了,可你当初不只是想让我没工作,你是想连我的前途一块毁了,你现在变成这样是咎由自取。"

沈半夏往前走,走了没几步停下,转身:"万珂,那年你冒领我的功劳,让段融误以为他欠了你的。可就算是这样,他不是也没能喜欢你吗?"

万珂的心理防线被这句话击溃,眼睛倏地红了。

是。所有人都知道的道理,只有她一直不肯正视。

段融从始至终,都没有对她动过心。就算她冒领别人的功劳,妄图借此得到段融一星半点的偏爱,段融也不肯给她。

可沈半夏不管是以何种面目出现在段融面前,就算什么事情都没有为段融做过,他也还是会喜欢。

人与人之间确实是有差距的,她不得不承认。

万珂手里的烟掉到地上,眼里滚出两颗终于清醒的泪。

"是,是我输了。"

她说完这句话,失魂落魄地走了。

从那天以后,沈半夏没有再见过万珂。有传闻说万珂是被段融伤得太厉害,出国疗伤去了。

不过这些,都跟段融和沈半夏没有关系了。

沈半夏从电视台回到家,贾一吉和贾一样来做客,在客厅里玩乐高。段融就在一边,耐着性子陪两个小家伙搭城堡。

看见她,双胞胎扑过来一左一右地抱住她,你一声我一声喊姐姐。

段融毫不客气地把双胞胎拉走,伸长胳膊拥住沈半夏,告诉他们:"这是我老婆,你们以后注意点儿,别老随便抱。"

贾一吉眨眨眼睛:"骗人,你跟我姐姐还没有结婚,她还不是你老婆。"

段融咬咬牙,心里琢磨,等他的小姑娘到了二十岁,跟他领了证,他得把结婚证给所有人都秀一遍。

怎么时间就这么慢,感觉他已经等了八百年,结果小姑娘的二十岁生日还是迟迟不来。

双胞胎留在家里吃了饭,开始在屋子里乱跑。他们发现沙发上有好几个懒羊羊玩偶,拿过来抱着,问段融:"哥哥,这个可以送我们吗?"

段融:"不行。"

"为什么？"

"这是半夏喜欢的。"

双胞胎丢了懒羊羊，去拿羊村里的其他羊："那这几只羊给我们吧。"

"不行。"

"为什么？"

"也是半夏喜欢的。"

双胞胎乖乖地把玩偶放下，又问："那你喜欢的是什么呢？"

段融："我喜欢半夏。"

沈半夏过来的时候，就听见他不害臊地跟小孩说这些。

她过去，把玩偶全堆放到双胞胎那里："别听他的，你们想要哪个就拿哪个。"

双胞胎摇摇头，异口同声地告诉她："不行，哥哥说了，只要是你喜欢的，谁都不能跟你抢，天王老子都不行。"

段融都教了些什么啊。

沈半夏侧头去看段融，段融云淡风轻地坐在沙发里，一条腿本来大剌剌地搭着，在察觉她的视线后，那条腿放下来。他往大腿上拍一下，朝她扬眉："想过来坐？"

沈半夏拿玩偶砸他。

段融不生气，好心情地笑，一手把她揽过来半圈在怀里，捞了本书翻开看。

沈半夏头靠在他胸膛里，跟他一起看。双胞胎兄弟坐在一边玩乐高，乖得不行。

童辉给沈半夏发了条消息，让她记得决赛那天去电视台。她只大略瞄了一眼就赶紧把手机摁灭，生怕段融的鹰眼会看见。

段融的注意力还落在书上，她想了想，问他："段融，你看娱乐节目吗？"

"不看。"

"可是有一档节目还挺好看的，是服装设计师大赛，舅舅也参加了，下周就该到决赛了，八点开始直播，你到时候记得打开电视看看。"

"不看。"

沈半夏有点儿急，他要是不看，那她穿那么漂亮的衣服给谁看。

童辉都说了，会做一条全世界最漂亮的裙子给她，她一定要让段融看节目才行。

"你就看看吧。"沈半夏撒娇，晃他的胳膊，"我求求你了。"

段融抬起眼睛，喉结滚了一下，说："叫哥哥我就看。"

就知道这人是坏种。

沈半夏酝酿两秒，开口软软地叫："哥哥。"

"再叫一声。"

"哥哥,哥哥哥哥!"

段融被叫得很受用,但不能再让她继续这么叫下去了,不然没办法收场。

毕竟家里还有两个小电灯泡。

"别叫了。"他一条胳膊横在她脖子前,手捂住她的嘴,低下头,在她耳边用只有她一个人能听到的声音说,"没人的时候叫给我一个人听。"

什么恶趣味!

沈半夏把他的胳膊往下拽,仰起头:"你看不看?"

"看。"

"那你记住啊,下周六晚上八点,水果台。"

"行。"

等沈莹来把双胞胎接走,沈半夏洗了澡,早早地爬上床睡觉。

段融挑选的这张床又大又软,很贴合背部线条,她每回在上面躺下以后就不想再起来。

段融还在书房办公,没有回来。最近他的工作又忙起来,每天要到很晚才睡。

沈半夏有些不放心他,爬下床给他送了杯水。

段融接过水,问她:"不是让你好好睡觉,又跑出来干什么?"

"你还要多久才睡啊?"

段融看看时间:"再有半小时。"手把她的腰揽住,"没有我你睡不着?"

"有点儿。"沈半夏在他腿上坐下来,脑袋枕在他温热的胸膛,"我陪你吧。"

"不用,你先睡。"

段融直接把她抱回去,搁在床上,给她盖好被子,在她额上亲了亲才走。

沈半夏确实有些困了,眼皮一搭很快睡着了。

再醒过来的时候是被段融弄醒的。

她刚开始还有些迷迷糊糊,反应了一会儿神思才归位,明白过来段融是在做什么,而她又是经历了什么才会有那种奇怪又熟悉的感觉。

她有些不满被打搅了清梦,哭唧唧地哼了几声,手去推他的肩膀:"你怎么这样。"

下一秒就什么都没再说了,因为段融实在太了解她,知道怎么样是她最喜欢的,怎么样能让她老老实实地把他抱紧,甚至会乖乖地喊他哥哥。

最后她甚至顺着他的话,说了几句"喜欢""还想""那里""要",这些她都没脸再回忆第二遍的话。

昏昏沉沉地醒,最后也是昏昏沉沉地睡。

睡过去没多久，她蓦地想起一件刚才一直牵绊着她的事。

明显感觉他比之前要热很多。

她拿手去摸他额头，手心立即传来灼烫的温度。

她从床上坐起来，着急地说："段融，你发烧了。"

这人怎么发烧了还能那样生龙活虎。

她按亮床头的壁灯，刚要跑下床，段融拉了她一把：

"傻瓜，披件衣服再下去。"

"哦，好。"

沈半夏从地板上捡起睡衣，三两下穿好，下床找了个体温计给段融测，上面显示三十九度三。

段融的身体一直很好，乍一见他生病，沈半夏有些慌神。

段融勉力睁开眼睛，看她一脸担心地看着他，笑了笑，举起手捏捏她的脸："没事儿。医药包里有退烧药，你去拿。"

沈半夏赶紧跑过去找，找到药拿过来，不太确定地问："是这个吗？"

段融说是，她倒了水，把药扣出来一颗喂进他嘴里，又喂他喝水。

段融吃了药，沉沉地睡了一夜。第二天沈半夏早早起床，给他量了下温度。还好不烧了。她摸摸段融的脸，拿额头去试他额头上的温度。

要心疼死她了。

段融睡到九点才醒过来。

沈半夏煮好了粥，端过来给他喝，不许他下床。

"你今天休息一天吧，明天再去公司，行吗？"她可怜兮兮地问。

段融看看碗里煮得浓稠香甜的一碗粥。沈半夏是个不会做饭的人，可是为了他，她硬是学会了下厨。

"我没事儿。"段融把体温计拿过来，对着手腕按了下，体温计上显示36.5℃。

"不担心了？"他把体温计搁一边。

"可我还是想让你休息一天。"

"行，你说什么我都听。"

"那你现在把这个喝了。"沈半夏指指粥碗。

段融一口不剩地喝光，起床去洗了个澡，换了身衣服，半靠在桌沿，伸手把她拉过来："我带你出去转转。"

"去哪儿啊？"

"哪儿都行，带你去兜风。"

京郊风景很好，没有了车水马龙和高楼大厦，视野变得一览无余，能看到远处的地平线。

天色湛蓝，飘浮着几朵厚厚的白云，路两边的原野里开满了各种不知名的野花。

段融把车停下。

这姑娘最近心血来潮想学车，报了个班。因为总是学不好，在驾校里挨了教练不少阴阳怪气的骂，心态都快崩了，好不容易才通过考试拿到了驾照。

但她还是觉得手生，想多练练再开车上路。段融这次特地把她带到一处没人的专供新手练车的空旷场地，往副驾驶室里一坐，将安全带系上，说："你慢慢开，不要紧张，我在旁边看着。"

"嗯，好。"沈半夏握住方向盘。

她知道这辆莱肯已经绝版了，很怕自己会开报废，紧张得不行。段融让她放松，拽到不行地说开坏了就再换一辆。

沈半夏反驳："你的钱就是我的钱，不能这么浪费。"

段融抽动着肩膀笑。

沈半夏两只手把方向盘握得很紧，眼睛一会儿看前方一会儿低头往车里看，不知道的还以为她想捡钱。

段融失笑，握住她后颈把她小脑袋瓜抬起来："瞎看什么呢，看前面就行。"

沈半夏总觉得不看看方向盘以及刹车、油门等这些，就老是不放心一样。段融发现她小动作多，手一直在她后颈握着，迫使她不能乱动。

她把车开得扭来拐去，但段融却很淡定，懒懒地往椅背上一靠，嗓音清淡地指挥："看前面，手放松，别抖。方向盘别抓那么紧，身体往后靠。前面有个转弯，方向盘往左打。你别慌，速度可以慢一点儿。别紧张，你开得很好。"

沈半夏在他声音中一点点镇静下来，慢慢可以把车开得很稳，不再总是颤颤巍巍像个七老八十的老太太一样晃来晃去了。

练了大半个小时，她把车停在路边，摘掉安全带，探身去摸段融的额头。

还好不是很热。

段融把她的手拿下来："你当我是温室里养出来的？"

"不想你再生病。"她说。

"那你多跟我做做运动，我就不会再生病了。"

用脚趾想都知道他说的运动是什么意思。沈半夏回忆起昨天晚上，他发着高烧还霸占了她大半个小时，觉得他真是疯了。

不过她昨晚就应该察觉到他病了，明明那么烫，她也只以为是他情绪激动时正常的体温而已。

太粗心了。

她决定以后要更注意段融的身体。

毕竟她还要跟段融一起活到一百岁。

不对,她的段融比她大几岁,所以段融要活到一百零七岁。然后她跟段融,生同衾,死同椁。

(13) 1 到 27

周六,决赛日,沈半夏早早赶到电视台。后台里乱糟糟一团,各部门的工作人员忙得脚不沾地。

沈半夏挤过去,童辉远远朝她打招呼,把她带到一间安静些的试衣间。试衣间门口等着两个女助理,二话不说打算把她拉进去。沈半夏手抵住门,冲门外的童辉问:"这是什么意思?"

"让她们给你换衣服。快点,别耽误时间了,下一场秀就该轮到我了。"

童辉"唰"地把帘子拉好。

两个女助理从衣架上把一件严密包裹起来的衣服取下来,小心翼翼地拆开外面的包装,认真劲就好像是在拆一件遗失了五百年如今终于回到祖国怀抱的春秋战国古文物。

段融还记得沈半夏非要让他在今天晚上看一档娱乐节目。

他回到家,那小丫头不在,给她发了几条短信也都没人回,不知道是跑去了哪儿。

他往沙发里一坐,打开电视调到水果台。

很无聊的一档节目,前面一个小时他都是硬着头皮在看,几次想关掉电视,因为是沈半夏坚持让他看的,他忍住了。

直到最后一场秀,十几个模特陆续上台展示服装,分列两边站着。现场灯光倏地变暗,三秒后舞台正中心出现一束光,光里站着一个穿了身极清新的绿裙子,小精灵一样的年轻女孩。

沈半夏出现在镜头前。

她化了亮闪闪的麋鹿妆,编了发,发丝里掺了几根绿色的丝带,柔软地搭在一边肩上。一双灵气四溢的眼睛带了笑,面对镜头,毫不怯场。而又像是在通过镜头,在看镜头以外的人。

段融知道沈半夏是在对他笑。

沈半夏往前走,光束始终追着她。她这件裙子设计得娇俏可人,把她身上所有优点放大无数倍衬托出来,走动的时候一层层轻盈的纱裙好像在泛着光。

音乐停了,台下响起掌声。主持人请童辉上台,惊叹他眼光怎么这么好,能请来跟本场主题"精灵"如此契合的模特。

童辉跟主持人一来一回地对话。沈半夏就只是直视着镜头,知道段融此刻正在看,冲着镜头调皮地歪了歪小脑袋。

段融被击中。

一个念头冒出来。

她真可爱!

主持人采访完,把另外几位设计师请上台,计票后宣布结果,童辉以绝对优势拿到了这一届的冠军。

童辉在台上兴高采烈地捧起奖杯。

一到了后台,童辉看见沈半夏穿着他那件天价精灵裙,跑过来说:

"舅舅,这条裙子您就送给我吧。"

童辉一口老血快吐出来,拉着她不让她跑:"你知道这裙子有多贵吗?你就敢让我送?赶紧给我换下来,我还要当镇店之宝呢。"

"可是段融说,他要我穿着这条裙子去找他,不然他就不要我了。"

沈半夏说得跟真的似的。

童辉知道这丫头鬼主意多,不上当:"段融还会不要你?他宁愿把自己剐了都不会不要你好吗,你少跟舅舅说瞎话。"

沈半夏就不说什么了,改成眼巴巴地看着他,可怜到不行。

童辉只好一摆手:"行了,你穿走吧,这衣服也确实最适合你。而且我是特意设计的日常款,就算你平常穿出去也合适。"

"谢谢舅舅。"

沈半夏兴奋地冲他一鞠躬。

童辉暂时没让她走,节目组给他办了庆祝酒会,他得带着模特们去参加。

"到时候你还是跟在舅舅身边,只要是跟娱乐圈沾边的人都不好对付,要是有人硬让你喝酒,你就提段融的名字。"

童辉嘱咐了一阵,到了时间带着她进了会场。不少人都来祝贺童辉,童辉得心应手地应酬,没一会儿就把沈半夏忘了,看不见那小丫头跑去了哪儿。

沈半夏穿梭在场中,哪里有好吃的她去哪儿。确实有几个刚从国外回来的假老外不知道她是何方神圣,过来找她搭讪。她应付不了就照童辉说的,把段融搬了出来,告诉他们:"我男朋友是段融。"

下一秒那几个人就不见了。

沈半夏继续挑东西吃,又喝了几杯酒。结果酒有点儿烈,喝得她头晕。

迷迷糊糊的时候,她觉得自己看到了段融。可能是幻觉,她甩甩头,继续朝来人看。结果那人越来越像,高高的个子很像,俊美锋利的五官很像,每次看着她,眼里总蕴含着的情意也像。

直到他走到她面前,沈半夏能确定了,叫他:"段融,你怎么来了?"

段融夺过她手里的酒放在一边,朝她倾身,两只手分别撑在她身体两边的桌沿,把她半拢在身前:"过来盯着你,免得我的小精灵被坏人拐跑了。"

沈半夏傻乎乎地笑笑,因为喝得太醉,忽略了她所在的是公众场合,伸长胳膊把段融的脖子搂住,软软的脸蛋在他颈窝里蹭啊蹭:"怎么会,我就只跟着你这一个坏人走。"

段融失笑,带她离开会场。已经是深冬时节,温度很低。沈半夏身上只穿了件裙子,露着肩膀和两条小腿。段融把身上的外套脱下来给她穿,抱着她往外走。

上了车,沈半夏酡红着小脸靠在椅背上睡觉,看样子醉得不轻。段融给她调整了座椅角度,从车上拿了毯子给她盖。她这时候睁了睁眼睛,看着段融,说:"段融,我今天漂不漂亮?"

段融:"你什么时候都漂亮。"

"那今天有没有特别漂亮?"

"有。"

沈半夏开心地笑笑,段融喜欢就好,不枉费她忙活一场才讨来了这条漂亮的裙子。

回到家,她从车上下来,往外走,看到天上下起了雪。

时间到了零点,今年的冬至到了。

沈半夏跑到院子里,仰脸看着天上的雪花。转过身,她在漫天大雪中对段融说:"生日快乐。"

段融温柔地对她笑,拉过她的手哈了几口热气:"外面冷,跟我回去。"

沈半夏乖乖地跟他进屋。段融把她身上的外套脱了,裙子没动。他往后退了两步,隔开一点儿距离,目光缓慢地从她身上每一寸滑过,角角落落都不放过。

外面的雪下得越来越大,屋子里静谧无声。沈半夏被看得慢慢脸红,他的目光就好像是一把剪刀,每扫过一处地方,那里的衣料就被剪断。

她说不出话,一双杏子般的眼睛抬起来看他,睫毛颤了颤。段融朝她吻下来,舔她嘴里的酒香。

他亲得太深,沈半夏有些受不了,眼里浮出一层泪光,喉咙里哼唧几声。

段融顺着她下巴往下亲。女孩的肌肤嫩白如雪,娇嫩得似乎一碰就破,他偏偏喜欢在上面留下痕迹。

最后沈半夏浑身瘫软地在他怀里睡去。

次日起床,外面还在下雪。

易石青和高峰组了个局帮段融庆祝生日,叫来了圈子里很多朋友。

大家发现自从有了沈半夏,段融不再排斥过生日了。

或者说段融不再排斥这个世界了。

包厢里到处都吵吵闹闹的,有人来让沈半夏喝酒,都被段融挡下来,二话不说替她喝。

大家知道他喝不醉,都没再来灌酒。

晚上回到家,段融洗了澡,换了身家居服。客厅里没有沈半夏,卧房里也没有。他正打算找,沈半夏抱着一箱东西从楼上跑了下来。那箱子看起来很大很沉,她抱得很吃力,段融走过去接。

"这是什么?"他把箱子放地板上,问。

沈半夏拆开纸箱,开始一样样地从里面拿东西。

最先拿出来的是一个拨浪鼓。

"这个是我送你的一岁生日礼物。"她说,"不知道你喜不喜欢,不过别的小孩子好像都挺喜欢这个的。"她说着转了转拨浪鼓,"一这样他们就会笑。"

她放下拨浪鼓,接着从里面拿出第二样、第三样、第四样东西……

"这个是我送你的两岁生日礼物,一个平安手串,希望能保佑你平平安安。这个是你三岁的生日礼物,益智拼图,你这么聪明一定一看就会。这个是你四岁的生日礼物,儿童智能手表,戴上它你就能跟家人联系了,不会走散了。这个是你五岁的生日礼物……"

她一样样介绍,拿出来的东西搁在地板上,慢慢把两个人包围,段融喉咙越来越涩。

"这个是你十八岁时候的成人礼,这年你很喜欢赛车,所以我送了你一个汽车模型。这个是你十九岁的生日礼物,你在段家应该过得不是很好,我给你买了个蒸汽眼罩,你要是有不舒心的事可以戴上这个休息一会儿……"

"这个是你二十七岁的生日礼物。"沈半夏把最后一样东西拿出来,是条厚厚的灰色围巾,毛线柔软,看起来很暖和,上面还特意绣了个火焰状的图案。

"这是我自己织的,我刚学,可能织得不好,但是绝对暖和。"

她无比认真地说:"段融,以后你每年生日,我都会陪着你过。"

段融艰涩地滚了滚喉结。

沈半夏知道他之前不喜欢过生日,是因为没有人给他过。

她把他缺失掉的那些礼物,全给他补了回来。

他认输似的叹口气,把她的腰搂住,低下头,额头抵着她的额头,平时给人感觉过于寡凉的眉眼,此刻温柔得像一池春水。

"半夏,"他在这个时候,十分突兀但又无比自然地说出了四个字,"嫁给我吧。"

沈半夏怔了一瞬,虽然早就想过自己哪天会从他嘴里听到这四个字,但真正听到的时候,她的心脏还是控制不住地疯狂跳动。

很快反应过来,她红着眼睛笑了,无比坚定地冲他点点头:"好。"

(14)惹不起

段融一开始是计划等到了明年夏天,天气转暖带沈半夏出海看鲸鱼的时候跟她求婚。

可那天晚上实在被小丫头的举动搞得心神大乱,什么都没想就把婚给求了。那傻丫头竟然也答应了。

没有惊喜没有钻戒,什么都没有,他当时还穿了身睡衣,脚上踩着拖鞋,湿漉漉的头发都没吹干,这么着就把婚给求了。

她还答应了!

段融心里憋气,不想就这么委屈自己的姑娘,怎么着也得再求一次。

之前的计划全部推翻,他等不到明年夏天,必须得在除夕前把事办了。

沈半夏发现段融最近总是神神秘秘的,不知道是在忙些什么。

后来被他带到了极北边的一个城市,这城市又叫冰城,冬长夏短,一到冬天,城市里目之所及一片白雪皑皑。

沈半夏坐在车里,看到外面大团大团的雪花往下飘,羡慕地说:"要是我们那里也能下这么大的雪就好了。"

"你要是想看,我每年都带你来。"段融把车停在一个酒店前,带着她下车。

酒店是杜家开的,二十世纪复古风格,配合上漫天大雪,像是童话里的场景。

晚上段融带着沈半夏下楼吃饭,杜子腾和易石青一帮人从外面过来,骂骂咧咧地说:"这外面可真冷,哥几个快冻僵了。段融,你必须得犒劳犒劳我们啊。"

沈半夏好奇地从段融身后钻出小脑袋,问:"你们干什么去了?"

一帮人讳莫如深,拿别的话题把话岔开,围坐在桌前吃饭。

次日一早那帮人又早早地离开,一天没回来。

沈半夏和段融窝在酒店里消磨时间。

到了晚上,华灯初上,段融说要带她去附近玩雪,挑了件很漂亮的毛茸茸的外套给她穿,又拿了针织帽给她戴上。

她跟着段融出去,坐上车,到了一处黑乎乎的冰雪世界。

这里连一盏灯都没有,不像是总出现在新闻里的一到冬天晚上就流光璀璨的冰雪城。

段融牵着她下车,她有些怕,小心翼翼地边走边问:"为什么这里都不开灯?"

段融牵着她,借着一点儿微弱的雪光往前走:"别怕,跟着我就好。"

沈半夏慢慢安心。

天上飘着雪,地上积雪很厚,踩上去有雪被压实的细碎声响。

一直往前走了很久,最后不知道是到了哪儿。这里太黑,即使下着雪也还是好像蒙了一块黑布,两步开外就已经看不清楚。

世界只剩了下雪的声音。

直到空气中蓦地响起一声响,好像是段融打了个响指。

下一秒周围倏地变亮,所有灯光都亮了起来,沈半夏眼前出现了几只发着光、在空中以腾跃姿态定格的巨大冰雕鲸鱼。

不管她从哪儿看,都能看到一只只雕刻得栩栩如生的鲸鱼。

这边的灯光都是精心布置过的,漂亮得仿佛看到了真正的海底世界。沈半夏和段融所在的地点是中心区,往外铺了一簇簇流星般的彩灯。

场景太过震撼,有一瞬间沈半夏怀疑自己是出现了幻觉。

她好不容易把注意力从一个个冰雕上收回来,看向段融,震惊到开始结巴:"你、你为什么这样?"

"补给你的求婚惊喜。上次那个不算,太寒酸了。"

"哪有,那个也算,你不能反悔。"

段融笑了笑,从口袋里拿出戒指盒,打开。里面是他新买的一枚求婚戒指,他拿出来,牵起她的手给她戴上。

"戴上我的戒指,"他说,"你也不能反悔了。"

一枚熠熠生辉的钻戒在沈半夏的无名指上闪着光,她仰起头,段融已经俯低身体,一手握住她后脑朝她亲下来。

酒店里,易石青和高峰一帮人瘫在沙发里,每人头上都贴了个退热贴。

这段时间他们一直留在这边监工,风里来雪里去,冻得快怀疑人生,不知道段融的求婚有没有成功。

然后他们看见了牵着手从外面过来的段融和沈半夏。

沈半夏无名指上的钻戒让人无法忽视,一帮人打了鸡血一样跳起来,开香槟庆祝段融终于把小姑娘拐到手了。

沈半夏发现段融交的这些朋友,是真心地拿段融当朋友。

虽然这些人好多都一身的纨绔子弟作风,但本质上不坏。

这应该是段融会跟他们做朋友的原因。

从冰城回来,很快就要到除夕,沈半夏放心不下米莉,买了些营养品去看她。

米莉的肚子已经很大了，但四肢依旧纤细。果然美女就连怀孕的时候也是美女，都不会水肿的。

沈半夏把东西放下，扶米莉回屋坐。

米莉一眼看到了她手上的戒指。

她把这丫头的手腕抓住，直着眼睛看了半天，嘴巴张成个"O"形。

"又是段融送你的？他是不是平常闲着没事儿就给你送钻戒啊，还是这么大的钻戒！眼馋死我了。"

"这个是求婚戒指。"沈半夏拿了个苹果帮米莉削，说起前几天去冰城，段融求婚的事。

米莉听到她的话，惊得瞪圆眼睛。

手动地把快掉到地上的下巴安上去，米莉问："他为了给你求婚，让人给你雕了一整个冰雪世界的鲸鱼？"

"嗯。"

沈半夏是个不怎么注重形式的人，但段融给了她那样的求婚场面，她只要想起来还是会心动。

"绝了，这男人绝了。"米莉咬一口苹果，边嚼边说，"你就随随便便跟他提一次喜欢看鲸鱼，他就费心记到现在。这种男人现在哪里还能找，你告诉我，我立马就去。"

"尚柏对你不是也很好吗？"

"我感觉他最近对我有点儿冷淡，老是早出晚归。我怀着孩子，肚子一天天大起来，他不多在家里陪陪我，根本就是不爱我了。"

沈半夏怕她是产前抑郁，小心照顾着她的情绪，打开电视找了她喜欢的电视剧给她看。

沈半夏去厨房里煮饭，晚上陪着米莉吃晚餐。别的孕妇胃口都很好，米莉胃口很差，吃不了几口就反胃。

沈半夏看她这么难受，更对生孩子这件事有了恐惧。

尚柏从外面回来，手里提着两大包东西，都是给米莉买的营养品和衣服。米莉还是不怎么领情，问他怎么又这么晚回来。

尚柏解释是要陪客户，毕竟米莉就要生了，将来这个家里会多一个人，他想让米莉过更好的生活。

哄了半天才把米莉哄好，等米莉睡着，他出门送沈半夏，谢她常来照顾米莉。

"没事，米莉跟我亲姐差不多，我照顾她是应该的。还有她现在应该是有点儿产前焦虑，你尽量多陪陪她，别让她多想。"

尚柏也觉得自己没有把米莉照顾好，样子有些懊恼。

沈半夏安慰了他几句。等回到家，她跟段融说起米莉怀孕有多么辛苦，吃不好睡不好，人看上去甚至瘦了。

"为什么生孩子这么辛苦，还有那么多女人前赴后继地想生？"她窝在段融怀里，抬起头问。

段融捉着她的手指玩："可能是喜欢孩子。"

"你喜欢孩子吗？"她问，"你也想有自己的孩子吗？"

"除了你我什么都不想要了。"段融把她往上抱了下，让她靠得更舒服点儿，"半夏，生孩子确实是件很辛苦而且很危险的事，我不想让你生。你只要好好地待在我身边，每天都快快乐乐的，跟我一起变老，我这辈子就很满足了。"

除夕那天，段融带着沈半夏去看沈文海。

沈莹一家也来了，有双胞胎在屋子里乱跑，过年的气氛一下子就有了。

段融是第一次感受到这么热闹的除夕。

去年除夕，他一个人在家里待得无聊，又因为太想沈半夏，开车来见她。那时候沈文海还没有答应两个人在一起，他怕给沈半夏造成困扰，没去找她，而是找到一处最适合放烟火的地方，给她放了场烟花。

沈半夏下来找他，跟他说等到了明年春节，会让他一起来家里过年。

结果真的把他带来了。

大家坐在一起吃了年夜饭。沈文海看到了沈半夏手指上的戒指，趁着段融去阳台上接电话，拉过女儿问："戒指怎么回事？"

沈半夏跟父亲说起："段融跟我求婚了，我答应了。等到明年，我就嫁给他。"

沈文海虽然觉得女儿这个年纪就结婚有些太早，但看她跟段融分不开的样子，现在跟结婚也没什么两样，还不如早领证的好。

"我给你买的那套在临水苑的房子你去过没有？"沈文海问起。

沈半夏没有去过。自从跟段融在一起，她每天都只想跟段融黏在一起，别的事早忘了。

"你可真行，这事儿都能忘。"沈文海对这个女儿是彻底无语，"哪天去看看，那房子是我挑了很久才选中的，你再怎么不上心也该过去瞧瞧。"

沈半夏点头说好。

吃完饭，段融带她回去。

她说起想去看看临水苑的房子，段融答应，直接把车掉转方向往那边开。

是一套顶楼的超大平层，客厅有一整面落地玻璃，能看到外面的风景，而外面的人看不到里面。每周有保洁过来打扫一两次，所有地方都很新，几乎连粒灰尘都没有。各种家具都已经置办好，随时能过来住。

沈半夏小小地惊艳了一下，跑到落地窗边看外面的景色，由衷地感叹："我爸眼光也太好了。"

段融从后面拥住她："那当然，也不看看是谁的岳父。"

沈半夏"咯咯"地笑，又想起当初父亲会买这栋房子的理由，轻咳了声说："那以后我离家出走就来这边。"

段融已经开始啃她颈侧细嫩的肌肤，顺着往下流连到肩膀，期间说一句："离家出走怎么先把地点告诉我？"

他把沈半夏往前按，已经不满足于亲她，手开始往下：

"怕我找不到你？"

沈半夏细弱地"嗯"一声，他越来越认真，呼吸也越来越重，手心的温度慢慢地传递到她敏感的皮肤上。

"那就不要分开。"段融扳过她的脸跟她接吻。

窗外半个城市的灯火在闪，窗内比外面更透更亮，过于明亮的灯光让沈半夏觉得无处可藏，虽然知道这玻璃是单面的，也还是怕会被看见。

她弱弱地求："回屋。"

段融没有顺着她。

当晚没有走，留在这里过夜。因为实在已经很晚了，天都快要亮了。

次日一醒，沈半夏就想赶紧逃离这个地方。

惹不起惹不起。

早知道不带他来了。

可要是不带他来，她离家出走的时候，他不知道去哪儿找她可怎么办。

所以还是得带他来。

嗯！

（15）全世界

沈半夏二十岁生日那天，段融再次送了她一枚钻戒，这次是结婚戒指。

两个人从天不亮就守在民政局门口，等工作人员过来开门，他们是第一对进去办结婚手续的新人。

那天是工作日，不年不节，也没有任何特殊的含义，甚至皇历上说这天诸事不宜，所以来办理结婚的人很少。可段融和沈半夏不在乎什么黄道、黑道，就要在这天把证领了。

他们相信只要两个人在一起，每一天都会是吉星高照。

领完证的当天，段融带沈半夏去了京郊一个汽车拉力赛现场。

易石青和高峰都在那边，看见段融后很稀奇。段融已经很久不玩赛车了，不管兄弟们怎么劝就是不动心，说不玩就不玩。

　　"你是不是终于想通，打算重新出山了？"易石青问。

　　段融往路边的横杆处一靠，一条胳膊闲闲地把沈半夏搂着，看似随意但其实得意到不行地说："现在有家室了，不玩命了。"

　　"什么家室，你跟小半夏领证了吗你就……"

　　下一刻，易石青和高峰就说不出话来了，因为段融把一本鲜红的结婚证亮在了他们面前。

　　"看见了吗？"段融总算能把这句话说了出来，"爷有证。"

　　易石青和高峰服了气："你可真行，一天都不愿意多等就把证领了？"

　　比赛如火如荼，战况正激烈。

　　沈半夏已经把驾驶证考了下来，最近对开车越来越有兴趣，拉了拉段融的衣角，说："我也想比。"

　　段融看她："比什么？"

　　"赛车啊。"

　　段融拿着劲捏捏她的脸："想死？"

　　"我就是想玩玩。"

　　"等会儿老公陪你玩。"

　　到下一局，段融拉着她去挑了一辆车，确认车的各项性能都完好，才让她坐进副驾驶室，扣好安全带。他从车头绕过，打开驾驶座的车门坐进来。

　　场上已经沸腾了，有不少人开始尖叫呼喊。易石青走过来拍了拍车窗，等车玻璃降下，指了指最前面："就绕一小圈，我先说好，虽然嫂子在车上，你也不能手下留情啊，不然我老跟人吹我哥们儿是京城车神，我收不了场了。"

　　"行了，你嫂子没这么娇弱，我心里有数。"段融拉起沈半夏的手，在她手指上"啵"地亲了一下。等车窗升上去，车子发动开去赛道，另外几辆车已经在起点处等候。

　　前方旗帜落下，几辆车一起往前冲，你争我夺互不相让。

　　沈半夏胆子再大，这速度还是有些超过她的承受能力，感觉快到已经飞起来，她都要失重了。

　　段融单手控方向盘，到转弯处另一只手才闲散地往方向盘上一扶，往左打死，拐弯漂移的同时问沈半夏："怕不怕？"

　　沈半夏说不怕。

　　段融开车超过前方那辆黄色的兰博基尼，伸出手揉了揉沈半夏的头发："等着，这就给你拿个冠军。"

　　这句话落下后，段融超越最前面一辆车，如离弦之箭般冲过了终点线。

场中一片欢腾,好多人开始呼喊起了段融的名字。

段融把车又往前开一段,停好后去看沈半夏。这丫头说着不怕,脸色其实有些白了,手紧抓着安全带。

他刚要关心地问一句,就见她一脸兴奋地转过头,眼睛亮晶晶地看着他:"好刺激!要不要再比一场?"

段融忍俊不禁,顺手把她的安全带解了,把人拽过来乱亲了几口,带着笑说:"我老婆怎么这么可爱。"

外面已经有人聚集了过来庆祝,沈半夏怕被人看见,推开他打算下车。

"先别下。"段融提醒。

"为什么?"

段融已经开了他那边的车门,没解释,直接过来她这边,抓着她的胳膊扶她出来。

脚挨上地面的那一刻她知道是为什么了。

她的腿是软的,自己下车肯定要摔个狗啃泥,多丢人。

晚上一伙人去了山下的俱乐部,一帮损友都来灌段融喝酒,庆祝他终于把小姑娘娶回了家。

段融难得给面子,不管谁来敬酒他都喝,另外还能分得出心思注意沈半夏那边,时刻关注有没有人敢让她喝酒,把小姑娘保护得滴水不漏。

回到家已经是后半夜,虽然段融喝了不少酒,但他看上去还很清醒,没有多少酒醉的样子。

他怕身上有酒味,先洗了个澡再去办正事。

小姑娘在床上格外顺从,在他贴过来后主动抱住他,软软的声音问:"头疼吗?"

"不疼。"

段融亲她的唇,顺着移到耳朵,往下埋在她颈窝,动作进行得耐心细致,等她适应才缓慢地奔入正题。

要温柔很多的一场欢爱。

灯开着,沈半夏睁开眼睛,能看到段融俊朗清逸的一张脸。他锁骨很深,上面沾着汗,应该是刚才蹭到了她的。

后半程稍稍有些失控,沈半夏受不太住,柔声安抚他:"你别急,我就在这儿,我不走。"

段融手从她背后穿过,把她往怀里搂,亲着她的耳朵:"叫老公。"

沈半夏忘了自己有没有叫,太混乱了,后面昏昏沉沉的,甚至分不清是梦是真。

只知道那天段融是痛快了。

两人的婚礼选在初秋举行，段融说，那个季节不冷不热，沈半夏不会受罪。

婚纱是童辉帮忙设计的，他再三保证一定让外甥媳妇穿上全世界最美丽的婚纱，到时间后也确实交出了一件美到让人失语的婚纱礼服。

沈半夏去试婚纱的时候没让段融跟着一起去，直到婚礼那天，段融才看到她穿婚纱的样子。

她漂亮得仿佛落入人间的天使。

在亲友的见证下，两个人交换了戒指。沈半夏发现段融的眼圈始终红红的，他那么大刺刺的一个人，那个时候竟然会红了眼睛，想起来就觉得他好可爱。

婚礼结束到了后台，段融把充当花童的贾一吉和贾一祥两个小家伙叫了过来，从裤子口袋里一掏，掏出他宝贝得不行的结婚证给他们看。

"看见没有？"他半躬下身，拽拽地一扬下巴，"我把你们姐姐娶回家了，现在我叫她老婆，你们还有意见吗？"

双胞胎兄弟发现这人好像有点儿记仇，为了不让他再惦记着报复，赶紧摇摇头："没有。"

段融："所以你们现在要叫我什么？"

双胞胎："姐夫。"

段融很满意。

等沈莹把双胞胎带走，沈半夏进了休息室，打算卸妆换衣服。

段融随后跟过来，门锁上。没有了其他多余的声音，世界只剩下他和他美丽的新娘。

他朝沈半夏走过去，从背后贴住她，把她拢入胸膛："先别换，我还没看够。"

他指的是婚纱。

两人面前就有一面很大的落地镜，照出两人彼此依偎的影子。

沈半夏也觉得童辉做的这件婚纱实在太漂亮，忍不住说："怪不得舅舅一直都那么想学服装设计，他确实很有天分。"

段融把她转过来，看着她的眼睛："这时候别提别人。"

他头低下来亲她，吻得很有技巧，没几下已经让她飘飘然起来，嘴里像过了电，麻酥酥的，又忍不住上瘾。

分开的时候，她说："我是想到你之前跟着舅舅生活，过得不是太好，我很心疼你。"

"我皮糙肉厚，你心疼什么。"段融把她嘴唇上最后一点儿口红也吃进肚子里。

沈半夏推开他，开始对着镜子脱婚纱，没好气地指挥他："过来帮我脱啊,穿这个很累的。"

段融笑了声,帮她脱婚纱的过程中时不时就要亲她一下、啃她一下,一件婚纱脱了大半个小时,沈半夏汗都出透了。

晚上回到家,她往沙发里一摔,不想动。段融走过来,把她从沙发里抱起来,往浴室送。

"我有点儿累。"她说,毕竟今天忙了一天。

"我帮你洗澡。"段融把她搁在洗手台上,帮她解衣服上的扣子,剥干净抱着她去洗澡。

蜜月是在古镇过的,那边的融夏客栈暂时歇业,段融带着沈半夏住进去。前几天两人基本没怎么出门,都是待在里头胡闹厮磨。

之前那次两个人在这里见到的时候正在闹分手,谁都不太好过,现在的心境已经完全不一样。

沈半夏想到当时段融卑微地跟她求复合的样子,心里不好受。

她暗暗决定,以后不管再发生任何事,都要无条件地相信段融,不管怎么样都再也不要跟他分手。

天气晴好的时候,段融带她坐船游湖,天空湛蓝如洗,湖面广阔无垠,这边的风景像是动漫里画出来的,美得极不真实。

沈半夏在这边待得有点儿忘乎所以,甚至不想回去。原本只有一周的度假时间,硬生生被她拖成了半个月。

段融一直等她待够了才带她回京。

米莉已经生了,是个男孩,沈半夏买了些东西去看她。

小孩子很健康,养得白白胖胖。米莉气色也红润,说起话来中气很足,能看得出尚柏把她照顾得很好,已经没有了之前的焦虑症。

沈半夏在摇篮边逗小孩子,米莉在一边坐着,问她蜜月过得怎么样,有没有擦枪走火来不及做措施的时候。

沈半夏想到段融,他不管怎么急切,每次都有好好做措施。自从那次让她吃过一粒避孕药后,再也没有让她面临过意外。

摇篮里的孩子哭起来,应该是饿了,米莉抱起来喂奶。

米莉一开始不愿意喂奶,觉得这种事一听就有些妇女的意味,她一个貌美如花的大美女,怎么能给孩子喂奶!

可是小孩生下来,她倒喜欢得不得了,整天抱着宝贝长宝贝短地叫。因为知道母乳对小孩是最好的营养品,再名贵的奶粉都比不上母乳,她撩起衣服义无反顾地喂起奶来。

"人可真奇怪,之前觉得小孩子是怪物,我不想生,可是生下来了我又喜欢得离不开。"米莉玩着小婴儿的手指,"你现在是不是也挺怕生孩子?"

沈半夏点点头。但其实怕是其次，更重要的是她不明白人为什么一定要生孩子。这个世界这么危险，为什么要把一个无辜的生命带过来承受各种各样可能会出现的意外和痛苦呢？

她没把这些话说出来，只是说："看到好多新闻，生孩子对女生身体伤害很大。"她一脸崇拜地看米莉，"所以你们这些母亲特别伟大。"

米莉"扑哧"笑了下，低下头，爱怜地看着在吃奶的小宝贝，轻轻刮了刮婴儿幼嫩的肌肤："为了这个小东西，伟大一把也没什么。"

为了更好地照顾小家伙，米莉甚至想辞掉律所的工作，武平跟她说不管她休息多久，都随时欢迎她回来。

米莉感动老板这么照顾她，她只要一感动就想吃火锅，晚上组了局请律所的人来家里吃饭。

律所里的员工大部分还是之前那些，只有少数几个生面孔。田樱已经不在了，武平知道她曾经妄图给沈半夏喝加了药的果汁，回去以后第二天就把田樱辞了。

律所的人围坐成一圈，没说几句话就开始掏红包给摇篮里的小家伙。沈半夏看看这些出奇一致拿红包的人，发现自己忘记带了……

正当她抓狂的时候，武平塞给她一个红包，小声告诉她："段融托我给你的，他就知道你肯定会忘拿。"

段融倒是很了解她，连这种事情都能提前预料到！

给小家伙送完红包，武平提醒她法考时间快到了，让她多上点儿心。沈半夏刚轻松点儿的心情瞬间又紧张起来，压力陡增。

聚餐结束，从米莉家楼上下来，段融正斜倚在车边等她。

沈半夏一副蔫了吧唧的样子走过来，一头窝进他怀里。

律所的人都在，纷纷饶有兴味地看着他们。段融把沈半夏抱住，同时还能分出心思跟武平和饶文姿打招呼。

武平笑了笑，摆摆手："带你老婆回去吧。"

段融把沈半夏送进副驾驶座，开车载她回家，路上问她："怎么了？"

沈半夏说："我好怕我考试考不过。"

"不会，有老公在，"段融说，"老公给你开小灶。"

往后几天段融抽时间帮她恶补，因为担心自己的知识储备量不够，还把班兴昌小老头叫了过来。

班兴昌一边气歪歪一边又不得不帮沈半夏补课。

半个月过去，沈半夏觉得自己的进步可以用突飞猛进来形容。

她如愿通过了法考，从学校毕业后又经过了各项考核，经过审核批准，顺利拿到了律师执业证书。

以后就是一名真正的律师了。

她现在还不想把这个消息告诉段融,暂时先瞒着,又去找到了教她练钢琴的柏勤。

柏勤这段时间在准备一场音乐会,听说了她的来意,很惊诧:"你不是说弹钢琴只是当爱好吗?现在改主意了,想当职业?"

"也没有,我就只是想试这一次。"她说。

柏勤正愁该怎么劝这丫头上台,闻言笑了笑:"当然可以,老师早就说了,你是个好苗子,好苗子就是得在台上发光。"

沈半夏笑了笑:"谢谢老师。"

往后几天她常会跑去音乐厅,跟着一起彩排。段融发现她最近越来越忙,还以为她是在忙毕业的事。

晚上跟沈半夏一起吃饭,段融问她:"毕业有没有困难?"

"没有,挺好的。"她舔了舔嘴唇,很自然地提起,"段融,这周六我们一起去音乐厅看柏老师演出呗?"

段融没多想,答应了她。

沈半夏弄到了两张位置最好的票,到了演出那天,跟段融一起去了音乐厅,在前排找到位置坐下。

观众来了很多,都是慕名来看柏勤演出的。沈半夏想着待会儿要上台,越来越紧张,嗓子很干,手心出了很多汗。

段融发现自己牵着的那只小手一直有汗冒出来,把她的手展开,拿了纸巾帮她擦。

"你很热?"他问。

沈半夏摇头,手指插进段融的指缝,紧握着他。

段融反握住。

演出开始,主持人上来致辞,很快是柏勤出场进行钢琴演奏。

沈半夏陪着段融在台下听了两首曲子后,借口自己肚子疼想上厕所,段融问要不要跟她一起去,被她拒绝。

"你在这儿好好听,我一会儿就回来了。"她怕段融会走,嘱咐了好几遍,"一定要好好看演出啊。"

她跑出观众席,确认段融看不见她了,往后台方向跑了过去。

她去了换衣间,衣服是一早就准备好的,段融很喜欢看她穿的那件精灵裙。妆已经提前化好,化妆师只略帮她补了下。准备好后,她被带过去候场。

台上,柏勤已经结束了演奏,取了话筒告诉大家,接下来上场的是他的一个学生,钢琴并没有学多久,但是悟性还好,今天想请大家来检验一下她弹得怎么样,希望大家能多给点儿鼓励。

台下响起欢迎的掌声。沈半夏站在台后偷偷地朝观众席看，段融坐在第一排最中间的位置，神色平淡地看舞台。

　　沈半夏深吸口气，在柏勤退场后，她朝舞台中心走过去。

　　在看到沈半夏的那一刻，段融脸上有了明显的震动，身体变得僵硬。很快反应过来这小丫头又要给他惊喜，他宠溺地、又颇觉骄傲地笑了笑。

　　沈半夏已经走到钢琴前，对着观众鞠了一躬，掌声落下后，在钢琴前坐定，深吸一口气，开始敲出音节。

　　她弹的依旧是那首《幻昼》，因为段融说，那天在楼下听到这首曲子，他就很喜欢，喜欢到可以凭着这首曲子把她认出来。

　　段融说很喜欢看她弹琴，如果她不弹会很可惜。她就想在聚光灯下，在众人焦点处为他弹一首曲子。

　　让他知道，她的人生其实已经没有遗憾了，所有曾经的、现在的包括未来的梦想，她都会一一做好。

　　只要有他在身边，她就有无尽的面对人生的勇气。

　　最后一个音符敲下，台下先是静了一阵，接着响起了热烈的掌声。

　　沈半夏从钢琴前起身，第一眼先看向段融。

　　段融也在看她，目光温柔沉静。

　　两人在热闹喧嚣处，隐秘而热烈地相望。

　　下了台，段融已经从观众席那边找了过来。

　　沈半夏的裙子还没有换，看见他，朝着他跑过去。

　　"我刚表现得好不好？"她一双大眼睛亮晶晶的，一副求表扬的样子。

　　"我老婆做什么做得不好？"

　　段融把她拉进怀里，低下头看着她，问："为什么敢上台了？"

　　"因为你说我不管做什么都做得很好，"她说，"所以我就想弹给你听。"

　　她一直最知道段融最柔软的地方怎么触及。

　　段融喉结往下一滚，目光很深地将她看着，头往下又低了低，额头抵着她的额头："你刚才弹得很好，我很喜欢。"

　　沈半夏笑了笑，又告诉他："还有，我已经顺利从学校毕业了，律师证也考下来了，以后我就是平忧律师事务所的正式律师了。我以前没想过人生可以这么顺利，"她深吸口气，继续说，"段融，是因为你，我的世界才可以变得这么好。"

　　段融眸中涌动，过去几秒，珍惜地在她唇上亲了下，告诉她："半夏，你就是我的全世界。"

　　而段融，也是沈半夏的全世界。

　　学校外幽僻的长街，卖好吃糖果的商店，长满秘密的小巷转角，整个夏天始终很烈的太阳,倾盆大雨下的一把伞。

与他重遇那天,他跟她说的一声"生日快乐"。

荒芜的生命因为他的出现开满了鲜花。

段融是沈半夏花光了所有运气,跋涉过千山万水,终于得到的宝藏。

是她在这个支离破碎的人间所拥有的一切美好。

她会爱他,永生永世,至死不休。

番外二
许愿

正式成为一名律师后,沈半夏接手的第一个案子是一桩财产纠纷案。

她的当事人是案件的被告,一位叫乌莓的漂亮女士,二十七八岁,身材前凸后翘,性感火辣。但为人谦逊温柔,跟她那张妖艳的脸倒是有反差感。

案子的原告是乌莓现任男朋友的原配,原配发现了自己丈夫在外面偷吃,还给小三买了栋房子,整天金山银山地养着小三。原配没找过去闹,冷静地收集了证据把小三告上法庭,要求返还近些年其丈夫送给小三的所有财产共计一千万余元。

乌莓一分钱都拿不出来。她的财产状况并不像表面这么光鲜亮丽,她告诉沈半夏,其实她是从乡下来的,来大城市打拼了两年,生活还是过得一塌糊涂,没办法只能去夜店当服务生。一天晚上她遇到了现在的男朋友陈清亮,陈清亮对她一见钟情,展开了猛烈的追求,回回来夜店只点她一个人,说了不少甜言蜜语海誓山盟,终于把她打动,两个人开始交往。

"我并不知道陈清亮结了婚。"乌莓说,"我真的不知道,他跟我说他单身,还给我看了他不知道从哪儿弄来的假户口本,上面写的是未婚,我才放心跟他交往。他确实给我买了房子,每个月也会给我一笔不菲的生活费。可那是在我怀了他的孩子后,他想让我跟孩子能过得好一点。"

沈半夏问:"他当时给你看的户口本你有拍照或是用别的方式留存吗?"

"没有,他就只给我看了一眼,很快就收回去了。"

"陈清亮现在是什么态度,他跟你在不在一边?"

"他老婆很强势,而且娘家势力很大,他不敢不听他老婆的。我们俩的事被他老婆发现后,他就不太跟我联系了。"

乌莓的眼睛一直红着:"我真的拿不出钱,住的那栋房子从一开始就没写我的名字,已经被他老婆收回去了。这些年我为了养儿子花掉了很多钱,手里根本就没有存款。"

沈半夏了解了情况，打算联系原配先去跟对方交涉，看一下能不能出个调解方案。

中午她匆匆吃了几口面包就跑出去，这个时间点堵车，她去搭地铁。

路上接到了段融的电话，地铁里信号时断时续，列车行驶的噪声又太大，她没听太清楚，出了站给他打过去。

段融问："中午一起吃饭？"

"今天不太有时间，我有工作要做。"下了地铁就是原配张怡所在的写字楼，沈半夏抬头看了看高耸入云的建筑，直觉告诉她这个女人确实不简单。

"我要去见原告。我的当事人说了，要是能在庭前达成和解的话，律师费会付两倍。"

段融在那边轻笑了声，语气逗她似的："这么多钱呢？"

沈半夏听出他的揶揄，不满地皱皱鼻子："你能不能真心实意地夸夸我？"

"行。"段融正儿八经地清了清嗓子，一字一句地说，"好多钱啊！"

沈半夏顿住。

"行了，不逗你了，"段融声音里带着笑意，"祝我们小半夏旗开得胜。"

沈半夏开心了："嗯！"

结果见到张怡后，对方一句话直截了当地砸过来："不可能和解。"

沈半夏有预想过这样的情况，倒并没有多意外，冷静地说："张小姐，我的当事人跟你丈夫有个五岁大的孩子……"

"有继承权嘛，这个我知道。"张怡从烟盒里拿了根烟，点燃抽了一口，"那就等我丈夫死的那天，让她带着那孩子来争家产喽，我等着她。可她现在，必须要把我的一千万还回来，少一分钱她就去蹲大牢吧。"

谈话很不顺利，沈半夏信心满满地去，垂头丧气地回。

段融来接她，看见她这样子，大概猜到了什么。

"不顺利？"他问。

"嗯。张怡其实也不是真的在乎那一千万，她就是笃定乌莓拿不出来，想让乌莓去坐牢。虽然乌莓跟陈清亮有个孩子，陈清亮有一定的赡养义务，但张怡认为陈清亮这几年给乌莓的钱远远超过了赡养费的范畴，多余的钱是被乌莓用掉的，她主张让乌莓返还的就是这一部分。"

所以不管从哪方面来看，张怡都是占有优势的一方，除非陈清亮能站出来承认他有隐瞒已婚的事实，否则乌莓这边很难赢。

"那就让陈清亮出庭做证。"段融说。

"你说得倒是容易，跟乌莓站在一边的结果就是他被张家扫地出门，他疯了才会这么做。"

"给他点儿刺激,说不准他真能疯。"

段融从车里找出一份文件,从里面拿出一摞照片。

沈半夏瞪大眼睛,一张张照片看过去。每张照片里都是两个人,女的是张怡,男的是个陌生面孔。不过沈半夏仔细回想了一遍,记起今天去见张怡时,接待她的秘书跟照片上的男人很像。

原来不仅是陈清亮在偷吃,张怡的私生活也丰富多彩。

沈半夏把照片看完,问:"你怎么会有这些?"

"找人稍微查了下,别的没查到,倒是拍到了这些。"段融说,"有用?"

沈半夏满脸崇拜地看着他:"有用,你帮了我大忙了。"

"我既然帮了你大忙,"段融往椅背上松散一靠,扭过头,不怀好意的劲儿又出来了,"那怎么不知道亲我一个?"

沈半夏虽然无语,但还是凑过去,手勾着他的脖子在他脸上挨了下。

一触即离,段融不太满意,把她人勾过来,封住她的唇瓣:"让你亲嘴,不是亲脸。"

开庭那天段融也在,案子是非公开审理,他在审判庭外等了几个小时。

门打开,首先走出来的是张怡。她脸色很不好,平时总是高高昂起的头颅此刻低着,脸上戴着一副硕大的墨镜,踩着高跟鞋逃一样地走了。

乌莓和陈清亮并排走了出来,后面跟着的是沈半夏,从她喜气洋洋的脸上就知道官司打赢了。

沈半夏调皮地对着段融比了个"V",还没放下来,乌莓转过身,对她鞠了一躬:"谢谢沈律师,要不是你,我还真不知道该怎么办了。"

沈半夏摆手说不用谢。

出了法院,陈清亮追着乌莓走了。沈半夏如释重负地在太阳底下伸个懒腰,说:"打赢官司的感觉就是好。"

段融问:"是打赢官司的感觉好,还是帮到人的感觉好?"

"都好。"她说,"不过我也不能保证以后接到的每一个当事人都是占理的一方,要是我以后变成了为赢官司连黑白都不分的那种律师,该怎么办?"

"你不会变成那种人。"段融说。

"你这么确定?"

"确定。"段融牵住她的手,带着她在路上慢悠悠地走着,"跟我爱你一样确定。"

段融再去公司,盛景集团的大小姐张怡一早架着胳膊跟尊大佛一样在等他。
段融没理会,按原定计划开了几个国际会议,听了开发部的几个报告,临近中午才空出几分钟时间去见张怡。

张怡仍是戴着一副硕大的墨镜,说话时不看人:"照片是不是你找人拍的?"

"是。"

"如果我没记错,我们两家公司是有合作的,"张怡终于侧过头看他,"段总,你至于这么不留情面吗?"

"这你可误会了,我是在帮你。"

"帮我?"

"如果不及早把陈清亮甩了,等将来乌莓的儿子一长大,跟你儿子来抢夺家产,你打算怎么办?"

"就那个杂种,他没这个本事。"

"凡事都不要说得太绝对,"段融说,"不然你以为你的官司是怎么输的?"

张怡不再说什么了。

"男人偷腥一次,保不齐就会偷腥第二次。"段融给她倒了一杯茶,"张总,你何必要为了一个不值钱的男人看不开呢?你这样什么都不缺的女人,想要什么样的男人不行?你身边那个秘书我看就比陈清亮好多了。"

张怡看了他一会儿,笑着把墨镜摘了,倾身朝他靠近了些:"我要是说我看上你了呢?"

"那你可要失望了,我有老婆,"段融说,"我老婆还是天下第一美。"

张怡顿住。

之前只是听说段融是个妻控,今天她终于亲自见识到。确实是个妻控,而且还挺严重。

"段总这么大事业,舍得让小娇妻去做律师这种辛苦的职业?"

"没办法,她喜欢。"

"她在法庭上可是让我下不来台。"

"谁让她是律师,律师的职责就是那样。下次你有什么案子请她去做辩护,保证她也能让对方下不来台。"

张怡笑了笑,端起茶盅喝了口,说:"我过来是找你算账的,你倒好,替她发掘起客户来了。"

"她是我老婆,我不宠着能怎么办?"

"我倒真挺羡慕她的,如果天底下只有一个男人不偷腥,那恐怕就是你了。"

张怡说完苦笑了下:"不怕告诉你,我跟秘书在一起是为了报复陈清亮。陈清亮这个男人是没什么好处,但我还就是喜欢他,你说我贱不贱?"

段融:"是陈清亮贱。"

"所以像他那种贱男人,"张怡眼里闪了片泪光,"确实及早甩了比较好。"

张怡走了,回去不久跟陈清亮办了离婚。听说陈清亮扭头去找乌莓复合,结果乌莓早就带着孩子远走高飞,陈清亮怎么都找不到她。

最后落了个两手空空的下场。

沈半夏在律所的工作越来越顺利,接的案子有大有小,不是没有遇到过麻烦,但都顺利解决了。

转眼又到年底,段融成功又老一岁。

之前沈半夏一口气送了他二十七样礼物,创意用光,实在想不到要送什么了,只能旁敲侧击地问他:"你最近有没有什么特别喜欢的东西?比如领带啊,袖扣啊,或者是别的乱七八糟的。"

段融长身玉立站在书架前挑书,听到她的话侧低头看她,"啧"了声:"你这么没诚意,送人生日礼物还先问的,一点儿惊喜不给?"

真是没劲,一猜就被他猜出来了。沈半夏随手从书架上拿了本《红楼梦》,往旁边沙发里一坐,说:"上次创意全用光了,我想不起来送什么了嘛。"

段融在她旁边坐下,伸长胳膊把她搂住:"不用非要有创意,你就是随便送我一片路上捡的树叶,我都能高兴。"

两人窝在一块看了会儿书,直到沈半夏的眼皮开始打架,她把书放上书签搁一边,黏人的猫咪一样爬到了段融腿上,两条细细的胳膊搂住他,下巴搁在他颈窝里:"困了。"

段融也把书放下,抱她起来往卧室走:"那去睡觉。"

屋里留着盏温和的壁灯,照出沈半夏一张白皙的小脸。她洗过澡后好好地穿了件睡衣,现在那件睡衣却被可怜兮兮地扔在了地毯上。

唇被堵着亲,她口中"呜呜"了两声,好不容易喘了几口气,睁开眼睛看着眼前的男人:"你这是睡觉还是睡我?"

段融笑得风流,手指探入她掌心,跟她十指扣着:"先睡你,再睡觉。"

到了冬至那天,天公很给面子地下了场大雪。易石青和高峰一帮人组了个局帮段融庆祝生日,大家聚到晚上十点多才散。

因为要开车,段融刚才硬是一滴酒都没碰,散场后带着沈半夏回家。

沈半夏从冰箱里把一个小小的蛋糕拿出来。蛋糕有些粗糙,但能看得出来做蛋糕的人已经尽力了。

"刚人太多了,乱哄哄的,你都没吃几口蛋糕。"她说,"我就知道你是想留着肚子吃我做的。"

段融倚在一边好心情地笑。

沈半夏在蛋糕上插好二十八根蜡烛,跑进屋神秘兮兮地拿了件礼物出来,交给段融:"送你的。"

段融把盒子拆开,看到里头装着的是一个制作精良的树叶标本。

"是你说让我去马路牙子上捡树叶的,"沈半夏说,"你不可以嫌弃。"

段融把标本拿出来看了看,正反面做得都很精致,树叶的脉络清晰可见,颜色鲜艳,不知道她在这样的季节里从哪儿找到这么漂亮的一片枫叶。

旁边桌上放了本他看了一半的书,他拿过来,翻开,把里头原本的书签拿出来,又将树叶标本放进去。

沈半夏看到他的举动,开心了。她把蛋糕上的蜡烛一一点亮,说:"现在开始许愿吧。"

段融就许了个愿,许完愿把蜡烛吹熄。

沈半夏问他:"你许了什么愿?"

段融说:"希望小半夏每天都能开开心心。"

"啊?"她不太满意,"我还以为你会许我们两个每天都能在一起之类的。"

段融笑了声,把她揽过来抱着,手在她发上揉了揉:"我们两个每天都能在一起已经实现了。"

他温柔地注视着她:"以后我要做的就是让你每天都能过得开心。"

沈半夏也看着他,甜甜地笑了笑,说:"这个愿望一定会实现的。"

全文完

她会爱他，永生永世，至死不休。

"恋爱吧。"
　　"跟我。"

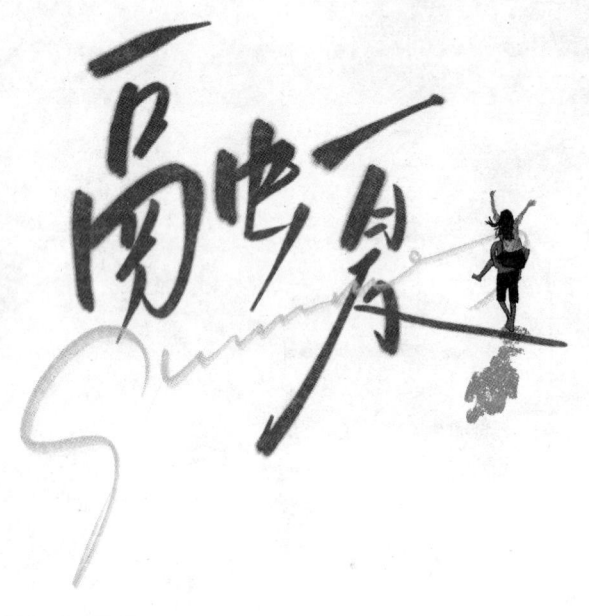